Seite | Kapitel

Anhang

Vorbemerkungen

Eventuelle Ähnlichkeiten zu 'realen' Personen sind weder gewollt noch unbeabsichtigt. Da sie keine erkennungsdienlichen Zwecke unterstützen wollen, sind Fact and Fiction mehr oder weniger durchwoben – wie im wirklichen Leben. Sie sind genauso Maya, Illusion, wie die Personen selbst.

Lesart

Die Schreibweise der Sanskritbegriffe und deren Aussprache folgt der anglisierten Form.

Ch	wie tsch	Matsch
Sh	wie Sch	Schokolade
S	wie ß	Weiß
v	wie w	Wind
y	wie j	Johann
j	wie dsch	Joe

Übrigens: Die offizielle Rechtschreibregelung interessiert mich nicht wirklich.

Danksagungen (alphabetisch):

Im Besonderen danke ich meiner Frau Karoline, die durch ihre akribische, liebevolle Kritik wesentlich zur Reinheit von Form und Inhalt beigetragen hat.
Im Weiteren Angelika, Chris, Mahadev, Sandra, Tina, Werner, Wiebke.

Folgende YogalehrerInnen haben mich in vielen oder auch nur wenigen Stunden besonders beeindruckt: David Life, Daya Mullins, Kali Ray, Lalita Furrer, Mahadev Schmidt, Maharani Fritsch, Narayani, Sharon Gannon, Sukadev Bretz, sowie Art Reade als spiritueller Lehrer.

Vorwort:
Dr. Christian Brehmer

Grafische Umsetzung:
Eckart Mühlhäuser, Walter Mühlhäuser; www.brainvibes.com

Dank gilt auch all den mehr oder weniger Zitierten, all den aus dem Einen Geist Inspirierten.
Meine Hochachtung gilt besonders all den bewussten und unbewussten Bodhisatvas, die im aktiven Einsatz für soziale, ökologische oder spirituelle Zwecke ihre Gesundheit und ihr Leben riskieren. Egal ob bewusste Sadhana oder nicht – dies ist wahres Karma-Yoga, wahres Seva, Dienst an der Evolution.

Vorwort

Endlich mal ein Yogabuch als unterhaltsamer Roman und doch gleichzeitig mit Tiefgang. Yoga will spielerisch ernst genommen werden. Es ist wesentlich mehr als ein Fitness- und Entspannungsprogramm. Und dieses Mehr dämmert uns auf, wenn wir der zentralen Gestalt des Buches folgen. Vielleicht ist es kein Zufall – wenn es überhaupt Zufälle gibt – dass uns dieses auf den ersten Blick humorvolle Buch zugespielt wird. Auf den zweiten Blick in die Tiefe dürfen wir uns freuen ...

Shri Aurobindo sagte einmal: „Alles Leben ist Yoga". Deswegen spricht das Buch alle Menschen an. Nicht nur diejenigen, die bereits unterwegs sind. Das Leben ist nun mal so angelegt, dass es uns zur SELBSTverwirklichung drängt. Die stille Kraft der Evolution. Nur vom SELBST, von unserer wahren Wesensidentität aus, finden wir innere Orientierung und können wir unnötiges Leiden vermeiden. Viele sind vom Leben bereits zurechtgestutzt worden, und sie ahnen vielleicht, was es mit ihnen vorhat. Wir müssen ja nicht gleich eine Yogalehrer-Ausbildung machen wie Harry Bohl, die zentrale Figur des Buches. Indem wir ihn auf seiner Suche begleiten, wird uns unsere eigene Suche bewusst. Wir finden die Antworten, die wir brauchen auf der gegenwärtigen Stufe unseres Lebens. Die Antworten arbeiten dann in uns. Anderes nehmen wir einfach zur Kenntnis, vielleicht kommt die „Aha-Resonanz" später.

Natürlich hat der Autor auch vieles aus seinem eigenen Leben einfließen lassen. Geht ja auch nicht anders. Nur was wir selbst erlebt und verarbeitet haben, können wir überzeugend zum Ausdruck bringen. Wir stehen hinter dem, was wir sagen, und das spürt man in Frank Mühlhäusers Buch. Der Leser kann sich der Authentizität nicht entziehen. Ein Roman, den das Leben selbst geschrieben hat.

Und vergessen wir nicht Frank Mühlhäuser als Zeichner. In den ausdrucksvollen Illustrationen kommen, wie im Text, Tiefe und Humor gleichermaßen zum Ausdruck. Übrigens sind es die Zeichnungen, die mich mit dem Autor in Verbindung gebracht haben. Was wäre mein eigenes Buch „Vom Urknall zur Erleuchtung. Die Evolution des Bewusstseins als Ausweg aus der Krise" ohne seine Zeichnungen. Als ich an meinem Manuskript arbeitete und er mir Illustrationen anfertigte, ging mir auf, dass sich bei ihm Schreiben und Zeichnen in einem Talent vereinigen. In seinem erfrischenden Buch hat er es unter Beweis gestellt. Ich wünsche allen Lesern viel Freude bei der Lektüre.

Dr. Christian Brehmer, Psychologe und Zukunftsforscher
Melle, im Januar 2008

01 Deszendenz

'Wirklich?'
'Ja!
> Stille .... <
Du hast keine Wahl, ob. Du musst gehen, und du weißt es. Du hast gewählt, wann und wohin. Dein Zögern zeigt, dass du schon nahe am Übergang bist. Du musst bald gehen. Dein Zögern, deine Unentschlossenheit wird eine deiner Hauptherausforderungen sein. Warum? Woher? Finde es heraus! Du wirst entdecken, dass dein Zögern eine Vermeidung ist. Vermeidung der Teilhabe an der Schöpfung. Ein Versuch, Sicherheit zu erfahren durch Vermeidung, durch Kontrolle deiner Lebensumstände. Doch Vermeidung ist nicht möglich, Kontrolle nur zum Teil. Vermeidung und Kontrolle sind nur Illusion. Du hast keine Wahl: Was ansteht, muss gelöst werden. So ist Vermeiden lediglich ein Aufschieben, und das Zögern wird dir zum Gefängnis. Aber sei getrost. Du bist niemals allein, auch wenn du oft zweifeln magst. Finde Sicherheit, finde Vertrauen in deine eigenen Kräfte, finde Zugang zu universellen Kräften. Löse deine Aufgaben mit den Kräften, die du entwickeln und mobilisieren kannst – und es ist gut. Es ist ausreichend. Es ist genug. Die positive Absicht ist es, die zählt. Dein aufrichtiges Bemühen. Lasse das Ergebnis auf der materiellen Ebene nachrangig sein. Du weißt – es geht immer um das Geistige. Du kannst nur das Geistige mitnehmen aus deinem Leben.
Erinnerst du dich an die Umstände deines letzten Todes? Du hattest die wunderbare Möglichkeit, Mantras zu rezitieren, die heiligen Silben der Kraft, und daran hast du gut getan.'
'Ja, das war gut. Ich habe mir einiges erspart bei meiner Ankunft hier. Die spirituellen Kräfte, die ich damit angerufen habe, haben mich getragen, zu sich gezogen. Und ich habe wichtige Weichen gestellt für das nächste Mal, für jetzt.'
'Mach dir noch einmal klar, welche Themen du dir für dieses Mal ausgesucht hast: Sensibilität! Geduld! Genuss! Information! Kreativität! Aktion! Bringe diese Qualitäten in deinem Leben zum Ausdruck, und damit bringst du sie in eines Jeden Welt, machst sie allen verfügbar, die daran teilhaben wollen. Teilhabe ist die Grundqualität des Universums. Allverbundenheit. Dies ist das Grundaxiom der Schöpfung! Mache dir wieder und wieder bewusst: Erlösung findet nur gemeinsam statt!'
> Stille .... <
> Einsicht! <
'Einverstanden. Ich will mich noch verabschieden.'
> Sich Einlassen auf die mentale Schwingung von Verbundenheit mit der geistigen Familie auf dieser Ebene. Wohlgefühl, Aufgehobensein, Angenommensein. Tiefes Verstehen. Sein. <
'Bis bald, wir sehen uns wieder .... Wie werden wir uns erkennen? ...'
> Sich loslösen durch Verdichtung, energetische Verdichtung, Verlangsamung der Schwingung. Langsam, gleichmäßig, kontinuierlich, unaufhaltsam. Kontakt wird schwächer, Diffusion, Nebel, Dunkelheit, ...
Langsam sinken. Sinken. Sinken. Sinken. Lösen. Gelöst.
O Gott! Nein!

Doch!
Jetzt!
So ..., so ambivalent. Schon gebunden in materieller Form. Noch flexibel, doch eingetaucht, umhüllt im engen Raum, warm, weich, flüssig. Geräusche. Bewusstsein: Ich? Es? Was? Gefühl: Unwohl. Angst. Fremd. Unsicher. Hoffnung. Noch warten. Sowohl noch in Kontakt mit der universellen Geborgenheit, wie schon verbunden mit dem Organismus der Mutter. Und mit ihren Gefühlen. Erste Einwirkungen erzeugen erste neuronale Bahnen, genetische Dispositionen werden manifestiert in der körperlichen Hülle, die sich mehr und mehr ausdifferenziert. Das Werkzeug des Daseins in der materiellen Welt. Umzusetzen, was feinstofflich mitgebracht wurde aus den geistigen Sphären, gespeichert in den energetischen Hüllen.<
Und ein weiterer, einzigartiger kosmischer Agent der spirituellen Evolution war aufgebrochen, seine Mission zu erfüllen. Aber all das wusste er noch nicht, wusste es nicht mehr. Als lebendige Erfahrung noch im Mutterleib...., als Ahnung noch im Kind, schnell vom Schmerz des 'realen' Lebens überwältigt. Mit dem ersten Schlag auf den Po, kopfüberhängend, die Fußgelenke hart umklammert, schmerzvoll der erste Atemzug, gleißendes Licht, laute Geräusche, Stimmen – Oh Gott, wo bin ich hier gelandet?
Und dieses Gefühl blieb. Lange, lange Zeit.
Zermürbt, ..., überlagert von dem, was andere ihm als Wirklichkeit beibrachten, ihn überzeugten und alle Liebe und Verbundenheit ins Reich des Vergessens versanken, der Frieden auf ewig verloren schien.
Willkommen in Absurdistan!

02 On the road again

„Je weniger du erreicht hast, desto mehr Potenzial ist noch drin.“ (Swami Durchananda)

Kurz hinter Aschaffenburg dämmerte Harry wieder mal seine Lieblingsfrage ins Bewusstsein: Was mach ich eigentlich hier? On the road again. Wieder mal unterwegs zu einer Fortbildung. Wieder Mal aus latentem Unmut über sein bisheriges Leben vielleicht. Rein beruflich gesehen ist eine Yogalehrer-Ausbildung für nen SozPäd nicht so sehr relevant. Außerdem machte Harry sein Job nicht so viel Spaß, dass er jetzt Zeit und Geld dafür ausgeben würde, seine Marktchancen zu steigern oder seine beruflichen Kompetenzen. Und was er sich so von der Ausbildung versprach, das konnte er im Arbeitsalltag sowieso nicht umsetzen. Wer von den voll

pubertierenden, verhaltensauffälligen Kids hätte wohl Bock auf Yoga? „Hä? Bis du nicht ganz dicht oder was? Kannste voll vergessen, Alter." Und regelmäßige Yoga- und Meditationspraxis ist für so nen öffentlichen 0/8/15-Arbeitgeber auch nicht interessant.
Harry hielt sich für relativ inkompetent beruflich, und vor allem fehl am Platz, austauschbar. Seine 'eigentlichen' Qualitäten, die genauer zu definieren er bisher allerdings noch nicht in der Lage war, konnte er nicht umsetzten. Er fühlte sich erfolglos, hatte Erfahrung nur in Bereichen, die ihn gar nicht wirklich interessierten, d.h. bereits Jahre seines Lebens damit Geld verdient. Arbeit – was für eine absurde, komische Sache, dass jemand ihm Geld gab für etwas, das er zu bestimmten Zeiten an bestimmten Orten mit bestimmten Menschen tat. Wie komisch, dass jemand seine Existenz wahrnahm, aber nicht um seiner selbst willen, sondern nur wegen der Funktion, die er ausübte, wegen der Bedeutung, die er für andere hatte.
Und privat? Nach sieben Jahren geschieden, zwei bei ihrer Mutter lebende Kinder, für die er Unterhalt zahlte, zur Zeit keine 'feste Beziehung', auch keine 'Lebensabschnittsbegleiterin', vordergründig zufrieden mit dem 'Single-Dasein', also das übliche perspektivlose Programm eines desillusionierten Enddreißigers.
Wenn er ehrlich war, musste Harry zugeben, dass er wieder mal auf Selbsterkundungstrip war. Besser gesagt, zu erkunden, was er sich nach diversen Exkursionen in der Eso-Szene innerhalb der letzten 15 bis 20 Jahre noch antun könnte, um endlich der Harry zu sein, der er sein wollte: glücklich und zufrieden. So platt. Egal wie. Den Sinn des Lebens finden, sich in einen Sessel setzen und sagen: 'So, das isser jetzt, der Sinn des Lebens. Ich hab ihn endlich gefunden, jetzt behalt ich ihn und lass mir's gut gehen.'
Aber daran, dass dieser Zustand noch nicht auf magische Weise eingetreten war, so wie es aussah, erkannte Harry, und diese Erkenntnis zu akzeptieren war schwer, dass er die Spielregeln des Lebens noch nicht verstanden hatte, oder nicht wahrhaben wollte, oder es gab Regeln, die er noch nicht kannte, geschweige denn beherrschte. Und jetzt war Yoga dran.
Harry war vor einigen Jahren schon mal bei einem Info-Abend in einem Yoga-Zentrum gewesen. Der Yogalehrer dort hatte Yoga überblicksartig etwa so beschrieben:
'Yoga ist ein jahrtausendealtes, ganzheitliches Übungssystem zur Harmonisierung von Körper, Seele und Geist. Ganzheitliches Yoga umfasst im Wesentlichen eine Kombination von Körper-, Atem- und geistigen Übungen.' Dass Yoga unabhängig sei von Religion oder Glauben, war für Harry besonders wichtig.
'Hatha-Yoga, so wie es hier im Westen meist unterrichtet wird, bedeute in erster Linie Gesundheitsprävention, Stressmanagement und Entwicklung der Persönlichkeit.' Dann waren eine Anzahl positiver Wirkungen aufgeführt worden: 'Yoga wirkt tief entspannend auf Körper, Geist und Emotionen. Yoga wirkt nachhaltig harmonisierend auf deine Energiebalance. Yoga-Praktizierende fühlen sich gesund, vital und leistungsstark, und das sieht man auch äußerlich. Du bleibst gelassen auch bei großen Herausforderungen. Konzentrationsvermögen und geistige Klarheit nehmen zu. Yoga wirkt in höchstem Maße kreativitäts- und intelligenzsteigernd.'
So viel Positives, kann man das überhaupt aushalten?, dachte Harry skeptisch. Und es ging noch weiter: 'Yoga bewirkt, in die Mitte des Seins zu kommen und aus diesem Zentrum heraus zu leben. Du spürst, was Dir wirklich gut tut, um gesund zu sein, um aktiv und erfüllt zu

leben – und du entwickelst die dazu notwendigen Einstellungen und Kompetenzen. Wie auch immer du Erfolg oder den Sinn des Lebens definierst – Yoga bringt dich deutlich weiter', hatte es geheißen. Und schließlich: 'Yoga öffnet das Herz. Du wirst ein ganz anderes Lebensgefühl entwickeln. Mehr Freude, mehr Gelassenheit, mehr Vertrauen ins Leben und in dich selbst. Das führt zu mehr Erfüllung, dem Erleben von Verbundenheit mit der ganzen Schöpfung, Einklang, innerem Frieden – das ist wahre Lebensqualität.' Allerdings, hatte Harry gedacht, das war ihm aus dem Herzen gesprochen. Endlich Ruhe finden, egal, was passiert. Und schließlich wurde noch auf die zunehmende Zahl von wissenschaftlichen Studien hingewiesen, sicher mehrere Hundert mittlerweile, die die positiven Wirkungen von Yoga und Meditation belegten.

Dieser erste Eindruck hatte noch lange nachgewirkt. Es klang zwar insgesamt ziemlich übertrieben positiv für Harry, hatte ihn aber auch neugierig gemacht: 'Das Herz öffnen' – auch so geflügelte Worte. Was soll denn das bedeuten? Wie soll denn das ganz praktisch gehen? Damit konnte Harry wenig anfangen. Auch solle man seinen eigenen, inneren Meister finden. Nicht so schnell einem Guru nachlaufen, bloß weil man im Moment begeistert ist. In Ruhe beobachten, ausprobieren, und wenn man sich dann zu einem hingezogen fühlt, genau unterscheiden, ob er nur ein bestimmtes Bedürfnis befriedigt, nach Sicherheit, nach Orientierung, nach Angenommensein. 'Erst wenn du das überwiegend aus dir selbst heraus entwickeln kannst, bist du wirklich bereit für einen Meister. Nur, dass du dann vielleicht keinen mehr brauchst', hatte der Yogalehrer festgestellt. Nun, Harry hatte seinen inneren Meister mittlerweile gefunden. Sein spirituelles Alter Ego hieß Swami Durchananda, jedenfalls seit Harry sich schon eine Weile mit Yoga beschäftigt hatte. Und der Name war Programm. Sicher hatte er Harry einiges zu sagen, half ihm, wo er nur konnte, doch er war halt, neben seinen eigenen Unzulänglichkeiten, auch nur eine innere Stimme. Eine unter vielen in Harrys multiplem, innerem Team. Entscheiden musste Harry selbst. Und auch das Handeln konnte ihm keiner abnehmen.

Aber unabhängig davon hörte sich all das über Yoga ja sehr vielversprechend an. Doch bis Harry dann auch mit der Praxis anfing, vergingen noch ein paar Jahre. Nun, jetzt hatte er die Kurve gekriegt, und jetzt wollte er mehr. Mehr wissen, mehr erfahren, mehr Veränderung in seinem Leben. Er wusste: So gings nicht mehr weiter. Zu frustrierend, zu lau, zu langweilig. Da musste noch mehr sein. Er war nicht mal 'irgendwie' zufrieden. Ganz und gar unzufrieden, wenn er ehrlich war.

Was war denn eigentlich Harrys Problem? Harry wurde nicht wahrgenommen, er hatte keine Präsenz. Was Wunder! Er wollte ja auch nie im Mittelpunkt, nicht vorne stehen. Lieber aus dem Hintergrund agieren und erst eingreifen, wenn er die Ergebnisse des Handelns anderer nicht mehr ertragen konnte. Aber auch nur, wenns nicht zuviel Umstände machte – ja, das Phlegma . . . Andererseits so überhaupt nicht wahrgenommen zu werden, das war's auch wieder nicht. Er hatte kein Interesse, wildfremde Menschen zu fragen, was sie wollten, wie es ihnen gehe, was für Probleme sie hätten - wie es so in den psychosozialen Jobs üblich ist. Jedenfalls war er keiner von denen, die mit messianischem Eifer und Helfersyndrom von ihren eigenen Problem ablenken wollten. Ebensowenig hatte er Lust, sich selbst mitzuteilen –

Hauptrolle in 'Das Schweigen der Männer' – auf andere zuzugehen, zu reden, über seiner Meinung nach Belangloses. Und das war Vieles oder Wichtiges, 'Was ist schon wirklich wichtig?', oder um 'soziale Nähe' herzustellen. Auch 'dazugehören' wollte er nicht. Zu wem denn? War das von Wert? Mit Erstaunen, teilweise auch mit regelrechtem Grauen fand er wiederholt seine Wahrnehmung und Überzeugung bestärkt, in welcher Agonie und Dumpfheit, mit welcher Ignoranz und Gewaltbereitschaft eine nicht unerhebliche Menge der Menschen anscheinend ihr Leben fristeten, die Zeit 'ver'-brachten – wohin? Und vor allem wozu? Das Leben als Trivial pursuit – dummer Zeitvertreib. Scheinbar ohne einen Sinn, geschweige denn einen 'tieferen', oder spirituell gesehen, einen 'höheren' Sinn zu konstruieren.

Er war entscheidungsschwach, völlig unschlüssig darüber, was er wirklich wollte, was wirklich Spaß machen würde, wofür sich einzusetzen es wirklich lohnen würde, wozu er berufen war, scheute daher jedes Risiko und jeden Einsatz – es könnte ja vergebens sein, nutzlos und Energieverschwendung. Die Situation könnte sich sogar noch verschlechtern, die Unzufriedenheit vergrößern, die mühsam empfundene, sich vorgegaukelte Sicherheit gefährden. Enthusiasmus war Fehlanzeige, Engagement daher erst gar nicht angebracht – Phlegma regiert – gierte Harry andererseits nach einem Phleg-weg-Mittel, doch desillusioniert, und hinter der vordergründigen 'Illusion' malte Harry die 'Realität', sofern es sie gab, grau in grau. Das war klar.

Nirvana needed

So war bei aller Widersprüchlichkeit seiner Persönlichkeit dennoch das subjektive Empfinden der Unzulänglichkeit beherrschend, da konnte der Kopf noch so viel rationalisieren, 'vernünftig' sein und 'Positiv denken'. Dabei war er manchmal über sich selbst erstaunt. Über seine Fähigkeit, jeden aufbauenden Gedanken zu zerlegen, bis jede Motivation, jeder Anflug von Trost, Mut und Begeisterung im Keim erstickt war, um im nächsten Moment diese Zerstörung zu relativieren und, sich selbst betrügend?, zumindest auch diese destruktive Gedankenformung, mit einem Fragezeichen zu versehen! Das war immerhin auch eine Fähigkeit. Und bezeichnenderweise könnte auf seinem Grabstein ste-

hen: '?' Ein großes Fragezeichen. Sonst nichts. Nicht mal die Depression (?) hatte Wirklichkeit!? Na, ist es denn wirklich so schlimm? ... Nein! Doch? Harry zweifelte an allem und jedem, nur nicht an seinen begrenzenden Gedanken und Gefühlen – die erlebte er.
Harry war jetzt 39, jahrgangsmäßig ein 'alter 68er', in zweiter Generation sozusagen, und diesem Geist fühlte er sich verpflichtet. Rebellion stand ihm ins Aufgabenheft geschrieben. Und so fühlte er sich meist wie ein widerspenstiger 20-jähriger, jedenfalls nicht erwachsen. Er fühlte sich enttäuscht, dass seine positiven Absichten nicht realisiert wurden, seine Ideen. Er war neidisch auf Leute, die mit ihrer Inkompetenz und Skrupellosigkeit ein bequemes, reiches, selbstgefälliges Leben führten. Er konnte nicht mitreden bei diesem 'MEIN Auto-, MEIN Haus-, MEINE Frau-Spiel'. Und eigentlich wollte er auch nicht. Mochten doch für solche Status-Symbole die anderen im Hamsterrad rotieren bis zum Erbrechen.
Und doch war er unzufrieden. Er hatte sich noch eine ganze Zeitlang das Leben viel, viel schöner vorgestellt. Wann...? Schon von Kind an die Verwunderung und dann das Erschrecken: Wo bin ich denn hier hin geraten? Was mache ich denn hier in dieser schrecklichen, gewalttätigen Welt? Da spiele ich nicht mit! Ich will doch bloß meine Ruhe haben. Es scheint aber so zu sein, dass der Ausstieg aus dem Spiel nicht möglich ist. Um so zynischer!
So lebte Harry von seinem Aktivitätsgrad, oder anders gesagt, seinem Phlegma-Koeffizienten her, ein Leben in der Meta-Position, als ein Beobachter, ein Nicht-Teilnehmer, ein Verweigerer. Statt einem Revoluzzer, einem Aufbegehrer mehr ein sublim autoagressiver Mentaldissident. Er war nicht von dieser Welt. Irgendwie. Dass die Menschheit überhaupt bis heute überlebt hatte, schien ihm ein Wunder angesichts der Unwilligkeit, Dumpfheit und Unfähigkeit Vieler. Man fragt sich echt, wie die durchs Leben kommen. So grotesk erschien das Sorgen und Handeln, das Rennen und Bemühen, Dabeisein, Mitmachen, Sichengagieren, das zappelnde dem Wohlbefinden nachjagen, die 24-Stunden-Nonstop-Gesellschaft mit ihrer niemals zufriedenen Habenwollen-, Glanz-und-Gloria-Hetze, mit ihrer auszehrenden, operativen Hektik bis zum Anschlag, bis einem schwindelig und schlecht wird, verzerrt lächelnd, hysterisch vergnügt, enttäuscht verausgabt . . . DAS wars sicher nicht. Aber anscheinend fehlte es Harrys Verweigerung an der nötigen Gelassenheit, fehlte es dieser Beobachter-Position an einer erweiterten Dimension ...? Oder gar an einer anderen, erfüllenden Art und Weise der Teilnahme, des Dabeiseins?
Und jetzt ein neues Kapitel? Oder nur eine Phase? Was versprach er sich vom Yoga? Immerhin war klar, dass er die Hoffnung noch nicht aufgegeben hatte. So lange er seine Vision vom sinnerfüllten Leben noch hatte, war ein Rest von Selbstrespekt noch erhalten. Und das ließ Harry erst mal durchatmen.
Vor allem kam Harrys Motivation nicht aus Werbebroschüren der zahlreichen Yogazentren und -lehrer in der Szene. Er hatte seit der Ausbildung von Carmen, seiner Ex und Mutter seiner Kinder, bei ihr und auch bei Bekannten, die Yoga regelmäßig und wenigstens einige Monate praktizierten, schon einige positive Entwicklungen feststellen können. Wirklich. Vor allem aber hatte er, wenn auch unregelmäßig, mit eigenen Übungen angefangen, und es schien nach diversen sportlichen Aktivitäten für einen 'älteren Herrn' wie ihn langsam an der Zeit, sich gemäßigteren und vor allem ganzheitlichen Betätigungen zuzuwenden. Darin wurde er

auch jedes Mal bestätigt, wenn er mehr oder weniger unförmige Altersgenossen mit hochrotem Kopf morgens um Sieben oder in der Mittagshitze ächzend sich joggend durch Parks oder Straßenschluchten kämpfen sah, oder die womöglich in Fitnessstudios stoisch zitternd mit verbissen vorgetäuschter Leichtigkeit Gewichte stemmten oder in Kästen aus Beton und Glas auf halsbrecherische Weise kleinen Bällen hinterherhechteten. Um als neuzeitlicher Abenteuer- und Freiheit-Cowboy auf ner Hochglanz-Harley, lederbewehrt und fransenbehangen seine leicht angegrauten Schläfen unter einem coolen Piratenkopftuch hervorlugen zu lassen, fühlte er sich noch zu jung. Außerdem hatte er dafür keine Kohle und keine 21-jährige, silikongepufferte und perfekt designte Kosmetikfachverkäuferin in Aussicht, der er damit imponieren konnte. Auch nicht die Hochglanz-Yogiteusen der Schicki-Micky-Yogazentren, die immer fein geputzt und frisch gespachtelt in ihren Exclusiv-Yoga-dressings auftraten, interessierten ihn. Das war kein 'richtiges' Yoga. Das war ein Boom, ein Hype, ein kurzlebiger Lifestyle. Harry wollte das ursprüngliche, das 'erdige' Yoga, bzw. das eben nicht nur das ebenerdige, sondern auch ein durchgeistigtes Yoga war, wo allem Äußeren abgeschworen wurde, das Materielle transzendiert, die Erleuchtung gleich hinter der nächsten Vorwärtsbeuge, gleich mit dem nächsten Pranayama lauerte ..... Na ja, wart erst mal ab, sagte er zu sich selbst, und kokettierte mit einer ihm nicht unbekannten Seite, die den sinnlichen Genüssen nicht so ganz abhold war. Wollen wir doch mal sehen, was da so nebenbei an Yoginetten, also netten Yoginis, auftaucht. Man muss ja für alles offen und flexibel sein ... Natürlich ging aber die Konzentration auf die Ausbildung vor. Klar. Logo.
Was? Schon kurz vor Würzburg? Da muss ich ja auf die A7, und dann die dritte Abfahrt runter. Oder wars die vierte? Na gut, hat ja auch lang genug gedauert, die Fahrt. Also noch ne gute halbe Stunde, dann bin ich da. Yoga-Satya, so hieß das Seminarhaus. Im 'Naturparadies Odenwald', so hieß es in der Broschüre. Irgendwie, trotz des ganzen selbstmitleidigen Gesülzes, wuchs eine freudige Erwartung in Harry. Und er spürte mit einer seltsamen, ruhigen Klarheit, dass sich einige neue Perspektiven eröffnen, sich einiges ändern würde in seinem Leben.

03 Sekten und spirituelle Gemeinschaften

„Zu schlau sein, um dumm sein zu können, ist das Schlimmste, wenn man gleichzeitig zu dumm ist, um weise zu sein." (Swami Durchananda)

Yoga Satya kannte Harry schon, weil seine Ex dort die Yogalehrerausbildung gemacht hatte. Damals, ziemlich genau vor 4 Jahren, hatte er sie hingebracht, natürlich auch, um zu checken, ob es sich wohl um eine Sekte handle. Sekten waren ein Thema, das ihn schon lange faszinierte.

Wie konnte ein erwachsener Mensch sich in eine derartige Abhängigkeit begeben? Es heißt immer, es könne jeden treffen, aber so ganz stimmte das nicht. Es muss eine bestimmte Persönlichkeitsstruktur mit bestimmten Lebensumständen zusammentreffen. D.h es kann Leute treffen, die es unter normalen Umständen nicht trifft. Wenn starke Belastungssituationen auftreten, insbesondere existenzielle Krisen, in denen die Stressbewältigungskompetenzen nicht mehr ausreichen, können latente Persönlichkeitsmerkmale zum Tragen kommen und zu Entscheidungen führen, die eben eine psychische und dann oft auch materielle Abhängigkeit zur Folge haben können. Und dabei war für die braven Vertreter der etablierten westlichen Seelenheilsverwalter alles, was aus dem Osten kam, schon mal per se verdächtig, besonders bei den braven Kirchenbeauftragten, die sich, ihrer eigenen Scheuklappen kaum bewusst, ehrlich um das Seelenheil der vom Wege, besser gesagt vom ausgetretenen Trampelpfad der Schafsherde Abgekommenen sorgten. Dies allerdings zum Teil mit der selbstverständlichen, westlichen Arroganz, mit der schon seit Jahrhunderten die 'Wilden' missioniert wurden, ganz zu schweigen von den mehr als eindringlichen, aber sicher 'gut gemeinten' einheimischen Bekehrungspraktiken des späten Mittelalters. Aber das ist ein Kapitel für sich. Ebenso, wie die großorganisierten, konkurrierenden Exoten der Esoterik-Szene sich untereinander bekriegen. Also: Yoga-Satya-Check.

'Willkommen im Naturparadies Odenwald', hieß es im Seminarprospekt, 'Das Haus Yoga-Satya bietet dir die ideale Umgebung, um dich zu entspannen und neue Kraft zu tanken. Du kannst zu neuen Erkenntnissen gelangen, Zugang zur eigenen Intuition und Kreativität finden und deine innere Quelle von Inspiration und Glück wieder entdecken.' – klingt ja, wie kaum zu glauben.

Harry erinnerte sich, wie Carmen und er damals langsam eine kleine, gewundene Straße ins Tal hinuntergefahren waren. Hinter den Bäumen tauchten ein paar Gebäude auf, sah aus, wie ein ehemaliger Gaststättenbetrieb mit einem Gästehaus für Übernachtungen. So auf den ersten Blick echt idyllisch. Das milde Sommerwetter tat ein Übriges, und so war es wohltuend, nach der stundenlangen Fahrt erstmal tief durchzuatmen und die Beine zu vertreten. Ein kleiner Bach plätscherte mit leichter Selbstverständlichkeit in sanften Mäandern durch die Wiese, auf denen teils noch wildblühende Blumen ihren hochsommerlichen, erdigen Duft verströmten, die Bienen summten voller lebhaft-entspanntem Arbeitseifer zwischen den federleicht flatternden, bunten Schmetterlingen im Schatten großer, alter Bäume einher – war wirklich so, kein Witz.

Als sie mit dem Gepäck zum Eingang raufgingen, begrüßte sie als erstes das Schuhregal. Stand ja auch in der Mitbringliste: Hausschuhe. Im ganzen Haus und natürlich in den Seminarräumen herrschte Schuhverbot. Ist schon o.k., wenn man so viel am Boden liegt wie beim Yoga, dachte Harry. Und man fühlt sich etwas wie zuhause. Es schwirrte nur so von lockerer Geschäftigkeit. Am Tempo der Fortbewegung unterschied man Mitarbeiter von Seminargästen. Letzere bewegten sich zögerlich versonnen im Haus und auf dem Gelände, teils mit einer Teetasse ganz bei sich und auch in der Seminarhausatmosphäre ankommend. Mitarbeiter waren wohl eher diejenigen, die sich zielstrebig, aber nicht zu schnell an anderen vorbeibewegten, ein freundliches Lächeln im Gesicht. Wieso lächeln die eigentlich, die müssen doch arbeiten? Na ja, in einer Sekte grinsen ja alle die ganze Zeit vor lauter Glückseligkeit! „Harry, beherrsch dich!“, mahnte ihn Swami Durchananda. O.k. Mal vernünftig: Woran erkennt man jetzt eine Sekte? Überall hingen bunte Bilder von Gestalten in indischem Stil, schmuckbekränzt, mit diversen, seltsamen Utensilien bewehrt, manche auf Tigerfellen sitzend oder auf Tigern drapiert, manche blau im Gesicht, mit mehreren Armen, oder mit einem Elefantenkopf. Eine Art Affenmensch saß zu Füßen eines Liebes- oder Königspaares. Auch ein Bild von so einem krabbelnden Kleinkind, blau! Gut, dachte Harry wohlwollend, das sind die Gottheiten, die kenn ich ja schon aus dem Hinduismus. Die krass kitschige Darstellungsweise, knallbunt und meist so rundliche Gesichter, war nicht so nach Harrys Geschmack. Dazwischen immer wieder Portraitfotos von Männern verschiedensten Alters, viele mit langem Bart, einige wenige Frauen – die MeisterInnen-Galerie. Interessanterweise Bilder von Personen aus verschiedensten Richtungen, verschiedenen Religionen, sogar welche von Jesus dabei. Ja, ist Yoga jetzt eine Religion oder nicht? Mit Vielgötterei? Muss man jetzt Hindu werden, um Yoga zu machen? Soviel wusste Harry: Das braucht's alles nicht.

Das ist ja schon mal ein positives Zeichen, dass sie nicht nur auf einen Meister eingeschworen zu sein scheinen, dachte Harry. Zwei jedoch waren besonders häufig abgebildet: Ein großer, massiger Mann mittleren Alters, kahlköpfig, ohne Bart, mit einem entspannten Lächeln und gütig blickenden Augen: Swami Sivananda, ein Zeitgenosse Gandhis. Swami Sivananda wird oft als einer der geistigen Väter des klassischen Hatha-Yoga in der Neuzeit angesehen, da er die jahrtausendealten Praktiken als ganzheitliches System in seinem Ashram, seinem Kloster, im nordindischen Rishikesh gelehrt hat. Viele heute noch bekannte Yogameister, die den Yoga den westlichen Menschen zugänglich gemacht haben, waren seine direkten Schüler oder von ihm beeinflusst. Der andere Meister war meist mit einem Lachen über das ganze Gesicht abgebildet, trotz seiner weißen Haare noch jugendlich aussehend, mit einer Ausstrahlung von großer Freude und Lebenskraft: Swami Vishnu Devananda, einer der bekanntesten Schüler von Swami Sivananda, und langjähriger Lehrer des Yoga-Satya-Ashramleiters Madhura, was soviel wie 'der Süße' bedeutete, wie Harry später erfuhr. O.k., das Äußere war noch lang kein Hinweis auf eine Sekte, man denke nur an den Pomp der katholischen Kirchen und deren Würdenträger. Es sei denn, man fände in diesen erlauchten, etablierten Kreisen westlich institutionalisierter Religion etwa das ein oder andere Kennzeichen einer Sekte ... Mehr Aufschluss gab da sicher die Betrachtung der Umgangsformen miteinander, mehr noch als offizielle Statuten.

Kommen wir also ins Gespräch. Beim Einchecken sprach ihn eine ganz eifrige Mitarbeiterin an: „Hallo, wie ist dein Name?“ „Harry Bohl.“ „Hari Bol???“ „Ja, aber ich mach nicht mit. Die Carmen hier ist für die Yogalehrerausbildung angemeldet ...“ Wir dürfen 'erstmal ankommen', dann Hausführung, ein paar kleine Regeln. „Um 16.30 könnt ihr dann an der Yogastunde teilnehmen, 18 Uhr Abendessen. 20 Uhr Satsang und Meditation.“ Ja, nach dem Abendessen bin ich hoffentlich satt, dachte Harry, aber ohne gleich sang- und klanglos ins Bett zu fallen.

Der Mitarbeiter, mit dem Harry sich über die Konditionen einer längerfristigen Mitarbeit als Angestellter unterhalten hatte, mal so zum Testen, machte einen halbwegs normalen Eindruck, auch wenn sein fast spitzbübisches Dauergrinsen und die Beinahe-Glatze, in Verbindung mit der Schlabberhose und dem pfuckigen Sweatshirt schon ziemlich grenzwertig erschienen. Fehlte nur noch der kleine Haarzopf auf dem Scheitel und ein paar Glöckchen zum Bimmeln. Aber nee, ...

Das Gehalt war am untersten Ende der Skala angesiedelt, aber es gab neben den üblichen Sozialleistungen bei üblicher Wochenarbeitszeit noch Taschengeld dazu. „Woanders must du noch zuzahlen, um mitarbeiten zu können“, meinte er. Stimmt, dachte Harry. Auch die Seminarpreise waren vergleichsweise sehr günstig, also von finanzieller Ausbeutung konnte keine Rede sein. Jedenfalls machten alle Leute und auch die ganze Anlage einen offenen, freundlichen Eindruck. Nichts zu spüren von Kontrolle, Manipulation, auch keine Kleiderordnung, keine Konformität, keine versteckten, einschüchternden Blicke. Weder die leicht irritierten, verhuschten, sich um die Ecken dräuenden Gestalten, noch die festen Blickes verspannt im Hintergrund stehenden Aufpasser-Typen, wie man sie aus den öffentlich-rechtlichen Fernsehproduktionen über Sekten kennt, waren Harry, bislang zumindest, unter die Augen gekommen. Alles lag im üblichen Rahmen dessen, was ein Seminarhaus dieser Größenordnung für einen halbwegs reibungslosen Ablauf notwendig braucht. Alles weitere würde sich erst bei einem längeren Aufenthalt herausfinden lassen, oder durch authentische Berichte. Also erstmal Entwarnung.

Die Yogastunde war sehr angenehm, aber das Essen, das war einfach super. Alles aus Bioanbau, Vollwert, vegetarisch sowieso. Buffet vom Feinsten, jeder esse, was er kann!

Abends dann Satsang: Gemeinsames Meditieren und dann Mantrasingen. O.k., daran kann man sich gewöhnen. Welche Dimension so ein Satsang haben kann, sollte Harry erst viel später bewusst werden. In Erinnerung blieb aber die Wonne. Was singen die da? „Ich bin Wonne, kosmische Wonne bin ich!“ Harry musste schlucken. Wonne! Mit diesem Wort hatte Harry ein Problem. Ich und Wonne! Wartet mal, bis ihr mich wirklich kennenlernt ... Aber gut. Alles halb so wild.

Am nächsten Morgen überließ er Carmen, seine Lebensabschnittsbegleiterin, ihrem Karma und fuhr bestens gelaunt Richtung Heimat, mit nem kleinen Abstecher zu seinen Eltern, das lag auf dem Weg. Harrys Eltern machten sich gerne Sorgen, jedenfalls die Mutter. Der Vater konnte es zumindest besser verbergen, aber er hatte auch genug erlebt, um sich nicht zu viel Sorgen zu machen.

„Hallo Mamma!" „Na Jung, wie isset denn?" „Ja wie soll et denn sein?" „Ja, warste denn nicht da in diesem Haus, wo jetzt die Carmen dieses Yoga macht?" „Sicher war ich da." „Und? Erzähl doch mal. Man macht sich doch Gedanken. Ob das jetzt ne Sekte ist, oder was machen die denn da überhaupt?" Zu diesem Zeitpunkt standen sie immer noch bei offener Haustür in der Diele und Harry hatte immer noch die Schuhe an ... „Wollen wir uns nicht erstmal setzen?"

Später, nach dem Mittagessen, ließ er sich dann doch etwas ausführlicher zum Thema Sekten aus. „Nee, ist keine Sekte, schätz ich. Sehr hübsch im Grünen gelegen, alle Parameter im Grünen Bereich, sozusagen. Nee, aber im Ernst, bei der Vielfalt von Angeboten heutzutage ist es auch für Experten schwierig, die Grenze zu ziehen, weil die Anbieter auf dem Jahrmarkt eso-, mittlerweile exoterischer Eitelkeiten – ein buntes Völkchen allerlei Provenienz ...", schmunzelte Harry, „ja auch nicht immer gleich alle Merkmale erfüllen oder nicht erfüllen. Allgemein gesagt: Sekten sind ja nicht religiös, sondern der gewalttätigste Ausdruck des spirituellen Materialismus. Sie benutzen lediglich spirituelles Vokabular, greifen unerfüllte Sehnsüchte und Bedürfnisse auf. Sekten sind nicht bewusstseinserweiternd, sondern bewusstseinsverengend. Sie verwenden dogmatische, begrenzende Modelle und Vorschriften. Sekten sind extrem und gewalttätig im Umgang untereinander oder mit Außenstehenden, grenzen sich nach außen ab gegen die Welt, sowie gegen geistig und geistlich Tätige.

Harrys Eltern machten große Augen, wenn er so zu dozieren begann. „Aber es gibt schon einige deutliche Merkmale von Sekten: Sekten arbeiten mit bewußter Täuschung, absichtlicher Manipulation, und zielen auf Abhängigkeit der Menschen, die sich ihnen anschließen. Zentrales Mittel der Manipulation ist die Bewusstseinskontrolle, also was einer denkt, was er wahrnimmt, was er fühlt, um so sein Handeln zu kontrollieren, natürlich vollständig im Sinne der Sektenführer. Dazu binden sie 'Unterstützung' und 'Angenommensein' an strenge Regeln der Akzeptanz und des Gehorsams. Sie verlangen Ego -'Selbst'- Aufopferung, absoluten Gehorsam, Glaube, Loyalität, Pflichtbewußtsein. In der Gruppe herrschen nach außen hin immer beste Stimmung und ein reibungsloser Ablauf. Aber wenn einer sich nicht anpasst, arbeiten sie gezielt mit Verurteilung, Schuld, Angst und Gruppendruck, mit Belohnung/Strafe-Systemen. Dabei sind sie stark emotionalisierend. Sie stürzen die Leute in Wechselbäder der Gefühle, so dass diese verunsichert werden – himmelhoch jauchzend, zu Tode betrübt. Um den Rückhalt und die Bindung nach außen, an frühere Bekannte zu schwächen, wird der Kontakt zu Freunden, zur Familie untersagt. Diese werden dazu oft noch als die Verursacher des Unheils dargestellt, es sei denn, sie kommen als potenzielle Mitglieder in Frage."

„Warum machen Leute denn so was mit?", fragte der Vater. „Ist doch völlig ohne Verstand!"

„Ja, weißt du, wenn's dir so richtig dreckig geht, und du dich von Gott und der Welt verlassen fühlst, kann es manchmal schon sehr, sehr schwer sein, allein wieder neuen Mut und neue Kraft zu finden. Wenn du zu so einem Zeitpunkt die falschen Leute triffst, kannst du wirklich in einer Sekte landen. Und das Ganze hat nicht viel mit Intelligenz zu tun. Eher mit einem gestörten Selbstvertrauen und geistig-spiritueller Orientierungslosigkeit. Zum Einen ist die Suche nach Sinn eine Grundmotivation, die alle Menschen bewegt, und zum anderen das Angenommen sein von anderen Menschen oder einer Gruppe. Wenn dann eine

Persönlichkeitsstruktur mit geringem Selbstwertgefühl besteht, die eher konservativ und an Autoritäten orientiert ist, die zur Emotionalität und Anpassung neigt, ist in längerfristigen Belastungssituationen durchaus die Gefahr gegeben, sich an Gruppen, Leitbildern und Autoritäten zu orientieren, die eine Erfüllung dieser Bedürfnisse versprechen – so wie eben Sekten es tun. Manchmal ist es dann ein Schicksalsschlag, der das Fass zum Überlaufen bringt, und du lässt dich auf Leute ein, die dir Verständnis, Heilung, Frieden oder die Erlösung versprechen. In dem Moment kannst du nicht mehr rational einschätzen und abwägen, dann probierst du's eben. Und wenn du nicht ganz schnell merkst, was läuft, und deine letzte Kraft zusammennimmst, dann bist du eben drin.
Der Beitritt ist Pflicht, 'um dazuzugehören", um die großen Geheimnisse zu erfahren, und geht sehr leicht. Mehr oder weniger besteht Geheimniskrämerei hinsichtlich der Lehrinhalte. Erst wirst du verunsichert, dir Angst gemacht, dir in zweifelhaften Tests oder Gesprächen gezeigt, wie sehr du am Ende bist, und dann kommt die ultimative Lösung, die du dir aber erst erkaufen, und später, wenn du mal drin bist, noch verdienen musst. Und der Austritt geht meist sehr schwer und wird durch psychische, teilweise materielle Abhängigkeit, Panikmacherei zu verhindern gesucht. Leute, die es schaffen, da auszusteigen, haben oft jahrelang ernsthafte psychische Probleme.
„Meine Güte, das klingt ja furchtbar", meinte die Mutter bestürzt.

Woran dein Herz hängt,
das ist dein Gott
(Martin Luther)

Ist es auch. Sekten verkünden eine absolutistische, dogmatische Heilslehre, die Erleuchtung verspricht, Gewissheit über den Sinn des Lebens, und Gemeinschaft, und dabei haben sie die Wahrheit für sich allein gepachtet. Sie verkünden vielfach eine Moral des aktuellen Verzichts mit Aussicht auf Belohnung bzw. Strafe im Jenseits.
Tja, und nicht zuletzt spielt der Guru, der Meister, eine große Rolle. Obwohl der manchmal nur das Aushängeschild ist für einige durchtriebene Anhänger, die insgeheim die Leitung unter sich ausmachen. Der Guru wird als absolut notwendig und unfehlbar dargestellt, da 'gottgeleitet'. Er fungiert als Sprachrohr Gottes, das die Offenbarungen empfängt, und ist deshalb unverzichtbar für die Erlösung der Mitglieder.
Gut, was ich jetzt erzählt habe, sind sicher die besonders extremen Ausformungen, aber wenn

nur wenige dieser Punkte zutreffen, reicht's doch schon. In den 70er und 80er Jahren hatten diese Sekten Hochkonjunktur. Aber da die Gesellschaft aufmerksamer geworden ist, haben sich viele zurückgezogen, was eventuell noch gefährlicher ist. Im Vergleich allerdings zum gesamten Angebot an spirituellen Entwicklungswegen sind die Mitgliedszahlen von Sekten doch eher gering, da wird sicher auch vieles übertrieben von den etablierten Kirchen, die ja immer noch deutlichen Mitgliederschwund zu verzeichnen haben. Aber das ist wieder ein Thema für sich.

Der beste Schutz jedenfalls ist ein gesundes Selbstvertrauen, was letztlich auch Gottvertrauen ist. Dass du deine Autorität im Inneren hast. Dann brauchst du niemanden, der dir sagt, wo's lang geht. Dass du bewusst bist dafür, was in dir und um dich herum abläuft, dass du anderen und vor allem auch dir selbst ohne Verurteilung, mit wohlwollender Nachsicht begegnest. Dass du eine spirituelle Übungspraxis hast, eine Gruppe, die dich unterstützt. Wenn du so gefestigt bist, kannst du dich auf einen spirituellen Lehrer einlassen, der dich, wenn er wirklich spirituell ist, sehr viel weiter bringen kann. Wie sagte Timothy Leary: '*Denke selbst, misstraue Autoritäten*'. Könnte auch von Buddha sein: '*Glaubt mir nicht einfach. Praktiziert und macht eure eigenen Erfahrungen*'.

Jedenfalls, was jetzt im Unterschied zu Sekten die spirituellen Gemeinschaften betrifft, bzw. die philosophischen Richtungen, denen sie folgen, kannst du im Prinzip in jedem Punkt das Gegenteil von dem annehmen, was ich gerade über Sekten gesagt habe. Die allgemeine Ziele, Menschen bei ihrer spirituellen Entwicklung zu helfen, sind transparent, ebenso die Praktiken, und auch die Hierarchie und Strukturen der Organisation. Sind an lebhaftem Austausch auf allen Ebenen interessiert: sozial, wissenschaftlich, multikulturell, offen für konstruktive Einflüsse. Jedenfalls hat der Leiter oft eine psychologische oder medizinische Ausbildung. Die Kosmologie kommt ohne absolutistische Wahrheitsansprüche aus. Das Weltbild ist vielmehr ganzheitlich spirituell und evolutionär konsequent positiv, zuversichtlich orientiert.

Was den menschlichen Umgang betrifft, bieten sie im Rahmen ihrer eigenen Entwicklung Liebe, Unterstützung wirklich suchenden Menschen. Dabei werden keinerlei universelle Heilsversprechen gegeben. Auch Aufopferung und radikale Entsagung werden als Irrwege angesehen. Die Leiter und erfahrene Mitglieder sind immer bereit, Regeln, Methoden und Inhalte zu erläutern. Alle Themen können angesprochen werden. So eine Gruppe oder Einrichtung arbeitet, zwangsläufig, nach marktwirtschaftlichen Bedingungen, an üblichen Honoraren orientiert, teils gemeinnützig. Oft werden Gewinne und gesellschaftlicher Einfluss für psychologische, soziale und kulturelle Ziele eingesetzt. Hilfe zur Selbsthilfe, das Streben nach Selbstbestimmung jedes Einzelnen, ist das vorrangige Ziel und wird entsprechend gefördert. Letztlich wirst du immer ermutigt, den 'Inneren Meister' zu finden. Der äußere Lehrer fungiert auch als Symbol für das eigene Potenzial, eigene höchste, transzendente Natur, die in jedem Menschen steckt."

„So, wie Jesus als Sohn Gottes quasi das Potenzial jedes Menschen darstellt," warf der Vater ein. „Und die Auferstehung ja auch ein Symbol für die Transzendenz ist." Harrys Eltern waren ziemlich gläubige Christen.

„Genau. Kann man so sagen."

„Und was ist jetzt mit Yoga? Ist das nun ne Sekte, wo die Carmen jetzt ist, oder nicht?"
„Wenns eine wäre, hätt ich sie sicher nicht da gelassen. Und sie wäre ja auch gar nicht erst hingegangen. Nee, was Yoga betrifft, ist es so, dass tatsächlich die meisten Yogis eine so hohe Ethik leben, oder es zumindest versuchen, dass bewusst betrügerische oder manipulative Absichten nahezu ausgeschlossen sind. Es gibt ja ausdrücklich eine Reihe von ethischen Richtlinien, die sogenannten Yamas und Niyamas, die so ein Verhalten wie das von Sekten völlig ausschließen. Und die Frage nach der Qualität der Arbeit, also Therapie oder unterstützende Begleitung auf dem spirituellen Weg, ist ja noch ein ganz anderes Thema. Allgemein hat sich aber in den letzten Jahren das Niveau gebessert, da so viele Anbieter konkurrieren, dass du letztlich auf lange Sicht auf dem Psychomarkt nicht bestehen kannst, wenn du nicht Qualität bietest. Dass auch unter den Yogis einige sind, die sich überschätzen und für besser halten, als sie sind, die sich illusionären Größenphantasien hingeben, ist klar. Und von der Ausbildung her bzw. wie diese dann an den Mann, meist eher an die Frau gebracht wird, gibt es große Unterschiede. Nach wie vor bekommst du die meisten Klienten über Mundpropaganda. Letztlich gilt immer noch: '*An ihren Früchten sollt ihr sie erkennen.*'
„Ist da die Carmen nicht auch so etwas labil? Die macht doch oft so nen abgehobenen Eindruck."
„Ob Carmen gefährdet ist, meinst du? Nee, nicht wirklich. Aber ich sollte vielleicht ein Auge drauf haben. Bei Yoga-Satya ist sie aber gut aufgehoben."

04 Ankunft

„Das Bestreben, das Universum zu verstehen, hebt das menschliche Leben ein wenig über eine Farce hinaus und verleiht ihm einen Hauch von tragischer Würde." (S. Weinberg)

Und jetzt war es wieder mal so weit. Sich den schmalen, sich in einigen Kurven ins Tal hinunter schlängelnden Weg finden zu lassen war wie ein Eintauchen in eine andere Welt. Zum einen in die Natur, die Ursprünglichkeit, die Reinheit, und zum anderen in das Miteinander von besonderen und doch nicht besonderen Menschen, die sich ein gemeinsames, wunderbares Ziel zur Aufgabe gemacht hatten. Damit verbunden das Gefühl, dass wieder etwas passieren würde, was maßgeblichen Einfluss auf sein Leben nehmen würde. Zumal es jetzt eine ganze Yogalehrerausbildung war, die ihn hergeführt hatte. Vier Wochen intensives Yoga, da musste ja was passieren. Und genau das wollte Harry ja auch. Also auf zu neuen Ufern.
Dieses Mal hatte er sein Zelt dabei. Die Wiese neben dem Haus bot reichlich Platz für etwa

20 – 25 Zelte, ohne sich zu nah auf die Pelle zu rücken. Aber erstmal einchecken. Wieder ein paar neue Gesichter, wieder jemand anderes an der Rezeption. Seit dem Karma-Yoga im letzten Jahr wusste Harry auch, warum einige im Haus und schon an der Rezeption so komisch guckten, als er seinen Namen nannte: Harry Bohl. Das klingt nämlich genau wie Hari Bol. Hari ist ein Name für Gott, meistens wird Krishna damit bezeichnet, und Bol bedeutet soviel wie lobpreisen, singen. Harry Bohl bzw. Hari Bol könnte man also etwa mit Lobe Gott oder gottlob übersetzen. Das war natürlich ein Hammer für Harry. Mit dem 'lieben Gott' und 'Lobpreisen und Singen' war Harry noch lange nicht im Reinen. Seit seinen Stunden im Kindergottesdienst, wohin seine Eltern ihn bereits mit 6 oder 7 Jahren gesteckt hatten, 'Das ist extra für Kinder, viel schöner als bei den Erwachsenen zu sitzen.' – Würg! – war er quasi traumatisiert. Na ja, das Trauma mochte weit früher liegen, jedenfalls war er doch sehr genervt von dem ganzen Kirchenkram. Wenig später schon begann er, der ganzen Geschichte zu misstrauen, vor allem dem Gelobe und Gepreise eines Gottes, den er noch nie gesehen hatte, der ihm völlig unverständlich blieb, der aber 'alles sah' – hat man denn nirgends seine Ruhe vor dem? – der 'böse' wurde, wenn man sich nicht anständig benahm, und einen trotzdem lieb hatte!? Und fröhlich sollte man sein, und auch noch dankbar, dass man lebt – Harry wollte nur noch schreien: 'Alles Lüge, erzählt mir doch nicht so einen Schwachsinn. Das Leben ist grauenvoll, elend, ich will überhaupt nicht da sein'. Je älter er wurde, desto mehr Verlogenheit und Heuchelei entdeckte er, desto mehr Fragen blieben offen. Und mit 13 kehrte er der ganzen Sache den Rücken und ward fortan in keiner Kirche mehr gesehen.
Aber wie das Leben so spielt: Dort, wo die größten Widerstände und Aversionen sind, gibt's was zu lernen. Da holt das Schicksal einen unweigerlich ein. Über die intellektuelle Erweckung aus seinem postpubertär-naivem Schlaf durch einen Schulfreund aus 'akademisch gebildetem' Elternhaus kam er über die kritische Sozialpsychologie zur Spiritualität, bis er nach einigen Irrwegen, sofern es Irr-Wege gibt, und weiteren Wegen wie Osho, Buddhismus und weiteren mehr, um einige Erfahrung reicher beim Yoga ankam. Angekommen sein – ein Gefühl, das umso mehr gesucht wird, je mehr du in der heutigen Zeit zum Weiterkommen gedrängt wirst: 'Du musst doch wissen, was du willst! Es muss doch weiter gehen! Hast du denn keinen Plan für deine Zukunft?' 'Nee, hab ich nicht!' entgegnete Harry trotzig. 'Du kannst doch nicht so einfach in den Tag hinein leben! Was hast du heute zum Beispiel schon geleistet?' Beinahe täglich zu irgendeiner Leistung angetrieben, seine Existenzberechtigung unter Beweis stellen zu müssen, suchte Harry, bislang nur gelegentlich erfolgreich, sich diesem inneren Druck, und dem kaum entrinnbaren information-overload zu entziehen. Dabei sind wir meist nur overnewsed, aber underinformed. Ständig wird uns 'Neues' um die Ohren geschlagen, werden wir zugeschüttet mit Radiogeplärre, TV-Geflimmer, von diesem ganzen Medienmüll penetriert, aber wie oberflächlich, wie destruktiv und inhaltsleer! Die Welt explodiert nicht innerhalb der nächsten paar Tage, aber man will es uns Glauben machen! Die gezielte Desinformation hat schon längst paranoide Züge angenommen! Angst, Konfusion und Depression sollen uns gefügig und lenkbar machen.
'Woher nimmst du die nötige Distanz, dich da nicht hineinziehen zu lassen? Die Ruhe, die Stille, die Orientierung, die innere Kraft?' Aus dem Yoga! Dank Swami Durchananda erinner-

te sich Harry immer wieder an diese Erfahrung. Angekommen sein ist mindestens so wichtig wie auf dem Weg sein, und für manche schwerer, als den Weg zu gehen. In den nächsten Wochen und Jahren wurde Harrys Gefühl von Angekommensein im Yoga noch verstärkt, denn die Komplexität und die Dimensionen des Yoga, vor allem aber seine praktische, spürbare Wirkung boten allen Raum und Zeit, die Harry benötigte, um mehr und mehr Heim zu kommen. Heim zu sich selbst. Aus einer der wirklichen, möglichen Welten schließlich in der 'wahren' Welt anzukommen. Und so konnte Harry letztlich auch seinen Namen, Nomen est Omen, und Zufälle gibt's ja nicht, annehmen, wenn auch noch nicht neutral oder gar mit guten Gefühlen. Im Yoga GAB es Antworten, und es gab ERFAHRUNGEN, hier konnte er lernen, SEINEN Weg zu gehen.

Einige Minuten später fuhr Harry hinters Haus und verschaffte sich einen Überblick über die Campingwiese, wo wohl noch ein idyllisches Plätzchen zu finden sei, an dem er sich vier Wochen lang wohl fühlen konnte. 'Die Energie muss ja stimmen', dachte er nicht so ganz ohne Ironie, und ein Experte in Feng Shui war er ja auch nicht gerade. Jedenfalls darf es nicht feucht sein, aber gerade und ohne Huckel, mit möglichst viel Sonne. Da hinten vielleicht, ja, ... Ach, guck an, den kenn' ich doch! In einem hinteren Winkel der Wiese, nahe am Bach, kroch gerade so 'n hagerer Typ mit kurz geschorenen Haaren, etwa Mitte dreißig, im Gras herum und war damit beschäftigt, sein Zelt auszubreiten und die Häringe zurechtzulegen. Kalle! In diesem Moment schaute Kalle kurz auf und sah in Harrys Richtung. Dann erkannte er Harry und kam auch gleich auf ihn zu. „Häääái, du altet Magengesicht! Wat machs du denn hier?" Er strahlte bis über beide Ohren.

„Na, du alten Knittersack?", grinste Harry zurück. „Wat mach ich hier wohl? Yogalehrerausbildung natürlich!"

Herzliche Umarmung, tiefer Blick in die Augen, Schulterklopfen.

„Is ja krass. Ich auch. Na, da ham wir ja einiges vor. Schön, dich zu sehen."

„Ja, ich freu mich auch. Wie lang ist das jetzt her?"

„Na ziemlich genau ein Jahr, oder fast ein Jahr. War doch Anfang September letztes Jahr, oder?"

„Ja, stimmt, da war ich das letzte Mal hier zum Karma-Yoga, eine Woche. Und du hattest hier so ne Einführung in Yoga und Meditation gemacht. Und jetzt schon gleich die Ausbildung?"

„Na klar, warum nicht? Ich hab regelmäßig zuhause weitergemacht, und die ganze Zeit auch im Center in Essen. Und da führt ja früher oder später kein Weg dran vorbei, die Ausbildung zu machen. Ohne jetzt unterrichten zu wollen. Einfach so für mich. Und du?"

„Ja, ist eigentlich das Gleiche. Um die eigene Praxis zu intensivieren, was Neues zu lernen. Da kann man das Ganze doch gleich als Ausbildung machen, man weiß ja nie."

„Genaaaaaaau! Also, Alter, dann lass uns mal aufbauen, dann können wir gleich noch um halb fünf in die Yogastunde."

„Ass klaaa, ich mach mich dann gleich mal hier neben dich."

Das kleine 2-Personen-Kuppelzelt war schnell aufgebaut. Mann, is das winzig, dachte Harry, als er hineinkroch. Oder ich bin gewachsen. Na für Einen wird's wohl gehen. Ist eher die Frage, ob's dicht ist. Hauptsache, ich bin nachher nicht mehr so dicht, wie jetzt, energiemäßig. Na wir werden sehen. Und jetzt bin ich mal gespannt auf die Yogastunde.

Die Spannung war schnell vorbei, im positiven Sinne, denn die Yogastunde war sehr entspannend. Nicht gleich so fordernd, da die Yogalehrerin wusste, dass die meisten Teilnehmer erst im Laufe des Tages angekommen waren, und so ließ sie es ruhig angehen. Die kenn' ich noch gar nicht, dachte Harry zwischendurch. Sieht ja ziemlich gut aus. Wie alt die wohl ist? Macht auch ne wirklich schöne Stunde. Na wollen wir doch mal sehen, dachte er und schloss dann wieder die Augen, aber ich bin ja zum Yoga machen hier. Andererseits ist ja schließlich alles Yoga, also warum ... Über das tiefe Ausatmen fand sein Geist wieder zum Hier und Jetzt seines Körpers zurück, so dass er den Rest der Stunde genießen konnte.
Als er zum Abendessen in den Speiseraum kam, war das Büffet schon fertig aufgebaut. Einige besonders Hungrige standen bereits mit Teller und Besteck bewehrt an. Aber Harry wusste: Ohne Brahmaparnam, das yogische Tischgebet, ging da gar nichts. Das Buffet wurde von einem Küchenmitarbeiter mit einem Gebet, dem Dank an Brahman für seine reichlichen Gaben, eröffnet. Erst dann durfte man sich den Teller füllen. Hierüber die mengenmäßige Kontrolle zu behalten war für so Manchen eine explizite Lernaufgabe: Maßhalten. Eine der ganz zentralen Kompetenzen eines Yogi. Was sich hier so trocken und lustfeindlich, wenn nicht gar demotivierend anhört, 'Maßhalten', war allerdings nicht mehr und nicht weniger als einer der Schlüssel zu einem erfüllten Leben. Doch davon später mehr.
Es war noch warm genug, draußen auf der Terrasse zu essen, von der sich das Sonnenlicht langsam hinter die Wipfel der Kiefern zurückzog, die das kleine Tal, in dem Yoga-Satya lag, umsäumten. Während Harry sich die letzten Krümel des legendär guten Abendessens reinschob, ließ er seinen Blick über das weitläufige Gelände von Haus Yoga-Satya schweifen.
Ah ja, da hinten zwischen Scheune und Waschklause erkannte Harry einen der langjährigen Mitarbeiter von Yoga-Satya: Gotthilf. Gotthilf sah aus wie man sich so einen Methodistenprediger vorstellen kann: Um die 50 war er wohl, der Kopf fast kahl, aber unten rum ums Kinn ein mächtiger Rauschebart. Auf der Nase eine kleine Brille mit Kassengestell und runden Gläsern, so dick wie ne Thermopane-Doppelverglasung, die jedoch seinen versonnenen, freundlichen Blick nicht verdecken konnten. Er wirkte oft etwas abwesend und mit seinem Bäuchlein etwas behäbig, aber wenn er seine Kundalini-Yoga-Stunden gab, konnte man über seine Beweglichkeit und Dynamik nur staunen. Gotthilf war so eine typische 'gute Seele des Hauses'. Immer wenn's mal wieder drunter und drüber ging, war auf Gotthilf Verlass. Ohne großes Aufheben richtete er die Dinge wieder, was auch immer gerade anlag. Mit unerschütterlicher Ruhe und Freundlichkeit sorgte er für die Beseitigung des Problems. Manche Mitarbeiter wollen bei ihm bisweilen auch mal ein ganz leichtes Zucken in den Augenwinkeln und so kleine, mahlende Kieferbewegungen gesehen haben, wenn seine Gutmütigkeit bis auf's Äußerste strapaziert wurde. Doch schaffte er es immer wieder, sich eine Weile zurückzunehmen, um wieder zu regenerieren und über den tieferen Sinn seines Einsatzes bei Yoga-Satya zu sinnieren. Er wird wohl selbst am besten wissen, warum er hier seit mehr als 8 Jahren seine Heimat gefunden hat. Und da kam auch Lümmel angedackelt, Lu Melle, wie der Franzose sagt, der Kater von Gotthilf. Er hatte noch einen, der hieß Lui Meme, Er Selbst, so als kleiner Hinweis auf Tat Twam Asi – DAS bist du, nämlich das wahre, allumfassende Selbst. Harry begrüßte Lümmel: „Na komma her, du ollen Kater. Sollst auch nicht leben wie ein Hund“,

und legte ihm den Rest vom Nachtisch vor die Nase. Auch Lümmel war nämlich Vegetarier. Bis zum Satsang, der gemeinsamen Meditation, dem Mantrasingen und dem anschließenden offiziellen Beginn der Ausbildung war noch fast eine Stunde Zeit. Harry holte sich einen Tee und verzog sich für ein paar Schritte in die Friedfertigkeit der üppigen Natur um ihn herum, um sich einzustimmen, um seinen noch etwas aufgeregten Geist und seine diffusen Gefühle mit seiner körperlichen Anwesenheit an diesem ganz besonderen Ort in Einklang zu bringen, so dass er sich möglichst voll und ganz auf die Erfahrungen der nächsten Wochen einlassen konnte.

Aufrecht und bequem

Der erste Satsang nach fast einem Jahr. Es war schwer, gleich beim ersten Mal die besondere Atmosphäre dieser gemeinsamen Meditation, des gemeinsamen Mantrasingens zu erfassen, sich darauf einzulassen, doch Harry wusste, dass sich das ganz sicher mit den nächsten Malen noch einstellen würde.
Am Ende des Satsangs kam es noch unvermeidlicherweise zum Verteilen der Karma-Yoga-Aufgaben für alle Neuankömmlinge im Haus. Praktische Erfahrung im Dienst am anderen, auch Seva genannt, ist ein nicht unwesentlicher Aspekt des Yoga und war daher auch Bestandteil der Ausbildung. Für den einen oder die andere, die sich wohl noch wenig mit Yoga beschäftigt hatten, war das Mithelfen im Haus, teils mit etwas unbeliebten Tätigkeiten, durchaus ein Anlass, sich zu mockieren, mehr oder weniger lautstark rumzunölen nach dem Motto: 'Ich hab doch hier bezahlt, da mach ich mir nicht auch noch die Finger schmutzig.' Karma-Yoga ist eine prima Methode, das Ego herauszufordern, eine gewisse Art von Stolz oder Überheblichkeit loszulassen und seine eigene Wichtigkeit oder auch Unwichtigkeit ins rechte Licht zu setzen. Für einige war es eine regelrechte Lektion in Demut. Und nicht umsonst steckt das Wort Mut in Demut.

05 Mach dich ruhig schmutzig

„Diene, liebe, gib, reinige, meditiere und verwirkliche!“ (Swami Sivananda)

Harry hatte früher schon die Gelegenheit genutzt, bei Yoga-Satya Karma-Yoga zu machen. Da war er zwei Mal bei Yoga-Satya gewesen für eine Woche. Karma bedeutet Handlung. So ist Karma-Yoga das Yoga der Handlung, des aktiven Handelns im täglichen Leben.

Karma-Yoga machen bei Yoga-Satya bedeutet, mitzuhelfen im Seminarhaus, wo man gerade gebraucht wird. Das war eine prima Möglichkeit, den Laden und die Leute kennenzulernen, was Sinnvolles zu tun, und eine Menge mitzubekommen über Yoga. Für 6 Stunden Mithilfe am Tag bekam man Unterkunft im Mehrbettzimmer, Vollpension und freie Teilnahme an allen Veranstaltungen, sofern noch Platz war und die Arbeitszeit es erlaubte. Erwartet wurde dabei die Teilnahme an den Yogastunden und am gemeinsamen Satsang – dem gemeinsamen Mantrasingen und Meditieren.
Als Arbeitsbereiche kamen Küche, Garten, Hausbau, Hausreinigung und Büro in Frage. Harry war zu fast allem bereit. Aber die Vorstellung, die Klos und Bäder reinigen zu müssen, war ihm gelinde gesagt unbehaglich. Das machte er nicht mal zuhause gerne. Andererseits wäre es ne prima Gelegenheit, über Ekel und Schmutz zu meditieren. Schmutz ist ja relativ, und Ekel spielt sich sowieso im Kopf ab, auch und eben dann, wenn diese Vorstellung intensiv genug war, um sie auf diesem Wege gelegentlich mal zu nem netten, kleinen Herpes zu somatisieren. Wie definieren wir Schmutz? Wo ist die Grenze zur Sauberkeit, und was ist mit der kaum definierbaren Grauzone dazwischen? Wenn ein duftendes Essen auf dem Teller liegt, ist es wunderbar. Nur wenig später, wenn ein paar kleine Reste desselben Essens auf dem Teller angetrocknet sind, ist er 'schmutzig'. Was ist der Unterschied zwischen dem Schmutz am eigenen Körper und an dem der anderen? Wo doch im Universum alles mit allem verbunden ist? Letztlich ist es doch eine Frage des Empfindens von Getrenntheit. Ich bin getrennt von den anderen, ich bin getrennt von bestimmten äußeren Verbindungen der materiellen Elemente, besonders Erde, Wasser, Luft. Und dennoch besteht mein Körper aus diesen Elementen, und Feuer. Wenn diese Verbindungen mir gefallen und angenehme sensorische Empfindungen hervorrufen, will ich mehr davon. Und wenn diese Verbindungen stinken oder unästhetisch aussehen, oder gar krank machen, werden sie als Schmutz bezeichnet, und ich tue alles Mögliche, um sie zu vermeiden. Das ist ein ganz universelles Prinzip im Bereich des Wünschens, und Wünsche sind das, was uns vorantreibt, entweder in den Ruin oder in den Wahnsinn, oder bis zu einem gewissen Grad auch ins Glück. Doch davon ein anderes Mal.
Interessanterweise werden die meisten Verbindungen, die als Schmutz bezeichnet werden, nicht von der Natur allein, sondern mit Einwirkung des Menschen hervorgebracht. Wie siehts denn an und im Körper aus? Ein äußerst komplex organisiertes System von Kohlenstoff-Wasserstoff-Verbindungen, ein Hautsack voller stinkendem Schleim, Abfallstoffen des Körpers, Bakterien – die noch dazu, wenn man sie vergrößert, faszinierend monströs aussehen, usw. So manch braver Yogi, oder Intellektueller, oder 'durchgeistigter' Mensch hat ja ein Problem damit, seinen fleischlichen Körper mit seinen animalischen Bedürfnissen zu akzeptieren oder gar zu lieben.
Also, was ist Schmutz? Ist dein Körper nicht auch mehr oder weniger Schmutz? Oder ist das 'was ganz anderes', weil es ja 'dein' Körper ist? Von dem du dich als nicht-getrennt empfindest? Oder kannst du ihn, oder was auch immer als Schmutz erscheint, zumindest ansatzweise vielleicht, als Wunderwerk der Natur ansehen, das uns Freude bereiten kann, wenn wir behutsam mit ihm umgehen, das unserem Geist ein Zuhause gibt, ein Vehikel, um unsere Kreativität auszudrücken? Oder mit dem Auge des Künstlers sehen, dessen Geist in der Lage ist, sich faszi-

nieren zu lassen von jeder Art von Schmutz, Unrat und Dreck? Dem Gleichen, von dem die sonnenbankgebräunte, brachial gespachtelte Mode-Tusse die fetten Bratschen bekommt, ganz zu schweigen vom Horror des hypochondrischen Zwangsneurotikers. Und wieder Mal ein wunderbares Beispiel dafür, wie die Wirklichkeit eine Konstruktion des Geistes ist.
Also Harry, mach das Klo sauber und bescheiß dich nicht, im wahrsten Sinne des Wortes. Zieh dir meinetwegen Handschuhe an, vergiss diese überflüssigen Gedanken über Schmutz, und reinige die Klos in dem Bewusstsein, dass du dir und den anderen ein angenehmes Gefühl von Reinheit geben kannst, immerhin schon mal auf der äußeren Ebene, wenn sie in einem frisch geputzten Bad ihre Notdurft – was für ein passendes Wort – verrichten. Von der Notdurft zum genussvollen Befreiungsakt, vom Abort zum heiligen Raum. Eine Einstellung, die jedem Kanalarbeiter, Müllkutscher oder Altenpfleger zu eigen sein kann. Auch ganz ohne Yoga.
Aber so weit kam es nie. Harry hatte Glück bzw. musste diese Lektion woanders lernen. So landete er beim Bauteam. Zu bauen und auszubessern gab es immer was, und Harry war gerne draußen, ein willkommender Ausgleich fürs häufige drinsitzen. Ein anderes Mal war Harry im Büro beschäftigt: Postarbeiten, Mails beantworten, Adressdateien aktualisieren, Telefondienst, Korrektur von Texten.
Ein nicht geringer Anteil der anfallenden Arbeit bei Yoga-Satya wurde von Karma-Yogis geleistet, die nur einige Tage, Wochen oder Monate bei Yoga-Satya waren. Daher war erstaunlich, dass nicht mehr daneben ging. Die kleinen und größeren Fehler machten auch den gewissen Charme von Yoga-Satya aus, und das Gröbste zu verhindern waren die festen Mitarbeiter geübt. So war denn auch niemals jemand von ihnen böse, wenns nicht so optimal lief, wie es mit professionellen Mitarbeitern laufen könnte. Und nicht zuletzt war dadurch auch möglich, das Preisniveau der Seminare so niedrig zu halten, dass es für viele Menschen erst die Seminarteilnahme ermöglichte. Da schaut man gerne über kleine Unvollkommenheiten hinweg. Oder?
Grundsätzlich war die Arbeitsatmosphäre sehr entspannt – eben mit Karma-Yoga-Einstellung. Außerdem war deutlich zu spüren, dass alle, die festen Mitarbeiter wie die Karma-Yogis, mit friedfertigem Geist und positiver Absicht bei der Sache waren, mit dem Gefühl, einen sinnvollen Beitrag zum Wohl Aller zu leisten. So pathetisch wie das klingt, zeigte dieser Umstand vielen, mit welch mehr oder weniger absurden Lebens-, speziell Arbeitsumständen sie sich im Alltag arrangiert hatten. Und so war das relative Chaos hier bei Yoga-Satya geradezu eine Wohltat gegenüber dem Chaos 'da draußen'.
Harry hatte jedenfalls beim Karma-Yoga einiges gelernt. Beim Karma-Yoga war eine Grundüberzeugung, und auch Erfahrung, dass jeder mit den Aufgaben wächst. Du kriegst eine Aufgabe, und sagst: 'Ja, aber das hab ich noch nie gemacht!' 'O.k., dann pass auf, ich erklärs dir: So und so, ... – und jetzt mach mal, wird schon gehen.' Und es geht! Mehr oder weniger.
Diese Herausforderung war die eigentliche Kunst, die es hier zu lernen galt, nämlich, dass hier beim Karma-Yoga bei Yoga-Satya in einem geschützten Rahmen die Gelegenheit bestand, die tiefere Dimension des Karma-Yoga an einem praktischen Beispiel zu studieren und dann ins alltägliche Leben zu übertragen. Denn Karma-Yoga war, wie er später noch erfahren sollte, eine der 6 Haupt-Dimensionen des ganzheitlichen, klassischen Yoga. Es ging um DIE

Lebenseinstellung schlechthin im Bezug auf das alltägliche Handeln. Es ging um den Umgang mit dem unvermeidlichen Lebensalltag, seinen Wirrnissen, Herausforderungen und Banalitäten.
Zum Beginn der Ausbildung hatte Harry sich einen Büro-Karma-Job ergattert, das war schon mal prima für den Anfang. Er konnte wöchentlich getauscht werden. Da war zur Abwechslung auch mal Gartenarbeit angenehm.

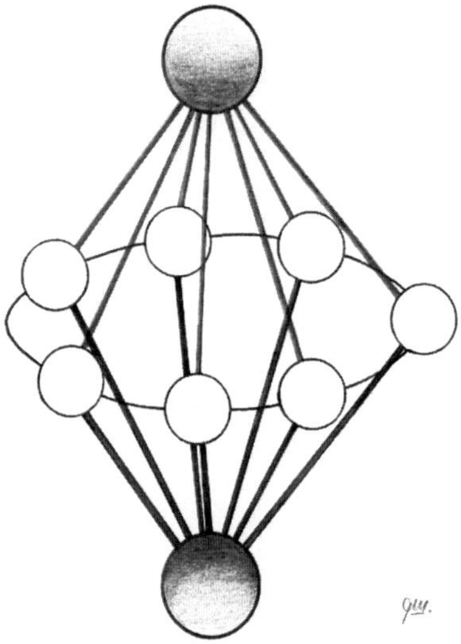

Gruppengeist im Satsang

An diesem ersten Abend gab es nach dem gemeinsamen Satsang, wie er jeden Abend mit allen Seminargästen stattfand, ein spezielles Begrüßungsritual für die Teilnehmer der Yogalehrer-Ausbildung. Dies wurde recht kurz gehalten, denn es sollte noch nach der obligatorischen Vorstellrunde eine Ansprache von Madhura, dem Leiter von Yoga-Satya, und von Nataraj, dem Ausbildungsleiter, zu einigen Basics der Ausbildung geben. Madhura sprach zunächst einige einleitende Begrüßungsworte. Dann folgte die unvermeidliche Vorstellrunde, in der jeder in 'etwa ein- bis zwei Minuten' etwas über sich selbst sagen und seine Motivation, seine Befürchtungen und Wünsche an die Ausbildung darlegen konnte. Für Manche dauern 'etwa ein- bis zwei Minuten' locker fünf oder sieben, wogegen Harry kein Problem hatte, in zwei Minuten alles zu erzählen, was von seinem Leben er mitteilenswert fand. So zog sich dieses outing bei den ca. 50 Teilnehmern eine ganze Weile hin, und Harry hatte genug Gelegenheit für einen ersten Sympathie-Check. Ist ja auch ganz normal, wenn man weiß, dass man in den nächsten Wochen mit diesen Menschen hier recht intensive Erfahrungen teilen würde. Ohne große weitere Vorstellungen allerdings, denn mit wem man nun enger in Kontakt käme, würde sich ja oft erst aus Umständen ergeben, die jetzt am Anfang gar nicht abzusehen waren. Es ist ja erstaunlich, wen man da bisweilen vom Schicksal über den Weg geschickt bekommt. Und so übte sich Harry in gelassener Offenheit, doch einen kurzen Frauen-Check konnte er sich nicht verkneifen. Was natürlich gleich eine kleine Kontroverse zwischen Swami Durchananda, seinem advocatus yogabili, und seinem Widersacher, dem Magister Lude Satanis provozierte: 'Harry! Gleich am ersten Abend. Jetzt reiß dich mal 'n bisschen zusammen. Du bist hier, um Yoga zu lernen!' 'Na und, ich bin eben kein Heiliger. Und wo sind wir denn hier? Wir sind doch erwachsene Menschen. Außerdem bin ich eben ehrlich und gebs zu: Gegen 'ne supernette Frau hätt' ich nichts einzuwenden.' Wie sich herausstellte, gab es noch zwei weitere Haralds bzw. Harrys: Harry Rahm und Harry Krischner. Na die beiden muss ich auch mal interviewen, dachte Harry.

Dann stellten sich noch kurz die Yogalehrer vor, die die Ausbildung durchführten: Da war zunächst Nataraj: Er war schätzungsweise etwa in Harrys Alter, groß und schlank, Drei-Tage-Bart, schien also nicht so verkniffen zu sein wie einige immer frisch rasierte, kahlköpfige und weiß gewandete Yoga-Élèven. Nachdem er stichpunktartig seinen Weg zum Yoga dargestellt hatte, erläuterte er in kurzen, präzisen Worten, welche Bereiche seinen Ausbildungsschwerpunkt bildeten: Raja- und Nyana-Yoga. Dabei ließ er einen trockenen Humor durchblicken, mit dem Harry gut zu recht kam.
Mahadevi schien etwa Mitte dreißig und machte einen sehr abgeklärten Eindruck. Sie ließ eine ungeheure Ruhe nach außen dringen, ihre ganze Ausstrahlung vermittelte ein Gefühl des Angenommenseins, des Alles-ist-ok-so,-wie-es-ist, in Bezug auf sich selbst, aber auch gegenüber den Anwesenden. Ihr Schwerpunkt war neben verschiedenen anderen Sachen Karma- und Bhakti-Yoga, das Yoga der Hingabe, zu dem auch Mantras bzw. Mantrasingen gehörte.
Dann stellte sich Chamundi vor. Allerdings war Harry erstmal von ihrem Äußeren abgelenkt: Lange, blonde Haare, eine freundliche, ruhige, leicht abgehoben wirkende Ausstrahlung, und eine Super-Figur, sorry, aber das war einfach nicht zu übersehen. Sie wirkte relativ jung, etwa Mitte Zwanzig, aber gut, wer weiß, Yoga macht bzw. hält eben jung. Das Alter war oft schwer einzuschätzen bei Leuten, die schon lange Yoga machten. Chamundis klare Ansprache und einige Zwischenbemerkungen ließen jedoch auf genügend Kompetenz schließen, so dass Harry auch hier einen guten Eindruck hatte. Ihre Aufgaben lagen primär beim Hatha-Yoga, inklusive Ernährung und Anatomie.
Und auch Gotthilf war dabei mit Kundalini-Yoga, vor allem in der Praxis. Alle vier teilten sich die Meditationen und die Asanastunden, die in drei verschiedenen Levels angeboten wurden. Na prima, dachte Harry, denn er hatte schon andere Yogalehrer erlebt, bei denen zu merken war, dass sie noch recht unsicher und unerfahren waren. Gut, dass bei einer Ausbildung erfahrene Leute eingesetzt wurden. Hatte er auch nicht anders erwartet.

06 Der Weg des Lichts

„Die Pforte ist eng und der Weg ist schmal, der zum Leben führt. Und ihrer sind wenige, die ihn finden.“ (Jesus von Nazareth)

„Einige werden sich sicher selbst gefragt haben“, begann Madhura, „oder auch von anderen kritisch angemerkt bekommen haben, dass eine Yogalehrer-Ausbildung in 4 Wochen nur ein Crashkurs sein kann, zu oberflächlich, jedenfalls nicht ausreichend sein könne, um Leute zu unterrichten und so weiter.

Um das ganz klar zu sagen: Das hier ist KEIN Crash-Kurs. Warum? Weil ca. 13 Stunden Yoga am Tag, fast jeden Tag, 4 Wochen lang, sehr, sehr intensiv sind. Du hast hier die Möglichkeit, so intensiv zu praktizieren, wie sonst kaum irgendwo. Und das in einem hochenergetischen Umfeld, dazu mit der Unterstützung zahlreicher, erfahrener Yogalehrer und -lehrerinnen. Und das kann dir so tiefreichende Erfahrungen bescheren, wie du sie sonst nach Jahren des Übens vielleicht nicht haben wirst. Es ist einfach eine andere Art der Ausbildung als eine, die quasi parallel zu deinem Alltagsleben läuft. Du hast am Ende der Ausbildung durchaus die Qualifikation zum Unterrichten. Schließlich gibt's ja auch Prüfungen. Es fällt selten jemand durch, aber es kommt vor. Den Feinschliff jedoch bekommt ihr allerdings erst durch eure Praxiserfahrung, und sehr wichtig sind auch die Weiterbildungen, die wir hier anbieten. Das eher technische Fachwissen und auch das Gefühl für den Einzelnen und die Gruppe, was er oder sie braucht, was gerade angemessen ist, all das ist lernbar. Die Empathie, das Mitgefühl, und wie du selber rüberkommst, also deine Ausstrahlung, du selbst als spiritueller Mensch, das sind Sachen, für die du hier in einer so intensiven Ausbildung sehr wertvolle Erfahrungen sammeln kannst.
Und zum Schluss möchte ich euch noch einige einleitende Worte mitgeben, die beim einen oder anderen etwaige Illusionen auflösen sollten hinsichtlich dessen, wie es ist, Yoga zu üben, besser gesagt, Yoga zu leben.
Voranstellen möchte ich dazu eine sehr passende, kurze Passage aus einem Lied von Xavier Naidoo. Ich weiß nicht, ob er dabei von Yoga spricht, aber es trifft ziemlich genau auf den Yogaweg zu: *„Dieser Weg wird kein leichter sein, dieser Weg wird steinig und schwer, nicht mit vielen wirst du dir einig sein, doch dieses Leben bietet mehr“*. Das heißt nun nicht, dass Yoga dir nicht auch sehr viel Gutes, Leichtes, Gesundheit, Lebensfreude bringt, und zwar sehr bald, letztlich schon in jeder Asana-Stunde, mit jedem spirituellen Text, den du liest. Allerdings kann Yoga, und wenn du intensiv übst, Freude daran findest, und vielleicht sogar Erfüllung, dein ganzes Leben verändern. Und zwar auf vielerlei Weise sehr positiv.
Dennoch: Heile Yoga-Welt würde auch nur bedeuten, das Ego zu streicheln. Die Welt ist nicht heil, sonst gäbe es sie nicht. Und Yoga zu leben ist kein Wohlfühlweg. Das Ego ist nicht böse, nicht gut – es ist Mittel zum Zweck. Am Ende macht es sich selbst überflüssig, das ist sozusagen sein Karma, gegen das es sich zeitlebens sträubt. Du kannst dich selbst heilen, nicht 'die Welt'. Heilen, indem du die falschen Wahrnehmungen korrigierst, was darin mündet, dass das Ego sich auflöst, der Ich-Gedanke verschwindet – Samadhi. Dieser Ich-Gedanke ist das Produkt einer Wahrnehmung ausschließlich der materiellen Welt, die, wie ihr wohl alle aus eigener Erfahung wisst, nicht nur freud-, sondern oft auch leidvoll ist, aber, wie wir später noch besprechen werden, zum Glück sozusagen, illusionär, in gewissem Sinne nicht 'wahr' ist. Die 'wahre' Welt, das 'wahre' Selbst zu erfahren, das ist das Ziel im Yoga. Und dieses 'Gefühl', was eigentlich kein Gefühl, sondern eher ein Bewusstseinszustand ist, wird im Yoga Satchidananda genannt, Sein-Wissen-Glückseligkeit.
Yoga ist daher ein Weg, das Ego zu transzendieren, und das geht nicht immer ohne Leid, denn das Ego will ewig leben. Die Welt ist nicht gut, sondern oft sehr schrecklich. Sie muss transzendiert werden. Und andererseits ist sie 'gut', 'perfekt', sie muss sein, so wie sie ist – als

Lehrinstitut sozusagen, nicht weniger, aber auch nicht mehr. Vollkommenes Satchidananda, Samadhi, ist nicht gleichzeitig möglich in der Welt, denn es gibt dann keinen Körper mehr und auch kein Selbst. Einzige Ausnahme: Du kehrst als vollendeter Meister, als Jivamukti, als Bodhisatva zurück, um anderen in ihrer Entwicklung zu helfen. Gut, soweit sind wir noch nicht.

Sicher, bis dahin darfst du es dir schön machen und angenehm, aber es gibt in diesem Sinne kein 'Wellness-Yoga', wie es heute so populär ist. Authentischer Yoga ist beinhart. Beauty-Yoga kannst du dir abschminken. Statt von außen alles zuzukleistern lass deine natürliche Schönheit von innen heraus strahlen. Die Schönheit deiner Authentizität, deiner Einzigartigkeit. Dessen, wofür du geboren bist. Nicht zum Helden, nicht zur Power-Frau, nicht zum Was-auch-immer – wie erleichternd! Sei Du selbst!

Daher gibt es auch nicht den 'richtigen' oder gar den perfekten Yoga für alle. Es gibt nur eine individuell optimale Art und Weise, Yoga zu üben. Das heißt, es gibt eine von Person zu Person verschiedene, flexible Weise, je nach Entwicklungsstand und Tagesform, DEINEN Yogaweg zu gehen. Ich wünsche euch allen, diesen Weg zu erkennen, und dass ihr euch mit Leib und Seele auf ihn einlassen könnt.

Und ich beglückwünsche jeden einzelnen von Euch zu der Entscheidung, an dieser Ausbildung teilzunehmen und wünsche euch von ganzem Herzen den bestmöglichen Erfolg. Und ich weiß, den werdet ihr haben, so oder so. Wichtig ist: Sei anwesend! Sei vollständig hier! Vollständig präsent!

Gut, machen wir 3 Minuten Pause, und danach wird euch Nataraj einiges darüber erzählen, was Yoga ist, was Yoga sein kann – ein Weg des Lichts."

Via lucis - Weg des Lichts

Na, da kommt ja einiges auf uns zu, dachte Harry. Aber das fand er auf entspannende Weise spannend. Nataraj stieg aufs Podest, einen gut halben Meter erhöhten Bereich vorn, wo auch der Altar und die Blumen, Figuren und Bilder arrangiert waren. Dort saßen die jeweiligen Satsang-Leiter oder Redner und Musiker.

Nachdem Nataraj im 'Schneidersitz' Platz genommen hatte, schloss er für einen Moment die Augen, und begann dann mit einem ganz entspannten Gesichtsausdruck und ruhiger Stimme seinen Vortrag.

„Gut, ich versuche jetzt mal, Euch einen Eindruck davon zu vermitteln, wie man Yoga auffassen kann, und mich dabei auf das zu konzentrieren, was nicht so in vielen Yogabüchern steht, und was ihr wahrscheinlich ohnehin schon hier und da mal gelesen habt. Lasst euch von einigen Bezeichnungen in Sanskrit nicht erschrecken, die wichtigen werden wir im Lauf der Ausbildung noch oft wiederholen und erläutern.

Und eines, was ich persönlich besonders wichtig finde,

möchte ich vorwegschicken. Letztlich ist es so: Yoga ist nicht beschreibbar mit Worten – Yoga kannst du nur als persönliche Erfahrung erleben. Das Beschriebene sind lediglich Konzepte des Verstandes – gerade die 'theoretischen' Themen vom Jenseits, von den Ishvaras, den personifizierten Gottheiten, von Karma und Reinkarnation, den Veden, von den diversen Samadhis, vom 'wahren Selbst'. So wie die Landkarte nicht das Land ist, ist Yoga nicht die Beschreibung des Yoga, nicht die Konzepte des Yoga, die der Verstand sich macht. So wie Beschreibungen nicht exakt und vollständig und widerspruchslos sein können, können es auch die Antworten auf einige Fragen zum Yoga nicht sein.

Im Yoga gibt es keine 'exakten' Antworten – das ganze materielle Universum ist nicht 'exakt'. Es ist vollkommen in seiner Dynamik und seinen Gesetzen, aber materiell hier und jetzt, und auch geistig, ist deine bewusste Erfahrung das Exakteste, was möglich ist, ist die einzig 'exakte' Antwort auf deine Fragen. So praktiziere selbst so achtsam wie möglich, Qualität vor Quantität. Oder, um mit Swami Sivananda zu sprechen: *„Ein Gramm Praxis wiegt mehr als 1000 Tonnen Theorie"*.

Gesundheit und Leistungsfähigkeit, Freude und Erfüllung basieren auf der Balance der Energiesysteme der Körper/Geist/Seele-Einheit, die wir sind. Dieses Gleichgewicht ist ein Fließgleichgewicht, da alles im Universum ständig in Veränderung begriffen ist. D.h. es gibt kein Gleichgewicht, das einmal erreicht wird und dann aufrechterhalten bleibt. Es muss ständig neu in Homöostase gebracht, die Bewusstseinsbereiche in Kongruenz gebracht werden. Den Ausgleich der Gegensätze von Rajas, d.h. bewegt, dynamisch, und Tamas - ruhend, stabil, in Satva - Reinheit und Erhabenheit, zu erzielen. So ist ein wesentliches Ziel der Yoga-Praxis, die Fähigkeit zu entwickeln, dieses Fließgleichgewicht von gleichmütigem Annehmen und engagierter Handlung in jeder Situation erzeugen zu können. Die Sicherheit, mit Unsicherheit und Veränderung umgehen zu können, Selbstvertrauen, in Gott vertrauen.

O.k., versuchen wir 's trotzdem mal: Was also ist Yoga? Das Wort Yoga hat seinen sprachlichen Ursprung von Yug, Joch. Das bedeutet Verbindung, Einheit. Harmonie von Körper, Geist und Seele, Anbindung an das Göttliche. In Verbindung sind diese Bereiche ohnehin bereits, denn wir sind zwar eine Körper-Geist-Seele-Einheit, oft aber nicht in Harmonie. Harmonie im alltäglichen Leben bedeutet zunächst Harmonie mit sich selbst – wenn alle Bereiche, Körper, Gefühl, Geist und Seele sich in harmonischer Verbindung, in Einklang befinden. Einklang der Wesensbereiche, aber auch mit dem Lebenssinn, der Berufung. Dies kann nur auf der Grundlage geschehen, dass du als Körper-Gefühl-Geist-Einheit auch mit der Seele, deinem wahren Selbst, deinem Ursprung in Einklang bist. Um so mehr Harmonie kann dann auch mit anderen Menschen entstehen, mit allen Wesen und der Natur. Harmonie setzt Erkenntnis des Selbst voraus: Wie es meinem Körper geht, wie ich mich fühle, was ich denke und glaube. Was sind meine Motivationen und Werte, die meinem Streben und Erleben zugrunde liegen? Was sind meine Kompetenzen, welche fehlen noch, für welche Ziele setze ich sie ein? Was ist mein wahres Wesen und das der Existenz?

Gewahrsein dessen und Antworten auf diese Fragen haben starken Einfluss darauf, wie ich mit mir selbst und anderen umgehe und was ich im Leben erreiche. Wie ich Erfolg definiere, welchen Sinn ich meinem Leben gebe, was meine Berufung ist, wie mein Lebensgefühl ist. Was ist mein höchstes Ziel, mein grundlegendster Wert, den ich realisieren will? Glück! Innerer Frieden! So ist die Natur jedes Menschen. Das Streben nach Glück und Frieden rührt daher, dass unsere wahre Natur bereits Glück ist: Satchidananda: Sein-Wissen-Glückseligkeit. Denn das ist die Natur des Universums, und wir alle sind Schöpfungen des Universums, der allumfassenden, kosmischen Intelligenz.

Yoga stellt sich also die Fragen: Was ist unsere wahre Natur? Was ist die Essenz des Universums? Wie können wir die Erfahrung von Leid und Schmerz beenden? Indem wir die wahre Natur erfahren, die Erfahrung von Aufgehobensein und Liebe, von Sein-Wissen-Glückseligkeit, Satchidananda, die im Moment des 'Erleuchtetseins' entsteht. Hierzu hat Yoga im Lauf von etwa 5000 oder mehr Jahren eine Erfahrungswissenschaft entwickelt, d.h. neben alten, heiligen Schriften wurde ein System praktischer Übungen entwickelt, die Körper und Geist zur Erfahrung der Seele, zur Verbundenheit mit dem universellen, transpersonalen Selbst, und letztlich über jedes 'Selbst' noch hinaus, zu Brahman führen.

Yoga ist unabhängig von Religion. Yoga ist, ähnlich wie der Buddhismus, keine Religion, sondern ein praktisches Übungssystem zur Entwicklung von Körper, Geist und Seele. Eine psychologisch-pragmatische Philosophie mit einer bestimmten Kosmologie verbunden. Yoga ist auch nicht an Hinduismus gebunden. Es gibt Yogis der verschiedensten religiösen Richtungen. Yoga ist mehr als Yoga-Techniken. Die sind auch ohne das spirituelle System der Vedanta hilfreich. Einzelteile wie Asanas, Pranayama, Meditation, Ernährung, z.T. Singen und Rituale werden oft akzeptiert, ähnlich wie bei fernöstlichen Kampfsportarten, leichter als eine ganze Weltanschauung oder Religion. Im Yoga wird nicht Glauben verlangt, sondern Handlung. Probieren geht über Studieren. Yoga ist eine Erfahrungswissenschaft. Egal welcher Yogaweg, welche Technik: Was zählt ist die regelmäßige Praxis und dies vor allem auch im alltäglichen sozialen Umgang.

Yoga ist mehr als Gymnastik, mehr als Fitnesstraining für Körper und Geist, mehr als Entspannungstraining, mehr als Gesundheitsprävention und Behandlung. Integrales Yoga ist ein praktisches Übungssystem zur Entwicklung des ganzen Menschen, zur Verwirklichung des Selbst, dessen, was über die materielle Person hinausgeht. Integrales Yoga umfasst Körperübungen, Atemübungen, Meditation, Ernährung und körperliche Vitalität, geistige Einstellungen, kontrolliertes und zuversichtliches Denken, Ethik, das Welt- und Menschenbild der Allverbundenheit, transzendente Intelligenz, Gott. Im klassischen Kundalini-Yoga werden fortgeschrittene Praktiken dieser verschiedenen Richtungen verbunden, um die spirituelle Energie in Körper und Geist zu wecken.

Wer will, kann Yoga in nur einem oder zwei der oben genannten Teilbereiche praktizieren. Der größtmögliche Gewinn, die weitestgehende Entwicklung von Körper, Seele und Geist wird jedoch erzielt, wenn das integrale Yoga praktiziert wird. Die Legung des Schwerpunktes bei der Yogapraxis bzw. deren Lehrer, Gurus, Swamis, gibt oft den Yogarichtungen ihre verschiedenen Namen. Die Wahl ist abhängig vom persönlichen Wesenstyp und von eigenen Erfahrungen und Begegnungen.

Im Westen ist besonders Hatha-Yoga bekannt. Vorrangiges Ziel ist körperliche und geistige Gesundheit durch Stressabbau, Tiefenentspannung und Gesundheitsprävention, z.T. Heilung.

Durch Hinzunahme von Meditation und Pranayama wird die Auflösung energetischer Blockaden und destruktiver geistiger Muster sehr beschleunigt, so dass Vitalität, geistige Klarheit, positive Gefühle und zuversichtliches Denken überwiegen und ein erfülltes Leben möglich wird, mit materiellen und spirituellen Zielen.
Die Wurzeln vieler westlicher Praktiken liegen im Yoga: Bioenergetik, Rolfing, Feldenkrais, Focusing, Pilates, u.a. Verwandt sind Tai Chi, Chi Gong, Shiatsu etc. Aus den altindischen Kampfkünsten Kalarippayat sind wahrscheinlich auch Kung Fu, Taekwondo, Judo, Aikido etc. entstanden.
Als Sinn des Lebens, als spirituelles Ziel, sehen Yogis die sogenannte Selbstverwirklichung an: auch als 'Erleuchtung' bezeichnet, dass Eintreten ins Samadhi. Samadhi ist ein Zustand, in dem das Ich, das Ego, nicht mehr existiert. Damit verbunden ist der Ausstieg aus dem Kreislauf der Wiedergeburten durch Aufhebung des Karmas. Die Qualität dieses Selbst ist Liebe, jenseits von Emotion und Ratio, und Verbundenheit mit dem Universum, was unser wahres Wesen ist. Es geht um die Transzendierung, die Auflösung der Identifikation mit dem Materiellen, und der Überzeugung des Getrenntseins von der Schöpfung, vom Ursprung, was die Kennzeichen des Ego sind. Reflektion des inneren Dharma, der Gesetze des Ego und des Karma, im Rahmen des spirituellen Dharma, der geistigen Gesetze, ist der Weg dazu und die Quelle der Kraft. So wie unser Körper das Instrument unseres Geistes ist, sind wir Instrumente Gottes. Yoga gibt hierzu die notwendigen praktischen Übungen. Ohne die geht's nicht: Integraler Yoga umfasst neben Nyana- unverzichtbar auch Raja-, Bhakti- und Karma-Yoga."
Nataraj setzte ein wohlwollendes, wissendes Lächeln auf und schaute langsam in die Runde. „Gut, liebe Leute, für heute mags genug sein. Wir werden morgen näher auf die verschiedenen Bereiche des integrativen, ganzheitlichen, klassischen Yoga eingehen. Ich danke Euch für eure Aufmerksamkeit und wünsche Euch eine gute Nacht. Und achtet auf eure Träume!"
Na fein, dann ist ja alles in Butter, besser gesagt, in Ghee. Abschließend gab es das gemeinsame OM, und dann gings ab in die Heia, denn morgen sollte bereits um 6 die Welt noch oder wieder in Ordnung sein. Dann sollte der Tag mit der gemeinsamen Meditation und dem Mantrasingen beginnen, so wie jeder Tag der Ausbildung. Als Harry beim Zelt ankam, ging ihm noch das eine oder andere durch den Kopf. Satchidananda – Sein, Wissen, Glückseeligkeit, darunter kann ich mir eigentlich nicht wirklich was vorstellen, dachte er, und schon gar nicht, wie sich das anfühlen soll. Schweigsam, den Kopf voll von Eindrücken und offenen Fragen, in einer seltsamen Mischung von emotionalem Aufgewühltsein und freudiger Erwartung machte er es sich in seinem Schlafsack gemütlich und übergab seinen Geist der astralen Welt.

07 Die 6 Yoga-Wege

„Selbst die Erkenntnis der Wahrheit bleibt nicht bei dir, sondern kommt und geht, wenn du sie nicht ständig lebst." (Swami Durchananda)

Harrys innere Uhr funktionierte zuverlässig. 5 Uhr 40 nahm er den ersten bewussten Atemzug dieses Tages. Brahmamuhurta, die Stunde Brahmans, morgens vor Sonnenaufgang. Die beste Zeit zum Meditieren. Der eigene Verstand ist noch nicht so aktiv, die Trivialitäten schlummern noch jenseits der Bewusstseinsschwelle, und da das bei den meisten anderen auch so ist, ist die Kakophonie im gemeinsamen Gedankenfeld noch schwach, so dass die Gedanken bei der Erschaffung der gemeinsamen Wirklichkeit noch nicht so viel anrichten können. So kann die Natur besser in deine Energiekörper fließen, dein Prana, deine Lebenskraft erheben, dein Bewusstsein berühren mit ihrer zarten Stille, ihrer frischen Reinheit, die dir aus jedem Grashalm, jeder Blume und jedem Baum entgegenströmt.

Brahman, der Schöpfergott, erwacht ins materielle Wachbewusstsein, und ebenso erwacht dein Ich als Schöpfergott, erschafft, vielleicht ein wenig zögerlich, vielleicht mit diesem 'Irgendwas-ist-ein-klein-wenig-anders,-aber-ich-weiß-nicht-was-Gefühl', auf's Neue die dir vertraute Wirklichkeit. Du wiedererkennst deine Welt, identifizierst die Wahrnehmung der dir vertrauten Selbstanteile als dein Ich. Wieder erdenkst du deine Welt, deine subjektive Wirklichkeit. Re-Kognition, das Wieder-Denken der Welt, jedesmal eine aktuelle Konstruktion und daher potenziell unbegrenzt. Wer sagt, dass die Welt, deine Welt, auch da war, während du schliefst? Eine Schlussfolgerung aufgrund einer Wahrscheinlichkeitsrechnung aus Überzeugungen und Erfahrungen, mehr nicht ...

So früh am Morgen schon solche Gedanken – für Harry nichts Ungewöhnliches. Doch die paar Schritte über die Wiese, glitzernd vom frischem Morgentau – atme voll und tief durch die Nase, nimm die duftende Energie auf, das gelöste Lächeln kommt von selbst, Schweigen tut gut, bei sich sein – gaben dem frühen Aufstehen eine ganz besondere Qualität.

Wann hatte er das zuletzt getan? Vor etwa drei Jahren, zusammen mit seinen Kindern, hatte er draußen übernachtet - Natur erleben! Mit Marielle, der Großen, sie war damals 9, und mit Jonas, dem 7-jährigen Sohn. Es war wunderschön gewesen, und es hatte sich nicht nur Harry tief und heilsam eingeprägt. Die Erfahrung von Stille und Lebenskraft – wo besser war dies zu erfahren als beim Erwachen der Natur im Bewusstsein, in Gedanken, im Gefühl? Ja sogar im ganzen Körper war diese Quelle von Ästhetik, – auch eine Form von Ethik – Lebensmut und Gottvertrauen immanent. Den Kindern die Natur nahe bringen – in dem Alter ging das noch. Mittlerweile wollten sie von Natur und Yoga nichts mehr wissen. Aber Harry machte da keinen Druck, sie würden von selbst eines Tages wieder dazu finden.

Als er so ziemlich auf die letzte Minute in den großen Yogaraum kam, war relativ hinten in der Ecke noch ein wenig Raum, um sich auf dem Meditationskissen niederzulassen. Hier fühlte sich Harry sowieso am wohlsten, und so ließ er sehr entspannt den Blick noch schweifen, ließ die Atmosphäre von Kerzenschein auf dem Altar mit seinen Figuren, Bildern und Blumen darauf, den schweigenden, in sich gekehrten Menschen, auf sich wirken. Der allmorgenliche

Satsang begann mit einer 30-minütigen, stillen Meditation. Es folgte das Mantra-Singen mit dem obligtorischen Jaya Ganesha und ein, zwei anderen Liedern, einer kurzen Lesung aus dem Grundlagenwerk von Swami Sivananda, 'Göttliche Erkenntnis'. Am Ende wurde das Arati, eine kleine Lichtzeremonie, durchgeführt, gefolgt von Friedensgebeten und dem Twameva, der Widmung des Denkens und Handelns dem Göttlichen, Brahman.
Danach fanden Geist und Körper mehr und mehr ihren Weg ins Wachbewusstsein – geklärt, regeneriert, entspannt, aufnahmebereit, so dass der erste Vortrag des Tages im Rahmen der Ausbildung beginnen konnte. Heute, am ersten Tag, ging es um die Übersicht über die 6 Wege des integrativen, ganzheitlichen Yoga, wie er bei Sivananda gelehrt wird. Chamundi, die auch den Satsang geleitet hatte, befestigte eine Mindmap an der Flipchart und ließ mit drei Om Shantis die Anwesenden noch einmal zur Ruhe kommen, bevor sie begann.
„Ich gebe euch jetzt einen Überblick über die klassischen Yoga-Disziplinen, die von Swami Sivananda allesamt gelehrt wurden, weshalb manchmal auch von integrativem oder integralem Yoga die Rede ist. Dieser integrale Yoga darf nicht verwechselt werden mit dem Integralen Yoga von Sri Aurobindo, einem anderen, sehr bekannten Yogameister und Zeitgenossen Sivanandas.
Der klassische, ganzheitliche Yoga umfasst sechs Wege oder Disziplinen, wobei Hatha-Yoga und Kundalini-Yoga dem Raja-Yoga zugeordnet werden, weshalb manchmal auch von nur vier Hauptbereichen gesprochen wird. Alle Bereiche werde ich jetzt nur kurz darlegen, da sie im Verlauf der Ausbildung eingehend thematisiert werden.
Was wir hier im Westen meist kennen und am weitesten verbreitet ist, ist Hatha-Yoga. Wohl deshalb, weil Hatha-Yoga am leichtesten zugänglich ist, und auch die beste Grundlage für erste praktische Erfahrungen bietet.
Die wesentlichen Elemente des Hatha-Yoga umfassen fünf Punkte:
Entspannung, Meditation und positives Denken, Körperübungen, Atemübungen und Ernährung. Wer allein in diesen Bereichen regelmäßig praktiziert, wird erstaunliche Fortschritte machen.
Entspannung ist der Hauptgrund für die meisten Menschen, mit Yoga anzufangen. Dafür ist Yoga als ganzheitliches Übungssystem bestens geeignet, da in all diesen Bereichen unsere Einheit von Körper, Emotionen, Geist und Seele angesprochen wird, so dass die Entspannung auch auf all diesen Ebenen zu spüren ist. In den Übungen selbst wird die Entspannung immer wieder ins Bewusstsein gerufen, da Sivananda-Yoga insgesamt ein vergleichsweise meditativer Stil ist. Warum ist Entspannung so wichtig? Entspannung ermöglicht mehr Lebensenergie, inneren Frieden und tiefste Erkenntnis. Was willst du mehr?
Meditation und Positives Denken ist der zweite Teil des Hatha-Yoga. Meditation ist in allen spirituellen Traditionen ein wesentlicher Bestandteil der Praxis. Sowohl im Christentum, wie im Buddhismus, Islam und Judentum ist Meditation eine Art Königsweg, zu sich selbst zu finden, das Bewusstsein zu erweitern und schließlich die Einheit mit dem göttlichen Urgrund zu erfahren. Deshalb ist Meditation hier im Yoga, der sich ja im soziokulturellen Umfeld des Hinduismus entwickelt hat, ganz zentral. Die meditative Herangehensweise hat sehr viele Aspekte, die später noch ganz ausführlich dargelegt werden, wenn Meditation unser

Hauptthema ist. 'Denke Positiv' meint hier nicht, die Rosa Brille aufzusetzen, so rezeptartig und trotzig: 'Ich will, dass es mir gut geht und alles ist wunderbar.' Sei dir bewust: Gedanken schaffen Wirklichkeit, denke also konstruktiv. Gemeint ist hier: Denke zuversichtlich! Wertschätze, was ist, vertraue auf den Sinn des Geschehens und vertraue Gott und dir selbst, dass du alles meistern kannst und am Ende vielleicht ein Stückchen schlauer, ein Stück bewusster bist.

Die Körperübungen, Asanas, sind elementar, weil wir den Körper als Instrument nutzen können, den Geist zu befreien. Körper und Atem, daher auch die Atemübungen, das Pranayama, sind unser direktester Zugang zu unserer Lebendigkeit, da sie zugleich die größten Hindernisse beherbergen: Krankheit, Schwäche, Unbeweglichkeit, Ängste – alles im Körper gebunden. Asana bedeutet übrigens Stellung, Haltung, woraus schon klar wird, dass es vorrangig darum geht, eine Asana zu halten, statt in Bewegung zu sein. Auch deshalb, weil die emotionalen und vor allem geistigen Wirkungen erst ab einem Halten von etwa drei bis fünf Minuten und länger eintreten bzw. sich schneller entwickeln. Dazu hört ihr mehr, wenns um Asanas und Hatha-Yoga im Einzelnen geht.

Und schließlich als fünfter Punkt: Ernährung ist enorm wichtig. Der alte Spruch: 'Du bist, was du isst', hat viel, viel mehr Bedeutung, als die meisten glauben. Es werden in den letzten Jahren immer mehr wissenschaftliche Studien bekannt, die die Hauptursache auch für die schwersten und häufigsten Krankheiten neben Bewegungsmangel in falscher Ernährung erkennen. Es ist ja in der Tat so, dass wir durch unseren Körper in der materiellen Welt leben, und unsere Lebensenergie, deren Vorhandensein in uns und deren freies Fließen, nachhaltig vom Zustand unseres Körpers bestimmt wird, bis hinunter auf die zelluläre Ebene. Auch unsere Gedanken und Emotionen sind stark abhängig von der Leistungsfähigkeit und Reinheit des Körpers. Deshalb gehören auch die Kriyas, eine Vielzahl von Reinigungsübungen für den Körper hierher zum Hatha-Yoga. Auch über Ernährung und Kriyas wird es gesonderte Vorträge geben. Praxis sowieso. Da wünsch ich euch schon mal viel Spaß ...
Nun, der zweite Hauptbereich oder Yoga-Weg ist das Kundalini-Yoga, der Yoga der Energielenkung. Dies wird im klassischen Sinne unterschieden vom Kundalini-Yoga nach Yogi Bhajan. Dort liegt der Schwerpunkt mehr auf geistigen Übungen, die ganz direkt die Energie lenken sollen, die Körperübungen sind etwas anders, als hier bei Sivananda. Klassisches Kundalini-Yoga ist quasi eine höhere Stufe des Hatha-Yoga, weshalb man erst eine ganze Weile, viele Wochen und Monate, die Ernährungsweise besser noch länger, Hatha regelmäßig und intensiv praktiziert haben sollte. Durch die Intensivierung der Techniken können sehr starke Energieflüsse auftreten, für die der Körper durch Hatha erst bereit gemacht werden sollte. Dieses Intensivieren kommt durch den Gebrauch von Mantras, Bandhas, Yantras und Mudras zustande. Was das ist, werdet ihr später noch mitbekommen, teilweise kennt ihr es ja schon. Diese Hilfsmittel und Techniken fließen dann mit der Zeit langsam in die Hatha-Praxis ein, auch schon hier während der Ausbildung. All diese Techniken können auch gleichzeitig angewandt werden, d.h. während du eine Asana machst, kannst du ein Mantra rezitieren, ein Yantra visualisieren oder ein anderes inneres Bild erzeugen, du hältst die Bandhas und machst eventuell noch ein Fingermudra dazu, bzw. das Ganze bildet ein Mudra, alles gleichzeitig. Und zusätzlich gibt es noch intensiver wirkende Pranayamas. Auch Nada-Yoga, der Yoga des Klangs, kann hierzu gerechnet werden, vor allem durch die direkte klangliche Wirkung der verwendeten Mantras, sowohl innerlich wie äußerlich rezitiert als auch gesungen. Das Mantra-Singen hat zusätzlich eine Bhakti-Yoga-Komponente, wie es im Mantra-Vortrag noch dargelegt werden wird.
Da nun all dies Mittel sind, den Geist zu kontrollieren – und hier möchte ich nochmal daran erinnern: Unser Geist schafft unsere Wirklichkeit – werden Hatha- und Kundalini-Yoga auch dem Raja-Yoga zugeordnet, dem Königs-Yoga, Yoga der Gedankenlenkung. Man könnte auch von der Psychologie des Yoga sprechen, die allerdings ganz explizit und im Gegensatz zu den meisten westlichen Ansätzen, den Körper und vor allem die Seele, den spirituellen Aspekt des Seins, ganz ausdrücklich und aktiv miteinbezieht. Hier geht es darum, wie der Geist strukturiert ist, wie er funktioniert, prinzipiell und individuell. Wie man diesen Geist so lenkt, dass er eine Wirklichkeit erzeugt, die lebenswert und ganzheitlich ist, die uns Glück und Erfüllung schenkt. Hierzu gehört auch das Entwickeln und Umsetzen bestimmter geistiger Haltungen, die sich unmittelbar befreiend auf das ganze Lebensgefühl auswirken.

Und damit kommen wir zum Nyana-Yoga. Dazu sagte Swami Sivananda einmal, und man kanns ruhig öfter wiederholen: *„Manche brauchen eine Tonne Theorie, um für 1 Gramm Praxis motiviert zu werden."* Natürlich ist Nyana mehr als Theorie, oder anders gesagt: Theorie ist ein Teil der geistigen Praxis. Nyana-Yoga ist sozusagen die Philosophie des Yoga, oder auch Yoga der Erkenntnis. Hier geht es um das Studium der orthodoxen wie nicht-orthodoxen Schriften, um die Kosmologie, also das Welt- und Menschenbild. Diese bilden die Grundlage für die ethischen Prinzipien des Yoga, die Yamas und Niyamas, ohne die der Geist niemals die Entspannung finden kann, einen meditativen Zustand zuzulassen, und die Wirkung aller Asanas weit hinter dem zurückbleibt, was eigentlich möglich ist. Wie kannst du entspannt praktizieren, wenn dein Geist und deine Gefühle in Aufruhr sind, wenn du Ärger spürst oder Angst? Aber, wie gesagt, bei der ganzheitlichen Praxis unterstützen sich alle Bereiche wechselwirkend. Ein ganz wesentlicher Teil von Nyana ist jedoch das Selbststudium, die Reflexion, denn ohne dich selbst zu erkennen und dich authentisch und liebevoll anzunehmen, so, wie du bist, wäre Nyana nur ein Vollstopfen mit totem Wissen. Die Kunst ist es, Nyana auch zu leben.
Und dabei hilft jetzt auch Bhakti-Yoga. Swami Sivananda oder Vishnu Devananda sagte einmal: *„Vedanta without Bhakti is dry nonsense"*. Was nützen die alten Schriften ohne Hingabe. Das bedeutet nämlich Bhakti. Hingabe heißt, das Herz zu öffnen, liebevolle Anteilnahme zu empfinden, sich zum Kanal der göttlichen Energie zu machen. Aus der Erkenntnis oder auch schon der Überzeugung der Allverbundenheit, so wie es in den Schriften gelehrt wird und wie es von den Begnadeten auch erfahren wird, entstehen Hingabe und Mitgefühl. Ohne Hingabe und Mitgefühl bleibt das ganze Yogaüben nur Technik, nur Gymnastik. Das Herz öffnen, nun, das scheint für die Nyana-Yogis leichter gesagt als getan, für Vernunft- oder Kopfmenschen, die dieses Gefühl vielleicht gar nicht kennen, bzw. deren Ego sich dagegen sträubt, sich zum Werkzeug von irgendwem, auch nicht vom 'Dem da oben' zu machen. Anders herum ist dieses trockene, kopfmäßige Nyana für die Bhaktis totlangweilig, im wahrsten Sinne des Wortes. So sind es denn auch eher die emotionaleren Menschen, die über die Hingabe einen direkteren Weg zum Spirituellen suchen und dabei Bilder und Figuren von Gottheiten, deren es ja reichlich gibt im Hinduimus, auf einen Altar stellen, Räucherstäbchen anzünden, Gebete in den Äther senden, Pujas, Gottesdienste, abhalten, und eben hierbei auch Mantras singen, vornehmlich in Gemeinschaft. Wie ihr merkt, sind dies Merkmale, an denen man eine sogenannte Religion erkennt, also die äußeren Formen einer an sich innerlichen spirituellen Praxis. Was jetzt nicht heißt, dass Bhakti-Yoga eine Religion sei! Die meisten Menschen halten sich an so einer äußeren Praxis fest, weshalb diese auch von Religion zu Religion unterschiedlich und daher sekundär sind. Es geht immer um die innere Entwicklung, weshalb im Kern die Religionen alle das gleiche Ziel verfolgen: Rück-Verbindung, Re-Ligio, mit unserer spirituellen Quelle. Und wie wir durch unseren Alltag, unser tägliches Tun und Lassen dahin kommen, das zeigt uns nicht zuletzt der Karma-Yoga.
Karma bedeutet Handlung, und so ist Karma-Yoga der Yoga der Tat, des egolosen Handelns aus spiritueller Hingabe, als Instrument Gottes. Und jetzt muss ich hier unbedingt mal diese leidige, falsche Verwendung des Begriffes Selbst bzw. Selbstlosigkeit ansprechen. Einerseits soll das 'wahre Selbst' gefunden werden, andererseits soll selbstlos gehandelt werden. Ich möchte

hier mal klar unterscheiden: Das Selbst oder auch Höhere Selbst wird als die wahre Essenz des Menschen angesehen, als das, was es zu suchen, zu finden, in sich lebendig werden zu lassen gilt. Was wir loslassen, überwinden, transzendieren sollen, ist das Ego, der materiell orientierte, sich als getrennt von der Schöpfung erlebende Teil unserer Wesenheit. Von daher muss man nicht selbstloses, sondern egoloses Handeln anstreben. So!
Karma basiert auf dem Gesetz von Ursache und Wirkung. Als Naturgesetz keine Frage: Der Apfel fällt nach unten, meist nicht weit vom Stamm. Auch als psychosoziales Gesetz: Wie man in den Wald hineinruft, so schallt es heraus. Diese Gesetzmäßigkeiten lassen sich direkt erweitern: Alles, was ich tue, und auch was ich sage, ja sogar was ich denke, hat Konsequenzen, die sich im Materiellen, im Äußeren zeigen, wie auch im Psychischen, in meinem Erleben. Und zwar früher oder später, direkt oder indirekt. Was also kann ich Besseres tun, als meine Bewusstheit zu steigern für das, was ich bewirke, um so zu verhindern, dass Negatives auf mich zurückwirkt und statt dessen Positives auf mich zukommt. So habe ich letztlich die Verantwortung und auch die Macht, mein eigenes Leben weitgehend zu bestimmen. Ja, da geht bei euch schon das Gemurmel los – wir werden noch eingehend beleuchten, wie das mit der Freiheit und der Verantwortung ist. Die Einstellung beim Karma-Yoga ist stark vom Bhakti geprägt. Du tust, was du denkst, tun zu müssen, und was dir so vom Leben vorgesetzt, vom Schicksal geschickt wird. Du verstehst dich als Werkzeug der universellen Schöpferkraft, und du machst es, so gut wie du kannst, und in positiver Absicht. Mehr brauchst du nicht. Wenn es gut geht, o.k, wenn nicht, mach' dich nicht runter. Was zählt, ist die positive Absicht, und jederzeit ist für dich gesorgt. Klingt das nicht wunderbar? Ist es auch. Nur leben musst du es, damit es sich zu einem Gefühl, deinem essenziellen Lebensgefühl, entwickelt.
Wie bereits zu Anfang gesagt: Die klassischen Yoga-Disziplinen unterstützen sich gegenseitig synergetisch. Die Schwerpunkte der Praxis können im Laufe des Lebens wechseln. Beibehalten werden sollten immer Meditation, Pranayama und Asanas, sowie die Yamas und Niyamas als ethische Maxime. Dieser Weg, sofern man ihn ganzheitlich und bewusst beschreitet, wird auch als Sadhana bezeichnet. D.h. explizit spirituelle Praxis im Alltag, Spiritualisierung des Alltags. Kann auch im Kloster erfolgen. Das ist jedoch nicht zwangsläufig eine Abkürzung zur Erleuchtung, kein highway to heaven. Die Erleuchtung kann dich genau so gut im Alltag erwischen, so wie du ihr auch im Kloster nicht nachlaufen kannst.
Wenn man einen Entwicklungsweg, auf dem Yoga erfolgen kann, systematisieren möchte, bietet sich dazu besonders der sogenannte Asthanga-Pfad, der 8-gliedrige Pfad des Yoga, an. Das hat jetzt nichts zu tun mit dem neuzeitlich bekannt gewordenen Asthanga-Power-Yoga, einem sehr fitnessorientierten Yogastil. Den klassischen Asthanga-Weg werde ich euch morgen vorstellen.
Vielen Dank für eure Aufmerksamkeit. Und jetzt wünsche ich euch eine angenehme Yogastunde."

08 Hatha-Yoga und Asanas

„Ideale dienen nicht dem Vergleich, sondern der Orientierung.“ (Swami Durchananda)

Am Nachmittag gings weiter mit Chamundis Vortrag zum Hatha-Yoga.
„So, ihr Lieben, ich hoffe, ihr habt euch den Bauch nicht zu voll geschlagen mit unserem wunderbaren Essen hier. Ich weiß, die Versuchung ist groß, aber im Lauf der nächsten Tage wird sich euer Essbedürfnis reduzieren, und ihr entwickelt ein besseres Gefühl dafür, wann es reicht. Man sagt auch: Zwei Viertel feste Nahrung, ein Viertel flüssig, und ein Viertel Platz lassen für Shiva.
Nicht nur falsches, sondern auch zu viel Essen macht nämlich müde, und es wäre schön, wenn ihr mir hier nicht wegdöst, bloß weil eure Verdauungsaktivität so viel Energie kostet. Über Ernährung werden wir noch in einem gesonderten Vortrag sprechen.
Heute Nachmittag stehen erstmal noch einige Basics des Hatha-Yoga an, und speziell auch die Basics für die Asana Praxis. Die könnt ihr dann gleich anschließend in der Stunde mit Mahadevi ausprobieren.
Gut. Hatha-Yoga. Hatha-Yoga bedeutet einerseits Vereinigung, Anbindung, andererseits auch Harmonie. Das ist nur durch Kommunikation möglich, durch Kommunikation aller Bewusstseinsbereiche, der fünf Körper bzw. Energiehüllen, das hört ihr dann von Nataraj beim Raja-Yoga, und auch Harmonie mit den Mitmenschen und der Umwelt. Vom Wortstamm her stecken Ha, die Sonne, Surya, und Tha, der Mond, Chandra, in dem Wort. Das erinnert auch an Yin und Yang, wo es um das Verbinden der komplementären Energien geht, aus denen die materielle Welt gemacht ist. Hatha-Yoga ist die körperorientierteste Form des Yoga, bzw. diejenige, die am Körper als Instrument der Verwandlung ansetzt, und ist mindestens 3500 Jahre alt. Man hat sogar etwa 5000-Jahre-alte Reliefs gefunden, wo Menschen in Yogapositionen abgebildet sind.
Ums noch mal kurz zu wiederholen: Ein ganz wesentliches Element des Hatha-Yoga sind die Asanas, die Körperstellungen. Es gibt für verschiedene Zielgruppen natürlich entsprechend zusammengestellte Programme, wie z.B. für den Rücken, die Wirbelsäule, Herz-/Kreislauf trainierende Übungsreihen, für Schwangere, für Senioren, für Kinder, usw. Swami Sivananda hat die sogenannte Rishikesh-Reihe entwickelt, benannt nach dem Ort in Nordindien, wo sein Ashram steht. Es handelt sich um eine systematisch zusammengestellte Reihe von zwölf Übungen für mehr oder weniger gesunde, durchschnittlich leistungsfähige Menschen. Die Rishikesh-Reihe bildet das Zentrum der Asanapraxis in der Ausbildung, mit vielen Variationen und daranhängenden Übungen; werdet ihr ja sehen. Und spüren.
Im Idealfall hätte jeder Yogaschüler natürlich Einzelunterricht, insbesondere, wenn spezifische Probleme vorliegen, sei es im Bewegungsapparat, oder Herz-/Kreislaufprobleme. Insofern wäre ein Gruppenunterricht, wie er üblich ist, nicht immer ganz optimal, so flexibel die Yogalehrerin auch sein mag. Der Vorteil des Gruppenunterrichts allerdings ist zum Einen der soziale Effekt, d.h. in einer gut geleiteten Session ist die Gemeinsamkeit des Übens für viele dazu motivierend, überhaupt Yoga zu machen, zum anderen entsteht ein höheres Energielevel.

Ein Effekt, der besonders auch in der gemeinsamen Meditation zum Tragen kommt. Die Fortgeschritteneren werden die weniger Erfahrenen dabei mitziehen, so dass letztlich alle schneller vorankommen.
O.k. Weiter zum Hatha gehören die Tiefenentspannung, grundlegende Meditations- und Atemübungen, also Pranayama, die Ernährung, innere Reinigung des Körpers und Energiesystems – die Kriyas. Hinzufügen zu dem, was ich heute morgen gesagt habe, möchte ich hier noch die Verwendung von Mantras. Die Kraft der Klänge. Mantras sind wirkungs- und bedeutungsvolle Silben und Worte zur Rezitation, im Geist oder auch hörbar, oder gesungen. Eines der ganz bekannten Mantras lautet OM. OM ist der universelle, kosmische Klang, die Grundschwingung, aus der das Universum geschaffen wurde. OM kann auch als der Mittler zwischen den Welten verstanden werden, als Grundsymbol für die Transformationsfähigkeit des Menschen, des Materiellen zum Feinstofflichen, Universellen. Über Mantras werdet ihr in der zweiten und dritten Woche noch einiges hören. Die Wirkungen von Hatha werden intensiviert und beschleunigt durch das gleichzeitige Praktizieren von Raja-, Nyana-, Bhakti- und Karma-Yoga. Das zentrale, schriftliche Grundlagenwerk ist die Hatha-Yoga-Pradipika, was soviel bedeutet wie Leuchte, Licht auf Hatha-Yoga. Sie stellt eine Zusammenfassung einiger grundlegender Aspekte des Hatha-Yoga und der Asanas dar, zusammengefasst von Swatmarama, etwa im 7.-9. Jh. Die Hatha-Yoga-Pradipika ist allerdings nicht als Übungsanleitung gedacht.
Fast alle Yogarichtungen beinhalten auch Hatha-Yoga. Hatha-Yoga dient letztlich dazu, den Körper auf die durch die Kundalini-Energie, die 'Schlangenkraft', geweckten, starken Energieströme und auf das Sitzen in Meditation vorzubereiten. Allein schon im Hatha-Yoga sind die Grundbedingungen für Gesundheit und spirituelle Entwicklung erfüllt, weshalb es als eigenständiges System gelehrt werden kann, ohne dass Praktizierende die anderen Yoga-Disziplinen ausüben müssen – was die Entwicklung allerdings ganz erheblich beschleunigen würde.
Doch kommen wir nun zu den Basics für die Asanas. Gemäß der tantrischen Tradition wird der Körper als Ausgangspunkt der Reise zum Selbst angesehen, da nur im Körper Erfahrungen machbar sind. Der Körper ist der Ort der Wahrheit, und er kann nicht lügen. Die Körpererfahrung ist eine Begegnung mit der eigenen Vergangenheit, denn seine Verfassung ist das Ergebnis unseres Umgangs mit ihm. Durch das Praktizieren von Hatha-Yoga setzen wir einen Reinigungs- und Heilungsprozess in Gang, in dessen Verlauf der Körper und seine Organe mit Prana, also mit Lebensenergie, gefüllt werden, was einem vitalen, psychologischen und spirituellen Wachstum gleichkommt bzw. es mit sich bringt. Über die Jahre hinweg führt dies zu einem Individuations- und Reifungsprozess. So hilft uns Hatha-Yoga, unsere Persönlichkeit weiterzuentwickeln, von innen nach außen zu leben, statt umgekehrt.
Ich habe wieder ein Flip für euch gemacht zur Veranschaulichung der elementaren Dinge, die es bei der Asana-Praxis zu beachten gilt. Die Hauptpunkte in Blau: Atmung, Haltung, Entspannung, Aufmerksamkeit und innere Einstellung. Lesen könnt ihr selber; wenn ihr's nicht erkennen könnt, kommt ganz nach vorne. Ihr könnt's auch abzeichnen oder nachher von mir als Copy kriegen. Ich sag jetzt nur stichpunktartig, was mir noch so hier und da dazu einfällt.

'*Die Stellung ist dann vollendet, wenn die Anstrengung, sie zu erreichen, schwindet.*' Dieses Zitat von Yogabashya beschreibt sehr einfach eine wesentliche Grundlage bei den Asanas, die sicher eine der am meisten missachtetsten ist. Gerade in den letzten zehn, fünfzehn Jahren hat Yoga im Westen eine deutliche Tendenz zur Körperorientierung, eine Schwerpunktverlagerung zur Fitness, und nicht zuletzt zur Wellness erfahren. Erfahren müssen, könnte man sagen. Denn Yoga mag auf diese Art auch 'o.k.' sein, irgendwie, klar, jeder kann machen, was ihm gefällt. Das hat jedoch immer weniger mit der geistigen, spirituellen Entwicklung zu tun, um die es eigentlich gehen sollte.

Wer schweißgebadet mit zitternden Muskeln und dem Versuch, ein entspanntes Lächeln auf sein verzerrtes, rotleuchtendes Gesicht zu zaubern, in irgendeiner akrobatischen Stellung ver-

krampft, der hat meiner Meinung nach nicht verstanden, was Yoga ist. Der mag damit ein nettes workout durchziehen, mag seine Problemzonen-Pfündchen kalorienweise abschmelzen, wenn sie nicht schon vorher abgehungert wurden, und im Skorpion auf dem Laptop wohlmöglich irgendwelche Präsentationen vorbereiten, aber Yoga macht er nicht."
'Guck an, die liebliche, sanftmütige Chamundi gibt Gas', dachte Harry. 'Eine durchaus sympathische Note ...'
„Wie sagte Brian Kest mal sehr direkt: *'Jeder Idiot kann sich in eine extreme Asana reinpushen. Es ist aber nicht bewiesen, dass flexiblere Menschen gesünder oder glücklicher sind.'* Spätestens, wenn Muskeln deutlich zittern, und das dürfte in 99,9 % keine Kundalini-Erfahrung sein, gehe langsam aus der Stellung raus. Entspannte Anforderung im Grenzbereich, so lautet die Formel. Die Wirkung tritt ja nicht erst dann ein, wenn du eine Stellung perfekt beherrschst, wie im Lehrbuch. Die Wirkung tritt logischerweise ganz individuell ein, in dem je nach Person und nach Übung unterschiedlichen Grenzbereich zwischen Unter- und Überforderung. So lange du in diesem Bereich entspannt übst, hast du immer eine positive Wirkung. Also Loslassen, in die Dehnung hinein Austamen.
Bauchatmung durch die Nase, teilweise auch Vollatmung, Synchronisation von Bewegung und Atem, beides langsam und bewusst. Der Atem ist ein guter Indikator, ob du dich schon jenseits deiner Grenze befindest. Als Faustregel könnte man sagen: Solange du entspannt etwa drei bis vier Sekunden ein und ebenso lange ausatmen kannst, bist du im Grünen Bereich.
Und Entspannung, immer wieder Entspannung. Präsenz und Stille sind die Tore zur Ewigkeit, um das mal so pathetisch zu formulieren. Präsenz. Was vielleicht noch schwieriger ist. Anwesend zu sein mit der ganzen Aufmerksamkeit. Und mit dem Herzen. Die ganze Zeit. Man kann auch sagen: Asana ohne Liebe ist Technik ohne Seele. Konzentration im Hier und Jetzt. Immer wieder Hineinspüren in den Körper. Die Atmung, den Energiefluss beobachten, Augen geschlossen. Wohlwollende, mitfühlende Aufmerksamkeit. Dann entsteht dieser Flow, das harmonische Fließen der Energie, was ja das letztliche Ziel ist. Die Aufmerksamkeit auf Atem, Körperempfindungen, Energiewahrnehmungen, Gedanken und Gefühle richten. Bodyscan: Immer wieder mal durch den ganzen Körper spüren, jede überflüssige Anspannung loslassen.
Asana heißt, wie gesagt, Haltung, Stellung, Bewegungslosigkeit. Klassischerweise ist eine Asana erst eine Asana, wenn sie drei bis fünf Minuten gehalten wird, denn dann erst beginnen durch Auflösungen von Energieblockaden die feinstofflichen Wirkungen, auf die es der Yogi eigentlich absieht, die spirituelle Entwicklung. Daher sind kürzeres Halten und Vinyasas, Übungsfolgen in Bewegung, sehr viel mehr gesundheits-, fitness- und wellness-orientiert und kommen über diese Wirkungen, so wünschenswert sie auch sind, kaum hinaus. O.k., Vinyasas, sehr bewusst und langsam ausgeführt, verstärken den meditativen Aspekt der Asana, begünstigen den Energiefluss, den Flow. Laut Hatha-Yoga-Pradipika ist eine Asana gekennzeichnet von Sukha, Leichtigkeit und Freude, und Sthira, Festigkeit und Aufmerksamkeit.
Die innere Einstellung ist ganz zentral, wenn nicht das Entscheidende: Es ist o.k. so, wie es ist! Du bist gut so, wie du bist. Sich annehmen. Kein Leistungsdenken. Qualität vor Quantität. Und wenn du meinst, es sei anstrengend, dann schenk dir ein inneres Lächeln in dem Wissen,

dass du etwas Gutes für dich tust. Nichts forcieren, das rechte Maß finden, mit Leichtigkeit. Heraus aus dem 'Ich sollte, müsste' ... zum 'Ich kann'. Ahimsa, die Gewaltlosigkeit oder auch Friedfertigkeit, gilt es auch uns selbst gegenüber in der täglichen Praxis zu beachten. Wenn du nicht mal in der Yogastunde entspannen kannst, wie willst du das dann im Alltag?
Abschließen möchte ich mit einem sehr treffenden Zitat von David Frawley, einem der erfahrensten und klarsten Ayurveda- und Yogalehrer des Westens: '*Wir beurteilen ein Asana zu schnell nach seinem Aussehen, anstatt welche Energie eine Person hineingibt. Im Yoga ist Prana, ist der Geist immer bedeutender als die Form. Es geht nicht darum, wie gut ein Asana aussieht, sondern welches Prana, welche Aufmerksamkeit wir hinein geben.*'"

Zwischen Yogastunde und Essen begegneten sich Harry und Kalle vor dem Speiseraum.
„Ja, mit der Aufmerksamkeit bei sich bleiben ist manchmal nicht so einfach," meinte Harry. „So voll, wie der Raum ist, hat man ja ständig was vor der Nase. Ich kann ja schließlich nicht immer die Augen zu haben."
„Brauchste ja auch nicht", meinte Kalle. „Hauptsache, du findest wieder zu dir zurück. Und nimmst die Gedanken gleich wieder mit."
„So ganz lässt sich das ja nicht vermeiden, mal zu sehen, was die anderen so machen, wie die rumlaufen, was die für'n Gesicht machen, was da so rüberkommt. Aber sicher, ist ja letztlich völlig nebensächlich. Und ich guck ja sowieso nicht so aufs Äußere."
„Ja, du alter Schlunz, ich weiß. Du stellst dir lieber gleich vor, was darunter ist. Bei gewissen manchen jedenfalls ..."
Kalle war manchmal so unbekümmert direkt.
„Na, jetz komm aber, ..." meinte Harry etwas angefressen.
„Ach, tu nicht so," grinste Kalle. „Ist doch klar, bei so viel hübschen Frauen. Ist ja voll o.k. Was soll's? Meinste, die Frauen, die hier solo sind, machen sich da nicht auch manchmal so Gedanken? Warum auch nicht. Aber einige machen sich echt mehr Gedanken ums Äußere. Die Beate z.B., wie die immer an ihrer Frisur rumfummelt, bei jeder einzelnen Vorwärtsbeuge im Sonnengruß. Nicht mal ihr Geschmeide um 'n Hals tut die ab bei den Asanas."
„So, so, du hast wohl 'n Auge auf die geworfen, hä?" konterte Harry.
„Na, sagen wir mal, sie macht sich nicht gerade unsichtbar. Jedenfalls, gestern hab ich gehört, wie die allen Ernstes zur Conny gesagt hat: „Guck mal, ich hab mir extra für die Ausbildung nen neuen Yogabody zugelegt. Guck mal hier, der sitzt doch perfekt! Nur 79,90 bei yogafummel.com. Und der ist doch echt süß, oder, findest du nicht?"
„Und, was hat Conny drauf gesagt?"
„Ha, die hat gesagt: 'Ja, ja. Ist ja schon gut. Ich trage meinen Yogabody unter den Klamotten!'"
„Cool."
„Wenne dir mal heut so Anzeigen in ner Yogazeitschrift anguckst, was es da alles gibt, was du da so alles an Utensilien und an Outfit brauchst! Schon echt grenzwertig."
„Ja, Mensch, is ja bald so wie bei den Radsport-Extremisten. Ohne 'Functionware' bist du ja völlig out. 'Functionware', d.h. du ziehst das Zeug an und das Zeug bewegt dich! Du steckst nur drin und lässt dich bewegen! Wie Muskeltraining mit Reizstrom. Kannste faul im Anzug

hängen und lässt dich bewegen."
„Genau. Bodypower to the max! Ich hab schon mit 13 oder 14 immer diese 'Muskel-Schörts' getragen. Und dann hab ich mich immer gewundert, warum ich trotzdem keine Muckis gekriegt hab!"
„Guck mal an, wie die 'Rad-Profis' ausstaffiert sind. Da erkennst du deinen intimsten Bekannten nicht mehr, wenn er vor dir steht vor lauter Brille, Handschuhen, Spezialschuhen, Spezialsocken, aerodynamischem Spezialhelm und reklamestrotzendem, atmungsaktiv im Schritt gepolsterten Synthetic am Modellkörper! Und ohne das ganze Zeug wirst du ja mit tiefster Verachtung gestraft und als 'Hobbyradler' geoutet. Da kannst du gar nicht mitreden. Da stehst du ja auf ner ganz anderen Stufe. Da bist du ein ein Nichts."
„Na bitte, Nirwana! Ausgelöscht bin Ich. Hurra."
„Mensch, früher! Früher ham wir uns da gar kein Kopp gemacht. Jeans an, T-Shirt an, Turnschuhe an und los. Und Helmpflicht wollen sie einführen, nur weil der Scharping sich mal voll aufs Kreuz gelegt hat. Beim Radfahren, mein ich jetzt. Und jetzt ist auch Yoga nicht mehr sicher."
„War doch klar, oder?"
„Ja, seinerzeit, zu meiner Zeit, als ich angefangen hab, ..."
„Ja, ja du alten Sack, damals, nä, in deinen wilden Zeiten ..."
„T-Shirt, Jogginghose – fertig, und auf die Matte. Und heute? Dress-Code! Heute hat ja jedes Schicki-Micky-Yogastudio seinen Hakan als Türsteher: 'Hey, Alter, du komms hier net rein. Brauchs du ersmal korrekte Klamotte!'"
„Tja, mein Lieber, wenn du dazugehören willst, musst du dich wohl anpassen und fein machen ..."
„Klar, vor allen Dingen will ich da dazugehören. Besonders zu diesen ...."
„Ja, Alter, is ja gut, jetz krich dich ma wieder ein, ... Hier, trink ma 'n Yogi-T und dann is wieder gut."
Harry nahm die Tasse, die Kalle ihm hingereicht hatte und schlürfte lautstark den heißen Tee in sich rein. „Ach du, mein Herz, wenn ich dich nicht hätte, ..." und Harry legte seinen Kopf an Kalles Schulter.
„Guck, da is ja auch schon unsere Küchenfee. Komm, jetz gibt's endlich Happa-Happa hier." Und dann stellten sie sich erstmal voll entspannt zum Essen an.

09 Der Asthanga-Pfad

„Die Menschen sollen nicht soviel nachdenken, was sie tun sollen, sondern was sie sind.“ (Meister Eckehard)

Harry blickte von oben auf die Landschaft hinunter, die sich unter ihm ausbreitete, als er sanft und sicher im Flug darüber hinwegglitt. Nur mit seinem Körper und in seinem Geist, frei wie Garuda, der Seelenvogel. Gar nicht mal sehr hoch, um die 50 Meter vielleicht, und er passte seine Flughöhe all den kleinen Hügeln und Tälern an, die in dichter, grüner Vegetation schöpferische Fruchtbarkeit und Liebreiz ausstrahlten, seine Richtung dem Lauf der kleinen Bäche und Senken folgend.
Geschwind ging es dahin mit der Leichtigkeit des Windes, himmlisches Kind, und so fühlte er sich sicher und kraftvoll in seinem Element. Und in seinem Geist erklang das wundervolle Gayatri-Mantra, das seit Jahrtausenden die Erleuchtung des Geistes unterstützte: OM Bhur Bhuvar svaha, Tat Savitur Varenyam, Bhargo Devasya Dimahi, Dhyo Yo Na Prachodayat: Wir meditieren über Gott, der das physische, astrale und kausale Universum geschaffen hat, der das höchste Selbst ist, der verehrungswürdig ist, der das Unwissen beseitigt und alles mit seinem Licht erfüllt.
Und es war mehr als nur der Klang, er hörte sich selber singen, immer und immer wieder, ohne Unterlass, von ganzem Herzen, schwang er mit im Klang – Nadhabrahma, die Welt ist Klang. Er spürte sich singen, vibrierend im ganzen Körper und Geist, mit jedem Bogen, jedem Auf und Ab seines Dahingleitens, gemeinsam im Geist mit unzähligen anderen, Einklang, Kraft, Verbundenheit, war voll und ganz durchdrungen, war das Singen, war das Gayatri selbst, während er wie körperlos, in dynamischem, schnellen Flug auf seiner astralen Traumreise über die Landschaft seines Lebens dahinglitt, frei, kraftvoll und aufgehoben.

Auch heute morgen nahm Chamundi die sanfte, entspannte Stimmung des Satsang mit in ihren Vortrag über den Asthanga-Pfad des Yoga. Hatha-Yoga war für die meisten der Beginn und die praktische Grundlage des Asthanga-Pfades.
„Nachdem ihr gestern morgen einiges über die sechs Yogawege gehört habt, möchte ich euch jetzt eine weitere überblicksartige Systematisierung vorstellen, den sogenannten Asthanga-Pfad, den achtgliedrigen Weg des Yoga. Der Asthanga-Pfad stellt eine Struktur, einen Entwicklungsweg dar, den man während einer längeren Yogapraxis über Monate und Jahre beschreitet. Die einzelnen Schritte oder Stufen laufen allerdings nicht sequenziell ab, jedenfalls nicht die ersten fünf bis sechs der acht Stufen. Sie werden etwa gleichzeitig, wenn auch schwerpunktartig mal hier, mal da überwiegend, praktiziert. Die letzten beiden Stufen ergeben sich in der Regel erst aus dem regelmäßigen, intensiven Praktizieren der ersten sechs.
Der Asthanga-Pfad beschreibt die ersten vier Elemente, die Yamas, Niyamas, Asana und Pranayama als Voraussetzung bzw. als äußere Hilfen für die folgenden vier, Pratyahara, Dharana, Dhyana und Samadhi. Die einzelnen Worte erkläre ich gleich. Die fünfte Stufe, Pratyahara, kann daher auch als Übergang zwischen Außen und Innen angesehen werden, die Stufen sechs

und sieben als innere Hilfen. Die achte Stufe, Samadhi, ist das Ziel, das Ergebnis. Wir werden uns jetzt mit den ersten zwei Stufen intensiver beschäftigen, da die anderen so komplex und vielschichtig sind, dass sie euch in Theorie und Praxis noch direkter begegnen, als die Ethik, die dahinter steckt.
Es ist nämlich die spirituelle Ethik, die durch die Yamas und Niyamas beschrieben wird, und nicht umsonst stehen sie an erster Stelle. Die Yamas und Niyamas beschreiben Lebensmaximen, Werte, hilfreiche Grundeinstellungen, oder Gebote. Sie bilden deshalb die Grundlage der weiteren Stufen, weil du nicht entspannt und konzentriert, effektiv, praktizieren kannst, wenn dein Geist aufgeregt ist, oder wenn du begrenzende, bedrückende Gefühle oder gar Ärger spürst, oder Angst. Alle Stufen, die danach kommen, auch schon Asana und Pranayama, können ohne eine friedfertige, entspannte Geisteshaltung niemals so wirkungsvoll sein, wie wenn du dir die Yamas und Niyamas zur gelebten, alltäglichen Einstellung machst. Ihr merkt schon, hier braucht man dann auch schon Raja-Yoga, um diese Geisteshaltungen zu entwickeln. Aber wie gesagt, diese Stufen laufen simultan ab und unterstützen sich synergetisch, d.h. die Asana- und Pranayama-Praxis wirkt ausgleichend auf deine Gedanken und Gefühle.
Die Yamas und Niyamas beruhen letztlich auf der Anerkennung des Dharma, der kosmisch-spirituellen Gesetze des Lebens und dem angemessenen Umgang mit ihnen. Yama bedeutet wörtlich Selbstbeschränkung und Kontrolle. Aus ihnen ergeben sich sowohl die sozialen Verhaltensregeln, die Yamas, wie auch die Regeln für sich selbst, die Niyamas. Und mit der Einstellung von aktivem Mitgefühl für andere wie auch für sich selbst geht es um die Realisierung der individuellen karmischen Lebensaufgaben, dem sogenannten Svadharma. Dharma ist die Voraussetzung, auf der sich Yoga in authentischer Weise vollziehen kann. Falscher Umgang mit den Gesetzen und Energien, aus Unkenntnis und mangelnder Fähigkeit der Kontrolle des Geistes, sind die Ursachen für alles Leid in der Welt. Die Beherrschung der Yamas und Niyamas ist die Voraussetzung für ein Leben in Harmonie und für spirituelle Entwicklung. Sie bilden die Grundlagen der Integrität, des Im-Reinensein, im Einklang-sein mit den geistigen Gesetzen und mit sich selbst.

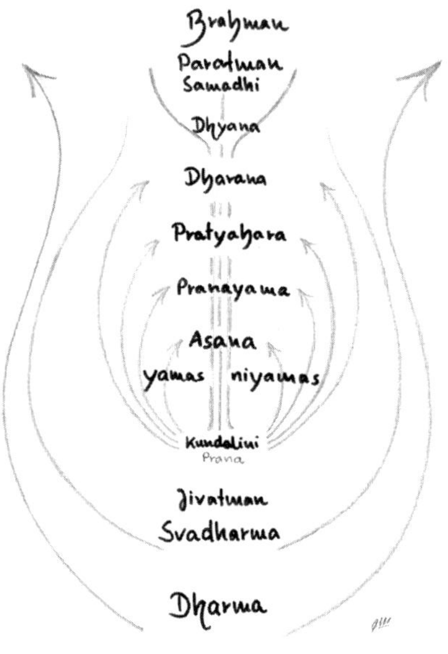

Asthanga-Pfad und Svadharma

Die Yamas werden auch als die fünf Enthaltungen bezeichnet. Hier geht es um die Beziehungen zur äußeren Welt, also Selbstkontrolle auf andere bezogen, soziale Verantwortung. Da ist zunächst Ahimsa, Friedfertigkeit. Sich so zu verhalten, dass es keinerlei Schaden anrichtet. Die Ethik der Gewaltlosigkeit, und zwar auch schon in Gedanken und Worten, nicht erst durch die Tat. Ahimsa ist Grundlage und Ziel aller folgenden Yamas und Niyamas. Deren

Nichteinhaltung wäre Ahimsa gegen andere und gegen sich selbst. Sich aktiv einzusetzen für seine Ziele, ohne Angst, in der Erkenntnis der Allverbundenheit, schafft den Frieden und das Glück, das wir uns wünschen.
Als zweites Yama ist Satya zu nennen, die Wahrhaftigkeit. Ehrlich, und das heißt authentisch zu sein. Illusionen aufzulösen, sich selbst und anderen nichts vorzumachen. Das Spirituelle in allem sehen. Hier wird auch Satyagraha genannt, das Festhalten an der Wahrheit, und zwar nicht an der eigenen, an dem, was dein Ego dafür hält, sondern an der spirituellen Wahrheit, den spirituellen Gesetzen; als grundlegendstem am Karma-Gesetz, dem Gesetz von Ursache und Wirkung. Aber dazu ein anderes Mal mehr. Satyagraha war übrigens das Grundprinzip bei Gandhis gewaltlosem Widerstand. Das bedeutet zu sich selbst stehen, zu seinen Werten und Überzeugungen, und natürlich zum Dharma.
Drittens: Brahmacharya. Klassischerweise übersetzt mit sexueller Enthaltsamkeit. Ja, ja, ich weiß, das ist dann für die meisten der Punkt, zu sagen: Na ja, schön und gut, aber ich bin doch kein Mönch oder ne Nonne. Braucht ihr auch nicht. Das ist wörtlich eher so zu verstehen wie das Keuschheitsgelübde, wenn du ins Kloster gehst. Das hat übrigens mit der Energielenkung zu tun, wie ihr beim Kundalini-Yoga noch hören werdet. Und es gibt tantrische Praktiken, da könnt ihr Sex haben und dabei trotzdem eure Energie nicht verschwenden. Ja sogar sublimieren. Toll, ne? Jaaa, ham wir ja noch mal Glück gehabt. Brahmacharya übersetze ich dann gerne mit Maßhalten. Kontrolle der sexuellen Kraft als Basis der Lebensenergie. Eine sattvige, also den Yamas und Niyamas gemäße Partnerschaft zu führen, ist nicht nur völlig o.k., sondern für uns Normalsterbliche die spirituelle Entwicklungschance schlechthin. Nicht-sattviges Verhalten, also fehlgeleitete sexuelle Energie, und um mal den Extremfall zu nennen, Sexsucht, aber auch Fremdgehen und all das Zeug, ist nicht nur Energieverschwendung, sondern führt zu Gewalt, Ärger, Frustration, Verletzung, Leid – na ihr kennt das ja alles – und sicher auch zu tiefgreifenden, karmischen Verstrickungen. Im Alltag bedeutet diese Art von Maßhalten eine Enthaltsamkeit, eine Reduktion auf das Notwendige. Notwendig im Sinne des Wortes, sowohl psychologisch wie karmisch not-wendig. Und was darüber hinaus geht, das darfst du dir leisten, sozusagen als Belohnung oder wie du es auch immer nennen willst, aber, und das ist entscheidend, eben in Maßen. Und zwar solchen, dass du dir nicht schadest mit diesem Spaß, mit diesem Fun, diesen 'Wellness-Aktivitäten': Essen, Sex, whatever. Also du darfst es dir gut gehen lassen, aber nicht drin versacken, es nicht zu deinem Lebensinhalt machen. Auch das direkte, bewusste Vermeiden von Fehlverhalten ist natürlich gemeint, also grundsätzlich eine positive Absicht zu haben in all deinen Handlungen. Vereinfachung des Lebens, simplify your life, Mäßigung von Verhalten und Wünschen. *„Man muss die beiden Extreme kennen, damit die Mitte weiß, wo die Mitte ist.“* Hat Aristoteles gesagt. Oder ..., jedenfalls einer von den ganz Alten. Also lebe, aber bewusst.
Viertens: Aparigraha, Loslösung, auch Vairagya genannt. Anhaftungslosigkeit, nicht an Dingen und Beziehungen zu hängen. Dazu gehört eine gewisse Besitzlosigkeit, eine grundsätzliche Anspruchslosigkeit, und Alleinsein-können. Allein sein heißt ja All-Eins-Sein können, statt einsam zu sein. Durch Aparigraha entsteht auch Unbestechlichkeit, vor allem in dem Sinne, sich nicht vom eigenen Weg, vom spirituellen Weg abbringen zu lassen. Zum Beispiel einen

super bezahlten Job nicht anzunehmen, weil du weißt, dass es schmutziges Geld ist, sagen wir mal 'nen Manager-Job in einem üblichen Pharmakonzern. Auch geht es um das Vermeiden von Neid oder Sehnsucht nach Materiellem, das Vermeiden des Wunsches, etwas bestimmtes oder anderes haben zu wollen, als das, was du bereits hast, als das, was dir im Moment gegeben ist. Das ist dann der Übergang zum fünften Yama, zu Asteya.
Asteya bedeutet Zurückhaltung, Selbstbescheidung. Im engeren Sinne nicht stehlen, weder materiell noch geistig. Und andererseits Freigiebigkeit, Teilen. Nach den geistigen Gesetzen bedeutet Geben Bekommen, und Teilen bedeutet Stärken, das ist das Lakshmi-Prinzip im Yoga, die Fülle erleben. Weiterhin das Vermeiden von Gier, Eifersucht und Neid, aus der Erkenntnis heraus: Ich habe alles, was ich brauche. Wir können Energie oder Dinge benutzen, aber besitzen können wir sie nicht wirklich. Und vor allem sollten wir uns nicht von ihnen in Besitz nehmen lassen. Verstrickungen vermeiden, Versuchungen widerstehen, nichts anhäufen, horten. Statt dessen vertrauen, versorgt zu sein. '*Den Seinen gibt's der Herr im Schlaf*', heißt es doch so treffend irgendwo, nicht wahr? Doch wahr? Und schließlich meint Asteya auch das Vermeiden aller überflüssigen Bewegungen. 'Aahhh,' werden manche jetzt aufatmen: 'No sports und so. Keine zu heftigen Asanas, Heuschrecke, Skorpion und so. Endlich mal ne Regel, die mich als Couch-Potatoe exculpiert, und als Yogamatten-Potatoe im Besonderen. Nur daliegen und atmen. Vielleicht mal die Arme heben und senken, das reicht. Bloß keine Gewalt gegen sich selbst!' Aber Stopp, so einfach geht das nicht! Gemeint sind hier Bewegungen des Körpers und auch des GEISTES, d.h. Bewegungen, die nicht Sadhana, nicht spirituelle Praxis, nicht sattvig sind. Aber alle anderen Bewegungen sind ausdrücklich erwünscht, um nicht zu sagen notwendig!"
„„Du-u, ...," kam es etwas zaghaft aus dem Off, „entschuldige, wenn ich dich jetzt unterbreche, aber du hast jetzt schon wieder 'sattvig' gesagt. Was heißt denn das?"
„Ja, stimmt, es gibt hier oft die Ausdrücke sattvig, tamasig und rajasig. Die kommen aus der Yoga-Philosophie, dem Nyana. Dazu gibts dann wieder Extra-Vorträge. Kurz gesagt: Tamas, Rajas und Sattwa sind die drei Gunas, sogenannte Qualitäten, Elementarkräfte, aus denen die materielle Welt aufgebaut ist. Tamas steht für das Feste, das erhaltende Prinzip, aber auch für lebensfeindliche Statik und Trägheit. Rajas ist die belebende, aktivierende, verwandelnde Kraft, im Übermaß auch Hektik, Aggression, Übertreibung. Sattva ist das Prinzip der Reinheit, das Spirituelle, alles, was dem Leben und der spirituellen Entwicklung dient. Also so ähnlich wie Yin und Yang, die Komplementäre, die in einem dynamischen Fließgleichgewicht das Leben durchziehen, plus einer dritten Kraft, Sattva, die diesen Prozess auf das Spirituelle ausrichtet. Ist das o.k. soweit für den Moment?"
„Ja, ich glaub schon, danke ..."
Chamundi nahm einen Schluck aus ihrer Wasserflasche.
„So, jetzt kommen die Niyamas: Die fünf Gebote. Das sind die göttlicherweise empfohlenen Verhaltensweisen auf sich selbst bezogen. Die Selbstdisziplin, die rechte Anwendung der Energie in Verantwortung für sich selbst. Die helfen dir, deine inneren und äußeren Quellen der Kraft zu erschließen, deine Bewusstheit zu vergrößern und deine Kreativität zu wecken. Da ist zunächst mal Saucha: Klarheit und Reinheit von Geist und Körper. Also die

Körperhygiene ist hier selbstverständlich. Gemeint ist vielmehr die Befreiung des Körpers von Schlacken, Giftstoffen, d.h. also Kriyas machen und sich gut ernähren. Zum Beispiel auf die sogenannten 'Genussgifte', was für ein Widerspruch schon im Wort selbst, zu verzichten. Und auch natürlich die geistige Reinheit: Geistig meint, bewusst positiv im Sinne der Yamas und Niyamas zu denken, das Bewusstsein von Müll, von nicht-sattvigen Inhalten freizuhalten.
Als zweites Niyama Santosha: Zufriedenheit, Gleichmut. Das Glück innen finden statt in äußeren Bedingungen. Annehmen, egal was ist, auch die Grenzen eigener Bemühungen, und dann erweitern, das Beste machen aus den Möglichkeiten. Deinen Bewusstseinsfocus auf's Positive zu richten, gegenwärtig im Hier und Jetzt entspannen. Eine Einstellung der grundsätzlichen Wertschätzung dessen zu entwickeln, was bisher erreicht wurde, was dir im Moment in deinem Leben geboten wird und was sich daraus an Möglichkeiten ergibt.
Die folgenden drei werden zusammen als Kriya-Yoga nach Patanjali bezeichnet:
Da ist zunächst Tapas: Wörtlich Feuer, hier im Sinne von geeigneter Anstrengung und Selbstdisziplin gemeint. Willenskraft, Mäßigung die eigenen Ansprüche betreffend, Verzicht auf schlechte Gewohnheiten und nicht-sattvige Wünsche, Süchte eliminieren. Tapas ist eine der wichtigsten Voraussetzungen, um Sadhana erfolgreich zu praktizieren. Konsequente Sadhana bedeutet stetiges Bemühen, Ausdauer.
Dann, als Viertes, die Selbsterforschung, Svadhyaya, Studium des Selbst: Wie funktioniert mein Geist? Woher kommen meine Gefühle, welche Gedanken beschäftigen mich? Welche Ängste, welche Wünsche habe ich, welche Werte bestimmen mein Handeln? Was motiviert mich? Was sind meine Ziele? All diese Sachen. Ohne diese Kenntnis meines Innenlebens, und dabei ehrlich zu mir selbst zu sein, wie will ich da ein glückliches Leben führen, mich weiterentwickeln? Erhebende Gedanken im Geist zu etablieren, karmische Aufgaben und Berufungen, das Svadharma, zu erkennen, Potenziale dafür zu entfalten, all das setzt Svadhyaya voraus. Hilfreich ist hierbei auch das Studium spiritueller Schriften. Es geht um das Herausfinden, was denn 'die für mich geeignete Anstrengung' ist, theoretisch und vor allem praktisch. Und das Aktionsfeld ist der Alltag, Sadhana – sich selbst erfahren im Alltag. Sadhana-Praxis ist viel wirksamer und wichtiger als nur intellektuelles Studium.
Und schließlich als Fünftes ein Bhakti-Aspekt: Ishvara pranidhana: Anerkennen und sich verbinden mit der universellen Intelligenz, Liebe und Schöpferkraft. Dazu wählt man sich einen speziellen Aspekt aus dem kosmischen Götterreigen, zu dem man sich besonders hingezogen fühlt: Shiva, Vishnu, Durga, Saraswati – ihr werdet davon noch hören. Hier geht's um die Hingabe an Gott durch die Bewusstheit: Es gibt mehr als das Materielle. Es gibt Brahman, die überpersönliche, allumfassende, liebevolle Intelligenz, deren Instrument ich gerne bin, weil es mich befreit. Alles ist mit Allem verbunden. Herzöffnung durch persönliche Beziehung zu einem Gottesaspekt, das ist Ishvara pranidhana.
Gut, in Anbetracht der fortgeschrittenen Zeit werde ich die anderen Stufen, die wie gesagt noch ausführlich behandelt werden, überblicksartig darstellen.
Die Stufen drei und vier bilden die Grundelemente des Hatha-Yoga, so wie ichs gestern nachmittag schon ausführlich erklärt habe. Stufe drei sind die Asanas, die Körperhaltungen, die körperliche, geistige und seelische Tiefenentspannung miteingeschlossen. Für letzteres wurde im

Besonderen Yoga-Nidra entwickelt.
Der vierte Punkt, Pranayama, bedeutet Kontrolle der Lebensenergie, Prana, durch Atemübungen. Diese Atemübungen wirken harmonisierend, reinigend oder aufladend, je nach dem. Bewusstes Gewahrsein des Atems bringt die Gedanken im Geist zur Ruhe.
Stufe fünf, Pratyahara, das Zurückziehen der Aufmerksamkeit von den Sinneswahrnehmungen, sofern sie nicht als Meditationstechnik genutzt werden. Zurückziehen der Sinne zunächst von den äußeren, später auch inneren Objekten, also von Gedanken und emotionalen Erfahrungen. Im Alltag heißt das: Konzentration auf sattvige Erlebnisse und Gedanken, also eine Art bewusster 'geistiger Hygiene'. Keine tamasigen und rajasigen Sinneseindrücke ins Bewusstsein lassen, also keine, die einen träge machen und runterziehen, tamasig, bzw. rajasige, solche, die einen aufregen und unkontrolliert zu irgendwas antreiben. Auch das Loslassen von Anhaftungen ist ein Zurückziehen nach innen, sich auf die Spiritualität auszurichten. So ist Pratyahara auch eine Art geistiges Fasten, geistiges Ausleiten von Giften, die das Bewusstsein verunreinigen.
Pratyahara bildet quasi den Übergang zwischen außen und innen. Im Pranayama aktivieren und steigern wir das Prana mit der Atembewusstheit und -lenkung. Im Pratyahara nehmen wir dieses konzentrierte Prana von den Sinneswahrnehmungen zum Bewusstsein, um es im physischen, im psychischen wie auch im spirituellen Herzen ruhen zu lassen.
Dharana, Stufe sechs, folgt auf Pratyahara. Dharana ist das Bemühen um Konzentration, die Meditationstechnik, durch die wir die Aufmerksamkeit fokussieren auf das, was wir als Meditationsobjekt nutzen. Anfangs meist den Atem, dann ein Mantra, später auch Chakras und anderes. Dabei geht es darum, frei zu sein von jeglichen Ablenkungen, so dass die Gedanken im Geist zur Ruhe kommen. Beim Dharana wird Prana gebündelt auf einen Punkt gelenkt, im Dhyana, der siebten Stufe, erfahren wir diese liebevolle Energie in jedem Moment.
Der siebte Stufe, Dhyana, ist der Zustand der Meditation. Eine dauerhafte Einpünktigkeit des Geistes, die Erkenntnis der Allverbundenheit, welche vollkommenen inneren Frieden bewirkt, 'unmittelbares Wissen' ermöglicht. Dies wird auch Turiya genannt, Zustand der Erkenntnis und Erleben von Atman, dem 'wahren Selbst'. Hier erkennt man auch Paratman, das universelle 'Selbst', wobei aber noch ein Jemand da ist, der das erkennt. Hier gehts schon ins Nyana-Yoga über, da werden diese Begriffe noch ausführlicher erläutert. Die letzte, die achte Stufe, ist also hier noch nicht vollständig und dauerhaft erreicht. Dhyana kann man nicht machen, so wie man Entspannung nicht machen kann. Dhyana kann man nur zulassen, als Ergebnis der Übungen, oder als Gnade.
Die letzte Stufe ist Samadhi, Vertiefung, Versenkung in die allumfassende Existenz, wobei, wohlgemerkt, die geistige Existenz gemeint ist, die höheren Stufen der feinstofflichen Existenz. Die vollständige Auflösung eines Ich-Bewusstseins. Oder auch Nirwana, wie die Buddhisten sagen – das Verlöschen des Ich, Transzendenz. Den Begriff Erleuchtung werden auch viele schon gehört haben, das hat zu tun mit der Verwandlung der Energie im Verlauf der spirituellen Entwicklung.
Wem das zu abgehoben ist – klar. Das ist für uns Normalsterbliche schon sehr abstrakt, diese Erfahrung kann man sich eigentlich gar nicht vorstellen, geschweige denn beschreiben. Das

Gefühl, sofern man von Gefühl noch sprechen kann, wird als Sat-chid-ananda bezeichnet: Sein, Wissen, Glückseligkeit.
Und dies ist das Ziel der Evolution. In jeder spirituellen Richtung geht man davon aus, dass es eine spirituelle Evolution gibt, die darin mündet, dass alle Lebewesen, sofern man das so sagen kann, diesen Zustand erreichen. Die Rückkehr zu unserer Quelle, dem Ursprung unseres Seins. Dies ist übrigens gar nichts speziell yogamäßiges. Auch im Westen gibt es Ansätze, die dies formulieren. In der griechischen Philosophie z.B. spricht man von Teleologie, Zielgerichtetheit, als Teil der sogenannten Philosophia Perennis, der immerwährenden Philosophie. Teilhard de Chardin z.B. nennt das spirituell evolutionäre Ziel den 'Punkt Omega'. Oder, als kleiner Tip: Lest doch mal Ken Wilber, eventuell kennt ihn der eine oder die andere, absolut empfehlenswert. Wir bzw. ihr mit Nataraj kommt sicher noch auf diese spirituelle Evolution zurück, wenn es um Nyana-Yoga geht.
Und ihr werdet sehen, im Lauf der Ausbildung und vor allem auch danach in eurer Yogapraxis, dass ihr zumindest einen Eindruck von Satchidananda bekommen könnt. Und dass es eine Unmenge an positiven Wirkungen, an wunderbaren Veränderungen gibt auf dem Weg dorthin – eine neue Lebensqualität."

10 Meditations-Praxis

„Der Mensch, der meditierend sich selbst findet, wird einfach und spielerisch. Meditation hat nichts mit Ernsthaftigkeit zu tun." (Osho)

Nachdem die Yogélèven Mahadevi bereits in einer Asanastunde als kompetent und sehr einfühlsam erlebt hatten, waren sie nun alle sehr gespannt, wie sie ihren Vortrag gestalten würde. Sie hatte als Mantra zur Einleitung des Vortrags das Asatoma gewählt, eines der wesentlichsten und am Häufigsten rezitierten Mantras im Yoga. Und so sangen sie gemeinsam: „Asatoma, sat gamaya, tamas so ma, jyotir gamaya, mrtyor maam ritam gamaya". Führe uns von der Unwirklichkeit zur Wirklichkeit, von der Dunkelheit zum Licht, von der Sterblichkeit zur Unsterblichkeit!
„In unserem heutigen Nachmittagsvortrag werde ich euch die äußeren und inneren Grundvoraussetzungen bzw. Praktiken vorstellen, die bei der Meditation wichtig sind. Die meisten von euch haben ja schon einige eigene Erfahrungen, sei es aus den Vorbereitungsseminaren oder durch Yogakurse und eigenes Üben zuhause. Trotzdem zeigt die

Erfahrung, dass immer noch vieles falsch gemacht werden kann, oder nicht so gut, wie es sein könnte, so dass die Wirkung bzw. Erfahrung in der Meditation nicht so effektiv ist, wie ihr es euch wünscht. Von daher sollen jetzt noch mal die Basics erklärt werden.
Beginnen wir mit den konkreten äußeren Bedingungen: Dazu muss zunächst festgestellt werden, dass Meditation, Dhyana, kein Zustand ist, der erschaffen werden kann. Meditation tritt von selbst ein, wenn alle Bedingungen günstig sind. Diese Bedingungen allerdings, die können wir schaffen. Sogenannte Ablenkungen wie Gedanken, Gefühle oder sensorische Empfindungen, sind keine Störungen, die beseitigt werden müssen, sondern ganz normale Begleiterscheinungen, die auftreten. Diese können aber mit einiger Übungen reduziert werden, bzw. dies ist ein wichtiger Effekt und letztlich auch ein Ziel der Meditationstechnik. Dahinter können auch regelrechte Hindernisse im engeren Sinne liegen, psychologische Probleme, die gesonderter Bearbeitung bedürfen z.B. Angst vor Veränderung, Erwartungshaltungen, Perfektionismus, fehlende Liebe und vieles mehr. Was aber nicht heißt, dass ihr jetzt ne Psychotherapie machen müsst, sondern dass diese Probleme euch einfach auf genau die Lebensbereiche hinweisen, die nach Veränderung verlangen. Wenn ich jetzt im Folgenden 'Meditation' sage, dann meine ich die Übung der Meditation, die Meditationssitzung.
In einer einzelnen Meditationssitzung können grundsätzlich alle unerledigten Aufgaben und verdrängten, aktuellen Probleme die Ruhe des Geistes stören, so dass deren vorherige Erledigung, soweit möglich, eine Menge Energie freisetzt und die Konzentration, die Öffnung des Geistes, wesentlich erleichtert. Günstige Bedingungen sind folgende: Sorge dafür, dass du nicht gestört wirst, z.B. durch Personen, Telefon, Insekten, starke Gerüche und Geräusche, Kälte, Hitze etc. Ihr habt vielleicht schon bemerkt, dass die Sensibilität für solche Wahrnehmungen deutlich gesteigert sein kann in der Meditation. Unterbrich die Meditation nicht, es sei denn, das Haus brennt. Setze deine Termine in deinem Tagesplan nicht zu knapp. Man sollte oder kann Yoga oder Meditation nicht mal eben dazwischenschieben. Was anderes ist natürlich eine gezielte Kurzentspannung oder Übung, z.B. während der Arbeit, das sollte man durchaus machen, wenn einem danach ist. Der Magen sollte recht leer sein, Hunger und Durst gestillt. Nicht in müdem Zustand beginnen. Eine ritualisierte Einstimmung erleichtert das Erreichen tiefster Entspannung und Öffnung. Meditiere, wenn möglich, immer am selben Ort, einem Ort, der nur deiner spirituellen Praxis vorbehalten ist. Wenn es geht auch immer zur selben Zeit, am besten bei Sonnenauf- oder -untergang, bzw. nach dem Aufstehen und vor dem Schlafengehen. Stimme dich ein, mit einem Bild deines Meisters, einer Kerze, mit einem Räucherstäbchen. Häufigkeit: Idealerweise 1-2 Mal täglich 20-30 Minuten, aber weniger ist besser als gar nicht. Die Regelmäßigkeit bezüglich Zeit, Dauer und Ort ist sehr hilfreich, weil der Geist sich darauf einstellt und hier ein gewünschter Gewohnheitseffekt eintritt, genau wie bei den Asanas, der die Wirkung verstärkt bzw. das Sicheinlassen erleichtert. Gerade wenn's schwer fällt, kann das Meditieren besonderen Widerstand auflösen. Fange nicht an, darüber nachzudenken, warum du heute nicht meditieren kannst, oder ob du zu müde bist, warum du so lustlos bist, dass es doch keinen Sinn macht – stoppe diese Gedanken sofort und beginne. Beginne einfach, ohne Erwartung.

Kommen wir nun zur Meditationstechnik allgemein. Die Meditationstechnik ist das Hilfsmittel, den Geist zu konzentrieren, weshalb diese Stufe, ihr erinnert euch an den Asthanga-Pfad, Dharana, Konzentration, genannt wird. Meditation lernen ist wie das Lernen eines schwierigen Instruments und erfordert dieselben Einstellungen und Disziplin. Nicht ärgern, nicht urteilen, nichts erwarten. Statt dessen Selbstzweck, Gelassenheit, Geduld, Beharrlichkeit in der Übung. Schaffe die hilfreichen Bedingungen, die günstigen äußeren und inneren Umstände, und dann lass los. Bleibe locker, freundlich und nachsichtig mit dir selbst, gerade wenn du denkst, dein Geist tanzt mal wieder wie ein verrückter Affe in deinem Kopf herum.

Monkey Mind

O.k. Du hast jetzt die äußeren Bedingungen nach Möglichkeit geschaffen und jetzt sitzt du da. Wenn du nicht so lange kreuzbeinig sitzen kannst – nicht so wichtig. Egal, welche Sitzposition, Hauptsache aufrecht und bequem, alles Äußere losgelassen. Fühle dich zentriert an der senkrechten Mittelachse deines Körpers. Den Atem lasse ganz ruhig und subtil werden, Meditationsatmung. Die Augen sind geschlossen und entspannt auf die Mitte deiner Stirn, den Punkt zwischen den Augenbrauen gerichtet, auf das Agnya-Chakra. Oder die Augen sind ganz leicht geöffnet, der Blick über die Nasenspitze hinaus ins Leere gerichtet, ohne zu schauen, ohne wahrzunehmen. Die Hände in Nyana- oder Chinmudra, d.h. Daumen- und Zeigefingerspitzen berühren sich, oder die Hände liegen im Schoß.

Dann die Beobachter-, die Zeuge-Position einnehmen mit einer inneren Haltung des Wohlwollens, freundlich, gleichmütig. Dann folgt, zunächst willentlich, die Loslösung von den 'normalen' teilnehmenden Alltagsgedanken. Lasse wenn möglich auch die anhaftenden Identifikation mit diesen gedanklichen Konzepten los. Also denen, die dir vermitteln: Das bin ich, das ist mein Alltag, ich tue dies, ich empfinde das. Dazu gehört auch die Loslösung von aktuellen Sinneseindrücken. Es sei denn, diese Inhalte werden als Meditationstechnik genutzt. Doch davon später. Im Buddhismus spricht man auch von Anfängergeist. So als ob du was Neues lernst, als ob du ganz unvoreingenommen etwas beobachtest, was du noch nicht kennst, was du aus einer neuen Perspektive betrachtest. Sozusagen halb drin in dir, halb draußen.

Dann erfolgt die Konzentration, die Fixierung des Bewusstseins auf einen äußeren Punkt, nämlich den Atem. Beobachte den Atem, speziell den Ausatem. Lasse ihn ganz subtil werden, kaum wahrnehmbar. Dies ist bereits eine zentrale Meditationstechnik, das Meditationsobjekt ist hier der Atem selbst. Zur Unterstützung kannst du beim Einatmen innerlich das Mantra 'So' rezitieren, ausatmen mit 'Ham'. Bei Verwendung eines anderen Meditationsobjektes, z.B. eines speziellen Mantras, ihr werdet davon noch hören, erfolgt jetzt die Lenkung der Aufmerksamkeit dorthin. Dies ist noch mit Aktivität verbunden. Dabei geht es immer ledig-

lich um das Beobachten dessen, was im Bewusstsein auftaucht: Banale Gedanken, Probleme, Sorgen, Situationen in Vergangenheit und Zukunft, sowie die damit verbundenen Gefühle, aktuelle Sinneseindrücke. Das bewusste, entspannte Betrachten dieser Bewusstseinsinhalte ist die erste Stufe, Ekagrata, die erreicht werden kann. Die zweite ist, wenn auch das Beobachter-Bewusstsein verschwindet, der eigentliche Zustand der Meditation, Dhyana.
Und wenn Gedanken, Gefühle und Sinneseindrücke auftauchen, drei Mal kurz kategorial benennen, z.B. Gedanke, Gedanke, Gedanke, oder Empfindung, Empfindung, Empfindung. Dann, ohne sie zu bewerten, loslassen. Lasse sie vorüberziehen wie Blätter auf dem Fluss oder Wolken am Himmel und kehre zurück zum Objekt der jeweiligen Meditationstechnik. Wenn zuviele Gedanken auftauchen, lenke die Konzentration wieder auf den Atemluftzug, oder das Mantra schneller oder etwas lauter innerlich wiederholen, dann wieder subtiler werden lassen. Auch eine Konzentrationsformel kann helfen, wie z.B. 'Ich ruhe vollkommen entspannt in meinem Selbst.'
Durch die Anwendung der Meditationstechnik entsteht vor allem zu Beginn der Praxis oft der Eindruck, es träten vermehrt Gedanken auf. Tatsächlich werden uns die Gedanken jedoch nur bewusst, sie sind ohnehin schon da. Als eine schöne Analogie stelle dir vor: Wenn du einen Stein ins Wasser wirfst, siehst du nicht mehr bis auf den Grund. Oder wenn du den Schlamm vom Grund aufwühlst, wird die Sicht getrübt, Die Gedanken im Geist zur Ruhe bringen ist wie das Zähmen eines wilden Affen, der rastlos von Ast zu Ast springt.
Das Wichtigste ist, dich nicht zu ärgern oder zu verurteilen, wenn die Gedanken wieder mal stärker waren. Es gibt keine 'schlechte' Meditation. Das Mantra läuft und wirkt parallel, auch wenn der Geist abschweift. Und wenn das Chaos der Gedanken so mächtig erscheint – mache dieses Chaos zum Objekt. "*Betrachte mit freundlicher Verwunderung dein inneres Chaos*", hab ich mal irgendwo gelesen. Das trifft's ganz wunderbar. Durch dieses Beobachten werden die Gedanken, die Bewegungen des Geistes immer langsamer, bis schließlich zwischen ihnen eine Lücke wahrnehmbar wird, eine Pause. Aber, und jetzt kommt's: In dem Moment, wo du sie wahrnimmst oder die Aufmerksamkeit drauf lenkst, ist sie wieder weg! Nämlich durch den Gedanken: Aha, eine Lücke! Genau das ist gemeint, wenn es heißt: Du kannst es nur zulassen, nicht machen! Und ausdehnen kannst du diese Erfahrung nur durch zulassen, genauer gesagt durch weiteres Üben mit der Meditationstechnik, so dass die Wahrscheinlichkeit des Eintretens dieser Leere größer und deren Dauer länger wird."

Beobachter-Position

Harry musste schlucken und tief durchatmen. Mal wieder leicht gesagt: Zulassen! Seine bisherigen Medi-Versuche fand er ziemlich kläglich. Gedanken, nichts als Gedanken. Von Konzentration keine Spur, geschweige denn einer Lücke.

„Meditation," fuhr Mahadevi fort, „Dhyana folgt, wenn der Geist also ohne willentliche Aktivität beim Meditationsobjekt verweilt. Primär gilt es zu lernen, den Geist zu entspannen, nichts zu tun. Meditation ist also nicht willentlich abrufbar, sondern ein Zulassen, eine Bereitschaft, ein Hineinsinken, ein Auflösen. Letztlich wird auch das Meditationsobjekt transzendiert, so dass diese objektgebundene Technik keinen Nachteil hat gegenüber den abstrakten. Morgen werde ich euch einige der Meditationstechniken vorstellen. Und natürlich werdet ihr im Lauf der Ausbildung viele davon in der Praxis üben.
Abschließend möchte ich euch noch kurz einige Vorbereitungsübungen nennen, die zusätzlich zu den hilfreichen äußeren Bedingungen die Meditation unterstützen. Ein ritualisierter Ablauf ist hierbei hilfreich. Du kannst dich z.B. vorher ganz bewusst zentrieren. Lege dazu die Hände auf den Bauch, spüre den Atem, wiederhole innerlich mehrfach: 'Ich bin angekommen in meinem Selbst'. Dann lege die Hände aufs Herz und wiederhole mehrfach: 'Ich bin zuhause'.
Ein kurzes Pranayama ist gut. Beruhigende, balancierende Pranayamas. Grundsätzlich bewusste Bauchatmung, oder auch ein paar Runden Wechselatmung. Oder einfach bei tiefer Bauchatmung: Einatmend Licht und positive Energie aufnehmen, ausatmend weit werden, ausdehnen und diese Energie an alle Wesen abgeben bzw. verbrauchte, negative Energie der Erde oder Sonne zur Transformation übergeben.
Bei den Asanas helfen auch Vorbeugen und Umkehrstellungen, den Geist zu beruhigen. Also grundsätzlich kann man vor der Meditation seine Asanas und Pranayama machen. Auch das Mantrasingen ist ein ausgezeichnetes Mittel, Geist und Emotionen zu beruhigen. Wähle langsame, traditionelle Melodien.
Nebenbei bemerkt: Auch aufputschende Lebensmittel tragen zur Unruhe des Geistes bei: Kaffee, schwarzer und auch zu viel grüner Tee, weshalb sie auch zu den Lebensmitteln gehören, auf die man weitgehend, auf Kaffee vollständig verzichten sollte. Auch auf häufiges scharfes Essen.
Und, um es nochmal zu sagen: Ganz wichtig ist die geistige Einstellung. Statt einfach mal eben hinsetzen und meditieren, mache dir ganz besonders zur mentalen Einstimmung jedes Mal bewusst, dass Meditation eine bewusste Verbindung mit dem Universellen ist. Eine heilige, dich und die Welt heilende Handlung. Nichts forcieren, das rechte Maß und die individuelle Praxis finden. Mit Leichtigkeit. Heraus aus dem 'Ich sollte, ich müsste' zum 'Ich will, und ich kann'. Mit Friedfertigkeit, Ahimsa, und wohlwollender Geduld dir selbst gegenüber, und mit geöffnetem Herzen.
Morgen früh werden wir uns dann darüber unterhalten, was Meditation bedeutet und warum sie so wichtig ist. Und zwar nicht nur beim Yoga, sondern in allen spirituellen Richtungen.
Und nun wünsch ich euch eine entspannte, meditative Yoga-Session."

Na ja, dachte Harry. Das war mal wieder ne geballte Ladung Idealzustand. Das hört sich alles so leicht an. Aber wie sieht denn die Praxis aus? Der Ort, gut das ließe sich bewerkstelligen, aber allein das Schaffen von regelmäßigen Zeiten, das geht meist nur, wenn du schon einen regelmäßigen Tagesablauf hast. Und überhaupt, die Zeit. Wenn du noch Kinder versorgen

musst und um Acht auf der Arbeit sein musst, womöglich noch mit einem langen Arbeitsweg, da musst du ja um halb Sechs, spätestens um Sechs aufstehen, auch im Winter ... Zwei mal dreißig Minuten plus dreißig Minuten Asanas und Pranayama – zweieinhalb Stunden täglich, plus gesund essen, plus frisch einkaufen, plus ...
'Stop, Stop, Stop', rief Swami Durchananda. 'Jetzt bremse dich mal 'n bisschen, und verfall hier nicht wieder in dieses Unmöglichkeitsdenken!' Ja, ist ja schon gut. Danke. Der Swami hatte ihn schon oft davor bewahrt, im Sumpf des Phlegma zu resignieren: 'Geht ja doch nicht, also lass ich's gleich ganz.' Etwas ist besser als nichts, und etwas geht immer. Bloß kein Erleuchtungsstress!

11 Egoismus und Erleuchtungsstress

„Euer größtes Dienen besteht darin, dass ihr für euch selbst die Meisterschaft erringt. Dadurch werdet ihr befähigt, das Licht auszuteilen – ohne von den menschlichen Schöpfungen, in denen ihr euch zu bewegen habt, berührt oder verwirrt zu werden."
(Saint Germain)

„Na, darf ich mich setzen?", fragte Harry, als er mit seiner Dessertschale nach draußen auf die Terrasse kam. Dort saß Nataraj ganz allein an einem Tisch und beobachtete, wie die Sonne langsam hinter den Wipfeln der Tannen hervorkam.
„Klar."
Harry überlegte eine Weile, ob er Nataraj mit einer Frage ansprechen könne, die ihm schon seit langem im Kopf herumgeisterte. Warum nicht?
„Du, ich hab mal ne Frage zur Ernsthaftigkeit, oder genauer gesagt, zum Egoismus bei dieser ganzen Sache, dieser spirituellen Suche im Yoga."
„Egoismus? Wie meinst'n das?"
„Na, ich hab bisweilen den Eindruck, dass manche Yogis bzw. die yogische Einstellung etwas egoistisch ist, was die Selbstverwirklichung anbelangt. Egoistischer zumindest als z.B. die buddhistische. Dort ist ja das Bodhisatva-Ideal ein ganz elementarer Bestandteil des gelebten Buddhismus. Also anderen bei der Entwicklung zu helfen, obwohl man's eigentlich nicht mehr nötig hätte, da man die Erleuchtung erreicht hat. Statt sich zurückzulehnen und 'selbst'gefällig 'von oben' herabzuschauen und zu sagen: 'Ja, ja, die armen, unwissenden Menschen da unten, solche Probleme hatte ich auch mal ....', ist es ein freiwilliges Zurückkehren, um anderen zu helfen."

„Ja, stimmt schon, dass beim Buddhismus das Mitgefühl noch mehr betont wird. Buddhistische Praxis im Westen scheint auch lockerer zu sein, einige Hardcore-Zen-Buddhisten mal ausgenommen, aber es gibt nicht die Asana- und Pranayama-Praxis in dem Maße, wenn überhaupt. Und dieses Fehlen macht's mit den komplexen Meditationen und philosophischen Lesungen der buddhistischen Praxis relativ kopflastig, find ich jedenfalls. Auch bezüglich Kaffee, Alkohol, sogar Fleisch essen herrscht wohl mehr Toleranz. All das macht's den Westlern ziemlich easy. Yoga verlangt da mehr Disziplin und ist durch das stärkere Einbeziehen des Körpers ganzheitlicher, denn unsere Körperlichkeit ist doch stärker, als viele Kopfmenschen wahrhaben wollen, und daher meiner Erfahrung nach auch der effektivere Weg. Und Unterdrückung von ungeliebten Selbstanteilen und Bedürfnisen, die als 'schlecht' oder 'unspirituell' angesehen werden, findet allerdings überall statt."
Nataraj begann, weiter auszuholen. Anscheinend hatte Harry einen günstigen Zeitpunkt getroffen, aber wie sich später herausstellte, war Nataraj für solche Fragen immer ansprechbar.
„Weißt du, spirituelle Erfahrungen sind eigentlich nicht für die Individuen gedacht, nicht, zumindest nicht primär, für die Entwicklung des Einzelnen. Denn gerade der 'Einzelne', das 'Ich-' bzw. das Getrenntheits-Bewusstsein, soll ja transzendiert werden in der Erkenntnis und der Erfahrung, dass alles mit allem verbunden ist. Spirituelle Erfahrungen, die Bemühungen, diese zu machen, dienen immer der Evolution der ganzen Menschheit, und, um mal den Rahmen der homozentrischen Sichtweise zu überschreiten, aller irgendwo irgendwann im Universum inkarnierten Wesen."
„Ja, das ist auch so ein Punkt. Die ganze Geschichte nur aus der Sicht des Menschen zu betrachten. Wer sagt denn, dass der Mensch nicht nur eine evolutionäre Episode ist, die mal irgendwann in einer Sackgasse landet? Wer weiß, wieviele Spezies es gibt im Universum, oder gar hier auf der Erde, die 'weiter' entwickelt sind, als wir? Die ebenso ein Teil der spirituellen Evolution des Universums sind. Es ist doch völlig abwegig und typisch schulwissenschaftlich kleingeistig, zu denken, wir wären die einzigen im Universum. Wer sagt denn, dass du dich nur auf der Erde inkarnieren kannst, um dein Karma abzubauen?"
„Sicher, das denk ich auch," stimmte Nataraj zu. „Und erst durch ein sich entwickelndes Selbst bist du in der Lage, Karma abzubauen und durch dein Handeln und deine Energie Harmonie und Liebe und das spirituelle Bewusstsein in die Welt zu bringen. Solange du mit dir und anderen kämpfst, wird sich diese Überlebenskampf-Energie manifestieren. Je mehr du mit dir selbst in Einklang bist, mit deinem Höheren oder 'wahren' Selbst, und mit dem Dharma, den geistigen Gesetzen der Schöpfung, um so effektiver dienst du der Gemeinschaft, der Evolution. So ist die wahre Selbstrealisation niemals egoistisch. Natürlich kann das Ego-Bewusstsein dir vorgaukeln, dein Selbst wäre realisiert. Du fühlst dich erhaben über andere, weil du so brav prakizierst, weil du bestimmte Fähigkeiten entwickelt hast, oder weil sich positive Veränderungen in deinem Leben ergeben haben. Oder du ärgerst dich, weil du so fleißig und diszipliniert und bewusst bist, und andere nicht im Geringsten. All das ist spirituelles Ego und eine der größten Fallen auf dem Weg. Letztlich ist das Bodhisatva-Ideal das sicherste Kennzeichen spiritueller Entwicklung: Anderen bei ihrer Entwicklung zu helfen. Unter anderem auch durch geduldige Einwirkung auf deine Zeitgenossen. Ohne Helfer-Syndrom. Ohne

missionarischen Eifer. Aber mit mutigem, liebevollen Engagement."
„Diese Einstellung, anderen direkt zu helfen, findet man eben ganz explizit im buddhistischen Alltag. Und vor allem musst du und sollst du nicht warten, bis du erleuchtet, ein Bodhisatva, bist, um anderen zu helfen, also quasi die vollkommene Verkörperung von Karuna, des Mitgefühls. Es gibt ja eine ganze Reihe sozialer Projekte, die von Buddhisten initiiert wurden."
„Ein Bodhisatva ist sowas wie ein Jivamukta im Yoga,"erklärte Nataraj. „Ein zu Lebzeiten Befreiter. Der inkarniert dann freiwillig wieder, um den anderen zu helfen. Dem liegt ja die Überzeugung zu Grunde, dass im Universum Alles mit Allem verbunden ist, so dass klar ist: Erlösung findet nur gemeinsam statt."
„So wie es auch im 'Kurs in Wundern' steht. Kennst du den?"
Nataraj nickte.
„Und deshalb gibt es sowas auch nicht", folgerte Harry, „Ein 'Ich', das sagt: 'Ich bin erleuchtet, und du nicht'. Schon wieder in die Illusionsfalle getappt."
„Gut", entgegnete Nataraj, „es gibt Leute, die Samadhi-Erfahrungen haben, die mehr oder weniger lange in diesem Zustand sind, und andere haben diese Erfahrungen nicht. Aber im engsten Sinne gibt's das nicht, das stimmt. Aber wie kommst du denn darauf, dass die Yogis da egoistischer sind?"
„Na ich hab jetzt schön öfter mitbekommen, wie Beziehungen beendet wurden oder alltäglichen Verpflichtungen ausgewichen wird, mit der Begründung, dass jetzt die eigene spirituelle Entwicklung im Vordergrund stehe. 'Du, ich glaub', ich muss jetzt unbedingt mal 'n paar Monate in nen Ashram, nach Risikesh in den Sivananda-Ashram. Vielleicht bleib ich auch länger. Oder zu Sai Baba, egal. Weißt du, ich spüre genau, das ist jetzt dran für mich. Aber du kommst ja sicher auch ohne mich klar...' Und dann wird hier quasi alles stehen und liegen gelassen, insbesondere die Beziehungspartner oder gleich die ganze Familie."
„Ja," meinte Nataraj mit einem wissenden Kopfnicken, „das trifft sicher auf einige zu. Und da muss sich allerdings jeder ernsthaft fragen, ob hier nicht ein Teil der Verantwortung weggeschoben wird. Verantwortung, die man sich durch das Eingehen von Verpflichtungen gegenüber anderen selbst geschaffen hat. Die wenigsten sind dazu geschaffen, ihr Karma im Kloster zu erfüllen. Es gibt so eine Aufteilung der Lebenszeit, die sogenannten Ashramas, nach denen du im vierten Stadium, so ab 60 oder 70, die Familie verlässt und in den Wald oder ins Kloster gehst, um den Rest deines Lebens mit spirituellen Übungen zu verbringen."
„Und wenn man so die Texte der Meister selbst liest, dann reichen die 24 Stunden des Tages nicht aus für all die spirituelle Praxis, die da empfohlen wird. Wer verdient das Geld? Wer geht einkaufen? Wer macht sauber? Wer verwaltet das Leben? Und willst du nicht auch einfach mal nichts tun? Sonst artet die ganze Sadhana wohlmöglich in nen handfesten Erleuchtungsstress aus."
„Ja, das passiert wohl so einigen," lächelte Nataraj und zog die rechte Augenbraue hoch. „Erleuchtungsstress ist ein prima Wort für falsch verstandene Sadhana. Falsch verstandenen spirituellen Weg. Grundsätzlich: Es gibt keine Abkürzungen auf dem spirituellen Weg! In dem Stress, alles 'richtig' und alles 'zielgerichtet', im Hinblick auf diese ominöse Erleuchtung, zu

machen, verpasst du ja genau das, worum es geht: Bewusst und entspannt im Einklang mit dem Dharma deine Alltagsaufgaben zu erfüllen."
„Na eben,", stimmte Harry zu, „genau das mein ich ja. Mit Erleuchtungsstress meine ich Zeitstress. Und Anspruchsstress. Ansprüche an dich selbst, z.B. an deine Sadhana: 'Vollständige Sadhana' – damit du da ausgeschlafen bist, musst du ja schon um Zehn ins Bett. Kommst du abends von der Arbeit, vielleicht müde und genervt, da willst du erst mal was essen, und das soll dann noch alles frisch und bio und schonend zubereitet sein – und jeder der das mal gemacht hat weiß, wieviel Zeit das in Anspruch nimmt, vom Einkaufen über's Zubereiten und dann noch in Ruhe essen, abspülen nicht zu vergessen. Und die Asanas? Pranayamas? Mit vollem Bauch unmöglich. Also wann? Vor dem Essen? Dann wird's mindestens Acht oder später, bis das Essen auf dem Tisch steht. Da kommt auch schon die nächste Regel: Nach 19 Uhr nicht mehr essen. Geht also auch nicht. Und die Abendmeditation? Und dann immer: Alles ist ja so bedeutungsvoll! Jeder Furz hat nen tieferen Sinn, jede Begegnung ist karmisch? Erleuchtungsstress: Ein Teufelskreis aus Erwartung, Bewertung, Ansprüchen – ein Fass ohne Boden!"
„Sicher ist nicht alles, was dir passiert, was du dir erschaffst, von karmischer Bedeutung, von existenzieller Wichtigkeit. Nur, das eine vom anderen zu unterscheiden, das ist schon wirklich eine Kunst."
„Und vielleicht WILL ich einfach mal NICHTS tun?", fuhr Harry fort, „Einfach mal nur abhängen? Einfach mal Fünfe gerade sein lassen? Die Banalitäten des Lebens reflektieren, und zwar genussvoll. Alles hat seinen Wert!? Abschalten vom Stress des lebenslangen Lernens, der alltäglichen spirituellen Entwicklung! Und dann noch der ganze Mist, sein Leben zu verwalten! Rechnungen bezahlen, Stress mit der Telekom, mit dem Provider, vielleicht noch mit dem Wagen und dem Nachbarn? Steuererklärung machen, Altersvorsorge managen? Überstunden? Arbeit mit nach Hause nehmen? Und die Familie? Frau und Kinder? Die Beziehung pflegen? Sich mal mit 'ganz normalen' Freunden treffen?"
„Weißt du, was?" fragte Nataraj? „Ich glaube, du siehst das viel zu eng. Zu materialistisch, zu vordergründig. Hm? Du hast immer genug Zeit, wenn du tust, was deinem Wesen gemäß ist! Wenn du erfüllt bist von dem, was du tust, wenn es mit spirituellem Bewusstsein tust, sekundär, WAS es ist. Um es nochmal zu sagen: Es geht um das Geistige. Und da gibt keine Abkürzungen. Nichts Authentisches ist umsonst. Aber du hast schon Recht: Da muss man dann manchmal fein aufpassen und die nötige Gelassenheit an den Tag legen, sonst kriegt man am Ende noch 'n regelrechten Yoginfarkt."
„Auf jeden Fall. Aber trotzdem, meinst du nicht, dass das Sinn macht, so ein intensives Üben?", fragte Harry etwas verwundert. „Und da hat man eben nicht so viel Zeit, sich um Beziehungen und den ganzen Alltagskram zu kümmern. Normalerweise ist es ja auch so, wie du sagst. Und du musst wohl arbeiten gehen, Geld verdienen, und vielleicht noch Kinder erziehen, und das alles im Rahmen der gesellschaftlichen Zwänge, denen du so ausgesetzt bist. Da hast du doch kaum Zeit zum Yoga, oder eben für die persönliche Entwicklung. Also musst du doch da raus, um möglichst große Fortschritte zu machen, oder?"
„Was heißt schon 'großer Fortschritt'? Oft ist ja kaum klar, was der nächste Schritt ist, was den

'größten Fortschritt' bringt. Und wohin? Auf welchem Weg? Weißt du, von solchen starren Einteilungen wie diesen Ashramas oder einem komplett mit Übungen durchstrukturierten Tag halte ich wenig. Und ist auch nicht realistisch. Das Leben ist heute wesentlich komplexer, als vor Tausenden von Jahren, als diese Einteilungen aufgestellt wurden. Grundsätzlich bin ich ein Vertreter der Abteilung, die die alten Schriften zwar bis zu einem gewissen Grad anerkennen, oder Wahres und Wertvolles herausziehen können. Aber grundsätzlich würde ich die Inhalte in die heutige Zeit und mein kulturelles Umfeld übersetzen, statt Eins zu Eins zu kopieren versuchen. Mal ganz abgesehen von Verwässerungen und Veränderungen dessen, was da bei der schriftlichen Niederlegung aus dem einst nur mündlich Überlieferten ohne Zweifel geschehen sein dürfte. Und schließlich, wenn es sowas wie eine spirituelle Evolution gibt, und das ist ja die feste Überzeugung, eine wesentliche Grundlage auch des Yoga, dann hat sich das Bewusstsein der Menschen hoffentlich auch zumindest etwas geändert, weiterentwickelt. Und das heißt, dass nicht alles, was vor 2000 oder mehr Jahren gut war, auch heute in exakt derselben Ausdrucksform noch gut, bzw. effektiv oder gar der beste, einzige Weg ist."
Das wunderte Harry jetzt schon etwas. „Also, du meinst, dass es gar nicht notwendig ist, sich irgendwohin zurückzuziehen, oder ganz intensiv zu praktizieren?"
„Doch, ist es schon, aber in angemessener Weise. Sicher ist es sinnvoll, wenn nicht gar notwendig, sich gelegenlich eine Weile zurückzuziehen, eine Zeit in Stille zu verbringen, um sich auf sich selbst zu besinnen, um intensiver zu praktizieren. Aber das kann doch nur sinnvoll sein im Hinblick darauf, wie ich meine so gewonnenen Erkenntnisse und persönlichen Entwicklungen in meinen Lebensalltag und meine Beziehungen integriere. Sri Aurobindo hat mal gesagt: *"Im Integralen Yoga liegt das Ziel des spirituellen Weges nicht jenseits der Welt, sondern ist etwas, das mitten in der Welt geschieht."* Denn, man kann's ja nicht oft genug sagen: Es sind die Beziehungen und die Entwicklung des Bewusstseins, weswegen wir hier auf der Erde sind, weshalb wir bestimmten Menschen begegnen. Die äußeren Umstände sind nur Mittel zu diesem Zweck. Du kannst nichts davon mitnehmen. Oder so gesagt: Was du nicht mitnehmen kannst, das ist Maya, Illusion. Was du mitnimmst, das ist essenziell. Und das ist nur das Geistige. Und das erarbeitest du in Beziehungen zu anderen und, damit zwangsläufig verbunden, in der Beziehung zu dir selbst. D.h. die Beziehung deines Ego zu deinem Selbst. Und zu deiner ganzen inneren Familie, oder Sauhaufen, Chaos-Club, Team, Belegschaft, Mitgefangene, Kindergarten, wie auch immer du es nennen willst. Ich meine die Teilpersönlichkeiten, die sich so in unserer Psyche tummeln. Wir sind ja im Grunde alle multiple Persönlichkeiten, sonst wär's ja auch langweilig. Aber zum Glück haben wir sie von einer übergeordneten Instanz aus mehr oder weniger unter Kontrolle. Und sie vertragen sich mehr oder weniger miteinander, andernfalls landen wir im Irrenhaus. Das ist dann auch ne Entwicklungsaufgabe: Dass sie sich vertragen, und darüber hinaus, dass die spirituellen Anteile vorherrschen, dass sie im Laufe der Zeit mehr und mehr an Kraft und Klarheit gewinnen."
„Na, gut, aber um jetzt nochmal auf die Anfangsfrage zurückzukommen..." unterbrach ihn Harry.
„Möglicherweise ist das so," fuhr Nataraj fort, „dass einige Yogis eher etwas egoistisch werden, aber ob das nun mehr ist, als bei den Buddhisten oder anderen spirituellen Richtungen, kann

ich so allgemein auch nicht sagen. Es gibt ja auch viele yogische Meister und Meisterinnen mit großem sozialen Engagement, z.B. das Brahma-Vidya-Hilfswerk von Swami Nityananda, und all die Einrichtungen und Projekte von Amma, Sri Aurobindo, Sai Baba, Brahma Kumaris und anderen."

„Stimmt. Aber das meine ich nicht, sondern was jeder Einzelne tut. Ist es angebracht, persönlicher sozialer Verantwortung auszuweichen, und sei es durch soziales Engagement? Soziales Engagement kann und sollte ich also primär in meinen alltäglichen Beziehungen realisieren, oder beides miteinander verbinden. Vielleicht sogar in einem gemeinsamen Projekt mit dem Partner."

„Genau! Das Entscheidende für jeden Einzelnen ist, zu erkennen, dass du die Erleuchtung auch im Alltag finden kannst, in deinen direkten Beziehungen. Denn du bist ja nicht umsonst mit diesen Menschen zusammen, du hast dir ja nicht zufällig diese Begegnungen und die damit verbundenen Aufgaben ausgesucht. Und Erleuchtung kann jeden Augenblick passieren, sie lauert sozusagen an jeder Ecke. Das ist diese Überzeugung, dass du ja alles bereits in Dir hast, das du es 'nur' realisieren musst, ohne jahrelanges Üben."

Harry stöhnte. „Leichter gesagt als getan."

„Allerdings. Und jahrelanges Üben ist ja so unattraktiv. Du merkst ja wahrscheinlich selbst, dass auch ein Yoga-Praktizierender den Versprechungen der Instant-Spaß-Gesellschaft ausgesetzt ist. Da will sich kaum einer abmühen. Auch Yoga soll 'Spaß' machen. Und wenn's wirklich mehr Mühe als Spaß ist, das kann ganz schön frustrieren. Es ist manchmal schwer, nicht neidisch zu sein, wenn man sich echt beschissen fühlt, trotz intensiven Praktizierens, und ein Anderer kriegt's anscheinend geschenkt. Da ist die rein rationale Kopf-Erklärung vom Verdienst aus früheren Leben nur bedingt hilfreich. Wer will nicht einfach mit dem Finger schnipsen, und alle Probleme haben eine Ende?"

„I-ich!!!", rief Harry und meldete sich mit erhobenem Finger. „Ja ist doch wahr! Jetzt tu mal nicht so, als ob du freiwillig länger als nötig hier rumwurschteln willst!" 'Er schon wieder!' Swami Durchananda schüttelte mitfühlend lächelnd den Kopf.

Und auch Nataraj musste lachen. „Sicher nicht. Aber diese Frage stellt sich nicht. Da stecken allerdings auch schon wieder zwei Irrtümer drin, bzw. der Wunsch ist Vater des Gedankens: Erstens ist das Leben in Samadhi bzw. nach einer solchen vorübergehenden Erfahrung nicht plötzlich ein Zuckerschlecken und das reinste Vergnügen und nur noch Wunder über Wunder. Du lebst gewissermaßen dasselbe Leben weiter. Es hat aber eine ganz andere, eben eine spirituelle Qualität. Und diese Dimension beschert dir ein Lebensgefühl, das über 'Spaß haben' weit hinausgeht. Denk mal an Satchidananda."

„Ja, klar." Aber so wirklich klar war es Harry eigentlich nicht. Eher wünschte er sich diese Klarheit. „Das hat wahscheinlich ne ganz andere Dimension, die du dir ohne eine kleine Erfahrung wenigstens in dieser Richtung auch kaum vorstellen kannst."

„Und wenn du das Yoga-Praktizieren als anstrengend und unbefriedigend empfindest, oder dir deine Bemühungen schwerwiegender vorkommen, als die Vorteile, die Freude, die positiven Veränderungen in deinem Leben, auch ohne alle fünf Minuten vor Verzückung aufzuleuchten, dann läuft irgendwas falsch in deiner Praxis. Dann bist du wahrscheinlich zu verbissen.

Und du hast es nicht wirklich verstanden: Tat twam asi: Ich bin DAS. DAS ist ES. Und dann ist DAS auch dein Leben, so, wie dein Leben eben ist. Nämlich so, wie du es konstruierst."
Stimmt, dachte Harry. Ich denke, ich hab's verstanden, aber begriffen hab ich's wohl nicht.
„Und zweitens", fuhr Nataraj fort, „ist eben das Erreichen von Samadhi nicht allein von deinen Bemühungen abhängig, oder gar, wie manche masochistisch veranlagten Hardcore-Yogis denken, je mehr Tapas, je mehr Askese, desto besser. Diese krankhafte Selbstkasteiung, das kennen wir doch von irgendwoher. Nein, das hat auch mit der immer wieder erwähnten Gnade zu tun. Das heißt, du kannst einen karmischen Verdienst dadurch realiseren, dass dir ein wirklicher Meister so viele Kanäle öffnet, dass du wirklich sprungartig einen Satori, einen göttlichen Blitz erfährst, oder gar in Samadhi wechselst und wieder zurück. Oder es ist wirklich die Gnade Gottes, die dann ganz freiwillig den Wunsch in dir weckt, anderen ebenfalls zu einer solchen Erfahrung zu verhelfen. Und so fühlst du dich vielleicht sogar dazu berufen, Satsang zu geben – scheint übrigens ne große Mode zu sein in den letzten Jahren – oder du machst was Handfestes, irgendein spirituelles Projekt, mehr im Stillen. Aber das führt jetzt zu weit ab. Jedenfalls ist also mal wieder ganz authentisches Viveka angesagt: Unterscheidungskraft. Was habe ich in dieser Beziehung zu lernen? Was ist hier meine Aufgabe? Und wenn ich Fluchttendenzen spüre, mir Ausreden parat lege, was steckt dahinter? Was will ich nicht sehen? Was will ich vermeiden? Und die nächste Schwierigkeit: Wann ist die Beziehung bzw. ihr karmischer Lernaspekt wirklich soweit erfüllt, dass es besser und spirituell o.k. ist, die Beziehung zu beenden bzw. in Richtung auf mehr Distanz zu verändern? Also flüchte niemals aus einer Beziehung, ohne dir diese Fragen ehrlich beantwortet zu haben. Sonst kriegst du's in der nächsten Beziehung noch 'n Zacken schärfer. Das Karma nämlich hat's faustdick hinter den Ohren."
Ach, deswegen stehen bei manchen die Ohren immer so ab. Harry hatte so eine hübsche, kleine Fantasie, wie das Karma mit seinen abstehenden Ohren so durch den Äther segelt und genau sein Leben als idealen Spielplatz, besser gesagt den einzig möglichen, für die Landung auserkoren hat.
Nataraj schaute Harry tief und freundlich ins Gesicht, dessen Ausdruck von Staunen und Verwirrung ihn an sich selbst erinnerte. 'Bin ich inzwischen 'weiter'? Wo bin ich denn überhaupt?' Dann stand er langsam auf und machte sich von dannen. „See ya later."
„Elevator." Wär ja nicht schlecht, son spiritueller elevator, dachte Harry.

12 Was ist Meditation, und wozu?

„Wozu meditieren und beten um der Erleuchtung Willen? Wozu meditieren und beten für eine bessere Welt, ein neues Zeitalter, und wozu sich eine bessere Welt wünschen? Ihr habt jederzeit die Möglicheit, die Welt durch gute Taten zu verändern. Nicht weil sich ein kosmisches Tor öffnet, sondern weil du heute, hier und jetzt lebst. Wenn Frieden, dann heute. Wenn ein Goldenes Zeitalter, dann jetzt. Wenn Erleuchtung, dann in diesem Augenblick. Erwachen funktioniert immer nur jetzt." (B.P. Würtenberger)

„Nachdem wir heute morgen über die praktischen Grundlagen der Meditation gesprochen haben", setzte Mahadevi das Thema fort, „wollen wir uns jetzt damit beschäftigen, was überhaupt unter Meditation zu verstehen ist. Und mit der Frage: Wozu soll ich überhaupt meditieren? Meditation ist ja in Yogakreisen und auch bei anderen spirituellen Übungssystemen so selbstverständlich dahingesagt, aber es ist keineswegs so eindeutig und klar, was damit gemeint ist. Meditation kann so vielfältige Formen annehmen und ist ein so komplexes Phänomen, dass es nicht in einem Vortrag umfassend zu beschreiben ist, so dass sicher einige Fragen noch offenbleiben. Wie aber im gesamten Yoga gilt auch hier, dass letztlich jeder seine Erfahrungen selbst machen muss, d.h. ihr bekommt hier einen Hintergrund, und dann geht's in medias res. Vor allem hinsichtlich einer langeren Übungspraxis, d.h. über Monate und Jahre hinweg.
'Man darf die Meditation nicht als ein Mittel missverstehen, um außergewöhnliche Zustände zu erfahren. In der Meditation geht es darum, da zu sein, wo man gerade ist, und nicht darum, irgendwo anders hinzukommen.' So hat es Jon Kabat-Zinn, einer der bekanntesten westlichen Meditationslehrer, einmal formuliert. Meditation wie auch Yoga sollen nicht zur Weltflucht missbraucht werden, so wie es oft, allerdings meist von denen, die sich nicht richtig informiert haben, falsch verstanden wird. Zum Thema Yoga in Action, Yoga im Alltag, hört ihr auch beim Karma-Yoga noch was. Und Meditation als Zielzustand ist auch nicht in erster Linie eine Entspannungstechnik, wie z.B. autogenes Training oder manche Fantasiereisen. Sondern die verschiedenen Meditationstechniken zielen auf einen Zustand größtmöglicher Bewusstheit dessen, was im eigenen Geist abläuft, und darauf, diese Inhalte ohne Beurteilung und Identifikation wahrzunehmen. Bewusstheit hilft, nicht aus alten Erfahrungsmustern heraus zu handeln, automatisiert, sondern aus dem Hier und Jetzt, aus Gedanken und Gefühlen, die der jetzigen Situation angemessen sind. Als zweiter wesentlicher Effekt von erweiterter Bewusstheit, und damit auch ein, wenn nicht DAS Ziel der Meditation ist es, mit der transpersonalen Wirklichkeit der Schöpfung in Kontakt zu kommen, jenseits der individuellen, konditionierten, begrenzenden Wahrnehmungsmuster. Beides zusammen bedeutet mehr Kontrolle im eigenen Leben durch mehr Wahlmöglichkeiten, und auf einer höheren Dimension ein neues Lebensgefühl, eine Qualität von sinnerfülltem, glücklichem Leben.
Es geht also nicht nur um Selbststeuerung, oder darum, den Geist zu beruhigen, zu entspannen, wenn auch dies Effekte der Meditation sind, sondern um die Schärfung der Wahrnehmung, größtmögliche Aufmerksamkeit, Konzentrationsfähigkeit, Gleichmut in allen Lebenslagen, und um das Öffnen des Geistes für unter- und überbewusste Bereiche. Dies sind Effekte, die sich einstellen, ohne bewusst oder suggestiv darauf hinzuarbeiten. Die

Suggestibilität wird eher vermindert, die Bewusstheit erhöht. Meditation ist also keine Trance, kein Abdriften oder, ja, wie sag ich's, kein Verwässern oder Diffuswerden der Aufmerksamkeit. Im Gegenteil: Meditation macht weiter, klarer, wacher, transzendent. Spontane meditative Zustände im Alltag ereignen sich, was häufig der Fall ist, entweder eher in Form von Tagträumen, geistiger Abwesenheit, oder, in eher positiver Form, sind es Vorstufen der Meditation bzw. meditationsähnliche Zustände des Aufgehens im Augenblick, Flow. Flow ist ein Begriff aus der Kreativitätsforschung und meint einen Zustand des Versunkenseins in der jeweiligen Tätigkeit. Ein Zustand, der leicht und entspannt ist, der für Inspiration öffnet, in dem die Tätigkeit wie von selbst geschieht, mit besonderer Leichtigkeit und besonderer Qualität. Meditation kann in Anfangsstadien ähnlich sein, geht aber dann weiter über in einen Zustand, in dem Gleichmut, Erfüllung, Verbundenheit und Aufgehobensein in der gesamten Schöpfung erlebt werden. *'Meditation zeigt uns den inneren Frieden, der bereits in uns wohnt'*, hat der Dalai Lama einmal gesagt.

Gut, jetzt stellt sich die Frage: Worauf hin zielt eine Meditationstechnik konkret? Eine Meditationstechnik zielt, abgesehen von den direkt entspannenden, harmonisierenden Begleiterscheinungen, auf mehr Bewusstheit und mehr Kontrolle der eigenen Gedanken, da diese die erlebte Wirklichkeit erschaffen. Und schlussendlich darauf, die Gedanken und somit auch die Illusion eines getrennten Ich aufzulösen, sich davon und auch vom Selbst zu des-identifizieren. Also umgangssprachlich, die Gedanken im Geist zur Ruhe zu bringen und das Denken quasi auszuschalten, wie manchmal gesagt wird."

Da kam auch schon die unvermeidliche Zwischenfrage: „Moment mal, soll das heißen, ich soll meinen Verstand an der Garderobe abgeben? Soll ich andere für mich denken lassen?"

„Natürlich nicht! Das mit dem Ausschalten der Gedanken klingt etwas weit gegriffen. Da leuchten natürlich jetzt bei manchen die Warnlämpchen auf. 'Die Gedanken ausschalten? Vorsicht, da will mir jemand das Denken abnehmen. Will da etwa jemand für mich denken? Mir vorschreiben, was ich denken soll? Mir bestimmte Sachen eintrichtern?' Keineswegs. Im Gegenteil. Wenn dein Verstand geklärt, dein Bewusstsein wach ist, wirst du Vieles viel besser wahrnehmen und deutlicher unterscheiden, weil du das Wesentliche besser erkennst.

Deshalb geht es zunächst darum, die Gedanken, eine bestimmte Art von Gedanken, erst mal zur Ruhe zu bringen. Das heißt bei Patanjali: Yogas Chitta Vrtti nirodhana. Hier geht es um die Art von Gedanken, die jegliche Art von Leiden verursachen. Und das sind allerdings sehr viele unserer Gedanken, auf gewisse Art fast alle. Nämlich die, die uns entweder in der Vergangenheit, in alten Ressentiments, Ängsten, negativen Erfahrungen halten, oder in die Zukunft abdriften lassen, in projezierte Ressentiments, wie z.B. Rachegedanken, oft in Ängste oder Befürchtungen der verschiedensten Art. Wieviele überflüssige Sorgen haben wir uns schon gemacht! Und völlig überflüssige Gedanken des Bedauerns: 'Ach hätt' ich doch, dann wäre ich ...'. Also es geht um Gedanken, die sich ständig im Kreis drehen, die sich mit Wünschen, Erwartungen und Zielen beschäftigen, unbewusste Gedanken, verselbständigte Gedanken, Träumerei, Zwangsgedanken, Automatismen – allesamt Gedanken, die uns von der bewussten Gegenwart fern halten, die als Grundlage oder Ziel materielle Werte haben, die nicht sattvig sind."

„Und was ist mit Gedanken an angenehme Dinge?"
„Letztlich provozieren sie bewusst oder unbewusst auch die Angst vor Nichterreichen oder Verlust des Angenehmen, produzieren also auch Leid, umso mehr sie materiell orientiert sind. Es gibt natürlich auch Gedanken an, sagen wir mal 'das Schöne, Wahre und Gute', das 'Erhabene', was natürlich sehr wünschenswert ist, wenn wir es schaffen, oft oder meistens solche Gedanken zu hegen, im Sinne dieses Wortes. Diese Gedanken sind natürlich sehr willkommen. Sie sind auch die ersten Stufen auf dem Weg, den Geist zu transformieren. Letztlich aber geht es noch weiter, nämlich darum, auch diese Gedanken loszulassen. Das ist dann in der Tat schon ziemlich abgehoben. Das will ich auch jetzt nicht vertiefen. Mit dem Thema Wünschen werden wir uns noch beim Raja-Yoga beschäftigen."
„O.k.", kam die nächste Zwischenfrage, „und was ist mit den Gedanken für den Alltag? Wir müssen doch Pläne machen, Ziele setzen. Wie z.B. komme ich von A nach B, und viele lebenspraktische Kleinigkeiten? Vieles ist doch auch vorgegeben, was wir zu tun und zu lassen haben, privat, beruflich, da können wir doch das Denken nicht ausschalten."
„Sicherlich sind solche Gedanken notwendig im Alltag. In all den Situationen, in den sozialen Rollen, die du einnimmst, und wie du all das erlebst, daran erkennst du, welche Art von Gedanken du hast. Die erzeugen nämlich deine Wirklichkeit. Konstruktivismus heißt das in der Wissenschaftstheorie. Soweit solche Gedanken unser Überleben sichern und sattvig sind – gut. Mit solcherart Gedanken beschäftigt sich Manas, der Alltagsverstand, aber wie gesagt, darüber gibts beim Raja-Yoga mehr.
Gut. Im Zusammenhang mit der Meditation geht es aber auch um noch weitere Dimensionen des Denkens. Die quasi 'Nebeneffekte' der Meditation wie Wachheit, Klarheit des Verstandes, erhöhte Konzentrationsfähigkeit helfen natürlich auch beim Alltagsdenken. Weitaus wichtiger sind jedoch auch Phasen der Stille, der Transzendenz. Die sind nötig für unser psychisches Überleben, für unsere geistige Gesundheit und für unsere spirituelle Entwicklung. Sie verändern die bewussten, hilfreichen Gedanken für das Überleben im Alltag auf positive Weise, öffnen für Inspiration, erweitern die Perspektive um eine umfassende, transzendente Dimension. Inseln der Stille im Strom alltäglicher Informationsüberflutung und Geschäftigkeit. Retreats, Rückzugsmöglichkeiten in Oasen der Stille helfen, hinter die Profanität des Alltags zu schauen, helfen, sie zu transzendieren, sich dem universellen, allumfassenden Bewusstsein zu öffnen. Die Gedanken im Geist zur Ruhe zu bringen ist auch nötig, da zum Einen die normalen Gedanken oft UNS denken, quais, statt dass 'wir' SIE denken, d.h. sich aufdrängen, sublim oder bewusst, also nicht von unserem 'normalen' Bewusstsein kontrolliert und frei gewählt werden. Zum Anderen sind solche Gedanken durch innere und äußere Eindrücke verzerrt, sind also nicht essenziell, erfassen nicht die essenzielle Wirklichkeit, die 'wahre Natur' des Selbst und der ganzen Schöpfung. Leiden jeglicher Art, auch durch die Erkenntnis der Vergänglichkeit von Freuden entstehend, das Gefühl des Getrenntseins vom Absoluten, Einsamkeit, Sinnlosigkeit, falsche Vermutungen über die Wirklichkeit der Welt – all dies ist durch diese Art von Geistestätigkeit entstanden.
Daher sollen diese Gedanken zur Ruhe gebracht werden, damit du dich des-identifizieren kannst, um die 'Schau des Wahren', Darshan oder Drashtr genannt, zu ermöglichen. Laut der

Schriften gibt es zwei Gründe für die Tätigkeit des Geistes: Wünsche, die allesamt aus der Illusion einer personifizierten Existenz entstehen, also, dass es sowas wie ein 'Ich' wirklich gibt. Und zweitens Atem, da er diese Person, diesen Körper, am Leben erhält. Deshalb sind Kontrolle des Atems und des Geistes die notwendigen Mittel zur Erkenntnis und Erfahrung der essenziellen Wirklichkeit des Universums – Satchidananda."

„Also, mir ist das Ganze noch etwas abstrakt. Kannst du das mal irgendwie erläutern oder noch anders darstellen?", fragte Harry.

Quelle, Höheres Selbst, Himmel

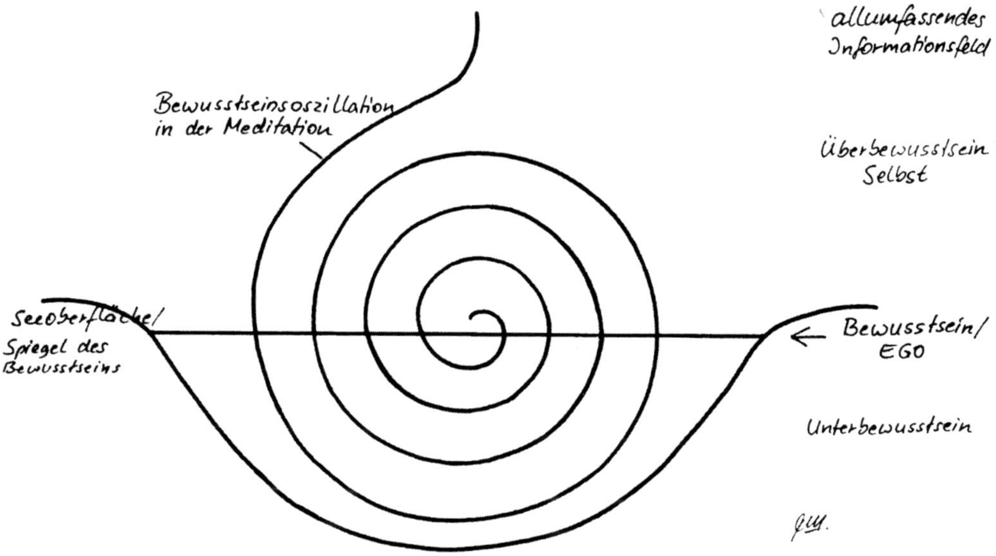

Ergebnis, Ego, Erde

Oszillation des Bewusstseins

„Ja, hatt ich gerade vor. Ich zeichne euch mal was an, hier auf dem Flip. Eine Analogie, die diesen Prozess sehr schön darstellt." Mahadevi begann mit einer Zeichnung, während sie dazu entsprechende Erläuterungen gab. „Stellt euch vor, euer Gedankenstrom ist wie die Oberfläche eines Sees. Wenn jetzt Wind kommt, ein laues Lüftchen heiterer Geschäftigkeit oder auch ein Sturm des Lebens, dann kräuselt sich die Oberfläche, wirft Wellen. Man kann auch sagen: Gehirnstromwellen des Wachbewusstseins, Beta-Wellen. Das hat zur Folge, dass du weder auf den Grund schauen kannst, noch du dich selbst oder auch den Himmel in der Wasseroberfläche gespiegelt erkennen kannst. Psychologisch gesprochen: Du kannst weder dein Inneres, Unbewusstes ergründen, noch erhältst du ein klares Bild von dir selbst, oder auch eine Inspiration von oben. Dies wird allerdings möglich, wenn die Seeoberfläche klar ist wie ein Spiegel, wenn du Alpha- oder Delta-Wellen erzeugst. Du musst also erst mal die Wogen deines Lebens glätten. Und das machst du mit Yoga und Meditation. Dann, so kann man sagen, oszilliert dein Bewusstsein zwischen dem Eintauchen in die Tiefen des eigenen Unbewussten, um dich selbst zu erforschen, Svadhyaya, und immer wieder auch dem Aufsteigen ins Geistige, Feinstoffliche, Spirituelle."

Ah. Klasse; was son Bild doch helfen kann!, dachte Harry. Zumindest theoretisch schon mal ganz einfach.

„Psychologisch gesehen zeigen uns also die in der Meditation auftauchenden Gedanken, womit unser Geist sich beschäftigt, und diese Gedanken beeinflussen unbewusst sich gegenseitig sowie unsere Empfindungen, Wahrnehmungen und Wirklichkeitskonstruktionen. Mit ein Grund, warum wir uns manchmal wundern über das, was wir erleben, wo wir doch bewusst auf ganz was anderes hingearbeitet haben. So erlangen wir durch vermehrte Bewusstheit mehr Klarheit über das Entstehen unseres Erlebens, über das, was uns wirklich gut tut und was wir brauchen. Nur ein klarer, bewusster Geist spiegelt ohne Verfälschung unseren Charakter. Die Persona, die Maske, zeigt die aus inneren Kämpfen geborenen Schattengestalten. So ist dies auch ein Prozess der Konfrontation mit den Schattenanteilen der Psyche, die durch die Meditationspraxis bewusst und dann transformiert werden. Die aktuellen Lebensthemen werden wie durch ein Brennglas verstärkt. Es braucht Mut, nach innen zu gehen und sich dem, was einem dort begegnet, zu stellen. Meditation ist daher ein Weg der Selbsterkenntnis. Zunächst der Struktur des Ego, des niederen Selbst, und im Weiteren der Erkenntnis des Höheren Selbst.

Wenn wir mit diese Schattengestalten arbeiten und sie transformieren, werden sie unseren sattvigen Wünschen nicht mehr im Wege stehen. So werden bewusste und erreichbare Zielsetzungen für unser Leben möglich, die essenziellen Charakter haben und langfristig Erfüllung bringen. Wir erlangen somit mehr Kontrolle, in dem wir mit Anfängergeist die Beobachterposition einnehmen, d.h. nicht bewerten, uns nicht identifizieren, aber dennoch handeln, da wir nun mal inkarniert sind und Aufgaben haben. Beobachten, Handeln und Erfahren gehören immer zusammen. Dabei hilft uns ein gereinigter, focussierter Geist, der für Inspiration und Erkenntnis der geistigen Welt offen wird, letztlich ein von allen Gedanken reiner Geist, die große, allumfassende Leere. Oder Fülle.

Übrigens einer der weit übertriebenen Unterschiede zwischen Yoga und Buddhismus: Ob ich das universelle Potenzial Leere oder Fülle nenne, bleibt letztlich gleich. Leere ist es vom materialistischen Standpunkt her gesehen, illusionär, und auf der anderen Seite ist es die Fülle, vom Potenzial her gesehen, virtuell. Beides gleichwertige Perspektiven, wirklich zwei Seiten derselben Medaille. Wer sich mal mit Quantentheorie beschäftigt hat, wird wissen, was ich meine: Welle oder Teilchen, je nach dem, was ein teilnehmendes Bewusstsein wählt.

Erst in Verbindung mit dem universellen Bewusstsein durch die Ruhe des Geistes kann eine Wirklichkeit erfahren werden, die frei ist von den Konzepten des begrenzten Verstandes, und mehr oder weniger leidvollen Erfahrungen des Alltags, die häufig von begrenzenden Erfahrungen der Kindheit und früherer Inkarnationen getrübt sind. Die Verbindung mit dem universellen Geist ermöglicht uns eine Wirklichkeit der transpersonalen Erfahrung, des vollkommenen Friedens, Satchidananda. Wir MACHEN tatsächlich Erfahrungen im Sinne des Wortes. Dazu wieder mehr bei Raja-Yoga.

Resummierend gesagt, und das hat durchaus auch Relevanz für den banalen Alltag, bedeutet Meditation, nach innen zu gehen, in die eigene Mitte zu kommen, wieder mit der inneren Quelle der Kraft in Kontakt, zur Inspiration zu kommen. Zu sich selbst zu finden, zur Besinnung. Und darüber hinaus letztlich auch zum Sinn der Existenz, der Lebensaufgaben, zu kommen. Als eigentliches Ziel kann dir Meditation zu einer ganz direkten Erfahrung von Sinn und Erfülltsein, zu dieser Verbindung mit dem Urgrund des Seins verhelfen. So kann dir Meditation helfen, dich besser in dir selbst, in deinem wahren Wesen mit all deinem Potenzial zu verankern. So wirst du weniger von den Höhen und Tiefen des Alltags beeinflusst. Damit unmittelbar verbunden ist, der Selbstentfremdung im alltagspsychologischen wie auch spirituellen Sinne entgegenzuwirken. Sich aus den begrenzenden Alltagskontexten, Rollenidentifikationen, Erwartungen, Sorgen, Stress, materiellen Anhaftungen herauszulösen, sich einen Raum der Beziehung seiner Selbst zum Göttlichen zu schaffen. So lasse die Meditation eine Zeit sein, die ausschließlich für dich und deine Beziehung zum universellen Bewusstsein, zur Spiritualität, zu Brahman bestimmt ist. Nimm dir so oft und soviel du kannst, ohne deine spirituellen Aufgaben in der Welt zu vernachlässigen.
Gut, das reicht für heute. Eins geb ich euch noch mit. Ein Zitat vom Dalai Lama, der ganz trocken konstatiert: '*Solange wir unseren Geist nicht kontrollieren können, sind wir nicht fähig, die wahre Natur der Dinge zu erkennen.*'
Wir befinden uns also in guter Gesellschaft mit diesen Gedanken! Gedenkt in diesem Sinne, ge-ht und -dankt in Frieden."

13 Asanas und Kriyas live

„Wenn du nicht deine Hausaufgaben machst,
machen deine Hausaufgaben dich." (Chuck Spezzano)

Die Morgenstunden hatten nicht nur Gold im Mund. Wieso eigentlich Gold im Mund?, hatte Harry sich schon oft gefragt. Kann mir das mal einer erklären? Die Kronen sind doch ganztägig stationär, außer bei den Kukidenten.
Die Asana-Morgenstunden waren, besonders für die Morgenmuffel, die Langsamerwacher, für die jeder neue Tagesbeginn wie ein Erwachen aus dem monatelangen Winterschlaf ist, genau richtig, um spätestens jetzt und hier im neuen Tag anzukommen. Wer noch den halben Morgensatsang trotz körperlicher Anwesenheit verschlafen hatte, konnte hier die letzte Steifheit vom Schlaf und die erste Verkrampfung vom Aufrechtsitzen bei der Medi wieder ins

Fließen bringen. Die Morgenstunden waren schwerpunktmäßig zur Erfahrung und Entwicklung der eigenen Praxis angelegt, die Nachmittagsstunden eher für Korrekturen, Didaktik und Erklärungen.
Harry war nun alles andere als so ein dynamischer Morgenaktivist. Solche, die freudestahlend und energiestrotzend sich kerzengerade aus dem Bett erheben, Sekundenbruchteile vor dem ersten Weckerklingeln, immer mit dem rechten Fuß aufstehend, eher aufspringend. Die gar nicht erwarten können, was auch dieser Tag ihnen wieder für ungeahnte Freuden bringen würde, so dass sie ihm sogar durch aufgedrehte Frühakrobatik entgegen kamen, wenn möglich gar joggend oder wenigstens walkend, na ja, alles klar ... Harry war eher ein Mann der letzten Sekunde. Schon in der Schulzeit hatte er jede Sekunde im Bett genutzt, den bevorstehenden Alltag hinauszuschieben, war dann, gezwungenermaßen wohlgemerkt, mit zwar präziser, aber ebenso lebensmüder Blitzaktion mit dem Fahrrad durch die Stadt gedüst und immer sekundenweise vor dem Lehrer im Klassenzimmer quasi aus dem Sturzflug auf seinem Platz gelandet. Fast immer jedenfalls. Aber vorher: So lange wie möglich liegen bleiben!!! Die Welt da draußen konnte bestens ohne ihn auskommen.
So sah er auch keinen Grund, hier jetzt früher aufzustehen, als unbedingt nötig. Einen Platz im Satsang fand er immer. Irgendwo. Um in der Nähe einer hübschen Yogini Platz zu finden, da musste er schon etwas zeitiger kommen. Gut, aber dieser Trip war schon jetzt nach wenigen Tagen am Abklingen. Das erste Abchecken war vorbei, und Harry war ja wirklich nicht auf Brautschau, höchstens so nebenbei, so ganz locker ..., man muss ja für alles offen sein. Es gelang ihm jedoch besser und besser, sich wirklich auf die eigenen Prozesse zu konzentrieren. Und gerade die Stille am Morgen empfand er als besonders angenehm. Im ganzen Haus galt die Regel, von 22.30 bis nach dem Satsang am nächsten Morgen zu schweigen. Die reine Wohltat! Diese stillschweigende Verpflichtung zum 'Guten Morgen' und dabei schon in aller Herrgottsfrühe ein freundliches Gesicht aufzusetzen, war Harry im wahren Sinne des Wortes ein Morgen-Grauen, und er war sicher, da war er mit dem Herrgott auf einer Wellenlänge, auch dies im Sinne des Wortes. Dieses Bei-sich-sein, diesen Übergang von der astralen Welt des Tiefschlafs in die materielle, äußere Welt war ein wichtiger Schritt, mit dieser äußeren Welt dann auch möglichst entspannt klarzukommen. Und wenn es auch Unterschiede gab, den meisten, die abrupt wechselten oder wechseln mussten, machten diese feinstofflichen Interferenzen Probleme, auch wenn sie es nicht merkten, oder es kostete zumindest Energie. So war Harry froh über die Stille, und ihm gelang der Übergang recht fließend. Er konnte die Energie des Satsangs aufnehmen und für sich aufbereiten, sich beim Mantrasingen gut einstimmen auf einen segensreichen Tag. Der Kopf wurde frei für den Morgenvortrag, und schließlich kam dann der Körper zu seinem Recht, um nicht zu sagen seinem Vergnügen in Form der Asanastunde, und zum Schluss der Magen, wenn dann das großartige Frühstücksbuffet für die hungrige Meute bereit stand.
Die Yogaklassen wurden auf drei Levels angeboten. Harry staunte anfangs schon etwas, dass es nicht wenige gab, die asanamäßig durchaus auf einem Anfängerlevel waren und trotzdem in der Lehrerausbildung saßen. Aber gut, es waren auch einige Ältere darunter und auch einige recht beleibte oder zumindest etwas schwammig wirkende ZeitgenossInnen. Da war Harry

mit seinem 39-jährigen, bis-vor-zehn-Jahren-noch-recht-regelmäßig-Sport-getrieben-und-sich-doch-eigentlich-recht-gut-gehalten,-für-sein-Alter-jedenfalls,-Körper noch im guten Mittelfeld. Na ja, jedenfalls vom gefühlten Alter her, das lag so bei Ende Zwanzig. Die meisten TeilnehmerInnen, fast drei Viertel Frauen, auch das ist üblich, waren dann auch in der Gruppe des mittleren Levels. Und morgens war bei Harry auch gar nicht mehr drin. Nachmittags war er deutlich biegsamer. Aber er nahm es als Chance wahr, dass jetzt bereits morgens intensiv praktiziert wurde.

Die Stunde fing an mit dem obligatorischen gemeinsamen OM, dann ein Einstimmungsmantra des Lehrers, und dann in die Anfangsentspannung. Liegen, atmen, anspannen und loslassen, welch eine Wohltat. Die Gedanken konzentrieren, nach innen spüren – 'Ich fühl mich gut, ich darf hier sein, ich kann es genießen, es atmet mich, da sein', einfach so. Dann Feueratmung, Kapalabhati, das Verdauungsfeuer entfachen. Danach Wechselatmung, Nadi Shodana, das Reinigen und Harmonisieren der Energiekanäle. Als erste der eigentlichen Körperübungen der Sonnengruß, 12 Runden. Einmal komplett den ganzen Körper aktivieren, allein das für sich ist schon ein vollständiges, effektives Programm. Sich lebendig spüren, leicht, energievoll. Den Körper nicht als Last empfinden, sondern als Werkzeug.

In den Grenzbereich gehen, wie im Vortrag von Chamundi schon angesprochen. In der Endentspannung bleibst du meist nur konzentriert, wenn du wirklich bis an die Grenze gegangen bist, so dass du jetzt den Körper auch spürst. Jede Faser, jeden Muskel, jede Sehne auf angenehme Weise spürbar, da merkst du erst, welche Muskeln du überhaupt hast. Du fühlst dich vollständig, komplett, geeint, kongruent, integriert. Und wenn auch gelegentlich die Aufmerksamkeit abschweift, zum Essen beispielsweise, was es heute wohl wieder Feines geben würde. Oder deine Bewusstheit geht zur Harnblase, du wolltest eigentlich schon vor dem Drehsitz zum Klo, wie willst du jetzt entspannen? Trotzdem war sie wieder da, diese ganz spezielle Art von Leichtigkeit, Wachheit und Ausgeglichenheit. Das war eine der Hauptwirkungen bei Harry, die er auch zuhause schon oft verspürt hatte: Yoga macht gute Stimmung. Egal ob du depressiv bist oder eher geladen, schlapp oder indifferent: Nach einer kompletten Yogastunde, und manchchmal schon während der Stunde war eine deutliche Harmonisierung und Anhebung der Energie zu spüren. Harry fühlte sich ruhig und wach, ausgeglichen, um nicht zu sagen gut gelaunt. Wirklich erstaunlich, aber es funktionierte immer wieder. Allein das war es schon wert, Yoga zu machen. Und auf die Dauer gesehen stieg ja der Energielevel grundsätzlich. Rein quantitativ stand mehr Lebensenergie zur Verfügung, und qualitativ ergab sich eine hochfrequentere Schwingung, d.h. die Ausgangsstimmung, die Lebensgrundstimmung, war deutlich besser als ohne Yoga. Großartig. Und hier, genauso, wie in der gemeinsamen

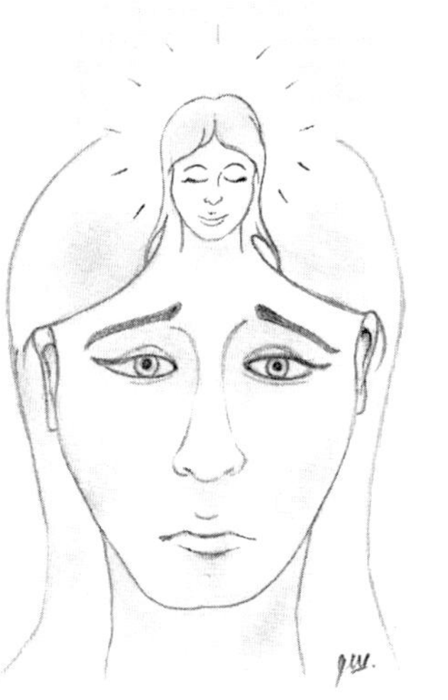

Friedvolles Bewusstsein entwickeln

Meditation, kam noch der Gruppeneffekt hinzu. Durch die Gemeinsamkeit im Geist wie auch im Körper stieg die Energie bei jedem einzelnen exponenziell.
Da blieb sogar das Spannungsniveau der Schließmuskeln erträglich, obwohl sich nach der Stunde vor sämtlichen Klos in kürzester Zeit Schlangen gebildet hatten, denn die Zeit war knapp bis zum Frühstück. Fast jedesmal wurde die Yogastunde einige Minuten überzogen. Die kurze Zeit zwischen Ende der Yogastunde und dem Essen war so ziemlich der einzige Stress, zumindest für die Sextanerblasen, und diejenigen, die meinten, sie würden nicht mehr genug von ihrer Lieblingsspeise bekommen. Da Harry sich gut auskannte im Haus, gelang es ihm meist, eine abgelegene Toilette zu finden, wo er sich umgehend und genussvoll erleichtern konnte. Loslassen. Ganz entspannt im Hier und Jetzt.
Auch eine weitere Schulung ergab sich hierdurch hinsichtlich des Essens. Die Angst, nicht genug zu kriegen, die Ungeduld, lange anstehen zu müssen, all das relativierte sich, und auch die Portionen wurden langsam etwas kleiner. Zum Glück. Denn nach dem Essen machte er seine Stunde Karmayoga im Büro, mal mittags, mal abends. Und ein voller Bauch war lästig, beim Arbeiten wie auch beim Ausruhen.
Und über längere Zeit gesehen lagern sich ja bekanntermaßen Teile der Tausenden von Bauchfüllungen, genauer gesagt, einige unverdaute Reste der sogenannten Nahrungsmittel, in verschiedenen Bereichen des Darms ab. Deshalb war es sinnvoll, von Zeit zu Zeit den Darm und die an der Nahrungsverarbeitung beteiligten Organe einer eingehenden Säuberung zu unterziehen und ihnen ausreichende Regenerationszeit zu erlauben. Auch eine vollständige Entlastungspause, wie z.B. beim Fasten, tat diesen Organen sehr gut: Endlich mal nichts Neues aufnehmen, nicht ständig etwas verdauen müssen. Wie ein stressfreier Ferientag für die Psyche.
Diese Reinigungstechniken nennt man im Yoga Kriyas. Und heute war Kriya-Tag. Wenigstens ein Mal sollte jeder angehende Yogalehrer sie ausprobiert haben. Das Angebot eines Fastentags pro Woche gab es sowieso. Aber das erschien Harry, der erst einmal einen Fastenversuch unternommen hatte, der ihm dazu noch als bestenfalls mittelmäßig gut in Erinnerung war, reichlich absurd angesichts der kulinarischen Köstlichkeiten, die hier aufgetischt wurden. Da wollte er nicht einen einzigen Gang auslassen. Doch der Gang an den Waldrand auf der anderen Seite der großen Wiese blieb ihm nicht erspart. Hier trafen sich alle für die praktischen Kriya-Übungen.
Glaubern, wie Harry es vom Fasten kannte, das ließ ihn an eine Landschaft in Zentral-Frankreich denken, die Glaubergne! Da hatten sie wahrscheinlich das Glaubern erfunden. Glaubern in den Blaubeer'n. O.k., einen halben bis dreiviertel Liter lauwarmes Salzwasser zu trinken, das kostete ihn relativ wenig Überwindung. Etwas mehr schon Jala Neti, die Nasenspülung mit einer leichten Kochsalzlösung. Aber gut, bei anderen war es grad umgekehrt. Hier jedenfalls war es mit Glaubern nicht getan. Beim Kunjar Kriya trinkt man knapp zwei Liter lauwarmes Salzwasser und steckt dann den Finger in den Hals, bis zum Erbechen. 'O.k., würde ich machen, aber jetzt grad nicht'. Das kannte Harry schon, als er sich mal ganz übel den Magen verdorben hatte und schließlich im Morgengrauen vor lauter Übelkeit dermaßen am Ende war, dass er sich doch den Finger in den Hals steckte, bis zu Anschlag, Zäpfchenstreich sozusagen, was dann erwartungsgemäß die ersehnte Erleichterung brachte,

gleich so heftig hervorgebrochen, dass er dachte, die Augen würden ihm aus dem geplatzten Schädel springen. Aber hier und heute waren nicht Wenige tatsächlich so diszipliniert, so mutig, so cool, „Klar, ey, das muss du als echter Yogi locker machen, hey, was soll's, Mann, is doch easy, ey, komm schon ...", Kunjar Kriya durchzuziehen. Zumal es deutlich leichter und 'angenehmer' war, als bei einem verdorbenen Magen.
Bei den noch rabiateren Methoden, die jetzt folgten, da teilten sich dann die Geister. Beim Sutra Neti schiebt man einen Faden in die Nase und zieht ihn durch die Kehle wieder raus. Krass. Geht auch mit nem biegsamen, schmalen Schlauch. Bei Harry tats nur weh, allein das Ding in die Nase zu bringen, der Nasendurchgang oben war zu eng. „Nee, komm. Schluss." Harry schüttelte energisch den Kopf, lobte sich aber für seinen Versuch. Dann Dhauti: Eine Mullbinde verschlucken! „Natürlich nicht in aufgerolltem Zustand, sondern am laufenden Meter sozusagen!", fügte Chamundi lachend hinzu, als der fragende Blick einiger Teilnehmer auf eine seltsame Fantasie schließen ließ. „Und dann auch wieder rausziehen! Also lasst das Ende nicht los, sonst müssen wir operieren. Gaaanz langsam." Und eine Handvoll Hardcore-Yogis kriegte das tatsächlich hin! O.k., dachte Harry, muss nicht sein. 'Wäre aber gut!', frotzelte Swami Durchananda. 'Klar, du hast gut reden, du bist ja mental.' 'Ach komm, in meinen materiellen früheren Leben hab ich jeden Tag ...' 'Sicheeer!' Und schließlich wurde noch Basti erklärt, eine indische Variante des hierzulande auch als Einlauf bekannten Verfahrens, übrigens bis zur Colon-Hydro-Therapie verfeinert und von großer Effizienz. Ein Einlauf ist beim Fasten ebenso unabdingbar, wie das Glaubern, um einen Erfolg zu erzielen, der dann den Aufwand auch rechtfertigt. Aber Basti war kein Teil der heutigen Praxis. Das sollte dann doch jeder mal im stillen Kämmerlein, am stillen Örtchen, für sich ausprobieren.
Wie Harry später noch erfuhr, werden im Shank Prakshalama, einem kompletten Kriya-Programm, einige dieser Techniken mit Asanas kombiniert, und so besonders erfolgreich. Im Weiteren werden zu den Kriyas auch Tratak, das Starren, meist in eine Kerzenflamme, gerechnet, und einige Pranayamas, z.B. Kapalabhati, die Feueratmung. Dann Agni Sara: Den Bauch nach innen oben zur Wirbelsäule hinziehen und wieder loslassen, im lockeren Wechsel. Schließlich Nauli, das intensive, kreisförmige Bewegen der Bauchmuskeln. Letztere Kriyas konnte man auch gut mal in eine Asana-Stunde einbauen. Die war heute zu Gunsten der Kriyas verkürzt worden. Um so mehr freute Harry sich nun auf das verspätete Frühstück.

14 Nyana-Yoga-Schriften

„Kaum einer versteht sie – noch Weniger praktizieren, was drin steht.“ (unbekannt)

Jetzt, so am Beginn der zweiten Woche, hatte sich der Tagesablauf eingespielt, und trotz oder auch wegen des ständigen Inputs an Neuem, kehrte eine Gelassenheit ein, eine Art Routine der gehobenen Stimmung. Alle waren aufrichtig nett zueinandner, die Ausbildung inspirierend und wohltuend, das Essen sehr gut, also alles bestens. Heute morgen hielt Nataraj als Einstieg ins Nyana-Yoga einen Vortrag über die älteren und neueren Schriften, auf denen die Yoga-Philosophie beruht.

„Nyana-Yoga ist der Weg der Erkenntnis. Er befasst sich mit dem Studium des eigenen Erlebens und der tradierten Schriften über den Sinn der Existenz, die 'ewigen Fragen': Woher komme ich? Wer bin ich? Wohin gehe ich? Was ist das Wesen der Existenz? Was ist der Sinn der Existenz? Was bedeutet das Menschsein? Was ist mein wahres Wesen? Warum leiden wir? Was ist zu tun, um glücklich zu werden? Also ein riesiges Gebiet, das der menschliche Geist seit je her durchforstet auf der ihm angeborenen Suche nach dem Sinn seiner Existenz.

Und ich sag's euch gleich, und ich weiß, das ist in den Augen manch braven Yogis recht ketzerisch, aber dazu stehe ich und damit stehe ich nicht allein: Die letztendliche Frage: 'Wozu das Ganze'? 'Wozu existiert überhaupt etwas'?, weiß keiner wirklich genau zu beantworten, zumindest nicht befriedigend für mich. Die Antwort bzw. die Antwortversuche sind vielfältig. Wir werden letztlich auch besonders beim Raja-Yoga und beim Thema Karma und Reinkarnation immer wieder darauf zurückkommen. Einstweilen halte ich es wie Timothy Leary, dessen Credo war: *„Denke selbst, misstraue Autoritäten“*. Und analog dazu Buddha: *„Glaubt mir nicht, praktiziert selbst.“*

Der Weg im Nyana-Yoga verläuft im Prinzip in vier Schritten: Es beginnt mit dem Hören und Lesen: Informationen erhalten aus kompetenten Quellen, also im Wesentlichen Literatur, aber auch jede Form kultureller, genauer gesagt künstlerischer oder metaphorischer Verarbeitung, kann hierzu gerechnet werden. Und ganz direkt eigene persönliche Erfahrungen und Erfahrungen anderer. 'Das Leben' lehrt dich am meisten, und am direktesten. Neben den Schriften ist ja das Selbststudium essenzieller Teil des Nyana. Dann folgt Schritt zwei, das Nachdenken und Diskutieren, die intellektuelle Reflektion, spirituelle Zwie-, oder Drie-Gespräche, z.B. mit einem Meister, einem Freund oder sonst wem. Hier geht es um die Schärfung der Unterscheidungskraft, die Schulung des Intellekts, und auch darum Erfahrungen aus vertrauenswürdigen Quellen ernst zu nehmen. Ihr habt das vielleicht schon mal bei buddhistischen Mönchen gesehen, wo ein Teil der Ausbildung darin besteht, dass sie gegensätzliche Positionen, mal die eine, mal die andere, mit Argumentation und Logik im Streitgespräch mit einem Kommilitonen vertreten müssen, um so die Standpunkte und auch die 'Wahrheit' oder Unanfechtbarkeit einer Position zu relativieren.

Als dritten wichtigen Zugang das Meditieren, als kontemplatives und intuitives Herangehen, die Verbindung mit der Quelle. Intuitives und inspiriertes Herangehen als Komplementär, als Gegenpol zum Intellekt. So hat beides seine Berechtigung. Und schließlich als vierter Schritt:

Handeln. Praktizieren der Übungen, Erfahren und Weitergeben der Erkenntnisse, vor allem auch Handeln im Alltag. Ohne diesen letzten Schritt bleibt das ganze Schriftstudium, die ganze Philosophie wertlose Theorie. Und nicht nur einige westliche Philosophen leben in ihrem Elfenbeinturm, verirren sich und verkümmern letztlich darin. Zum Glück sind die dann oft zu phlegmatisch, manche auch zu arrogant, um dem niederen Volk ihre geistigen Ergüsse gewaltsam aufzudrängen; dazu haben wir ja Fundamentalisten jeglicher Couleur, aber das ist ein anderes Thema. Jedenfalls auch im Nyana läuft es darauf hinaus: Lehre, was du bist! Und im Endeffekt kannst du nicht lehren, was du nicht bist, und du lehrst zwangsläufig, was du bist. Du kannst nicht Nicht-Lehren.
Hier möchte ich einen kurzen Querverweis einfügen, und zwar auf ein fundamentales Werk westlicher Spiritualität, den 'Kurs in Wundern', auch gechannelt, ähnlich wahrscheinlich, wie die Veden, wo es nämlich auch heißt: *'Du lehrst, was du bist'*. Und vieles, vieles mehr. Absolut empfehlenswert.
Gut, zu den Schriften des Yoga im Einzelnen: Da es in Indien bis vor wenigen Jahrhunderten keine Aufzeichungen gab und die späteren Aufzeichnungen wiederholt vernichtet wurden, ist eine genauere Chronik der Entstehung und der Schriften selbst nicht möglich.
Zunächst die orthodoxen Schriften: Srutis, Offenbarungen, sind das Gehörte, Empfangene, mündlich Überlieferte. Die Veden gehören dazu. Zusammengetragen und aufgeschrieben wurden die Veden von einem Weisen Namens Vyasa zirka 1500-800 v.Chr. Auf den Veden beruhen verschiedene Richtungen des Hinduismus wie auch des Yoga, besonders die Darshanas, die sechs großen Philosophiesysteme des Yoga. Es gibt verschiedene Teile der Veden: Rig-Veda und drei andere Veden, ...“
Harry merkte, wie er ein wenig abdriftete, abschaltete bei dieser Aufzählung alter Schriften. Schon zu viel hatte er gehört, gelesen, auch etwas aus denjenigen, die hier vorgestellt wurden. Für Harry war so langsam des Ende aller 'Ratgeber' gekommen. Letztlich wiederholte sich fast alles. Und die dort aufgeführter Übungen hatte er meist interessiert gelesen, aber gemacht? Regelmäßig praktiziert? Und im Prinzip war er doch ein Pragmatiker. Solange es nicht zu anstrengend und zu langwierig war – die alte Taktik seines Ego hatte bislang gut funktioniert. Das Alter der Schriften, die Quelle, selbst die Authentizität war für ihn zweitrangig. Für ihn zählte primär, was er damit anfangen konnte: 'Hilft es mir, mit meinem Leben besser klar zu kommen? Macht es mich glücklicher, zufriedener?' Harrys regelmäßige Praxis war erst mit Yoga gekommen. Spät, aber nicht zu spät, so hoffte er zumindest.
„Die Vedanta als letzter Teil der Veden, ausgedrückt in den von Shankaracharya ausgewählten 108 Upanishaden, etwa 700-200 v.Chr., beinhalten transzendente, ewig gültige philosophische Aussagen. Hier kam es aus dem Bedürfnis nach Verstehen und spiritueller Entwicklung zu einem qualitativen Sprung vom reinen, nicht-hinterfragbaren Ausführen von Ritualen zu der Position, dass die letzen Fragen prinzipiell verstehbar und erfahrbar seien. Hier geht es um philosophische Fragen nach dem Sinn der Existenz, der Rolle des Menschen, dem Urgrund des Seins. Die Vedanta wird als das letzte, endgültige, absolute Wissen verstanden. In der Vedanta geht es darum, zu erkennen, was 'wirklich' ist: Satchidananda swarupo ham – Sein, Wissen, Glückseligkeit ist mein wahres Wesen. Es bleibt nichts mehr zu erkennen.

Die essenziellen Aussagen des Nyana sind in den Maha-Vakyas zusammengefasst: Tat tvam asi – das bist du, nämlich Satchidananda. Aham Brahmaasmi – Ich bin Brahman. Prajnanam Brahman – Bewusstsein ist Brahman. Ayam Atman Brahman – dieses Selbst ist Brahman. Dies zu realisieren bedarf es im Wesentlichen einer völlig von aktuellen und vergangenen Sinneseindrücken, den Samskaras, geklärten, reinen Wahrnehmung. Damit dies möglich wird, geht es darum die Gedanken im Geist zur Ruhe zu bringen – ihr habt schon im Zusammenhang mit Meditation davon gehört. Patanjali nennt es deshalb Darshana oder Drahstr, die 'reine Schau', eben durch Meditation, Loslassen der Identifkationen mit dem Materiellen und den geistigen Objekten, insbesondere durch das Transzendieren des Ego, d.h. Auflösen des 'falschen' Selbst, des Ego."
Soll man denn das ganze Denken, das Leben einfach so loslassen? Wir sind zwar meinetwegen auch geistig, aber das Materielle ist doch da, das spür ich doch immer zu!? Diese Verwirrung ließ Harrys Aufmerksamkeit versinken in das sanfte Licht der Morgensonne, das schräg durch die großen Glastüren hereinfiel und ihn aufmunternd an der Nasenspitze kitzelte. Jedes kleine Staubkorn reflektierte das Licht, ein leichter Schleier wob sich sanft zwischen den ZuhörerInnen hindurch ... Irgendwo bei der Aufzählung der epischen Texte fand sich Harry auch bewusstseinsmäßig wieder ein:
„ .... Ithihasas, etwa zwischen dem 2. Jh. vor und dem 3. Jh. n.Chr. aufgezeichnete Heldenepen mit menschlichen Protagonisten, vor allem das Mahabharata, wörtlich: Großes Indien, und das Ramayana-Epos. Bei den Puranas, etwa 300 - 750 n.Chr., handelt es sich um mythologische Göttergeschichten. Am bekanntesten dürfte wohl die Bhagavad Gita sein. Der Name bedeutet wörtlich: Gesang des Erhabenen. Sie gilt als das grundlegendste Werk für alle Yoga-Richtungen, und ist Teil des Mahabharata. Die Gita ist ihrem Inhalt nach ein Lehrgedicht, das vorwiegend philosophische, insbesondere ethische, aber auch religiöse Gedanken enthält. Die Gita umfasst 700 Verse in 18 Kapiteln, mit Versmaß, Melodie und Mantra-Charakter. Hauptfunktion ist eine Entscheidungshilfe für alle Lebenslagen auf dem Weg der spirituellen Entwicklung. Die Quintessenz lautet: Egal, was dem Körper passiert, dem Selbst, dem Atman, kann nie etwas passieren. Tat twam asi so ham: DAS ist dein wahres Wesen: Satchidananda. Als Hauptbotschaft könnte man vielleicht zusammenfassen: Lebe im Bewusstsein deines wahren Selbst, frei von psychischen Beeinträchtigungen, lebe im spirituellen Alltag deine Berufung, Svadharma. Ihr werdet mehr aus der Gita von Mahadevi hören.
Wenn möglich sollte man die Philosophiesysteme in ihrer Ganzheit sehen, was sicherlich eine Lebensaufgabe ist, wenn nicht gar mehrerer Leben. Keine Angst, nichts von euren Erfahrungen geht dabei verloren. Ihr müsst nicht jedesmal bei Null anfangen. Aber davon ein anderes Mal mehr. Es gibt jedenfalls kein Philosophiesystem, das alles allein erklärt, so wie es in der Naturwissenschaft bisher kein Weltmodell gibt, das durch eine einzige Disziplin alles erklären könnte."
Also auch nicht die Vedanta? Sankhya? Advaita? Tantrismus? Das war Harry immerhin sympathisch, dass hier, zumindest von Nataraj, kein Absolutheitsanspruch erhoben wurde. Aber was war mit der Integralen Psychologie von Ken Wilber? Das war zumindest ein Versuch, und zwar ein wirklich vielversprechender, auch einer, der sich des Versuchscharakters bewusst war. Harry

nahm sich vor, Nataraj zu fragen, ob er Wilber kenne.
„Die Veden gelten als ewig und unfehlbar, da sie aus dem höheren geistigen Bereich geschickt und empfangen wurden, wie man heute sagen würde: Gechannelt. Und zwar von sogenannten Rishis, Sehern, das waren Leuten mit entsprechenden medialen Fähigkeiten. Auch sind die Veden höchstwahrscheinlich nicht bewusst manipuliert worden, so wie gewisse westliche heilige Bücher. Möglicherweise wurden sie jedoch verfälscht durch Fehler bei der Weitergabe, allein schon bei der Übersetzung aus dem Sanskrit ins Englisch und dann wohlmöglich noch vom Englischen ins Deutsche. Auch dürfte es mit Sicherheit zum Verlust einzelner Teile gekommen sein, ganz zu Schweigen von den Hunderten, wenn nicht Tausenden verschiedener Interpretationen im Lauf der Zeit. Allgemein gilt wohl auch hier: Kaum einer versteht sie – noch Weniger praktizieren, was drin steht."
Na bitte, da bin ich ja nicht allein, triumphierte Harrys Phlegmatiker.
„Die Einordnung philosophischer Schriften ist immer problematisch, aber das ist meiner Meinung nach auch nicht so wichtig. Wichtig ist zu erkennen: Unterschiedliche Schriften, Modelle und Praktiken des klassischen Yoga, Details in den Ausführungen, sind wie unterschiedliche Religionen: Die Essenz und das Ziel sind gleich. Wähle also den Weg, der für Dich am effektivsten ist und streite nicht um Worte. Wir erleben ja immer wieder, welche zum Teil idiotischen, gemeint im Sinne des Wortes – auf sich selbst bezogen – egozentrischen Vorstellungen und kleinlichen Verhaltensregeln aus der buchstäblichen Lesart alter Schriften gemacht werden. Das hat dann mit Intelligenz nichts mehr zu tun. Wir können täglich in den Nachrichten hören, wie heilige Schriften als Rechtfertigung für Blutbad und Rassenwahn, für Mord und Totschlag hergenommen werden, mögen die Inhalte noch so friedfertig und universal und uralte Weisheit sein. Deshalb: Am Ende zählt nicht, was da steht, sondern was einer da heraus liest, und vor allem, was einer daraus macht."
Sag ich doch, frohlockte Harry. Den kleinen Link auf Fundamentalismus welcher Herkunft auch immer hatte Harry wohl herausgehört.
„Für Yoga im Speziellen gibt es vier grundlegenden Schriften. Dazu gehören die Upanishaden und die Bhagavad Gita, die habe ich schon erwähnt. Dann gibt's da noch die Hatha-Yoga-Pradipika und die Sutras des Patanjali. Die Hatha-Yoga-Pradipika wurde von Swatmarama etwa im 7.-9. Jh zusammengetragen. Sie enthält die Essenz diverser älterer Schriften, und ist bereits für sich ein komplettes spirituelles System, um zu Raja-Yoga zu gelangen. Hier werden aus klassischer Sicht die Grundlagen für Asanas und Pranayama beschrieben, die Kriyas, dann weiterführend Kundalini-Yoga-Übungen, Pratyahara, und schließlich auch Dharana, Dhyana, Samadhi – ihr erinnert euch? Der Asthanga-Pfad.
Und als vierte wichtige Schrift die von Patanjali im 2.-7. Jh. aufgezeichneten Sutras, Leitfäden, die werden dem Raja-Yoga zugeordnet. Auch hier ist eine genauere zeitliche Bestimmung nicht möglich. Die zeitlichen Zuordnungen reichen vom 2. Jh. vor bis 5. Jh. n.Chr. Der erste Kommentar stammt von Yogabashya aus dem 7. Jh. n.Chr. Die Patanjali-Sutras sind die meist kommentierten vedischen Texte und bilden eine wesentliche Grundlage des Raja-Yoga. Hier geht es um die Beschaffenheit unseres Geistes, um Konstruktion von Wirklichkeit mit Blick auf die Erfahrungen, die jeweils daraus resultieren. Es geht also um die Entstehung von Leid,

um Zufriedenheit, angemessenes Verhalten, das Erreichen von Gelassenheit und von Glück, und auf welcher Art von Wahrnehmung und Denken dieses Erleben beruht. Somit sind die Sutras des Patanjali der wohl psychologischste Text des Yoga. Ziele sind, in Harmonie zu leben mit sich selbst, den anderen und der Umwelt, vielfältige Tugenden und Fähigkeiten anzuwenden, um das spirituelle Wesen zu entwickeln, Satchidananda zu erfahren. Raja-Yoga gilt neben den expliziten Meditationstechniken als optimale Vorbereitung für Meditation, Dhyana.
Zum Schluss möchte ich noch etwas zum kritischen Umgang mit den Schriften bemerken: Wie es bei alten Schriften so üblich ist, und die alten Yoga-Texte, die meist als Autoritäten herangezogen werden, also Veden, Upanishaden, Patanjali etc. bilden da keine Ausnahme, erfreuen sich, besser gesagt, leiden unter einer gewissen Beliebigkeit hinsichtlich der Bedeutungen, Begriffsdefinitionen und Zusammenhänge. Dabei möchte ich die Aufrichtigkeit der Bemühungen keineswegs in Abrede stellen. Fehlerquellen sind allerdings die bereits erwähnten Übersetzungsprobleme, die fragliche Vollständigkeit und die Vielzahl der Interpretationsmöglichkeiten. Schließlich kann man sagen, sei die Unmöglichkeit einer einvernehmlichen, exakten Interpretation ein Zeichen der Unbeschreibbarkeit des Jenseitigen, das Diesseitige durchdringend, der Begrenzung des menschlichen Geistes, oder was auch immer – die 'Wahrheit' jedenfalls lässt sich auch in dieser Hinsicht hier nicht eindeutig finden Ein endloses Spiel mit Definitionen, Benennungen, Interpretationen, teilweise widersprüchlich erscheinenden Aussagen. Streit um Worte – müßig. Was uns bleibt ist Denken, Hingabe und Handeln.
Und so gesehen gibt es auch in den Yoga-Schriften keine endgültigen, exakten Antworten. Das ganze materielle Universum ist nicht 'exakt' im rationalen, materiellen, wissenschaftlichen Sinn. Je mehr Antworten man findet, egal, ob Quantenphysik oder Gehirnforschung, desto mehr neue Fragen tauchen auch auf. Das Universum ist vollkommen in seiner Dynamik und seinen Gesetzen, aber im materiellen und auch geistigen Hier und Jetzt ist in gewissem Sinne deine bewusste Erfahrung das Exakteste, was für dich möglich ist. Insofern ist, wie gesagt, die einzig exakte Antwort: Deine Erfahrung.“
Wohl wahr!, dachte Harry. Andererseits: Woran soll man sich denn dann halten? Gar keine Schriften? Doch, aber unter der kritischen Distanz eines unvoreingenommenen Geistes in Verbindung mit der eigenen Erfahrung. Diese Grundeinstellung von Nataraj war ihm sehr sympathisch.
Wie man's auch dreht und wendet: Nur in der Praxis sieht man, wie es endet! In diesem Sinne wollen wir jetzt erstmal den Body drehen und wenden. Harry freute sich auf die ausgedehnte, ausdehnende Yogastunde.

15 Modelle universelle

„Unsere Seele ist absolut unverletzbar.
Warum also identifizieren wir uns nicht mit unserer Seele?“ (Ram Das)

Die Anatomie- und Physiologie-Vorträge bei Chamundi hatte Harry rein technisch hinter sich gebracht, wie damals auf der Penne in Bio, obwohl er wusste, dass es besonders für den Unterricht von Anfängergruppen oder bei älteren Leuten sehr wichtig war. Aber da er nicht vorhatte, zu unterrichten, war es lediglich eine willkommene Auffrischung seines Grundwissens. Interessanter, da auch exotischer, waren die Rezitationen aus der Bhagavad Gita, die meist von Chamundi oder Mahadevi geleitet wurden. Dabei wurden die einzelnen Verse in einer Art melodischem Sprechgesang gemeinsam in der Gruppe rezitiert, so dass man in eine Art Trance geraten konnte, wodurch die Inhalte sich auf einer tieferen Ebene des Bewusstseins manifestieren konnten, was den Effekt der metaphorischen Beschreibung noch verstärkte. Der Effekt war ein ähnliches Gefühl, wie beim Mantrasingen. Ein Gefühl von Aufgehobensein, der Gewissheit, dass da eine tiefere Dimension im Leben verborgen liegt, als der profane Alltag so oberflächlich vermuten lässt. Und nicht umsonst hieß ja Bhagavad Gita 'Gesang des Erhabenen'.

Den Nachmittagsvortrag hielt Nataraj.

„So, Leute, nachdem ihr gerade wieder so schön in die archaische Prosa der Gita versunken wart, kommt jetzt die linke Gehirnhälfte zu ihrem Recht, denn jetzt wird's ziemlich abstrakt. Da kommt hard stuff auf euch zu, aber das vergeht auch wieder. Doch sollte es nicht spurlos an euch vorübergehen. Heute nachmittag geht's nämlich um den Aufbau des Universums, der verschiedenen menschlichen Körper und um die spirituellen Kräfte in der Schöpfung und im Menschen.

Allsooo“, sprach Nataraj und holte tief Luft: „Brahman ist das universelle Bewusstsein, auch Purusha, Paratman, das Absolute, die Vollkommenheit, der Urgrund allen Seins, Gott genannt. Brahman war schon immer da und wird immer sein. Brahman hat die Welt, Prakriti, aus sich heraus, also quasi aus dem Nichts bzw. dem All geschaffen. All diese Erscheinungsformen sind nicht absolute Wahrheit, sind absolut gesehen, sind vom Urgrund des Seins her gesehen, lediglich Maya, Illusion. Nur relativ gesehen, in unserem Universum von Zeit und Raum, ist diese Schöpfung in gewisser Weise 'wirklich'. Die Illusion entsteht dadurch, dass wir Gott/Brahman/Purusha nicht wahrnehmen in all den Ausdrucksformen der Schöpfung. Das unablässige Werden und Vergehen der Schöpfung wird auch, da sie als Illusion aufgefasst wird, als kosmisches Spiel, Lila, bezeichnet.

Purusha, die Weltseele bzw. das universelle, allumfassende Bewusstsein, wird als das ewige, unveränderliche, männliche Prinzip aufgefasst, symbolisiert durch Shiva. Purusha ist in allen Elementen der Schöpfung enthalten. Prakriti dagegen ist das dynamische, weibliche Prinzip, symbolisiert durch Shakti, das sich in den verschiedenen Manifestationen der Schöpfung ausdrückt. So ist Brahman/Purusha die Seinsweise der Nicht-Dualität, die alle Dualität, alle Schöpfung/Prakriti, durchdringt, so wie die Liebe der Mama den von ihr gebackenen

Kuchen. Ziel aller Evolution ist die Wiedervereinigung der Schöpfung Prakriti mit der Weltseele Purusha, die Vereinigung von Bewusstsein und Materie, von Shiva und Shakti, von Sonne und Mond – Ha- und Tha – Hatha-Yoga! Diese die gesamte Schöpfung durchziehende Dualität ist Grundlage der Sankhya-Philosophie.
Brahman/Purusha und Prakriti bilden zusammen Ishvara, den Saguna Brahman, den 'Gott mit Eigenschaften'. Hier entsteht erstmal der Versuch, Gott, das göttliche Wirken in eine für den Menschen vorstellbare Form zu bringen. In den verschiedenen Religionen zeigt sich darin die jeweils sozio-kulturell-historische Form des religiösen Schöpfergottes und seiner Helfer, der Engel, hier Devas genannt. Damit ist auch gleich die erste 'Falle' der Erkenntnis ausgelegt, nämlich diese Form mit der Wirklichkeit zu verwechseln, Gott zu personifizieren. Deshalb die Empfehlung, sich kein Bild oder Gleichnis zu machen. Problem ist dann nur: Zu 'wem' soll man beten? Es ist nun mal so, dass die große Mehrzahl der Menschen ein Bild braucht, um sich eine Vorstellung zu machen, oder umgekehrt. Der Ansprechpartner muss 'greifbar' sein. Deshalb haben diese Energien Namen und Formen erhalten.
Die ersten geschaffenen Formen Purushas, der erste Schöpfungsakt als Prakriti, besteht aus Vishnu, dem Erhalter, Shiva, dem Zerstörer oder Verwandler, und Brahma, dem Schöpfer innerhalb Prakritis. Brahman zeigt sich im Wechselspiel dieser drei von Erhaltung, Zerstörung und Neuschöpfung. Vishnu ist der erhaltende, funktionelle Aspekt einer Manifestation. Shiva das zerstörende, verwandelnde Element, Voraussetzung und Bereitschaft für Neues durch Shakti. Shakti ist die komplementär zu Shiva gehörende Energie, durch die Brahman die Formen schafft. So ist alles im Universum ständig im Werden und Vergehen begriffen. Und so ist alles mit allem verbunden, da alle Schöpfung Ausdruck von Brahman ist, Brahman/Purusha als allumfassendes Bewusstsein alles durchdringt. In westlicher Ausdrucksweise würde man sagen: 'Gott ist in allem, alles ist Gott.' Also ist allumfassendes Bewusstsein nicht vor, weder zeitlich noch räumlich, auch nicht daneben oder dahinter, sondern subtiler, feiner, höher schwingend, ist durchdringend.
Aus einer anderen Perspektive, wenn man diese Prozesse als Schwingungen von Energie ansieht, nennt man den ersten Schöpfungsimpuls, die erste von Brahma geschaffene Schwingung, auch OM. OM schwingt in Allem mit. OM bezeichnet die Ur-Schwingung, die erste Regung des universellen Bewusstseins. OM ist ein Anahata-Klang, ein nicht-angeschlagener, schon ewig klingender Klang. Aus diesem Grundklang sind die drei Gunas entstanden: Tamas, Rajas und Sattva. Gunas sind kosmische Entwicklungskräfte, die die Welt um uns herum erschaffen und bewegen, und gleichzeitig psychophysische, d.h. auch im einzelnen Menschen wirkende Entwicklungskräfte.
Sattva ist die Qualität der spirituellen Intelligenz, Bewusstheit, Licht, Reinheit, Klarheit. Rajas ist die Qualität der Energie, der Dynamik, Aktivität, Initiation. Und Tamas ist die Masse-Qualität: Statik, Trägheit, Erhaltung. Karma, die Handlung, hier im Rahmen der materiellen Schöpfung, und die niedrigen geistigen Welten, sind letztlich Ausdruck einer Störung des Gleichgewichts dieser drei Kräfte. Man könnte auch sagen, ein Handeln gegen das Dharma, gegen die geistigen Gesetze. Karma auflösen bedeutet, das Gleichgewicht wieder herzustellen, z.B. durch Yoga-Praktiken und sattvige Handlungen."

Nataraj legte eine kurze Pause ein, und sah die Zuhörer teils in Gedanken versunken, teils eifrig bemüht, das Gehörte in verständlicher Form zu Papier zu bringen – für eine Frage aus dem Auditorium musste sich dieses abstrakte, schwierige Material wohl erstmal setzen. Die Köpfe rauchten jedenfalls im Moment mehr als die Räucherstäbchen auf dem Altar.
„Gut,“, fuhr Nataraj fort, „Gehen wir also davon aus: Wir alle sind Teil der Schöpfung, also sind auch wir von allumfassendem Bewusstsein, von Purusha durchdrungen, und mit Shakti, der Schöpferkraft, ausgestattet. Also haben auch wir die universelle Schöpferkraft als Potenzial in uns angelegt, alles zu werden, alles zu sein. Wir müssen nur vor allem zwei Dinge lernen. A), uns dessen bewusst werden. Das ist dann die Erkenntnis: Ich bin DAS, Aham Brahmaasmi. Ich bin Sein, Wissen, Glückseligkeit, Satchidananda swarupo ham. Ich bin das allumfassende Bewusstsein. Jedenfalls, was meine Individualität betrifft, zwar nur ein Aspekt des Ganzen, allerdings ein Aspekt, der das Potenzial des Ganzen beinhält. Was sehr klar den holografischen Charakter des Universums zum Ausdruck bringt. Holografisch heißt, dass ein Teil alle Information des Ganzen beinhält. Und so findet auch ein Ausspruch aus einem gewissen Grundlagenwerk der westlichen Spiritualität eine Erklärung: '*Gott hat uns nach seinem Ebenbild geschaffen*'. Und, wie Jesus, der wohl größte Meister der christlichen Tradition, verkündete: '*Ihr werdet die gleichen Dinge tun können, wie ich, und noch mehr.*'
So, und b) müssen wir lernen, diese Schöpferkraft bewusst einzusetzen. Da sie unserem Wesen entspricht, können wir gar nicht anders als erschaffen. Wir tun es quasi pausenlos. Wenn wir allerdings die Gesetze dieser Schöpferkraft nicht kennen und anwenden können, erschaffen wir also andauernd 'irgendwelche' Resultate in unserem Leben, und so sieht es dann auch aus: Irgendwie! Es gibt ja Beispiele ohne Ende, wo wir uns fragen: Wie konnte das passieren? Wieso passiert das gerade mir? Wieso habe ich diese Lebensumstände und nicht jene? Wieso kriegen andere, was sie sich wünschen, und ich nicht? Ist das denn wirklich so? Gut, wie das Erschaffen von Wirklichkeit funktioniert, damit beschäftigen wir uns im Raja-Yoga, und mit den Gesetzen, wenn es um Karma und Reinkarnation geht. Aber ihr seht, es ist alles sehr eng miteinander verknüpft, diese Aufteilung der Themen geschieht nur aus didaktischen Gründen, damit wir einigermaßen den Überblick behalten.
Kommen wir zurück zu der Schöpferkraft Shakti. Shakti ist in drei Kräfte unterteilt: Kriya-Shakti, Handlungskraft, Iccha-Shakti, Willenskraft, und Nyana-Shakti, Wissenskraft. Die in der Schöpfung wirksame Energie von Shakti wird als Prana bezeichnet und ermöglicht erst das biologische Leben und auch die Beseelung der Materie.
Da wir mit unserem Geist und unserem Körper Teile bzw. Aspekte der Schöpfung sind, sind diese Kräfte, die durch die Ishavaras symbolisiert sind, auch in unserer individuellen Psyche vertreten. Diese psychische Innenwelt wird durch verschiedene Hüllen von Energie, Koshas genannt, gebildet. Darauf komme ich gleich noch zu sprechen. Makrokosmisch repräsentieren die Ishvaras also die Kräfte und Gesetze des Universums, Dharma. Bezogen auf unsere individuelle Person sind die Ishvaras als Kräfte in uns angelegt und repräsentieren unsere 'persönlichen' Gesetze, also unsere Überzeugungen, Automatismen, Verhaltensmuster und Wertvorstellungen, nach denen wir handeln, und unsere inneren, psychischen Teilpersönlichkeiten.

Der Vorteil der Veranschaulichung so eines Ishvaras ist, dass mittels dieses symbolischen Bildes zu dieser Kraft eine persönliche Beziehung aufgebaut werden kann. Sie wirkt psychisch, da sie in der Individualpsyche jedes Menschen archetypisch angelegt ist. Das heißt, dass ihre Kraft geweckt und im Leben genutzt werden kann, als Kraftquelle oder als Orientierung. Ihr kennt das vielleicht aus der Psychologie von C.G. Jung und seiner Archetypenlehre. Ishvaras sind hier jedoch mehr die höhere spirituelle Entwicklung ansprechenden Kräfte.
Ihre Bilder und Statuen, die Murtis, lassen sich durch Pujas, das sind die Zeremonien, und Rituale mit spiritueller Energie aufladen. Darüber hört ihr dann mehr beim Bhakti-Yoga. Ishvaras können dem Jivatman, der inkarnierten 'Individualseele', durch Vergegenwärtigung der jeweiligen Ishvara-Bedeutung und Ishvara-Kraft helfen, Ahamkara, das Ego, das Bewusstsein der Trennung und des Leidens, zu überwinden.
All diese Konzepte des Nyana-Yoga, die zumindest zu Anfang recht verwirrend erscheinen mögen, sind Hilfsmittel, letztlich Zugeständnisse an den Intellekt. Im Grunde würde Bhakti-Yoga alleine ausreichen zur Erleuchtung, aber zur Kanalisierung der Bhakti-Energie im täglichen Leben sind Nyana und Raja hilfreich.
Unterschied zum Buddhismus: Dort ist der Urgrund des Seins die Leere, Shunyata. In den Yogasutras ist die Leere eine Fülle, Purna, das alles Beinhaltende, das vollkommene Potenzial. Buddhistische Leere ist aber nicht negativistisch gemeint, nicht nihilistisch, sondern dahingehend, dass nichts von wirklicher Existenz ist, nicht unveränderbar und dauerhaft ist, sondern alles Nichtheit ist, veränderbar, vergänglich, deswegen aber keineswegs wertlos ist. Leere, Fülle – letztlich nur eine Frage der Perspektive."
Nataraj legt eine kurze Verschnaufpause ein, die die Leute auch dringend nötig hatten. Das waren ja alles richtige Hammer-Sachen hier. Ganz schön abgehoben, selbst wenn viele schon mal was davon gelesen hatten.
„Kommen wir nun vom Makrokosmos zum Mikrokosmos. Der Mensch macht Erfahrungen über den Körper und den Geist. Der Geist vermittelt zwischen Körper und Seele. Diese Verbindung des materiellen, grobstofflichen Körpers, mit dem Feinstofflichen, Energetischen, dem Geist, ist im Yoga viel immanenter als in den westlichen Wissenschaften, wo der Geist und sogar das Bewusstsein immer noch vielfach als Produkt der Biochemie des Gehirns angesehen wird. In allen spirituellen Traditionen steht jedoch der Geist über dem Körper, mind over matter, hinsichtlich der Schöpfungskraft und der Essenzialität. D.h. die geistige Ebene ist tiefgründiger und umfassender als die materielle, eben das allumfassende Bewusstsein. Das kommt auch zum Ausdruck durch die Tatsache, dass es weniger eine Verbindung von zwei getrennten, nebeneinander existierenden Ebenen ist, als eine Durchdringung, insofern die feinstofflichen Körper den materiellen, grobstofflichen durchdringen.
Im Yoga existiert die Vorstellung und auch die Erfahrung der feinstofflichen Bereiche der Existenz, was ja auch im Westen zunehmend als selbstverständlich angesehen. In den letzten zwei, drei Jahrzehnten werden angesichts der sich häufenden Untersuchungen wissenschaftlich anerkannte Nachweise dieser Energieformen, u.a. aufgrund verbesserter Technologie, immer häufiger. Meist im Bereich der Quantenphysik und der Biologie, womit dann in Verbindung mit der Psychologie viele Ergebnisse von Untersuchungen hinsichtlich der

Wirkung von Yoga und Phänomenen der Telepathie, Telekinese usw. eine wissenschaftliche Grundlage finden. Man denke nur an die Theorie der morphogenetischen Felder von Sheldrake, an die Kirlian-Fotografie und ähnliche Verfahren, oder an die Untersuchungen von Emoto zur Informationsspeicherung von Wasser – ganz fantastische Sachen. Wir haben es also keineswegs mehr mit der oft abfällig gemeinten Bezeichnung Esoterik zu tun. Alles ist mit allem verbunden – Mitschwingen ist bewiesen! Also achte darauf, womit du schwingst. Und was du nach außen strahlst.
Jetzt werde ich euch aber mal ein Flip anzeichnen, damits etwas anschaulicher wird."
Während er zu zeichnen begann, erklärte Nataraj weiter: „Da diese Vorstellungen im Osten schon lange Realität sind, gibt es auch entsprechend alte und umfassende Erklärungs- bzw. Beschreibungsmodelle. Es gibt ein Modell von 3 Körpern, Shariras, die aus insgesamt 5 Hüllen, Koshas, bestehen. Diese Energiekörper sind in Zeit und Raum an den materiellen Körper gebunden. Sie sind daher durchaus wirklich, auch wenn wir sie mit den Augen nicht sehen können, und auch nicht anfassen. Aber spüren können wir sie, oder zumindest lernen, sie zu spüren. Yogatechniken wirken auf alle Körper und Hüllen mit dem Ziel, die Identifikation mit den Hüllen zu überwinden, loszulassen: Wahrnehmen, reinigen, harmonisieren, transzendieren. Dieser Entwicklungsprozess verbessert unsere ganze Lebensqualität, in dem er mehr Lebenskraft, Gesundheit, Lebensfreude, Erfüllung und inneren Frieden bringt.
Der erste Körper heißt Sthula-Sharira. Das ist der physische Körper, die physische Hülle. Die heißt Anamaya-Kosha, übersetzt: Die 'Hülle aus Nahrung gemacht', was ganz ausdrücklich die Rolle der Ernährung hervorhebt. Über Ernährung und die Beziehung zu den Körpern werdet ihr noch hören. Wie alles Materielle ist also dieser Körper aus den 5 Elementen Wasser, Erde, Feuer, Luft und Äther, Aksaha, gemacht.

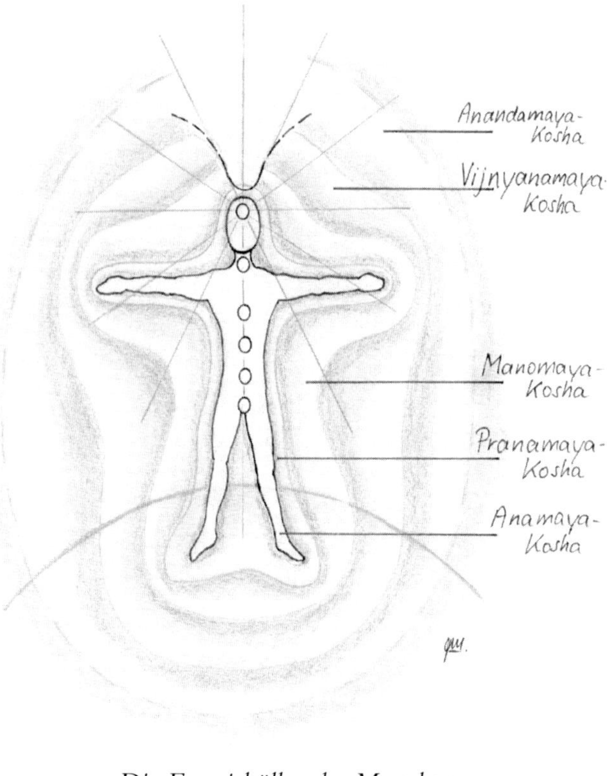

Die Energiehüllen des Menschen

Der zweite Körper heißt Sukshma-Sharira, auch als Astralkörper bezeichnet. Er umfasst drei Energiehüllen: Pranamaya-Kosha, Manomaya-Kosha und Vijnyanamaya-Kosha. Pranamaya-

Kosha ist der energetische Körper, die Energiehülle, die auch Ätherkörper oder Aura genannt wird. Hier ist die Vitalität, die Lebensenergie gespeichert, Prana. In anderen Kulturkreisen wird Prana auch als Chi, Ki, Odkraft oder Elan vital bezeichnet.
Manomaya-Kosha ist die emotionale Hülle, in westlicher Terminologie der Emotionalkörper, und die des einfachen Verstandes, Manas. Hier sind Gefühle und einfaches Denken für den Alltag angesiedelt, und die allgemeine Aufmerksamkeit. Auch Eindrücke und Erfahrungen im Unterbewusstsein, Samskaras, sind hier gespeichert.
Die dritte Energiehülle des Sukshma-Sharira ist Vijnyanamaya-Kosha: die Verstandeshülle, im Westen Mentalkörper genannt. Intellekt, Reflektion, menschliche Bewusstheit, Ego- bzw. Selbst, Logik, Vernunft, Unterscheidungs-, Urteils- und Willenskraft, all das sind Kennzeichen des Intellekt-Körpers. Der Sanskritname dafür ist Buddhi, Vernunft. In der unteren Stufe die täuschende, sich rational rechtfertigende Vernunft. So wie ein Hypnotisierter versucht, im Nachhinein sein Handeln in Hypnose zu erklären. Diese Vernunft spiegelt ein materielles Weltbild wieder und muss daher zwangsläufig einige psychologische und vor allem spirituelle Erfahrungen ausklammern. Trotzdem ist sie für das Überleben im Alltag unerlässlich. Wird diese Ebene um die spirituelle erweitert, wird auch die höhere, hinterfragende Vernunft bereichert. Die Vernunft der inneren Stimme, des Gewissens, die Logik des Herzens. An sattvigen Idealen orientiert gibt sie dem religiösen bzw. spirituellen Streben des Menschen Raum im Leben. Die Fähigkeit zur Bewertung anhand einer Ethik ist ein Schlüssel zum veränderten Erleben und zur Entwicklung der Persönlichkeit, da eine Neubewertung grundsätzlich möglich ist, im ethischen und psychologischen Sinne. Die Unterscheidungskraft zwischen dem, was vergänglich und was unvergänglich ist, was materialistisch und spirituell ist, zwischen Samsara, der Welt des Leidens und der Wiedergeburt, und Satchidananda macht dabei einen enormen, qualitativen Unterschied im Leben. Über weitere Einzelheiten dieser Körper und die Instrumente des Geistes hört ihr später noch mehr beim Raja-Yoga.
Schließlich der dritte Körper, Karana-Sharira, ist der Kausal- oder Ursachen-Körper. Seine Energiehülle, die fünfte insgesamt, ist Anandamaya-Kosha, das heißt Glückseligkeits-Hülle, oder auch Wonne-Hülle. Ja, ist ein bisschen ein komisches Wort. Ihr kennt das ja aus dem Satsang, aus dem Jaya Ganesha. Damit ist gemeint, dass euer wahres Wesen Wonne, Glückseligkeit bzw. Satchidananda ist. Und das erlebt ihr, wenn dieser Anandamaya-Kosha stark und lebendig ist. Auch Inspiration und Transzendenzerfahrungen kommen von hier, von der ursächlichen Ebene der astralen und materiellen Welt. Hier besteht Zugang zu den Archetypen, zur Akasha-Chronik, dem universellen, zeitlosen Erfahrungsspeicher aller bewussten Wesen, und zum universellen Potenzial.
Die untere Stufe des Bewusstseins ist an den materiellen Körper und den Pranamaya-Kosha gebunden, ebenso an die Manomaya- und Vijnyanamaya-Hülle. Die höhere Stufe an den Vijnyanamaya- und Anandamaya-Kosha, also das Bewusstsein: Ich bin mehr als Körper, Emotionen, Geist. Im Kausalkörper existiert dann nur noch Atman bzw. Jivatman, das sogenannte 'wahre Selbst' in seiner höchsten Form. Das ist quasi die letzte Stufe vor dem universellen Selbst, Paratman. Atman ist die höchste Stufe, auf der man noch von so etwas wie 'Selbst' oder Identität in ihrer subtilsten Form sprechen kann. Darüber hinaus ist nur noch Brahman,

was identisch ist mit Paratman, ist nur noch ALL-EINS-Bewusstsein.
Die intuitive, gefühlte Erkenntnis: Das wahre 'Selbst' ist Brahman, führt zur Erlösung vom Leiden, führt aus dem Kreislauf von Tod und Wiedergeburt heraus. Aus dem Wissen vom universellen Selbst ergibt sich alles andere Wissen, und ohne dies ist kein anderes Wissen möglich. Atman – der selbstrealisierte, 'eigentliche' Mensch, ist das Ziel der Entwicklung, dieser spirituellen Evolution. Also dann: Follow your bliss!"
Gut, dachte Harry. Wieder ein anderes Modell, ein weiteres Weltbild. Sofort kam ihm ein Zitat in den Sinn: *„Das neueste Modell ist nur der letzte Stand des Irrtums."* Das hatte sich immer wieder bewahrheitet, wie die Geschichte der Wissenschaftstheorie zeigte. Er hatte schon viele kennengelernt, im Studium, aber auch außerhalb. Hier handelte es sich um ein sehr altes Modell. Und es war sicher eines der Modelle, die viel taugten, die viel weiterhelfen konnten. Und gerade die neuesten wissenschaftlichen Erkenntnisse, insbesondere Quantentheorie und Konstruktivismus, schienen sich diesem alten Modell mehr und mehr anzunähern. Ein wirklich außerordentliches Phänomen. Aber da war, zumindest bis jetzt, noch einiges offen, einiges zu hinterfragen. Den Nataraj werd ich mir bei Gelegenheit noch greifen, dachte Harry. Er hatte schon den Eindruck, dass Nataraj nicht so verbohrt war, sich nicht einfach eine Lehrmeinung aufdrücken ließ und diese dann so blind und scheuklappenmäßig befolgte.
„Ich bin sicher, es wird unter euch noch einige Diskussionen darüber geben, und das ist gut so. Trotzdem, vergesst über dem ganzen Diskutieren die Praxis nicht. Als Fazit, als Schlusspunkt für heute und für diesen Vortrag noch dies, und das ist ganz pragmatisch: Je mehr Lehrern du zuhörst, je mehr Schriften du studierst, je mehr Konzepte in deinem Kopf rumgeistern, je mehr 'neue' Praktiken du übst, desto mehr Verwirrung kann auch entstehen. Nimm daher diejenige Philosophie und diejenige Praxis als real und wahr und wirklich, mit der es dir essenziell, nicht vordergründig und materiell, am Besten geht. Dies zu erpüren, dies auch anzunehmen, wenn es dir nicht gefällt, gehört wohl zu den schwierigsten Bereichen des Yoga. Und daran zu arbeiten, ist Sache des Raja-Yoga. Ich wiederhole es gerne noch einmal: Das exakteste im Yoga und in deinem Leben ist deine eigene Erfahrung. Und die Wahrheit in deinem Leben ist die Wirklichkeit, die du selber konstruierst, jeden Moment. Dein Erleben ist deine Wahrheit!
Vielen Dank für eure Aufmerksamkeit."

Ou, ou, ou, dachte Harry. In der Tat, ganz schwere Brocken haben wir da gerade gehört. Sie schauten sich gegenseitig an. Der Gesichtsausdruck sagte alles. Wer hier geglaubt hatte, endlich die endgültigen Wahrheiten erfahren zu können, sah sich jetzt zumindest ein klein wenig verunsichert. Aber nicht nur. Eine ganze Reihe der bestehenden Vorstellungen über die Yogaphilosophie waren korrigiert, ins rechte Licht gerückt, um die eine oder andere Dimension erweitert, um eine neue Perspektive bereichert worden. Aber DIE endgültige Antwort? Das wäre zu einfach. Das wäre im kosmischen Spiel Lila bestenfalls der Anfängerlevel. Und das wäre auf die Dauer doch langweilig, oder?
Das musste sich erstmal setzen, erst mal arbeiten im Unterbewusstsein. So ganz spontan tauchten bereits jetzt einige Fragen auf, vor allem die: Woher kam die ursprüngliche Motivation zur

Spaltung des Einen, der Impuls zur Schöpfung, wenn Brahman doch vollkommenen war? Wozu Evolution, wenn darauf wieder Devolution/Involution, folgt, in endlosen kosmischen Zyklen? Natürlich gibt's Antwortversuche aus jeder Ecke, und nicht wenige glauben irgendwann: Jetzt hab ich's. So ist es. Punkt. Ob das nun der Anfang vom Ende oder der Anfang eines Neuen Anfangs, einer neuen Seinsweise, nämlich Samadhi ist ???
An einem alles erklärenden Modell, an einer universellen und endgültigen Weltformel bissen sich schon seit Menschengedenken selbige die Zähne aus. Wenn es ein zeitlich, räumlich und wie auch immer unbegrenztes Jenseits aller Schöpfung gibt, so kann es niemals mit einer zwangsläufig definierten Erklärung, einem zwangsläufig beschreibbaren Modell erklärt werden. Ein klassisches Koan nach allen Regeln der Kunst?

16 Quantensuppe

„Es gibt eine Theorie, die besagt, wenn jemals irgendwer genau herausfindet, wozu das Universum da ist und warum es da ist, dann verschwindet es auf der Stelle und wird durch etwas noch Bizarreres und Unbegreiflicheres ersetzt. Und es gibt eine andere Theorie, nach der das bereits geschehen ist."
(Douglas Adams)

Am Abend kam unweigerlich die nächste Diskussion auf. Je abstrakter die Inhalte der Vorträge, desto mehr Fragen tauchten auf. Das konnte kaum einer so auf sich beruhen lassen und womöglich mit in die Traumwelt nehmen. Obwohl natürlich auch von hier manch Antwort kommen konnte. Die Wahrscheinlichkeit dafür wurde aber durch eine Diskussion, das Drehen und Wenden im Geist, den Austausch mit den anderen, erhöht, indem dem Unterbewussten mehr Ansatzpunkte gegeben, mehr Tore geöffnet wurden.
Die nächste Frage kam von Harry: „Wenn Brahman allumfassendes Bewusstsein ist, und Brahman in allem ist, muss Bewusstsein in allen Phänomenen der Schöpfung sein. Und so wird es auch in spirituellen Texten immer wieder auf vielfältigste Weise beschrieben."
„Und? Ist denn die Vorstellung so abwegig, dass alles von Bewusstsein durchdrungen ist, dass Gedanken Wirklichkeit erschaffen, auch materielle Wirklichkeit?", fragte Conny. „Dass unter den Milliarden von Schwingungen in der Luft, die wir nicht sehen, anfassen oder riechen können, genau die Schwingungen in unseren Fernseher kommen und das Bild erzeugen, dass wir gewählt haben, erstaunt doch auch niemanden. Und wenn wir wissen, dass Bewusstseinsenergie oder Gedankenenergie ebenso Schwingungen sind, nur wesentlich hoch-

frequenter, was ist dann daran so verwunderlich, dass Bewusstsein auch in Steinen existiert, oder dass wir mit Gedankenkraft Gegenstände bewegen, oder bestimmte Lebensereignisse manifestieren?"

„Eben," pflichtete Kalle ihr bei. „Wenn die westliche Wissenschaft kein Bewusstsein feststellt, heißt es ja nicht zwangsläufig, dass es keines gibt. Es kann ja auch heißen, dass die Messinstrumente nicht tauglich sind. Und dass das so ist, zeigt die Geschichte der Wissenschaft überall. Wann immer eine neue Perspektive ausprobiert wurde, wann immer eine neue Messtechniken entwickelt wurde, entdeckte man Phänomene, die bis dahin als nicht existent abgetan wurden, oder man fand endlich Erklärungen für nicht bestreitbare Phänomene. Um so unverständlicher die Hysterie oder Ächtung wissenschaftlicher Kollegen, die sich trauen, über die bornierte Beschränktheit der etablierten Wissenschaftslobbyisten hinaus zu denken. Die Inquisition besteht auch heute noch in den Wissenschaften, genau wie im Alterum, nur sind die Mittel subtiler geworden."

Quantensuppe

„Jedenfalls wird in der modernen Wissenschaft, in den noch immer avantgardistisch zu nennenden Bereichen der verschiedenen Wissenschaftszweige, vor allem Physik und Neurologie, der Geist als Informationsfeld verstanden. Die 'Leere', von der in spirituellen Texten die Rede ist, ist nichts anderes als das Vakuum, der Raum zwischen den subatomaren Partikeln. Denn was wir als feste Materie ansehen, ob beim Menschen, bei der Erde oder im All, ist materiell gesehen zu 99,999% leerer Raum. Dieser Raum ist allerdings gefüllt mit Energie und Information, das 'Meer aller Möglichkeiten', aus dem der Geist, das Bewusstsein, wählt, was manifestiert wird. Oder, um mit dem Physiker David Bohm zu sprechen, aus der impliziten eine explizite Ordnung hervorzubringen. Und das menschliche Bewusstsein ist ständig und untrennbar verbunden mit diesem universellen Bewusstsein, diesem Meer der Möglichkeiten. Und schöpft ständig, bewusst oder unbewusst, je nach Stand seiner Differenzierungsfähigkeit und Offenheit, aus diesem unendlichen Potenzial."

„Klingt doch wunderbar, was du da sagst, Harry, oder?", meinte Conny.

„Ja, und es gibt mehr und mehr Literatur darüber. Forschungsergebnisse, die an anerkannten, seriösen Instituten wie z.B. Princeton von anerkannten Wissenschaftlern geliefert wurden. Dort gibt es z.B. ein Global Consciousness Project, bei dem man für Theorien wie die des holografischen Charakters des Universums oder die eines morphogenetischen Feldes experimentell signifikante Ergebnisse fand. Insbesondere fällt mir da ein Artikel ein von einem Dr. Warnke in der Ärztezeitschrift für Naturheilverfahren, das muss etwa Juli 2005 gewesen sein, also sehr aktuell, der ganz komprimiert und ganz klar einige dieser Phänome beschreibt. Z.B. dass bei der Informationsübertragung weder Zeit noch Raum eine Rolle spielen. Dass es ein globales Bewusstseinsfeld gibt, durch das Menschen z.B. auf Ereignisse wie den Anschlag vom 11.9. oder andere Katastrophen reagieren. Das konnte jetzt gemessen werden! Und ein Forschungszentrum in München kam zeitgleich zu sehr ähnlichen Ergebnissen. Dass auch Tiere, Pflanzen und sogar scheinbar 'tote Materie' über solche Art Bewusstseinsfelder verfügen."

„Tja", meinte Conny, „so kann man wohl sagen: 'Gott ist in allem.' 'Gott schläft auch in den Steinen', hab ich mal irgendwo gelesen."
„Das erinnert mich an die Bücher von Jane Roberts, wo sie eine Wesenheit namens Seth gechannelt hat, die kennt ihr doch, diese Bücher, oder?" Kalle schaute in die Runde, als ob klar wäre, dass alle diese Bücher kennen müssten. „Da wird nicht nur dargelegt, wie die Psyche unsere Gesundheit beeinflusst, wie wir unsere persönliche Realität, unsere Beziehungen selbst erschaffen, sondern auch, wie z.B. das Wetter durch Gefühle und Gedanken beeinflusst wird, soziale Beziehungen sowieso, alles. Dass also die Intensität unserer Gefühle dabei eine Rolle spielt, und als kollektive Kräfte stark genug sind, Phänomene der Natur zu beeinflussen bzw. hervorzurufen. Ganz bestimmte Fähigkeiten und Eigenheiten eines Menschen sind in Form ganz spezieller Energiemuster an Objekte, z.B. menschliche Organe, gebunden. Man hat bei Organspendern festgestellt, dass Empfänger von Organen, und nicht nur Herzen, genau solche Eigenheiten, Interessen und Fähigkeiten entwickelt haben, wie sie der Organspender hatte! Das hat teilweise deren ganzes Leben verändert."
„Echt?", wunderte sich Conny.
„Ja. Stand mal in irgendeinem PM-Heft, ich glaube April 2005 oder so."
„Ist doch populärwissenschaftlich." Kalle dachte dabei in Richtung bestimmter Illustrierten, die eher die Gerüchteküche bedienten. Aber weit gefehlt, möglicherweise.
„Na und?", entgegnete Conny, „Das heißt noch lange nicht, dass es nicht stimmt. Sind ja schließlich nachprüfbare Quellenangaben drin. Und absichtsvolle Heimlichtuerei, um nicht zu sagen manipulative, demagogische Praktiken sind ja bei den von der Wirtschaft bezahlten universitären Studien und Publikationen kein Geheimnis. Und jeder, der mal Statistik belegt hat weiß, dass man nahezu jedes Ergebnis rauskriegen kann, das man haben will. Wenn man will."
„Ja, ja," stimmte Harry amüsiert zu, „ich erinnere mich lebhaft. Und diese Experten, die da von den hochpolierten Podesten universitärer Ruhmeshallen herabproklamieren, sind ja oft auch von ganz persönlichen Interessen motiviert, sei es Geltungsdrang oder sie sind sehr von sich eingenommen, oder sonst was. Und, nachgewiesenermaßen, gehen Genie und Wahnsinn tatsächlich Hand in Hand bzw. Neuron in Neuron. Dazu kommt, dass vor ca. 100 Jahren ein Experte etwa 90 % seines Fachgebietes beherrschte. Heute ist das sogenannte Wissen so immens gewachsen, dass ein Experte gerade Mal mit vielleicht 5 % vertraut ist. Also von daher sind als Infoquelle sicher eher eine Sammlung verschiedener Meinungen oder Texte von möglichst unabhängigen Wissenschaftsjournalisten ergiebiger. Jedenfalls kannst du als gebildeter Laie kaum unterscheiden, welche Infos was taugen und welche nicht."
„Aber nochmal zu den Energiefeldern," meldete Kalle sich zurück, „Im Kleinen merken wir doch auch, wie eine Menge von Menschen eine bestimmte Stimmung erzeugt, die sich auf andere, Unbeteiligte auswirkt. Dieses sich anstecken lassen, oder aufstacheln lassen, vom Fussballstadion über eine künstlerische Darbietung bis zur Massensuggestion an bestimmten heiligen Orten, meinetwegen Lourdes oder anderswo. Da entstehen Phänomene, die dann tatsächlich real sind. Aber auch in positiver Form hier im Satsang bei der Meditation, beim Chanten. Und im größeren Rahmen ist dann auch jede Friedensmeditation wirkungsvoll, und im kleinen jeder positive Gedanke."

„Und jeder negative. Jeder Fluch und jedes Gebet. Schon krass!" Harry wurde etwas mulmig bei dieser Vorstellung. „Und ein Mensch mit großem Charisma, ob nun positiv oder negativ, kann ganze Völker in den Krieg führen."
„Oder Tausende, vielleicht Zehntausende zum Frieden". Conny konzentrierte sich aufs Positive. „Und zum Glück gab und gibt es immer wieder solche Meister und Avatare. Rama, Krishna, Buddha, Jesus. Oder neuzeitlichere wie Ramakrishna, Ramana Maharshi, Babaji, Sri Aurobindo, Gandhi, Paramahamsa Yogananda, Ananadamayi Ma, um nur mal einige zu nennen. Natürlich auch Meister wie Swami Sivananda, Krishnamacharya, Baba Neem Karoli, und viele noch lebende Meister und Meisterinnen wie Amma, Sai Baba, Thich Nhat Hanh, der Dalai Lama, die Liste ließe sich noch weit fortsetzen. Und dazu kommen tausende von Lehrern, Meistern und Meisterinnen, die von einigen als erleuchtet, von anderen auch nicht als erleuchtet angesehen werden, die auch teilweise noch mit Resten ihres Ego zu kämpfen haben, die vielleicht noch nicht 'vollkommen' sind, oder die nicht so sehr populär geworden sind, und dennoch unschätzbare Dienste für die Menschheit geleistet haben oder immer noch leisten."

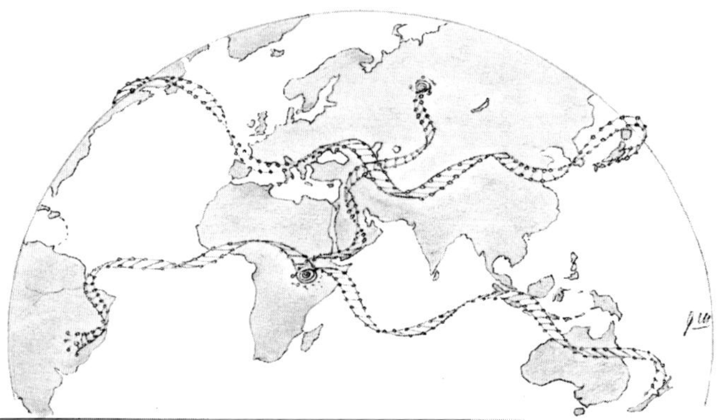

Teilchenkommunikation durch morphogenetische Felder

Harry erinnerte sich an ein Seminar aus dem Studium über das Unbewusste, das sein Interesse für C.G. Jung geweckt hatte. „In der Psychologie hat C.G.Jung schon in den 30er Jahren diese Ideen von transzendenten Energiefeldern aufgegriffen, als er Phänomene wie Synchronizität erklären wollte, also die Gleichzeitigkeit von bedeutungsvollen Ereignissen, die auf der rein materiellen Ebene keinen Zusammenhang erkennen ließen. Also zum Beispiel, wenn die Uhr stehen bleibt und du hast ein mehr oder weniger diffuses Gefühl, dass etwas passiert ist, und später erfährst du, dass ein z.B. dein Opa genau in dem Moment gestorben ist. Oder Jungs Archetypenlehre. Beides fand ja mit der Annahme solch eines transzendenten Raumes, in dem alle Informationen gespeichert sind, in dem Nicht-Lokalität und Gleichzeitigkeit von Informationen gegeben sind, eine wunderbare Erklärung. Auf einer bestimmten Ebene dieses Raumes sind auch bestimmte psychische Grundmuster für allgemeine menschliche Erlebensweise oder Prinzipien, eben die Archetypen, gespeichert. Der Archetyp des Vaters, der Mutter, des Kriegers, des Weisen, des Heilers und viele mehr, die dann für die Psyche des Einzelnen als Verhaltensmatrix oder Erlebnisweise zur Verfügung stehen. Oder ähnlich, in vedischer Terminologie die Ishvaras: Shiva, Vishnu, Durga, Lakshmi, und wie sie nicht alle heißen. Wobei es hier allerdings eher um explizit spirituelle Archetypen handelt. Parallel dazu in den Veden wird von der Akasha-Chronik gesprochen. Es heißt, dort sind alle

Gedanken und Gefühle aller Menschen, alle Schicksale, vergangene wie zukünftige aufgezeichnet."
„Das klingt ja sehr deterministisch", klang Kalle eher abgeneigt.
„Ja, das scheint mir auch etwas problematisch." stimmte Harry zu. „Ich denke aber, es handelt sich im Wesentlichen auch um ein Potenzial, einen virtuellen Ereignisraum. Also nicht alles, was dort aufgezeichnet ist, muss sich auch manifestieren. Deshalb sind ja auch die Aufzeichnungen in der Palmblatt-Bibliothek und andere prognostische Systeme mit großer Vorsicht zu genießen."
„Sonst könntest du ja nicht bewusst und freiwillig Karma abbauen. Und den freien Willen, den könntest du ja völlig vergessen."
„Tja, Kalle, wie frei der Wille tatsächlich ist, das ist wieder ein Kapitel für sich. Da hören wir sicher noch mehr drüber. Aber was die Akasha-Chronik betrifft, da könnten wir vielleicht mal jemand anderen noch fragen", schlug Conny vor.
„Sicher. Jedenfalls, für genau diese Phänomene von Bewusstsein und Informationsübertragung werden jetzt in wissenschaftlichen Experimenten mehr und mehr Nachweise gefunden. Ist doch irre, oder?" Harry war fasziniert.
Inzwischen hatten sich, aufmerksam geworden durch die intensive Stimmung am Tisch, noch ein paar andere Ausbildungsteilnehmer dazu gesellt, die äußerst interessiert zuhörten.
An diesem Punkt schaltete Anne sich ein. „Und für diesbezügliche Erklärungsmodelle liefert die Quantentheorie den Hintergrund. Basierend auf Bells Theorem, das besagt, dass es keine voneinander unabhängigen Systeme gibt, formulierte Nick Herbert das Quantenunteilbarkeitsprinzip, das die Informationsübertragung unabhängig von Zeit und Raum erklärt. Es muss also ein Medium geben, das die Informationen überträgt. Dieses Medium ist wahrscheinlich Bewusstsein, oder Information selbst, letztlich eine Frage der Definition.
Ist euch schon mal aufgefallen, dass die Beschreibung von Gott eigentlich genauso klingt, wie die Beschreibung von ungebundener Energie, von Potenzial? Ohne Anfang, ohne Ende, allumfassend, ohne zeitliche und ohne räumliche Begrenzung, unendliches Potenzial, kann jede Gestalt annehmen, steckt in allem und jedem drin?"
In der Tat, dachte Harry. Warum sieht der 'liebe Gott' alles? Weil er in allem drinsteckt!
„Wenn du Bewusstsein mit Information gleichsetzen willst, lässt sich das auch in Einklang bringen mit der sogenannten Unschärferelation von Werner Heisenberg. Und das war schon 1927! Die besagt, dass ein Phänomen aus einer gewissen 'Wahrscheinlichkeitswolke', also aus einem Potenzial an Möglichkeiten, erst durch das wählende Bewusstsein eines Beobachters reale Formen annimmt, sich manifestiert. Oder besser gesagt, eines Teilnehmers, denn folgerichtig sind eben dieser 'Beobachter' und das, was er beobachtet bzw. aus der Wahrscheinlichkeitswolke manifestiert, unmittelbar miteinander verbunden. Also, metaphorisch gesprochen, Schauspieler und Zuschauer gleichzeitig. Womöglich sind wir auch an Drehbuch und Regie beteiligt. Und das auf der Ebene subatomarer Partikel. Physikalisch formuliert, ist das subatomare Phänomen ein Partikel oder eine Welle, je nach beobachtendem Teilnehmer. Psychologisch und spirituell formuliert: Unser Bewusstsein erschafft Wirklichkeit!

In der Psychologie beschäftigt sich damit die Systemtheorie und der Konstruktivismus. Der Physiker Nils Bohr meinte wohl zu Recht: '*Wer von der Quantentheorie nicht schockiert ist, hat sie nicht verstanden.*' Und Eugene Wigner hat ganz klar behauptet, dass die Quantentheorie die Existenz eines universellen Bewusstseins beweise."
Harry staunte. Die Anne kannte sich ja bestens aus. Und so langsam redete sie sich warm, um nicht zu sagen heiß...
„Kennt ihr die String-Theorie?", fragte Anne voller Enthusiasmus in die Runde.
Klar, dachte Harry. Die String-Theorie besagt, dass dadurch der Arsch besser zur Geltung kommt! Dabei musste er allerdings doch etwas über sich selber schmunzeln. Über die physikalische String-Theorie hatte er allerdings auch mal was gelesen.
„Die String-Theorie gilt, zumindest im Moment noch, als eines der Schlüsselelemente für eine Weltformel, die die Relativitätstheorie für den Makrokosmos und die Quantenfeldtheorie für den Mikrokosmos vereint und auch eine Reihe anderer Phänomene erklären kann. Das wird dann aber wirklich kompliziert. Strings werden im Gegensatz zu subatomaren Teilchen als Energiepotenzial in Form vibrierender, eindimensionaler Objekte angesehen, die wie eine Saite, daher der Begriff, schwingen. Interessanterweise ist oft, wenn es um so eine Art Energiematrix geht, von einem 'Gitter' die Rede. Z.B. ein spezielles für jeweils verschiedene Spezies, die sich durch dieses Gitter miteinander verständigen, ähnlich, wie die morphogenetischen Felder besonders wirksam sind für die Mitglieder derselben Spezies. Oder die aus der Geomantie bekannten elektromagnetischen Gitter des Erdenergiefeldes. Und ich denke dabei sofort an das 'Netz Indras', das feinstoffliches Gewebe von Energie, das das ganze Universum durchzieht bzw. darstellt. Und zwar ein Gewebe von Fäden, die sich vielfach kreuzen – ähnlich auch wie die neuronalen Verbindungen und Synapsen im Gehirn – und jede Kreuzung ist ein Ereignis oder Objekt der Welt. Und jede dieser Kreuzungen bzw. Objekte enthält die Information des Ganzen! Das holografische Universum. Ist das nicht fantastisch? East meets West! Mystik und Wissenschaft!"
Staunen und Schweigen!
„Und es ist sehr bemerkenswert, dass teilweise schon vor 70 bis 80 Jahren eine ganze Reihe anerkannter Wissenschaftler, darunter viele Nobelpreisträger wie Max Plank, Albert Einstein, Nils Bohr, Richard Feynman, George Wald, einen bewussten, absichtsvoll manifestierenden Geist annahmen, als einzig sinnvoll erscheinende Erklärung hinter den Phänomenen, die sie entdeckt hatten. Ein Subquantensystem, oder einfach 'Verborgene Variable' nannten sie das. Heisenberg sprach von Potentia, wo Raum und Zeit nicht existieren, aber alle Raum-/Zeit-Phänomene der materiell greifbaren Wirklichkeit von Potentia abstammen. David Bohm nannte dieses subatomare Potenzial 'Implizite Ordnung' bzw. legte diesem Feld so eine Ordnung zu Grunde. Die Chaosforschung entdeckt sozusagen täglich neue, implizite Ordnungen und neue chaotische Systeme. Denkt nur mal an die Apfelmännchen aus der fraktalen Geometrie. Und die Ästhetik dieser Strukturen! Wie Mandalas! Aus der grundlegenden impliziten Ordnung wird vom Bewusstsein die explizite Ordnung kondensiert, extrahiert oder wie auch immer, jedenfalls manifestiert, was dann als unsere Wirklichkeit erscheint.
Das muss man sich mal vorstellen. Das ist bis heute noch nicht in den Köpfen vieler

Wissenschaftler angekommen, ganz zu schweigen vom Durchschnittsmenschen. Und das mal zu Ende zu denken, was das für Implikationen hat für alle Wissenschaftszweige. Für das ganze Leben im Alltag, für die ganze Menschheit, für alles Leid und alle Freude, die erlebt wird. Alles ist mit allem verbunden. Alle Gedanken, auch unbewusste, schaffen Wirklichkeit!"
„Wahnsinn."
„Und es ist genau das, was spirituelle Meister aller Richtungen schon vor Jahrtausenden gesagt haben, was schon in Jahrtausende alten Schriften steht! Und dort heißt dieses Subquantensystem Purusha, Brahman. Die verborgenen Variablen Vishnu, Shiva, ..., unser Höheres, verwirklichtes Selbst, Atman."
„Ist ja vollkommen abgefahren." Nicht nur Harry machte große Augen.

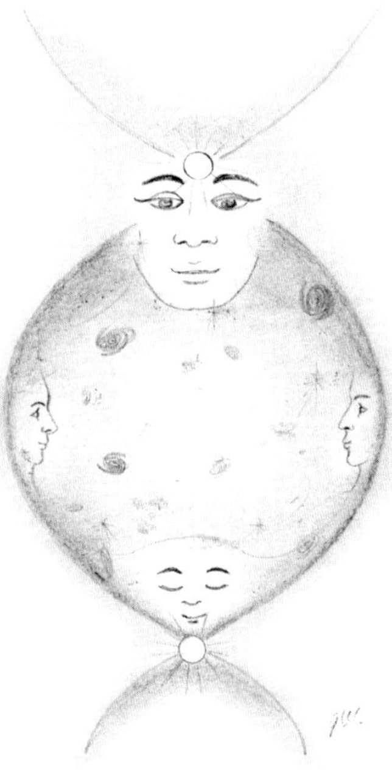

Das sich selbst beobachtende Universum

„Dass Zeit und Raum relativ sind, hat ja schon Einstein gezeigt. Je schneller sich eine Uhr durch den Raum bewegt, desto langsamer läuft sie. Wenn Raumfahrer mit nahezu Lichtgeschwindigkeit durch den Raum reisen und nach 10 Erdenjahren zurückkehren, sind sie selbst nur um 5 Jahre oder so gealtert. Kein Wunder, dass die alten Schriften und die wirklichen Weisen aller Kulturen bezüglich der materiellen Welt von Maya, von Illusion sprechen. Ganz zu schweigen von der subjektiven, psychischen Wirklichkeit, dem ganz unterschiedlichen Zeiterleben. Alles Mechanismen des Geistes, die uns eine bestimmte Wirklichkeit vorgaukeln. Unsere Existenz gründet sich auf unsere Gedanken. Es gibt keine 'objektive' Wirklichkeit, die für alle gleich ist. Für quasi 'alle' gleich ist nur, dass es einen universellen Raum von Möglichkeiten gibt, in dem wir 'alle' miteinander verbunden sind, und aus dem wir 'alles' schöpfen, was unser Bewusstsein ..."
„und unser Unterbewusstsein", warf Harry ein.
„ ... zu schöpfen beliebt."
„Und unser Überbewusstsein."
„Ja, alle Ebenen sind beteiligt. Sie wollen damit nicht sagen, dass diese subjektiven Wirklichkeiten nicht real wären in dem Sinne, dass sie keine Wirkungen hätten. Die haben sie ganz offensichtlich. Das erleben wir ja jede Sekunde. Auf dieser Ebene hier ist nichts Maya, nichts Illusion, sondern die 'harte, rauhe Wirklichkeit'."
„Oder die weiche, sanfte Wirklichkeit." schwärmte Conny. „Zum Glück gibt's auch die."
„Aber es soll ganz ausdrücklich festgestellt werden, dass diese Wirklichkeiten nichts mit absoluter Wahrheit zu tun haben. Diese einzige absolute Wahrheit ist eben dieses Meer der Möglichkeiten, unbegrenztes Potenzial, Brahman. Und dass daher die subjektive Wirklichkeit nicht festgeschrieben ist, sondern veränderbar. Und dass wir selbst es sind, die lernen können,

diese Veränderungen zu steuern. Und hinter diese Mechanismen zu schauen. Drashtr – die 'reine' Schau. Haben wir ja vorhin gehört, so nennt es Patanjali. Das kommt dann sicher beim Raja-Yoga dran. Die sogenannte 'Reine Schau', Drashtr, die uns rückverbindet mit dem universellen Bewusstsein. Und da sind wir dann wieder beim Ziel der Evolution."
Schweigen. Puuuh, hard stuff. Aber Anne gönnte ihnen keine Pause.
„In jedem unserer Atemzüge befinden sich Atome, die bereits von Buddha, Jesus, DaVinci, Hitler, Stalin, Bush, Gandhi und dem Dalai Lama ein- und ausgeatmet wurden. Wollen wir die Luft anhalten oder tiefer atmen?"
Keine Antwort.
„Es wird von Neurowissenschaftlern stark angenommen, dass die Summe aller Verbindungen, die unser Gehirn mit seinen mindestens 100 Milliarden Neuronen eingehen kann, größer ist, als die Anzahl aller Atome im gesamten Universum! Holografisches Universum bedeutet, dass jedes Neuron in unserem Hirn die Information des gesamten Universums beinhält! Zu jedem Materieteilchen besteht ein Antimaterieteilchen, das in der Zeit zurückreisen kann! All das könnte so Vieles erklären. Von Deja-Vu-Erlebnissen über Synchronizität, Telepathie und Telekinese, über Kommunikation mit anderen Selbsten in parallelen Inkarnationen bis hin zum Lernen vom eigenen, weisen Selbst in der Zukunft! Und natürlich von allen Weisen, die jemals gelebt haben. In Verbindung stehen mit der kosmischen, spirituellen Matrix, dem allumfassenden Bewusstsein! Brahman! Karma kann, im Prinzip, in jeder Sekunde Hier und Jetzt vollständig aufgelöst werden! Du kannst von einer Sekunde auf die andere in Samadhi gehen! Es gibt so viel wunderbare Phänomene, es ist einfach fantastisch!"
Anne war voll ins Schwärmen geraten, und schaute mit weit aufgerissenen Augen in die Runde.
Alle waren erstmal ziemlich sprachlos. Harry war schwer beeindruckt. Von Anne. Und ziemlich erschlagen von den kaum vorstellbaren Auswirkungen, die es haben könnte, wenn er nur wüsste, wir er sein psychonautisches Raumschiff etwas bewusster steuern könnte.
Den anderen gings wohl ähnlich. Mit mehr oder weniger vor sich hingesprochenen Hmmms und Jaaaas und Kopfnicken, wurden sie sich plötzlich bewusst, dass es schon reichlich spät war, und so verzogen sie sich nach und nach in die Gemächer ihrer äußeren und inneren Welt, um dem Unterbewusstsein Zeit zu geben, die komplexe, vielschichtige, neuronale Vernetzung all der neuen und wohl doch nicht neuen Informationen bedeutungsvoll zu gestalten, während ein anderer Teil des Bewusstseins auf's Neue als dreamchaser in den universalen Äther abdriften würde.

17 Schweigen und Schwatzen

„Wenn du in deiner inneren Stille ruhst,
dann belebst du die Herzen all derer, denen du begegnest.“ (Ram Das)

Nach dem heißen Kopf der abendlichen Diskussionen tat die Nachruhe gut und auch das Schweigen und Ankommen im Tag durch Satsang und Medi.
Schweigen, eine weitere Möglichkeit, die Gedanken im Geist zur Ruhe zu bringen. Schweigen, Mauna, bedeutet mehr als Nicht-Sprechen. Schweigen kann als eine Form von Pratyahara angesehen werden. Neben der Meditation und Pratyahara eine Art verbales und geistiges Fasten. Das Schweigen, wie Stille allgemein, führt dich auf dich selbst zurück, auf's eigene Innenleben und erleichtert so, in die eigene Mitte zu kommen. Auch hier war die Beobachter-Position maßgeblich. Als Objekt der Aufmerksamkeit diente die jeweils aktuelle Tätigkeit als Konzentrationspunkt. Ablenkende Gedanken kommen und gehen lassen, dann wieder Aufmerksamkeit im Hier und Jetzt. Statt dem Mitteilungsbedürfnis, für manche die Ablenkung par excellence, zu fröhnen, wurde man auf die Zwiesprache mit sich selbst zurückgeworfen, oder eben zur Bewusstheit für's Hier und Jetzt aufgerufen.
Pro Woche gab es einen Schweigetag, mit jeweils einer schärferen Stufe des Schweigens. Es gab zuerst das Vang-Mauna: Schweigen, aber Blickkontakt, Gesten, Zettel schreiben sind erlaubt. Die Woche drauf das Kashta-Mauna: Schweigen ohne jede weitere Kommunikation in irgendeiner Form. Und schließlich Sushubdi-Mauna: Auch die Gedanken beruhigen; keine intellektuelle Beschäftigung. Nicht beurteilen, nur wahrnehmen und loslassen. Nicht vergleichen. Annehmen, was und wie es gerade ist, nur gedanklich benennen, aber unspezifisch und ohne 'Ich ...'. Mantras können still rezitiert werden. Notwendige Handlungen werden langsamer ausgeführt, die Umwelt und die Menschen werden bewusst als Manifestationen Brahmans angesehen. Wenn das alles so gelingt, nennt man das Maha-Mauna: Wenn alle Gedanken aufhören und Leere, Dhyana erfahren wird. Verbunden mit den geistigen Ebenen, mit der kosmischen Intelligenz. Solche Erfahrungen werden dann oft in Retreats der verschiedenen spirituellen Traditionen angestrebt.
Daher war Schweigen ein nicht unwesentlicher Teil der Ausbildung. Für Harry, der ja meist ohnehin kein großer Redner war, eine Wohltat. Vor allem morgens brauchte er nicht freundlich nickend oder der Anständigkeit halber die gewohnheitsmäßigen Grußrituale zu erwidern. Schweigen – wunderbar. Nur ins Grübeln wollte er nicht kommen. Das war auch nicht der Sinn der Übung, aber durchaus eine Herausforderung. Und überhaupt, dachte Harry, wenn du nicht schweigst und nach innen gehst, kann ja beim nach außen gehen, beim Reden und Handeln, auch nichts Essenzielles rauskommen, oder?
Und so kam Harry auch heute besonders gut entspannt in der Morgen-Yogastunde an. Mittlerweile hatte sich das Niveau gesteigert. Niveau steigern heißt nicht nur mehr schwitzen oder anstrengendere Asanas oder längeres Halten, sondern vor allem mehr Bewusstheit: Die Konzentration besser halten zu können. Zu wissen: Ich mache hier Yoga und nicht Gymnastik. Es geht hier ums Geistige. Darum, mittels des Körpers Prana, die Lebensenergie, zu erhöhen

und durch die Chakras nach oben zu lenken, gleichbedeutend mit spiritueller Entwicklung. Dies war eine Kunst, die bei vielen Praktizierenden zugunsten der körperlichen Flexibilität und Kraft leicht ins Hintertreffen geriet. Nicht verstandesmäßig vom Kopf her den eigenen Ansprüchen zu folgen, sondern dem Körper und dem GEIST. Akzeptieren, was ist. So hatte Harry sich auch, was die Asanas betraf, lediglich vorgenommen, am Ende der Ausbildung den Skorpion zu beherrschen, ansonsten alles auf sich zukommen lassen.

Der Anspruch ans Geistige spricht jedoch nicht dagegen, einmal gut spürbar ins Schwitzen zu kommen. Tapas, das Feuer, zu entfachen und sich vollständig davon durchdringen zu lassen, körperlich und damit auch emotional und geistig. Bei jeder Übung sind alle diese Ebenen beteiligt, da diese Seinsbereiche untrennbar in uns verbunden sind.

Dehnen, strecken, anspannen, loslassen, drehen und wenden. Dann kannst du dich, auf der körperlichen Ebene schon mal, auf der Yogamatte fühlen wie auf'm Grill bei Hähnchen-Willi. Nicht nur 'fatburner'-mäßig. Fatburner. Hört sich an, wie wenn son Cheese-Burger zu lange in der Sonne liegt. Ekelhaft. Da kommen dann auch gleich die versteckten Gifte raus. Entweder gleich beim Schwitzen oder später als Pickel, besonders dann, wenn die Haut vor lauter Selbstbräunungscreme nicht durchlässig ist, das ist ne Herausforderung für son Pickel, die er gerne sucht. Schließlich will er ja auch an die frische Luft. Oder wenn du zu wenig trinkst. Aber auch bei den Asanas war das Entscheidende, weich zu werden. Und dann das Gefühl zu kriegen: Jetzt bin ich gut durch. D.h. eine angenehme Art von Erschöpfung, die sich nicht in Energiemangel äußert, sondern eher wie ein Schöpfen aus neu erschlossenen Energiequellen, ein Schöpfen aus deinem neu aktivierten Potenzial. Dabei war vor allem Flexibilität das Zauberwort. '*Lebendig ist der Mensch biegsam und weich, tot ist er fest und hart*', heißt es auch im Tao-Te-King. Flexibilität setzt Energien frei, die in Muskelverspannungen und unbeweglichen Gelenken gebunden waren, und die dann nach der Mobilisierung intuitiv zu den Stellen des Körpers gehen, wo Energiemangel herrscht. Durch diesen harmonischen Ausgleich fühlt sich der ganze Körper wieder lebendig und ausgerichtet an. Im Englischen gibt es dafür das wunderbar passende Wort Alignement: Das Ausrichten auf eine Linie, die senkrechte Mittelachse des Körpers, z.B. in der Wirbelsäule, entlang der Chakras. Das In-Einklangbringen der inneren Sphären, das das Gefühl von Stimmigkeit erzeugt, von Integrität, Kohärenz. Alles ist gut so, wie es ist, unabhängig von äußeren Umständen. Fokussiert im Zentrum, in der eigenen Mitte ruhen, dann ausrichten, fließen lassen, ankommen im universellen Raum, sich verbinden mit der Quelle. Nichts wollen und doch zielen, nichts tun und sich doch bewegen.

Harry erinnerte sich an einen anderen Vortrag über Asanas. 'Du kannst ja auch die Art und Weise, wie du Asanas machst, wie so vieles andere, mit den Gunas erklären', hatte Chamundi gesagt. 'Sich da reinzupowern ist natürlich rajassig. Sich fordern. Der Verstand will noch, wenn der Körper schon zittert und ächzt, wenn Schmerzen die Überschreitung der Grenze signalisieren. Und der Verstand sagt: 'Was ist? Ging doch gestern auch. Jetzt reiß dich mal n bisschen zusammen, bisschen Schmerz schadet ja nicht.' Oder auch fünf Variationen im Kopfstand, statt mal wirklich fünf Minuten nur bewusst atmen. Usw. Aber gut tun tut das nicht! Das ist nicht Yoga, nicht Ahimsa. Das ist Gewalt gegen sich selbst. Und die andere Richtung, Tamas, ist klar:

'Ach neee, nicht schon wieder Yoga heute. Ja, ich weiß, es täte mir ja gut, aber ich hab doch erst vorgestern ne halbe Stunde Shavasana gemacht.' Oder, wenn du dich tatsächlich aufgerafft hast: 'Neee, den Skorpion probier ich heut nicht. Das ist mir echt zu anstrengend heute. Nächstes Mal wieder. Also 6 Runden Sonnengruß muss reichen. Vielleicht mach ich ja noch die Heuschrecke, mal sehen, wie ich mich fühle, aber eigentlich ist ne halbe Minute Kobra schon anstrengend genug.' Usw. Der Anfang sattviger Übungspraxis ist, sich dieser Energien, dieser Gedanken bewusst zu werden, sie zu beobachten, und zu entscheiden: 'Ich gehe achtsam mit mir um. Ich gehe bis an meine Grenzen, ich respektiere sie. Ich lasse mir Zeit bei den Übungen, die ich mir vorgenommen habe. Ich gebe den gelösten Energien Zeit, sich zu balancieren und im ganzen Körper harmonisch zu verteilen. Ich gehe nur so weit, dass der Atem in jeder Position noch ruhig und tief fließen kann. Ich bleibe mit meinen Gedanken aufmerksam beim Atem und beim Körper, oder bei den Chakras.' Und Lao-Tse konstatiert: '*Stärke beginnt dort, wo der Widerstand aufhört*'. Das bringt eine durch und durch sattvige Haltung zum Ausdruck, die nicht nur in den Asanas, sondern auch im ganzen Leben maßgeblich sein sollte. Auch eine Umschreibung für Hingabe, Bhakti. So sind alle drei Gunas natürlicherweise in jeder Übungspraxis vorhanden. Und wieder geht es dann darum, das rechte Maß dabei zu finden. Wer das bzw. die rechte Maß nur im Bierzelt oder nicht mal da findet, der ist ohnehin noch recht weit entfernt von Samadhi. Obwohl man auch im Bierzelt, so ab 2-3 Promille, einen Zustand von Gedankenfreiheit, von Auflösung bzw. Verflüssigung der Ich-Grenzen erreichen kann. Möglicherweise besteht aber doch ein gewisser qualitativer Unterschied zur meditativen Geisteshaltung.'

Ja, die Chamundi hatte machmal eine Fantasie, die man ihr so gar nicht zutraute.

Dass es einige mit dem Schweigen wohl nicht so hatten, konnte Harry immer wieder feststellen. Weder morgens noch abends nach 22.30, ganz zu Schweigen vom Schweigetag. Und da musste Harry sich etwas beherrschen, sich nicht aufzuregen. Es wurde reihenweise gequatscht, sogar im Satsang, teilweise wirklich so halb am Rande des Geschehens, so zum Anfassen: 'Ich weiß ja, ich darf eigentlich nicht reden, aber so schlimm wird's wohl nicht sein, und es merkt doch bestimmt keiner. Und wenn, dann sagt keiner was, die sind ja alle so nett hier.' Und Harry dachte, dass die einfach nicht gecheckt hatten, dass es hier mehr war als ein spiritueller Ferienclub, und es für Harry manchmal den Anschein hatte, als ob einige hier doch etwas fehl am Platz waren. Insbesondere so ein paar jünge Hühnchen, vielleicht Anfang Zwanzig, die ständig kichernd und quasselnd meist im Rudel auftauchten. Hihihi, huhuhu, hahaha.

So im Vorbeigehen bekam Harry manchmal mit, hach, was sie nicht schon alles gemacht hatten: Telefon-Sex, Animation im Club Med, ... und jetzt mal eben ne Yogalehrerausbildung – klar, warum nicht, ..., und die problems mit ihrem boyfriend, ... und eigentlich wollte sie ja Kosmetikfachverkäuferin werden. Und wenn das hier jetzt nicht läuft, wenigstens n Massagestudio aufmachen oder n Tattoo-Shop. Aber alles spirituell, irgendwie, versteht sich. Oder Wellness. Die saßen echt da und lackierten sich die Nägel!

Da mussten die Ausbildungs-Yogalehrer doch 'mal durchgreifen'. Und obwohl Harry wusste, dass er Recht hatte, kam er sich plötzlich ganz alt und erwachsen vor. Höchst faszinierend, dachte Harry, und zog die rechte Augenbraue weit nach oben. Wie Mr. Spock.

Und dann war es soweit. Nachdem die mehrfachen, freundlichen Erinnerungen und Aufforderungen der Ausbilder nichts genutzt hatten und sie echt genervt waren, wie auch einige Teilnehmer natürlich, fühlte Madhura sich genötigt, mit seiner ganzen Autorität ein Machtwort zu sprechen. Diesen Abend, zu Beginn des Satsangs, begann Madhura ganz freundlich, aber eindringlich mit der Frage: „Ich möchte jetzt vor allem diejenigen, die in den letzten Tagen durch wiederholtes Fehlen bei Ausbildungseinheiten und durch Missachtung bestimmter Regeln, insbesondere des Schweigens, aufgefallen sind, fragen: Wisst ihr eigentlich wo ihr hier seid? Hier ist kein Club Mediterranée. Eher vielleicht ein Club Mediastrale. Nicht mit Animation, sondern mit Meditation."

Sofort war es mucksmäuschenstill im Saal. Madhura wies ganz ausdrücklich noch einmal auf die spirituellen Aspekte des Yoga und der Ausbildung hin. „Es geht hier darum, den Leuten jahrtausendealtes, spirituelles Wissen zu vermitteln! Seid euch bitte im Klaren darüber, welch verantwortungsvolle und auch wunderbare Aufgabe das ist. Yoga ist nicht nur irgendeine trendige Fitness- oder Wellness-Methode, sondern hier geht es um das Wesentlichste und Wertvollste, was Menschen tun können. Und nicht mehr und nicht weniger um den Sinn, warum wir überhaupt hier als Menschen auf der Erde sind. Macht euch das bitte mal klar!"

Madhura wirkte im Moment doch ziemlich energisch, um nicht zu sagen geladen.

„Und das ist jetzt weiß Gott keine pathetische Übertreibung! Und ganz konkret: Es ist schon mal vorgekommen, dass jemand nach Hause geschickt wurde. In dieser komprimierten Form ist jeder Teil der Ausbildung ernst zu nehmen und einzuhalten. Ab morgen werden wir, so leid es mir tut und so überflüssig es bisher schien, mit Anwesenheitskontrollen bei jedem Teil der Ausbildung beginnen!"

Das saß. Betretenes Schweigen. Aha, dachte Harry, geht doch. Manche brauchens halt so. Und einer der angesprochenen Damen, die zufällig neben Harry saß, flüsterte er ins Ohr: „Und wenn du nicht brav deine Übungen machst, kommst du nach Yogisibirsk in den Straf-Ashram. Und im Wiederholungsfall kostet dich das drei zusätzliche Inkarnationen. Aber in den Straßen von Kalkutta!"

Die Gute machte ganz große Augen. Harry konnte richtig sehen, wie es in ihr arbeitete: 'Wie hat der das jetzt gemeint???'

Nach der Schweigeminute begann der Satsang mit dem Jaya Ganesha. Und diesmal war sogar wieder einiges mehr an Enthusiasmus zu spüren.

Ein Beispiel dafür, dass Madhura den Laden ganz gut im Griff hatte. Das war wohl auch nötig bei dieser einzigartigen Mischung aus Fachwissen, Improvisation und jahrelanger Erfahrung, wie es bei Yoga-Satya erschien. Madhura bedeutet: Der Süße. Und es war wohl kein Zufall, dass er diesen spirituellen Namen bekommen hatte. Schon sein weltlicher Name war David Zucker. Er stammte aus New York und hatte dort wie auch anderswo bereits verschiedene Yoga-Zentren geleitet. Zuvor war er jahrelang im Sivananda-Ashram in Rishikesh, nördlich von Delhi, gewesen und hatte in engster Umgebung von Swami Vishnu Devananda und den anderen Swamis seine Yogaweihen erfahren. Swami Sivananda hatte er nicht mehr erlebt. In seiner New Yorker Zeit erhielt er den Spitznamen Sugar-Dave, eben David Zucker und Madhura in einem. So hatte er mittlerweile über 25 Jahre intensive Erfahrung als Yogaschüler und Lehrer. Diese Kompetenz konnte von seinem recht unscheinbaren Äußeren kaum verdeckt werden. Er sah im ersten Moment aus wie ein mittvierziger Allerwelts-Bankangestellter im Freizeitanzug. Also nicht so groß, durchtrainiert, braungebrannt mit einer umwerfenden Ausstrahlung, so ein strahlender Bilderbuch-Yogalehrer, dem alle frischgebackenen Yoginis gleich zu Füßen liegen. Seine Autorität kam eher durch seine bescheidene und zurückhaltende Art, mit der er doch immer wieder ganz klar und unmissverständlich die Aufgaben verteilte. Und am Ende bekam er auch in der Asanapraxis die schwierigsten Yogastellungen hin, die man ihm gar nicht so zutraute auf den ersten Blick. Seine Vorträge und Yogastunden überzeugten inhaltlich und ließen Erfahrungen erkennen, die er zum Teil durch außergewöhnlich lange Retreats und intensivste Übungen erworben hatte. Also so ein richtiger verkappter Hardcore-Yogi. Ganz oder gar nicht. Bisweilen konnte man ihn dynamisch wie ein Aufziehmännlein, so eins mit einem Schlüssel und einer Aufziehfeder im Rücken, in einem Winkel von fast 45 Grad nach vorne gebeugt, durch Haus marschieren sehen. Schnurstracks sozusagen: Wie an einer unsichtbaren Schnur geradewegs zu seinem Ziel gezogen, die Haare straff nach hinten gewallt, wie frisch geföhnt, jedem Gegenwind banaler Alltagsunbillen fest entschlossen trotzend. Aber dabei war immer Zeit für einen freundlichen Blick, ein schallendes OM oder auch mal einen kurzen Wortwechsel. Mag sein, dass auch Madhura bisweilen mit seinem spirituellen Ego oder einem gewissen Eigensinn zu kämpfen hatte, doch das machte ihn eher sympathischer, als wenn er so perfekt daherkäme, wie manch ein Yogalehrer oder Swami gern von sich Glauben machen möchte.

18 Wozu das Ganze? Ewige Fragen

„Heiter, nach so viel Nebel, enthüllen sich einer um den anderen die Sterne.
Ich atme die Frische aus der Farbe des Himmels. Ich begreife mich,
ein flüchtiges Bild, hinter ein unsterbliches Licht geführt." (G. Ungaretti)

Heute war wieder so ein Grübel-Tag. Harry hatte schon beim Aufstehen gemerkt, dass der Körper sich zwar in den Satsang bewegte, sein Geist aber eigene Wege ging. Beim Vortrag am Morgen war er auch nur zeitweise anwesend, immerhin, und selbst in der Yogastunde fiel es ihm heute schwer, ganz präsent zu sein, was normalerweise immer gut klappte durch die Arbeit mit Körper und Atem, nicht zuletzt durch die aufmerksamen Anleitungen, die die Leute immer wieder ins Hinspüren, ins Erleben führten. Jetzt nach dem Frühstücks-Smalltalk und dem Karma-Yoga im Büro legte Harry sich vor sein Zelt in die Sonne. Diese letzten abstrakten Vorträge über den Aufbau des Universums brachten Harry unweigerlich zu ganz existenziellen Fragen, die ihn schon bewegt hatten, seit er damals auf der Penne Dank eines Freundes durch sozialpsychologische Literatur und Ideen aus seinem naiven, postpubertären Geistesphlegma geweckt worden war. Und diese Fragen nach dem 'Sinn des Ganzen' tauchten immer wieder mal imperativ aus den dunklen, feuchten Tiefen seines Oceans of doubt and ignorance auf, in der Hoffnung, endlich durch die warmen Strahlen der geistigen Sonne transformiert zu werden, verdunsten und aufsteigen zu können in den Äther, ins Licht der Erkenntnis.

Auch die Fragen, die jetzt im Moment auftauchten, waren wohl bekannte, langjährige Begleiter. Man bekommt ja auch in Yogakreisen die verschiedensten Antworten auf die Frage nach dem Sinn der Existenz des Universums, mal metaphorisch, mal abstrakt, aber meist unbefriedigend, für mich zumindest, dachte Harry. 'Warum gehen wir in ein Labyrinth? Um wieder, um Erfahrungen reicher, herauszukommen'. Es geht also um Interesse, um Herausforderung, um Selbstausdruck und Entwicklung. Entwicklung wessen? Kann man sich fragen. Evolution von was, woher und wohin? Von Bewusstsein? Was ist Bewusstsein? Evolution des Menschen? Evolution anderer Wesenheiten? Und überhaupt: Wenn ich keine Lust habe, in ein Labyrinth zu gehen? Bin ich dann blockiert? Ist das nicht erlaubt? Macht die Frage Sinn angesichts der Tatsache, dass ich wohl drin bin in einem Labyrinth? Also sehe ich ganz pragmatisch zu, dass ich raus komme, mehr bleibt mir da wohl nicht übrig.

Eine der berühmtesten Fragen ist ja die: 'Warum gerade ich?' Antwort: 'Warum nicht?' Ausführlich: 'Weil es dein Schicksal ist, das du dir selbst geschaffen hast.' Warum sollte die Welt so sein, wie ich denke, dass sie sein sollte? Wir erwarten andere Antworten, weil wir wissen wollen, warum, wenn es uns schlecht geht. Wenn's gut geht – wer fragt dann noch? '*Wenn die Welt anders ist, als du denkst, dass sie sein sollte, dann ändere Deine Gedanken*', so lautet eine alte Sufi-Weisheit. So einfach ist das! Ja! Nein! Doch!

Auch folgende Aussagen sind sehr beliebt: 'Gott ist die Liebe', 'Gott ist in allem'. Wenn du also keine Liebe spürst, ist Gott nicht in Dir? Doch? 'Es ist ja alles immer schon in dir vorhanden' bekommt man oft zur Antwort. Eine der Antworten, die Harry immer schnell auf die Palme brachten. 'Aha', dachte er dann, 'Ich bin also nur zu blöd, zu unfähig, das zu spüren!? Selber schuld?' Welche Wirklichkeit erfährst du? Du machst sie doch selber!? Dein Leben ist nicht so schön und problemlos, also bist du zu blöd, zu unfähig, zu 'ungläubig', der Gnade nicht wert? Du hast keinen Spaß, es läuft nicht nach deinem Plan? Es klappt noch nicht so mit den Bestellungen beim Universum? Tja, 'Du bist wohl noch nicht so weit!'?

Leider bekommt man z.T. auch von 'Autoritäten' auf diesem Gebiet recht phrasenhaft erscheinende Auskünfte auf diese Fragen, die den Verstand, wen sonst, zweifeln lassen. Antworten von mehr oder weniger fragwürdigen 'Erleuchteten', die einen dann kaum wirklich weiter bringen: 'Wer ist es, der fragt? Erreiche zuerst den Zustand des wirklichen Seins, dann hast du keine Fragen mehr! Das höchste Selbst kennt alle Antworten! Du hast schon alles in dir, du brauchst es nur zu verwirklichen! Es gibt nur ein Problem, das ist dein Ego!' etc. Und??? Und wenn es sogar in der Gita IX, 10, heißt, dass die Frage nach dem Zweck der Schöpfung 'müßig' sei??!!

Harry schwirrte der Kopf. Immer mehr statt weniger Fragen. Wozu die Inkarnationen, die Involution und Evolution des Bewusstseins, wenn Brahman vollkommen ist? Antwort: 'Die universelle Intelligenz schafft Manifestationen, um sich auszudrücken, sich selbst zu erfahren'. Lila, das sogenannte kosmische Spiel. Ist dieser 'Wunsch' nicht ein Zeichen von Unvollkommenheit? Warum ist Brahman diesem Wunsch angehaftet, so dass es die Welt geschaffen hat? Die Zahl der 'Opfer' im Leben, oder konkret: Im Krieg, bei Hungersnöten usw. beträgt das Zigtausendfache der Zahl der 'Täter'. Ist es nicht zynisch, wenn angesichts so vieler Leiderfahrungen in so vielen Leben von Milliarden inkarnierter Seelen gesagt wird: 'Es ist ja nur Lila, ein Spiel. Dein wahres Wesen ist Liebe, Satchidananda usw., du brauchst es 'nur' zu verwirklichen? Du brauchst es 'nur' zu erkennen und zuzulassen, du kannst sofort glücklich sein'? D.h. wir müssen diesen Wunsch Brahmans, sich auszudrücken ausbaden! Gott – ein virtueller Homunkulus, eine Erfindung der menschlichen Psyche? Eine metaphorische Abstraktion, ein übermenschlicher Vergnügungssüchtiger, ein einsames Geistwesen, ein Joker? Lila, ein grausames, absurdes, zielloses Spiel? Das Leben, die gesamte Existenz ein Bad Joke? Du kannst nicht aussteigen, du musst mitspielen, no Choice, also wehre dich nicht und gib dich hin – und plötzlich geht's viel leichter ...?

„Hey, hey, stopp, stopp, Alter, ist ja gut. Jetzt atme erst mal durch und genieße die Sonne. Die Wärme, den Duft der Wiese, ..." Swami Durchananda versuchte, Harry wieder etwas zu beruhigen. Wie genau, das wusste er auch nicht, denn in solchen Momenten war Harry kopfmäßig nicht mehr zugänglich. Aber der Swami wusste, dass allein die Erinnerung an seine Anwesenheit Harry sich wieder etwas fangen ließ.

Hingabe! Auch so ein Begriff, mit dem Harry, ehrlich gesagt, wenig anfangen konnte. Sagt sich so einfach, aber was heißt denn das ganz konkret? Was muss man da tun oder lassen? Na ja, vielleicht krieg ich da ne Antwort, wenn's um Bhakti-Yoga geht. Ganz pragmatisch konnte Harry sich erstmal so zufriedenstellen: Wenn du's nicht wissen kannst, dann lebe nach dem Weltmodell, das dir die größte Erfüllung bringt. Jedenfalls sei aktiv! Und was Lila betraf, so schien ihm das eine derart provokante Vorstellung, dass er sich unbedingt noch mal näher damit beschäftigen wollte.

Auch beim Dalai Lama hatte er schon Antworten gefunden: '*In einem Universum, das in einer bestimmten Form entstanden ist, existieren dessen Benutzer, nämlich die Wesen, denen diese Welt zur Verfügung steht und die sie mit Glück und Leid erfahren. Aus diesem Grund entsteht ein Universum in seiner bestimmten Ausprägung immer durch die Kraft der Taten, dem Karma der fühlenden Wesen, die in ihm nach seiner Entstehung leben werden. Aus all diesen Überlegungen folgt, dass unser geistiges Bewusstsein sich ununterbrochen weiter fortsetzt – es gab keinen Anfang und es wird kein Ende geben. Die Welt ist nicht Täuschung, sie erscheint uns als Täuschung. Wir überwinden nicht die Welt, sondern unsere Vorstellung von der Welt.*'

'*Nicht die Objekte sind Illusion, sondern die Begriffe und Konzepte, die wir über sie machen*', heißt es im Lankavatara-Sutra. '*Nicht Tathagatha hat die Welt in Erscheinung treten lassen, sondern sie tritt in Erscheinung, weil die fühlenden Wesen viel zu unwissend sind*'.

Und wie und warum traten die fühlenden Wesen in Erscheinung?, fragte Harry.

Im Kurs in Wundern heißt es: '*Es ist unvermeidlich, dass du den Kurs absolvierst. Nur das Wann,*

Wo und Wie steht dir zur Wahl'. Weiter heißt es dort, dass die Welt das Lernfeld der Menschen ist und nur so lange existiert, wie das Lernen nötig ist, um das Ego zu transzendieren, d.h. hört erst auf zu existieren, wenn alle! erlöst sind.

Aus seinen bisherigen Überlegungen war Harry auch zu der Überzeugung gekommen, dass es eine Fehlannahme sei, die Welt überwinden zu wollen, weil sie schlecht sei. Die Welt soll überwunden werden, weil sie a) 'nur' das Lern- und Entwicklungsfeld des universellen Bewusstseins ist, b) der individuellen Seele zum Abbau des Karma dient, c) weil sie nicht unser wahres Wesen und das des Universums wiederspiegelt, sondern 'nur' eine Konstruktion unseres und des universellen Geistes ist. Insofern ist diese Welt 'real' und notwendig. Ziel dieser Entwicklung, dieser spirituellen Evolution, ist die Auflösung des Getrenntheitsbewusstseins, der 'Verbannung aus dem Garten Eden', des 'Falls in Raum und Zeit', die Befreiung von den begrenzenden Wahrnehmungs- und Denkmustern, um so die Rückverbindung mit der Quelle, Brahman, zu ermöglichen.

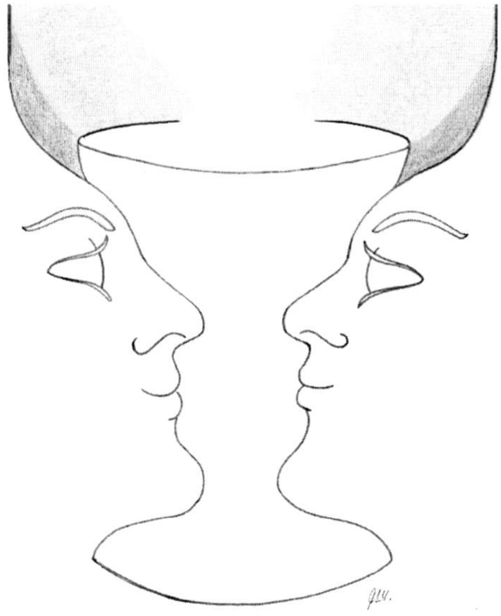

Sich seiner Selbst bewusst werden

So heißt es auch in den Sutras des Patanjali, einem der meistgelesen yogischen Texte: '*Das Universum existiert ... einzig zum Zweck der Erfahrung und Befreiung*'. Purusha inkarniert sich, um Prakriti zu erfahren und sich die ihr innewohnenden Kräfte bewusst zu machen, um sich danach wieder mit Purusha zu vereinigen. Dies muss durch die Aktivität des Menschen geschehen, in dem er diese Energie sublimiert, also durch geistige Praktiken von den materiellen Schwingungen Tamas und Rajas in höhere, geistige Schwingungen, zu Sattva umwandelt. Auch das fand Harry zwar nachvollziehbar, aber nicht wirklich einleuchtend, befriedigend, da es nicht erklärte, wozu dieser Prozess nötig wurde, wenn Purusha bzw. Brahman vollkommen sein soll, und daher 'wunschlos glücklich' ist. So wurden Erfahrung und Befreiung ja erst notwendig durch die Schöpfung, durch die Initiation.

Wenn Brahman vollkommen ist, schließt das auch die Unvollkommenheit mit ein? Das Entstehen von Wünschen, was ja bereits Dualität voraussetzt? Wäre das dann noch Brahman? Faktisch ist die Frage nicht, OB Evolution und Involution NÖTIG sind. Sie SIND einfach. Und das soll ich einfach so akzeptieren? Harrys Verstand, Harrys Ego sträubte sich. Es gibt kein Brahman jenseits von Schöpfung, das entscheidet: 'Spiel ich jetzt Lila oder nicht? Hab ich nen Wunsch oder keinen?' Sondern Schöpfung in all ihren Aspekten IST auch Brahman, von Brahman durchdrungen. In Satchidananda passiert genau das Gleiche wie ohne Satchidananda, nur du erlebst es anders. Bis zur Brahman-Realisierung oder Satchidananda-Bewusstsein passiert genau das, erlebst du genau das, was sein muss, damit du Satchidananda realisieren und erleben kannst – ein cercle vicieux oder celestial? Ein Zirkelschluss? Ein

Perpetuum mobile? Was für ein Spiel? Lila?! Grausam und zynisch oder wunderbar?
Harry nahm sich vor, beim Thema Karma und Reinkarnation noch mal näher nachzufragen. Er war auch sehr gespannt, welche praktischen Hinweise er beim Raja-Yoga erhalten würde. Im Moment war er doch etwas enttäuscht, da ihm diese ganze Kosmologie bislang kaum die befriedigende, 'letzte' Antworte geliefert hatte. Hochinteressant, sicher, gerade durch die Parallelen zur Quantentheorie, die ihn schon lange faszinierte, wenn sie auch kaum zu verstehen ist, kaum als Grundlage für unseren Alltag begreifbar ist, was ihrer Relevanz und Wirksamkeit jedoch keinen Abbruch tat. Aber so richtig praxisrelevante Hinweise hatte er bislang kaum ausmachen können.
Harry erinnerte sich an einen früheren Besuch bei Yoga-Satya, als ein Swami zu Gast war, der ihm im Satsang folgende etwas ausführlichere Antwort gab: 'Die Frage nach dem Sinn der Entstehung der Schöpfung ist vom Verstand formuliert. Es gibt keine Antwort, die den Verstand befriedigt. Warum bin ich hier? Weil ...! Verstand ist begrenzt von Raum, Zeit und Ursache/Wirkung. Der Verstand kann sich nichts vorstellen geschweige denn verstehen, was außerhalb seiner Begrenzungen ist: Brahman, das Ewige, Grundlose, Unendliche. Dies kannst du nur erfahren, wenn du in Samadhi gehst. Doch dann ist die Frage nicht mehr relevant.'
So einfach rausgeredet? dachte Harry.
'Aber es gibt mindestens drei Erklärungen, fuhr der Swami fort: Die Adavita-Vedanta sagt: 'Jegliche Manifestation ist irreal: Welche Welt? Welche Wesen? Aufgewacht aus dem Traum der Existenz gibt es keine Fragen, denn es gibt niemanden, der fragt.' Die Bhakti-Yogis sehen es so: 'Die Welt ist Lila, ein kosmisches Spiel für Gott. Warum tut er das? Just for Fun! Gott war allein. 'Also lass uns eine Welt mit Menschen machen ...' '.
Das klingt wohl wie ein schlechter Witz! Vielen Dank! Eine typisch vermenschlichende Erklärung, grummelte Harry.
Nummer drei – keine Ahnung mehr, von wem jetzt das wieder war: 'Durch jeden von uns erfährt sich Gott aus einer anderen Perspektive. Er ist sich jeder dieser Perspektiven bewusst und erfährt so alles gleichzeitig.'
Wozu will er das, wenn er doch vollkommen ist? fragte sich Harry. So langsam fing er an, sich zu ärgern über diese Erklärungen, die ihm so gar nicht schlüssig schienen, die jedenfalls keine befriedigende Antwort darstellten. Wenn wir einen Film anschauen, wissen wir, dass der Film nicht real, nicht wahr ist, dass die Personen nur spielen, dass zig Millionen für eine Illusion ausgegeben werden. Im Film passiert viel Schmerz und Freude, am Ende ist alles gut. Und wenn nicht, war's zum Glück nur eine Illusion. Es gibt zu viele Filme, die alles andere als gut enden, stellte Harry fest. O.k., das Leben geht auch im Film weiter, und sei es als eine neue Inkarnation, die nicht im Drehbuch steht. Aber die Film-Metapher gibt sicher noch mehr her. Wir sehen den Film, lassen uns mitreißen, identifizieren uns, erleben reale Emotionen, und am Ende kommen wir in unsere Realität zurück. Dann versuchen wir, diese Emotionen, Freude, Liebe, Aufgehobensein, Überlegenheit, Macht, in 'unserer Realität' zu verwirklichen, und es gelingt meist nicht. Und auf geht's in die nächste, im Sinne des Wortes armseelige TV-Illusion. Auch Krishna war ein Schauspieler, sich dessen voll bewusst. 'Sei du dir bewusst, dass du Rollen spielst, identifiziere dich nicht', heißt es. 'Bei richtiger Sadhana werden die Drehbücher

und Rollen zunehmend angenehmer, da dein Bewusstsein weiter und weiter, dein Körper leichter und lichter, dein Karma mehr und mehr abgebaut wird.' Schreibe ich wirklich das Drehbuch selbst?, fragte sich Harry. Und brauche ich im 'Jenseits', im 'wahren Leben' als Brahman mit Satchidananda, die Gage oder ist mir dort langweilig, so dass ich schauspielern muss? Warum ist es so schwer, die Rolle aufzugeben, aus dem Film auszusteigen, wenn ich weiß, dass ich spiele und nicht spielen will? Wenn Satchidananda so supertoll ist, verzichte ich gerne auf die kleinen Freuden des materiellen Lebens und umso lieber auf all das Leid! Also warum kann ich nicht einfach gehen?
Und bei Patanjali schließlich, aus der Sicht des Raja-Yoga, steht: '*Höre auf zu wählen und sieh, was geschieht.*' Will heißen: Höre auf, so viel zu denken, dir Vorstellungen über deine Wünsche und Ziele zu machen, zu bewerten, zu unterteilen in angenehm und unangenehm. Statt dessen praktiziere, beobachte dich mit freundlicher Gelassenheit und sieh, was geschieht. Raja-Yoga ist sehr pragmatisch: Praktiziere, und du wirst erfahren. Wie Buddha oft antwortete: 'Frage nicht, mache deine eigenen Erfahrungen, meditiere! Dann wirst du klar kommen. Wenn das Haus brennt, philosophiere nicht rum über Ursachen und Sinn, sondern lösche das Feuer. Rette die anderen und dich.'
Gut, dieser Pragmatismus machte Patanjali sympathisch. So sind Geist und Körper beschäftigt, auch wenn die Frage offen bleibt. Harry hatte sich eine Antwort zurechtgelegt, die zumindest diese 'das-ist-jenseits-des-Verstandes'-Antwort annehmbar machte. Warum kann die letzendliche Wahrheit nicht mit dem Verstand erfasst werden? Ein Punkt existiert nur als Idee, da er letztlich unendlich klein ist. Das Gleiche gilt für die Gegenwart. Sie ist einzig real, da Zeit eine Illusion ist, aber letztlich ist der gegenwärtige Augenblick nichts, nicht existent, da ohne Ausdehnung in Zeit und Raum. So ist weder die Gegenwart noch das ALL-EINS vom Verstand erfassbar, da der Verstand nämlich gebunden ist an ein Gehirn, das materiell ist, das Raum beansprucht und Zeit, um zu funktionieren. So erschafft das sich selbst wahrnehmende Ich-Bewusstsein, das mit dem Verstand gleichgesetzt werden kann, sich selbst durch die Konstruktion von Zeit und Raum. Und daher kann es zwangsläufig nicht über diese Konstruktion hinausgehen. Folglich kann es nicht begreifen, was außerhalb der konstruierten Grenzen von Zeit und Raum liegt, nämlich Allverbundenheit und Satchidananda. Hm. Dem Homo sapiens sapiens fehlt noch ein weiteres sapiens. Wenn nicht gar mehrere.
Dass Harry dennoch weiterfragte, lag wohl daran, dass er noch nicht so sehr leuchtete, dass sein Satchidananda den Verstand und die Leiden überstrahlte. Stand der Dinge: Der Verstand begreift's nicht, die Frage bleibt offen, da der Verstand noch immer fragt. Das Ego kann nicht akzeptieren, dass etwas über seine Grenzen geht, und das entstandene Vakuum kann mit nichts gefüllt werden. Swami Durchananda hatte einmal gesagt: 'Das Schlimmste ist, wenn du zu schlau bist, um dumm zu sein, und zu dumm, um weise zu sein'. Quasi ein Schwebezustand, der im Grund ja nur besser werden kann, solange man mit beiden Beinen fest am Boden steht, auf dem Boden der 'Tatsachen'. Also bewusst bleibt bei dem, was man tut, also überhaupt was tut, sein Alltagsleben lebt, und nicht abgehoben im luftleeren Raum elegisch und lethargisch dahin phlegmatisiert.
Praktisch daran zu arbeiten, das Vakuum mit etwas zu füllen, das einen weiteren Aufstieg oder

die weitere Zunahme des inneren Leuchtens ermöglichen würde. Das war wohl im Moment die einzig sinnvoll erscheinende Antwort: Wenn du's nicht wissen kannst, dann lebe nach dem Weltmodell, das dir die größte Erfüllung bringt. Jedenfalls sei bewusst aktiv! Und dazu befand sich Harry gerade an einem der bestmöglichen Orte, die er sich vorstellen konnte. Also nur kein Erleuchtungsstress!

19 Schwarzer Flieder

„Shit happens!" (Forrest Gump)

Nach dem Abendessen saß Harry noch mit einigen anderen zusammen beim Nachtisch: Sojaquark mit Honig und Kokosraspeln, und hatte eigentlich ganz gute Laune, oberflächlich zumindest. Die Diskussion und seine Grübelei über den Sinn der Existenz ging ihm trotz der vorläufigen, pragmatischen Antwort noch nach, und zwar ziemlich ungut. Wieder mal schien alles offen bei der Frage, die ihn am ehesten verzweifeln ließ: 'Wozu das Ganze?' Und das war genau die Frage, die am wenigsten Aussicht hatte, jemals zufriedenstellend beantwortet werden zu können. Wie immer, an der Oberfläche, schien er trotzdem recht entspannt. Schließlich war er ein Yogi, und ein Yogi übt sich in Gelassenheit. Gelegentlich wurde ihm allerdings mit einem milden Lächeln des Schicksals von außen zum Bewusstsein gebracht, dass er noch übte. Denn recht unerwartet ging's jetzt von der Oberfläche in die Tiefe. Sein spiritueller Entwicklungshelfer hieß diesmal Justin. Da war er wieder, Justin, dieser Erfolgsmensch, immer mit seinem wohlgefälligen Grinsen, und setzte sich dazu. Justin Time war Broker, wie Harry so nebenbei mitgekriegt hatte. Wahrscheinlich hatte Harry ihn deshalb schon öfter nahe dem Eingang des Yoga-Satya-Geländes gesehen, das Handy am Ohr festgewachsen, jenseits des Eingangstors versteht sich. Handys waren nicht erlaubt, überflüssiger Zivilisationsballast und völlig unpassende Ablenkung. Und so war für manche das Eingangstor zum Grundstück eine Schwelle, jenseits derer man sich unbeherrschbaren Süchten und Versuchungen verschiedenster Art hingeben konnte, wenn nicht musste.

Ein Broker macht ne Yogalehrerausbildung! Wie kommt der bloß dazu? Sie hatten gerade über die Annehmlichkeiten und Unannehmlichkeiten der jetzigen Inkarnation gesprochen, wie leicht oder mühsam es erscheinen kann, ob's 'Spaß' machen kann oder gar soll, und ob das

überhaupt die Frage sei. Und Harry erkannte sich noch immer der Frust-over-Lust-Fraktion zugehörig. Den Grüblern, Zweiflern und Haderern. Da war Justins Auftritt wie ein Schlag ins Gesicht.
„Also ich bin so richtig gern inkarniert“, tönte Justin strahlend. „Ist doch alles wunderbar! Hoffentlich komm ich noch oft wieder.“
Jetzt bist du aber erst mal hier, du Arsch, dachte Harry! Wenn alles super läuft, klar! Ging's auch dir vielleicht mal so echt zum Kotzen? Alles Scheiße? Warste da gern inkarniert? Ganz zu schweigen von anderen Inkarnationen! Bloß nicht wieder! Du warst wohl nicht mal auf den blutigen Schlachtfeldern der schottischen Highlands? In den unsäglichen Slums von Kalkutta? Auf ner verlorenen Sklavengaleere im Roten Meer? Auf der Folterbank der Inquisition der heiligen römisch-katholischen Kirche, von 'Gottes Gnaden'? In den abgründigen Schwefelminen am Amazonas? Im menschenverachtenden, grausamen KZ? Harry brachte sich langsam in Rage. Ohne ein Wort zu sagen, nur mit so einem seltsam stieren Blick, driftete er langsam ab. Warst wohl immer oben auf, was? Der Hohepriester bei Tut Ench Amun? Papst Popanz III.? Seine Durchlaucht, Prinz Adalbert von Transsylvanien, Herrscher über die Ländereien von Königsberg bis hin zum Schwarzen Meer? Vielleicht auch Baron von Übel, oder sein schleimiger Begleiter, Graf Kotz? Dagobert Duck in seinem Geldspeicher? Oder wenigstens son samtgebetteter, arschkriechender Höfling bei Lui Seize. Warum nicht gleich Rama persönlich??!!!
Harry merkte gerade noch, wie ihn die anderen mit seltsamem, leicht amüsiertem Gesichtsausdruck anschauten. Er schaffte es, tief durchzuatmen. Harry stand auf und ging erst mal raus. Jetzt brauchte er Platz. Am Zelt zog er sich feste Schuhe an und ging los. Intensiv, mit schnellen, energischen Schritten. Es trieb ihn den Waldweg entlang, der sich zuerst im Tal entlang des Bachs schlängelte, und nach knapp einem Kilometer einen Abzweig bot, hinauf durch den Wald auf die wellige, kleine Hochebene mit ihren spätsommerlichen Wiesen und Feldern.
Die ganze Zeit fragte er sich, worüber er sich eigentlich so dermaßen aufgeregt hatte. Justin war doch 'eigentlich' ganz nett, so normal 'nett', wie alle hier. Und wenn 'so einer' ne Yogalehrer-Ausbildung macht, kann er ja nicht wirklich ein so großes Arschloch sein. Aber es war noch was anderes, was Harry an ihm störte. Justin schien einer von diesen Gutmenschen zu sein. Einer von denen, die er schon in der Schule gehasst hatte. Einer von denen, denen alles leicht zu fallen schien. Immer die besten Noten, nicht nur kopfmäßig, auch in Sport, in Kunst, da wo andere ihren Ausgleich, ihre Befriedigung finden, nicht mal diese Domäne ließen einem solche Erfolgsmenschen. Und wo andere sich einen abbrechen, machten sie's mit links. Immer gut drauf, immer freundlich, kein Mitschülerverarschen, schon gar keine Lehrer ärgern. Auch waren sie keine langweiligen Musterschüler, die man ärgern konnte und bemitleiden wegen ihrer Fachidiotie, oder dass sie mit 17 schon so am Ende, so 'erwachsen', so fertig waren, wie andere mit 30 oder 40. Nicht mal das! Your Dad is rich, and your Mom is good looking, usw., Karriere bereits eingeleitet. So einer war wohl der gute Justin. Die erste Million mit 25! Was regte ihn denn wirklich so auf? Etwa die Unzufriedenheit mit dem eigenen Leben??? Was sonst! Der erste Gedanke und gleich erwischt! Er wusste es genau. Unzufriedenheit und Neid.

Neid auf den Erfolg, die Leichtigkeit, die gute Laune. Da half auch wenig, all diese Lebensumstände als Verdienste oder Schulden aus früheren Leben anzusehen. Wünsch dir niemals, in den Mokassins eines anderen zu gehen, hatte mal ein weiser Indianer zu ihm gesagt. Justin Time hat sein Leben zu leben, und du deins. Gut, rein kopfmäßig ging's, und das Gefühl dazu wurde ein klein wenig blasser. Doch die Schleife, in die er jetzt geriet, war ein neuronales Engramm von solcher Komplexität, dass sie auch in diesem Moment wieder nicht gleich zu stoppen war, und die Haltlosigkeit ließ alle Anhaltspunkte sich zu sanftem Staub verflüchtigen, blowing in the wind ...

Und immer die Zweifel an der 'Wahrheit', der Historizität – doch egal, denn psychisch wirksam ist das Konstrukt. Wirklichkeit ist Wirksamkeit, die einzige Wahrheit in einem Meer, einem Gewirr, einem System konkurrierender Gedanken, nicht zuletzt in einem Meer kollektiver Gedanken. Auch derjenigen der Peiniger und dumpfen Toren, mächtig in der Überzahl. Was für ein schrecklicher Kampf um Wirklichkeit, jede Sekunde untrennbar, unentrinnbar verbunden mit allem ... So schwach der silberne Faden, der lichte Bereich, ein sanftes, diffuses Schimmern im Nebel der Ungewissheit ... Wo blieb das reine, klare kristallene Leuchten, die ewigen Strahlen des allumfassenden Bewusstseins?

Niemals dazu gehören wollen, niemals angepasst sein – Verachtung. Niemals selber so dumpf und grob sein wollen, schon nicht von Kindheit an, Bestätigung der Ablehnung provozierend. Verantwortung übernehmen sollen in einer fast unkontrollierbaren Welt, in der jeder mit jedem schicksalhaft verbunden ist. Die notwendigen Mittel zur Effizienz vernebelt, nicht greifbar, durch Geist und Hände zerfließend. Zu schwach, doch Ablehnen der Verantwortung ist weder wählbar noch nützlich. Trotz tiefster Einschnitte, härtester Gewohnheiten neuronaler Reaktionsbahnen – Veränderung ist unvermeidlich, Lernen, gezielt induzierte Veränderung, ist Pflicht. Ist Herausforderung, damit aus Wiederholung und Veränderung Verbesserung und Erleichterung wird. Emporsteigen, leicht und licht werden, damit aus Form wieder Leere wird. Form und Leere sind nicht dasselbe, wenn vielleicht auch ihrem innersten Wesen nach, nicht jedoch in ihrer Wirkung, sonst bräuchte Leere nicht Formwerden anzustreben, um 'Erfahrung' zu sammeln, um sich 'weiterzuentwickeln'. Das Wohin jedoch ist Illusion, wenn alles Eins und Jetzt ist. Welch absurdes Mysterium, geboren, in die Welt gesetzt zu werden, um all das erleben zu müssen, wie die Strafe für ein Verbrechen, das bereits selbst einmal eine Strafe war, die du bekommen hast.

Die grundlegende, wirkliche Motivation, wenn Kinder unbewusst gezeugt werden, ist der Versuch, die Ohnmacht im eigenen Leben zu kompensieren, und ist das Verbrechen, die Illusion, die Wunschvorstellung, den Kindern Mittel an die Hand geben zu können, ihre Ohnmacht überwinden zu können. Und wer an dieser Illusion zweifelt und dennoch Kinder gebiert, macht sich schuldig der Möglichkeit, das Leiden in der Welt noch zu vergrößern. Und ein Unwissender, wer sich schuldig fühlt in dem Glauben, in der Erziehung versagt zu haben, und dann die Verantwortung aus Selbstschutz abwehrt, ohne zu wissen, dass seine Art zu erziehen Teil des eigenen Karmas wie das seines Kinde ist – also was soll's?

Und wenn ich wirklich wählen kann, dachte Harry, so wähle ich, einen Teil der Verantwortung auch für mein Leben abzugeben an das Kollektiv aller Wesenheiten. Denn könnte ich frei

wählen, unabhängig entscheiden, wäre ich ein singulärer, absoluter Gott, und nicht eine winzige, raumzeitlich begrenzte, körperbeschränkte Existenz in einer raumzeitlich unbegrenzten Entität, deren jeder zigmilliardste Anteil mit Verantwortung und Wahlfreiheit ausgestattet mitmanifestiert. Nicht das 'eigentliche' Leben, der 'Urgrund' des Seins, das 'wahre' Selbst ist es, was zählt, sondern das, was wirksam ist: Das alltägliche, 'kleine', 'oberflächliche', 'dumme', 'naive', 'ängstliche' Ich, dessen Hier und Jetzt im Da- und Dann-Sein besteht. In Befürchtungen aufgrund vergangener Erfahrungen, in Hoffnungen und Ängsten bezüglich zukünftiger Ereignisse, transportiert körperliche Schmerz- und Genusserfahrungen. Ist nicht das Da- und Dann-Sein ein rechtmäßiger Teil des Erlebens? Denn im Hier und Jetzt der Folter bin ich lieber im Da und Dann meiner Gedanken. Doch so stark der Schmerz im Hier und Jetzt, so schwach ist die Freude im Da und Dann. Diese wird nur stärker, je schwächer die Hier und Jetzt Erfahrung. Deshalb werden die Sinne betäubt oder mit Monotonie und operativer Hektik beschäftigt, wenn nicht das Bewusstsein sich gezielt verabschiedet und freudvoll ausgemalten Da- und Dann-Vorstellungen zu mehr Raum und Kraft verhilft, damit sie wirklicher werden können. Es gibt kein 'Erwachen' aus einem 'Traum', einem 'Schlaf', es gibt nur den Wechsel zwischen parallelen Bewusstseinswelten, denn auch Vergangenheit, Gegenwart und Zukunft sind Eins und Hier und Jetzt, sind parallele 'Welten', und 'Leben', 'Inkarnationen'. Und weil Illusionen so flüchtig und Wechsel zwischen den Welten doch so schwer sind, sind diejenigen, die den Traum der Mehrheiten, den Traum der Mächtigen, nicht mitträumen, die wahren Künstler, so gefährlich. Und deshalb müssen sie zurückgeholt werden in den kollektiven, soziokulturellhistorisch im jeweiligen Raumzeitkontinuum vorherrschenden Traum. Und sind sie nicht willig, so braucht man Gewalt!
Oft sind das doch die, die vielleicht nur zu einfältig sind, zu langsam, oder zu nachgiebig, zu empfindsam, zu gutmütig. Wo du dich fragst: Wie überleben die bloß in dieser Welt? Und die Sensiblen, eine 'Seele von Mensch', die Künstler, die Träumer, verkannte Genies, die nicht geboren sind, um etwas zu leisten, sondern um den anderen die Augen zu öffnen, vielleicht sogar das Herz. Dies war aber schon immer ein schlecht bezahlter Job, eine undankbare Aufgabe. Doch es gibt sie, Gott sei Dank. So ähnlich wie vielleicht einige typische Wim-Wenders-Figuren: Tiefgründige, eher stille, skurrile, liebenswerte Menschen, die mit einer elegischen Gelassenheit ihr Leben jenseits von 'Erfolg' und 'Wohlstand' tragen, und du fragst dich: Wie schaffen die das? Was sind ihre Halte- und Orientierungspunkte, was ihre unauffälligen, anspruchslosen Freuden, ohne 'mega-', 'ultra-', 'supergeil'? Was machen die mit ihren unerfüllten Träumen? Was sind ihre Quellen der Kraft? Vielleicht gehen sie einfach IHREN Weg. Egal, wo und wie, in stiller Bescheidenheit, aber es ist IHRER.
Der Swami war wohl eingeschlafen? Oder war es gar Absicht dieses alten Meisters, Harry ab und zu mal bis an die Grenzen des Belastbaren geraten zu lassen, nur damit sich leichtere Gefühlszustände noch besser anfühlen konnten? Diesmal wurde Harry anders gestoppt.
„Auaah!“ Harry war durch eine tiefe Rinne mitten in der Fahrspur des Feldwegs mit dem Fuß umgeknickt. Und schon war er wieder im Hier und Jetzt! Harry blieb stehen und rieb sich den Knöchel. Wird wohl nicht so schlimm sein, dachte er, meine Gelenke sind flexibel. Auf ne Verletzung, die ihn an den Asanas hinderte, hatte er nun gar keinen Bock. Und dann

ihm fiel auf, dass dieser Gedankenstrom unterbrochen war. Wenn er schon selbst nicht drauf gekommen war, hatte ihm jetzt von außen 'jemand' geholfen. Harry fühlte sich leichter. Die Stopp-Technik: Wann immer du in einen Kreislauf negativer Gedanken, ins Grübeln gerätst: Stoppe diesen Gedankenstrom, atmet tief durch, tritt neben dich, wenn möglich 'in echt'. Und dann beobachte. Nimm die Zeuge-Position ein, und wenn du willst, beginne von hier aus, aus dieser übergeordneten Meta-Position, diese Gedanken zu analysieren. Selbststudium, Svadhyaya. Manchmal musst du erst straucheln, um vom falschen Weg abzukommen, dachte Harry, und um sich wieder einzukriegen. Sich einkriegen: Sich auf sein wahres Wesen zu besinnen, die Entstehung dieser heftigen Emotionen zu eruieren, sozusagen ein spiritueller Philip Marlowe oder Inspektor Columbo? Gefühlsmäßig vielleicht eher Inspector Clouseau. Tiefe Bauchatmung, Harry! So ist's gut. Also, erklimme die Gipfel der Meta-Position, beobachte deine Gedanken und Gefühle und lasse einen Plan reifen, wie diese begrenzenden Emotionen und Gedanken wohl auf sattvige Weise zu ändern seien. Und gerade im richtigen Moment erschien auch ein Lichtblick am Horizont. Er hatte zwei Beine, zwei Arme, einen Kopf. Aus dem Kopf heraus wuchsen lange, blonde Haare. Die schlanke Gestalt bewegte sich langsam und anmutig, scheinbar ziellos den Weg entlang, der schräg auf Harrys Weg zulief. Conny! Kaum zwei Minuten später trafen sich ihre Wege.

Harry smilete ihr schon von Weitem mit zusammengekniffenen Augen gegen die tiefstehende Sonne entgegen. Conny strahlte ein ultra-breites Julia-Roberts-Lächeln zurück.

„Na?," meinte Conny, „Auch unterwegs?"

„Ja. Musste mal son bisschen raus da unten. Bisschen Abstand haben."

„Ja, ging mir genauso. Wobei ich das ziemlich regelmäßig mache, fast jeden Abend. Das ist nötig, um all die Tageseindrücke zu verarbeiten, und auch die Sachen, die so aus dem 'früheren Leben', vor Yoga, wachgerüttelt werden."

„Ja, das kann einen schon heftig durchrütteln manchmal. Hauptsache, man ist am Ende dieses Gedankenwegs nicht im Kreis gelaufen oder hat sich in der Landschaft verirrt. Also dass man vielleicht auch eher spiralenförmig an einen neuen Aussichtspunkt kommt."

Harry klang mittlerweile schon wieder recht entspannt und eloquent. Aber Conny war sensibel und hakte nach.

„Im Moment scheinst du diese Kurve aber noch nicht gekriegt zu haben. Du siehst gar nicht so wirklich frisch aus, Harry. Was'n los?"

„Ach. I' m just an old nothinguse."

„A What?"

„Na, 'n alter Nichtsnutz." Harry erzählte ihr einige der Gedanken, die ihm in der letzten halben Stunde durch den Kopf gegangen waren.

„Klingt ja ziemlich heftig. Kann ich gut verstehen", nickte Conny ganz mitfühlend. Nach einer kurzen Pause reichte sie ihm einen zusammengefalteten Zettel hinüber. „Hier, schau mal, ich hab gestern abend ein Gedicht geschrieben." Auf dem hellgrünen, etwas zerknitterten Zettel standen in säuberlicher, schwungvoller Schrift einige handgeschriebene Verse.

Schwarzer Flieder

Schwarz blüht der Flieder
auf blutiger Erde,
schwarz blüht der Flieder
im sonnigen Mai,
schwarz blüht der Flieder
im Tal der Tränen.

Schwarz ist das Blut des Flieders
tröpfelt unaufhörlich
auf den schmerzlich roten Sand
Bald schon blüht nie wieder
im dunklen Tal der Flieder
und wir schauen zu
aus einem fernen Land.

Schwarz sind die Blüten des toten Flieders,
der zu Staub zerfällt
beim Gesang der Seelen,
die aufgestiegen sind aus tiefen Grüften.
Schwarz ist der Himmel
über dem schwarzen Gestade,
schwarz ist der Hauch der Verwesung.
Bald schon ist die Geschichte der Menschheit gestorben.
Doch bald blüht auch wieder
im Tal der Tränen
der schwarze Flieder.

Harry schauderte ein wenig, und sein erster Gedanke war: Das kenn ich. Und fast wieder etwas neidisch: Es klingt bei weitem nicht so böse und verärgert, wie meine wirren Gedanken. Allerdings war das Gedicht mindestens genauso abgründig. Aber einfach viel weicher, poetischer, versöhnlicher, trotz dieser tieftraurigen Grundstimmung. Sehr persönlich eigentlich. Dass sie sich ihm auf diese Weise so offenbarte, erweckte spontan eine tiefe Zuneigung in ihm. Es war ein Vertrauensbeweis. Auch zeigte es ihr Selbstvertrauen, da sie sich ja kaum kannten. Er schaute Conny tief in die Augen und sagte lächelnd: „Schön. Wirklich ein sehr schönes Gedicht. Und wie geht's dir jetzt?“
„Nun, jedenfalls bin ich wieder aufgetaucht! Aber ich brauch das nicht weiter zu analysieren. Es ist raus. Und es ist noch da drin, aber anders als vorher. Und es ist gut so. Diese Veränderung dadurch, dass ich diese Worte gefunden habe, zieht weite Kreise in meinem Unterbewusstsein, verstehst du?“

„Ich glaube, Ja."
„Es geht um das Annehmen und Loslassen. Diese Energie von Widerstand gegen das Leben, gegen das, was dir das Leben gerade bringt, was du als Leiden empfindest, oder als Ärger oder was auch immer. Diese Energie, die vorher im Gefühl gebunden war, ist jetzt freigesetzt, ist umgewandelt in Annehmen, in Einverstandensein. Und so sie findet genau dahin, wo sie jetzt gebraucht wird. So ähnlich, wie in den Asanas, weißt du?"
„Ja, ich denk, schon. Der kreative Ausdruck ist enorm wichtig. Schreiben ist ne gute Therapie, so wie Malen. Leider fehlt oft die Zeit."
„Das ist auch ne Form von Disziplin, sich diese Zeit quasi abzuschneiden aus dem Alltagstrott. Damit du kein Alltagstrottel wirst," lachte Conny. „Zeit haben heißt, unverplant im Hier und Jetzt sein. Nur sein. Nichts wollen, nichts müssen."
„Ja. Zeit ist einer der größten Wohlstände, die wir haben können. Zeitwohlstand bringt Entspannung, Achtsamkeit, Geduld, Gesundheit, kreativen Raum ... Zeit der Muße – welch ein Luxus."
„Und wie nötig: Zur Selbstbesinnung, zur Reflexion, und, ganz wichtig, deren Ausdruck in Form von Kreativität und spirituellen Übungen. Das ist die eine Art, sich zu weiterzuentwickeln. Die andere ist das 'normale' Alltagsleben, den Alltagspflichten nachzukommen."
„Genau", meinte Harry. „Am besten auf möglichst bewusste, sattvige Weise. Beides im Wechsel, besser gesagt gleichzeitig, ergänzt sich mal wieder ganz natürlich, gemäß Yin und Yang, Shiva und Shakti."
„Na also. So, don't worry – be Hari, Harry! Hari, Hari, Hari Ram!," rief Conny. „Und jetzt ist's genug. Hari om tat sat!"
Harry stand einen Moment da und wusste gar nicht, wie er sich fühlen sollte. Ohne zu sollen fühlte er sich erleichtert, etwas verwirrt, deutlich entspannter. Und so ganz subtil war eine gewisse Aufregung entstanden, so als ob etwas Neues in ihm wach wurde, zu wachsen begann, ohne dass er dies irgendwie näher bestimmen konnte. Sie standen noch eine Weile schweigend nebeneinander, gedankenverloren, sinneserfreut. Der Duft des Feldes, der Blick über die Hügel, der sich langsam anbahnende, wunderbare Sonnenuntergang, der Mensch an meiner Seite – was will ich denn mehr?, dachte Harry.
„Na komm", meinte Conny schließlich, „jetzt geh'n wir mal zurück, damit wir noch pünktlich zum Satsang kommen."
Schweigend gingen sie nebeneinander zurück ins Tal hinunter, und wie zufällig berührten sich manchmal bei einigen Bewegungen ihre Hände oder Schultern.

20 Meta, Extra, Intelligent

„Zufall ist der Humor des Universums." (Swami Durchananda)

Kalle traf Harry auf der kleinen Veranda am Haupthaus. Dort hatten nur vier oder fünf Leute Platz, und alle, denen der Trouble im Speiseraum oder auf der Terrasse zu viel war, suchten hier ihre Ruhe. Das heißt jedoch nicht, dass Sprechen verboten ist, dachte Kalle.
„Na, du Taugenutz!"
„Na, du Tunichtschlecht!"
„Was mümmelst du denn hier so dein Süppchen vor dich hin?"
„Nachdenken."
„Du bist also nach dem Denken angekommen. Gratulation. Da bist du ja schon nen Schritt weiter als ich."
„Nee, im Ernst. Was da gestern so im Vortrag rüberkam über den Aufbau des Universums, das ist doch eigentlich kaum wirklich zu verstehen."
„Verstehen! Da verstehst du dir manchmal selbst den Weg! Man muss nicht alles verstehen. z.B. schwierige Bücher, Romane über Yoga oder menschliches Verhalten."
„Ich will aber!"
„Manchmal muss man sich bloß inspirieren lassen! Aufnehmen und dem Unter- und Überbewusstsein anvertrauen."
„Sicher. Ein Weg. Aber manchmal will der Verstand beschäftigt werden. Da kann er ganz penetrant sein."
„Das stimmt allerdings. Und womit penetriert dich dein Verstand gerade?"
„Also, ehrlich gesagt, was mir manchmal fehlt bei den Vorträgen ist so der Bezug zum aktuellen Stand des Wissens, jetzt mal ganz unabhängig von den Veden, Patanjali und den anderen alten Schriften, oder auch von Sivananda."
„Na ja, wir sind ja hier im Sivananda-Ashram, von daher ..."
„Ja, ist ja auch nichts gegen einzuwenden. Aber für mich klingt Vieles einfach so abgehoben, so weit weg von meiner Wirklichkeit im Alltag, dass es sehr schwer ist, sich daran wirklich zu orientieren. Oder eine Vorstellung, geschweige denn Erfahrung davon zu bekommen. Es bleibt doch ganz schön abstrakt. Weißt du, was ich meine?"
Harry schaute mit intensiv fragendem Blick in Kalles freundlich interessiertes Gesicht. „Es klingt immer alles wunderbar, was da bei Sivananda steht. Das WAS, und wie schön das alles ist, und denke dies und du fühlst das, und übe dies und praktiziere jenes, und, und, und. Aber das konkrete WIE, angesichts dessen, was du jetzt nicht nur von der im Allag zur Verfügung stehenden Zeit her, sondern vor allem von der psychologischen Situation, deinen Fähigkeiten her wirklich umsetzen kannst, das steht da nicht. Oder wird nicht gesehen. Die Zweifel, die Widerstände, die Disziplinlosigkeit. Der Energiemangel angesichts eines voll ausgefüllten, stressigen Alltags mit Beruf, Kindern, Familie; wenn du einfach nur noch müde bist. Und wenn das Ziel zu weit weg scheint, verliert man schon mal leicht die Motivation, weil man das Erreichen als zu unwahrscheinlich annimmt."

„O.k., wenn du nur die Erleuchtung im Kopf hast, mag das sicher so scheinen. Aber du kannst sie ja quasi im Hinterkopf behalten und dir dann Teilziele setzen, usw., du kennst das ja. Es gibt ja auf dem Weg zur Erleuchtung ne Menge kleine Lichtblicke, die deinen Weg erleuchten können, und jede Menge positive Wirkungen sowieso. '*Der Erleuchtung ist es egal, wie du sie erlangst*'. Ist übrigens der Titel von so nem Literaturklassiker in der Eso-Szene."
„Klar, das motiviert ja auch schon. Aber gut, das Thema Motivation ist wieder was anderes. Jetzt wäre eben auch sehr interessant, die Beziehung zu den westlichen Wissenschaften mal zu beleuchten. Es gibt ja schon seit 20, 30 Jahren mehr und mehr Literatur zu den Parallelen westlicher Wissenschaft, speziell Physik, Neurologie und Biologie, teilweise Philosophie, zu der östlichen Mystik."
„Tja, das musst du dir wohl von woanders oder jemand anderem holen. In so ner Ausbildung ist wohl angesichts der ungeheuren Menge des Materials der Kursplan auf das Nötigste beschränkt. Und es wurde ja auch gesagt, dass hier allenfalls die Basis gelegt wird, und die Chance auf eine tiefgreifende Erfahrung, aber das In-die-Tiefe-gehen kommt erst danach im Laufe der Monate und Jahre, durch die Übungspraxis und eben im Alltag und in der Auseinandersetzung mit sich selbst und anderen."
„Sicher. Stimmt natürlich." Harry ließ nicht locker. „Aber jetzt zum Beispiel die Frage nach dem Sinn der Existenz. Warum gibt es überhaupt ein Universum?"
„Mann, du fängst ja gleich mit der schwierigsten Frage an."
„Klar, warum nicht."
„Weil die Ausbildung nicht mal zur Hälfte rum ist. Da dürften noch einige Bausteine fehlen aus'm Raja-Yoga z.B. und von Karma und Reinkarnation."
„Sicher. Aber der Verstand rattert troztdem weiter. Ist ja nicht zur Ruhe zu bringen, 'yogas chitta vrtti vikshipta' sozusagen. Nirodhana ist noch virtuell. Also: Zufall wäre Entstehen ohne Gesetzmäßigkeit, bzw. wenn man keine erkennt, nennt man's halt Zufall. Da es aber offenkundig Gesetze gibt für das Entstehen von Etwas, kann dies auch für die Schöpfung insgesamt gelten, wäre daher kein Zufall. Absicht ist also nicht auszuschließen. Wenn etwas aus einer beständigen Ursache entsteht, würde es etwas Neues produzieren, ohne sich selbst zu verändern. Dies ist aber unmöglich, wenn alles mit allem verbunden ist, weil dabei alles alles beeinflusst. Das entspricht auch der Quantentheorie, wo festgestellt wurde, dass das Beobachtete nicht vom Beobachter trennbar ist, sich wechselwirkend beeinflusst. Also ist etwas Absolutes im Sinne von unveränderlich und vollständig allgemeingültig auszuschließen. Etwas Zufall zu nennen kommt lediglich aus der Unkenntnis der dahinterstehenden Gesetze. Dies zeigt die gesamte Evolution der Erkenntnis, der Wissenschaften. Warum sollte nicht auch irgendwann der Schöpfungsimpuls eine befriedigende Erklärung finden?"
„Na, das klingt doch optimistisch. Aber du hast Recht: Erst sagt man 'Zufall', oder hüllt sich in Schweigen, oder leugnet ganz kindisch das betreffende Phänomen. Dann findet man eine Erklärung oder eine Messmethode, neue Erkenntnisse werden möglich, und schon ist's vorbei mit dem Zufall. Und Zufall bedeutet ja eigentlich nicht, dass etwas unerklärlich ist, sondern das es etwas ist, was einem schicksalhaft zufällt, also bedeutungsvoll ist, nur das man's nicht erklären kann. Also ein völlig unwissenschaftlicher Begriff. Aber in der Schulwissenschaft ist

so manches völlig unwissenschaftlich.“
„Ein berühmtes Koan ist ja folgendes: *Wenn Gott allmächtig ist, kann er dann einen Stein erschaffen, den er selbst nicht aufheben kann?*“
„Im Grunde eine kindische Frage.“
„Wieso?“
„Na, allmächtig in dem Sinne, dass er 'alles kann' – das klingt doch wie bei kleinen Jungs, die angeben: 'Mein Papa ist stärker als deiner!' Ich fühle mich um so sicherer, je stärker mein Papa ist. Es geht doch nicht darum, ob Gott 'alles kann'. Eher darum, was 'Er' will und warum, ob 'Er' überhaupt etwas will. Und warum braucht er uns dabei? Übrigens: '*Wie kannst du Gott zum Lachen bringen?*'“
„???“
„'*Erzähl ihm von Deinen Plänen!*' Ist von John Lennon. Also: Was sollen wir dabei?“
Harry stellte sein säuberlich ausgelöffeltes Schälchen ab. 'Fertig! Braver Bub!' „Ich glaub jedenfalls auch nicht an diesen Sinnlosigkeits-Zufall. Die Entstehung von Leben aus toter Materie braucht derart seltene, komplizierte, wechselwirkende Umstände, dass die Annahme eines Zufalls, der einmal diese Konstellation hervorgebracht haben soll, aufgrund seiner immens geringen Wahrscheinlichkeit geradezu utopisch und abwegig ist. Und da es für derartige Szenarien ebensowenig einen 'wissenschaftlichen' Beweis gibt, wie für die anderen ...!“
„Ein äußerer Impuls, ob nun der von einem mythologischen 'Gott' eingehauchte Odem, Brahmans Impuls sich auszudrücken, ein außerirdischer materieller Impuls, z.B. Meteoriteneinschlag.“
„Genau. Oder die Einwirkung extraterrestrischer Intelligenz – all das ist zumindest nicht unwahrscheinlicher, find ich.“
„Es gibt Forschungsergebnisse, die nahe legen, dass für eine Entwicklung, wie sie auf der Erde bislang stattgefunden hat, Zufall extrem unwahrscheinlich ist. Durch Computersimulationen in Oxford z.B. haben Biologen gezeigt, dass allein Computerprogramme mit einer Evolutionsstrategie, also einer nicht-zufälligen Entwicklung, eine Chance haben, eine Aufgabe in einer noch bestimmbaren Zeit zu lösen. Und das bei einer Aufgabe, die ein nicht mal annähernd so komplexes Problem darstellt wie das Entstehen von Leben und des Menschen auf der Erde. Ohne Evolutionsstrategien bräuchten auch die schnellsten Computer 10 hoch 32 Jahre – o.k., ein paar Computergenerationen weiter sind bloß noch hoch 13 oder so – beispielsweise bei Hamlet-Zitaten zu einer Antwort bzw. Lösung zu kommen. Von Zufall zu sprechen wäre also vollkommen abwegig.“
„Hamlet?“
„Harry, du kennst doch Hamlet! Der mit dem Spruch: '*Es gibt Dinge zwischen Himmel und Erde, die unsere Schulweisheit sich nicht träumen lässt!*'“
„Immer noch genial.“
„Jedenfalls, die haben halt ihre Experimente so aufgebaut.“
„Es bleibt die Frage nach dem Initiator bzw. Entwickler einer solchen Evolutionsstrategie, nach einem Schöpfer. Wer erschuf 'ihn'? Eine Personifizierung der schöpferischen Intelligenz ist ein primitiver, wenn auch verständlicher Versuch des menschlichen Verstandes, dieses kaum

beschreibbare Phänomen greifbar und vorstellbar zu machen. Daher auch die Ishvaras, du erinnerst dich doch an den Vortrag. Es ist eben kein 'Er, Sie oder Es'. Schöpfer und Universum sind EINS, bzw. Brahman war schon immer und wird immer sein."

„Klingt zu einfach? Wer erschuf Brahman? Brahman ist alles, daher kann er nicht von oder durch irgendwas geschaffen sein, da es nichts anderes gibt."

„Bei der Frage nach einem Schöpfer fällt mir die aktuelle Diskussion über 'Intelligent Design' ein." Harry schüttelte den Kopf. „Die behaupten auch, es muss einen Schöpfer geben. Sind aber christliche Fundamentalisten, bzw. Kreationisten werden die genannt."

Die Verborgene Variable

„Na, das muss ja noch nichts heißen."

„Jaaa, dann pass mal auf! Dachte ich auch zuerst. Aber Fundamentalismus heißt, die hängen buchstabengetreu an der Bibel. Fundamentalisten, egal welche, sind nicht an Kommunikation interessiert. Die wollen dir nur ihre Sichtweise aufdrücken und konstruieren sich ihre Wirklichkeit so zurecht, dass es ihnen in den Kram passt. Fundamentalismus ist auch nur graduell zu unterscheiden von ner Psychose. Na, jedenfalls, diese Kreationisten glauben, sie hätten die Wahrheit für ihre Ausgabe der Bibel aus 'zig möglichen gepachtet. Da fängt's ja schon an. Die haben keinerlei Zweifel an der Authentizität der Bibel, obwohl schon lange und jedem ernsthaft Suchenden klar ist, was da alles seit 2000 Jahren an Manipulationen im Sinne der katholischen Kirche gelaufen ist und zum Teil wohl immer noch läuft. An Geheimhaltung neuerlich gefundener Texte. An Verboten von Inhalten, die nicht ins Konzept passen, usw., das brauchen wir kaum weiter auszuführen."

„Allerdings. Keine Frage."

„Aber der Gipfel ist: Die haben in der Nähe von Cincinnati ein Schöpfungsmuseum gebaut, eine Art Disneyland für Kreationisten, mit so elektrisch bewegten Figuren und Tieren. Die haben da das ganze Alte Testament nachgebaut. Gott ist da wirklich der alte Mann mit dem langen Bart. Die leugnen sogar Darwin, dessen Podest allerdings sogar schon in der Schulwissenschaft zu bröckeln beginnt, samt der ganzen erdgeschichtlichen Erforschung. Jedenfalls kommen in diesem Museum keine Neandertaler vor. Vor Adam und Eva war da nix."

„Gut, solche metaphorischen Schöpfungsmythen wie in der Bibel gibt's in allen Kulturen, und gerade auch der Hinduismus ist da ja sehr bildhaft."

„Schon. Aber die Kreationisten nehmen die Genesis wörtlich. Die wollen dann Biologie und Geschichte in den Religionsunterricht bringen. Die haben tatsächlich schon ganze, eigene Schulbücher verfasst!"

„Was?!"
„Die glauben echt, da sitzt irgendwo 'oben' im Himmel 'Einer', der die Erde wirklich in sechs Erdentagen gebaut hat. Das Alter der Erde und des Universums wird mit 6000 Jahren angegeben. Adam und Eva hätten gleichzeitig mit dem Tyrannosaurus Rex im Garten Eden gelebt. Obwohl, es gibt so viele reale prähistorische Knochen, die konnten sie wohl, auch den Kindern zu liebe, nicht leugnen. Aber Dinos kommen ja gar nicht vor im Alten Testament, eher noch Beschreibungen von Kontakten mit Außerirdischen. Die natürlich nicht als solche interpretiert werden, aber das nur nebenbei. Jedenfalls spottet es jeder Beschreibung. Es gab natürlich Proteste von allen Seiten, aber das stört die Kreationisten wenig. Die rechnen dir wahrscheinlich das genaue Datum, Tag, Monat, Jahr, von heute an zurück, an dem der liebe Gott in seinem Sandkasten saß und die Erde aus Lehm geformt hat. Und jede Menge Förmchen muss er gehabt haben."
„Booaaa, ich glaubs nicht! Klingt ja wie aus nem Mad-Heft: 'Neulich, mittwochs um halb sieben', oder so. Don Martin. Spezial."
„Issaberso! Ein patriarchalischer Gott, der dich nach 'gut' und 'böse' verurteilt. Und, klarerweise, im Sinne einer puritanischen, strengen Moral des Amerika im 19. Jahrhundert. Bush und Konsorten. Die rechnen ganz ernsthaft mit dem Tag des Jüngsten Gerichts, so wie ne klassische Verhandlung, Verurteilung, und alle die nicht brav waren, gehen ab in die Hölle. Auf ewig versteht sich."
„Is doch so was von naiv. Ein paar kleine Vergehen gegen einen puritanischen Verhaltenskodex und dafür 'ewig' auf den Bratspieß Satans. Du 'lieber Gott', kann ich da nur sagen."
„Ja-a. Zum Glück kannst du auf deren Website spenden und beten." Harry richtete den Blick gen Himmel. „Dann triffts dich nicht so hart."
„Na, das ist jedenfalls so abgefahren, so unglaublich naiv, das ist echte Zeitverschwendung, sich weiter damit zu beschäftigen. Die sind echt nicht ernst zu nehmen."
„Da hat die 'Intelligenz' des Schöpfers nicht grade auf seine Geschöpfe abgefärbt."
„Nee, wirklich nicht."
„Das wäre mir ja peinlich, wenn ich mich an seiner Stelle so outen würde, dass er den Menschen nach seinem Ebenbild geschaffen hat. Nee, nee, so bestimmt nicht."
„Weißte, Harry, ich bin jedenfalls sicher, es gibt keinen Gott, der von dir enttäuscht ist, der 'böse' auf dich ist, wenn du kein 'braves Kind' warst. Und konsequenterweise gibts dann aber auch keinen, der dich 'lieb' hat. Das bist nur du selbst! Gott ist deswegen nicht gleichgültig. 'Er' ist gleichwertig, gleichmütig, 'Er' ist weder dies noch das, und sowohl dies als auch das, 'Er' IST."
Harry empfand Kalles Blick wie den eines Erwachsenen, der einem kleinen Jungen ein besonderes Geschenk gemacht hat und merkt, dass der Kleine damit noch gar nichts wirklich anfangen kann. Beide schauten eine Weile ins dichte Grün, sitzend und sinnend. Nach einer kurzen Besinnungspause brachte Harry das Gespräch wieder in Gang.
„Und da gibt's ja auch noch andere Theorien abseits des Mainstreams, die für manche auch recht abgefahren klingen, die ich aber zumindest für wesentlich wahrscheinlicher halte."
„Nämlich?"

„Na zum Beispiel die vom Däniken. Erich von Däniken."
„Ach, komm, Harry. Du meinst den, der immer und überall die Spuren von Außerirdischen sieht."
„Genau den."
„Ist der spirituell?"
„Zumindest nicht explizit. Er hat sich mal in einem seiner Bücher als gläubigen Menschen bezeichnet, aber ich hab nichts weiter drüber gefunden. Jedenfalls Fantasie hat er."
„Kann man den denn ernst nehmen? Den hab ich öfters mal im Fernsehen gesehen, da wirkt er doch manchmal ziemlich aufgedreht, so übermotiviert."
„Ja, gut, der Mann ist halt sehr begeisterungsfähig. Ist doch nichts dabei. Besser als diese steifen Wissenschafts-Assis in diesen furztrockenen Wissenschaftssendungen aus den 80ern mit ihren 'Wir haben hier mal eine kleine Versuchsanordnung aufgebaut ..... ', weißt du noch?"
„Klar."
„Aber ich muss sagen, ich hab einiges vom Däniken gelesen und finde vieles ganz und gar nicht so abwegig, als was es die Wissenschaftsfundamentalisten gerne abtun wollen. Und gerade, was den Einfluss von extraterrestrischen Intelligenzen, also konkreten, raumfahrenden Spezies von anderen Planeten betrifft, gibt es in alten indischen Texten eine Menge Hinweise."
„In alten indischen Texten? Echt?"
„Ja. Lies mal 'Neue Erinnerungen' von Däniken, oder 'Der Götterschock'. Hochinteressant. Er bringt hierzu 'zig Textstellen aus verschiedensten Quellen nahezu aller alten Kulturen: China, Ägypten, Mittelamerika, Südamerika, Hopi-Indianer, Dogon; Kabbala, Gilgamesch, Lugalbanda-Epos, sumerisch-babylonisch, im Alten Testament bei Henoch, König Salomo und diversen Propheten. Und eben auch vedische Quellen: Rig-Veda, Mahabharata, Ramayana, Vimanika Shastra, und in der Srimad Bhagavatam. In letzterem ist z.B. vom Vaikuntha-Planeten die Rede, und von sieben Planetensystemen. Es ist von Indra, Brahma, Shiva und Kartikeya, von Pitrloka, Siddhaloka, Mahaloka, Brahmaloka, Svetadvipa die Rede. Eine Vielzahl hinduistischer und anderer Tempel seien dem Aussehen der Götterfahrzeuge, Vimanas, nachempfunden, besonders die Spitzen der Tempel und Stupas, die wie Erden-Vimanas aussehen.
Ich fand auch immer schon auffällig, dass hier, wie in allen Mythologien, das beschriebene Verhalten der Götter und Halbgötter alle menschlichen Gefühle und Motivationen wie z.B. Freude, Ärger, Zorn, Lust etc. und alle menschlichen Machenschaften wie Liebesbeziehungen, Konkurrenz- und Machtkämpfe usw. zeigt. Und das ist doch, wenn man Götter aus geistigen Welten als spirituell weiterentwickelte Wesen verstehen will, sehr verwunderlich."
„Stimmt", stimmte Kalle zu. „Ich hab schon öfter gedacht: So wie die sich streiten, da ist doch nichts von Spiritualität zu merken. Wieso sollen das denn Götter sein im Sinne von spirituell weit entwickelten Wesen? Aus Sicht der Primitiven, mussten da nicht extraterrestrische Besucher vielmehr aufgrund ihrer technischen Mittel wie Götter erscheinen? Weit entfernt davon, spirituell besonders entwickelt zu sein."
„Na eben. Also in vielen der alten, vedischen Schriften ist von Vimanas die Rede, fliegenden

Fortbewegungsmitteln der 'Götter'. Mit ihnen durften einige der epischen Helden mitfliegen bzw. haben Götter und Halbgötter die übermenschlichen Aufgaben, z.B. die Befreiung Sitas durch Hanuman, auf Erden erledigt. Und diese übernatürlichen Fähigkeiten der 'Götter' sind dann technologisch erklärbar."

„Oder vielleicht teilweise auch durch das, was man im Yoga Siddhis nennt, also z.B. Telepathie, Telekinese, Materialisieren von Dingen usw. Das wäre dann schon ein Zeichen spiritueller, besser gesagt, geistiger Entwicklung, aber nur ein Nebenprodukt. Klar, dass sowas den 'Primitiven' als 'göttlich' erscheint."

„O.k., und es wurde beschrieben, wie mit anderen Vimalas interstellare Flüge zu fremden Planeten und Welten durchgeführt wurden. Raumfahrzeuge wie auch Planeten und deren Bewohner sind in diesen Schriften detailliert dargestellt, besonders in 'Vimanas in ancient India' von Prof. Dr. Dilip Kumar Kanjilal von der Universität Kalkutta. Auch das Wissen um planetarische und interstellare Gegebenheiten war bereits vor Jahrtausenden bekannt. Nicht nur bei den Dogon gab es z.B. das Wissen von Sirius."

„Aber eine Frage ist dabei offen: Wo sind diese Außerirdischen jetzt? Sind grad keine da? Wenn doch, halten sie sich versteckt, ...?"

„Na, guck doch mal 'Men in black', dann weißtes."

„Und wenn ja, warum? Es heißt ja bei diversen Verschwörungsgläubigen, dass sehr wohl Außerirdische die Geschicke der Menschheit beeinflussen, aber eben im Verborgenen. Oder haben sie kein Interesse mehr an den Menschen?"

„Tja, eine 'Oberste Direktive' haben die wohl nicht".

„???"

„Startrek! Egal, aber wieso sollte es wohl auch bei den Aliens nicht solche und solche geben. Gut, das ist ja jetzt alles völlig Spekulatius, aber die Frage ist in der Tat offen. Ich hab schon überlegt, ob ich dem Däniken mal schreibe."

„Um aber nochmal drauf zu kommen: 'Und Gott schuf die Menschen nach seinem Ebenbild', das kann man ja als ausschließlich spirituelle Aussage auffassen, und auch aufs Materielle bezogen, je nach Interpretation, am besten sowohl als auch. Die 'unbefleckte Empfängnis' Marias, sofern es sich wirklich so zugetragen hat, ist vielleicht eher ein Sonderfall, wo Menschen den materiellen Körper geliefert haben, und der Geist aus einer feinstofflichen Sphäre später dazu kam, mit einer ganz bestimmten Absicht, wie man gesehen hat. Aber unabhängig von so einer spirituellen Absicht gibt es aus den verschiedensten Kulturen Zeugnisse von Verbindungen der 'Götter' mit den Menschen, meist den weiblichen."

„Die geilen Säcke. Kommen aus'm Weltall angerauscht und gucken erstmal, was geht. Und manche Außerirdische haben wohl vor gar nichts zurückgeschreckt. Die ham dann wohl sogar mit den Affen oder so nem Australopithecus-Weibchen rumgepoppt. Man könnte auch polemisch sagen, so ne Art intergalaktischer Sextourismus. Im Fachjargon heißt das dann eher Feldstudien. Hat wohl irgendwie mehr Spaß gemacht als genetische Experimente im Labor."

„Komm, Harry, jetzt werd nicht albern. Du denkst schon wieder so materialistisch. Die Natur ist Schuld, der hormongesteuerte Außerirdische konnte sich nicht beherrschen, und so entstand der Mensch!"

„Das ist nicht albern. Das ist zwar auch nicht spirituell, aber doch ganz natürlich, irgendwie! Und so, wie manche Affen einen angucken im Zoo, wer weiß, was da für ne Seele aus den Augen schaut. Das macht mich wirklich manchmal mitfühlend. Doch, ehrlich! Muss diese Seele ihr übles Karma in einem Affenkörper absitzen? Der Blick scheint mir manchmal menschlicher als bei so manchem Primaten, der in Hosen rumläuft. Da möcht ich doch nicht tauschen, weder mit dem oder dem."

„Harry, du bist echt krass. Übertreibst du da nicht etwas?" Und in diesem Moment tauchte aus Kalles Unterbewusstem eine konkret krasse Idee für später auf.

„Wenn ja, dann nicht viel. Was wissen wir denn schon über das Bewusstsein anderer Primaten. Sicher hebe ich hier jetzt die materialistische Sichtweise hervor. Die Außerirdischen kamen ja in realen Raumschiffen und hatten reale Körper."

„Und wo sollen die denn hergekommen sein?"

„Im Prinzip von überall. Aber wenn sie relativ humanoid waren, vielleicht von gar nicht so weit. Es gibt eine 'Theorie des Fünften Planeten'. Zwischen Mars und Jupiter befindet sich ein Asteroidengürtel, der darauf hinweist, dass dort eigentlich ein Planet sein müsste. Man nimmt an, dass dieser Planet durch eine kosmische Katastrophe zerstört wurde, und einige seiner Bewohner, die technologisch relativ weit entwickelt waren, sich auf den Mars und die Erde retteten. Dort haben sie dann Einfluss genommen auf verschiedene Kulturen. Dies würde auch eine Erklärung für die atlantische Hochkultur ermöglichen, und später, nach dem Untergang von Atlantis, das enorme Wissen der Ägypter erklären können."

„Die haben wohl öfters mal Pech gehabt, diese Außerirdischen." Kalle klang wirklich etwas mitleidend. „Klingt jedenfalls interessant. Aber was ist mit anderen, noch früheren Hochkulturen? Hyperborea, Lemuria, Mu? Na egal. Aber ob nun diese Vermischung der DNS in vivo oder in vitro den entscheidenden qualitativen Bewusstseinssprung, der ja bislang nicht erklärt werden kann, bewirkt hat, bleibt doch zweifelhaft. Ob durch eine Intervention Außerirdischer welcher Art auch immer der Homo, Homo sapiens oder gar Homo sapiens sapiens, der sich seiner selbst bewusste 'Mensch', geschaffen wurde? Und woher hatten die Außerirdischen ihr entwickeltes Bewusstsein?"

„Jedenfalls wenn, dann kann man sich fragen, ob so ein Eingriff als unspirituelles Verhalten, d.h. Hinweis auf die Nicht-Göttlichkeit, gewertet werden kann, oder eher normal sei für Spezies, die zwar technisch, aber eben spirituell nicht weit entwickelt sind. Und sicher gab und gibt es unter den Außerirdischen mehr oder weniger spirituelle Besucher. Beschreibungen von solchen Verbindungen sind im Mahabharata, Gilgamesch, bei den Jains, auch im Alten Testament zu finden. Aus solchen Verbindungen bzw. genetischen Experimenten entstammen möglicherweise nicht nur die früheren Hochkulturen oder die Riesen, sondern auch die 'Halbgötter', die in vielen Mythologien Heldentaten vollbringen. Es erscheint naheliegender, diese Version der genetischen Kreuzungen anzunehmen, als die von hochentwickelten Menschen, die entsprechende Siddhis entwickelt haben. Der 'normale' Mensch, nicht Halbgott, hat dann allerdings auch das ganze Potenzial in sich, sofern man das bekannte Zitat ernst und wörtlich nimmt: „Und Gott schuf die Menschen nach seinem Ebenbild". Und das deckt sich ja mit der spirituellen Auffassung."

„Man kann sich wirklich fragen, ob die Rishis, so wie Moses, die Schriften von den außerirdischen Raumfahrern empfangen haben, zumindest Teile davon, oder ob es gechannelte Botschaften aus geistigen Welten waren. Auch, in wie weit diese Welten und Götter materiell sind und/oder als spirituelle Sphären zu verstehen sind."
„Brahman, der seinen kreativen Drang in der Inszenierung bzw. Initiierung von Lila, dem kosmischen Spiel, zum Ausdruck bringt, und uns dann mehr oder weniger dazu verurteilt, mitzuspielen - No choice, du musst?" 'Harryyy!', mahnte Swami Durchananda, 'jetzt werd bitte nicht wieder sarkastisch!' 'O.k., o.k.' „Oder ein außerirdischer Experimentator, der Menschen erschafft durch Kreuzung mit eigenen Genen? Oder, viel schöner vielleicht, durch direkten Sex mit diversen auf der Erde vorgefundenen Spezies, und dann zuschaut und irgendwann sein Experiment sich selbst überlässt? Gescheitert? Frappierend, und vielleicht traurig, die Ähnlichkeit der Menschenaffen mit uns, aber auch das Eintreten eines Bewusstseinssprungs in der Evolution irdischen Lebens. Dafür gibt es bislang keine akzeptable Erklärung."
„Andererseits kann man sich auch fragen, in wie weit an den Beschreibungsversuchen bzw. den transzendenten Erfahrungen selbst zu zweifeln oder ihnen zu glauben ist, die versuchen, Satchidananda zu beschreiben oder etwas in dieser Richtung, Samadhi-Zustände? Lebt es sich so mit diesem 'Gefühl', in diesem Zustand auf den beschriebenen Planetensystemen oder in geistigen Welten?"
„Und/oder es handelt sich um zwei reale, aber verschiedene Möglichkeiten, die beide wahr sind! Das ist eigentlich so my favorite. Teils-teils, sowohl-als-auch." Das war Harrys positiv formulierte Entscheidungsschwäche. Aber wie oft produzieren voreilige oder überflüssige Entscheidungen unnötige Probleme! Andererseits und nicht zuletzt war diese Art Neutralität auch ein Stück Freiheit von unangebrachten Bewertungen.
„Inwieweit sind Erklärungsversuche all des mythologischen Göttertreibens, z.B. die Schlacht von Kurukshetra, die ja auch historisch datiert wird, in die materielle Richtung Raumfahrer oder in die spirituelle, symbolische Richtung 'transzendente Wirklichkeit' annehmbar? Inwieweit sind beides eventuell nur verschiedene Versuche des begrenzten, menschlichen Verstandes, eine Erklärung zu finden für etwas, das sein Fassungsvermögen übersteigt, und/oder Ausdruck der Fantasie, der vermenschlichenden, psychologischen Projektion unerklärlicher Gefühls- und Geisteszustände? In wie weit ist nun die Raumfahrer-Erklärung wie auch die psychospirituelle Erklärung keine Spinnerei?"
„Alles wieder nur Futter für den Geist."
„Hauptsache Bio!"
„??????"
„Womit wir wieder bei der beliebten, aber unbefriedigenden Erklärung wären: 'Du kannst es nicht verstehen, weil es jenseits des Verstandes liegt'."
„Und die Gedanken fahren wieder Achterbahn!"
„Sic! Bis sie kotzend über der Reling hängen!"
„!!!!!!!!!"
„Just for Fun! Alles Lila!"
„Also: Mach Sadhana und lass es dir gut gehen."

„Na denn Prost“, meinte Kalle, und hielt Harry seine Teetasse hin. „Nimm mal noch 'n Schluck Nektar hier, Amrita, und dann ab zum Vortrag.“
„Und nachher lecker Abendessen.“
„Und ganz nachher lecker Satsang.“

21 Bunter Abend

„Warum soll Gott überall sein, bloß nicht in der Welt?
Entsage nicht der Welt, entsage der Illusion von der Welt.“ (Swami Muktananda)

Der letzte Spaziergang gestern abend und vor allem das Gespräch mit Conny hatten Harry wieder ganz gut stabilisiert. Nach wie vor verspürte er jedoch so ein allgemeines Stimmungstief. Bei sich selbst, aber auch bei einer ganzen Reihe anderer Insassen. Harry hatte schon wiederholt mal kurz den Gedanken, den bekannten, gehabt: Was mach ich hier eigentlich? Und hatte überlegt, nach zwei Wochen abzubrechen und die nächsten zwei im nächsten Jahr zu machen. Aber nicht wirklich ernsthaft. Mit den Asanas ging's im Moment nicht so richtig weiter, scheinbar. Keine Lust zum Aufstehen. Und campingmäßig, so auf die Dauer in dem winzigen Zwei-Mann-Kuppelzelt, reichte es ihm langsam mit dem Ungemach. Fast kam er sich beim Reinkriechen ins Zelt vor, als entwickle er sich zurück auf die Stufe eines Prähominiden, vor dem aufrechten Gang. Gut, aber auf der Stufe befanden sich heutzutage eine ganze Reihe Vertreter seiner Spezies, die sich für menschlich hielten. Die den aufrechten Gang noch nicht gelernt oder wieder verlernt hatten, oder er war ihnen bei Zeiten ausgetrieben worden. Fehlte nur noch, dass es anfing zu regnen. Dann würde er wohl zum Quastenflosser re-evolutionieren, oder sogar zum Quanten-Flosser. Die große phylogenetische Involution vorweggenommen sozusagen. Immer dasselbe im Satsang. In der Medi sitzen und drauf warten, dass sie zu Ende ist. Noch ein Vortrag und noch einer. O.k., morgen ist 'Bunter Abend'. Na, das wird lustig, dachte er sarkastisch. Sarkasten sind Leute, die zu Sarg hasten. 'Also jetzt übertreib mal nicht', meldete sich Swami Durchananda zu Wort. 'Bevor du hier versumpfst, konzentriere dich auf's Positive, davon gibt's ja hier reichlich. Mach doch mal ne kurze Zwischenbilanz.'
Eines, was Harry aufgefallen war, und darüber staunte selbst, wenn er wahrnahm, wie er manchmal, völlig unerwartet, ein Zusammenziehen seines Herzens und seines Bauchs verspür-

te, einmal sogar ein Anflug von Tränen sich in seinen Augen sammelte. Nicht, dass er sie rausließe, so doll war's ja nun auch wieder nicht ... Und er hatte keinerlei Erklärung, warum dies geschah, denn der jeweils aktuelle Anlass schien keinerlei Sinn zu machen. Es war nur ein Gedanke, ein inneres Bild, oder ein Wort, das er im Vorbeigehen von jemand aufschnappte, oder er erkannte einen Menschen in seinem Bemühen um Anerkennung, Frieden und Freiheit. Völlig schleierhaft, wieso ihn so etwas so anrührte. 'Is doch klar', meldete sich der Verstand. 'Denk doch mal nach! Ist ne Situation aus'm früheren Leben'. 'Vielleicht', meinte Swami Durchananda, 'lass dich doch mal drauf ein, spüre dem nach.'

Harry nahm sich vor, diese Rührszenen, wie er sie etwas ironisch nannte, als Hinweise anzuerkennen, zumindest mal darauf, dass sich was tat. Dass er eventuell mal in eine andere Richtung rührte, so wie bei einem Quark, in den du rote Marmelade rührst, so dass es ein interessantes, spiralenförmiges Muster ergibt. Und wenn du rückwärts rührst, kommst du an den Anfang der Bewegung und an den Input, den Impuls dieser Spirale. Ist das noch derselbe Quark? Vielleicht klappt das ja auch mit dem Leben. Ist ja schließlich nicht so kompliziert wie ne Schüssel voll Quark.

A propos Quarks und Quanten: Da sah er Anne, die gerade mit einer Tasse Tee auf die Terrasse zusteuerte. Jetzt konnte er sie mal fragen wegen der Diskussion mit der Quantentheorie. Anne war schätzungsweise Anfang bis Mitte 50. Sie hatte eine unglaublich gelassene, positive Ausstrahlung. Harry war absolut fasziniert von ihr. Ihre Augen strahlten, ihre wenigen Fältchen waren eindeutig Lachfältchen. Ihr Körper schien wie der einer Enddreißigerin, dabei schlank, biegsam, braungebrannt, energievoll. Und es ging eine wunderbare, freundliche Ruhe von ihr aus.

„Hi, Anne."

„Hi, Harry. Du warst ja ziemlich daneben, gestern nach dem Abendessen. Bist irgendwie ziemlich übel draufgekommen, oder?"

„Ja, stimmt. Konnte man mir das ansehen?"

„Das war schon recht eindeutig."

„Ja, so Durchhänger oder kurze Abstürze sind wohl nichts Ungewöhnliches, gerade wenn man so intensiv mit sich arbeitet, wie wir hier. Egal, jetzt ist's wieder besser. Aber was ich dich mal fragen wollte: Woher weißt du so gut Bescheid über Quantenphysik, und woher kannst du so gut Deutsch?" Er wusste, dass sie in London lebte. Auch wegen ihres Namens. Anne klang deutsch wurde aber englisch ausgeprochen: Anne Dorphine.

Anne lächelte. Dann erzählte sie ihm, dass ihr Großvater ein deutscher Quantenphysiker gewesen war, Adalbert Dorfner. Er war persönlich mit Werner Heisenberg und Wolfgang Pauli bekannt gewesen. Nach seiner Emigration nach London in den Dreißigern, aus gegebenem Anlass, daher auch ihr Name Anne Dorfner, ins Englische abgewandelt zu Dorphine, machte er auch die Bekanntschaft mit Nils Bohr und David Bohm, hatte also einige Größen der damaligen Szene kennengelernt. Und Annes Mutter hatte ihr viel erzählt von den seltenen, aber um so ergiebigeren Zusammenkünften der Physiker, den nächtelangen Diskussionen über die Theorien des Universums, über Spiritualität und Konstruktivismus. Dann war sie mit Anne nach Indien gegangen, wo Anne zwischen kiffenden Gurus und westlichen Sinnsuchern ihre postpubertäre Identifikationsphase zu bewältigen versuchte, so zwischen der Generation Flower Power und deren orientierungslosen Laissez-faire-Ablegern. So erlebte Anne das ganze Programm: Maharishi, Aurobindo, Prabhupadha, zwischendurch immer wieder Bhagwan Shree Rajneesh, so hieß er damals noch, Sai Baba und schließlich Sivananda-Tradition. Dann ging's Anfang der 80er zurück nach London, Zorba the buddha, doch die Osho-Szene war ihr zu aufgedreht, zu selfmade-spirituell, zu busy und arrogant, so dass sie ein paar Jahre später zurückging nach Rishikesh in den Sivananda-Ashram, einige Monate dort blieb und die Stille fand, die sie lange vermisst hatte. Danach zog es sie zu Iyengar, zu Desikachar, Ramana Maharshi, um dann, Mitte der Neunziger, in London ein Yoga-Center zu eröffnen. In Ihrer Rishikesh-Zeit hatte sie Madhura kennengelernt, der zu dieser Zeit eine feste Größe war im Sivananda-Ashram. Jetzt war sie seiner Einladung zu einem Besuch gefolgt, um ihn wiederzusehen, und auch um die Sivananda-Tradition noch einmal in Form einer Ausbildung zu vertiefen.

Harry war mal wieder beeindruckt. Ist schon erstaunlich, wie Lebensläufe sich unterscheiden. Den seinen fand er höchst langweilig, aber deswegen mochte er sich jetzt nicht weiter selbst bemitleiden. Was er über Anne erfahren hatte, und vor allem, wie er sie wahrnahm, was sie ausstrahlte, trug dazu bei, sich ihr mitzuteilen. Er erzählte Anne von seinen Rührstücken. „Ich hab jedenfalls das Gefühl, dass sich einige Veränderungen bei mir anbahnen. So im Lebensgefühl, in den Gedanken."

„Ja, die Intensität der Ausbildung macht sich sicher bemerkbar. Das Schwierigste wird für dich sein, dein Herz zu öffnen. dich zu öffnen für das Positive, für die Liebe im Universum. Vertrauen zu finden ins Leben. Aber genau das scheint sich anzubahnen. Das zeigt, dass du auf einem guten Weg bist. Lass es geschehen. Ich weiß, du hast die Kraft und den Mut dazu. Du wirst nach dem Bhakti-Yoga-Vortrag besser verstehen, was ich meine. Sei präsent beim Satsang! Und lass dich ein aufs Mantra-Singen! ... Und was Veränderungen betrifft", fuhr sie nach einer kurzen Pause fort, „da bist du nicht der einzige. Du hast vielleicht auch bemerkt, dass einige andere ebenfalls begonnen haben, sich zu verändern. Justin z.B. hab ich jetzt schon öfters gesehen, sitzend, sinnend und schweigsam."

„Echt? Der lief doch am Anfang immer so aufgedreht herum, und immer wieder draußen am Tor mit seinem Handy."

„Ja. Und die Beate, Beate Schön, du weißt schon, diese Etepetete. Seit ner Weile ohne Klunker, ohne Armreifen und sogar fast ohne Schminke in der Asana-Stunde, die ist auch irgendwie ruhiger geworden."

„Stimmt. Und Frank-Rüdiger hab ich gestern ungekämmt und in ner normalen Jogginghose gesehen. Der hat doch immer den frisch gestärkten dunkelblauen Trainingsanzug mit weißen Streifen angehabt. Weißte, son typischer Geschwindigkeitsbegrenzungseinhalter."

„Ach, guck mal, da hinten ist er ja. Mit Drei-Tage-Bart! Das hätt er sich am Anfang nicht durchgehen lassen."

„Tatsächlich. Na, ist der jetzt näher am Rande der Verzweiflung oder der Erleuchtung?"

„Oder at the edge of scheißegal to surrender."

Harry lachte. Selbst sein Alter Ego, Swami Durchananda, schien in Wandlung begriffen – in

Richtung Swami Beiananada, alle Sutras im Schrank, im geistigen, wenn auch unsortiert ... Nur der gute alte Kalle war beinhart er selbst. Wer sonst?
Wenn man vom Teufelchen spricht: Gerade da kam nämlich Kalle um die Ecke gebogen und geradewegs auf die beiden zu. „Du", meinte er zu Anne, „ich muss dir mal eben den Harry entführen." Und er zog Harry ein Stück zur Seite, ganz dicht an sich heran. „Hömma, morgen ist doch der 'Bunte Abend'."
„Ja, ich weiß, und das klingt bei mir so ähnlich wie 'Ein Kessel Buntes', oder so, mit Hansi Hinterseer, Karl Moik und so. Also das is nix für mich!"
„Wieso das denn? Kommt doch drauf an, was da läuft, wer da was macht. Die Leute hier sind doch nicht so beschränkt. Ich hab schon das ein- oder andere mitgekriegt, was einige da planen. Und ist doch alles Yoga, Mann."
„Na ja, Alter, wenn de meinst!"
„Ja, mein ich. Und dich, dich brauch ich für ganz spezielle Nummer."
„Vergiss es! Ich stell mich nicht da vorne hin und mach den Kasper!"
„Wieso Kasper? Jetzt lass dir doch erstmal erklären, was ich vor hab."
Harry schnaufte und verdrehte die Augen. „O.k., aber nur, weil du 's bist."
Kalle kam noch dichter an Harry ran und flüsterte ihm intensiv ins Ohr.
Harrys Augen wurde immer größer. „Was? WAS? Du bist wohl nicht ganz dicht!"
„Doch, klar bin ich dicht! Jedenfalls bin ich kein Auslauf-Modell."
„Is ja gut, Alter. Aber was du da vorhast, neee, das ist n bisschen zu krass. Das kannst du hier nicht bringen!"
„Und ob ich kann. Und du bist dabei!"
„Boooaaaaa, Mann, äi!"

Und dann war es so weit. Der Bunte Abend war da. Nach der gemeinsamen Meditation setzten sich alle im großen Kreis an die Wände des Saals. So, so, dachte Harry, jetzt beginnt der informelle Teil. Und es war ihm doch recht mulmig in der Voraussicht dessen, was für einen Auftritt er haben würde. Jetzt trat Gunnar in die Mitte und füllte den Raum mit seinem Körper und seiner Präsenz. Er hatte die Ideen gesammelt und koordiniert, und jetzt war er der Conferencier, der die einzelnen Nummern ansagte.
Ein Gedicht wurde vorgetragen von Angela Engel, einer so transluziden, schmalen Gestalt, fast durchsichtig, von geradezu ätherischer Schönheit, und man war zeitweise versucht, ihr die Hand auf die Schulter zu legen, damit sie nicht vollends abhob, oder sie mal karmayogamäßig tief in der Blumenerde wühlen zu lassen. Ganz zu schweigen von gewissen anderen Methoden der Erdung, von denen Harry sich aber jetzt nicht weiter ablenken lassen wollte.
Es folgte von einer Vierer-Gruppe eine abgewandelte Jaya-Ganesha-Version, die es in sich hatte. Nicht so krass oder gar böse, der Schwerpunkt lag schon darauf, die Ausbildung ernst, aber leicht zu nehmen, sich nicht so viel Stress zumachen, einige Eigenheiten der Yogalehrer auf's Korn zu nehmen. Also wirklich sehr 'nett' und einfallsreich.
Dann kam so ein relativ junger Typ, Jayashanti, der Harry bislang noch nicht weiter aufgefallen war, obwohl er wie son alter Saddhu mit Dreadlocks, Rauschebart und reihenweise wilden

Tattoos herumlief. Er trug einen Erfahrungsbericht aus dem Sivananda-Ashram bei. Er hatte dort vier Monate mit intensiver Praxis verbracht, und war erst vor wenigen Wochen zurückgekommen. Er war besonders beeindruckt von der Authentizität der Swamis, des ganzen Ashrams, die er dort wahrgenommen hatte, und von der Kraft der Stille. Nebenbei hatte er Harmoniumspielen gelernt. Jetzt erinnerte Harry sich. Siegfried hieß der eigentlich, der Jayashanti. Exakte Übersetzung. Der Typ war schon zwei, drei Mal im Satsang gebeten worden, was zu spielen. Und das war wirklich gut gewesen. Kraftvoll, erdig, mit Hingabe.
Danach kam eine Acro-Yoga-Darbietung, also voll im Trend. Akrobatik mehr oder weniger in Verbindung mit Asanas. Das fand Harry zwar sehr beeindruckend, aber er fragte sich, ob das wirklich noch Yoga war. Die Leute vom Chinesischen Staatszirkus waren jedenfalls noch gelenkiger und deren ganze Show war besser konzipiert. Gut, das war kein Vergleich, aber trotzdem: Wo war hier Yoga? Yoga findet innen statt, wusste Harry. O.k., wer weiß, auf welches Chakra sich die beiden Yogakrobaten gerade konzentrierten. Wenn's ihnen Spaß macht?
Da erhielt er einen leichten Stoß in die Rippen. „Komm, Alter, wir sind gleich dran", meinte Kalle. Schluck! Harry begann zu schwitzen. O.k., jetzt musste er! Es gab kein Zurück mehr. Und sie balancierten zwischen den anderen hindurch nach draußen.
In den abklingenden Ablaus für die Yogakrobaten hinein hörte man plötzlich Straßengeräusche wie aus der Großstadt, Polizeisirenen, Stimmengewirr, Werbetrailer, eine Geräuschkulisse wie in der Fußgängerzone. Und dann ging die Tür auf. Und die Augen der Zuschauer wurden groß. Wer hat sich denn DA verirrt? Da kamen zwei Typen rein in solchen Plastik-Trainingsanzügen, gemustert wie die billigste Couchgarnitur aus'm Möbeldiscounter. Grau, lila und pink in so einem schizoiden Muster. Goldkettchen, echt gefakete Markensportschuhe, Rolex-Imitat, aalglatte Frisur. Und wie die kamen. Breitbeinig dahergeeiert, mit rudernden Armen und so seltsam verdrehten Bewegungen.
„Ääääi, Hakan", begann der eine, „ewisch nisch gesehn. Was gett?"
Augenblicklich herrschte Ruhe im ganzen Saal.
„Gett super, Kemal, alles in gerune Bereisch", antwortete der andere. „Du, bin isch konkerett auf ganze neue Trip. Pass auf: Vor paar Monat isch geh so dursch Fussegängerzon, scheteht da son Tüpp in ganze weiße Schlabber-Klamotte vor Tür. Isch denk, is konkerete Penner, oder was? In Schalafanzug auf Scheteraße? Macht er misch auf einemal so an mit Gegrinse: 'Hallo! Wir haben heute Tag der offenen Tür im Yogacenter. Willst du mal reinkommen? Es gibt Tee umsonst und eine kostenlose Yogastunde!'"
„Neeee, Hakan! Isch glaub nix!"
„Dooch, Aldä, pass auf, geht weiter: Isch denk: Was für krasse Lade is dat hier? Scheteht da auf Schild: Yoga macht geluckelisch! Weis, wenn isch meine Alte von hinte nehm, isch bin geluckelisch, weil is geiles Teil, korrekt muss so sein, oder was, oder wenn hab neue Dreier noch mal Schetuck tiefer gekriegt, konkerett, aber was is Yoga? Also isch ganz cool da rein! Kuckst du!!! Faste nur Weiber! Liege da auf Bodde rum, mache kompelette Verrenkung von ganze body, fast wie breakdance, aber in Zaiteluppe."
„Zaiteluppe?"
„Na, bis du blöd in Kopp? Gaaanze laaangsam!"

„Was laberst du für Scheißedreck, Aldä. Sach mal, bis du in schleschte Film gerate, oder was?"
„Nääa. Un konkerett atme, immer atme, als ob du eine durscheziehs. Schelägt voll auf Birne, weis, ... vielleisch deshalb mache am Ende immer Oooooooommmmmm!"
„Oooooooommmmmm? Ooommei Gooottt! Allahinschallah!"
„Oooooooommmmmm!"
„Un? Was du machs? Bis jetz konkerett krank in Kopp oder was?"
„Äi, Vorsischt, Alter, pass auf!! Neeee, mach isch jetz Yoga seit drei Monat, konkerett kraaaass, Aldä, Ultra geil! Bin isch jetz super gut drauf! Und das Beste: Ich kann jetzt vernünftig Deutsch sprechen, wenn ich will, korrekt sozusagen, ich sehe Frauen als vollwertige Menschen an, und sogar die spastischen Handbewegungen haben aufgehört!"
„Mann, bis du kraaass, Hakan."
„Ischweiß, Aldä!"
Kurzes Schweigen im Walde. Und dann der Ausbruch. Brandender Applaus, Gepfeife und Gejohle, einige rollten sich ab vor Lachen. Einige schmunzelten, wieder andere saßen da und waren sichtlich irritiert, die kognitive Dissonanz stand ihnen ins Gesicht geschrieben – was will man mehr?! Kalle und Harry verneigten sich mehrfach in alle Richtungen und suchten dann schleunigst das Weite, um sich schnellstmöglich wieder dem voll korrekten Yoga-Dresscode anzupassen.
Den übernächsten Auftritt bekamen sie wieder von Anfang an mit. Eine Aufführung in Bharata Natyam, dem traditionellen, indischen Tanz. Es war keine Inderin, aber sie war super! Optisch und energetisch. Wer weiß, wie lange sie das schon machte. Harry war hin und weg. Er fand den indischen Tanz sowieso viel ansprechender, als den orientalischen Bauchtanz. Den fand er zu überladen, zu vordergründig erotisch, obwohl er wusste, dass das ganz und gar nicht die primäre Idee dahinter war. Der indische Tanz hingegen hatte allerdings ein Mysterium, das erst ergründet werden wollte, so dass er ganz Indien an sich wunderbar zum Ausdruck brachte. Dazu Leichtigkeit, Anmut, Kraft, Dynamik, und natürlich die Musik. Wer war das bloß? Die Frau war ihm noch nicht wirklich aufgefallen. Noch nicht.
Nach zwei weiteren Nummern neigte sich der Abend dem Ende zu. Auch heute keine Ausnahme. Um 22.30 herrschte Nachtruhe. Na wer weiß, dachte Harry, 'The curious mutation of Hakan: Konkerett Yoga, weis?' würde entweder in die rühmlichen Annalen des Bunten Abends eingehen oder schnellstens in die Tiefen der frisierten Akasha-Chronik als eine der unsattvigen Besser-nie-passiert-Verfehlungen verbannt werden. Die tauchten dann später aber unweigerlich als 'Nicht-die-geringste-Ahnung,-was-ich-da-jetzt-wieder-draus-lernen-soll-Lebensaufgabe' wieder auf.
Jedenfalls Spaß hats gemacht. Saumäßig!

22 Surfer oder Taucher

„Das Geheimnis, wie wir mit einem Leben reich an Bewusstheit und Sensibilität beginnen können, liegt in unserer Bereitschaft, anwesend zu sein. Hierdurch wird alles mit Bedeutung gesegnet.“ (Jack Kornfield)

Kerze an, sich setzen, zentrieren im Bauchraum, Sitzposition checken. O.k. Jetzt nach dem kleinen Pranayama geht's leichter, die Konzentration ist besser. Atem fließen lassen, beobachten, mit dem Mantra synchronisieren. Om Nama Shivaya, Om Nama Shivaya, Om Nama Shivaya, Om Nama Shivaya, Om Nama Shivaya, subtiler werden lassen, leiser und leiser.
Om Nama Shivaya, Om Nama Shivaya, Om Nama Shivaya, Om Nama Shivaya, Om Nama Shivaya, Om Nama Shivaya, Om Nama Shivaya, ... Sich langsam tiefer sinken lassen, hinein ins Mantra, sich verbinden mit der Kraft, einschwingen, ... choose the mantra, follow the mantra, sink into the mantra, ... Om Nama Shivaya, Om Nama Shivaya, Om Nama Shivaya, Om Nama Shivaya, Om Nama Shivaya, Om Nama Shivaya, Om Nama Shivaya, ...
Bananen, Pfirsiche, ne Wassermelone, ... aber nur, wenn's Kilo unter 59 Cent ist. Oder ne große, Stückpreis. Oder ne Gallia, bis 99 Cent, wenn sie relativ groß ist. Was noch? Was war da noch? Mist, ich komm nicht drauf. Dann komm ich nach Hause und wieder fehlt was. Also, ... Ja! Avocados! Avocados sind was Feines, ... diese Advocado-Esser, ... die essen auch Gnotschies, Zutschinies, und trinken Tschianti ..., so schwer ist das doch nicht: Wenn ein h hinter dem c steht, wird es hart gesprochen wie k, auch wenn ein e oder i folgt, und wenn nicht, also ohne h, wird's weich gesprochen bzw. eben wie tsch. Gibt's eigentlich doppel-c ohne h? ... Zuccero! Oder ist das spanisch? Aber Doppel-z wie in azzuro wird wie z gesprochen, nicht wie ein scharfes s. Bio-Soja-Reis-Milch für 89 Cent beim Aldi, da nehm ich gleich 6, also ein Öko-Six-Pack sozusagen. Die ist mindestens so gut wie die aus'm Reformhaus für 1,69 ..., o.k., die Familienpizza könnt ich auch mal wieder nehmen, Mozzarella .... !!!!!!!!!!
Om Nama Shivaya, Om Nama Shivaya, Om Nama Shivaya, Om Nama Shivaya, Om Nama Shivaya, Om Nama Shivaya, Om Nama Shivaya, Om Nama Shivaya, Om Nama Shivaya, Om Nama Shivaya, Om Nama Shivaya, Om Nama Shivaya, ...
Sehr geehrte(r) Sachbearbeiter(in), KD-Nr 886237655 – Harry Bohl. Re-Nr. 9413604996 vom April 2007. Anfrage zu Pkt. 1: Nacherhebung T-Online-Entgelte 109,02 Euro. Bitte schlüsseln Sie mir das Zustandekommen dieses Betrages auf. Bei einigen Rechnungen differiert der Betrag für die DSL-Flat, Position 77100, um einige Euro. Ist nicht davon auszugehen, dass dieser Betrag, ebenso wie die Grundanschlussgebühr von 14,64 ... Nee, das muss ich anders formulieren: Im Februar 2007 lag dieser Betrag ... !!!!!!!!!!!!
Om Nama Shivaya, Om Nama Shivaya, Om Nama Shivaya, Om Nama Shivaya, Om Nama Shivaya, Om Nama Shivaya, Om Nama Shivaya, Om Nama Shivaya, Om Nama Shivaya, Om Nama Shivaya, Om Nama Shivaya, Om Nama Shivaya, ...
Irgendwie so lang heute!? Vielleicht 16 Minuten um? ... Blinzel auf die Uhr. Was? Erst 12? Kann doch nicht sein. Ist ja wieder ewig heute. Ich sollte besser den Wecker stellen, statt zwischendurch ... !!!

Om Nama Shivaya, Om Nama Shivaya, Om Nama Shivaya, Om Nama Shivaya, Om Nama Shivaya, ... und das Mantra mit dem Atem koordinieren, ... O.k., Rücken gerade, also ich spür's schon im Rücken, und aufrecht! Wieso eigentlich aufrecht? Vom Mittelpunkt der Erde gesehen nach 'oben'? Was heißt denn hier 'oben'? Das Zentrum der Galaxie oder des Universums ist ja nicht 'oben'. Na ja, das wär was für 'Fragen an Madhura'... !!! Gesicht entspannt, Atem gleichmäßig und tief, subtil ...
Om Nama Shivaya, Om Nama Shivaya, Om Nama Shivaya, Om Nama Shivaya, Om Nama Shivaya, Om Nama Shivaya, Om Nama Shivaya, Om Nama Shivaya, Om Nama Shivaya, Om Nama Shivaya, Om Nama Shivaya, Om Nama Shivaya, ...
Dem Helmut muss ich auch noch antworten auf die letzte Mail. Hat er wieder so 'n krasses Foto von sich dazugepackt, wo er bis über beide Ohren grinst. Sieht aber immer wirklich lebensfroh aus, muss man zugeben. Ja, der gute Helmut, irgendwie wie so ein verrückter Zen-Trickster, ein unbewusster. Wie lange kenn' ich den jetzt? Warte mal, nicht dass ich lüge, das war Februar '90 in Berlin, auf der Erstsemesterparty. Nee, Moment, das war nicht Helmut, das war ... wie hieß der noch? Egal. Helmut, dem hab ich doch meine restlichen Briketts verkauft, als die die Heizung eingebaut haben bei mir, und dann haben wir die vielleicht 750 kg Briketts vom vierten Stock runtergeschleppt, im Kadett nach Schöneberg geschafft, und wieder rauf in den 5. Stock ... von wegen Fahrstuhl! Das war dann Ende Februar '90, genau, und danach sind wir zusammen nach Tunesien ... !!!!!!
Om Nama Shivaya, Om Nama Shivaya, Om Nama Shivaya, Om Nama Shivaya, Om Nama Shivaya, Om Nama Shivaya, Om Nama Shivaya, ...
Blinzel: Noch eine Minute. Om Nama Shivaya, Om Nama Shivaya, Om Nama Shivaya, Om Nama Shivaya, Om Nama Shivaya, Om Nama Shivaya, Om Nama Shivaya, Om Nama Shivaya, Om Nama Shivaya, Om Nama Shivaya, Om Nama Shivaya, Om Nama Shivaya, ...
Blinzel. Aaaah, jetzt sind die zwanzig Minuten um. Dehnen, durchatmen. Zurück im H+J des ... Tja, des was denn nun? Ja, was war denn das jetzt wieder? Eine typische Meditationssitzung, was sonst? Und das war nicht die einzige dieser Art. Harry erinnerte sich an viele ähnlich abgelaufene Meditationssitzungen. Und jetzt war er sehr gespannt auf den Vortrag über Meditationstechniken.

„Ja ..., hallo erstmal! Ich weiß nicht, ob ihr's schon wusstet, ... aber das heutige Thema lautet Meditationstechniken." Sieh an, auch der Nataraj hat ne komische Ader, dachte Harry und zog die Mundwinkel hoch. Einige mussten grinsen, die die Anspielung auf einen gewissen bekannten deutschen Komiker verstanden hatten.
„Seid ihr auch alle daaaa?"
„Jaaaaaaaaaaaa!"
„Schön, ich hoffe ihr seid vollständig anwesend, auch frisch und ausgeruht, denn vollständig anwesend sein ist genau das, worum es in der Meditation geht. Nachdem ihr ja schon Vorträge über die äußeren Umstände und hilfreichen Bedingungen der Meditation und auch über den Sinn und Zweck der Meditation gehört habt, geht es heute darum, eine Systematik der verschiedenen Techniken vorzustellen, und im besonderen die Vipasana-Meditation und eine

Form vom Mantra-Meditation.

Yoga-Meditationen sind die ursprünglichsten, ältesten Meditationsformen, von denen z.B. auch buddhistische Meditationen abgeleitet sind. Yogameditationen sind aus jahrtausendelanger Erfahrung entstanden. In allen yogischen Texten finden sich verschiedene Anleitungen zur Meditation, in den Veden, den Upanishaden, der Bhagavad-Gita, in den Patanjali-Sutras, und in der Hatha-Yoga-Pradipika. Yogameditationen sind Teil des systematischen, ganzheitlichen Yogaweges und wirken daher synergetisch mit der übrigen Yogapraxis. Also, wie ihr bereits gehört habt, wirken Asanas und Pranayama sehr unterstützend. Durch ihre Vielfalt bieten Yogameditationen für jeden eine passende, d.h. optimale, effektive Methode – wenn man sie erst mal gefunden hat.

Es gibt verschiedene Arten, Meditationstechniken einzuteilen. Ganz überblicksartig z.B. so:“

Während er sprach, schrieb Nataraj die zentralen Begriffe an die Flipchart.

„Es gibt aktive, konzentrative Meditationen mit speziellen Objekten, die man anschaut, meist aber sich innerlich vorstellt.

Dem gegenüber gibt es passive Meditationstechniken, wo es um reines Gewahrsein, um Kontemplation geht, einfach das Beobachten dessen, was im Bewusstsein auftaucht. Manche entsprechen eher dem Pratyahara-Aspekt, also dem Ausblenden bzw. Zurückziehen von Sinneswahrnehmungen, andere sind mehr konzentrativ, da werden bestimmte Sinneswahrnehmungen, meist visuell oder auditiv, als Technik benutzt. Da die Technik letztlich beliebig ist, kann man eine wählen, die einem besonders zusagt. Sehr hilfreich dabei kann sein, sich von einem Meister beraten und einweihen zu lassen. Auch nicht zu schnell wieder zu wechseln, wenn man meint: nichts passiert. Man sollte bei täglicher Praxis mindestens 3 – 4 Monate bei einer Technik bleiben.

Grundlegend für alle Meditationen ist jedoch immer Achtsamkeit bzw. die Achtsamkeits-Meditation, Vipasana, selbst. Aus der Beobachter-Position die Stille des Geistes wahrnehmen. Größtmögliche Bewusstheit dessen aufrechterhalten, was im Geist abläuft, bis hin zur Desidentifikation vom Ego. Das ist ja letztlich das Ziel. Das heißt dann Dhyana, Meditation, und die nächste Stufe, Samadhi, Auslöschung des begrenzten Ich-Bewusstseins.

Bei drei weiteren Formen von Meditation ist die Frage, ob man sie noch als Meditation im engeren Sinne bezeichnen kann, nämlich Bewegungsmeditationen, geführte Meditation, und Asanas.

Als Bewegungsmeditation können wir Bewegungssequenzen ansehen, die durch ihre Langsamkeit und Bewusstheit meditativen Charakter haben, die in möglichst meditativer Geisteshaltung ausgeführt werden. Die Geh-Meditation, Chi-Gong, Tai Chi, Feldenkrais, evtl. noch Eurhythmie, Eutonie, und andere, einzelne Bewegunsgformen. Diese Bewegungen können mit bestimmten Konzentrationen, Affirmationen und Visualisierungen verbunden werden. Letztlich ist ein Ziel, den gesamten Alltag in meditativer Haltung zu erleben.

Die geführte Meditation ist wie eine Geschichte, die dir erzählt wird, so dass eine Art innerer Film abläuft, in dem du erlebnismäßig voll eingebunden wirst. Du gehst richtig mit deinem Verstand und deinen Gefühlen mit, dabei aber voller Wachheit und Aufmerksamkeit. Meist wird absichtlich ein gewisser Freiraum gelassen, den du in deiner ganz persönlichen Art und

Weise gestalten kannst oder der an deine ganz persönliche Lebenserfahrung gebunden ist. Geführte Meditationen wirken eher stressabbauend, psychotherapeutisch und das Selbst entwickelnd, statt gedankenauflösend. Hierzu gehören auch Affirmationen.
Die klassischen Meditationsformen legen aber Wert auf die Unbewegtheit des Körpers und verlangen eine aufrechte, bequeme, sitzende Position. Im Liegen besteht eher die Gefahr, das wache Gewahrsein, die Bewusstheit vollends zu verlieren, also einzuschlafen.
Auch das Ausüben von Asanas kann sehr meditativ sein. Eine Asana-Meditation ist eine Art Wertschätzung des Körpers als Tempel und Instrument der Seele. In der Asana-Identifikation mit deren geistiger Entsprechung kannst du die Asana, die psychospirituelle Kraft, die in ihr steckt, quasi von innen heraus erfahren.
Die nächsten Meditationsformen sind welche, die im engeren Sinne als Meditationstechniken bezeichnet werden können.
Da sind zunächst wahrnehmungsbezogene Meditationen. Die äußere und innere Wahrnehmung betreffend, was gerade im Bewusstsein auftaucht. Diese Inhalte kann man kommen und gehen lassen, Augen offen oder zu, dann jeweils zur gewählten Technik zurückkehren, oder man macht sie von vornherein zur Meditationstechnik, zum Objekt der Aufmerksamkeit, um den Geist zu fokussieren. Dazu hab ich mal in so nem anthroposophischen Heft gelesen: *„Das Objekt der meditativen Hinwendung ist nur das Tor, um einen Raum der Innerlichkeit zu betreten, in dem der Friede wohnt."* von Sebastian Gronbach.
Es gibt auch äußere, sensorische Wahrnehmungsobjekte wie den Atem, den Lichtschein um eine Kerze, das ist Tratak, Gongs, oder auch Yantras und Mandalas, also symmentrische, bedeutungsvolle Bilder meist geometrischer Art. Ein Gong z.B. macht das Lauschen sehr bewusst, besonders an der Grenze zum Verklingen, und lässt dich einsinken, vertiefen in die Stille, in die der Klang verschwindet, so dass der innere Klang, Anahata, der sogenannte 'nicht-angeschlagene Klang', ins Bewusstsein treten kann. Wahrnehmungen, die als störend empfunden werden, wenn's im Rücken schmerzt, eine Fliege brummt, ein Niesreiz oder ähnliches auftritt, wird man sicher wieder loslassen, statt zum Brennpunkt der Aufmerksamkeit zu machen.
Dann die inneren Wahrnehmungen: Gedanken, Gefühle, innere Bilder, Klang, Energiegefühle. Oder auch innerlich das Licht des reinen Bewusstseins, Schauen des inneren Lichts, sofern denn eines auftaucht. Aus diesen spontanen, inneren Wahrnehmungen und den Gedanken und Gefühlen, die gleichzeitig damit bewusst werden, kann dann auch Selbstbefragung, nach der eigentlichen Meditation, resultieren.
Oder, wenn die innere Vorstellung als gezielt gewählte Technik benutzt wird, nennt man das visualisierende Techniken. Da stellt man sich innerlich Yantras und Mandalas vor, oder die Symbole der Chakras, oder natürlich die Ishvaras, mit deren Kraft man sich verbinden möchte. Und es gehen auch symbolträchtige, archetypische Objekte: Sonne, Mond, Baum, Berg, Höhle, See, Wüste, spirituelle Symbole aller Art. Wählt man eine dieser Methoden, kann man sie in Verbindung mit Bhavanas, bestimmten erhabenen Gefühlen, bringen oder mit der Kontemplation sattviger Begriffe verbinden. Das macht man meist in fortgeschrittenen Praktiken, im Kundalini-Yoga, dass man mehrere Elemente miteinander verbindet, und dies z.B. auch während einer Asana ausführt, dazu noch mit einem bestimmten Pranayama, also das

ist schon ziemlich komplex. Das werdet ihr auch in der dritten und vierten Woche ausprobieren.

Und quasi als eine akustische Meditationstechnik ist die Mantra-Meditation sehr verbreitet und effektiv. Äußerlich ausgeführt, also dass man's hören kann, wird man nicht von Meditation sprechen, aber es kann nahe dran sein. Das ist ja auch vom Buddhismus sehr bekannt, das habt ihr sicher schon gesehen, wie eine ganze Gruppe von Mönchen gemeinsam die Schriften oder Mantras rezitiert. Gerade das gemeinsame Mantrasingen hat wunderbare Wirkung, wie ihr sicher schon gemerkt habt. Das innerliche Rezitieren von Mantras ist die vielleicht am weitesten verbreitetste Meditationstechnik, zumindest in den östlichen Meditationen. Man sagt auch, dass dies kraftvoller sei, als das laute Rezitieren, da die Kraft des Geistes stärker ist, als die Kraft der Stimme.

„Was is'n das stärkste Mantra überhaupt?"

„Dasjenige, das du mit voller Hingabe, aus ganzem Herzen rezitierst! Bhakti-Yoga. Das OM ist zwar sehr verbreitet, aber die Kraft kommt dennoch sehr aus dem Gefühl und der geistigen Haltung, die du hineingibst. Über Mantras speziell wird es noch einen Vortrag geben. Von daher soll dies an dieser Stelle erst mal reichen."

„Aber was für eins soll ich denn nehmen? Es gibt doch Hunderte Mantras."

„Es gibt sicher Tausende von Mantras. Für deine Meditation kannst du ein allgemein besonders positives oder häufiges Mantra, z.B. So Ham – Ich bin DAS, oder OM nehmen. Oder, wer es gerne spezieller haben will, wer schon mit den tieferen Aspekten des Yoga vertraut ist, der nimmt ein Mantra, das zu einem der Haupt-Ishvaras gehört, also zu Vishnu, Shiva, Krishna, Saraswati, Durga oder Lakshmi. Das wird dir von einem Meister gegeben, womit er gleichzeitig bestimmte Energiekanäle in deinem Energiekörper öffnet, damit es stärker wirkt. Das ist die Mantra-Diksha. Wenn du keinen Meister hast, beschäftige dich eine Weile mit dem Thema und dann wähle ein Mantra, das dir innerlich zusagt. Ihr habt hier in der Ausbildung zum einen die Gelegenheit, diese Erfahrungen zu sammeln und dann eines zu wählen, oder ihr könnt euch von Madhura in eines einweihen lassen.

Und schließlich, als letzte der häufig angewandten Techniken, die reflektierende Meditation, die auch in der westlichen spirituellen Praxis sehr verbreitet ist. Das ist die Kontemplation von sattvigen Begriffen, deren Rezitation mit dem Atem synchronisiert wird, so wie ein Mantra: Leere, Geist, Wahrheit, Vergänglichkeit, Tod, Mitgefühl, Schönheit, Frieden, Liebe etc. Letztlich um diese als geistige Konzepte zu transzendieren und sie statt dessen essenziell zu erfahren. Wenn der Geist gesammelt ist, z.B. durch Atemkonzentration, kann auch übergegangen werden in eine kontemplative Meditation, in der ein Thema oder Problem, das man gerade hat, aus dem inneren Raum der Stille, aus der Verbundenheit mit der Quelle, angemessen betrachtet werden kann.

So, das soll erstmal als Überblick reichen. Ich möchte jetzt noch kurz auf die zwei geläufigsten Techniken eingehen, die Achtsamkeits- und die Mantra-Meditation.

Die Achtsamkeits-Meditation, Vipasana, ist im Yoga wie in anderen spirituellen Richtungen die grundlegendste Übung, die zur ständigen Praxis, Tag und Nacht, wird. Achtsamkeit – ein annehmendes, liebevolles Gewahrsein dessen, was in jedem Augenblick in der Innen- und

Außenwelt wahrgenommen wird, ohne Bewertung. Die Bereitschaft, in Kontakt zu gehen mit deiner Wahrnehmung bzw. Wahrmachung, mit der Konstruktion deiner subjektiven Realität, deiner Wirklichkeit. Das ist der Schlüssel zur Selbstbestimmung, weil wir unsere wahren Bedürfnisse im Hinblick auf unser spirituelles Wesen erkennen. Diese zu verwirklichen bedarf es diverser Mittel, wie sie spirituelle Praktiken darstellen.

Die Ausführung von Vipasana geschieht gemäß der allgemeinen Bedingungen für Meditation, wie sie jetzt schon mehrfach dargestellt wurden, nur dass die Aufmerksamkeit an kein Meditationsobjekt gebunden wird, sondern alles aufnimmt, was gerade ins Bewusstsein kommt, und nicht daran haften zu bleiben. Zwischendurch immer wieder den Atem spüren, und die Lücke zwischen den Atemzügen zu erfahren. Und dann wird es auch zu Lücken zwischen den Gedanken kommen. Und hier aufmerksam bleiben und die Leere, Chidakash, den Bewusstseinsraum, wahrnehmen. Wenn der Geist gesammelt ist, kann übergegangen werden in die Erfahrung dieser Lücke zwischen den Atemzügen und Gedanken, in das Gewahrsein dessen, was in diesem Moment spürbar ist. Und diesen Raum, dieses Gewahrsein, mehr und mehr sich ausdehnen zu lassen, darum geht es. Diesen inneren Raum der Stille, der den Zugang darstellt zur Verbundenheit mit der Quelle, Brahman, um so Satchidananda zu erfahren.

In diesem Sinne bedeutet Achtsamkeit, im Hier und Jetzt anwesend zu sein. So lautet der erste Satz der Sutras von Patanjali: 'Atha yoganushasanam', 'Nun wird Yoga erklärt'. Das lässt sich auch so verstehen: 'Yoga findet JETZT statt'. Yoga bedeutet 100% Anwesenheit im Hier und Jetzt. Es bedeutet Präsenz, Würde, Integrität und Charisma. Würde als Ausdruck der Erkenntnis des Spirituellen in sich Selbst und der gesamten Schöpfung. Integrität wird bewirkt durch die Anerkennung der Wirksamkeit spiritueller Gesetze in der Welt. Ein Bewusstsein vollkommener Wertschätzung der Existenz auf Grundlage der spirituellen Gesetze. Ständige Achtsamkeit bedarf zunächst der formalen Praxis und Disziplin, um zum selbstverständlichen, ständigen Bewusstseinszustand zu werden.

Als zweites Beispiel die Mantra-Meditation. Dazu habe ich euch ein Flipchart vorbereitet."

Als Nataraj das oberste Blatt nach hinten umklappte, kam folgende Zeichnung zum Vorschein.

„Oben, wo das Mantra den größten Raum einnimmt, ist seine Universalität, seine Allverbundenheit, die Quelle der Kraft angedeutet. Nach unten hin wird es durch unsere verschiedenen Bewusstseinsstufen immer komprimierter, immer persönlicher quasi. Gleichzeitig stellt es den Prozess dar, wie das Mantra immer subtiler wird, während wir es rezitieren, wie wir uns mehr und mehr mit ihm verbinden, bis sich unser Bewusstsein schließlich in ihm auflöst und wir mit der Kraft verbunden sind, die das Mantra repräsentiert. Der bewusste, aktive Prozess dabei geht so: Choose the Mantra, follow the Mantra, sink into the Mantra. Einer meiner frühen Lehrer sprach englisch, deshalb kommt es mir immer so ins Gedächtnis.

Diese Blitze sind die Stressblockaden in unserem Nervensystem, in den verschiedenen Tiefen des Bewusstseins. Dieser Stressenergiekomplex wird durch das Mantra angestoßen und gelöst, steigt nach oben wie eine Luftblase im Wasser, und kommt uns als Gedanke zum Bewusstsein. Man kann auch sagen: 'So wie deine Mitmenschen der Spiegel für dich im Äußeren sind, ist die Meditation der Spiegel in deinem Inneren.' Durch das wertfreie Beobachten nehmen wir

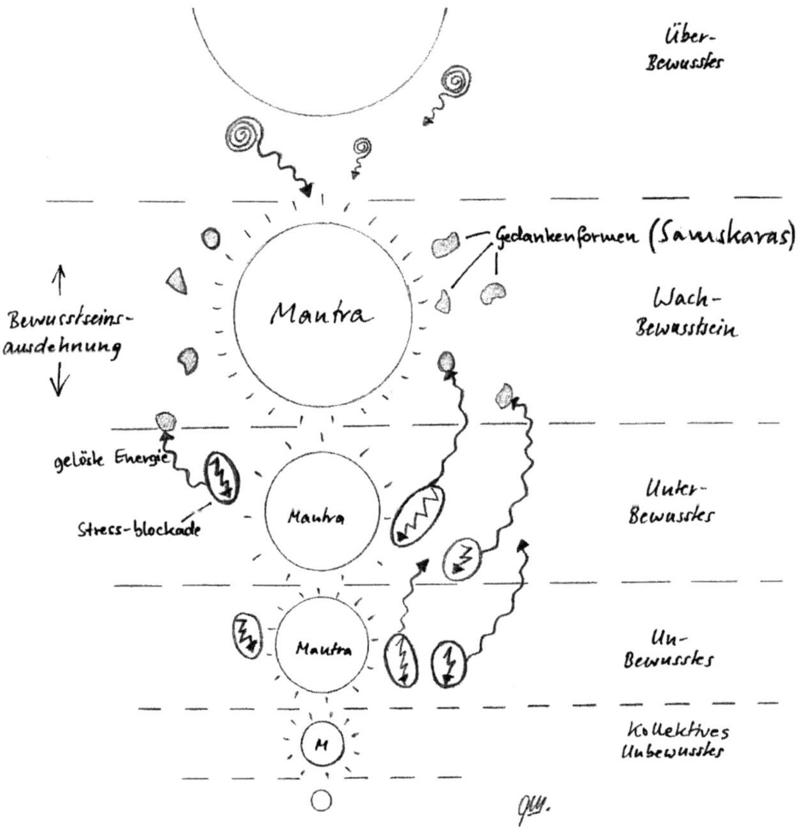

Mantra-Meditation und Stressauflösung

ihm einiges von seiner negativen Kraft, gewinnen einiges von der an ihn gebundenen Energie zurück. Je öfter, desto leichter werden sie gelöst, desto mehr Energie. Und wenn wir wollen, können wir das Thema des jeweiligen Stresses nach der Meditation oder als kontemplierende Meditation mental bearbeiten, und wenn möglich oder nötig auch manifest. Das heißt, wir ändern Verhaltensweisen oder auch äußere Lebensumstände.

Es gibt Leute, die vom Wesen her eher gefühlsbetont und wechselhaft sind, die werden auch in der Meditation eher besonders intensive Höhen und Tiefen erleben. Tiefe Glücksmomente, aber auch intensive Unsicherheit, Ängste oder ähnliches, regelrechte 'Gefühlswallungen', das sind die sogenannten 'Taucher'. Und andere kommen vielleicht nicht zu so tiefen Erlebnissen, sind dafür aber gleichmäßiger in ihrem Erleben, ziemlich konstant auf einen Level von Gelassenheit, Gleichmut und beobachtender Distanz, eher so die 'Surfer'.

Man kann nicht sagen, dass das eine oder andere besser sei. Es ist eben so, und bei beiden Typen ist die Meditation wirksam. Und beide können diese Spiralen, die von oben kommen, erleben. Das können nämlich die Inspirationen und Transzendenzerfahrungen sein, die jeder emp-

fangen bzw. machen kann. Dies um so mehr dieser Raum der Stille erfahren wird, diese Öffnung des Bewusstseins für das universelle Energiefeld, das allumfassende Bewusstsein.
Zum Schluss hab ich noch ein schönes Zitat für euch von einem der großen Pioniere der humanistischen Psychologie, Fritz Perls: *„Veränderung geschieht, wenn wir mit dem in Kontakt kommen, was wir sind, und nicht, wenn wir versuchen, etwas zu sein, was wir nicht sind.“* In diesem Sinne: Sei du selbst. Du kannst ohnehin niemand anders sein.“
Und mit einem langsamen, bewussten Namasté in die ganze Runde verbeugte sich Nataraj vor der Gruppe. Und die Gruppe schenkte ihm ein gleiches.
“Ooooooooooooooooooommmmmmmmmmmm!”

23 Primitief

„Froh zu sein bedarf es wenig, und wer froh ist, ist ein König.“ (Volksweisheit)

Harry, Conny, Anne und Gunnar hingen in einer hinteren Ecke des Speiseraums ab, nach dem Essen. Der Bunte Abend und diese Diskussion über die Schöpfung, Zufall oder Plan, hatten Energien freigesetzt, die bislang im Verborgenen geschlummert hatten. Energien einer Art, die allerdings im Rahmen eines Yoga-Ashrams sich auf recht ungewöhnliche Weise zeigten. In einer Form, die den gelösten Spannungen und dem aufgelockerten Durchhänger-Frust auf einem Niveau jenseits aller ehrenhaften yogischen Ansprüche Ausdruck verleihen sollte.
Conny: „Na, hör mal, DAS war ja vielleicht ne Nummer von Euch beim bunten Abend! Ich hab mich echt abgerollt. Wirklich ne Extra-Nummer, gerade für hier im Ashram. Die meisten fandens großartig, zumindest vom reinen Spaßfaktor her, also Anspruch gegen Null. Aber für manche war das glaub ich ne Nummer zu hart, zumindest grenzwertig. Also der Madhura, der musste echt mit sich kämpfen, ob er das nun witzig finden sollte oder nicht, das konntste ihm richtig ansehen. Der ist die ganze Zeit von der einen Arschbacke auf die andere gerutscht.“
Harry: „Kann ich mir gut vorstellen. Ist ja auch nicht so leicht, hier in so nem Ashram die Grenzen zu ziehen. Notwendige Grenzen zu setzen für die anderen, also für die Seminarteilnehmer, egal, wo jetzt die eigenen Grenzen sind.“
Anne: „Du meinst, wenn man die Grenzen für andere weiter setzt, kann man auch selbst dran wachsen. Weil man sehen kann, was Positives daraus wächst, wie andere Menschen kreativ damit umgehen, und nicht gleich um Jahre in ihrer Entwicklung zurückgeworfen werden.“

Harry: „Genau. Ab und zu muss man mal die Grenzen neu austesten. Ich hab sowieso den Eindruck, dass manche alteingesessenen Ashram-Bewohner einen gewissen Realitätsverlust aufweisen bezüglich dessen, was normal ist. Oder was man von anderen erwarten kann an geistiger Reinheit oder yogischem Lebensstil. Also das ist jetzt gar nicht bös gemeint."
Gunnar: „Ja, ich denk manchmal, so'n Null-Niveau-Schub kann auch mal gut tun."
Harry: „Ja, das unterläuft einem ja sowieso manchmal. Ich mein, wir sind ja alle noch auf'm Weg, noch nicht so ganz erleuchtet, da ist son Primi-Tief ganz normal."
Conny: „Da kannste dann ja wie so'n Psychotest in den Frauenzeitschriften auch mal 'n kleinen Yogi-Test machen, so für zwischendurch: Z.B.: Welches Wort gehört nicht dazu: Papadam, Mamadam, Staudamm? ... Na? ... Gut, da musst du die indische Küche kennen."
Harry musste grinsen. „Auch so im Hinblick auf unsere Prüfung hier, nä?"
Conny: „Klar. Oder die Frage kommt bestimmt dran: Welche Person ist keine Yogini? Mata Bhavani, Mata Hari, Tante Martha?"
Harry: „Ja, pass auf du, unterschätz mal die liebe Tante Martha nicht! Wenn wir die nicht gehabt hätten, und sie stellvertretend für alle guten Tanten, die mit dem immer freundlichen, rosigen Gesicht und dem riesigen Busen, quasi als Pufferzone zwischen den verständnislosen Eltern und der grauen Welt da draußen, das wäre ne harte Kindheit gewesen."
Gunnar: „Und da draußen, da gibt's so manche Yogis und Yoginis, die gar nicht merken, das sie Tante Marthas sind. Und die es auch nicht wissen wollen. Die sich das auch nicht groß auf die Fahne schreiben müssen, so wie manche selbsternannten Gurus, oder solche, die von ihren Devotees sich haben dazu hinstylen lassen, womöglich posthum, so dass sie jetzt im Grab rotieren."
Harry: „Aber in soner Großstadt z.B. triffst du ja nicht nur so Hakans und Kemals, sondern auch so alles mögliche und unmögliche. Boa, letztens bin ich in ne Polizeikontrolle gekommen. Meine Lieblingsfreunde und Helfershelfer. Da wird Sie geholfen. Die hab ich echt gefressen. Also die halten mich an, Routinekontrolle. Kommt auch gleich einer auf den Wagen zugestiefelt, ich kurbel das Fenster runter. 'Fahrzeugkontrolle. Ihren Fahrzeugschein und Ihren Führerschein, bitte!' Und ich so ganz zackig: 'Jawoll, mein Führer-...' Und da konnste richtig zusehen, wie bei dem Mann in den gediegenen Grün- und Beigetönen eine Ader an der Stirn anschwoll, und er holte bereits tief Luft, und ich im letzten Moment: '...-schein und Fahrzeugschein, hier bitte!' und reich ihm so ganz freundlich die Lappen durchs Fenster. Boa, der war knallrot, kurz vorm Platzen, konnte grad noch so an sich halten. Und ich erst. Kaum war ich wieder weg, ich hab gegrölt wie sonst was!"
Conny und Anne grinsten übers ganze Gesicht, und Gunnar und Harry hatten bald das Wasser in den Augen stehen.
Gunnar nickte in Richtung Tür: „Aaah, da kommt ja genau der Richtige!"
Kalle kam grinsend dazu. „Ja wat is denn hier los bei Euch? Sagt mal, habt ihr gesoffen oder wat?"
„Klar, Amrita ohne Ende", antwortete ihm Gunnar. Und Kalle setzte sich dazu.
Harry: „Ne, du. Schon meine Omma hat immer gesagt: 'Wir können auch ohne Alkohol fröhlich sein'. Die hab ich aber nie wirklich unkontrolliert fröhlich erlebt, die Omma, ob mit oder

ohne Alkohol. Die war bestensfalls mal erheitert, aber nicht angeheitert, immer 'anständig'."
Conny: „Die Arme!"
Kalle: „Hat aber bei dir nicht so wirklich abgefärbt, oder?"
Harry: „Nee, zum Glück, nicht wirklich. Nee, wir sind grad nur so'n bisschen primitief."
Kalle: „Primitief? Ganz tief unten, nä? Jaaa, kenn ich. Mal ne Auszeit nehmen von all dem abgehobenen Zeug hier, nä?"
Harry: „Na ja, so quasi. Mehr so'n letztes Aufbrechen chtonischer Impulse vor dem endgültigen Samadhi. Wesenheiten von ganz tief unten, so wie bei H.P.Lovecraft."
Gunnar: „Chtonisch wat?"
Harry: „Na, so vom Urschleim der Psyche, vom primitivsten Grund der Seele, präanimalische Triebe, dumpfeste Dumpfheit, weißte, das bricht dann unkontrolliert hervor, so als Auftakt für die endgültig befreiende Katharsis."
Kalle: „So ne Art phylo-ontogenetisches Unterbewusstseins-Kriya. Sounds from the ground. Ja, ja, ich verstehe, Herr Doktor, alles klar."
Gunnar: „Ab und zu mal so richtig primitief sein – das entspannt wirklich."
Harry: „Genau! Um so besser fühlt sich danach jede kleine Erhebung an. Jaa, im Ernst. Manchmal ist primitiv sein so entspannend, weil du merkst, dass du ja eigentlich überwiegend sattvige Gedanken hast. Und dann geht's wieder ne Weile."
Kalle: „A propos Erhebung. Ich muss zugeben, da erhebt sich nicht viel bei mir bei der Medi."
Harry: „Da SOLL sich bei dir auch nix erheben, bei der Medi!"
Kalle: „Aaaach, Harry, du wieder. Das Bewusstsein, die Kundalini!!! Jedenfalls letztens hatte ich wieder Gedanken ohne Ende bei der Medi. Von wegen Konzentration, Mantra, erhebendes Gefühl. Nichts als Gedanken, haufenweise dummes Zeug, Nebensächlichkeiten, fast hätt ich angefangen mich zu ärgern."
Conny: „Vielleicht bist du einfach zu aufgedreht im Kopf, oder zu gedankenflüchtig, oder neee, zu ... wie heißt das? Vikshipta! Zu viele zerstreute Gedanken, zerfahrenes Denken, mentale Diarrhoe, neee, mentale Inkontinenz."
Harry: „Vielleicht wär DAS ne gute Vorbereitung auf die Medi, um deinen Gedankenstrom zur Ruhe zu bringen: 3 Bier, drei Kurze, hinternander weg. Flatline im Hirn, Seeoberfläche spiegelglatt! Sollze ma sehen, wie die Gedanken zur Ruhe kommen, Wachkoma sozusagen, dann ist nur noch *****." Harry verdrehte die Augen und klappte die Kinnlade runter.
Kalle: „Du bist vielleicht 'n Pannemann!"
Harry: „Ja, ja. Ich bin ja nur ein kleiner Pannenmann. Wie gern wäre ich ADACiel, der gelbe Engel vom ADAC!"
Kalle: ******
Harry, Kalle und Gunnar kriegten bald Krämpfe vor Lachen.
Harry begann die nächste Runde: „Sagt mal, hat die Chamundi bei ihren Ausführungen über Ernährung nicht auch was von Verjüngung bzw. Erneuerung der Körperzellen erzählt? Angeblich sind nach spätestens 7 Jahren alle Körperzellen erneuert, so dass der Körper völlig runderneuert ist, also im Endeffekt nie älter als 7 Jahre ist."
Anne: „Ja, stimmt. Nur der genetische Bauplan ist gleich. Nur beeinflusst von den Überzeu-

gungen, die du über's Altern und über Gesundheit hast. Was normal sei. Und?"
Harry: „Na da hab ich mich gefragt: Sind eigentlich auch die Sockenzellen nach sieben Jahren komplett erneuert?"
Gunnar: „Sockenzellen?"
Kalle: „Ja, klar, nee – aber wenn du dieselben Socken 7 Tage lang anhattest, zeigen sie eine deutliche Tendenz zur Verhornung."
Harry: „Ach!"
Kalle: „Jaa! Und für diese Erkenntnis hat der schwedische Professor Söckan Sockenson vom berühmten Karolinska-Institut in Stockholm 1922 den Nobelpreis für Quantenphysik erhalten."
„Is ja 'n Ding!" Harry nickte anerkennend mit dem Kopf.
Gunnar: „Also nach Schweden würd ich auch nur fahren, um meinen Nobelpreis abzuholen. So urlaubsmäßig zieht's mich eher gen Italien."
Harry: „Genitalien? Au ja, also wir fahren gen Italien und machen Urlaub in Flagranti am Lago Fellatio."
Gunnar: „Im Museum betrachten wir dann Senator Claudius Interruptus und seine Gattin Cunnilingula Inkontinentia in all ihrem Glans."
„Achtung", warnte Anne, „das Niveau droht jetzt ins Bodenlose zu sinken!"
„Zu spät!" rief Conny lachend.
„Tiefer, tiefer", brüllte Kalle.
In diesem Moment stand Dorothea vom Nachbartisch auf. „Sagt mal, über SOWAS könnt ihr lachen? Wir sind doch hier schließlich in einem Yoga-Ashram! Mein Gott, wie kann man nur so primitiv sein!", entfuhr es ihr. Im selben Moment erschrak sie wohl etwas über sich selbst und suchte leicht bestürzt und wehenden Hauptes das Weite.
„Ach? Die feine Dame ist pikiert?", rief Harry so halblaut hinterher. „Rümpft das Näschen? Augenaufschlag? Was wehren Sie denn da ab an nicht gelebten Ego-Anteilen? 'Und sie entfleuchte kehrtwendend.'"
Conny: „Ach Harry, lass die doch. Die wird auch noch lockerer."
Kalle: „Da hat wohl das spirituelle Ego nicht dichthalten können? Die 'ganz andere Stufe' ist aber wohl noch nicht so hoch, dass die Aufmerksamkeit nicht bis in die Niederungen von uns Primitiven hinabreichen würde? Da würd ich mal drüber nachdenken!"
Anne: „Hey, hey, guys, cool down. She 's young!"
Ja, ja, die Anne, dachte Harry. So 'n richtig toughes, altes Mädchen.
Kalle: „Und ich hab doch bloß: 'Tiefer, tiefer' gesagt! Was hat die sich bloß dabei gedacht?"
Harry: „Is doch klar! Aber solch unreine Gedanken sind ja nicht sattvig. Die darfst du hier nicht haben. Das Thema Nummer Eins kommt hier sowieso 'n bisschen zu kurz. Zumindest oberhalb der Bewusstseinsgrenze."
Gunnar: „Und unterhalb der Gürtellinie!"
„Meincht du etwa Chekchualite-eht?", knatschte Kalle.
„Jaaa, so richtig", antwortete Gunnar, „sogar mit poppen!"
„Du kleiner Chlingel, du!"

Harry: „Du, ich möcht nicht wissen, was so manch braver Yogi oder Yogini hier so unterdrückt. Für nen Swami ist Brahmacharya Ehrensache, aber für den gemeinen Homo Yogicus ist das in der konsequenten Konsequenz doch 'n bisschen viel verlangt."
Kalle: „Ja, manche fühlen sich wahrscheinlich so abgehoben hier, so 'vööölig losgelöst, von dea Eade'... Erinnerste dich? Nena? Ganz am Anfang? Das waren noch Zeiten, die wilden 80er."
Gunnar: „Und die depressiven, punkigen 80er."
Harry: „Conny, da warst du noch Quark im Schaufenster!"
Conny: „WAS war ich?"
Harry: „Na ja, nicht ganz, aber da warst du doch gerade dem Kindergarten entwachsen."
Conny: „Du, das nehm ich jetzt als Kompliment, dass du mich so jung schätzt."
Harry: „Aber gerne, liebe Conny. Du bist ja das blühende Leben selbst! Welch zartes Blümchen, oder besser, welche liebliche Connyfähre im Garten des Herrn, du geheimnisvolle ConnyFairy, o elfengleiches Engelswesen, edle Königin der Pflanzendevas, ... Devarani sei dein Name ..."
Conny: „Oooooaaaa, Harry, hör auf, du alter Charmeur. Werter Herr, Sie machen mich erröten!"
Gunnar: „Ja, wenn einer sich zu abgehoben fühlt, oder er merkt's vielleicht nicht mal, da kann ne gute Portion Erdung nicht schaden."
Kalle: „Wie? Du fühlst dich zu abgehoben? Brauchste mal wieder 'n bisschen Erdung? Da nehm ich dich ma mit na Essen-Kray."
Gunnar: „Mit dir immer, Kalle. An unserem freien Tag 'n kleiner Abstecher wär nicht schlecht."
Kalle: „Ja, dann kannze ma sehn! Geeße ma duiche Schräbergeatn, Schwätzken übern Zaun halten, stellze dich ma anne Trinkhalle mitn klein Feichling, hohlze dich ma inne Pommesbude ne Wuast – 'Ma ma Körrie!' – un da hörße überall ma ne Weile zu, reedste ma mit, und nachher 'weiße wieder, wo der Frosch die Locken hat', wie der Atze Schröder so schön sachte. Dann bisse wieder aufm Boden der Tatsachen. Dann hasse Erdung satt. Trifffße vielleicht noch den Helge Schneider in Mülheim, gleich bei sich umme Ecke, dat is dann die Krönung."
Harry: „Womit wir wieder beim Thema Realitätsverlust wären: Was ist Wirklichkeit, nä? Verschiedene Realitätstunnel, parallele Universen."
„Is doch Alltag bei uns im Ruhrpott." Ja, der Kalle musste sich ja auskennen. Karlheinz Gopalla aus Essen-Kray, ein Schrei aus Stein. Essen-Cry, da musst du ja schreien. Entweder du liebst es oder du hasst es – lieb. Oder du gehst nie wieder zurück. „Ruhrpott – da triffst du an jeder zweiten Ecke son Atze Schröder oder son Herbert Knebel läuft dir übern Weg. Der Umgangston ist bisweilen schon recht deftig. Da musst du einiges einstecken, aber du darfst auch austeilen. Solange du den richtigen Ton triffst und mit den richtigen Gesichtsausdruck, sonst heißt et schnell: 'Nu man ganz sachte hier, hömma. Ruck-Zuck Fresse dick, nä'. Oder so: 'Na du alter Windelpisser? Wo treibs du dich denn so rum?' 'In Kontinenz natürlich, wo denn sons? Und selber?' 'In Karnation. Klar. Wo denn sons?' Das ist dann aber schon Fortgeschrittenen-Level. Aber ist nicht wirklich bös gemeint. Hinter der manchmal derben Art steckt letztlich so ne mütterliche Herzlichkeit dahinter, so ein sorgendes Wohlwollen: 'Na

Jung? Komma ehm rein, krisse wat Leckeret hier. Da is nowwat von dem Kuchen, wo die Omma gestern gebacken hat ...'. Weiße Bescheid, nä?"
Conny: „Gut, aber das ist doch nicht primitiv, das ist vielleicht 'einfach gestrickt', irgendwie eben auch liebenswert, so ne ganz direkte Freundlichkeit, ohne überhaupt drüber nachzudenken. Das ist ja auch Buddhismus dann, teilnehmendes Mitgefühl."
Harry machte große Augen.
Kalle: „Na klar! Da hatze völlig recht. Find ich schon. Finnze nich?"
Gunnar: „Wo wir schon mal dabei sind, wisst ihr, was ich primitiv find? Dass einer seine Popel frisst, das kennen wir ja schon aus der Schule, aber dass einer seinen Q-Tipp ableckt! Nachher!"
Unisono: „Nein!"
Gunnar: „Doch, ehrlich, hab ich heut morgen im Waschraum gesehen. Ganz auf Du und Du mit dem Körper, sozusagen."
Harry: „Das ist krass! Und wer? Komm, sag!"
„Nee!"
„Doch!"
„Nee, is doch egal. Ist jedenfalls auch ne Form von Erdung, wenn auch ne ziemlich krasse."
Conny: „Q-Tipp ablecken!" Conny verzog das Gesicht. „Das find ich aber jetzt doch leicht befremdlich. Das geht ja schon ins Krankhafte, abusus hygienensis."
Gunnar: „Die nächste Stufe ist dann wohl ne Sonderform der Nekrophilie. Nee, da pinkel ich doch lieber ganz brav in die Dusche."
Kalle: „Na ja, warum nicht? Sicher angenehmer als in die Badewanne."
Allgemeines, zustimmendes Zwischen-Durchatmen.
„Primitiiiiief!" rief Gunnar. „Wie tief sind wir gesunken!"
Und sie lagen bald auf, unter und neben dem Tisch vor Lachen. Spätestens jetzt hatte sich auch der letzte der anderen im Speiseraum nach ihnen umgeguckt.
Anne: „Ich glaub, langsam wird's Zeit, dass wir wieder 'n bisschen hochkommen!"
Conny: „Gut, dann also erstmal tiiieeefe Bauchatmung!"
Das provozierte dann natürlich noch mal einige Wellen und leichte Krämpfe Gelächter, bis zu so nem allmählich abklingenden Ablachen und Seufzen. Mann, das tat mal richtig gut! Nach einer kurzen Pause mit dem ein oder anderen verlorenen Kichern und Glucksen meinte Harry:
„Aber jetzt mal ernsthaft..."
Conny konnte einen neuen Lachanfall nicht unterdrücken und befeuchtete eruptiv die Luft über dem Tisch.
„... überlegt doch mal: Was bedeutet denn 'Primitivsein' wirklich? Primitiv im Sinne von profan, banal oder trivial zu sein kann doch ein wichtiger Ausgleich zum bewussten Suchen sein, genauer gesagt, zum Erleuchtungsstress."
Gunnar: „Erleuchtungsstress?"
Harry: „Erleuchtungsstress ist, wenn alles immer so sinnvoll sein muss und alles immer voll bewusst. Lernaufgabe hier, schicksalhafte Begegnung da. Und war denn heute die Meditation

gut genug, und bin ich wieder nicht zu den Asanas gekommen ... – das kann echt in Stress ausarten, finde ich. Da braucht's dann ab und zu mal nen kleinen Gegenpol, so wirklich yin- und yangmäßig."

Anne: „Richtig. Eine Polarität, eine Pause des Bewusstseins, von mir aus auch eine zeitweilige Regression, und das ist es nur wenn eine Regression ohnehin nötig ist, weil z.B. Altes noch nicht geklärt ist, also alle deine Samskaras rumoren, die noch nicht so sattvig sind. Die Art des 'Primitivseins', also der Witze, der Themen, die auftauchen, zeigt dir doch, wo du noch zu arbeiten hast, ..."

„Und wo du her kommst!"

„... sonst wäre es ja kein Thema. Diese Art von Primitivität ist also, zumindest wenn du ab und zu einen bewussten Moment dabei hast, wenn du es dir während dem oder im Nachhinein anschaust, keine sinnlose Bewusstseinsverengung, kein Rückfall in die spirituelle Steinzeit, sondern ein notwendiger Schritt, der eben auf diese 'primitive' Art vollzogen wird. Also mach dir bloß keine Sorgen, von wegen du seist noch nicht so weit."

Kalle: „Oder dieser beliebte Spruch: Du stehst halt auf ner ganz anderen Stufe!"

Harry: „Genau. Und selber steht er vielleicht sogar auf ner anderen Treppe und merkt's gar nicht. Und zwar nicht irgendeine Treppe, sondern so eine in so nem archtitektonischen Albtraum von Piranesi. Kennta den? Der hat viele so abgründige Häuser entworfen, Treppen, Gänge, Gewölbe ohne Ende, so wie in 'Der Name der Rose' in der alten Bibliothek."

Gunnar: „Ja, kenn ich. Oder wie bei Escher. Da gibt's doch dieses Bild, wo eine Treppe immer abwärts führt, im Quadrat, und nach einmal rum bist du wieder am Anfang."

Harry: „Ja. Passt wunderbar. So ein eingebildeter Eso-Fuzzi ist dann genau so weit wie vorher. Und wenn er's nicht mal merkt, hat er nur Zeit verschwendet."

Kalle: „Ja, ja, die spirituellen Irrwege sind schon manchmal geradezu kafkaesk."

Conny: „Kafkaesk! Jetzt gib mal nicht so an hier", grinste Conny.

Anne: „Jedenfalls, dieser Andere-Stufe-Spruch ist doch bloß ne typische Ausage eines spirituellen Egos, wenn einer mal wieder denkt, er sei was Besseres, weil er nicht son Mist redet, weil er zwölf Mal soviel praktiziert wie du, oder weil er ein scheinbar angenehmes Leben hat und sich dies auf seinem Karma-Konto als Zinsen aus nem früheren Leben gutschreibt."

Kalle: „A propos: Letztens hab ich ner alten Oma über die Straße geholfen, und noch am gleichen Abend hatte ich wieder 100 positive Karmapunkte mehr auf meinem Konto. Ich hab übrigens 'n Online-Konto bei der Implode-Explode-Universe-Incorporated-Spiritbank. Da hat jeder seinen eigenen Karma-Broker. Habt ihr auch schon euren persönlichen Karma-Invest-Manager? ..."

Conny: „In Maßen ist 'Primitivität' also o.k., meinst du?"

Anne: „Sure."

„Und wie nicht zu weit absacken?, wollte Gunnar wissen. „Wie nen tieferen oder lang dauernden Rückfall vermeiden?"

Harry: „Erstens durch die Bewusstheit danach, und zweitens: Die Sadhana muss überwiegen. Nicht unbedingt quantitativ, vor allem aber qualitativ. Spirituelles Qualitätsmanagement ist angesagt."

Anne: „Ja, so könnte man es durchaus nennen. Selbstironie und Humor als eines der Qualitätskriterien. Wisst ihr, Yoga ohne Humor kann nicht sein. Wenn wir durch Yoga den Sinn für Humor verlieren, und sei es auch diese Art von Humor, dann stimmt was nicht. Und es ist ja nicht so, dass dieser Humor auf Kosten anderer geht, dass wir damit jemandem wirklich schaden. Und wenn doch mal, dann 'bin ich eben noch nicht so weit'. Dann bin ich eben 14 Tage später erleuchtet. Auf dem spirituellen Weg brauchst du ne ordentliche Tüte voll Selbstironie. Selbstironie, Humor, das ist tiefe Einsicht. Selbstironie ist transzendierter Sarkasmus. Selbstironie, das ist auch Ahimsa, Mitgefühl mit sich selbst, über sich selbst lachen können. Lachen über die eigene Unvollkommenheit, über Ab- und Irrwege der Vergangenheit und Gegenwart, und auch der Zukunft."

Harry: „Da brauchst du nicht extra 'n Lach-Yoga-Seminar zu besuchen. Da brauchst du bloß die Karma-Yoga-Einstellung!"

Anne: „Hari Om Tat Sat!"

Kalle: „Gute Naaaaacht!," verkündete Kalle mit so einem knaatschigen Kleinkind-Ton wie der 'Schlaue Det' von den Mainzelmännchen," Ich geh jetzt schlafen."

Harry: „Na dann schlaf gut, du Schleef."

Als sie vom Tisch aufstanden, spürte Harry, als er sich mit Umarmung und Wangenküsschen von Conny verabschiedete, so ein seltsames, indifferentes Gefühl: Neu, fremd und doch vertraut, so selbstverständlich, 'irgendwie'. Auf dem Weg zum Zelt sog Harry mit tiefen Atemzügen noch einmal den schweren, blumig-erdigen und doch frischen Sommernachtsduft ein. Duftet wie Conny, fiel ihm unwillkürlich auf. Ein Blick hinauf zu den Sternen, ... auch da oben Brüder und Schwestern im Geiste, da war er sicher. Und nachdem er sich in seinen Schlafsack hineingearbeitet hatte, dachte Harry: Eigentlich, wenn ich's recht bedenke: Conny Fairy ist die zarteste Versuchung, seit es Yoginis gibt. Und mit diesem Gedanken, ohne sich weiter dabei was zu denken, schlummerte er sanft dem nächsten Traumpfad entgegen.

24 Pranayama

Der Yogi, der in Padmasana sitzt und seinen Atem reguliert . . . wird befreit. Darüber gibt es keinen Zweifel. (Hatha Yoga Pradipika)

Jetzt werd ich erst mal die polyurethanen Schleier lüften, die mich von dieser Welt da draußen trennen, dachte Harry, als er die Reißverschlüsse von Schlafsack und Zelteingang langsam aufzog. Auch eine typische Freude des Campingdaseins: Das unvermeidliche Geräusch auf- und zuziehender Reißverschlüsse zu jeder Tages- und Nachtzeit.

Heute stand im Morgenvortrag Pranayama auf dem Plan. Nachdem sie ja schon seit mittlerweile etwa zwei Wochen in den täglichen Asanastunden die verschiedensten Pranayamas geübt hatten, war Harry gespannt, einen systematischen Überblick zu bekommen. Und zwar von Chamundi.

„Pranayama ist neben Meditation und Asanas einer der Hauptbereiche des Hatha- und Kundalini-Yoga. Pranayama unterstützt alle anderen Elemente der yogischen Lebensweise. Pranayama bezeichnet Atem-Übungen und ist ebenso wichtig wie Meditation und Asanas. Pranayama ist ein wesentliches Mittel zur Kontrolle und Sublimierung der Lebensenergie, Prana, daher der Name. Prana bildet den Pranamaya-Kosha bzw. wirkt durch ihn, dessen Zustand sich dann auch auf die weiteren Energiekörper auswirkt – ihr erinnert euch, die Koshas. Pranayamas sind Übungen, die das Nervensystem und Gehirn trainieren, indem sie durch Reinigung, Energetisierung und Harmonisierung der Nadis und Chakras bestimmte Atem- und Gehirn- bzw. Energiewellenmuster entstehen lassen, die in den Zustand der Meditation führen. Dies gilt letztlich für die ganze Yoga-Praxis.

Yama kann mit lenken, beherrschen, oder regulieren übersetzt werden. Vom Wortstamm her bedeutet es hier auch Ausdehnung: Ausdehnung von Prana, Lebensenergie, so dass Wahrnehmung, Fähigkeiten und das Bewusstsein ausgedehnt, entwickelt werden, durch die bewusste Ausdehnung bzw. Lenkung des Atems, verbunden mit Aufmerksamkeit.

In Bezug auf den Körper ist der Atem das Medium der Achtsamkeit, ganz explizit in der Vipasana-Meditation, denn Atem bedeutet physisches Leben, wie auch feinstoffliches Prana, Lebensenergie, auf allen Ebenen im Körper und im Geist. Atemkontrolle ist daher Kontrolle der Lebensenergie.

Da die Atmung die am leichtesten zu beeinflussende, willkürlich kontrollierbare autonome Funktion des menschlichen Körpers ist, ist sie der beste und effektivste Ansatzpunkt am Körper zur Veränderung des Erlebens. Atemlenkung ist die Brücke zwischen unbewussten und bewussten Funktionen des Körper-Geist-Systems. Der Atemrhythmus und seine Tiefe beeinflussen auch direkt unsere Stimmungslage bzw. sind wechselseitig Ausdruck der Gefühle. Diese Wirkung sollte immer wieder bewusst gemacht und gesteuert werden. Unterdrückte, falsche Atmung bedeutet einen Verlust von Lebendigkeit und damit letztlich auch der Lebensfreude. Tiefenatmung leitet einen Prozess des psychischen Aufwachens ein, d.h. des Bewusstseins: Da ist noch mehr im Leben, ich will mich weiterentwickeln. Bewusstmachen und Verändern, Loslassen der Erstarrungen, die Erfahrung der eigenen Lebendigkeit, seelische und geistige

Ressourcen wecken.
Das Atemmuster ändert sich allein schon durch Aufmerksamkeit des Bewusstseins in Richtung tiefere Atmung, Bauch- oder Vollatmung. Schon das leichte Gegeneinanderpressen der Fingerkuppen erzeugt eine erweiterte Atembewegung. Jede Gefühlsregung, jede Vorstellung und reale Ereignisse ändern unser Atemmuster in Tiefe und Frequenz, mehr oder weniger subtil. Und diese Wirkung ist wechselseitig. Durch bewusste Veränderung der Tiefe und Frequenz des Atems, verbunden mit Aufmerksamkeit um so mehr, verändern sich auch die Gefühle und Gedanken, die Geistesinhalte, und dadurch unsere Reaktionen und Handlungen. Neuromuskuläre Blockaden und Verhärtungen, Haltungsschäden und Bewegungseinschränkungen sind aufs Engste mit dem Atemmuster verbunden. Das In-Bewegung-bleiben, das tägliche Sichanpassen und Handeln, kostet um so mehr Energie, je falscher geatmet wird. Damit habe ich auch schon einige wesentliche Wirkungen genannt. Grundsätzlich bedeutet langsam und tief zu atmen, lange und intensiv zu leben! Menschen, die regelmäßig Pranayama machen, sehen jünger aus, haben auch eine jüngere Ausstrahlung und haben auch mehr Energie, um Dinge zu bewegen, auch um idealistisch zu sein.
Der Körper wird bei tiefer, natürlicher Atmung nicht als Ballast und Anhängsel des Geistes erlebt, sondern als Werkzeug der Erfahrung und Selbstentwicklung. Der Geist wird nicht mehr als geschäftiger, kaum kontrollierbarer Dauerredner, als beschränktes, leidverursachendes Instrument des Ego, sondern als Gefäß des reinen Geistes, als Träger des Bewusstseins und als Mittler zwischen den Welten empfunden. Und es beginnt mit dem Atem. In der Asana, in der Meditation.
Kommen wir nun zu den ganz konkreten, praktischen Aspekten. Pranayama geht mit dem natürlichen Atem um, d.h. die Praxis muss angemessen sein gegenüber dem Atemrhythmus, den ein Übender am Anfang ganz normal hat. Die Praxis muss individuell sein, wenn sie gut bzw. effektiver wirken soll und für einen ganz bestimmten Zweck. Und schließlich sollte man wissen, wozu man die gewonnene bzw. sublimierte Energie verwenden will. Allgemein für mehr Vitalität und die spirituelle Entwicklung. Im einzelnen, um das Körper-Geist-System zu entspannen und zu harmonisieren, oder umgekehrt, um wacher und energievoller zu werden. Im Yoga wird im Normalfall durch die Nase ein- und auch ausgeatmet. Das befeuchtet den Atem, filtert die Luft, erleichtert die Konzentration und Bewegungslosigkeit. Nasenatmung erhöht die Prana-Aufnahme durch Pranarezeptoren an der Nasenwurzel. Der natürliche Rhythmus, in dem mal das eine, mal das andere Nasenloch aktiver bzw. offener ist, ist ein Wechsel etwa alle zwei Stunden.
Fast immer praktiziert man im Sitzen. Sitze besser bequem als 100% nach Vorschrift, Hauptsache, der Rücken ist aufrecht. Es sind verschiedene Positionen möglich. Idealerweise Siddhasana oder Padmasana, also verschiedene kreuzbeinige Sitze. Aber Fersensitz ist auch gut. Wenn nötig, nimm Hilfsmittel wie Kissen, eine zusammengefaltete Decke, oder ihr kennt ja auch diese Meditationsbänkchen. Oder bei großer Unbeweglichkeit geht's auch auf nem Hocker. Wichtig für den Energiefluss ist, dass die Wirbelsäule aufrecht ist, Becken leicht vorgeneigt. Damit wird der untere Rücken aufgerichtet, als stabile Basis. So üben, dass möglichst immer entspanntes Atmen möglich ist! Ohne Anstrengung, auch in Asanas! Wenn der Atem

flach und kurz wird, ist das ein Zeichen, wieder aus der Asana rauszugehen bzw. so zu verändern, dass die tiefere Atmung wieder möglich ist. Wenn Atemanhalten nur kurz gelingt, atme zwischen, behalte die Konzentration und Bandhas bei. Das bezieht sich auf die mehr oder weniger fortgeschrittenen Techniken. Bandhas sind, kurz gesagt, Muskelkontraktionen in verschiedenen Bereichen, die helfen, die Energie zu kanalisieren. Das meist verwendete ist Mula-Bandha, Kontraktion der Beckenbodenmuskeln, also dort, wo das unterste, das Wurzelchakra sitzt. Dazu hört ihr später noch was im Kundalini-Vortrag.
Zu den einfachen Pranayama-Techniken für den Alltag zählen die Bauch- und die Vollatmung. Die werden euch vielleicht gar nicht als Pranayamas aufgefallen sein. Aber gerade für Anfänger und oft auch für euch Fortgeschrittene sind diese Atemweisen ganz elementar, um ein Gefühl für den Atem zu entwickeln, die nötige Sensibilität, wie sie auch in den Asanas und fortgeschrittenen Pranayamas so wichtig ist.
Also probiert's jetzt gleichmal aus: Zuerst nur den Atem wahrnehmen, ohne ihn zu beeinflussen. Beobachte den Weg von Nasenlöchern bis zum Unterbauch und zurück – sehr entspannend!“
Das ja wohl 'n bisschen banal jetzt, dachte Harry. Einfach nur daliegen und atmen. 'Na ja, komm', rührte sich der Swami mal wieder. 'Jetzt biste ja in der Ausbildung, machste mal mit.' Ob der Bunte Abend oder dieses Primitief wohl zu viel waren für den Armen?, dachte Harry. Hat sich die ganze Zeit nicht ein Mal gemeldet. O.k., also Atem beobachten. Und siehe da: Einfache Übung, tiefe Erfahrung. Diese einfache Atembeobachtung war wirklich sehr entspannend. Aber es sind ja oft die unscheinbaren Übungen, die große Wirkung zeigen. Es ist echt nicht nötig, sich in schwierige Stellungen reinzupushen. Das ist ja letztlich was fürs Ego. 'Ich kann den Skorpion!' 'Schön. Und ich kann den Skorpion ne viertel Stunde halten!' Und es war klar: Ohne diese sensible Selbstwahrnehmung, ohne das Halten der Konzentration ist es kein Yoga!
„O.k.“ Chamundi führte in die zweite Runde. „Dann kommt jetzt zur Bauch-Atmung, auch Zwerchfell-Atmung genannt. Der Bauch bewegt sich ja durch die Bewegung des Zwerchfells beim tiefen Atmen. Die Bauchatmung kann jederzeit im Leben angewandt werden und sollte die normale Atmung sein. Bauchatmung harmonisiert allgemein bei jeder Art von begrenzenden Gefühlen und löst Energieblockaden. Bauch- und Vollatmung aktivieren den Parasympathikus, wirken daher beruhigend, flache Atmung signalisiert Stress, hält die Flucht-/Kampfbereitschaft aufrecht.
In der Bauchatmung so langsam und tief atmen, wie OHNE ANSTRENGUNG möglich. Das ist ganz wichtig, Wenn du dir einen bestimmten Rhythmus oder Atemtiefe aufzwingst, kannst du nicht entspannen. Für alle Atemtechniken gilt: Rhythmus und Tiefe müssen dir angemessen sein. So kann der Eine zu Beginn etwa 3 oder 4 Sekunden einatmen, ebensolange aus, tief in den Bauch hinein, ein anderer eventuell sechs. Bewusst auf das Heben und Senken des Zwerchfells achten.“
Weitere zwei Minuten später ging's über zur Flankenatmung.
„Legt jetzt eure Hände seitlich an die unteren Rippenbögen, um die Flankenatmung besser zu spüren. Vertiefe den Atem, so dass auch der Brustkorb sich hebt, insbesondere mit der

Konzentration auf die Ausdehnung seitlich im unteren Bereich. Das bringt zusätzlich ein Gefühl von Volumen und Weite, durch mentale Vorstellung unterstützt."

Hab ich noch nie bemerkt, dachte Harry, seitliche Ausdehnung ...

„Legt nun die Hände ganz oben auf den Brustkorb, direkt unterhalb der Schlüsselbeine. Vollatmung bedeutet, die Lungen zu füllen bis in die Lungenspitzen hinein, bis zu den Schlüsselbeinen hin. Ausatmen verlängern und vollständig ausatmen. So tief wie möglich ein- und ausatmen, jedenfalls ohne Anstrengung. Die Vollatmung kann jederzeit im Leben angewandt werden, auch bei Asanas. Durch die Vollatmung wird die tatsächliche Lungenkapazität voll ausgenutzt und erhöht, ein großer Zuwachs an Sauerstoff. Viele spüren bereits die Flankenatmung als Vollatmung – macht euch den Unterschied bewusst."

Tatsächlich, dachte Harry, wenn ich ganz bewusst so tief wie möglich atme, da geht noch einiges mehr rein und raus.

„Kommt dann langsam wieder zum Ende, zurück zur Bauchatmung. Zur gezielten Entspannung je 4 einatmen, anhalten, ausatmen, anhalten, usw. Dann einige Minuten nur links ein und aus. Das aktiviert den Pingala Nadi, die beruhigende Mondenergie. Auch hier etwa doppelt so lange aus- wie einatmen.

Auch die Ujjayi-Atmung ist sehr entspannend. Ujjayi bedeute 'Die Siegreiche'. Siegreich über die normale Atmung, 'Befreiung von den Fesseln' des Geistes. 'Ozeanisches Atmen' ist auch eine schöne, treffende Bezeichnung. Mit einem tonlosen Kehllaut, der klingt ähnlich wie im Tiefschlaf. Daher die Assoziation mit dem Rauschen der Meereswellen, und rein vom Körper her die Assoziation von tiefer Entspannung. Für Ujjayi verengt ihr den Luftdurchlass im Kehlkopfbereich durch eine leichte Muskelanspannung dort, eventuell dabei das Kinn etwas senken. Auch hier kann man doppelt so lange ausatmen, wie ein-, und so langsam wie ohne Anstrengung möglich.

Ujjayi, in den Asanas praktiziert, fördert die Konzentration, wirkt beruhigend, dabei aber energieweckend, macht also nicht müder, sondern entspannt wach. Ujjayi wirkt auf Udhana Vayu, die Energie hinter Nerven, Sprache, Schlaf, jede Form der Kommunikation. Wirkt daher insgesamt harmonisierend. Wenn man überdreht ist, wirkt es beruhigend. Wenn man müde ist, wirkt es anregend. Insgesamt erhöht es das Prana. Auch Ujjayi kann oder sollte im Alltag praktiziert werden, und als bewusste Übung.

So weit, so gut. Pranayama im engeren Sinne kennt ihr schon aus euren Asana-Stunden. Heute beschränken wir uns auf die Meditationsatmung, die Wechselatmung und die Feueratmung, also Kapalabhati – heißt übrigens so etwa: Scheinender Schädel, weil man nach intensivem Kapalabhati manchmal so ein Gefühl im Kopf hat.

Feuer-Atmung ist nicht Hyperventilation, sondern geht so, dass nur das Ausatmen in der Bauchatmung gesteuert und forciert wird, das Einatmen kommt von selbst. Unterschied zur Hyperventilation: Dort sind Aus- und Einatmen im Brustbereich, flach und etwa gleich stark. Kapalabhati erhöht den Sauerstoffgehalt im Blut, reinigt Nieren und Lungen, und erhöht Agni, das Verdauungsfeuer. Man kann drei oder mehr Runden machen, jeweils 20 bis über 100 Atemzüge, dann einatmen und Atem anhalten, soweit entspannt möglich, dann die nächste Runde, und im Laufe der Übungspraxis steigern. Das Luftanhalten harmonisiert das Säuren-

Basen-Gleichgewicht. Außerdem ist es ein Trainingsreiz für die Lungen, der zu erhöhter Lungenleistung führt. Die Energie fließt hoch zum Kapa, zum Kopf, oder wird bewusst zu Organen oder Chakras lenkbar. Auch für wenig Geübte ist sanftes Mula-Bandha beim Atemanhalten möglich."

Kaum hatten sie angefangen, kam eine jammernde Stimme aus dem Hintergrund: „Ich krieg ja gar nicht richtig Luft!"

„O.k. Hilfe bei zu wenig Luftdurchlass: Unterarme überkreuz und Hände unter die Achseln stecken, Daumen nach vorn oben, einige Atemzüge machen. Und/oder: Das besser durchlässige Nasenloch so weit schließen, dass durch beide gleichviel Luft kommt; oder, wenn's anders rum auch geht, das mehr geschlossene Nasenloch mit den Fingern etwas offen halten. Dann mit Kapalabhati beginnen, bis beide Nasenlöcher offen sind. Oder ganz banal ein Menthol-Bonbon lutschen, Tigerbalsam, etc.

Gut. Die Wechselatmung. Wird auch Anuloma Viloma genannt – ein Nasenloch/anderes Nasenloch, wörtlich übersetzt. Noch treffender hinsichtlich der Wirkung ist die Bezeichnung Nadi Shodana, denn die Hauptwirkung ist die Reinigung der Energiekanäle, der Nadis. Das erhöht die Energie in Sushumna, dem Haupt-Energiekanal in der Wirbelsäule, in der Phase des Atemanhaltens. Erhöht die Sauerstoffverarbeitungskapazität, speziell durch den Atemrhythmus. Verbindet Ha, die Sonne, und Tha, den Mond, hat also auch eine sehr tiefreichende balancierende Wirkung auf Körper, Emotionen und Geist. Daher auch gut bei Einschlafproblemen.

Halte die Finger im Vishnu-Mudra: Der Daumen der rechten Hand geht zur Seite, Zeigefinger und Mittelfinger gebeugt, Ringfinger und kleiner Finger gestreckt. Dann dreht ihr den Arm und die Hand so vor den Körper, dass die Handfläche zum Körper hin zeigt, genau in Höhe der Nase beim Aufrechtsitzen, und dann braucht ihr nur im Handgelenk drehen: Der Daumen schließt das rechte, der Ringfinger das linke Nasenloch.

Beginn 1. Runde: links ein, anhalten, rechts aus – rechts ein, anhalten, links aus, usw. Der Rhythmus für Anfänger ist 1:1:2, für Geübte 1:4:2. Also 4 ein, 4 anhalten, oder ganz ohne Anhalten, 8 aus. Das Anhalten dann im Laufe der Wochen und Monate auf 16 steigern. Beim Anhalten, die Lunge zu etwa 3/4 oder 4/5 gefüllt, kann auch deutliches Mula-Bandha gesetzt werden. Da kann man dann auch einige Runden machen, beginnend mit dem Einatmen links. 5 - 7 Runden sollten es mindestens sein.

Variationen in der Intensität und dem Rhythmus sind individuell sinnvoll. Im Laufe der Zeit sollte die Atmung immer subtiler werden, d.h. feiner, weniger tief, kaum bzw. nicht hörbar sein. Jedoch nicht mit Zwang, d.h. immer genug Luft holen, um entspannt anhalten und ausatmen zu können. Solange tief geatmet werden muss, ist die Sauerstoffverarbeitungskapazität noch nicht ausreichend für subtile Atmung.

Kommen wir zum Schluss noch zur Meditations-Atmung. Die Meditations-Atmung, Kevala Kumbhaka, ist das natürliche Atem-Reduzieren und z.T. unwillkürliche Anhalten, besonders während der Meditation. Die Phase des bewussten, kontrollierten Atemanhaltens, wenn du gemerkt hast, dass eine Atempause entstanden ist, nur so lange ausdehnen, wie es ohne Anspannung geht, nicht forcieren. Die Dauer des Anhaltens ist nicht so wichtig, und vor allem

zu Beginn der Yogapraxis entsteht kaum oder gar keine Atempause. Ist völlig normal. Hauptsache entspannt. Ähnlich wie der Zustand der Meditation lässt sich auch Kevala Kumbhaka nicht direkt üben, nur durch die Pranayamas günstige Umstände dafür schaffen. Das spontane, unwillkürliche Anhalten des Atems ist Zeichen tiefster Entspannung bzw. der eingetretenen Meditation. Diese Lücke zwischen Ein- und Ausatmen ist das Tor zur Meditation, zu veränderten Bewusstseinszuständen, zur Ruhe des Geistes.
Die Phase des Einatmens ist optimal, um Energie aufzunehmen, und um dem Unterbewusstsein Suggestionen einzugeben, d.h. Ziele zu formulieren. Das Austamen um Energie zu verteilen und positive Affirmationen in die Welt hinauszuschicken ...
Gut, das war's für diesmal. Jetzt werd ich euch erstmal hinausschicken. Ihr als angehende Yogalehrer und -lehrerinnen seid ja auch wie positive Affirmationen, die in die Welt hinausgehen. Aber bitte ohne zu missionieren. Seid Beispiel, Vorbild – das reicht. Dank Euch!"
„Danke dir", kamen einige Stimmen zurück. „Namasté."
Beim Zusammenräumen seiner Aufzeichnungen dachte Harry: Atmen, das ist doch kein Zufall, dass das genau so klingt wie Atman, das Höhere Selbst im Menschen. Atem ist Leben, das scheint so selbstverständlich, dass eigentlich kaum einer drüber nachdenkt, ganz bewusst zu atmen und dass es Atemtechniken gibt, die die Lebensenergie tatsächlich erhöhen. Bewusst Atmen führt dich zu Atman! Atmen tut man halt so, passiert von selbst. Aber muss man den erst atemkrank werden, um sich näher damit zu beschäftigen? Und selbst dann kriegt man ja überlicherweise nur Pillen. Atmen ist auch so ein Bereich, dessen Wichtigkeit für die Vitalität und Lebensqualität völlig unterschätzt wird. Genauso wie Ernährung. Wahrscheinlich sind diese beiden Bereiche einfach zu selbstverständlich. Da ist der menschliche Organismus zu flexibel. Mit ner ineffizienten Atemtechnik und nem miserablen Ernährungsverhalten ist der Mensch einfach zu lange lebensfähig.
In einem der abgelegeneren Gänge des Hauses traf Harry auf Kalle, der gerade ganz bewusst dabei war, Ujjayi zu üben. „Jetzt brauchste nur noch son schwarzen Umhang wie der Jens", meinte Harry zu ihm, „und ne schwarze Maske, dann kannste an Halloween ganz locker als Darth Vader durchgehen". Kalle verschluckte sich und hustete: „Na, warte, mein Sohn, ich zeig dir gleich mein Laserschwert ..."

25 Meister Bhakti

„Vedanta without Bhakti is dry nonsense." (Swami Vishnu Devananda)

Für heute stand Bhakti-Yoga auf dem Programm. Auch son Buch mit sieben Siegeln. Zumindest für so Kopfmenschen wie mich, dachte Harry. Bhakti – Hingabe! Sagt sich immer so einfach. Aber was das nun genau ist? Eine kopfmäßige Erklärung ist ja nicht schwer. Und wie oft hatte er schon, gerade von Carmen, seiner Ex, gehört: 'Da musst du dich einfach hingeben. Dein Herz öffnen! Dem Göttlichen vertrauen!' Wenn ich dann so werde, wie du, lieber nicht, hatte er oft etwas sarkastisch gedacht. Herzöffnung war bislang sehr abstrakt geblieben für Harry. Na, da bin ich mal gespannt.

Bhakti-Yoga war ein Spezialgebiet von Mahadevi und ihr Lieblingsgebiet. „Bhakti-Yoga ist der Weg der Hingabe an Gott", begann sie ihren Vortrag. „Vertrauen in die Führung und Sinnhaftigkeit einer höheren Kraft. Die Herzöffnung durch persönliche Beziehung zu einem Gottesaspekt in Form einer direkten Erfahrung durch Hingabe – Ishvara pranidhana. Hingabe ist der Ausdruck der Liebe zwischen Seele und Gott.

Die Grundeinstellung ist: Dein Wille geschehe, ich bin dein Werkzeug. Hierbei ist der Yogi, die Yogini, erfüllt und motiviert durch die reine Liebe, Prem, jenseits von weltlichen Emotionen, Ego und Zweck. Die Bewusstheit liegt voll auf dem Vertrauen und dem Glauben, dem Nicht-Intellektuellen, und der daraus entstehenden Erfahrung der Allgegenwart des Göttlichen. Der Weg ist gekennzeichnet durch Bescheidenheit, Demut, Entsagung allem überflüssigen Materiellen – der Rest ist Gnade. Lasst euch von dem Begriff Entsagung nicht abschrecken. Es geht lediglich um die Lösung von dem vielen weltlichen Müll, der uns vielleicht oberflächlich befriedigt, letztlich aber viel Zeit, Geld und Energie kostet, und seine Versprechungen nicht hält. Entsagung bedeutet Befreiung, nicht Unterdrückung.

Die im Bhakti-Yoga praktizierte Hingabe ist der eher emotionale Aspekt der Sinnsuche, in Zusammenwirken mit dem intellektuellen Nyana-Yoga- und dem praktischen Karma- und Raja-Yoga-Aspekt. Das heißt, für eher emotionale Menschen, die es relativ leicht haben, Hingabe zu entwickeln, ist Bhakti-Yoga der zentrale Weg, neben Hatha-Yoga als Grundlage. Für die eher Rationalen, Intellektuellen ist es eine wichtige Bereicherung auf ihrem Weg. Bhakti ist allerdings der direkteste Weg zum Ziel, denn hier geht es ganz primär um die Erfahrung des Göttlichen, Erfahrung von Satchidananda, und das ist ja das Ziel aller spirituellen Wege. Aber ob es jetzt der leichteste Weg ist, wie manche sagen, sei dahingestellt.

Demut und Hingabe, das sind ja für Einige sehr zwiespältige Begriffe. Die klingen so nach Unterordnung und Schwäche. Demut und Hingabe bedeuten allerdings keineswegs, das Selbst und das Ego zu verleugnen, sich zum Sklaven einer fremden Autorität zu machen. Demut heißt die Tatsache zu begreifen und zu akzeptieren, dass dein Ego, deine sinnes- und verstandesbasierte Wahrnehmung und Wirklichkeitskonstruktion die Wahrheit, die transzendente Wirklichkeit, nicht erkennt. Dass aber Brahman, Shiva, Krshna etc. – oder im Westen das Christus-Bewusstsein, der Heilige Geist – dies erkennt und repräsentiert. Dass der Weg also darin besteht, deren Verbindung zu suchen und deren Führung anzustreben und anzunehmen.

Hingabe bedeutet, den Widerstand gegen das, was das Leben dir bringt, dem Universellen hin zu geben, im Bewusstsein, dass das, was dir widerfährt, von dir als Lebensaufgabe gewählt wurde. In dem Moment, wo du den Widerstand hin gibst, erfährst du Einverstandensein – das Sein, indem das Eine verstanden wurde! So kehrt in deinem Sein an sich, im Hier und Jetzt, Frieden ein. Ein Mensch, der diese Art von Hingabe entwickelt, kann keine wirklich bedeutenden psychischen oder andere Probleme, im existenziell belastenden Sinne, haben. Es sei denn eine psychsiche Störung im engeren Sinne als karmisch bedingter Lebensumstand, was ihn aber nicht zwangsläufig daran hindert, bewusste Hingabe zu praktizieren. Im Normalfall aber gibt es kein langfristiges Problem, bei dem sich ein im spirituellen Sinne hingabefähiger Mensch wirklich verloren fühlt, denn das Göttliche ist immer anwesend und niemals von ihm getrennt. Solange er dies wahrnimmt, hat er Halt und Orientierung. Dafür ist Bhakti gut!
Die folgenden drei Elemente der Hingabe, diese Sichtweise des Spirituellen im Alltag, im Banalen, in der menschlichen Unvollkommenheit, sind eine wichtige Voraussetzung für Karma-Yoga. Sonst hab ich nämlich gar keine Lust, für andere was zu tun, solange das Bewusstsein mehr auf Abgrenzung und Konkurrenz gepolt ist. Oder zu akzeptieren, was immer das Schicksal mir bringt. Im Widerstand dagegen würde ich viel Zeit und Energie verschleudern. Kennt ihr sicher alle, ne?
Also, das erste Element ist, in Allem das Göttliche zu erkennen, d.h. Verbundenheit zu erleben: 'Ich bin in allem, alles ist in mir. Ich bin mit allem verbunden.' Also genau das, was in den Veden wie auch in der modernen Wissenschaft gesagt wird. Aus der Erkenntnis des Göttlichen in allem resultiert zwangsläufig Mitgefühl. Für sich selbst, für andere, und für diejenigen, die diese Erkenntnis, diese Sicht nicht teilen können und daher Leid erleben. '*Mitgefühl ist die Anerkennung der Anwesenheit des Göttlichen in allem. Hingabe ist die höchste Form des Mitgefühls, die Suche nach der göttlichen Gnade zum Wohle aller.*', hat mal ein weiser Mensch gesagt, ich komm grad nicht drauf, wer.
Ein zweiter Begleitumstand, eine weitere Voraussetzung für Hingabe, ist das Loslassen des Ego. Das heißt, das Ego als karmisches Lernwerkzeug anzuerkennen, und nicht als allein das 'Böse', das ausgemerzt werden muss. Das Ego ist lediglich unser geistiges Vehikel für unsere spirituelle Entwicklung. Manche Diskussion darüber, dass unser Ego nicht unser wahres Selbst ist, ist auch müßig. Natürlich ist es das nicht. Das heißt aber eben nicht, dass es 'unwahr' sei, denn es erzeugt ja unsere subjektive Wahrheit, die wir täglich erleben. Aber deswegen ist es ja, wie gesagt, nicht 'böse'. Es ist in unserer Existenz einfach unvermeidlich – aber eben transzendierbar.
Das geschieht, neben all den direkten psychologischen Wegen, sich zu verändern, sich weiterzuentwickeln, durch Ergebenheit. Ergebenheit gegenüber der inneren psychologischen und auch der spirituellen Wahrheit, der universellen Liebe, Gott – Hingabe. Dieser Gruß, 'Namasté', bedeutet: 'Ich verbeuge mich in Ergebenheit vor dem Göttlichen in dir'. Ergebenheit ist Annehmen, was ist, und der Inspiration folgen, sich dem Göttlichen Willen ergeben. Göttlicher Wille ist nicht dein Feind, so wie das Ego es sieht – 'Ich lass mir doch nichts vorschreiben', etc. – sondern a) das Dharma, das universelle spirituelle Gesetz, und b) Svadharma, deine persönlichen spirituellen Lebensaufgaben. Was das Leben dir vorsetzt und

was das Ego produziert sind also Themen und Ziele, die dich letztlich befreien! Selbsterkenntnis ist Erkenntnis des Kosmischen Selbst in uns.
Daraus ergibt sich unmittelbar das dritte Element: Wenn Dharma und Svadharma unserer Befreiung dienen, ist es ja nur folgerichtig, sich zum Kanal, zum Werkzeug der spirituellen Schöpferkraft, der kosmischen Intelligenz zu machen. Also zu erkennen, anzunehmen und zu realisieren, was uns gegeben wird. Dies zu erkennen und zu unterscheiden von dem, was das Ego, was profane Bedürfnisse uns vorgaukeln als lohnenswerte Ziele, ist dabei oft das größte Problem.
Der Weg dazu ist im Bhakti, Verbundenheit herzustellen mit dem Göttlichen, d.h. Inspirationen zu empfangen, auf die Stimme des Herzens zu hören. Verbundenheit geht auch mit Verehrung einher, wobei niemals das äußere Objekt, die Gestalt verehrt wird, was ja leider sehr oft in den verschiedenen religiösen Praktiken passiert. Nein, die Verehrung gilt dem, was die äußere Form in ihrer Vielfalt verhüllt bzw. zum Ausdruck bringt bzw. symbolisiert, und was intellektuell, hier vor allem aber emotional und seelisch, erkannt und erfahren wird: Brahman ist alles.
Die drei Dimensionen des Göttlichen, die in den Neun Wegen und Fünf Gefühlen des Bhakti-Yoga noch weiter differenziert werden, sind in Kurzform diese:
Erstens: Ich betrachte Gott als alles, was erscheint – die große Vollkommenheit jeden Augenblicks.
Zweitens: Ich trete in Beziehung mit dem Göttlichen, und zwar als ein geliebtes, unbegrenztes Du, welches mir Vergebung und Segen schenkt ..."
Wie und wieso eigentlich, schoss es Harry durch den Kopf. Da merk ich nicht viel von. Na ja, ...
„ ... und dem ich mich mit Dankbarkeit hingebe.
Drittens: Ich ruhe in Gott als mein eigener Zeuge und ursprüngliches Selbst, ICH BIN DER ICH BIN, Eins. Durch mich wird Gott.
Und somit kommen wir jetzt zur Praxis. Kurz gesagt: Bhakti-Praxis erhebt den Geist und öffnet das Herz. Und das ist genau so schön, wie es sich anhört.
Gut. Gebete, Pujas – Rituale und Zeremonien, Satsang – die Gemeinschaft, Kirtan – das Mantrasingen, Bildnisse und Figuren von Gottheiten – Ishvaras, von Avataren und Heiligen, sind äußere Kennzeichen von Bhakti-Yoga. So, wie man es ja aus allen Religionen kennt, bei denen der Glaube im Mittelpunkt steht, z.B. auch im Christentum.
Übrigens, a propos Gottheiten: Yoga kann man natürlich auch unabhängig von Religion, in diesem Fall Hinduismus praktizieren, wenn auch Yoga eng mit dem Hinduismus verbunden ist. Aus der spirituellen Sicht handelt es sich angesichts der Vielzahl dieser Gottheiten jedoch keineswegs um sogenannte Vielgötterei, sondern diese Vielzahl der Ausdrucksformen repräsentiert die Vielzahl der geistigen, der spirituellen Kräfte in der Schöpfung. Um es mit der westlichen Psychologie von z.B. C.G.Jung auszudrücken, Kräfte der archetypischen Ebene, also überpersönlich, die allerdings, da ja alles mit allem verbunden ist, auch auf der persönlichen Ebene erscheinen. Es sind also auch Kräfte in jedem einzelnen von uns. Welche, darauf komme ich nachher zu sprechen.

Gut. Jetzt stelle ich euch die 5 Bhakti-Gefühle und die 9 Bhakti-Wege vor."
Bei der folgenden Aufzählung driftete Harry mehr und mehr ab. Das mit der Hingabe arbeitete schwer in ihm. Wie kann ich denn sicher wissen, wem oder was ich mich da tatsächlich hingebe? Ob diese universelle Kraft real ist, oder etwa nur reines Wunschdenken, Hirngespinst der menschlichen Psyche, Hoffnung auf einfacheres Leben, auf Sinn, auf Frieden, wenigstens nach dem Tod? Die uralte Frage.
Und Herzöffnung, ja selbst wenn ich will: Was genau muss ich dazu tun, was genau muss ich lassen? Eine emotionale Einstellung kann man ja nicht kopfmäßig machen, so wie man Entspannung oder Schlaf nicht machen kann. Man muss sie zulassen. Da war es wieder, dieses mysteriöse Zulassen.
Und so rotierten seine Gedanken im Kreise, und irgendwann auch wieder zurück zum Vortrag. Inzwischen war Mahadevi bei einzelnen Ishvaras, also den verschiedenen 'Gottheiten' angelangt.
„Hauptsymbol bzw. Ishvara des Bhakti-Yoga", erklang ihre Stimme wieder in Harrys Bewusstsein, „ist der flötespielende Krshna, der, im Bewusstsein, dass alles Lila, das göttliche Spiel ist, Freude, Leichtigkeit, Humor, und eben das Spielerische symbolisert, der Hingabe und Liebe verkörpert. Die Flöte symbolisiert unsere Durchlässigkeit für die göttliche Energie, dass wir als Kanal der manifestierenden Schöpferkraft zum Leben erweckt werden. Dies ist gleichzeitig ein Aufruf bzw. zeigt die Notwendigkeit, mit den uns gegebenen Talenten, die wir mit Disziplin zur Meisterschaft bringen, hinauszugehen unter die Menschen, um sie zu heilen und zu inspirieren. Jede Art von kreativem, inspiriertem, nicht-intellektuellem Ausdruck ist Bhakti – im Flow sein, im Potenzial der Gegenwärtigkeit. Sich vernetzen statt isolieren, Einheit statt Zweifel, als Ausdruck der Allverbundenheit.
Das Äußere, der Ishvara Devata in seiner jeweils bestimmten Gestalt und Funktion, z.B. Shiva, Vishnu, Ganesha, Krshna, Durga, Saraswati, Lakshmi usw., symbolisiert im Bhakti-Yoga Gott als Saguna Brahman, als Gott mit Eigenschaften, wodurch es meist leichter ist, eine persönlich erlebbare Beziehung zu schaffen. Das ist ja auch gut nachvollziehbar, und es ist der Grund, warum letztlich alle Religionen bzw. die meisten religiösen Menschen dazu neigen, sich ein Bild von Gott zu machen. Die Menschen brauchen solche Bilder, um eine persönliche Beziehung aufzubauen, um überhaupt eine Vorstellung der göttlichen Kraft und eines Ansprechpartners zu haben. Dass dabei ziemlich profane und falsche Vorstellungen entstehen, mit teilweise ganz üblen Folgen, ist allerdings ein Problem, das noch nicht gelöst ist.
Diese äußeren Kennzeichen werden durch ihre praktische Verwendung zu mehr als Symbolen. Sie werden mit psychischer und spiritueller Energie aufgeladen, und das teilweise seit Jahrtausenden. Und auch deshalb sind sie so wirksam, und um so mehr sich der Praktizierende auf die jeweilige Schwingung einstimmen kann.
Was die Wirkung auch sehr verstärken kann, ist eine persönliche Beziehung zum Meister. Die kann spontan kommen oder man kann sich darum bemühen. In der Praxis läuft das so ähnlich, wie bei Liebesbeziehungen: Wenn du dem zu sehr nachrennst, klappt's nicht. Du bist nicht locker, nicht aufnahmefähig für die Feinheiten, die dir vielleicht sagen würden 'Das ist er, oder sie.' Es ist zu kopfmäßig oder zu emotional in dem Moment. Eine Herzensbeziehung, unab-

hängig davon, ob der Meister noch lebt, kann einen großen Fortschritt bringen, nämlich den Teil, der durch eigene Anstrengung nicht geleistet werden kann. Durch bestimmte Rituale und die geistige Einstellung ist er bzw. seine Energie anwesend und real wirksam. Wenn man sich intensiv mit einem Meister beschäftigt, ist er spirituell-energetisch tatsächlich anwesend und wirksam. Man wird geschützt und getragen durch seine Energie, besonders, um so mehr eine persönliche Herzensbeziehung besteht – Bhakti. Auf die Energie des Meisters kann man sich einschwingen durch ein Bild des Meisters, durch persönliche Begegnung, sofern er noch lebt, durch Gebet um Führung durch ihn, durch die Beschäftigung mit seiner Biografie und seinen Werken, durch Leben in einem seiner Ashrams und/oder Praktizieren in seiner Tradition.
Es geht eine Zeitlang auch ohne Meister, aber mit geht's meist schneller. Aus bestimmten Gründen kann man den Meister auch wechseln, wenn die Beziehung nicht mehr von Herzen kommt. Die Unterscheidung selbstverwirklichter von rajasigen, tamasigen oder illusorischen Meistern bedarf der Unterscheidungskraft und Erfahrungen, auch das ist eben ein Lernprozess. Also, entwickle deine Inspirationsfähigkeit und deine Intuition. Die Fähigkeit, zwischen Bauchgefühlen und der Stimme deines Herzens zu unterscheiden. Behalte immer einen klaren Kopf! Was letztlich zählt ist, ob es funktioniert, ob es zu dem Ziel führt, das du erreichen möchtest – egal, ob mit oder ohne Meister."
Harry war eigentlich ganz froh, dass er keinen Meister hatte. Entweder, es würde ihm einer begegnen, oder auch nicht, und gut. Das sparte ihm auch Schubladen, Scheuklappen, Vereinfachungen. Dann soll es eben nicht sein. Für die wohl notwendige Meister-Verehrung fehlte ihm ohnehin eine große Portion Bhakti. Sicher lag's auch daran, dass er noch keinen hatte.
„Und der nächste Punkt: Es ist hilfreich, Bhakti im Satsang, dem gemeinschaftlichen Praktizieren in einer Gruppe Gleichgesinnter, auszuüben, mit oder ohne real anwesendem Meister, das ist wesentlich effektvoller als Einzelpraxis. Im Satsang werden gemeinsam Pujas, Hören von Vorträgen, Meditationen und Mantra-Singen praktiziert.
Was für die meisten ein besonders leicht zugänglicher Weg ist, ist das Mantrasingen. Fast jeder, der mal unvoreingenommen Mantras gehört hat, und auch vielleicht noch nie von Yoga gehört hat, fühlt sich irgendwie angezogen und berührt von Mantra-Musik. Ihr habt ja bald den Vortrag über Mantras, deswegen gehe ich jetzt nicht näher drauf ein. Und das Singen habt ihr ja zweimal am Tag, da habt ihr vielleicht schon solche Erfahrungen gemacht, dass ihr euch tief berührt gefühlt habt, oder einfach auf eine bestimmte, ganz eigene Weise friedlich.

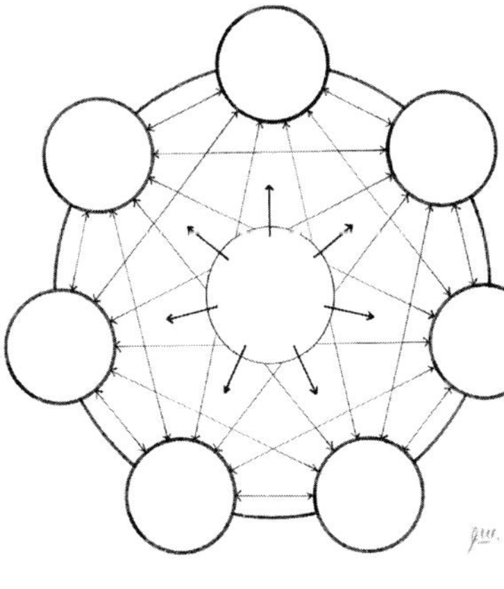

Satsang - Gruppenenergie

Ein weiterer wichtiger Aspekt des Bhakti sind Gebete. Für viele, die Probleme haben mit Religiosität, sind Gebete ja nur naive Selbstberuhigung für kindliche Gemüter. Aber selbst wenn – was die Kraft des Glaubens bewirken kann, sehen wir ja am Beispiel Heilung durch

sogenannte Placebos, auch durch religiöse Glaubenskraft. Du kannst heute in jedem Kraft-der-Gedanken-Seminar lernen, deine mentale Kraft auszurichten und dich für Inspiration zu öffnen. Und Gebete sind letztlich nichts anderes. Allerdings um die manchmal entscheidende spirituelle Komponente erweitert. Voraussetzung ist dabei die Überzeugung oder der Glaube an eine Kraft im Universum, die unsere Geschicke beeinflussen kann. Aber ich denke diese Überzeugung bringt ihr alle mit, sonst würdet ihr nicht hier sitzen.
Also: Du darfst und sollst beten, denn du gehst in Kontakt mit dem Stoff, aus dem du selbst gemacht bist. Worum du bittest, ist deine eigene Essenz. Nicht nur dein Recht, sondern dein Wesen und dein Potenzial.
Bitte nicht um Materielles. Bitte um mehr Kraft, geistig und körperlich, mehr Klarheit, mehr Hingabe, das ist ok. Die meisten von euch kennen wohl diesen Spruch: '*Was bittet ihr Gott, der ohnehin besser weiß, wes ihr bedürfet*'. Nach der Vedanta ist das Bitten genau genommen Unsinn, da dein wahres Wesen Eins mit Gott ist, der alles ist. Du betest bzw. bittest letztlich nur um Erinnerung daran, um Bewusstheit dessen. Wen und worum sonst willst du also bitten? Diese Position ist allerdings sehr schwer. So könntest du sagen: 'Ich bin pure Intelligenz, Satchidananda, wozu brauch ich also Asanas und das ganze Zeug? Ich brauch's ja 'nur' zulassen, mein wahres Selbst, es ist ja schon da', so wie die Advaita-Satsang-Lehrer immer sagen. Und das ganze Lernen, das Abarbeiten von Karma, ist überflüssig, schon geschehen? Die Gnade hat mich ereilt? Spielt Brahman dann mit den anderen weiter, die 'noch nicht so weit sind'?“
Solche Fragen kenn ich nur zu gut, dachte Harry.
„Das sagst du aber mit dem Kopf. In der Regel brauchst du sämtliche Übungspraxis, um erst dorthin zu kommen. Wir shiften meist zwischen Nondualität und Dualität, mehr im letzteren. Deshalb gibt es Unterstützung in Form des Asthanga-Weges, und der anderen Yoga-Wege. Du hast dadurch mehr Energie, und die hilft dir, näher zu Gott zu kommen. In guten Zeiten danke bewusst für die Segnungen deines Weges. In schlechten Zeiten mache dir bewusst: Ich bin nicht mein Körper, meine Gefühle, mein Geist – ich bin Satchidananda. Zeige Gottvertrauen: 'Ich habe alles mir mögliche getan, ich weiß nicht mehr weiter – jetzt mache du.' Da ist wieder die direkte Verbindung zum Karma-Yoga. Und die direkteste Verbindung mit der universellen Intelligenz, dem vollkommenen Bewusstsein, geschieht in der Meditation. Meditation ist das direkteste, vollkommenste Gebet.
Natürlich ist auch der Bhakti-Weg nicht so einfach, wie es manchmal heißt. Auch hier lauern die Gefahren hinter jedem Altar und Opferritual. Die größten Gefahren im Bhakti sind das Versinken in Emotionen, manchmal sogar Passivität bis hin zur Lethargie. Dazu gehört auch die Unterwerfung unter einen falschen Meister, sich von einer Organisation beherrschen zu lassen. Tamas.
Und auf der anderen Seite das Umschlagen in Missionieren und Fanatismus. Rajas. Und zwar besonders dann, wenn Bhakti ohne Nyana und Raja praktiziert wird, was auch im eben genannten Fall von, ich sag's mal etwas überspitzt, hysterischer Hingabe gilt. Kurz gesagt, ohne Wissen und Vernunft. Wissen und Vernunft dienen der Kanalisation und Reflektion überschießender Emotionen. Verlust von Realitätssinn, Toleranz und Friedfertigkeit, sowie das

Anhaften am Wunsch nach Erleuchtung können daraus entstehen. Raja und Nyana bilden sinnvolle, komplementäre Ergänzungen zu Bhakti und umgekehrt.
Bhakti wird möglich, indem ein soziales, materielles und geistiges Umfeld für sich und andere geschaffen wird, ganz direkt im Satsang und auch in der alltäglichen sozialen Umgebung, in welchem Energieanhebung und die Erfahrung der Allverbundenheit möglich werden. Wenn das Herz sich nicht öffnet, bleibt alles ein Gedankenspiel mit wenig Wirkung. Wende dich dem zu, was für Bhakti geschaffen ist: Mantra-Singen, Gebet und Meditation. Erkenne Gott in allem, indem du mit den Augen des Herzens siehst, so wie es Baba Neem Karoli wohl meinte: *'Die beste Form, Gott zu sehen, ist jede Form'*.
Was der Mensch ist und kann, kann er nur, weil Gott durch ihn wirkt. Alles Positive bei sich und anderen ist göttliche Qualität. Auch in Banalem und Äußerlichkeiten schwingt die göttliche Qualität mit. Wenn dies zum Ausdruck kommt, Lebensfreude, Dankbarkeit und Dienst am Menschen, hast du unwiderstehliche Attraktivität und Charisma - eine weitere Herausforderung für das Ego. Wenn die Seele rein ist, dann ist es völlig natürlich, dass sie spontan Liebe für Gott empfindet. Denn dann ist sie in ihrem natürlichen, wesensgemäßen Zustand, Satchidananda. Das ist Bhakti.
Beenden möchte ich unsere heutige Sitzung mit dem Loka samasta. Kommt dazu in eine aufrechte, entspannte Sitzposition, zentriert euch mit Atem und Aufmerksamkeit zuerst im Bauch, dann im Herzen..." Und dann sangen sie gemeinsam: "Loka samasta, sukhino bhavantu – mögen alle Wesen Glück und Harmonie erfahren. OM, Shanti, Shanti, Shanti."

26 Hingabe

„Der Schatten ist der Lehrer, der uns zum Licht führt." (Ram Das)

Er schon wieder, dachte Harry, als er von seinem Karma-Yoga-Bürojob zum Zelt rüberging und Kalle vor seinem Zelt im Gras liegen sah. Gopalla ist wieder auf der Weide. Ständig läuft mir dieser Kalle übern Weg. Eigentlich liegt er mir ja hier im Weg. Eigentlich könnt ich mich ja dazu legen. „Na, Alter, was macht die Hingabe? Gibste dich dem kreativen Faulenzen hin?"
„Och, die Hingabe? Die macht sich so dahin", antwortete Kalle etwas zögernd, „Die Gabi, bei mir zuhause, die sagt immer zu mir: 'Nimm mich, nimm mich!'
„Immer?"
„Und ich sag dann: 'Ich gib dich gleich, duuu ... Und dann grinsen wir beide uns an und alles is klar!"

„Das ist Liebe!"
„Oder, wenn sie sagt: 'Nimm mich, nimm mich', dann sag ich: 'Ich nimm dich doch die ganze Zeit hin'. 'Und ich nimm dich hin und wieder, immerhin', sagt sie dann."
„Mann, ihr habt ja ein richtig komplexes Balzverhalten! Postkonventionell elaborierte Kommunikationsrituale."
„Jaaa, wir sind ja auch sap-, sap-, sapiens!"
„Ah so! Alles klar."
„Ja, die Frauen ham's leichter mit der Hingabe. Die ham 'n anderes Gehirn!"
„Drei Hälften oder was?"
„Na, ja nicht ganz. Hab ich letztens bei Arte gesehen: Die haben jede Menge Spiegelneuronen. Und die sind zuständig für Empathie. Frauen haben also ein Hirn, das für Empahie ausgelegt ist, und die Männer eins für System, Analyse. Die Aufteilung ist natürlich nicht immer gleich und 100%, aber Frauen haben schon im Mutterleib nen anderen Hormonhaushalt. Also die Erfahrung wird von Anfang an anders konstruiert."
„Kein Wunder, dass die schlecht einparken können ... Aber sie versuchens immer wieder mit Hingabe", grinste Harry.
„Ne, aber jetzt mal im Ernst, ..."
„Wieso? War doch Ernst."
„Wenn ne Frau dir von nem Problem erzählt, bietest du ihr vielleicht ne Lösung an, und sie sagt 'Du verstehst mich nicht', auch wenn die Lösung wirklich praktikabel ist. Und warum will sie die Lösung nicht? Sie will überhaupt keine Lösung, sie will Mitgefühl! Sie will deine Empathie spüren. Du setzt also eine verständnisvolle Miene auf, legst den Arm um sie, und sagst kopfnickend: 'Mhmh. Ja, Schatz, ich versteh dich, kann ich echt nachempfinden, du'. Und dann ist sie glücklich und du brauchst dir nicht das Hirn wegen ner anderen Lösung zu zermartern."
„Ja, kommt mir bekannt vor. So einfach eigentlich: Beziehungs-Bhakti!"
„Und das hat mit Hingabe zu tun. Mit Empfangsmodus im Hirn. Aktivierung der Spiegelneuronen. Du spiegelst ihr emotional und äußerlich ihre Erlebnisweise. Du öffnest dich für ihre Schwingungen, gehst in Resonanz, und gleichzeitig öffnest du dich für weitere Informationen aus dem Äther, von verschiedenen Ebenen der Existenz. Und das ist Bhakti: In Resonanz gehen mit den psychischen Kräften, die durch die Ishavaras repräsentiert werden, indem du im Äußeren bestimmte Rituale ausführst und innerlich diese Einstellung der Hingabe hast. Und ohne die ist's halt nur ein sinnentleerter Automatismus, wie so oft."
„So wie Yoga-Asana ohne Bewusstheit nur Gymnastik ist."
„Genau, Harry, du hast's erkannt. Und deshalb wird Bhakti überwiegend von Frauen und Nyana überwiegend von Männern praktiziert. Es entspricht einfach mehr ihrer Erlebnisweise."
„Ja o.k., im Prinzip stimmt's wohl, und wir sind ja auf'm besten Wege, die jeweils andersgeschlechtlichen Qualitäten in uns selbst zu entwickeln."
„Ja, ist Teil der Evolution, da kommen wir auch gar nicht drum rum. Und bis dahin wäre schon mal hilfreich, diese Unterschiede erstmal zu verstehen und akzeptieren."

„Du meinst also, Männer und Frauen sind so verschieden, und statt zu versuchen, gleich zu werden, sollte man mit diesen Unterschieden geduldiger umgehen. Und damit, unterschiedlich zu denken und zu empfinden, statt zu erwarten, dass man immer völlig verstanden und akzeptiert wird. Also emotional unabhängiger, selbständiger zu sein."

„Auf jeden Fall. Durch diese Verschiedenheit sich gegenseitig befruchten! Also geistig jetzt..."

„Ja, ja, schon klar. Eben auf dem Weg zur androgynen Psyche sozusagen."

„Genau. Und diese Verbindung von Bhakti und Nynana ist eben so wichtig, damit's nicht zu so typischen Unterwerfungsorgien kommt, wie das oft so in den Siebzigern und Achtzigern war, als es Mode war, einem Guru zu folgen und die Damen gleich reihenweise in Ohnmacht gefallen sind, wenn der Swamiji auf die Bühne kam."

„Gut, da muss man wirklich unterscheiden zwischen der reinen Energie, bzw. der Energie von Reinheit, die ein wirklich erleuchteter Meister oder Meisterin ausstrahlt, also ein integeres Charisma, und dem Teil, der eher zum Showbusiness gehört."

„Stimmt. Da waren ja einige Meister der Versuchung nicht gewachsen. Ohne jetzt hier Namen zu nennen." Kalle konnte auch sehr diskret sein.

„Und einige haben vielleicht auch sich selbst belogen. Ihr spirituelles Ego aufgebläht."

„Wobei bei den Frauen ja auch oft der sexuelle Aspekt dazukam, bei den Männern eben einfach der geistige Aspekt der Unterwerfung, bei dem bedingungslose Hingabe mit bedingungslosem Gehorsam verwechselt wurde."

„Schlimm genug."

„Bhakti versus Devotee, Hingabe versus Unterwürfigkeit, so kommt es heute aus westlicher Sicht vielen vor. So eine autoritäre Lehrer-Schüler-Beziehung kannst du heutzutage kaum einem mehr vorsetzen."

„Denk ich auch. Ist auch die Frage, ob es wirklich so sein muss. Wissensvermittlung, Anleitung, Initiation von authentischen Personen, und vor allem als lebende Beispiele, persönlich und in dem, was sie geschaffen haben, klar, das ist o.k. und nötig. Aber Gehorsam, bedingungslose Hingabe ist out. Dazu sind wir zu individualisiert, vor allem hier im Westen, und wir haben zu viele schlechte Beispiele gesehen, die ganzen wahnsinnigen Sekten, wo du dir nur noch an' Kopf greifst." Harry erinnerte sich an die verschiedenen Erlebnisberichte, die er gelesen hatte von Leuten und ihren Sektenerfahrungen.

„Einige dieser selbsternannten Meister haben offensichtlich noch so Einiges mit sich selbst zu tun. Aber man muss nicht erst am Rande des Abgrunds stehen, um das zu übersehen. Das ist ja meist geschickt getarnt. Aber selbst angesehene Meister haben bisweilen anscheinend noch zu lernen, sich ihren Ruhm und die ganze Hingabe der Devotees nicht zu Kopf steigen zu lassen."

„Tja, das spirituelle Ego ist wohl eins der hartnäckigsten."

„Da bin ich als meilenweit vom Meister entfernter Yoga-Azubi ja beruhigt, was mich betrifft. Auch der Yogi Harry muss noch lernen, nicht aus seinem Rhythmus zu geraten, wenn einer mal nicht ganz richtig trommelt ..."

„Na, es ist ja noch kein Meister vom Himmel gefallen."

„Na doch, die Avatare, die herabgestiegenen geistigen Meister."

„Siehste, und selbst die können nicht fliegen."
In diesem Moment kam Mahadevi vorbei. „Na, ihr seid ja so hingebungsvoll in Diskussionen vertieft."
„Ja, ist ja auch nicht so einfach mit der Hingabe, und nach den Vorträgen bleibt ja immer auch einiges offen oder unklar."
„Sicher, da bleibt ne Menge offen. Aber erstens sollte man nicht erwarten, dass ein Thema gänzlich abgehandelt ist in einem Vortrag, ist ja völlig klar, und zweitens ist ja wichtig, dass Fragen offen bleiben, damit man selber noch drüber nachdenkt, reflektiert."
„Und zu welchem Ergebnis bis du denn da gekommen? Was bedeutet für dich Hingabe?"
Mahadevi kniete sich ins Gras. „Zum Beispiel bedeutet Hingabe für mich, sich in den Strudel des Lebens ziehen lassen, mit dem Vertrauen: Er spuckt dich wieder aus, mit ner erhöhten Zentrifugalschwingung, als veränderten Menschen. Hingabe setzt Wahlfreiheit und Selbstverantwortung voraus. Ich muss Hingabe möglichst frei wählen können, sonst ist es Unterwerfung oder Selbstaufgabe. Für diese Wahl und ihre Konsequenzen muss ich selbst die Verantwortung übernehmen, d.h. ich muss mit dem, was mir durch die Hingabe im Leben passiert, umgehen, ohne zu sagen: 'Ist ja von Gott, kann ich nichts dran machen', d.h. ohne Fatalismus und ohne sich treiben zu lassen aktiv bleiben."
„Und Vertrauen? Dieses Gottvertrauen? Wenn ich nicht wirklich glaube, so stark, dass es eigentlich schon ne Überzeugung ist, wie soll ich dann dieser inneren Stimme trauen, sofern ich sie überhaupt unterscheiden kann von den, sagen wir mal eher Bauchgefühlen, die ja emotional gefärbt sind und eben nicht spirituell?"
„Da gehört sicher auch dazu, was die westliche Psychologie Urvertrauen nennt", meinte Maha. „Das ist ja eigentlich das in die Wiege gelegte Gottvertrauen. Ohne ein gewisses Maß an Urvertrauen, also versorgt zu sein, aufgehoben zu sein, immer wieder auf die Füße zu fallen, also dass der Strudel dich wieder ausspuckt. Wenn man das Urvertrauen nicht hat, dann muss man das aus positiven Erlebnissen entwickeln. Wo du vielleicht verzweifelt warst, und dann kam der Lichtblick, die Lösung, und es wurde wieder gut. Das ist oft ein Prozess, den man sich schwer erarbeiten muss, eventuell mit einer Psychotherapie oder guten, spirituellen Selbsterfahrungsgruppen.
Und dies gilt auch für Ergebenheit, das Annehmen dessen, was durch die Hingabe in meinen Weg gelegt wird. Auch verlangt Hingabe Mut, denn es ist nicht immer sofort klar, ob die Mächte, denen man sich hingibt, wirklich göttlich sind oder von niederen geistigen Ebenen kommen, oder nur Bedürfnisse der eigenen Psyche sind. Diese Unterscheidungskraft, Viveka, die entwickelt sich auch erst im Laufe des Lebens. Das Verweigern der uns gegebenen Lebensaufgaben wäre somit nicht nur ein Vertrauensmangel. Denn für die Aufgaben, die uns gegeben sind, werden uns die Mittel zur Verfügung gestellt, sie zu bewältigen. Dieser Vertrauensmangel wäre auch der eigentliche Atheismus."
„Wie meinst 'n das?", fragte Kalle
„Atheismus heißt nicht nur, oder weniger, keine Gottesvorstellung zu haben, sondern, zumindest aus spiritueller Sicht heißt es primär, keinen tieferen bzw. übergeordneten Lebenssinn zu erkennen, nicht an die unterstützende Kraft einer übergeordneten Intelligenz zu glauben.

Nicht an eine spirituelle Evolution des Bewusstseins zu glauben. Diese, ich sag mal ungöttliche, falsch verstandene Hingabe, diese Unterwerfung, wie ihr gerade gesagt habt, darin kommen alte Samskaras zu Ausdruck, die befriedigt werden wollen. Samskaras sind die Eindrücke in der Psyche, im Unbewussten. Die werden dann aktiviert, durch Wiederholung verstärkt, sofern man sie dann auslebt. In der Psychologie würde man sagen: regressive Verschmelzungsphantasien. Damit verbunden die Abgabe von Verantwortung fürs eigene Leben und Orientierungslosigkeit. Deshalb sind ja viele Leute in solchen Lebensphasen großer innerer Verunsicherung für Sekten besonders empfänglich, obwohl sie sonst als vernünftig und selbständig gelten. Aber dieser Umgang mit den Samskaras ist ja die Art und Weise, wie wir an diesen Entwicklungsaufgaben wachsen oder eben nicht. Das karmische Thema ist hier der Umgang mit Autorität und die Verantwortung für dass eigene Leben. Und im Sinne einer spirituellen Lebensaufgabe ist ja, wenn man sich dessen bewusst ist, der Umgang mit spirituellen Lehrern auch eine Aufgabe.“

„Ja, und woran erkenne ich denn dann, in wie weit ein Meister authentisch ist?“, fragte Kalle weiter. „Wie weit und wohin er mich bringen kann, ohne dass ich mein Gehirn lahmlege und blindlings folge?“

Harry gab die Antwort: „Meta-Position, wach bleiben, selber denken!”

„That's it.“

Maha brachte es so auf den Punkt: „Der äußere Meister dient nur dazu, deinen inneren Meister zu erwecken. Der äußere Guru reflektiert den inneren, so wie alles Äußere eine Reflektion deines Inneren ist. D.h. du kriegst den Guru, den du verdienst bzw. jetzt brauchst. Der äußere Meister katalysiert den inneren. Er bringt hervor, was schon in dir an Meisterschaft angelegt ist. Letztlich alles, insofern alles schon in deinem Inneren ist. Der Meister beschleunigt deine Entwicklung. Also der Guru darf weder Elternersatz, noch Erlöser, noch Verantwortungsnehmer für dein Leben sein.“

„Gestern hab ich hier in der Bibliothek gestöbert und genau dazu was sehr passendes gefunden.” Harry kramte ein Buch aus seiner Tasche und öffnete es an der Stelle mit dem eingelegten Zettel. „Hier: '*Ein guter Lehrer muss das Potenzial des Schülers sehen. Er muss den göttlichen Funken in jedem Schüler erkennen und muss sehen, dass jeder kommt, um mit sich selbst ins Reine zu kommen. Und seine Aufgabe ist es, dem Schüler dabei dienlich zu sein. Es geht nicht darum, dem Schüler etwas beizubringen, was er nicht kann, sondern ihm ein Instrumentarium näher zu bringen, was ihn befreien kann*'. Das ist von Sharon Gannon, Jivamukti-Yoga.“

„Völlig richtig“, stimme Maha zu. „Ein Lehrer kann Helfer sein, Begleiter, Anstoß, Inspirator, aber ein Lehrer ist nicht die Lösung. Der Schüler kann fragen: 'Gibt es hier etwas Wertvolles für mich, für mein Spiel des Lebens, von diesem Menschen zu lernen?' Der Lehrer kann sich fragen: 'Wie kann ich die Essenz vermitteln, ohne in der äußeren Form gefangen zu werden? Wie ermögliche ich dem Schüler, seinen Weg selbst zu finden und zu gehen?' In Bezug auf den konkreten Yogalehrer in einem längeren Lehrer-Schüler-Verhältnis, bei dem du mehr als Asanas und Pranayama lernen willst, ist es weniger wichtig, was ein Yoga-Lehrer TUT, was er technisch so drauf hat, sondern mehr wie er IST – wie er mehr als durch äußere Technik den GEIST des Yoga vermittelt. Vorausgesetzt, dass dir der Unterricht nicht irgendwie schadet auf-

grund grober Fehler im Äußeren.
Wenn du mit oder ohne Meister drei Ziele erreicht hast: Dein Herz ist geöffnet, Dein Ego steht dir nicht mehr im Weg, Du vertraust deinem inneren Lehrer – dann brauchst du keinen Guru mehr. Du hast in dir selbst ein Guru-Bewusstsein entwickelt: Alles kann mich lehren, unter der Voraussetzung, dass nichts im Universum zufällig ist. Ich selbst kann mein spiriueller Meister sein."
„Klingt gut!"
„Und wenn's ne banale Teekanne ist." meinte Harry.
„Ne Teekanne?"
„Ja. Ich hab zuhaus ne Teekanne, die gießt so langsam, da werd ich gleich ungeduldig. Und statt dessen könnte mich die Teekanne dazu bringen, über die Zeit zu kontemplieren. Ich habe alle Zeit der Welt, und es liegt an mir, sie zu nutzen. Zeit ist Illusion auf dem spirituellen Weg. Es gibt keine Abkürzungen – im Gegenteil: Je mehr ich in Ungeduld gerate, desto länger wird mein Weg."
„Mann, du bist ja 'n richtiger Philosoph."
Maha: „Ein guter spiritueller Lehrer ist wie ein guter Arzt: Er macht sich selbst überflüssig. Er befähigt dich zu so viel Bewusstheit und so viel Lernbereitschaft, dass du nicht länger über den Körper deine seelische Problematik ausdrücken musst, Stichwort: Krankheiten - Symbolsprache der Seele."
„Genau. Dahlke, Hay, Ebertin, um nur mal einige zu nennen." Harry hatte alles gelesen, aber nichts gemacht.
„Und zu dieser Entwicklung gibt der Arzt die äußeren Anstöße und Hilfsmittel, unter anderem auch Medizin. Oder er empfiehlt sogar Yoga."
„Aber davon ab, weißt du was ich denke? Wir sollten mehr Mantrasingen."
„Das ist ne großartige Idee", lobte Maha. „Ich hatte schon oft beim Mantrasingen so wirkliche Erfahrungen von Geöffnetsein für etwas Höheres, Aufgehobensein, das Gefühl: Alles ist gut, alles ist stimmig. Oder, wenn ich's recht überlege, das war kein Gefühl im eigentlichen Sinne, eher ein Zustand, ..., na, ich weiß nicht wirklich. Aber ich weiß, ich hätt's gern wieder. Und ich weiß: Es kommt auch wieder. Jedenfalls, heute abend gibt's nämlich ne Jamsession nach'm Satsang. Die Lalita und der Siggi spielen Harmonium, einige Trommler sind da, da sollten wir auf jeden Fall mitmachen."
„Klar, warum nicht." Harry war echt gespannt.
„O.k., jetzt kommen erstmal die Asanas."
„Was 'n heut dran?"
„Partnerübungen."
„O.k., ich lieg zwischen Conny und Beate!"
„Du Sack!!!"

27 Karma-Yoga

"Der höchste Lohn für unsere Bemühungen ist nicht das, was wir dafür bekommen, sondern das, was wir dadurch werden." (John Ruskin)

Brahmamuhurta, die Stunde Brahmans, ist die Zeit um Sonnenauf- bzw. -untergang. Brahmamuhurta wird als die ideale Zeit zum Meditieren angesehen. Die Schleier des lichten, geheimnisvollen Morgennebels, die sanft verwoben mit der frühmorgenlichen Stille über der Zeltwiese lagen, wurden jäh von einem wohlbekannten Geräusch zerrissen. Biep ..., biep ..., biep ..., biep, biep, biep, biepbiepbiepbiep, biiiiiiieeeeeeep! Ein Wecker! Und die, deren Wecker klingelt, bis alle anderen wach sind, pennen womöglich selber weiter. Harry musste seine ganze Willenskraft und zweieinhalb Finger benutzen, um ein Auge auf die Uhr zu werfen. Klatsch! Ziemlich feucht, son Auge, aber wenigstens getroffen. Vier Uhr dreißig. Ich glaub, ich spinne, dachte er. Ist der denn wahnsinnig? Satsang ist erst um Sechs! Ja, einer von den ganz Eifrigen. Vor dem Satsang schon mal ne Stunde meditieren oder Pranayama machen. Klar. Highway to enligthenment. Full speed zur Erleuchtung. Aber zwanzig andere auß'm Tiefschlaf reißen – wenn das mal kein schlechtes Karma gibt. Gestern hatte Harry im Vorbeigehen mitgekriegt, wie einer meinte: 'Isch hab ßo laut g'schnaascht letsde Nacht, isch konnt ßelbe net schlaafe!' Und lacht sich auch noch kaputt dabei! Da muss ich wohl von Glück sagen, dachte Harry, dass ich nicht bei dem auf'm Zimmer liege.

Tja, die Campingfreuden – Vor- und Nachteile. Schon in aller Herrgottsfrühe, ein anderes Wort für Brahmamuhurta, schreien die Vögel, die Katzen bellen, nur die faulen Hunde schlafen noch. Die Regenwürmer schrauben sich aus der Erde und erzeugen kleine Kegel unter'm Zeltboden, geben kurz auf, und versuchen's dann erneut, also ein ständiges Auf und Ab. Wenn ich jetzt ohne Isomatte daliegen würde, wär das ne schöne Rückenmassage, dachte Harry. Man müsste sich nur überlegen, wie man die Regenwürmer dazu abrichtet. Am besten bewegen die sich dann immer so die Meridiane entlang. Das könnte man dann als neuartige, esoterische Massageform anbieten ... oder als musical on stage: Harry B. – magic master of the fabulous rainworms.

Für Harry war der frühe Morgen meist eher Harndrangmuhurta. Nachdem er sich mit dem Harndrang auf einen Kompromiss geeinigt hatte, konnte Harry sich noch ein Weilchen in seinem Schlafsack und in Gedanken hin- und herwälzen, bevor er um Viertel vor Sechs Stück für Stück in die Senkrechte kam. Morgenstund ist aller Laster Anfang. Also komm ... Auch das Wetter war heut morgen Grau in Grau, dabei jedoch angenehm mild und feucht, wie ein samtenes Tuch auf der Haut.

Und wieder einmal versetzte die Ruhe, die Stille im Satsang-Raum, verbunden mit dem sanften, warmen Schein der Teelichter und Kerzen auf dem Altar und dem dezenten, süßlichen Duft der Räucherstäbchen Harry in eine tiefe, aufnahmebereite Entspannung für den Satsang, die Meditation und das Mantrasingen.

Nach dem Satsang begann Maharani ihren Vortrag mit einem Mantra und einer Minute der Stille, der Besinnung, in der sie mit dem Anjali-Mudra, die Handflächen vor der Brust zusam-

mengelegt, alle Anwesenden durch einen ganz kurzen Blickkontakt willkommen hieß, und jeder erwiderte gern diese Geste der Anerkennung. Das war üblich hier zu Beginn jeder Lehrveranstaltung – bei Maharani kam dies am Lebendigsten rüber – sich gegenseitig auf diese Art den Respekt zu erweisen für die Bereitschaft zu lernen bzw. zu lehren, und das gab jedesmal auch die Gelegenheit, sich die Heiligkeit der gesamten Situation bewusst zu machen. Dann begann sie mit ruhiger Stimme und freundlichem Blick ihren Vortrag mit einem Zitat von Swami Vishnu Devananda: *'Die einzig wirkliche Investition ist die, wo wir spenden und helfen.'*
Karma-Yoga ist der Weg der aktiven, wohlwollenden Handlung – Seva, Dienst an anderen und der Umwelt. Dies tun wir im Bewusstsein, dass wir alle Aspekte des universellen Bewusstseins sind und Brahman durch uns handelt. Karma-Yoga ist also von der Einstellung her eng verbunden mit Bhakti-Yoga. Ganz konkret drückt sich das im jeweiligen Svadharma, unserem individuellen Wesen mit seinen karmischen Lebensaufgaben aus, was wir dann mit Gelassenheit, Großmut, Mitgefühl und Einsicht durchleben. Versuchen wir zumindest. Wir sind auf der spirituellen Ebene nicht die Handelnden, aber auf der materiellen und erdnahen, geistigen Ebene karmisch verantwortlich für das, was wir durch uns geschehen bzw. nicht geschehen lassen. D.h. ein Großteil, aber nicht alles, ist mehr oder weniger freier Wille. Darauf kommen wir dann beim Karma- und Reinkarnationsvortrag zu sprechen. Die Rahmenbedingungen, die für alle gelten, sind durch das Dharma diktiert.

Karma-Yoga - in Liebe handeln

Karma-Yoga bedeutet, das Schicksal als Chance aufzufassen, als Herausforderung und Aufgabe. Jeder hat die Aufgaben und Bedingungen, die er verdient. Das ist so zu verstehen, dass jeder dieses Svadharma selbst verursacht hat in früheren, oder meinetwegen auch parallelen Inkarnationen, so dass er genau dies jetzt braucht, um sich weiterzuentwickeln, indem er diese selbstgewählten Lebensaufgaben meistert.
Karma-Yoga ist also ähnlich dem Bhakti-Yoga das Yoga des egolosen Handelns aus spiritueller Hingabe, als Instrument Gottes, d.h. Gott wirkt durch mich. Ich höre auf seine Hinweise, und es dient allen und mir selbst. Der Schwerpunkt beim Karma-Yoga liegt mehr auf der Aktion, dem tatkräftigen Einsatz im Alltag, beim Überleben in den materiellen Zwängen.

Karma bedeutet Tat, Ursache, Wirkung. Die Motivation ist 'selbst'loses, d.h. besser 'ego'loses Dienen. Und zwar dem, was der Verbindung mit dem Göttlichen, der Transformation aller zu Gute kommt. Dem Menschen, der Natur, dem ganzen Planeten. Eigenes Karma abzubauen, sein Herz zu öffnen, Tugenden zu entwickeln. D.h., die nötigen Kompetenzen und Einstellungen, die Yoga ermöglicht, und auch den Lebensunterhalt auf sattvige Weise zu ermöglichen, die Berufung bzw. die Mission zu leben.

In diesem Sinne ist ein sehr bekanntes Zitat von Swami Sivananda zu verstehen, das Karma-Yoga und Bhakti-Yoga sehr schön zusammenfasst: *'Diene, liebe, gib, reinige, meditiere und verwirkliche.'*

Und, nicht zuletzt, und man kann es nicht oft genug wiederholen, basiert diese Einstellung des Dienens wiederum auf der Erkenntnis, dass Alles mit Allem verbunden ist, dass Erlösung daher nur gemeinsam stattfindet, dass Mitgefühl nur die logische Konsequenz dieser Überzeugung ist.

Ihr kennt doch alle die Formulierung 'Das Zeitliche Segnen'. Wird meistens gebraucht, um den Tod etwas metaphorisch zu beschreiben. Und das ist auch richtig. Und wisst ihr, wo da der Zusammenhang ist zum Karma-Yoga? Dieser Tod, der hier gemeint ist, bedeutet spirituell gesehen den Tod des Ego. Nämlich indem du in Allem das Göttliche erkennst, so wie es im Karma- und auch im Bhakti-Yoga versucht wird, gibst du dem Zeitlichen deinen Segen, d.h. dem Vergänglichen, Materiellen. Das Segnen besteht in der Erkenntnis, dass alles ein Aspekt Brahmans, des Göttlichen, ist, wodurch auch das Materielle seine Würde, seinen Wert erhält. Diese Erkenntnis motiviert dich zu den selbst- bzw. egolosen Handlungen im Karma-Yoga.

Karma-Yoga kann auf allen Gebieten erfolgen: sozialen, wohltätigen, ökologischen, künstlerischen, spirituellen, in jedem Alltagsbereich. Karma-Yoga ist die Lebenseinstellung: Alles, was hier und jetzt nötig ist, mit positiver Absicht und voller Kraft zu tun, unter Beachtung ethischer Grundsätze, also der Yamas und Niyamas, und der Verhältnismäßigkeit der Mittel. Hierbei soll, genauso wie immer eigentlich, achtsam und bewusst gehandelt werden, ohne dieses Mögen/Nichtmögen – ein Thema für Raja-Yoga. Beliebtes Beispiel: Das Klo putzen, nicht mit Widerwillen, sondern als Puja zelebrieren. Du musst nicht unbedingt begeistert sein, Herz und Hingabe müssen nicht notwendigerweise spürbar sein, obwohl du dann mehr davon hättest, aber es reicht, es einfach gleichmütig zu machen, neutral ist auch gut. Mach es so gut, wie hier und jetzt möglich, mit 'sattvigem Perfektionismus' sozusagen – den Rest überlasse Gott. Du kannst es nicht allen Recht machen. Nur ein verwirklichter Meister könnte 'perfektes' Karma-Yoga machen.

Es gibt eine Stelle aus der Bhagavad-Gita, die das sehr schön erläutert. Kapitel II, Absatz 48: '*So handle, oh Arjuna, und sei fest im Yoga, gib Bindungen auf und bewahre Gleichmut in Erfolg wie Misserfolg. Ausgeglichenheit des Geistes heißt Yoga.*' Und zuvor in 47: '*Lass weder die Früchte deiner Handlung dir Motiv zum Handeln sein, noch wende dich dem Müßiggang zu*'. Und in 49: '*Nimm Zuflucht bei der Weisheit; unglücklich sind die, für die die Früchte Motiv der Handlung sind*'.

Also lasst die Weisheit, d.h. die Erkenntnis und Befolgung eures Svadharmas, euer Handlungsmotiv sein. Mit Focus auf dem Positiven. Ohne die üblichen Wahrnehmungsverzerrungen durch Überbewerten des weniger Gelungenen. Ihr kennt das wohl: Ein Tadel muss durch 10 Lobe aufgewogen werden, damit man sich gut fühlt. Ist bei vielen Leuten so. Und erfahrungsgemäß geht das Rückmeldekonto eindeutig zu Lasten des Lobs. Wie willst du jemals zufrieden sein, wenn dein Selbstwert vom Lob anderer oder vom Gelingen deiner Handlungen abhängig ist? Nein, wenn du diese Karma-Yoga-Einstellung hast, kannst du dir viel besser selbst die Anerkennung geben, die du brauchst, und Vieles wird dir leichter fallen, weil du dich nicht so unter Druck setzt. Und so sagt auch Patanjali: *'Man sollte nicht nur von Tadel, sondern auch von Lob unabhängig werden.'*

Gefahren im Karma-Yoga können sein, einen Handel daraus machen zu wollen: So und so viel Karma-Yoga kompensiert so und so viel schlechtes Karma. Wie so ein Geschäft mit Gott, Ablasshandel – das hatten wir ja schon mal in der Geschichte der Kirche. Ein Rest dieser Einstellung scheint allerdings wohl kaum vermeidlich aufgrund des Wunsches nach Moksha, nach Befreiung. Der Dienst, diese Hilfe, die man leistet, sollte wenn möglich aus Überzeugung kommen, aber selbst wenn nicht, dann ist das immer noch besser, als gar nicht zu helfen.

Oder, eine weitere Gefahr, sich zum Werkzeug niederer Wünsche anderer, speziell eines Gurus zu machen, oder aus einem Helfersyndrom heraus, oder ganz naiv, aus Berechnung zu handeln. D.h. handle losgelöst von materiellen Identifikationen, persönlichen Wünschen, ohne an den Ergebnissen, den 'Früchten' des Handelns wie Erfolg, Misserfolg oder unmittelbarem Sinn zu hängen. Der Sinn liegt im Tun selbst, mit Zeugebewusstsein, spiritueller Meta-Position. Ohne Anhaftung an die Handlung, d.h. es kann auch jemand anderer deine Aufgabe übernehmen, oder es kann mal eine andere Aufgabe sein. Und mach es, ohne Belohnung, emotional oder materiell, oder Anerkennung zu erwarten. Wenn sie dann kommt, um so schöner.

Eine weitere Einstellung beim Karma-Yoga entspricht dem spirituellen Gesetz der Gnade: Das Gewähren von Hilfe seitens Brahman. Dass dir irgendeine erbetene oder unerwartete Unterstützung zukommt, bei ehrlicher Hingabe und positiver Absicht, und nach eigenem mehr oder weniger vergeblichen Bemühen. Das dient dann der Beschleunigung deiner Entwicklung oder als karmische Belohnung, wie immer du das nennen willst. Wir bemühen uns also nicht darum, geschäftsmäßig aufrechnend gutes Karma zu erwirken, sondern darum, die spirituellen Werte zu realisieren. Gutes Karma und persönlichen Erfolg erzeugen wir dann nebenbei. Ich wünsch euch viel Erfolg dabei. Hari OM Tat Sat."

Tja, begann Harry zu grübeln, besser gesagt nachzuforschen in den abgründigen Archiven seines Karmas, (die müsste ich auch mal umstellen von Palmblatt auf digital) wie es denn da mit seinem Konto bestellt war: Alles im Grünen Bereich? Wie im Buch vom Nikolaus: 'Ich sehe hier, der kleine Harry war ja nicht besonders fleißig im Kindergarten,' ... Allzu viel hatte er da nicht aufzuweisen. Doch das wollte er jetzt nicht weiter vertiefen. Jedenfalls, dachte er, meine Hochachtung gilt besonders all den bewussten und unbewussten Bodhisatvas, die im aktiven Einsatz für soziale, ökologische oder spirituelle Zwecke ihre Gesundheit und ihr Leben riskieren. Egal ob bewusste Sadhana oder nicht – dies ist wahres Karma-Yoga, wahres Seva, Dienst an der Evolution.

28 Parallele Universen, Karma und Mitgefühl

„Alles Gute in der Welt geschieht nur, wenn einer mehr tut, als er muss." (Hermann Gmeiner).

Später am Abend saßen die Brüder und Schwestern im Geiste noch in Echt beisammen und schleckten die Schüsseln aus. Karob-Creme auf Soja-Yoghurt-Basis mit Mandelsplittern. Exzellent! Irgendwie war das Thema auf parallele Universen und Zeitreisen gekommen.
Und wieder war es Harry, der nicht an sich halten konnte. „Zeitreisen würden doch einen Strudel von Paradoxien erzeugen! Alles gerät durcheinander oder es werden mit jeder möglichen Entscheidung oder Handlung unendlich viele neue Universen erzeugt!"
„In gewisser Weise würde der Vergangenheit und der Zukunft die Wirklichkeit abgesprochen", warf Anne ein. „Lies mal Gödels Theorien und Beweise!"
„Gödel?"
„Seineszeichens genialer Mathematiker und Freund von Albert Einstein."
Kalle: „Aber entscheidend ist nur die subjektiv erlebte Zeit! Und da das materielle Universum gemäß Yoga auch nur Illusion ist, ist auch die sogenannte objektive Zeit, die ja ohnehin wiederum von Geschwindigkeit und Objekten im Raum abhängt – Relativitätstheorie – sowieso relative Zeit und deshalb in der Tat Illusion. Und in einem parallelen Universum kann die Zeit ja auch völlig anders laufen, als in unserem. Aber ist es dann noch Wahrheit, die für uns von Belang ist, wo wir doch in diesem materiellen, relativen Universum gefangen sind? Wahrheit im Sinne einer wie auch immer objektiven Seinsebene kann es deshalb nur jenseits von Zeit und Raum geben."
„Du meinst also eine Wahrheit im Feinstofflichen? Ist nicht das Feinstoffliche auch ein Teil des grobstofflichen, materiellen Universums, je nach dem, WIE feinstofflich? Wo ist da die Grenze? Oder gibt's ein Jenseits-des-Feinstofflichen?"
„Weiß der Geier!"
„Oder der Teufel."
„Oder wenigstens der Kuckuck!"
„Oder Swami Durchananda!" rief Harry, und dachte im selben Moment: Ou, shit. Jetzt hab ich mich geoutet.
Das wollte Kalle jetzt aber genauer wissen. „Wer is datt denn getz wieder?
„Na, Swami Durchananda ist mein Alter Ego, jedenfalls nicht mein altes Ego. Mein spirituel-

les Alias, sozusagen."
„Schizophren nennt man das!"
„Übrigens, in Bayern heißt das nicht Alias, sondern Alois!"
„Egal!" Harry kam zum Thema zurück. „Die spirituellen Gesetze von Ursache und Wirkung jedenfalls liegen aber jenseits der materiellen Gesetze. Materielle Gesetze werden evtl. durch Zeitreisen auf den Kopf gestellt, neu definiert, aber nicht die spirituellen, nicht das Dharma."
„Die Grenze zwischen materieller und feinstofflicher Welt ist doch fließend, ein Kontinuum. Ein qualitativer Wandel. Wo willst du da die Grenze setzen?"
„Stephen Hawking hat jedenfalls eine sogenannte 'Chronologie-Schutz-Vermutung' aufgestellt: '*Die Gesetze der Physik haben sich verschworen, eine Zeitreise von makroskopischen Objekten zu verhindern*', sagt er. Und selbst wenn doch: Ob ein Ereignis von jemand aus der Zukunft oder aus der jeweiligen Jetzt-Zeit ausgelöst wurde, ist doch egal. Was passiert ist, ist passiert." Das war völlig logisch für Harry.
„Jedenfalls Zeitreisen verändern die Vergangenheit. Du greifst ja allein durch deine Anwesenheit ein, auch wenn du es nicht bewusst beabsichtigst. Denk mal an das Quantenunteilbarkeitsprinzip. Also entweder ändert sich gar nichts, oder es entsteht ein zusätzliches, neues Universum."
„Da gibt's doch diesen Film 'Butterfly-Effekt', der ist zwar nichts für empfindliche Gemüter, aber sehr gut gemacht. Da hat einer durch ne psychische Disposition die Möglichkeit, in die Vergangenheit zu reisen und in seinem Leben was zu verändern, und jedes Mal entsteht eine neue Wirklichkeit, ein neues Universum. Aber wie er's auch macht, immer kommt was Unvorhersehbares dabei raus, das teilweise noch schlimmer ist."
„Horror!"
„Genau. Das, was hier und jetzt ist, die jetzige Wirklichkeit, aus der du kommst, wird vielleicht bleiben, aber du würdest mit jedem Eingriff ein neues Universum starten. Und es gäbe dich ein zweites Mal. Und dann gibt's ja noch die, die glauben, auch im Hier-und-Jetzt-Universum, egal ob Zeitreise möglich ist oder nicht, wird mit jeder anderen Anwort und jeder Reaktion von mir oder dir darauf, auf genau das Hier und Jetzt, wo wir hier sitzen, ein neues Universum mit anderen Konsequenzen geschaffen!"
„Völliger Wahnsinn! Wenn jede Entscheidung eines Menschen ein neues, zusätzliches Universum erzeugen würde, überleg doch mal, bei 6 Milliarden Menschen, die täglich 'zig Entscheidungen treffen, wie viele Milliarden Universen würden da entstehen? Jeden Tag! Wär das nicht völlig absurd? Wie willste da noch direkte Ursache-Wirkung-Beziehungen, individuelles Karma erkennen und aufrechnen, geschweigedenn gezielt daran arbeiten?"
„Da wirste ja völlig bekloppt!"
„Sind wir ja auch!"
„Ach, komm jetzt!"
„Nee, wir sind doch eigentlich völlig unbewusst, wenn wir sehen, welch totaaaaal winzigen Ausschnitt aus der gesamten Schöpfung wir überhaupt wahrnehmen können. Nils Bohr hat mal gesagt: '*Das Universum ist nicht nur verrückter, als wir uns vorstellen. Es ist verrückter, als wir uns überhaupt vorstellen KÖNNEN*' ".

„Krass!“
„Doch. Klar. Und überleg mal, was das für's Karma bedeutet: In mehreren Universen gleichzeitig Karma erzeugen und abbauen! Und noch dazu als Individual-Seele, d.h. andere Aspekte der Über-Seele wurschteln auch noch an deiner/eurer Entwicklung rum, grad in diesem Moment! Im Universum nebenan.“
„Das verkompliziert, gelinde gesagt, die Sache ungemein!“
„O – oh!“ Harry machte den 'Rain Man': „Zur Zeit existieren 356429787,22267 Universen, ... Ich blick da ja jetzt bei diesem einen hier schon nicht mehr durch!“
„Na, ich bin mal gespannt auf den Karma- und Reinkarnations-Vortrag. Der steht ja noch aus.“
„Ne parallele Inkarnation ist wie vulkanisches Schach: Mehrere Ebenen gleichzeitig.“
„Wenn's nur so einfach wäre,“ seufzte Kalle.
„Ihr seid ja echt witzig!“
Nanu, dachte Harry, als sich jetzt die Anja einschaltete, die mit am Tisch saß. Die ist doch sonst so schweigsam. Anja Neya, das hatte er inzwischen herausbekommen, das war die mit dem indischen Tanz, vom Bunten Abend. Er hatte sie mal nach der Asanastunde gesehen, als sie einigen anderen den Spagat vorgeführt hatte. Die kam nämlich vom Ballett. Hatte eine eigene Ballet- und Tanzschule. „Ihr diskutiert hier ziemlich theoretisch über verschiedene Realitätstunnel, Zeitreisen und parallele Universen, wo ihr doch gleich hier im richtigen Leben von 'zig Universen umgeben seid. Jede Menge Realitätstunnel, verwurschtelt wie ein Teller voll Spaghetti.“
„Wie meinst'n das?“
„Ich denk manchmal, im 'Universum nebenan' bin ich schon, wenn ich bloß zur Haustür rausgeh. Oder mach doch mal die Tür auf vom Zimmer deines 14-jährigen voll pubertierenden Sprösslings. Was siehst du? Ein fremdes Universum innerhalb der eigenen vier Wände! Oder du gehst nach Yoga-Satya und fragst dich: Wo ist es mehr verrückt? Drin oder draußen?
Unter nicht nur unter deutschen Dächern findest du parallele Universen, Realitätstunnel en masse: Den Hundezüchterverein, den Landesgrillwettbewerb, den S/M-Swingerclub, das Obdachlosenasyl, die Privatsender-nachmittags-motz-kotz-megapeinliche Privatmüll-'Talk'-Show, 'die kleine Kneipe in unserer Straße', die Dressurreit-Meisterschaften, das Heavy-Metal-Festival in Wacken, den Yoga-Ashram, das Geheimdienst-Verhörzimmer, die Multiple-Persönlichkeits-Multitask-Switch-Welten, die Neo-Nazi-Parteiversammlung, den Golfclub, die Zirkusmanege, das Universum einer Kaffee-Verkaufsfahrt oder einer Startrek-Convention, eine anthroposophische Eurhythmie-Aufführung, das Yogafestival Berlin, und, und, und .... jeder in seiner Welt, Überschneidungen nur zum Teil. Wo ist die gemeinsame Wirklichkeit? Hungernd in Afrika, dahinsiechend in den Slums von Kalkutta, versnobt im New-Yorker Penthouse, als Junky auf der Straße, abgeschieden als Mönch im tibetischen Kloster, aufgedreht als Broker an der Börse, selbstgefällig als Politiker im Senat, der virtuelle Charakter im online-Rollenspiel, und irgendwann auf dem Holo-Deck eines Raumschiffs ..... So strange, diese Welt da draußen!“
„Stimmt.“ Alle waren nachdenklich beeindruckt. „Total irre!“

„Und was ist mit den parallelen Universen in der eigenen Psyche?" knüpfte Harry an. „Die verschiedenen Persönlichkeitsanteile mit ihren verschiedenen Bedürfnissen, die du tagtäglich koordinieren und zu einem einzigen Hier-und-Jetzt-Leben zusammenfügen musst. Oder zu mehreren? Es gibt eine hohe Dunkelziffer bezüglich all derer, die ein Doppel- oder Mehrfachleben führen, ob nun psychotisch oder nicht, weil sie sich nicht trauen, zu ihren geheimen Wünschen und Bedürfnissen zu stehen aus Angst vor Verurteilung, oft jahrelang, Jahrzehnte. Diese seltsam aufregende Balance von Versagung und Lust, von Stress und Erlösung, von öffentlich und geheim, von wirklich und unwirklich aufrechterhalten. Was ist wirklicher?"

„Und all diese Realitätstunnel, die parallelen Universen, sind miteinander verbunden. In allen wird gefühlt, gedacht, gehandelt, alles gleichzeitig, milliardenfach."

Das Schweigen lastete in dichter Stille über dem Tisch. Ein einsames, leises 'Wahnsinn!' bahnte sich einen Weg durch eine Art samtige, mitfühlende Betroffenheit.

Is wohl so, dachte Harry. Und?

„Und jetzt bleibt die Frage: Was tun wir?" Anja schaute in die Runde. „Und im Besonderen wir als Möchtegern-Yogis?"

„Na ja," versuchte es Harry, „Kommunikation heißt, sich verstanden machen, teilen und teilhaben. Und das ist Yoga. Yoga ist vollkommene Kommunikation. Komm-Union, wie das Wort schon sagt, genau wie re-ligio, Rückverbindung; Erkenntnis der Allverbundenheit. Und das beginnt mit größtmöglicher Bewusstheit und größtmöglicher Achtsamkeit. Aufmerksamkeit und auch Wertschätzung."

„Jaaa, klingt ja schön. Ist ja auch völlig richtig. Aber was tun wir konkret? Beispiel!?"

„Aus dieser Erkenntnis, dieser Erfahrung vollständiger Kommunikation, MUSS zwangsläufig ganz logisch Mitgefühl erfolgen. Und mit dem Mitgefühl muss zwangsläufig auch Verantwortung kommen. Wenn alles mit allem verbunden ist, wie Werner Heisenberg und Nils Bohr experimentell bestätigt haben, dann KANN ganz logischerweise Erlösung nur gemeinsam stattfinden. Oder? Aber ohne die Erfahrung der Allverbundenheit kann Mitgefühl nur schwer entstehen, gerade in grenzwertigen Situationen. Es bleibt manchmal eine abstrakte Wunschvorstellung, immerhin. Meditation kann Mitgefühl entstehen lassen, da in Meditation das Allverbundenheitsgefühl kultiviert und zum Leben erweckt, verstärkt wird. Vieles andere auch, subjektive Erfahrungen, 'aus dem Nichts' heraus Mitgefühl. Jedenfalls bleibt all das hier Spekulation, wenn nicht ein mitfühlender Geist entwickelt wird, der aktiv daran arbeitet, das Leiden zu verringern." Harry lehnte sich selbstgefällig zurück. Hab ich doch schön gesagt, dachte er. Und richtig ist es auch.

Und als ob Anja Gedanken lesen könnte, entgegnete sie: „Das hast du ja schön gesagt, und so richtig es ist, jetzt weich nicht aus. Was tust du denn aktiv? Diskutierst hier nur rum über Quantenphysik und spirituelle Entwicklung. Hast du auch den Mut, zu handeln?"

Harry begann zu schwitzen. Sein soziales Engagement war, jedenfalls bislang, nicht besonders rühmlich, sozialer Job hin oder her. „He, he, nun mal langsam hier!" Harry wechselte die Ebene. „Ich muss dir jetzt hier doch nicht beichten oder so."

„O.k., Schuldigung, war nicht so gemeint. Aber son theoretisches Gefasel regt mich manch-

mal wirklich auf, wo gleichzeitig die Welt um uns herum zugrunde geht. Und die Menschen. Und die Arschlöcher, die wirklich im großen Stil was ändern konnten, sitzen in ihren Palästen und feiern! Ist doch wahr!"
„Ja, hast ja Recht."
Das Schweigen in der Runde schien zu bekunden, dass wohl bei einigen sowas wie ein schlechtes Gewissen aufkeimte. Bei Harry setzte sich langsam wieder diese Ärger-Frust-Schleife in Bewegung.
„Mal abgesehen von mir", lenkte Harry ab, „die wahren Helden sind diejenigen, die Leib und Leben riskieren für andere, Motivation sekundär. Amnesty International z.B., oder Greenpeace, oder 'Ärzte ohne Grenzen', und tausende von namenlosen Heldinnen und Helden! Hier im Ashram mal ne Stunde Gras rupfen oder Klo putzen, ist ja echt putzig! Können wir ja wirklich stolz sein auf unser 'selbstloses Dienen'. Sollte ja eigentlich egoloses dienen heißen. Egal. Seva! Klar, ist auch wichtig. Aber das ist doch nichts im Vergleich zu denen."
„*'Der Yogaweg ist der Weg des Helden'*, hat mal einer gesagt, *'Mit sich selber und anderen achtsamer umgehen, Auseinandersetzung mit dem Schatten im Inneren, Druck standhalten und umgehen, transformieren.'*"
„Stimmt ja auch; auf die eigene Entwicklung bezogen. O.k., es ist nicht jedermanns Karma, den Öko- oder Sozial- oder Polit-Helden zu spielen. Solche Menschen sind mindestens so bewundernswert, wie diejenigen, die in ihrem Ashram den Leuten eins von Satchidananda erzählen und ihnen spirituelle Praktiken beibringen. Die arbeiten eben auf den geistigen Ebenen. Und das ist mindestens genau so wichtig."
„Aber jeder könnte mehr tun, wenn er wollte!" Anja blieb beharrlich. „Jeder! Muss man sich als 'guter Yogi' sozial etc. engagieren? Im Sinne der Erlösung aller und der Harmonie: Ja! Wenn jeder nur so vor sich hin handelt oder meditiert, kommt man über das gute Privatgewissen nicht hinaus."
„Na, trotzdem. Was kann ich denn schon groß bewirken?"
„Selbst, wenn du nicht die Welt auf den Kopf stellst, was verbessern kannst DU auch. Es zeigt sich doch immer wieder, dass es selten die 'großen Entscheidungen des Lebens' sind, die den entscheidenden Unterschied machen, sondern die Vielzahl der kleinen Entscheidungen, die aber weitaus größere Kreise ziehen, als im Moment der Entscheidung absehbar ist. Ob du zwei Minuten länger auf dem Klo sitzt, oder nicht, das kann genau diese Entscheidung sein, in deren Folge sich der Flügelschlag des Schmetterlings zum Orkan auswächst. Diese unscheinbaren Situationen sind es, die dem Schicksal die Pforten öffnen."
„Eben. Ganz genau." Anja bekam Unterstützung von Anne. „Nichts bewirken? Faule Ausrede! Was bedeutet hier 'Nur ein Tropfen auf den heißen Stein'? Große Entwicklungen gehen nicht immer von Einzelnen aus, von Politikern oder Wirtschaftsbossen."
„Wie denn dann?"
„Es gibt immer zwei Wege: Außen Demo, innen Geistesschulung. Du kannst ja trotzdem auf ne Demo gehen. Es braucht beide Seiten: Politiker wie Brandt, Walensa, Gorbatschow, und auf der anderen Seite die Menschen: 'Wir sind das Volk'. Oder du gehst selbst in die Politik. Wobei

das vielleicht viel schwieriger ist, auf diesem 'Marsch durch die Institutionen' nicht zu verdursten oder zu verbluten im Kampf gegen die Ignoranten, die skrupellosen Egoisten, und dabei nicht korrumpierbar und desillusioniert zu werden.
Der andere Weg, innerlich: Rein mental Friedensmeditation, Sadhana und so weiter. Und da kann jeder bei sich selbst anfangen. Vor der eigenen Tür kehren, am besten gleich einen Garten anlegen. Von mir aus mit Kultur und multisensoriellem Mit-Mach-Environment. An den eigenen, nicht-zufälligen Beziehungen arbeiten, mit den Menschen, die dir täglich begegnen. Also ganz klassisch, an sich selbst arbeiten und mit guten Beispiel vorangehen. Gustav Fröbel, ein sehr innovativer Erzieher, hat mal gesagt: '*Erziehung, das ist Vorbild und Liebe, sonst nichts.*' Und genau so ist es hier. Es braucht beides, außen und innen, Yin und Yang."
„Ganz sicher. Und je mehr Leute das machen, desto mehr verändert sich das ganze Bewusstseinsfeld, in dem wir leben. Denk mal an die universelle Quantenverbundenheit! Im Universum ist alles mit allem verbunden, z.B. durch morphogenetische Felder. Der Butterfly-Effekt ist Realität. Wirkung, Beeinflussung ist letztlich zwangsläufig. Eine kritische Masse muss erreicht werden, dann geschehen auch große Veränderungen sprunghaft. Jede Wahrnehmungs-Wahl, jede Handlungs-Wahl, erzeugt verschiedene Partikel oder Wellen, mit einer bestimmten Wahrscheinlichkeit. Du kannst nicht nicht-beeinflussen, allein schon weil du existierst. Materiell wie feinstofflich. Und deshalb ist auch Verantwortung unvermeidbar. Du musst antworten. Es gibt keine Ausrede! Und außerdem, ich hab mal nen ganz tollen Spruch gelesen: *'Ein Einzelner in Verbindung mit der Wahrheit ist immer in der Mehrzahl.'* Also vergrößere deine Bewusstheit und deine Kompetenzen, um so absichtsvoll wie möglich zu beeinflussen, Wirklichkeit zu erschaffen."
„Was hat das jetzt mit Yoga zu tun?"
„Was das mit Yoga zu tun hat? Das ist Karma-Yoga life, Mann! Yoga in action! Ganz konkret!"

Abends nach dem Satsang schlenderten Harry und Kalle gedankenverloren über die Wiese zum Zeltplatz. Heut roch es irgendwie frischer, es lag eine silbrige Feuchtigkeit in der Luft, und Harry atmete tief durch. Diesmal hatte ihm der Abendsatsang wieder richtig gut gefallen, es war eine sehr entspannte Stimmung gewesen, besonders beim Mantrasingen.
„Ich weiß noch genau, wie ich das erst Mal bei Yoga-Satya war und die haben im Satsang beim Jaya Ganesha immer dieses Anandoham, also dieses: 'Ich bin Wonne, kosmische Wonne!' gesungen. Ich dachte: Komm, jetzt aber genug hier. Kosmische Wonne! Soll ich wie son kleiner, rotbäckiger Wonneproppen hier durchs Weltall eiern? Sind die jetzt völlig abgehoben hier? Ich und kosmische Wonne!"
„Ja, glaub ich gerne. Ging mir ähnlich."
„Weißte, diese Begriffe aus der Friede-Freude-Eierkuchen-Welt einerseits, und andererseits diese Haltung: Der gläubige, der kirchengläubige Mensch, so erbärmlich und hilflos und vor allem schuldig und sündig, da hab ich mich immer gefragt: 'Wieso DAS denn? Wieso schuldig? Ich hab doch gar nichts Schlimmes getan!' Der Mensch als schwaches, kleines, unterwürfiges Würstchen, der dieses Leben wunderbar zu finden und dankbar für jeden Tag zu sein hatte, wie verlogen und falsch hab ich diese Forderung schon als Kind erlebt, da ärgere ich

mich jetzt noch. Wo soll denn da die Wonne herkommen, die Glückseligkeit?"
„Tja, ist auch irgendwie erstaunlich, welches Grundlebensgefühl die Menschen so mitbringen: Freude oder Leid, Ärger oder Liebe, Vertrauen oder Misstrauen, Verweigerung oder Neugier. Ich glaube nicht, dass das alles durch die Primärerfahrungen im Mutterleib oder frühe Kindheit zu erklären ist."
„Mhm. Jedenfalls, Anandoham, ich bin Glückseligkeit, das geht mir zumindest leichter von den Lippen, weil die Sanskritbegriffe einfach nicht so wie die westlichen, insbesondere die deutschen Begriffe, all die alten Geschichten, den Widerwillen wachrufen, den ich damals schon in den Kindergottesdienst-Zeiten gespürt hab. Und die Sanskrittexte haben nicht so diese Unterwürfigkeit, dieses Schwächliche, Abhängige, Nichtwürdige, das Leiden Hochstilisierende wie viele christliche Texte. Die betonen vielmehr die Schöpferkraft und den Wert des Menschen, so wie er ist, das Einssein mit der Schöpfung und Gott, bzw. Brahman."
„Mhm. Und heute, was ist heute mit Anandoham, mit kosmischer Wonne? Bei gutem Willen?"
„Kosmische Wonne. Nur mal angenommen, ich wäre kosmische Wonne – keine Ahnung, wie sich das anfühlen würde. Ich mein, einfach sehr gut gefühlt hab ich mich schon mal, ..."
„Echt? DU?", grinste Kalle.
„Jaaa, ICH! Aber nicht so existenziell, so wirklich durch und durch. Aber jetzt denk ich öfters mal, mein wahres Wesen könnte ja auch ein lila gepirschtes, pyramidenförmiges Käsebrötchen sein, warum also nicht auch kosmische Wonne? Dieses So-tun-als-ob ist ja wie eine Art selffulfilling prophecy, eine Focussierung der Gedankenkraft auf das jeweilige Objekt. Und irgendwann wird's dann Wirklichkeit."
„Na siehste, ist doch schon mal ne positive Einstellung."
„Ja, ja. 'Von Tag zu Tag geht es mir besser und besser'. Alles Glaubensache. Oder Technik?"
„Vielleicht beides."
Mit diesen Überlegungen im Unterbewusstsein gelang es Harry, Anandoham zu singen und sich darauf einzulassen, ohne weiter darüber nachzudenken. Und für die tatsächliche Wirkung der Gedankenkraft gab es ja Beispiele zu Hauf. Er hatte mal gelesen, wie sie eine Knieoperation vorgetäuscht hatten. Also eine reale, orthopädische Indikation, aber die OP wurde nur zum Schein ausgeführt, so dass es von außen so aussah, als ob tatsächlich operiert worden wäre. Und: Die Heilungsrate, die Beschwerdefreiheit, war in dieser Gruppe genau so hoch, wie in der Kontrollgruppe, die tatsächlich operiert worden war! Und das war jetzt nichts Psychisches, von wegen eingebildete Krankheit, das war ganz konkret körperlich. Und dies war nur eines von vielen Beispielen.
„Morgen gehts im Vortrag um Mantras."
Passt ja gut, dachte Harry, wenn's am Abend die Mantrasingen-Session geben sollte.
„Nacht."
„Nacht."
Gerade wollte Harry sein Waschzeug aus dem Zelt holen, als er einige Meter weiter Conny erkannte, die auf dem Rücken im Gras lag und in den nächtlichen Sternenhimmel schaute. Harry pirschte sich ganz locker ran. „Na, ...?"
„Selber Na! Bisse auf'm Weg in die Heia?"

„Na ja, mehr oder weniger. Auf'm Weg vom Heia-Mann zum Atman sozusagen, vom ersten zum dritten und dann vielleicht noch zum vierten Zustand, Turiya. Dort, wo Atman wohnt. Und du? Schaust noch ein wenig in 'die unendlichen Weiten, die noch nie ein Mensch zuvor gesehen hat'?" „Ja. Es ist so schön, das Funkeln der Sterne, und die Frage ist so spannend, ob die Menschen jemals sehen werden, was es dort gibt."
„Ja, das einzige, was wir bislang sehen, ist jahre- oder sogar jahrtausendealtes Licht. Wir blicken sozusagen in die Vergangenheit, auch in unsere eigene".
„Wie meinst'n das?"
„Na das, was wir da sehen, ist das Ergebnis dessen, von wo alles ausging, von dort kommen ja auch wir. Mitsamt diesem Planeten".
„Du meinst den Urknall?"
„Ja". Harry erinnerte sich an eine Stelle aus einem Buch von Christian Brehmer: 'Vom Urknall zur Erleuchtung', wo es recht poetisch klingt: '*Jedes Atom in unserem Körper verdankt seine Existenz seinen stellaren Vorfahren. Das Eisen in unserem Blut hat Explosionen von ausgebrannten Sternen hinter sich, Supernovae, wie wir sie heute noch mit unseren Teleskopen beobachten können. Der Kohlenstoff in unseren Zellen wurde im Herzen von Riesensternen fusioniert. Wir sind Kinder der Sterne*'. „Das sollten wir uns vielleicht mal bewusst machen, wenn wir in so einer klaren Nacht weit in den Weltraum blicken".
„Tja", meinte Conny, „das ist wirklich bemerkenswert, kaum vorstellbar. Und wahrscheinlich haben wir dort oben auch noch Geschwister, unsere spirituellen."
„Sicher. Ich glaube nicht, dass unsere Gaia hier die einzige Sphäre ist, auf der sich Bewusstsein weiterentwickeln kann. Die Entfernungen sind allerdings so unvorstellbar groß, dass selbst Reisen mit vielfacher Lichtgeschwindigkeit Jahre dauern würden bis zum nächsten Sonnensystem, Tausende, wenn nicht mehr, bis zu einer anderen Galaxie."
Nach einer Weile brach Harry das staunende Schweigen: „Mal was ganz anderes: Willste 'n Stück Schokolade?"
„Schokolade?"
„Ja! Ich hab gestern im Supermarkt ne Schokolade gekauft, ne richtige, mein ich. Hier gibt's ja nur diesen teuren Bio-Pseudo-Süßkram. So für nach der Ausbildung, hatt ich gedacht, als Belohnung sozusagen, dass ich's geschafft hab."
„Ach nee, lass mal. Danke. Wir solltens jetzt ruhig bis zum Ende ohne Süßigkeiten durchhalten. Und eigentlich hab ich auch nicht wirklich Lust. Ich hab nicht das Gefühl, auf etwas verzichten zu müssen."
„Stimmt. Hab ich eigentlich auch nicht."
„Aber wenn's vorbei ist, dann können wir gerne teilen ..."
„O.k."
So lagen sie noch eine Weile schweigend nebeneinander im Gras, bis Conny sich langsam zu Harry herumdrehte. Für einen kurzen Moment schlug sein Herz bis zum Hals.
„Soooooo, ich mach mich jetzt auf den Weg in den zweiten und dritten Zustand. Vielleicht begegnen wir uns ja auch mal dort. Schlaf gut".
„Du auch." So, so dachte Harry, während sein Puls langsam wieder runter ging, da wär sie also

auch nicht abgeneigt.

Sie drückten sich sanft, und Harry nahm einen tiefen Atemzug von Connies Duft mit in seine Träume. Er spürte zwar, dass sie ihn mehr als mochte, aber er war immer noch zu phlegmatisch und zu feige, ihr mehr entgegenzukommen, ihr mehr zu zeigen, und auch, sich wieder der möglichen Enttäuschung auszusetzen. Dabei war er sich dennoch bewusst, dass er jedes Mal riskierte, wieder eine Chance verpasst zu haben. Schließlich wich er damit auch jedes Mal wieder seiner eigenen Unentschlossenheit aus. Tatsächlich spürte er kaum noch, ob er sich mehr ärgerte oder mehr frustriert war. Diese Lektion, dass er das gewünschte Maß an Sicherheit, das er zum Handeln brauchte, in den meisten Fällen nur finden konnte, in dem er mehr Unsicherheit zuließ und trotzdem handelte, diese Lektion dauerte noch an.

Und so stellte er sich beim Einschlafen vor, ihr einen astralen Besuch abzustatten, und mit ihr zu gehen nach Conny Island sozusagen. Aber niemand ist eine Insel. Auch wenn wir sozusagen nur die Spitze des Berges sehen, die als Insel über das Wasser, die Oberfläche des Wachbewusstseins, hinausragt, so stellen wir fest, wenn wir tiefer gehen Richtung Meeresgrund, dass wir dort in der Tiefe miteinander verbunden sind, dass wir alle vom gleichen Grund abstammen. Und so ließ er sich hinab in die Tiefen seines Schlafes, bereit, seinen Geist aufzulösen im Meer der Glückseligkeit, um eine Ahnung des vierten Zustandes, Turiya, in seinem Unbewussten auszusähen und in dieser Form die Erfahrung von Paratman zu erleichtern, dem Höchsten, mit Allem verbundenen Selbst.

29 Sender

Schwarz ist der Raum,
schalte den Empfänger ein
und lass die Welt in Dich strömen.
Kosmisch rauscht das Universum,
fremd klingen Laute an Dein Ohr.
Klänge aus einer anderen Welt
entspringen der brodelnden Masse.
Tauche ein in den Rausch,
zischend und blinkend,
ein rasender Strudel saugt Dich
in die energetischen Schwingungen
dieser von Menschenhand
inszenierten Tragödie, comedia divina, hinab.

Ohne Unterbrechung rauscht der Kosmos,
Melancholie und Freude,
Trauer und Hoffnung
sprechen aus dem Äther zu Dir,
und Melodie klingt von ferne leis'.
Ohne Unterlaß, ohne Zeit, ohne Ziel
rauscht der Kosmos.
Sanft singt sich in Dein Ohr,
und hastig, in Angst, stoßen Seufzer hervor
die anderen Wesen,
die sind wie Du, und doch nicht wie Du,
doch Teil Deiner Gottheit,
die Du selbst darstellst.
Seit Urbeginn und schon Äonen vorher
rauscht der Kosmos,
in Dir, außerhalb von Dir,
feine und seltsame Schwingungen,
anmutige und befremdliche Sequenzen
lassen Dich fantasierend mitschwingen.

Unendlich ist der Kosmos;
fließende Harmonien und Philosophie,
Gefühle und Wissen, Dumpfheit und Schmerz
vereinigt die Welt in ihrem Exzess der Sinne.
Weit und tief ist der Kosmos,
und Du kannst nicht ermessen,
was da in Dich einströmt;
so viele Dinge, so viele Menschen
leben und sterben,
zeugen und morden,
hassen und lieben
zu gleicher Zeit irgendwo auf der Welt -
es ist überwältigend;
es mag beängstigend sein -
es ist die Essenz, es ist das Leben selbst,
mit allem Guten, mit allem Schlechten;
eins ist ohne das andere nicht,
es braucht einander.
So auch die Menschen,
so auch in Deinem Leben;
erst, wenn Du Dich dagegen wehrst,

wird es zum Chaos;
alle wehren sich, weil niemand versteht,
sind klein und dumm, nichtig im Universum
und tragen doch in sich
ein potentielles neues Universum,
selbst ein Mikrokosmos.
Erkenne und liebe die Komplementäre
denn unabänderlich
besteht aus ihnen die Welt.

Der Kosmos rauscht -
spüre, wie er in Deiner Seele rauscht;
liebe und erkenne Dich selbst
im Wahrhaften und nicht Entfremdeten,
so erkennst und liebst Du die Welt.
Schwarz ist der Raum,
schalte den Empfänger ein
und die Welt strömt in Dich hinein;
fremd und leis' von fern ist sie doch so nah,
sind aller Schmerz und alle Freude,
alle Liebe und aller Hass,
alles Leben und alles Sterben
wird Dir bewusst als Ganzes, als Einheit
mit Dir darin - Habe Mut,
es kann Dir nichts Übles widerfahren,
wenn Du voll und ganz in Dir bist,
denn dann bist Du in der Welt,
Du bist Welt.

Und was auch passieren mag,
die Welt fängt Dich auf;
und Du hast es in der Hand,
Dein Potenzial zu entfalten;
zu werden, was Du sein kannst,
denn das ist der Sinn des Lebens.
Auf dem Höhepunkt Deines möglichen Seins
wirst Du erleuchtet sein, Du fühlst
und erlebst die Einheit des Ganzen in Dir.
Du liebst alles, Du bist nur noch Seele,
körperlos schwebst Du im Kosmos,
und Du fühlst tiefe Glückseligkeit, ewiglich.

30 Mantras und Yoginator

„Wer die Musik der Seele hört, beherrscht die Melodie des Lebens." (Swami Sivananda)

Und dann kam der große Regen. Am Nachmittag zuvor hatte es zwar einen kurzen, heftigen Schauer gegeben, doch gegen Abend war es wieder aufgeklart. Am nächsten Morgen wachte Harry auf durch das prasselnde, perlende Trommeln dicker Regentropfen auf das Zeltdach. Er fühlte sich im ersten Moment versucht, sich in den warmen Schlafsack einzukuscheln, der Musik des Regens zu lauschen und nochmal die astralen Nachwehen der Traumsphäre zu reflektieren. Doch diese lag bereits unterhalb seiner bewussten Wahrnehmungsschwelle. Seine innere Uhr hatte ihn präzise zur rechten Zeit unwiderruflich, zumindest für die nächsten paar Stunden, über diese Schwelle geschoben. Die Überwindung zum Morgensatsang zu gehen, war zum Glück nur noch mittelmäßig von Nöten, denn der Durchhänger in der Mitte der Ausbildung war vorbei. Einige hatten überlegt, nach diesen ersten zwei Wochen abzubrechen und den zweiten Teil der Ausbildung später zu machen, doch die meisten waren geblieben. Auch für Harry schien es jetzt egal zu sein: Noch zwei Tage, zwei Wochen – es hätten auch zwei Monate sein können. An den 'Trott' gewöhnt, an diese Mischung aus Terminstress, Müdigkeit, Diszipliniertheit, Unbequemlichkeit, egal ob im Zelt oder im Mehrbettzimmer, denn nur wenige leisteten sich ein Doppel- oder gar Einzelzimmer. Dies stand im Wechsel mit einem Gefühl der Vertrautheit mit den anderen Teilnehmern, diesem Gemeinschaftsgefühl durch die täglichen Erfahrungen mit Yoga, dem Gefühl, innerlich zu wachsen, sich auszudehnen, das Bewusstsein zu erweitern. Und ganz unmittelbar den Zuwachs an Energie, körperlich und geistig, zu spüren, die Wachheit, und die Neugier auf das, was noch kommen würde. Harry war, froh, dass er diesen Tiefpunkt überwunden hatte und freute sich auf die für die letzten 10 Tage noch anstehenden Themen, besonders, wie der Geist die Wirklichkeit konstruiert, Karma und Reinkarnation, und in Zusammenhang mit diesen beiden Themen wollte er auch noch einiges über Willensfreiheit hören.
Na, vielleicht hört's ja bald auf, zu regnen, Hauptsache das Zelt hält dicht. Und so raffte er sich auf, und ließ sich auf dem Weg zum Haus ein wenig nassregnen. 'Regen bringt Glück', sagen die Buddhisten. Klar, warum nicht. Wenn du nur fest genug dran glaubst.

Heute morgen sprach Mahadevi über Mantras. „Sehr wirksame Mittel zur Kontrolle des Geistes und der Emotionen, und dazu noch sehr angenehme, sind Mantras. Man-Tra, von

Manas trayate, heißt, den Geist befreien, oder Geist und Werkzeug, Instrument des Geistes, und was den Geist schützt. Ein Werkzeug zur Konzentration und konzentrierte Form, reiner Klang der Schöpfung, Brahman selbst.
Ein Mantra ist ein Urklang, eine Urfrequenz, aus der die Schöpfung hervorgegangen ist, was eine viel subtilere Bezeichnung ist als Ur-Knall. Peng! Vielleicht besser: Wow! Die gesamte Schöpfung, und daher auch wir selbst, ist quasi ein Echo dieser Urschwingung, Energie in Klangstruktur gebracht. Mantras sind feinstoffliche Klangkörper, welche durch ihre spezifische Schwingung eine spezifische psychische Kraft in sich tragen, die durch Rezitation oder Gesang im Ausübenden geweckt wird. Diese Klangvibrationen wirken grobstofflich über die Flüssigkeit in jeder Körperzelle, feinstofflich durch die Nadis. Solche quasi magischen Worte und Praktiken sind in jeder alten, esoterischen Kultur bekannt. Als Beispiel: Bei den Aborigenes heißt es: '*Gott hat die Welt gesungen*', also durch Klang erschaffen. In der Bibel, heißt es in Joh. 1;1: '*Am Anfang war das Wort, und das Wort war bei Gott, und Gott war das Wort.*'
Schon vorgeburtlich im Mutterleib sind wir Klängen und der Sprache ausgesetzt, und die Sprache ist eines der prägendsten Elemente unserer geistigen und psychischen Entwicklung, weshalb Klangenergie tief auf den emotionalen Körper wirkt. Jede Art von Konditionierung durch gesprochene Wörter wirkt prinzipiell wie ein Mantra. Der tiefgreifende Lerneffekt akustisch aufgenommener Information ist hinreichend bekannt. Um wieviel segensreicher wirkt wohl ein Mantra, das im unbewussten Bereich unseres Geistes ständig rotiert, anstelle eines 'Ohrwurms' aus dem Radio? Deswegen ist beim Pratyahara auch besonderer Wert auf die Kontrolle akustischer Sinneseindrücke zu legen, also es sollte wenn möglich vollkommene Stille herrschen. Dann kannst du zunächst deinen eigenen Geist hören, und in der nächsten Stufe, wenn deine Gedanken zur Ruhe gekommen sind, in der nunmehr wahrnehmbaren Stille deines Geistes Shabda, das Grundrauschen des Kosmos, vernehmen. Oder, wie die Physik sagt und die Astronomie, das Hintergrundrauschen im Kosmos.
Und jeder, der einmal 'ergriffen' war von einer Melodie, einem Lied oder dem Klang eines gesprochenen Wortes weiß, wie stark die Wirkung von Klängen und Sprache auch auf die Emotionen, die 'Seele', und den Geist sein kann. Die positive Wirkung gilt um so mehr, da die Klangwirkungen in Verbindung stehen mit einer spezifischen Bedeutung, der Erfahrung und Klangschwingung jahrtausendelanger Rezitation von Millionen spirituell praktizierender Menschen. Dies ist bei Mantras der Fall. Im Nada-Yoga, dem Yoga des Klangs, wird dieser Effekt systematisch und konstruktiv genutzt. So gehören die Mantra-Rezitation, das Mantrasingen und das Heilen mit Mantras und Klängen zu den effektivsten Methoden zur Heilung der Psyche und Erweiterung des Bewusstseins.
Die Mantra-Schwingung, Klang überhaupt, ist dem Element Äther und damit auch dem Vishudda-Chakra zugeordnet, das in Verbindung mit Kommunikation und geistigem Ausdruck, Kreativität steht, auch transpersonal, d.h. für Inspiration öffnet. Mantras bewirken das Ausrichten und Erheben des Geistes auf göttliche Schwingungen. Mantrasingen klärt und öffnet unseren Geist und unser Herz für die Urschwingung der Schöpfung, Brahman. Das macht uns empfänglich und erfüllt uns daher mit Satchidananda. Der Ruf der Seele wird durch das Herz beantwortet, was z.B. durch Krishnas Flötenspiel symbolisiert wird. Unsere

Antenne ist Nada Bindu in der Mitte des Kopfes. Je tiefgehender die Hingabe, die Öffnung, eine um so tiefere Erfahrung ist möglich.

Im Mantra-Yoga wird die alles enthaltende Grundschwingung, aus der das Universum geschaffen wurde, durch die uranfängliche Silbe OM in uns zum Klingen gebracht. OM entspricht somit Brahman. OM erzeugt daher die Schwingung, die am nachhaltigsten Körper, Seele und Geist harmonisiert. OM ist daher auch Mittler zwischen den Welten, Grundsymbol für die Transformationsfähigkeit des Menschen, des Materiellen zum Feinstofflichen, Universellen. OM ist Ausdruck der Einfachheit, Klarheit und des inneren Friedens, der sich als Kennzeichen der Befreiung einstellt. Gleichzeitig Ausdruck des vollkommene Einverstandenseins, die Bestätigung der Allumfassung der Existenz so, wie sie in jedem Moment diesseits und jenseits von Zeit und Raum herrscht, ohne jeden Zweifel.

Auch symbolisiert OM, sich aus AUM klanglich zusammensetzend, die drei Bewusstseinszustände A-Wachzustand, U-Traumzustand, M-Tiefschlaf, die durch OM transzendiert werden, um Turiya, den 4. Zustand, nämlich Samadhi, zu erfahren.

Da Mantras neben der Kraft, die sie durch die Symbolisierung ihrer Bedeutung und durch ihren jahrtausendelangen Gebrauch haben, auch direkt durch die jeweilige Schwingung wirken, haben übersetzte Mantras nicht die gleiche Kraft wie in Sanskrit. Auch haben traditionelle Melodien und Rhythmen mehr Kraft als neuzeitliche. Mantras wirken direkt auf den Energiekörper, auch ohne dass du die Texte verstehst. Dadurch können auch eventuell vorbelastete Begriffe und Bedeutungen nicht wirken, so dass du unvoreingenommen die Kraft des Mantras entwickeln kannst. Tonlage und Geschwindigkeit sind eher sekundär bzw. variabel.

Wenn der Praktizierende in tiefer Entspannung oder Meditation das Mantra rezitiert, bringt er sich damit in das Schwingungsfeld des Mantras, in dem alle verbunden sind, die dieses Mantra über Jahrtausende hinweg rezitiert haben. Beim Mantrasingen visualisiere den von dir gewählten Ishvara oder Meister, und zwar mit möglichst intensiver Begeisterung, Hingabe, bei ständiger Wiederholung des Mantras. So wird die Energie der zum Mantra gehörenden Gottheit, dem Ishta Devata, dem jeweiligen Seinsaspekt von Brahman, in der individuellen Psyche aktiviert und gestärkt. Ein Mantra ist somit der Name Gottes oder des Ishta Devatas in Sanskrit gefasst.

So ist Mantra-Rezitation eine wirkungsvolle und einfache Art, sich auf das Göttliche, auf den jeweiligen Aspekt entsprechend dem zum Mantra gehörenden Ishvara, einzuschwingen und so diese Kraft in sich lebendig zu machen. Vorausgesetzt mit geöffnetem Herzen, d.h. du singst mit Hingabe und Vertrauen, soweit es dir möglich ist. Über Hingabe haben wir ja schon beim Bhakti-Yoga gesprochen.

O.k. Ich möchte euch jetzt einige Arten von Mantras vorstellen. Da haben wir zunächst, a), die Moksha-Mantras, die Befreiungsmantras im engeren Sinne. Zu ihnen gehören die Nirguna- und die Saguna-Mantras. Die Nirguna-Mantras sind abstrakt, formlos, universell, und symbolisieren bzw. erleichtern das Erreichen kosmischen Bewusstseins, Brahman. Als bekanntestes das OM oder AUM, das, wie vorhin schon erwähnt, das All-Einheit und alle Trinitäten der Schöpfung symbolisiert. Das OM wird oft mit anderen Mantras verbunden. Dann auch So Ham: Ich bin DAS, nämlich das unsterbliche Selbst, die Einheit von Shiva und

Shakti, von Welt und Gott.
Dann gibt's als Untergruppe bei den Moksha-Mantras die Saguna-Mantras. Diese Mantras haben jetzt in gewissem Sinne Eigenschaften und die Form der jeweils zugeordneten Ishvaras. Männliche Ishvaras sind z.B. Shiva, Vishnu, Rama, Krishna. Weibliche Ishvaras sind Durga, Saraswati, Lakshmi, Kali, oder Devi als Symbol der weiblichen Muttergottheit. Mit diesen Saguna-Mantras ruft man also diejenige Kraft ins Leben, die dem jeweils angesprochenen Ishvaras zugeordnet ist. Z.B. Shiva – Transformation und Güte. Lakshmi – Fülle und Hingabe. Saraswati – Weisheit und Künste. Rama – Rechtschaffenheit und Gerechtigkeit. Krishna – Leichtigkeit, Freude, allumfassende Liebe zum Leben. Vishnu – Erhaltung, Harmonie. Durga – mütterliche Liebe und Einsatzbereitschaft.
Als zweite Gruppe, b), gibt's die Bija-Mantras, die sogenannten Keim-Silben-Mantras, die die Energie noch einmal mehr konzentrieren und vor allem bei Arbeit mit den Chakras verwendet werden.
Dann, c), Siddhi-Mantras, das sind oft längere Mantras mit speziellen Bedeutungen. Diese Mantras nimmt man im Gegensatz zu den Moksha- und Bija-Mantras eher nicht zur Meditation, sondern um diese Siddhis, höhere geistige Kräfte, die man mit den jeweiligen Mantras direkt anruft, aktivert, bei sich zu entwickeln.
Ich will jetzt mal nur die aufzählen, die hier im Ashram sehr oft gesungen werden, die ihr ja auch schon kennt. Das große, lebensspendende Mantra, das Maha Mrtunjaya-Mantra, das ist das OM Tryambhakam, zu Shiva gehörend, kann man hier, aber auch den Moksha-Mantras zuordnen. Das OM Tryambhakam steht für Schutz, Heilung, auch Sterbebegleitung, oder kann auch an Geburtstag und anderen Jahrestagen gesungen werden. Dann das kurze OM Shanti, ein Friedensmantra in Kompaktformat. Das Gayatri-Mantra, eines der meistrezitierten Mantras zur Erleuchtung des Geistes, auch gleichzeitig ein Moksha-Mantra. Das Asatoma, da geht es um Befreiung und Transformation. Mit dem Loka Samasta wünschen wir Glück und Harmonie für alle Wesen. Brahmaparnam, alles ist Brahman, das wir vor dem Essen immer singen, drückt den Dank aus für die göttlichen Gaben. Das Gajananam, das ja oft am Anfang einer Lehreinheit gesungen wird, bewirkt Beseitigung aller Hindernisse, gutes Gelingen und erfolgreiches Lehren. Auch das Krishna, Krishna, Mahayogin dient vornehmlich der Beseitigung von Hindernissen, vor allem durch die Kraft der Herzöffnung und Leichtigkeit. Das Twameva stärkt das Gelübde, die innere Verpflichtung, sich dem Göttlichen zu widmen, Zuflucht beim Dharma zu nehmen. Und schließlich das Arati, was eine atmosphärische Reinigung bewirkt. Die beiden kennt ihr ja vom Ende jeden Satsangs. Und im Satsang singen wir ja immer das Jaya Ganesha. Das Jaya Ganesha bewirkt eine Herzöffnung durch Anrufung einer Vielzahl von Ishvaras. Und als weitere Hauptwirkung die Beseitigung aller Hindernisse auf dem spirituellen Weg.
Mantras gibt es, wie gesagt, in allen spirtuellen Traditionen. Als Beispiel sei hier das tibetische OM Mani Peme Hung genannt, das dem buddhistischen Avalokiteshvara zugeordnet ist: Mitgefühl, Allverbundenheit, Liebe, wahres Wesen. Das buddhistische OM Tare Tuttare Ture Soha ist der Grünen Tara zugeordnet, mit ähnlichen Aspekten wie Durga: Schutz, Mitgefühl. Heilung. Aus dem Christentum kennen wir das Amen, das Kyrie Eleison, Halleluja, Christe

Eleison, und andere.
Mantras sind also klangliche, stark aufgeladene Energiekonzentrationen mit entsprechender Wirkung. Und so kannst du auf vergleichsweise leichte und angenehme Art etwas tun für deine eigene Heilung und die des Planeten, indem du einfach nur Mantras rezitierst oder singst, insbesondere Schutz- und Friedensmantras, die auf der ganzen Welt gesungen werden."

In der Anfangsentspannung der Asana-Stunde brachte das Prasseln der Regentropfen an die Scheiben Harry noch einmal zum Wetter zurück. Er hatte mal in diesen Seth-Büchern von Jane Roberts gelesen, dass auch das Wetter durch die Psyche der Menschen gemacht wird. Das schien zuerst völlig abwegig, aber die spirituelle Schöpfungstheorie konsequent zu Ende gedacht, konnte es durchaus so sein.
Doch bald holte ihn die feste Stimme von Subramania wieder ins Hier und Jetzt. Es war die erste Stunde bei Subramania in der Ausbildung, aber da er Mitarbeiter im Haus war, war schon bekannt, dass die Stunden bei ihm besonders fordernd waren. Das war auch völlig o.k. für Harry, denn bislang war es rein körperlich für ihn noch im Bereich dessen, was er ohnehin schon beherrschte. Subramania fand immer eine Möglichkeit, die Teilnehmer bis an ihre gefühlte Grenze und dann einen kleinen Schritt darüber hinaus zu führen. Und oft war die Erfahrung, dass es tatsächlich ging. So war er einerseits als Motivationskünstler bekannt, andererseits war sein Spitzname 'Der Yoginator'. O.k., heute war 'Der Yoginator, Teil I' dran, denn weitere Stunden bei ihm standen noch auf dem Plan: Yoginator II und III, und reloaded.
Nach dem Pranayama begann die Stunde statt mit schlappen 12 Runden Sonnengruß mit 24, und zwar recht flott. Dann kam die Rishikeshreihe dran, die das zentrale Element der meisten Asanastunden war, da sie von Swami Sivananda in dieser speziellen Weise konzipiert worden war. Die sollte einem so richtig in Fleisch und Blut übergehen, und natürlich in den Geist. Und mit all den Variationen, die hier möglich waren, hatte man auch eine prima Grundlage für verschiedene Levels, auf denen man dann nachher unterrichten und selber praktizieren konnte. Der Yoginator war auch nicht zurückhaltend mit Korrekturen. Vor allem konnte er durch kräftiges, aber dennoch gefühlvolles Zupacken die Leute deutlich weiter in die eine oder andere Position hineinbringen. Jetzt verstand Harry, was einmal mal eine Mitarbeiterin über ihn zu Harry gesagt hatte: „Der drückt dich richtig rein, der quetscht dich aus." Was das hieß, bekam Harry dann auch zu spüren, nämlich auf Kopfstand, Schulterstand, Pflug und Fisch folgte die sitzende Vorwärtsbeuge. Und während Harry versuchte reinzuatmen, kam Subramania plötzlich von hinten ran. „Aaah, Klasse, der Harry ist ja heut morgen besonders flexibel, wie es scheint. Pass mal auf. Jetzt kommst du richtig rein." Harry spürte plötzlich ein Wahnsinnsgewicht auf seinem oberen Rücken. Gerade so bekam er noch mit, wie Conny und Gunnar neben ihm stutzten und die Augen aufrissen. „Hey, Leute, guckt mal da! Ich glaub ich spinn". „Der macht den Pfau auf Harrys Rücken!" „Da biste platt, Alter, wa?" grinste Kalle. „Genau, du siehst bald aus, wie ne plattgefahrene Kröte auf der Landstraße", meinte Frank-Rüdiger, der neben ihm an seinen Asanas operierte, oder besser laborierte. Harry lag nun vollständig mit dem ganzen Oberkörper auf den Beinen. Und nichts tat weh! Alles im Grünen Bereich. Das Gewicht von schätzungsweise 85-90 Kilo lastete auf ihm, aber er bekam gerade

genug Atem, um „Jetzt is aber langsam wieder gut" hervorzupressen. „Wie, langsam gut?! Wo bleibt denn da die Hingabe? Hingabe und Demut sind die Wirkungen der sitzenden Vorwärtsbeuge auf der geistigen Ebene. Das Leben nimmt dich in die Zange, und statt Widerstand zu leisten, übst du Hingabe. Und dann bist du auch in dieser Lage entspannt. Merkst du's?" „Ja, schon, irgendwie, ...", keuchte Harry. Subramania nahm langsam sein Gewicht wieder von Harry runter. „Jaa, zu dir komm ich auch gleich, geh du mal schön zurück in die Vorwärtsbeuge", wurde Kalle, der ganz dicht herangekrochen war, von Subramania angemahnt. „Nä, nä! Mit mir nicht!" rief Kalle. „Ich muss mal dringend für kleine Königstiger", rief er grinsend, und verschwand hurtigroutend Richtung Klo. „Das erinnert mich an die Geschichte", meldete sich Gunnar zu Wort, „wo der Elefant der Kröte auf den Rücken steigt, dass es der Kröte die Augen raustreibt. Sagt der Elefant: 'Gell, da schaust!'"
„Ruuuuhe jetzt, Leute, beruhigt euch wieder. Die Aufmerksamkeit geht nach innen. Auf euren Atem, auf die Körperwahrnehmungen. Entspannt mit dem Ausatmen. O.k., Gunnar, dann bist du jetzt dran, du kannst es brauchen".
„Jou, Moistä, ass kloooa, koin Probleeihm. Ich hab ja ne schöne Puffäzoune hiä", und Gunnar klopfte sich auf seine mittelgroße Wampe. Für einen Profi-Koch wie Gunnar Petit voll normal, um nicht zu sagen ein Qualitätsmerkmal seiner Kunst. Später kam dann das Boot: Aufrecht sitzend, Beine und Oberkörper vom Boden weg im Winkel von 90 Grad zueinander. „Und halten. Und halten. Haltet diese Position! Spürt eure Grenzen! Lasst den Atem tief fließen und nehmt wahr, wie entspannt eure Muskeln die Arbeit verrichten können, wenn sie eure Aufmerksamkeit bekommen." Harry merkte, wie so langsam der Schweiß aus den Poren drang, und dann begann auch schon das Zittern der Bauchmuskeln. Er versuchte, den Atem lang und tief zu halten, vier ein, vier aus. „Eure mitfühlende Aufmerksamkeit!" Man konnte richtig merken, wie es Subramania einen durchtriebenen Spaß machte, die Leute anzutreiben. Natürlich nicht wirklich gemein, aber auch nicht gerade sehr yogisch. Schon son bisschen grenzwertig, dachte Harry. Irgendwie sah Subramania auch so aus, wie son Ausbilder im Grundwehrdienst, so mit seiner massigen Gestalt, seinem ganz kurzen, blonden Schopf und vor allem, wenn er seine gepirschten Shorts anhatte in Tarnfarben, mit Khaki-Hemd dazu.
„Und für diese Übung gibt es ein sehr schönes Mantra", fuhr Subramania frohgemut fort, das könnt ihr innerlich rezitieren, wenn ihr das Gefühl habt, es wäre anstrengend. Das Mantra geht so: 'Brad Pitt braucht keinen Waschbrettbauch. Einen Waschbrettbauch braucht Brad Pitt nicht!' Und das Ganze dann mehrmals schnell wiederholen."
Da war's vorbei mit Halten. Einige konnten nicht mehr an sich halten und prusteten los, andere wussten jetzt nicht, was sie davon halten sollten, oder verboten sich diese 'Albernheit' und verpassten so einen weiteren Moment spontaner Heiterkeit in ihrem Leben. Manchmal ist es ja nicht leicht, strenge Ernsthaftigkeit gegen disziplinvolle Leichtigkeit einzutauschen.
Dieser trockene Humor, son kleiner Joke zwischendurch, holt die Leute nicht nur in die Gegenwart, sondern löst sie auch von den Leistungsansprüchen. Da waren wir wieder beim Thema Grenzen. Grenzen wahrnehmen und Grenzen akzeptieren. Grenzen beachten und wissen: Es ist gut so. Ich bin gut so, wie ich bin. Ich bin gut genug. Länger geht's nicht, weiter komm ich heut nicht, so what? Alte Asana-Weisheit: 'Nicht mühen sollst du dich und pla-

gen, doch immer bis zur Grenze wagen ...'
Harry wusste, dass diese Art von Ansporn zumindest für ihn genau das richtige war, denn so konnte er auf dem körperlichen Weg die Erfahrung machen, sich nicht aus reinem Phlegma mit weniger zufrieden zu geben, als tatsächlich möglich war. Und am Ende der Stunde war er auf so angenehme Weise ausgepowert, dass er zum ersten Mal in der Endentspannung fast eingeschlafen wäre. Danach spürte er jede Faser seines Körpers in sanftem Miteinander schwingen wie die Strings von Indras Netz, und auf der subatomaren Ebene seines Körpers war es wohl auch so. Und makrokosmisch, mit seinem Körper, fühlte er eine Art von Integrität aller Körperteile, ein Fließen in der Bewegung in Einklang mit dem ruhigen Atmen, die Wachheit seiner Wahrnehmung, die stille Freude als Grundgefühl – er konnte sich nicht erinnern, dieses Körperenergie-Gefühl schon einmal so deutlich in all seinen Aspekten gespürt zu haben.

Und dank dieser Wachheit lud ihn auch das Essen mit seinem heute besonders wunderbar riechenden Duft ans Buffet. Die Asanastunde war mal wieder überzogen worden, keine Zeit zum Umziehen, aber egal. Heute gab's was Indisches: Gemüsecurry mit Kokosbällchen. Und natürlich, wie immer, das wunderbare Kitcheri. Und Daal. Nachtisch: Original Bananenlassi.
Den Daal wollte Harry sich für zuletzt aufheben. Allerdings war die Enttäuschung groß, als er zum Buffet kam und Kalle sich gerade mit dem Löffel den letzten Rest aus dem Riesentopf kratzte.
„Tja, Alter, kennze doch, das alte indische Sprichwort: 'Wer kein Daal hat, hat die Qual'“.
„Phö“, machte Harry, und fuhr mit dem Finger einige Male innen an der Wand des Topfes entlang, um so den wirklich letzten Rest genüsslich abzuschlecken.
„Als du vorhin so platt wie ne Flunder zusammengeklappt warst,“ flachste Kalle, „hatt ich so spontan das Bild, wie du so zusammengeklappt genau in so ne Autodachbox passt.“
„So, so, ...“
„Und damit schick ich dich in Richtung Plejaden, wo dich die Bewohner von Sirius wieder auftauen, und dann kannst du da mit denen ne ganz neue Spezies zeugen!“
„Sach mal, ...??“
„Is doch ne geile Sache, oder? So als Urvater, und alle haben deine genialen Gene!“
„Och, nööö, lass mal, wenn ich's mir recht überlege, scheint mir eigentlich doch zu anstrengend.“
„Ach, komm, stell dich nicht so an. Da würd dich jeder andere drum beneiden. Und außerdem, weißte, die Frauen da, die haben DREI Titten!“
Conny, die grad dazugekommen war, verdrehte die Augen und seufzte lautstark: „Männer!“
Harry und Kalle schauten ganz bedröppelt und schuldbewusst sich hin- und herwindend nach unten.
„Euch sollte man doch wirklich mal mit dem Nudelholz eins drüberziehen, vielleicht hilft's ja.“
„Apropos Nudelholz, gestern die Nudeln mit ...“
„Ihr denkt wohl nur an Sex und Essen“, fuhr Conny ihm dazwischen. „Bei euch Männern hängt der ganze Himmel voller Titten, und die armen Engel müssen ihre Musik statt auf Äols-

harfen auf euch Arschgeigen machen!“
Harry machte große Augen: „Äi, Conny! Was'n los mit Dir?“
Conny schnaufte tief durch. „Ach, weiß ich auch nicht, sorry,“ und strebte Richtung Terrasse, „ich muss erstmal an die Luft.“
„Was'n mit DER los?“ wunderte sich Harry, „die hat doch eigentlich nen ausgeprägten Sinn für Humor.“
„Tja, Alter, im Bhagawan, im Bhaga-Wahn, da baggert man so manchen an!“
„Was??“
„Na, Alter, merkstes denn nicht? Die Conny ist voll enttäuscht! Die macht dir hier schon ne ganze Weile das Hoffräulein, und von Dir kommt wohl nicht das entgegen, was sie sich wünscht.“
„Du meinst, ...“
„Ja, mein ich. Das sieht doch 'n Blinder mit'm Krückstock! Und die Conny is ne absolut Klasse Frau!“
Harry war doch etwas sprachlos. Mal wieder nichts gemerkt! Oder nicht getraut, zu merken? Wieviele Beziehungen und erst One-Night-Stands hatte ihn das wohl schon gekostet! Und eigentlich fand er die Conny doch wirklich nett. Extrem nett! Was spielte ihm da sein Unterbewusstes wieder für Streiche? „Ich geh mal ne Runde spazieren. Bis später.“
„Klar, ...“

31 Kirtan-Session

Nadhabrahma – die Welt ist Klang (Veden)

Diesmal eröffnete Kalle den Reigen: „Das klang ja ganz interessant heut morgen bei dem Vortrag. Und wenn das Mantrasingen eine so leichte und dabei so wirksame Methode ist, sollte man das wirklich öfter machen. Oder wenigstens den ganzen Tag Mantras hören, da kannst du dann mitsingen, und selbst wenn nicht, wirkt's ja trotzdem in dein Unterbewusstes hinein.“
„Mhm“, brummte Harry. „Und was du dir damit Gutes tust im Vergleich zu irgendwelchem Radiomüll, Techno oder Heavy Metal oder was weiß ich, das ist wohl keine Frage.“
„Aber ob das wirklich so funktioniert?“ Kalle war da skeptisch. „Ich meine, es ist ja halt nur, in Anführungsstrichen, Klang!“
„Schon, aber erstens ist es eben nicht 'nur' Klang, sondern auch, was dein Wissen um die Bedeutung macht, das kommt ja hinzu.“ Harry erklärte weiter: „Aber selbst wenn du 'nur'

den Klang nimmst: Physikalisch gesehen kannst du dir das so vorstellen: So wie Eis, Nebel und Wolken verschiedene Schwingungszustände desselben Elements sind, nämlich Wasser, sind jede Materie, jede Emotion, jeder Gedanke, Geist, und Seele bestimmte Schwingungszustände des universellen Geistes, die sich wechselwirkend beinflussen."
„Eben." bestätigte Conny. „Und nach diesem Prinzip haben auch Klangschwingungen, also für uns hörbare Energiefrequenzen und insbesondere Mantras Einfluss auf unseren materiellen Körper, vor allem über das Wasser, auch in den Zellen und Organen als Ganzes. Der Mensch besteht zu ca. 70% aus Wasser! Und darüber hinaus wirken diese Schwingungen feinstofflich ganz direkt auf die Energiekörper. Nicht zuletzt haben Klangschwingungen in Form der Sprache, nebst ihrer rationalen Wirkung durch Bedeutungsgebung und Interpretation des Gesagten, Wirkungen auf Gedanken und Emotionen."
Kalle: „Genau. Deshalb achten ja viele ganz konsequent auch auf eine sattvige Ausdrucksweise. Also, wenn du z.B. sauer bist und du merkst, da bahnt sich in Sekundenbruchteilen ein 'Scheiße' an, dann kannst du, zumindest bei genügend Aufmerksamkeit, noch schnell ein 'Shiva' draus machen, und alles ist gut!"
„Cool."
Conny: „Alles ist mit allem verbunden. Mitschwingen ist bewiesen! Mantra-Singen umgeht die Wirrungen des Verstandes. Der ganze Körper wird in Schwingung versetzt, wird zum Instrument."
Harry: „Und: Mitschwingen ist Mitfühlen, ob bewusst oder nicht. Also jetzt mit dem Emotionalkörper, d.h. du hast Mitgefühl, kannst dich in jemand reinversetzen. Wenn dies nicht, oder auch nicht bewusst möglich ist, wird dies per ICD als diagnostisches Kriterium für Depression und Schizophrenie eingestuft!"
„Is ja interessant!"
Conny: „Oder Menschen, die sich ohne Worte verstehen, sind quasi in Resonanz. Man sagt ja auch: Wir sind auf gleicher Wellenlänge. Das trifft's ganz genau."
Kalle: „Und was ist ICD?"
Harry: „International Classification of Diseases. Da holen die Psychiater und Ärzte ihre Diagnose-Schlüssel her."
„Ah! Und ich dachte schon Intergalactical Compendium of Dharma."
„Ja, das gibt's sicher auch. So was wie die Akasha-Chronik, wo alles Geschehene und Zukünftige aufgezeichnet ist."
„Na was das Zukünftige betrifft, da wär ich vorsichtig. Das würde ja vollständigen Determinismus bedeuten, alles festgelegt, kein freier Wille und so." Diese Vorstellung behagte Kalle gar nicht.
Conny: „Na, das hören wir dann beim Karma-Vortrag, schätz ich. Aber um auf die Schwingungen zurückzukommen: Also achte drauf, womit du schwingst. Und was du nach außen strahlst."
„Und das passt ja auch gut zu den Erfolgen der Klangtherapie." kam es von rechts hinten. Nanu, dachte Harry, als Frank-Rüdiger, der neben ihnen am Teekocher gestanden hatte, sich einschaltete und sich zu ihnen setzte. „Therapie mit Klangschalen und Gongs etc.,

Didgeridoo. Was meint ihr, was da noch für'n Potenzial drinsteckt."
„O.k., einige gibt's ja, die schon länger Heilungsprozesse ganz gezielt mit Mantras unterstützen, z.B. Sri Balaji També oder, ohne Mantras, Tomatis, hier im Westen."
„Mantras können dabei auf verschiedene Ziele ausgerichtet sein", vertiefte Frank-Rüdiger. „Zugang zu innerer Stille, Zentriertheit, göttlicher Präsenz – das ist dann Herzöffnung, weil das Achtsamkeit, Mitgefühl und Lebensfreude erwachen lässt. Und damit eng zusammenhängend hat das mittelbar oder unmittelbar heilende Effekte auf körperliche und geistige Leiden. Kirtan, Bhajan, Mantrarezitation und Hören geistiger, erhebender Musik sind ein guter Schutz gegen negative Einflüsse. Wirkt also auch präventiv für die seelische Gesundheit."
„Nada Brahma – die Welt ist Klang, so heißt doch ein Kult-Buch vom Joachim-Ernst Behrendt", wusste Harry. „Kennt ihr das? Das hat der Behrendt schon in den achtziger Jahren geschrieben, und da hat er all diese Zusammenhänge beschrieben, sehr lesenswert."
„Ja, kenn ich." Frank-Rüdiger nickte. „Da gibt's noch son Klassiker, ein Buch, das heißt: 'Die kosmische Oktave', von Hans Cousto, wo er zeigt, wie die für uns erfahrbare Grundschwingung im Universum von 432 auf 8 Hz zurückgeht. Und diese Grundschwingung von 8 Hz schwingt in vielen transponierten Formen im gesamten Universum in allen geistigen und materiellen Erscheinungen. Diese Klangvibrationen, wie gesagt, wirken grobstofflich über das Wasser in jeder Körperzelle, feinstofflich durch die Nadis. Nadi heißt übrigens soviel wie Strom, Fluss, rauschend, klingend, Sound; und kommt von Nada – Klang. Jedenfalls, Mantras wirken also transformierend auf geistiger, emotionaler und physischer Ebene im Menschen durch die Resonanz im Energiekörper. Im Pranamaya-Kosha, besonders in den Chakras. Klang manifestiert sich aber auch außerhalb des Menschen. Klangwellen erzeugen z.B. Muster in Wasser und feinem Sand, können sogar Glas zerspringen lassen, ..."
„Oskar Matzerath!"
„Und die Mauern von Jericho!"
„Oder können das Herz zum Stillstand bringen."
„Dieser Kiai-Schrei der Samurai, stimmt."
Frank-Rüdiger schien sich ganz gut auszukennen mit Musik. „D.h. Mantras können genauso materielle Wirklichkeit erzeugen wie auch Gedankenformen und Gefühlszustände, können also Bewusstseinszustände verändern, erheben. Allerdings, wie das immer so ist, in beide Richtungen, also auch senken."
„Wieso senken?"
„Na z.B. durch stressige Musik. Man hat ja in Experimenten mit Pflanzen nachgewiesen, dass es hinsichtlich des Stressfaktors nicht einfach Geschmacksache ist. Mit Pflanzen deshalb, weil die nicht so kopfmäßig nach Musikgeschmack urteilen, sondern eben physikalisch reagieren. Und das tun wir auch, ob wir's merken oder nicht."
Kalle: „Also der Stress, wenn ich die Waldecker Pikbuben hören muss, der ist schon gewaltig ..."
„Ob nun Lärm oder Musik welcher Art auch immer: Die Stressparameter verändern sich messbar ins Negative."

Kalle: „Und den Gehörschaden aus der Disco kriegste noch als Dreingabe dazu.“

Conny: „Oder denk doch mal an diese Subliminals in der Werbung, wo sie dir unterhalb der Wahrnehmungsschwelle ihren Werbemüll, ihre Botschaften direkt ins Unterbewusste reinjubeln.“

Harry: „Ja, wir haben doch auch letztens über die Quantentheorie gesprochen. Das scheint ja auch wieder prima zusammenzupassen, speziell mit der String-Theorie: Danach sind Quanten keine Partikel oder Wellen, sondern eine Art Fäden, die schwingen und so die unterschiedlichen Elementarteilchen darstellen: String-Schwingung -> Präon -> Quark -> Elementarteilchen -> Atom -> Molekül – so baut sich die ganze Kette hierarchisch auf bis zu den sicht- und greifbaren Dingen, also bis zur grobstofflichen, makrokosmischen Ebene.“

„Ich hab mal in dieser PM-Zeitschrift gelesen“, konnte Kalle beisteuern, „dass auch Schwarze Löcher eine enorm langsame Schwingung ausstrahlen – Klang!“

„Strings“, fuhr Harry fort, „Fäden, um nicht zu sagen: Saiten. Da ist doch wieder diese Parallele zu Indras Netz, eine erstaunlich genaue Metapher für die Allverbundenheit, wie jede Form von Existenz netzartig miteinander verbunden ist. Und diese Methaper ist Tausende von Jahren alt!“

Kalle: „Und wer denkt da nicht gleich an die Vernetzung der Synapsen im Gehirn!“

„Und überhaupt“, setzte Conny an, ...

„Und überhaupt!“ unterbrach Kalle grinsend.

„Jaaa! Und überhaupt!“ Conny warf einen 'bösen' Blick zu Kalle rüber, „Die Ohren sind das Sinnesorgan, mit dem wir als erstes was von außen wahrnehmen, nämlich die Geräusche im Mutterleib. Und oft auch das letzte, wie man aus verschiedenen Nahtod-Berichten weiß. Und jede Stimme ist so einmalig wie ein Fingerabdruck. Der Gehörsinn ist viel feinfühliger als der Sehsinn. Und männliche Babies reagieren eher auf visuelle, weibliche auf akustische Reize.“

„Dann muss ich jetzt also lauter singen als du, nä?“, erkundigte sich Harry.

„Du?“, meinte Kalle, „du müsstest sogar schreien!“

„Danke!“

„Was sich liebt, das neckt sich!“ Frank-Rüdiger wurde keck.

„Was spinnst du denn jetzt hier rum?“ Pass auf, was du sagst, wenn du mit Erwachsenen sprichst, dachte Harry.

Frank-Rüdiger redete unverdrossen weiter: „By the way, Gefühlszustände verändern, das ist und war schon seit uralten Zeiten einer der wichtigsten Gründe zu Singen: Es erzeugt ein Gemeinschaftsgefühl, und war vor allem damals und machmal heute noch überlebensnotwendig! Kennt man ja auch von Gruppen in Belastungssituationen: Von Matrosen, Soldaten, Häftlingen, Sklaven. Gemeinsames Singen gibt Kraft, Hoffnung und Solidarität. Und die Bereitschaft zu Kriminalität und Gewalt sinkt. Deshalb haben die Anführer oder Aufseher die Leute ganz bewusst singen lassen oder dazu aufgefordert.“

„Und deshalb ist auch die Volksmusik so populär. Wer dazugehören will, singt und schunkelt mit. Schunkeln ruft die frühkindliche Erinnerung daran wach, wie du als Baby hin- und hergeschaukelt wurdest,“ erklärte Harry. „Schunkeln ist eine Regression in die präidentifikatorische Phase.“

„Ach die! Klar. Mann, da kommt der Psychologe wieder raus", lästerte Kalle.
„Ja, wirklich. Ohne Sch...! -iva!"
Kalle: „Schunkeln! Und wehe, du lässt die Polonaise aus! Du bist für den Rest der Feier einsam!"
Harry: „Dann fordere mich doch mal auf, mit Hansi Hinterseer oder Maria Hellwig im Duett zu singen, und beobachte, was passiert!"
Kalle: „Na, da kommt sofort die Polizei und verhaftet euch wegen Körperverletzung."
Harry: „Keine Angst, ich sing jetzt bestimmt keine Volkslieder."
Kalle „Ja, jetzt nicht. Aber gestern Abend hab ich so ne Stimme gehört, die hat ganz leise gesungen: 'Katzeklo, Katzeklo,' ... Und das kam genau aus der Ecke, wo dein Zelt steht."
Harry: „Klar. Du hattest wieder mal akustische Halluzinationen. Dein Unterbewusstes hat dir verraten, auf welche Musik du wirklich stehst."
Frank-Rüdiger war immer noch vernünftig: „Auch hier gibt's ja für alle Skeptiker – und ich wette, Skeptiker, Zyniker, Sarkasten und Konsorten sind Leute, die wenig singen – wissenschaftliche Untersuchungen: Singen allgemein bewirkt tiefere Atmung, und ¾ Takt, häufige Wiederholungen, langgezogene Vokale a, o, u, wirkt alles beruhigend. Und so nebenbei kommt es zur Stärkung des Herz-Kreislauf-Systems, und die Zwerchfellmassage fördert die Durchblutung der inneren Organe."
„Sag mal", wollte Harry jetzt wissen, „woher weißt du denn all son Zeug?"
„Nun, ich beschäftige mich schon seit Jahren ziemlich intensiv mit Musik. Ich spiele die zweite Geige im Orchester!"
Harry musste sich für einen Moment bemühen, an sich zu halten. Zweite Geige, wenn das nicht irgendwie passte. Aber er wollte jetzt nicht gemein sein.
„Ja, is schon o.k.", meinte Frank-Rüdiger gelangweilt, „ich kenn die Reaktion. Auf jeden Fall, Leute, die regelmäßig singen, sind ausgeglichener, weniger depressiv, fitter. Die Körperhaltung, Artikulation, Atmungssystem, Immunsystem, alles besser als bei Nichtsängern. Das war übrigens ne Studie der Uni Frankfurt an einem Laienchor, nicht an Profis. Ein weiterer Hinweis darauf, dass die Hingabe beim Singen vor der Perfektion kommt, wie sie meist von professionellen Sängern angestrebt wird.
Um wieviel tiefgehender ist dann wohl die Wirkung spiritueller Gesänge, umso mehr der Sanskrit-Mantras. Es kommt neben den schon genannten Effekten und neben der spirituellen Herzöffnung zu einer besseren Versorgung der Synapsen und synaptischer Vernetzung, zur Hemisphären-Synchronisation, zu Alpha-Wellen, zu einem Anstieg der Leistungen und des Intellekts allgemein. Speziell die Mozart Sonate D-Dur, KV 448, wirke intelligenzsteigernd. Klassik-Musiker und Dirigenten haben mit die höchste Lebenserwartung."
Kalle schaltete sich wieder ein. „Siehe auch die Ergebnisse von Emoto: Diese Fotos von Eiskristallen zeigten veränderte Molekülstrukturen, je nach Art der Musik, der das Wasser ausgesetzt war. Ein ähnlicher Effekt wie bei energetisch behandeltem Wasser, z.B. levitiertem Wasser. Der Emoto hat sogar gezeigt, dass es die Struktur der Wassermoleküle positiv verändert, wenn man Zettel auf den Wasserbehälter klebt, auf die positive Begriffe geschrieben wurden."

„Echt? Man glaubt es kaum."
„Doch, hat er mit einer bestimmten Art Spektralfotografie zeigen können."
„Wahnsinn, oder?" Harry schüttelte den Kopf.
„Na, ich bin mal auf heut Abend gespannt. Kommt ihr auch?", fragte Conny.
„Denk schon, aber jetzt muss ich erst mal zum Karma-Yoga."
„Na denn viel Spaß."
„Und ich leg ich mich erst mal ne halbe Stunde aufs Ohr."

Nachdem es den ganzen Tag schon überwiegend bedeckt und regnerisch war, regnete es nach dem Abendessen noch immer. Und als Harry zum Zelt kam, um einen wärmeren Pullover herauszuholen, fühlte sich der Schlafsack bereits feucht an. Und es regnete weiter. Und zwar kräftig.
Nach dem Satsang blieben einige Leute noch sitzen, bis der Saal sich geleert hatte. Jayashanti alias Siggi und Lalita, Harry, Kalle, Conny, Frank-Rüdiger und noch vier andere. Diesmal holte Harry sich keine Trommel, er wollte sich ganz auf's Singen einlassen. Siggi hatte eine prima Mischung aus schnelleren und etwas langsameren Stücken drauf, so dass die ersten drei, vier Stücke bereits eine Superstimmung machten. Am Anfang jeden Stückes kamen zwei, drei langsame Wiederholungen, dann wurde das Tempo gesteigert und so lange gehalten, bis zu spüren war, dass die Leute richtig drin waren, so dass der ganze Körper wirklich zum Instrument wurde, und alle Gedanken, alles analysierende Beobachten in den Hintergrund trat, und das Bewusstsein sich im Rhythmus und Klang auflöste. Gegen Ende wurde das Tempo wieder zurückgefahren, um so, nach der Erfahrung von Freude und Lebendigkeit während des Singens, langsam wieder in den tiefen Atem und die Stille einzutauchen, in das besinnliche Schweigen zwischen den Stücken. In der Zwischenzeit waren noch fünf, sechs andere Leute, darunter auch Anne und Anja in den Satsangraum zurückgekehrt, wahrscheinlich angezogen vom Gesang und der Musik, hatten sich dazugesetzt und zum Singen einladen lassen.
Dann übernahm Lalita das Harmonium. Sie kannte auch eine ganze Reihe Stücke, die selten bei Yoga-Satya gespielt wurden, was das Singen zusätzlich reizvoll machte. Und Harry staunte auch über seine eigene Stimme. Gut, in den Tagen bisher hatte er ja auch meist mitgesungen im Satsang, so dass seine Stimme ein wenig trainiert war. Aber jetzt, hier bei dieser Session, hatte sie mehr und mehr Klarheit und Kraft entwickelt, so dass er ohne zu zittern oder im Ton daneben zu liegen einige Oktaven sicher abdecken konnte. Tatsächlich schien dies dadurch zukommen, dass sein ganzer Körper zum Klangraum wurde und er wirklich so, wie man sagt, 'mit ganzem Herzen bei der Sache' war. Lalita hatte einige langsamere Stücke gewählt, in die man sich sehr schön hineingeben und zu einer Innerlichkeit kommen konnte, in einen inneren Raum 'losgelöst von der Erde', so dass die Atmosphäre sehr durchdrungen war von Ruhe und so einer Art Getragenheit, einem Gefühl von Aufgehobensein in Raum und Zeit, egal wann, egal wo. Dieses Gefühl war dadurch, dass Harry sich ganz auf das Singen konzentriert hatte, wirklich für ihn spürbar geworden in einer Weise, wie er es von den anderen Kirtan-Sessions im Satsang bisher nicht kannte. Den anderen musste es wohl ähnlich gehen, denn sie

tauschten nur lächelnd einige kurze Blicke aus, oder schauten so vor sich hin, den Blick ins Unendliche gerichtet, bevor es zum nächsten Stück überging. So war jeder mehr oder weniger still angerührt, verzaubert, ein Stück weit in jenen heiligen Raum der unerschöpflichen Kreativität, der heilenden Allverbundenheit entführt. Na, vielleicht ist dies ja so ein Zustand von geöffnetem Herzen, dachte Harry.
Es war weit nach 22.30, kurz vor Mitternacht, als das letzte Stück gespielt, der Klang sich im Raum und im Herzen der Gruppe aufgelöst hatte, und der Abend von allen noch verbliebenen Teilnehmern mit einem OM, das sie auch diesmal wieder zu einem kraftvollen und dennoch kunstfertig feinen Klangteppich verwoben, abgeschlossen wurde. Ein OM, das Harry eine Art fliegenden Teppich fantasieren ließ, der einen ins Land der Verheißung brachte, wenn man nur ein klares Ziel hatte und den Mut fand, sich von ihm tragen zu lassen.
Als er abends zum Schlafen ins Zelt kroch, war es richtig klamm, und er machte sich ernsthafte Gedanken darüber, wie er das Zelt wohl dicht bekommen könnte. Die Versiegelung der Nähte des Überzeltes, die er nachmittags aufgetragen hatte, hatte augenscheinlich wenig genutzt, denn langsam rann ein Tropfen nach dem anderen an der Innenseite der Kuppel hinunter. Tropf! Tropf!

32 Raja-Yoga

„Durch Yoga geht man nur auf sich selbst zu.
Nirgendwo anders hin kann es gehen.“ (Desikachar)

Am nächsten Morgen stand nun endgültig das Zelt im Wasser und das Wasser im Zelt. Vorn am Eingang hatte sich eine kleine Rinne voller Regenwasser gebildet, IM Zelt, wohlgemerkt, und Harry stellte sich vor, dass die römischen Truppen unter Centurio Claudius Abusus, selbst wenn sie das Mückennetz durchschnitten hätten, hätten hindurch schwimmen müssen, um das kleine gallische Dorf einnehmen zu können. Aber eigentlich war es gar nicht witzig. Der Schlafsack war nun endgültig nass, ebenso wie die Isomatte und die dicke Schaumstoffmatratze, und ein Teil seiner Klamotten hatte durch den geschlossenen Rucksack hindurch genügend Feuchtigkeit aufgenommen, dass er davon einige Tage in der Wüste hätte überleben können. Und keine Aussicht, die Sachen wieder trocken zu bekommen. Eine große Plastikplane, die er über das Zelt hätte spannen können, war auch nicht aufzutreiben gewesen. Trübe Aussichten, dachte Harry, als er verkniffenen Blickes das Zelt öffnete und gen Himmel schielte: Alles Grau in Grau.

Halb sechs. Nur noch ein viertel Stündchen. Regen, Regen, Regen, lacrimae reri, dachte Harry, die Tränen der Dinge. Welcher romantische Poet hierüber philosophiert hatte, wollte ihm grad nicht einfallen. Na hoffentlich hat er sich wenigstens nicht umgebacht, dem Wahnsinn verfallen oder nicht. Interessant fand Harry, dass viele westliche Philosophen ein auffällig zwanghaftes oder sehr ungeordnetes, unerfülltes Leben geführt hatten. Manisch, depressiv, womöglich im flotten Wechsel, wenn nicht noch von Wahn und Halluzinationen geplagt, und auch sozial oft nur schwer erträglich, wenig erfolgreich waren. Das schrieb man auch in alten Zeiten schon der engen Verbindung von Genie und Wahnsinn zu. Heute wusste man, dass aufgrund bestimmter synaptischer Verschaltungen und der daraus resultierenden Verbindungen von Frontalhirn und älteren Teilen weiter hinten, im Stammhirn, bei Genies bestimmte Regeln, die die Gedanken und Emotionen in bestimmte Bahnen lenken, außer Kraft gesetzt waren. Das Fehlen dieser Regeln und fester Überzeugungen ermöglicht synaptische Verbindungen der verschiedenen Bereiche des Gehirns, die beim normalen Menschen nicht so ohne Weiteres möglich sind. Damit sind wesentliche Elemente kreativer Prozesse gegeben. Dieses kreative Potenzial, zumindest in genialen Ausmaßen, ist dann allerdings mehr oder weniger mit dem Preis zu bezahlen, das Leben als Drahtseilakt am Rande der Gesellschaft und/oder des Wahnsinns zu führen. Von östlichen Philosophen war das zumindest nicht so bekannt. Diese schienen wesentlich ausgeglichener und glücklicher zu sein. Es war sicher kein Zufall, dass sie alle, soweit bekannt, auch Yogameister waren. Statt sich das Hirn zu zermartern, hatten sie viele Jahre, oft ein Leben lang oder wahrscheinlich viele Leben lang intensiv praktiziert, aktiv an ihrem Geist gearbeitet, also gehandelt und nicht nur gegrübelt. So waren sie vor allem durch Meditation oder spontane Inspiration zu Transzendenzerfahrungen gekommen, die dann durch ihre ganze Lebensweise spirituellen Ausdruck fanden.
Vielleicht werden die Regentropfen noch größer oder noch mehr, weil die Schutzengel so viel weinen müssen. Harry wurde ganz elegisch. Sie weinen nicht nur, weil viele Menschen sie nicht hören wollen und weiter in Dunkelheit durchs Leben tappen, sondern auch weil das Gefieder ihrer Flügel vom Regen so nass und schwer wird, dass sie nicht mehr fliegen können. Und so können sie vielfach ihren Schutzbefohlenen nicht rechtzeitig zu Hilfe kommen. Vielleicht sind deshalb bei Regen die Menschen eher traurig und es passieren mehr Unglücke. Das erinnerte Harry an den, wie er fand, sehr sehenswerten Film vom Wim Wenders: 'In weiter Ferne, so nah', wo es um die Beziehung von Menschen und Engeln geht, um die eigenartige Trauer und Einsamkeit der Engel, und ihren Wunsch, menschlicher zu sein. Aber letzteres konnte Harry nur wenig nachvollziehen.

Für den Morgenvortrag stand Raja-Yoga auf dem Plan, ein Spezialgebiet von Nataraj. Die Kopfmenschen in ihrem Element, dachte Harry, und war sehr gespannt.
„Über den Aufbau der Energiekörper habt ihr ja schon vor einigen Tagen das Wesentliche gehört," begann Nataraj. „Jetzt geht es darum, wie der Verstand und der Geist arbeiten, wie die Wirklichkeit geschaffen wird, die wir erleben. Und darum, wie man die Gedanken lenkt, mit welchen Inhalten man sie füllt, so dass man relativ entspannt und glücklich durchs Leben kommt, im Idealfall Samadhi erreicht. Und schließlich aus Samsara, dem Rad von Tod und

Wiedergeburt aussteigen kann. Kontrolle des Geistes – spirituelle Lehrer aller Traditionen sind da einig – ist der Schlüssel für dieses Tor der Erkenntnis. O.k., was gibt's aus Sicht des Yoga dazu zu sagen?

Raja-Yoga ist quasi eine Gebrauchsanleitung für den Geist – wie die Gedankenkraft für die Transformation zu nutzen ist. Die Psychologie des Yoga: Aufbau und Funktion des menschlichen Geistes, positives Denken, aber nicht dieses 'Rosa-Brille-Aufsetzen', sondern zuversichtlich und konstruktiv denken. Und dann noch Entspannungs- und Meditationstechniken. Raja-Yoga beschreibt also, wie wir durch diese Mittel zur Kontrolle, letztlich zur Transzendierung des Geistes bzw. des Getrenntheitsbewusstseins kommen.

Allgemeines Ziel ist es, den Verstand, und damit auch die Gefühle, das gesamte Bewusstsein zu einer Art transluziden Ruhe kommen zu lassen, spiegelglatt wir die Oberfläche eines klaren Bergsees, so dass das klare Sonnenlicht der Erkenntnis bis auf den Grund scheinen kann. Unbeirrt von falschen Wahrnehmungen und daraus resultierenden falschen Schlussfolgerungen über das, was wirklich ist und was nicht, was uns glücklich macht oder nicht.

Erinnert euch an die Grafik von der Seeoberfläche: Wir sehen nur die Oberfläche, aufgrund der groben Beschaffenheit unserer Wahrnehmungsorgane, der Flüchtigkeit unserer Bewusstheit, die uns als mehr oder weniger unverändert wahrnehmen lässt, was bei einem größeren und bewussteren Wahrnehmungsprozess als veränderlich erscheinen würde, so wie es tatsächlich ist. Schaut mal durch ein Mikroskop, da sieht ein 'festes', 'unbewegtes' Objekt schon ganz anders aus. Und dann durch ein Elektronenmikroskop – noch viel grandioser!

Wenn wir durch die Wasseroberfläche auf den Grund schauen und durch die Spiegelung in die Weite des Himmels, dann sehen wir ausschließlich Leere bzw. Fülle und Potenzial. Und erst das ermöglicht Veränderung, sonst würde alles bleiben wie es ist. Dann wäre auch Leiden unveränderbar. Und so gibt es, 'wahrlich', letzlich keine Dinge, und auch kein Selbst, das nicht veränderbar wäre. Es gibt nur Energie, nur Bewusstsein. Diese Erkenntnis der Leerheit überwindet die falsche Sicht: Identifikation mit dem Ich und Angst vor dem Tod. Gleichmütigkeit zu empfinden durch Zurruhebringen der Gedanken im Geist, um das Empfinden von Leid zu überwinden und die eigene wahre Natur zu erkennen: Brahman, das allumfassende, Absolute, darum geht es. Identifiziere dich mit dem transzendenten Beobachter, der dein wahres Wesen ist: Paratman, Purusha. Das ist Samadhi, Erleuchtung, Satchidananda: Sein, Wissen, Glückseligkeit.

Alles, was wir erleben, hinterlässt Smrtis und Samskaras in unserem Bewusstsein. Smrtis sind abrufbare Erinnerungen. Samskaras sind unmanifestierte Eindrücke in unserem Unbewussten, die von früheren Erfahrungen herrühren. Auf der Hardware-Ebene sozusagen sind es gleichzeitig neurologische Bahnen, Netzwerke manifester Engramme im Gehirn, komplexe 'Eidos', das sind multisensorisch gespeicherte Erfahrungen, also diese inneren Bilder und Filme, die da ablaufen. Und die laufen ja ständig ab, tausende Gedanken, bewusst und unbewusst, Tag und Nacht, sogar im Traum.

Oder, anders formuliert: Was manche Menschen Denken nennen, ist nichts weiter als ein unkontrollierter Strom von Gedankeninhalten, von dem sie sich treiben lassen. Ohne

Beobachtung, Analyse und Kontrolle bestimmen diese unser Leben, oft ohne dass wir dieses Erleben, die Ereignisse wirklich befriedigend oder tiefgründig erklären können. Wir bezeichnen dies dann als Zufall, als Pech oder Glück, als Erfolg oder Misserfolg, als Antipathie oder Sympathie etc., und auch unser Einfluss ist um so geringer, je weniger wir uns bewusst sind, was abläuft und wie das gegebenenfalls zu ändern sei. Also: Der Schlüssel ist Bewusstheit! Immer wieder Bewusstheit!"

Nun begann Nataraj, während seiner weiteren Ausführungen ein komplexes Flip zu entwickeln, das die Elemente der Psyche und ihr Zusammenwirken, ihre Beziehung zur Außenwelt grafisch veranschaulichen sollte.

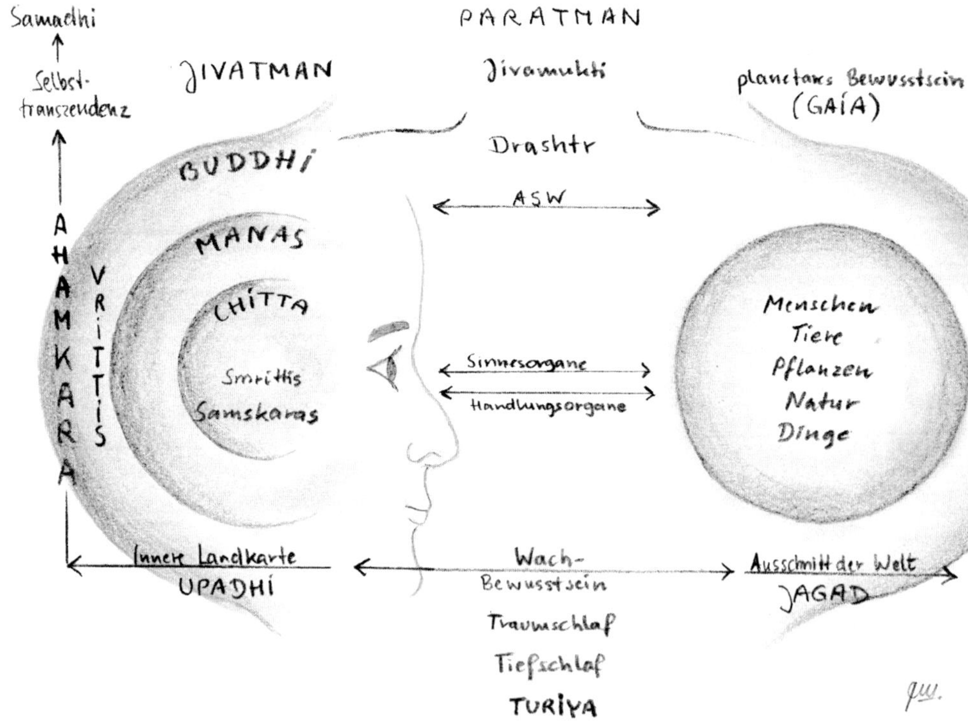

Die Struktur des Geistes

„Für diese Prozesse bedient sich unsere Psyche der sogenannten inneren Instrumente, der Antarkharanas: Chitta, Manas, Buddhi und Ahamkara. Chitta beherbergt die Inhalte unseres Geistes, also die Samskaras und Smritis. Ahamkara organisiert das Ganze zum Selbstbild, dem Ich oder Ego. Manas und Buddhi kennzeichnen das Wie, ein qualitativer Unterschied bei dieser Konstruktion, mittels der das Ahamkara unser Bild von uns selbst und der Welt erschafft.

a), Chitta: Unbewusstes, Erfahrungsspeicher für die Samskaras, unsere Wünsche und Ängste, Ragas und Dveshas, unsere Fähigkeiten. Chitta wird manchmal auch als Bezeichnung für die

gesamte Psyche gebraucht, korrekterweise aber ist es, wie hier, eben dieser Erfahrunsgspeicher. b), Manas, ist der rationale, lineare Verstand. Worte, Wahrnehmung, Gefuhle. Mit Manas bewältigen wir den Alltag, unser Überleben in der materiellen Welt. Hier sind die unteren drei Chakras aktiv und leiten unser Denken, Empfinden und Handeln. Dies geht teilweise schon mit der Entwicklung von Buddhi einher.
c), Buddhi, kann man als Intellekt, Vernunft, Wille und Unterscheidungskraft bezeichnen. Hier finden Analyse und Urteil über Wahrnehmungen und Konstrukte statt. Dies ist bei den meisten Menschen auf der derzeitigen Evolutionsstufe schon ganz gut entwickelt, der Homo sapiens sapiens. Es gibt aber noch eine höhere Stufe von Buddhi, die könnte man als Intelligenz des Herzens bezeichen, als Ausdruck der Öffnung für spirituelle Werte und Überzeugungen. Hier kommt es zu Mitgefühl, Altruismus, Verbundenheit, denn das vierte und fünfte Chakra beginnen, sich zu öffnen.
Dies zum beherrschenden Bewusstseinszustand werden zu lassen, ist quasi der nächste Entwicklungssprung in der spirituellen Evolution. Und auch für jeden Einzelnen der Weg vom Ego als Lerninstrument zur sogenannten Selbstrealisation, also das 'wahre' Selbst hinter den Konditionierungen, hinter der Maske des profanen Alltags, zu erkennen. Und ihr, die ihr hier sitzt, habt schon, ohne jetzt zu übertreiben und hoffentlich ohne, dass das jetzt euer spirituelles Ego stärkt, den Fuß in der Tür bzw. auf der nächste Stufe, indem ihr euch intensiv mit Yoga beschäftigt. Und ihr habt sicher nicht die Ansprache von Madhura vergessen vor ein paar Tagen. Seid euch bewusst, was ihr hier tut, welch großartige Gelegenheit ihr hier habt. Und welche Verantwortung, aber auch welche Kraft und Erfüllung das mit sich bringt. Gut – zurück zum Thema.
Als vierter Hauptbestandteil der Psyche d), das Ahamkara, die Instanz der Ich-Identität, das Ego, Identifikation. Hier laufen sozusagen die Fäden zusammen, die Schaltzentrale, die übergeordnete Teilpersönlichkeit, die die ganze Belegschaft, die ganze Rasselbande der Teilpersönlichkeiten kontrolliert. Oder zumindest sollte. Ich hab's schon mal in einem früheren Vortrag angesprochen.
In der am höchsten entwickelten Form ist Buddhi die Ich-Identität durchdringend, das transzendente Selbst, Jivatman. Also quasi der individuelle Ausschnitt des Selbst an der Grenze zum allumfassenden Selbst. Die Individual-Seele sozusagen, noch genauer, der Teil der Individual-Seele, den ihr als euer Selbst erlebt. In diesem Bereich seid ihr geöffnet für Inspiration, für direktes, also nicht durch begrenzende Wahrnehmungs- und Überzeugungsmuster eingeschränktes Wissen und Erfahrung, mit Satchidananda-Gefühlen verbunden. Patanjali nennt das Drashtr, die 'reine Schau'. Darauf komme ich später noch zu sprechen. Dieser Zustand ist Ausdruck der Öffnung des fünften und sechsten Chakras. Von hier aus rufen Herz und Geist dich auf: Follow your bliss!
Und hier," Nataraj zeigte nach ganz oben auf seine Zeichnung und musste sich dabei ziemlich strecken „– wie ihr seht, etwas schwer zu erreichen – befindet sich als höchste Stufe der Existenz, die aber jenseits jeder individuellen Psyche liegt, das allumfassende Paratman, das universelle Bewusstsein, Brahman, weshalb sich analog das 7. Chakra auch außerhalb des Körpers, nämlich über dem Scheitelpunkt, befindet.

Diese Antarkharanas, die inneren Instrumente, werden gespeist durch die verschiedenen Formen von Prana, Lebensenergie, und bedienen sich, um nun die Gedanken in die Tat umzusetzen, der Wahrnehmungs- und Handlungsorgane. Das sind die Sinnesorgane bzw. Körperextremitäten, so wie man sie auch hier bei uns in der westliche Psychologie kennt. Im Laufe der Entwicklung durch das regelmäßige Yoga werden die Sinnesorgane sensibilisert, geschärft, und später kommt es dann auch zu außersinnlichen Wahrnehmungen, ASW, wie z.B. Telepathie, den sogenannten Vibuddhis. Übrigens, und das ist ganz wichtig: auch das Sprechen und das Denken werden als Handlungen im weiteren Sinne auffasst. So kommt auch Swami Sivananda zu des Aussage: *'Der Gedanke ist das wahre Karma. Denken ist wahres Handeln'*.
Wir leben in einem Universum der Gedanken, der Energiefrequenzen, die sich alle wechselwirkend beeinflussen durch Interferenz und Resonanz über Zeit und Raum hinweg – transzendent. So wird von unserer Psyche unser Wesen und in Verbindung mit der Gesamtheit aller Wesen, die uns umgebende materielle wie feinstoffliche, geistige Welt erschaffen. Achte daher auf sattvige Gedanken, solange du noch welche hast, um Frieden zu finden.
Gedankenwellen, die sogenannten Vrittis, sind komplexe Erfahrungsspeicher, diese Smritis und Samskaras, die ich bereits erwähnt habe. Sie sind in Form eines inneren Bildes, sehr oft aber auch als Film gespeichert, und zwar entsprechend unserer Sinnesmodalitäten: Visuell, auditiv, kinästhetisch, olfaktorisch und gustatorisch. Deshalb entsteht ja auch wieder das Gefühl, die mehr oder weniger komplette Erfahrung, wenn wir uns an etwas erinnern. Übrigens, das Gehirn unterscheidet nicht zwischen aktuell Erlebtem und Erinnertem! Es werden die gleichen Gehirnareale aktiviert!
Diese inneren Bild-Wort-Gefühl-Gedanken-Kombinationen erzeugen unsere Wirklichkeit. Heute im Morgenvortrag bei den Mantras habt ihr ja gehört, wie durch geistige und auch akustische Schwingungen reale, greifbare Wirklichkeit erzeugt wird. Das ist das gleiche Prinzip bei den Gedanken. Und diese Vrttis, diese Gedanken sind veränderbar, zum Glück. Aber: Meist müssen wir erst lernen, wie wir das gezielt und effektiv machen. Das ist eines der größten Manques unseres Bildungssystems. Dass wir nicht schon in der Grundschule lernen, wie wir unsere Gedanken steuern, wie wir unser Leben aktiv und bewusst selbst gestalten. Das ist leider nur das Informelle, das, was wir bestenfalls so nebenbei lernen, zwischen den Zeilen herauslesen, in den Beziehungen, in allen sozialen Situationen. Aber gut, ich komm jetzt hier langsam wieder etwas ab.
Es werden 5 Zustandsformen des menschlichen Geistes unterschieden: Mudha bedeutet Trägheit, Depression, Verschleierung, irregeleitet, ist tamasig. Der trügerische Geist, der zu träge und zu dumpf ist für zielgerichtete Aktivität, oder mit dem man durch Faulheit und Gleichgültigkeit die Yamas und Niyamas verletzen kann.
Dann Kshipta, Zustand der Zerstreutheit, Ablenkbarkeit, Oberflächlichkeit, Unentschlossenheit, das ist rajasig. Mit starken Emotionen, das Bewusstsein an Sinneseindrücke und Gedanken gebunden. Hier werden weltliche Ziele angestrebt, wie Arbeit, Sex, Macht, Vergnügen etc., aber auch Stress, Ärger, Gewalt, also jegliche Form von Ablenkung und Überaktivität.
Drittens Vikshipta, ein Zustand, in dem man immer noch abgelenkt ist von dem, was wirlich

wichtig ist auf dem Weg, aber sich schon bewusst bemüht um Konzentriertheit und um Abhyasa, Beständigkeit und Ausdauer im Üben. Erste Momente innerer Sammlung werden erlebt. Dabei zunächst aber immer noch weltlich orientiert, relativ bewusst und zielgerichtet, sozial, kreativ, künstlerisch, visionär, inspiriert, dann auch auf persönliche psychosoziale Entwicklung gerichtet, als Beginn spiritueller Orientierung und Praxis.
Ekagrata ist der Zustand, in dem Konzentriertheit überwiegt, eine Art Einpünktigkeit des Geistes, wenn man z.B. ein Mantra in der Meditation lange bewusst halten kann, oder in den Asanas wirklich ganz präsent ist. Da ist man in so einem Energiefluss, das habt ihr sicher schon mal gespürt, das Gefühl: Alles ist gut so, wie es gerade in diesem Moment ist: Entspannt, leicht, klar, stimmig, rund, harmonisch, inspiriert, selbstverständlich. Es gibt nicht mehr das isolierte Objektbewusstsein, sondern darüber hinausgehend allgemeines Gewahrsein, ganz bewusst im Augenblick sein, das All-Eine, Gott, in allem sehen.
Nirodha schließlich ist das, was eigentlich Meditation ist: Vollkommene Ruhe des Geistes, Kontrolle bzw. Ende jeglicher Gedanken. Das ist der Geisteszustand in Samadhi: Freiheit von Objekten und Gunas, aufgelöst in Brahman. Also Ekagrata hoch zehn, oder eben das, was man mit dem Verstand, mit Worten nicht mehr beschreiben kann, Satchidananda.
Ziel ist es, um dies zu erreichen, sich von den in Chitta befindlichen 'Unreinheiten' des Geistes, Mudha, Kshipta und Vikshipta, zu befreien durch ein Mittel, nämlich Ekagrata, und so in den Zielzustand Nirodha zu gelangen. Dies verlangt kontinuierliche Übung. Grundsätzliche Lösung: Loslassen aller Identifikationen, insbesondere der geistigen und emotionalen Zustände des Ego. Denkt also nicht: 'Ich bin in Mudha', sondern 'Mein Geist ist in Mudha'. Übrigens in Indien sagt man oft: 'Hunger ist da'. Nicht: 'Ich habe Hunger.' 'Geld ist da.' Nicht: 'Ich habe Geld.'

Die Vernunft des Herzens

Hindernisse, sogenannte Kleshas, gibt's dabei es nicht wenige, das wisst ihr aus eigener Erfahrung. Ich möchte an dieser stelle nur kurz die fünf grundlegendsten Kleshas erwähnen, aus denen alle Arten anderer Hindernisse und vor allem unser subjektives Leiden daran, entstehen.
1. Avidya, die Unwissenheit. Dies im Sinne der Identifikation mit dem Materiellen, woraus Getrenntheits-Bewusstsein resultiert: Ich bin der Körper, ich bin der Geist, ich bin ein Versager, ein elender Sack, oder auch: Ich bin der Größte, der Kaiser von China, usw., ich bin von allen guten Geistern verlassen, und schließlich: Ich bin getrennt von den anderen, der Welt, von Gott.
O.k., 2. Asmita, Egoismus aller Art: Falsche Selbsterhöhung, also spirituelles Ego, Ego-Bezogenheit, Egozentrik.

3. Abhinivesha, Furcht vor dem Tod. Überlegt mal, was sich alles auf diese Furcht zurückführen lässt! Wie unser Leben aussehen könnte ohne diese Furcht!
4. und 5.: Raga, Anziehung, und Dvesha, Abneigung. Das ist diese Wechselspiel der Interpretation als angenehm bzw. unangenehm, das bei allen Entscheidungen im Leben abläuft. Und das, wohlgemerkt, selbstgemacht ist, und die Ursache jeder Menge von Problemen ist. Denkt mal nach! Man meint ja: Klar, ich will das Angenehme und nicht das Unangenehme! Aber, was sich im Endeffekt als angenehm oder unangenehm erweist, das wissen wir nicht immer im Voraus. Und so verschwenden wir viel Zeit, Energie und auch Geld, um irgendwelche Wünsche zu befriedigen, machen uns Sorgen und Ängste, und nachher zeigt sich: Es war alles umsonst. Oder: Das war's nicht wert. Und wenn wir immerhin draus lernen, war's nicht ganz umsonst. Aber das ist ein Kapitel für sich. Jedenfalls, alle Kleshas sind Ergebnisse der Samskaras, der früheren und des jetzigen Lebens, des Karma. Die zeigen sich sich in der ganzen Art und Weise des Alltagslebens, eben als die berühmt-berüchtigten Lernaufgaben.
Der Pfad des Yoga nach Patanjali empfiehlt dabei für den Lösungsweg 1. Hingabe für das Ziel der Befreiung, Mumukshutva. 2. Lebensenergie muss zur Verfügung stehen. 3. Die Erinnerung, das heißt, sich sein Ziel, Mumukshutva, immer wieder bewusst zu machen. 4. Unterscheidungskraft, Viveka, zur Unterscheidung des Wesentlichen vom Unwesentlichen, des wahren Selbst vom Weltlichen, und 5. als Mittel dazu, Meditation. Grundsätzliche Mittel, die Unreinheiten des Geistes zu überwinden zeigt der Ashtanga-Pfad, vor allem Pranayama, Asanas, Meditation, und die weiteren Disziplinen des integralen Yoga: Kirtan, Ernährung, Nyana-Yoga, und gegen das spirituelle Ego besonders hilfreich Karma- und Bhakti-Yoga.
Das Bemühen um geistige Kontrolle und Reinheit, um Auflösung der Anhaftungen und Identifikationen, Vairagya, ist der Prozess geistigen Wachstums hin zur Transzendenz, der Kampf zwischen 'höheren' und 'niederen' Gedanken, wie er allegorisch in der Bhagavad-Gita und vielen anderen Mythen und Epen in allen Kulturen der Welt dargestellt wird.
Da Evolution zu höherer Ordnung, d.h. zu komplexerer und energetisch höherfrequenter Schwingung führt, ist sie nicht zufällig. Darüber gibt's ja nach wie vor heftige Diskussionen. Ich denke, ihr hattet hier auch schon einige höchst amüsante und hoffentlich ergiebige. Aber kurz ein ganz einfaches Beispiel: Wenn du Steine, Wasser, Mörtel und Kunststoffe zufällig zusammenschmeißt, gibt das noch lang kein neues Seminarhaus. Da brauchst du Knowhow und einen Plan und handwerkliche Kompetenzen. Obwohl, wenn ich mir den Laden hier manchmal so anschaue, kommt diese Überzeugung etwas ins Wanken. Aber: Es läuft!", bemerkte Nataraj abschließend ironisch mit einem Blick auf das große Bild von Swami Sivananda über dem Altar.
„Damit will ich's vorerst bewenden lassen. Schaut mal, was jetzt in der Yogastunde läuft. Wir machen dann heut nachmittag weiter."

Harry war wieder reichlich bedient. Diese Modelle immer! 5 Stufen hier, 7 Stufen da, 3 Ebenen dies, 6 Ebenen das, und die '8 Schätze' beim Chinesen! Hoffentlich wird's da noch 'n bisschen anschaulicher und pragmatischer, dachte Harry. Zwischendurch hatte er auch hin und

wieder kurz abgeschaltet. Irgendwas von Bhumikas hatte er so halb mitbekommen, von 7 Stufen auf dem Weg zur Befreiung, und das hatte ziemlich abgehoben geklungen, und dann war da noch was von Shatsampat, sechs Eigenschaften, die einem dabei helfen sollten.
Naja, egal, jedenfalls war er froh, halbwegs wach zu sein nach dieser letzten, etwas feuchten Nacht, und wünschte sich jetzt eine schöne entspannte, warme, kuschelige Asanastunde.
Nach dem Frühstück holte sich Harry aus der Küche eine große Schöpfkelle und besichtigte den neuesten Stand an seinem überdachten Pool. Einen Großteil des Wassers konnte er mit der Kelle aus dem Zelt befördern, aber sein Entschluss war gefasst: Er würde heute noch ins Auto umziehen. Die Alternative Schlafsaal, was bedeutete, jeden Abend sein Schlafzeug auszupacken, morgens wieder einzupacken, all seine Klamotten in irgendeiner Ecke des Hauses zu verstauen, war völlig abwegig. Wozu hatte er einen Kombi! Er hatte früher schon einige Male recht bequem darin übernachtet. Es war trocken, er hatte sogar Licht und Musik, und vor allem seine Ruhe. Unn Rrroischeschtäbsche! Da er sich im engen, dunklen Zelt ohnehin bereits manchmal gefühlt hatte, als müsse er in den Mutterleib zurückkriechen oder er entwickle sich zurück zum Höhlenmenschen oder auf eine der ersten Primatenstufen, war er jetzt eigentlich auch ganz froh, in seinem Wagen ein Stück Zuhausegefühl zu finden. Und diese Höhle war auch noch mobil. In einer ruhigen, grünen Ecke des Parkplatzes fand er sein Automobizil für die restlichen Tage. So schaffte er seine feuchten Sachen ins Auto, besorgte sich einen Heizlüfter und stellte ihn mit hinein, Stufe drei. Bis zum Abend müsste eigentlich alles wieder trocken sein.

33 Kundalini-Yoga

„Die Welt ist eine Illusion, so wie wir sie sehen.
Sie ist real, wenn du sie als absolutes Brahman erkennst.“ (Ramana Maharshi)

Kundalini-Yoga war das Spezialgebiet von Gotthilf. Allerdings war er kein Mann der großen Worte. So hielt Chamundi den Vortrag über Kundalini, quasi die fortgeschrittene Stufe von Hatha-Yoga, während Gotthilf bei den Kundalini-Yoga-Stunden in der Praxis, die jetzt den Schwerpunkt der Morgenasanas bildeten, ganz in seinem Element war.
„Kundalini bedeutet 'Die Aufgerollte', wird daher auch Shakti, die 'Schlangen'-Kraft, genannt, da man sich vorstellt, dass diese Kraft am unteren Ende der Wirbelsäule aufgerollt ruht, in unserem feinstofflichen Energiekörper. Die Schlange ist in den meisten Mythen nicht das Symbol des Bösen, sondern der Versuchung, also auch der Kraft, die wir nach unserem freien

Willen einsetzen können. Insofern ist Kundalini auch Widerstands- und Entscheidungskraft, zwei ganz zentrale Kräfte in unserem Leben. Aber das nur nebenbei.

Im klassischen Yoga ist Kundalini-Yoga das Yoga der Energieerweckung und -kontrolle. Es beinhält fortgeschrittene Praktiken und Kombinationen von Hatha- und Raja-Yoga, die intensiv und mit Variationen geübt werden: Asanas, Pranayama, Meditation, Bandhas, Kriyas, Mudras, Mantras – undzwar manchmal alles gleichzeitig. Das Erwecken und Aufsteigenlassen der Kundalini in den Chakras ist der Hauptzweck der menschlichen Entwicklung, denn damit einhergehend ist eine spirituelle Evolution des menschlichen Bewusstseins, der bewusste Weg zurück zur Quelle des Seins, zu Brahman, verbunden.

Als Grundlage, um Kundalini-Yoga zu verstehen, müssen wir uns erst mal damit beschäftigen, was die Lebensenergie ist, und wie sie im Körper, genauer gesagt, in den Energiekörpern, funktioniert. Prana ist die Lebensenergie, die in Allem fließt, die auch in allen energetisches Heilformen fließt und überall auf der Welt unter verschiedenen Namen bekannt ist: Chi, Ki, Orgon, Elan Vital, Reiki. Akupunktur, Homöopathie, alle Schwingungsheilmittel und -formen, und natürlich die quasi 'direkten' Methoden geistigen Heilens wie z.B. Pranahealing, Chakra-Arbeit, Psychokinesiologie und einige mehr arbeiten mit Prana. Prana macht den Körper als Instrument des Geistes funktionsfähig. Ohne Prana kannst du keinen Finger heben. Jeder verspürte Impuls wie essen, trinken, schlafen, Sex, sprechen, Wünsche aller Art, all das ist Ausdruck von Prana. Und kann sublimiert werden. D.h. tamasige und rajasige Impulse werden durch Verfeinerung, mittels der Yogapraktiken, in sattvige Bestrebungen umgewandelt – es wird Ojas, die subtile, spirituelle Energieform von Shakti, erzeugt.

Ein hoher Prana-Level, viel Ojas, zeigt sich in Form hoher Vitalität und Klarheit des Geistes, durch eine spezielle Art des Sichwohlfühlens vom Herzen her, durch Empfinden von Einklang und Sinnhaftigkeit, Transzendierung des Egos. Ein hoher Prana-Level erzeugt eine subtile Anziehung, Charisma, Schönheit, die von innen kommt. Alle mehr oder weniger verwirklichten MeisterInnen haben diese Ausstrahlung und Anziehung, wie auch viele andere hilfreiche Menschen. Die Art der Anziehung entspricht dem jeweils vorherrschenden, energiereichsten Chakra, d.h. auch eine 'niedere' Form der Energie kann starkes Charisma bewirken, wenn sie bei jemand auf Resonanz stößt. Wir kennen ja genügend negative Beispiele aus der Geschichte. Jede Art von Stress, ob mit oder ohne andere Personen, begrenzende Gefühle, verbale Attacken etc., erzeugt absteigendes Prana, d.h. kostet Energie, zieht uns runter im Sinne des Wortes. Deshalb fühlen wir uns nach einem Streit oft so ausgelaugt. Die Energie ist wirklich verpufft, raus, weg, wir sind schlapp und schlecht drauf.

Die Steuerung der Energie mittels Pranayama ist, neben dessen Reinigungs- und Energetisierungseffekten, eine Methode, den Geist zu klären und unterstützt auch die mentalen Praktiken des Raja-Yoga. Ohne Kontrolle des Atems keine Kontrolle des Geistes, denn auch und gerade, was wir bei allen Übungen denken, womit unser Geist sich beschäftigt, hat Einfluss auf die Wirkung der jeweiligen Übungen. Besonders für die Meditation ist ein Mindestmaß an Ojas notwendig. Ganz entspannte, subtile Bauch- oder Vollatmung durch die Nase ist besonders wichtig. Atmung ist, neben Nahrung, Auras der Natur und anderer Menschen, die Hauptaufnahmequelle von Prana, da sich an der Nasenwurzel entsprechende

Rezeptoren befinden. Viel Sonnenlicht, Trinken von energiereichem Wasser, sowie der Besuch von Kraftorten, Bewusstseinsnahrung in Form sattviger Informationen und die Gesellschaft sattviger Menschen sind weitere Möglichkeiten, sein Prana zu stärken. Denkt mal an einen Waldspaziergang, eine Wanderung in den Bergen oder am Strand, Sonnenaufgang, Satsang – alles wunderbare Pranaquellen.
Jede Energie aus einem durch eigenen Antrieb zurückgehaltenen Wunsch, oder bezwungenem rajasigen oder tamasigen Verhalten, wandelt sich in Ojas. Also, jedesmal, wenn du deiner inneren Stimme gefolgt bist, die dir den Weg zu etwas Positivem, etwas Gutem gezeigt hat."
Ja, ja, mein lieber Swami Durchananda, ich danke dir, dachte Harry, und war froh, dass er den Swami hatte.
„Nicht unterdrückte Impulse sind gemeint, sondern aus Einsicht zurückgehaltene, durch Sadhana sublimierte. Dies zu erreichen ist ein wesentliches Ziel aller Yoga-Praxis. Alle energetischen Therapien funktionieren durch Prana. Alle gesundheitlichen Probleme körperlicher und geistiger Art sind Ausdruck des Zustandes von Prana. Ein Mangel an Ojas gehört, neben karmischen Ursachen, Unwissenheit, Unbewusstheit, Samskaras und Traumen, zu den größten Hindernissen der Transformation des Ego, da ein hoher Prana-Level bzw. viel Ojas die Grundlage und gleichzeitig Ausdruck aller spirituellen Entwicklung ist.
O.k. Wo im Körper finden wir denn jetzt das Prana? Prana fließt im Astralkörper, im Pranamayakosha, durch die Nadis, die feinstofflichen Energiebahnen. Beim Menschen finden wir 5 Manifestationsformen von Prana, die jeweils verschiedene Funktionen im Menschen erfüllen."

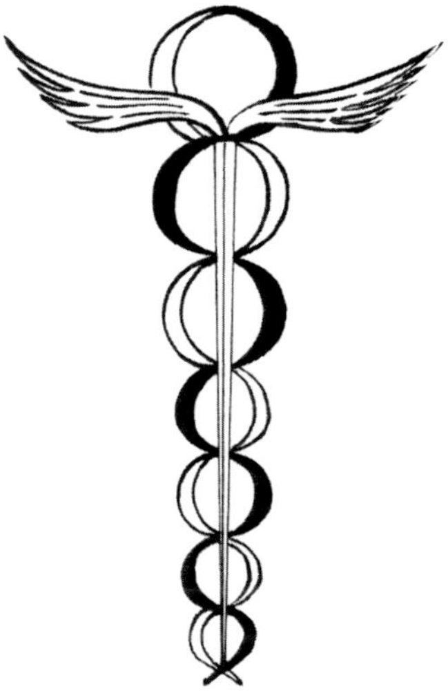

Der Stab des Aeskulap - Energie des Heilens

Während Chamundi sprach, befestigte sie ein Flip am Board, das die Chakras und deren wichtigste Entsprechungen zeigte.
„Es gibt im Astralkörper auch bestimmte Konzentrationspunkte bzw. Energiespeicher, die Chakras. Chakra heißt Rad, weil sie uns kreisrund erscheinen. Jedes Chakra repräsentiert einen bestimmten Bewusstseinsbereich, dessen Aktivität sich nach der Klarheit und Stärke der Energie im jeweiligen Chakra richtet. Chakras haben zum physischen Körper Verbindungen an speziellen Nervengeflechten, den Kreuzungen physikalischer Nervenbahnen des autonomen Nervensystems. So stehen die Chakras z.B. auch mit den verschiedenen Drüsen in regulierendem Zusammenhang.
Prana zeigt sich nicht direkt in physischer, jedoch energetischer, feinstoffliche Bewegung. Es gibt drei Haupt-Energie-, Haupt-Prana-Kanäle in der Wirbelsäule: Ida beginnt rechts am Muladhara-Chakra. Die Zuordnungen sind weiblich, Mondenergie, rechtes Hirn. Ida ist aktiv, wenn das linke Nasenloch offen ist. Komplementär dazu Pingala: links, männlich, Sonne, linkes Hirn, rechtes Nasenloch. Und in der Mitte der Wirbelsäule Sushumna, im Rückenmarkskanal. Ida und Pingala laufen spiralförmig um Sushumna herum. Daher kommt

wahrscheinlich auch dieses Bild des Äskulap-Stabs, dem Symbol der Mediziner, besser gesagt, der Heilkunst. An den Kreuzungspunkten von Ida und Pingala liegen die Chakras.

Die Chakras nun sind wie eine Art Frequengenerator, Energieschleuse oder -filter, der durch Aktivierung die Energien zum Hindurchfließen bringt und damit bestimmte Bereiche des Gehirns aktiviert. Die Chakras liegen feinstofflich im Bereich des Rückenmarks, sind winzig. Die wahrnehmbare Größe ist der Ausstrahlungsbereich des Chakras, der durch alle Energiekörper hindurchgehen kann. Chakras können neben Körper, Gefühlen und Gedanken auch bis auf den kausalen Körper wirken. Es gibt tausende von Nebenchakras. Die 7 Hauptchakras haben traditionell Farben der Elemente. Die gebräuchlichen Regenbogenfarben sind die in der Aura sichtbaren Analogien zu den Chakras. Jedem Chakra sind, neben den verschiedenen Funktionen und Farben, auch Ishvaras, Bija-Mantras, Yantras zugeordnet, aller

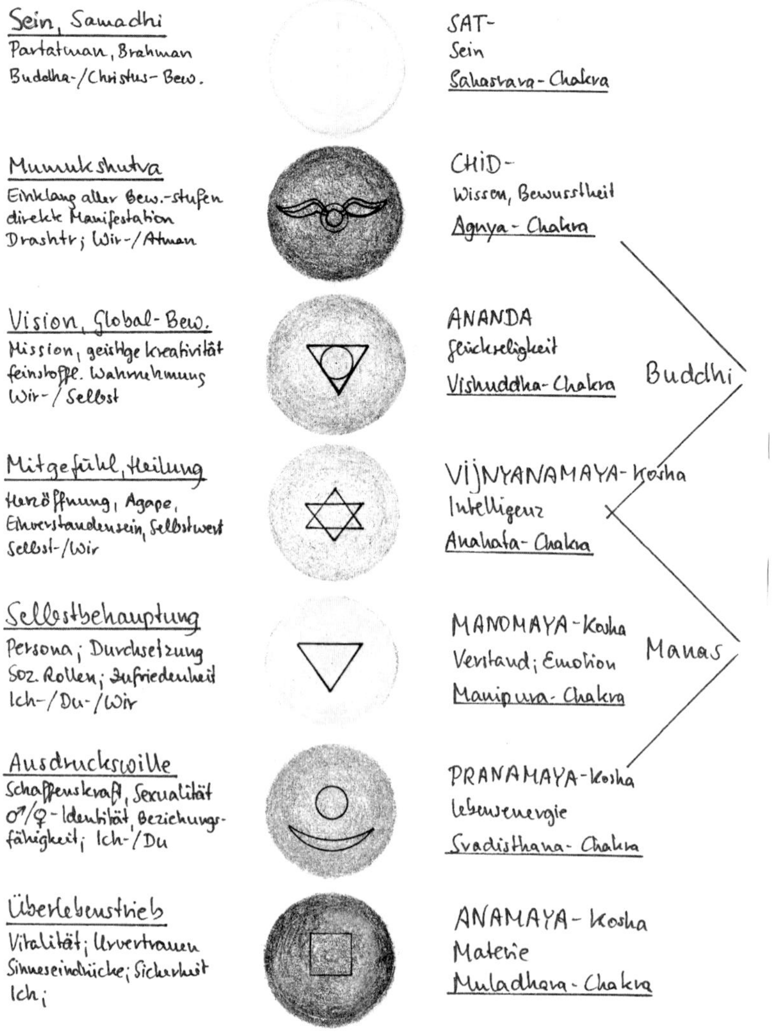

dings selbst in den klassischen Schulen nicht ganz einheitlich. Das Vorherrschen der Energie eines Chakras bestimmt das Bewusstsein, d.h. die Art und Weise, die Welt zu konstruieren und in ihr zu handeln, als Ausdruck der persönlichen Entwicklung. Das entspricht einer je nach Chakra verschiedenen Frequenz, mit der Prana bzw. Kundalini fließt, und einer individuellen Ausprägung der Aura. Jede Stimmung, jeder Gedanke, jedes Unwohlsein und jede Krankheit entstammt einer Blockade oder einer Disharmonie in und zwischen den Chakras und Nadis, oder in positivem Fall natürlich auch, einem freien, harmonischen Energiefluss.
Überblicksartig sind die Funktionen, oder man könnte sagen Zuständigkeits- und Wirkbereiche folgende, so wie sie auf dem Schaubild zu sehen sind:"
Chamundi wies auf das Flipchart, das sie gerade entrollt hatte. „Das untere Chakra, Muladhara, ist bei den Tieren das höchste, steht für die Lebenserhaltung und auch die animalischen Triebe. Bei allen Menschen sind auch das zweite, Svadisthana, und das dritte, Manipura, aktiv. Sie ermöglichen das Überleben im materiellen Alltag. Viele haben auch das 4. Chakra, Anahata, im Bewusstsein, das für ethisches Handeln steht, jedoch noch mehr oder weniger stark vom Ego und seinen Samskaras beeinflusst ist. Einige arbeiten auch bereits mit Vishuddha, dem 5. Chakra, wo Kommunikation auf hohem geistigen Niveau, globales, verantwortliches Denken und Handeln, Inspiration und erste spirituelle Erfahrungen möglich sind. Nur bei ganz Wenigen ist auch Agnya, das 6. Chakra aktiv, wo das Ego transzendiert und Samadhi möglich ist, das sind z.B. Jivamuktas – verwirklichte inkarnierte MeisterInnen. Agnya ist das Tor zum Universum, 'die Pforte der Wahrheit'. Wenn das 7. Chakra, Sahasrara, aktiv ist, erübrigt sich ein Verweilen in materiellen Gefilden, es sei denn als Avatar oder Bodhisattva.
Die Aktivierung der Chakras geschieht durch die diversen Yoga-Praktiken, speziell Reinigungstechniken für die Nadis und Chakras, damit sie durchlässiger werden für die Kundalini, so dass diese durch intensiveres Praktizieren geweckt und möglichst ungehindert aufsteigen kann.
Wie anfangs kurz erwähnt, sind auch Bandhas und Mudras Teil der Kundalini-Praxis. Bandhas sind Energieverschlüsse bzw. -schleusen, die durch Kontraktion bestimmter Muskeln in Verbindung mit geistiger Konzentration und meist auch Atemtechnik aktiviert werden. Bandhas werden meist beim Atemanhalten, mit leeren oder vollen Lungen angewandt, stark bei Energetisierungs-, schwach bei reinigenden Übungen. Sie helfen, die Energie zu lenken. Die drei wichtigsten sind Mula-Bandha, Uddhiyana-Bandha und Jalandhara-Bandha.
Mula-Bandha: Verschluss des Energieflusses nach unten durch Anspannen der Beckenboden-, Anus- und Geschlechtsmuskeln – die drei 'PC-Muskeln'. Übrigens auch in der Schulmedizin inzwischen, jedenfalls die körperliche Ebene betreffend, anerkannt als wichtige Hilfe bei Inkontinenz, Hämorrhoiden, Prostata, Verstopfung, Geburt, Problemen mit Sexualorganen.
Uddhiyana-Bandha: Nach dem Ausatmen, nur mit leeren Lungen: Zwerchfell nach hinten oben ziehen, zur Wirbelsäule hin. Zieht die Kundalini durch Sushumna nach oben und ist auch gut für Bauchorgane. Uddhiyana-Bandha sublimiert Samana-Vayu, die Energie, die für's Verdauen zuständig ist. Und zwar nicht nur für's körperliche, sondern auch für's geistige Verdauen!
Jalandhara-Bandha, der Kehlverschluss: Kinn zur Brust, Zungenoberseite an den oberen

Gaumen anlegen. Wird oft in Verbindung mit Mula- und Uddhiyana-Bandha gemacht. Jalandhara-Bandha schließt Ida und Pingala, öffnet Sushumna durch Nackenlangziehen, wird häufig bei Konzentration auf die drei oberen Chakras angewandt. Mula-, Uddhiyana- und Jalandhara-Bandha gleichzeitig angewandt, heißt Maha-Bandha.

O.k. Jetzt zu den Mudras: Mudra bedeutet Siegel, Geste, Haltung. Diese Gesten bewirken bestimmte Energieflüsse, die sich auf der körperlichen, seelischen, mentalen oder spirituellen Ebene auswirken.

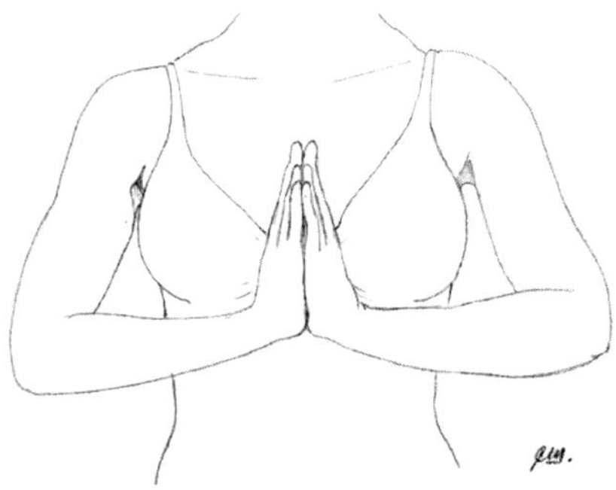

Anjali-Mudra - Namasté

Im Kundalini des klassischen Yoga, wie z.B. bei Sivananda, sind Mudras mehr als Fingerhaltungen, nämlich spezielle Energielenkungstechniken, die mit dem ganzen Körper und Geist zur Steuerung und Erweckung der Kundalini, via Prana und Chakras, ausgeführt werden, z.B. Mahamudra. In dieser Komplexität sind Mudras auch als innere Gesten zu verstehen. Mudras sollen einen inneren Raum schaffen, der hilft, den Zustand von Meditation eintreten zu lassen und das Bewusstsein zu sublimieren und zu erheben.

Die bekannstesten, einfachen Mudras sind das Anjali-Mudra, das kennt ihr vom Gruß Namasté: Handflächen vor der Brust zusammen. Wird angewandt beim Gebet, zur Sammlung, Harmonie, Stille, Dank, Gruß oder Ehrerbietung. Dann, aus der Meditation, das Chin-Mudra und das Nyana-Mudra für erweitertes, empfängliches Bewusstsein und Erkenntnis. Beim Chinmudra, da zeigen die Handflächen nach oben, Daumen berührt Zeigefingerspitze, die empfangende Geste. Nyana-Mudra: Zeigefingerspitze am 2. Daumenglied, gebend, Handflächen nach unten.

Dann das Vishnu-Mudra, das ist das bei der Wechselatmung: Daumen zur Seite gestreckt, Zeigefinger und Mittelfinger gebeugt, Ringfinger und kleiner Finger gestreckt.

Und Shambavi-Mudra, auch sehr bekannt, das ist, wenn die Augen auf's Agnya-Chakra, auf's sogenannte Dritte Auge in der Mitte der Stirn, zeigen. Das ist gut als Stressreduktion.Vor allem begünstigt es auch die Transzendierung des Mentalen, des Verstandes, öffnet für Inspiration, und für Satchidananda.

Wer ernsthaft Kundalini-Yoga praktizieren will, sollte längere Zeit, mindestens einige Monate, regelmäßig vollständiges Hatha-Yoga geübt haben. Also körperlich: Asanas, Pranayama, Kriyas, Ernährung. Geistig: Raja-Yoga, Meditation. Prana folgt dem Geist, weshalb die Kontrolle des Geistes und die daraus resultierende gesamte Lebensführung eine Rolle spielt. Auch sollte natürlich die Ernährung sattvig sein. Übrigens: 60-70% aller Verhaltensauffälligkeiten bei Kindern werden auf nicht-sattvige Ernährung und tamasige oder rajasige geistige Beschäftigung zurückgeführt. Und so, wie es bei homöopathischer Behandlung zu den bekannten Erstverschlimmerungen kommen kann, ist es nicht selten, dass bei den intensivem Kundalini-Yoga, und nicht nur bei den Reinigungspraktiken, die mit den Nadis und Chakras korrelierenden körperlichen Symptome hochkommen. Ebenso Emotionen und geistige

Bewusstseinsinhalte aus dem Unbewussten, die Samskaras, die dann bearbeitet werden müssen. Chakra-Techniken sind also auch wirkungsvolle Schulungen der Selbstwahrnehmung. Yogisch geschieht dies primär mit Raja-, Hatha-, Bhakti- und Karma-Yoga, oder mit psychomentalen, therapeutischen Methoden.

Die Kontrolle der Kundalini ermöglicht uns, potenziell Alles zu werden. Alle, die Außergewöhnliches geleistet haben, konnten dies durch Kundalini-Bewegungen erreichen, da hierdurch Genialität, Talente, Inspiration, spirituelles Streben und die evolutionäre Kraft ihr Ausdrucksmittel finden. Dies geschah oft unbewusst, spontan, plötzlich und dramatisch oder auch bewusst, gezielt, schrittweise, unspektakulär.

Kundalini-Yoga ermöglicht das Verbinden von Shakti mit Shiva durch Aufsteigen der Energie in der Sushumna – ihr erinnert euch sicher an den Vortrag. Die Sankhya-Philosphie besagt, dass die Komplementäre Purusha und Prakriti, bzw. Shiva und Shakti ursprünglich Eins sind, durch die Schöpfung getrennt wurden und daher als leidverursachend erscheinen können. Sie müssen im Bewusstsein wieder zusammengeführt werden, um die Einheit, die Allverbundenheit der gesamten Existenz, die Befreiung von der Täuschung des Getrennt- und Matriellseins erleben zu können. Klassisches Beispiel ist die Suche nach dem Seelenpartner. Wobei diese letztlich erst von Erfolg gekrönt ist, wenn wir diese Qualitäten der jeweils anderen Seite, männlich bzw. weiblich, in uns selbst zur Entfaltung gebracht haben. Aber der äußere Partner kann natürlich der beste spirituelle Lehrer sein auf diesem Weg. Diese Dualismen oder Komplementäre erkennen wir in der gesamten Schöpfung, in allen Bereichen des täglichen Lebens: Tag/Nacht, Mann/Frau, schwarz/weiß, gut/böse, Feuer/Wasser etc. Hierdurch wird das Shiva-Shakti-Prinzip, ähnlich dem Yin-/Yang-Prinzip zum Ausdruck gebracht. Das allgegenwärtig komplementäre, zyklische Werden und Vergehen der Schöpfung. Kundalini ist daher die evolutionäre Kraft im materiellen Kosmos.

So, das waren jetzt Mal die Grundlagen in der Theorie. Die Anfänger-Praxis hattet ihr ja schon in den bisherigen Asana-Stunden und Meditationen. Ihr werdet noch einige Yoga-Stunden bei Gotthilf haben mit Schwerpunkt Kundalini-Mittelstufe und dann Fortgeschrittene. In der letzten Woche gibt es drei Mal ein spezielles Morgenprogramm, nämlich durchgehend drei Stunden Kundalini. Da wünsch ich euch schon mal viel Spaß und Durchhaltevermögen. Lasst euch ruhig mal drauf ein, und schaut einfach, was passiert. Vielen Dank für eure Aufmerksamkeit."

34 Lila-Pause

„Eine Seele würde vielleicht sagen: Ich bin vorbeigekommen, um Ego zu spielen, und siehe da, ich habe mich mit ihm identifiziert und vergessen, dass ich eine Seele bin.“ (Ram Das)

Am Abend saß Harry vor dem Ofen und blickte durch die Glasscheibe gedankenverloren in die Glut. Durch den Dauerregen war es stark abgekühlt und jemand hatte Feuer gemacht, so dass sich eine wohlige Wärme im Raum ausgebreitet hatte.
„Na, was sinnierst du denn so vor dich hin?“, fragte Nataraj, und zog sich einen Stuhl neben Harry ran.
„Na ja, zu sinnieren gibt's ja immer was, wo hier ständig soviel Neues kommt, und auch innerlich so vieles in Bewegung gerät. Aber im Moment denk ich grad wieder, ich bräucht mal ne Pause. Und immer diese hirnrissigen Überlegungen zu Wirklichkeit und Illusion. Ich mein, wenn dir die Wirklichkeit zu stark wird, zu immanent, dann kannst du manchmal eine Dosis Illusion brauchen, oder?“
„Von welcher Ebene der Wirklichkeit sprichst Du?“
„Von derjenigen, zu der du immer wieder zurückkehren musst, so lange du inkarniert bist, und von der, die dir kleine Pausen gönnt.“
„Du meinst die kleinen Fluchten in andere Bewusstseinsräume? Fernsehen? Tagträume? Meditation?“
„Ja. Es ist doch jedesmal ein kleiner Samadhi, oder? So eine Art Anhalten, besser ein Aussteigen aus der wirklichen Welt.“
„Wirkliche Welt?“ fragte Nataraj mit so einem 'Eigentlich-müsstest-du's-doch-besser-wissen' -Tonfall.
„Na, DIESE wirkliche Welt der Dinge,“ erklärte Harry. „Alltag, Hamsterrad und so, ist aus Samadhi gesehen eine Illusion, schon. Aber so wie der Tod ein kleiner Samadhi ist, ist es nicht auch die Illusion, die dir Fernsehen und Tagtraum vorgaukeln? Auf einer ganz niederen Stufe? Tja, die Nina Hagen hat ja schon Anfang der 80er Jahre 'TV geglotzt', erinnerst du dich? Und dann hat sie irgendwann in den 90ern 'trotzdem' die Kurve zum Yoga gekriegt.“
„Die Stufen der Illusion sind deutlich verschieden“, stellte Nataraj fest. „Und das musst du unterscheiden lernen. Und kontrollieren. TV ist von Menschen bewusst als Spiel inszeniert. Die wirkliche Welt ist da draußen, auch außerhalb dieses Spiels, eine Spielebene höher. Und zusätzlich zu den Vorstellungen in deinem Kopf, mit denen du die Welt da draußen machst. Und der gemeinsame Traum, die Konsensus-Trance, die soziokulturelle Übereinkunft dessen, was 'die' Wirklichkeit sei, aus der es, spirituell gesehen, aufzuwachen gilt. Der Traum im Schlaf geht noch weiter, nächste Stufe, in die astrale Welt, und Samadhi transzendiert auch diese noch.“
„O.k., aber subjektiv ist die Wirkung ähnlich: Wenn du vom TV-Film absorbiert bist, ist dein Bewusstsein absorbiert, dann schlummert dein Alltags-Ich weiter unter der Oberfläche, während du erlebnismäßig im Film bist und doch nicht drin. Paradox, oder? Wo ist dann dein Ich? Weder hier noch da, oder hier und da? Und wo ist Samadhi? Jenseits von hier und da?“

„Und immer wieder musst du zurück in die 'wirkliche Welt', dahin wo dein Körper lebt und dein Alltagsverstand, deine Gefühle. Ob aus dem Film, dem Tagtraum, dem nächtlichen Traum, selbst Samadhi, wird dir nicht bleiben, solange du noch Karma hast. Aus dem Film kannst du leicht aussteigen. Eine kleine Ablenkung der wirklichen Welt, mal eben zum Klo gehen oder Kekse holen, und dann wieder zurück in den Film. Aber aus dem ganzen Spiel, dem kosmischen Spiel Lila, der gesamten Schöpfung, geht das nicht so leicht. Da hast du andere Pausen: Momente der Öffnung deines Bewusstseins für Inspiration, oder die Zeit zwischen den Leben."
„Schön, aber ist es dann noch ein Spiel, wenn ich nicht aussteigen kann?"
Jetzt begannen die Köpfe langsam, heiß zu werden.
„Gute Frage!" eröffnete Nataraj die nächste Spielebene. „Was definiert, ob es ein Spiel ist oder nicht? Im Yoga wird einfach 'das Ganze', die ganze materielle Schöpfung, als Lila, das kosmische Spiel, bezeichnet."
„Materielle Schöpfung? Es sind doch fließende Übergänge von der materiellen zur geistigen Welt. Eine Frage der Schwingungsfrequenz. Wer will da wo die Grenzen setzen? 'Das Ganze' ist dann letztlich Lila, Maya, Illusion, alles Synonyme. Alles Illusion außer Brahman, dem ewigen Urgrund." Langsam begann es, doch etwas unübersichtlich zu werden für Harry. „Und in Samadhi bist du selbst das Spiel, der Spieler, der Schöpfer des Spiels – alles zugleich, Brahman. D.h. eigentlich bist du's auch im Hier und jetzt. Aber du erlebst es nicht so."
„Na lass uns doch mal näher betrachten, was ein Spiel ist. Oder sein kann. Zunächst mal ist es ein Irrtum zu glauben, dass in der Schöpfung, dem kosmischen Spiel Lila, alles egal sei und es keine Regeln gebe, weil es nur ein Spiel sei. Ein Spiel ist nicht ein Spiel, weil es keine Regeln hätte. Es gibt Regeln, und die hast du nicht gemacht. Und wenn du sie nicht beachten lernst, hast du verloren!"
„Da hört dann der Spaß auf. Dann ist es nicht 'nur' ein Spiel!?", konstatierte Harry, aber der Zweifel im Tonfall war nicht zu überhören. „Wenn du nicht aufhören kannst?"
„Nun, der Spaß beginnt, wenn du MIT den Regeln statt gegen sie spielst, wenn du sie mit Leben füllst. Wenn du die Spielereignisse nicht so ernst nimmst, weil du weißt, dass es nicht um die Ereignisse selbst geht, sondern um das, was du durch das Spiel lernst, was das Spiel aus dir macht."
„Also dass es auch einen Sinn hat, eine Funktion bei der spirituellen Evolution?", fragte Harry nach.
„Genau. Also, was kann dir ein Spiel bringen: Ein Spiel kann dich fesseln, absorbieren, identifizieren. Ein Spiel kann dir Freude, Spannung bereiten. Ein Spiel kann deine Fähigkeiten erweitern."
„Ein Spiel kann dir Angst, Ärger, Verwirrung bringen."
„Klar. Ein Spiel kann vor allem ein Möglichkeitsraum, ein Experimentierfeld sein."
„Ist ja schon ne ganze Menge. Und wie kann es funktionieren?"
„Ein Spiel hat Regeln, damit es funktioniert. Regeln, die du auf verschiedenen Ebene teilweise vereinbarst, mit den anderen und dem Spielleiter. Und Regeln, denen du einfach zustimmen musst, wenn du teilnimmst. Problem 1: Regeln gelten auch, wenn du sie nicht kennst.

Problem 2: Du musst spielen."
Das sagt der einfach so ganz trocken, dachte Harry. „Wer bestimmt diese Regeln, wer hat sie erfunden? Der Spielleiter?"
„Richtig. Diese grundlegenden Regeln sind keine freiwillige Übereinkunft der Teilnehmer. Nur die falschen. Diejenigen, die die Teilnehmer selbst erfunden haben, und an die sie glauben. Ein wesentliches Ziel ist also zu lernen, diese Regeln von den wahren, von den spirituellen, zu unterscheiden."
„O.k. Und welche Regeln könnten jetzt für Lila gelten?"
„Spielregel 1: Du musst spielen. Du musst bestimmte Entwicklungsschritte machen, in dem du Aufgaben im Spiel löst. Diese sind als Ziele vorgegeben. Spielregel 2: Es ist kein Glücksspiel, sondern Ursache/Wirkung. Du musst annehmen, was dir zu Teil wird, die Karten, die am Anfang jedes Spieldurchgangs ausgeteilt werden."
„Karma."
„Exakt. Spielregel 3: Du musst atmen. Spielregel 4: Du musst sterben. Spielregel 5: Du musst wiedergeboren werden. Zumindest, so lange es so etwas wie 'Du' bzw. 'Ich', eine Person, gibt. D.h. du kannst nicht aussteigen, bevor dieses Ich nicht transzendiert ist und in Samadhi aufgeht."
„Auch nicht durch Selbstmord?"
„Ha!" Nataraj musste fast lachen. „Nein. Das wäre zu banal. Zu einfach. Bei Selbstmord tötest du nur den Körper. Der Geist lebt weiter auf einer niederen, jenseitigen Ebene. Und du musst wiederkommen, um genau diese Umstände, die dich zum Selbstmord getrieben haben, erneut zu bearbeiten. Nächste Spielregel, Nummer 6: Du kannst niemals alles unter Kontrolle haben. Es gibt keine absolute 'Sicherheit'. Nur Satchidananada ist quasi 'Sicherheit'. Aufgehobensein, Allverbundenheit erleben. Nächste Spielregel, 7: Ethisches Verhalten ist positiv. Ethisches Verhalten ist das, was kein Leid erzeugt und kein negatives Karma. Verhalten gemäß einer spirituell zu nennenden Ethik erzeugt in dir und anderen spirituelle Gefühle und Gedanken, führt zu Satchidananada. Es dient der Evolution."
„Und was macht die Regeln wirksam?"
„Die Macht des Spielleiters, des Initiators."
„Brahman?"
„Brahman!"
Knallharte Regeln, dachte Harry. Wie ein Spiel hört sich das nicht gerade an. „Ich finde, ein Spiel ist es, wenn du nicht wirklich in Gefahr bist, dein Leib und Leben, deine Emotionen. Es ist kein Spiel, wenn Gefahr für Leib und Leben besteht."
„Achtung: Dies ist eine falsche Regel. Leib und Leben sind sekundär. Es kommt dir vielleicht so vor, als wenn 'jetzt der Spaß aufhört', als wenn es jetzt 'ernst' wird. Ernst im Sinne von bedeutungsvoll ist es letztlich immer, aber dabei kann es Spaß machen."
„Also angesichts so manchen Leidens würd ich auf die irdischen Freuden gern verzichten und gar nicht erst mitspielen."
„Diese Frage stellt sich nicht. Du kannst nicht nicht-spielen. So IST es eben. Und dein Leiden daran machst du selbst!"

Harry fühlte sich mehr und mehr in einer Verteidigungsposition. Verteidigung seines Gedankengebäudes. Sein Ego geriet in die Defensive und versuchte es anders: „Ein Spiel ist es, wenn du weißt, dass es ein Spiel ist; wenn du dich beim Spielen beobachten kannst."
„Kannst du doch. In der Beobachter-Position. Zeuge-Bewusstsein entwickeln."
„Ein endloser Regress von Zeuge-Bewusstseins-Ebenen? Beobachter beobachtet Beobachter beobachtet Beobachter beobachtet Beobachter, ohne Ende?"
„Nicht ganz. Bis zum Samadhi. Bis dir dieses Licht aufgeht, und du erleuchtet bist."
Harrys Ego versuchte es erneut: „Ein Spiel ist es, wenn du jederzeit aufhören kannst, ohne Gefahr. Es ist kein Spiel, wenn du nicht jederzeit aussteigen kannst aus Samsara, d.h. wenn du nicht jederzeit Satchidananada realisieren kannst."
„Kannst du doch!"
„Ach komm, diese Satsangtypen hab ich satt, die genau das immer sagen: Du brauchst es 'nur' zu realisieren, du hast ja alles schon in dir. Du brauchst 'nur' loslassen, usw. Wie denn!? Wenn das so einfach wäre, würden's doch alle machen, die es wollen, dann wären wir alle erleuchtet. Also, das mag ja in einem gewissen Sinne 'wahr' sein aber, ganz pragmatisch ist es für mich Esoterik-Gelaber. Solche Sprüche ärgern mich wirklich."
„Nicht zu überhören."
Nächster Ego-Versuch: „Ein Spiel ist es, wenn du wählen kannst, welches Universum, welche Realität du erleben möchtest. Es ist kein Spiel, wenn du keine Wahlmöglichkeiten hast."
„Hast du doch. Es liegt allein an dir, deine Wahlmöglichkeiten, deine Freiheitsgrade, zu erweitern."
Noch einer: „Ein Spiel ist es, wenn es ein paralleles Universum gibt, in dem du auch existierst."
„Wer weiß? Ein geistiges, eine Art Meta-Universum? Gibt es doch."
„Wenn etwas ein Spiel ist, wird es dadurch nicht unwahr!? Was nützt Wahreit im absoluten Sinn, wenn etwas anderes real sensorisch, emotional, mental erlebt wird? In diesem Moment ist dieses reale, materielle Leben so immanent wie nichts anderes. Zählt das nicht?"
„Es zählt auch! Mensch, Harry, was machst du dir für Stress!! Allein die Tatsache, dass du hier sitzt in der Yogalehrer-Ausbildung zeigt doch, dass dein Leben nicht ganz so übel sein kann, wie es dir manchmal vorkommt. Vielleicht fehlt dir ganz einfach ein bisschen die Wertschätzung dessen, was du bereits hast. Und was du bist. Dein Focus liegt vielleicht zu sehr auf den kleinen, alltäglichen Mistigkeiten. Du weißt doch: Mikrostress macht mehr kaputt, als einige größere Probleme. Übrigens: Kennst du den anderen Namen für Lila?"
„Anderer Name?"
„Mensch, ärgere dich nicht!"
„Oh nein! Das hab ich als Kind schon gehasst. Diese 'Glücksache', die richtigen Zahlen zu würfen. Du hast die Würfel in der Hand, aber nicht, was du würfelst. Ist ja genau so wie bei Lila."
„Na sag ich doch. Du musst nehmen, was du würfelst und das Beste draus machen. Und du musst akzeptieren, was die Mitspieler aus ihren Würfelpunkten machen. Und was das mit dir macht. Und das liegt wiederum bei dir."

„Tja. So siehts wohl aus."
„Maya", meinte Nataraj und beugte sich vor, „Maya ist das, von dem du nichts mitnehmen kannst beim Sterben. Maya ist das, womit du spielst. Das Womit ist nebensächlich. Der Grund, warum du spielst ist, dass du ein Teil der Schöpfung bist. Deshalb ist es keine Frage, ob du spielen willst oder kannst oder musst. Es ist einfach so. Wahr ist, worum du spielst. Um was es geht. Und das ist, was du mitnehmen musst beim Sterben und was du mitbringst beim Reinkarnieren. Es geht um die Realisation des Höheren Selbst, d.h. das All-EINS-Bewusstsein als dein essenzielles Wesen wahr zu NEHMEN, das ist ein aktiver, bewusster Prozess. Du musst doch ohnehin bis zum Ende spielen, und es ist erst zu Ende, wenn du quasi das 'ewige Leben', Samadhi, gewonnen hast. Dann kommt die nächste Stufe als Bodhisatva. Spiele das Spiel, folge dem Ziel des Spiels, aber ohne das Spiel mit der Wahrheit zu verwechseln. Sei dir bewusst, dass es ein Spiel ist. Spiele im Sinne der spirituellen Ethik. Weil gespielt werden muss. Spiele bestmöglich, als Dienst, ego-los, das ist die Funktion von Karma-Yoga. Nicht als Bürde, nicht sorgenvoll, sondern mit Leichtigkeit, mit Selbst- und Gott-Vertrauen. Das ist Hingabe. Das ist Bhakti-Yoga. DAS bedeutet 'spielen'. Du bist Alles und Nichts. Gewähre der Buddha-Natur in Dir, sich durch dich zu offenbaren. Und die größte Hilfe ist die Karma-Yoga-Einstellung. Die Karma-Yoga-Einstellung macht das Leben zum Spiel."
Harry musste ganz tief durchatmen. Das war irgendwie so einleuchtend, so konsequent, da gab es nichts gegen einzuwenden. „Aber jetzt mal im Ganzen betrachtet, diese immense Schöpfung voller Absurdität. Ein bisschen Freude für Einige, o.k., aber so voller Leiden für so Viele! Eigentlich unvorstellbar! Es ist einfach zu weit entfernt von meinem 'wirklichen Leben', vom Alltag."
„Ja. Zumindest, wenn du nicht mal nen Hauch davon gespürt hast, von Satchidananda: Sein-Wissen-Glückseligkeit. Einen Satori, eine kurze, flüchtige Erfahrung allumfassender Liebe und Verbundenheit. Ohne dies ist es wirklich 'nur' ein Glaube, eine Hoffnung. Das kann ich nachvollziehen, dass das sehr schwer ist."
„Was nützt mir denn, dass die Wahrheit, mein wahres Selbst, Satchidananada ist, wenn ich's nicht erleben kann?"
Auch hier wusste Nataraj was Positives: „Vielleicht hilft dir diese Vorstellung, diese Überzeugung, über schwere Zeiten hinweg. Dass du dich nicht so mit deinem Leiden identifizierst. Dabei aber nicht passiv wirst und denkst: Ist ja nicht wirklich, also brauch ich nichts zu machen. Davon geht das Leidempfinden auch nicht weg. Aber du bekommst Zuversicht, dass es noch was anderes gibt, was unglaublich Positives. Und dass du das erreichen kannst, bzw. realisieren, auch für dich, für dein Erleben wahr machen kannst. Und das motiviert dich, hindurchzugehen durch das Leid. Und dann brauchst du immer weniger Fluchten. Und wer hat das Recht, dir diese Flucht, die Pausen, zu verbieten?"
„Niemand." Wär ja noch schöner, dachte Harry. „Aber das entscheidende Kriterium bei allen Arten von Flucht ist wohl die Wahlfreiheit, diese Zustände, die Gestaltung, Zeitpunkte und Dauer der Fluchten selbst zu bestimmen."
„Sicher. Zurück zur Pause von der harten, rauen Wirklichkeit: Ruhepunkte finden. Meditation – keine Frage. Das ist Regeneration und Rückbesinnung auf die Fülle der Leere, Zugang zur

Inspiration, Spiritualität, und vieles mehr. Aber Fernsehen? Eine Illusion in der Illusion. Sicher, beim Fernsehen kannst du noch wählen, was du in dein Bewusstsein einlässt. Denk mal an Pratyahara."

„Die Macht der Medien wächst mit den technischen Möglichkeiten und der Leere im Bewusstsein vieler Menschen von Tag zu Tag. Das reicht vom suggestiven Reiz bis zur Verformung von Wahrheit und Wirklichkeit. Material für selbständiges Urteilen wird verzerrt, verborgen, manipuliert, künstlich erzeugt. Information wird mehr und mehr Illusion. Infotainment."

„Genau. Da hast du völlig Recht", meinte Nataraj. „Mit diesen Illusionen ist kein valides selbständiges Urteilen mehr möglich. Umso wichtiger werden eigene Erfahrungen, Infobeschaffung aus neutralen verlässlichen, sattvigen Quellen. Und das Gefährliche ist: Die Fähigkeit zur selbständigen Wirklichkeitskonstruktion verkümmert zugunsten vorgefertigter Wirklichkeiten, Instant-Realitäten aus der Konserve, aus den Labors der Meinungsmacher und Weltkonzerne, die übernommen, konsumiert werden. Und so wirst du zum Objekt und Spielball derer, die meinen, irgendeinen Nutzen aus dir ziehen zu können. Geld, Abhängigkeit, Lebensenergie ... Das ist die neuzeitliche, virtuelle Version der Marionettenwelt, ungleich komplexer, undurchschaubar."

„Und die Fähigkeit zur Kommunikation und Durchsetzung im realen Leben verringert sich." Darüber hatte Harry gerade erst wieder eine Studie gelesen. „Und nur in Ausnahmen lassen sich solche in der virtuellen Welt erworbene Fähigkeiten ins reale, materielle Leben übertragen. Die Übertragungen im Unbewussten, die Herabsetzung der Schwelle für Gewaltbereitschaft, die Angst, nicht genug zu bekommen, all das wirkt viel stärker. Die Illusion, sich durch Erfüllung der Sehnsüchte mit materiellen Dingen zu belohnen zu können, all das ist viel gravierender. Die realitätsstiftende Funktion des Bewusstseins wird abgekoppelt von realen Ereignissen, vom eigentlichen, individuellen Menschen, und nur die äußere Hülle bleibt zurück. Entfremdung durch technisch-mediale Scheinwelten, die dir als deine Wirklichkeit verkauft werden. Denk mal an diese Internet-Plattform Secondlife, und an all diese Rollenspiele, virtuell und in echt. Doppel- oder Mehrfach-Leben, schizo oder multipel, mehr oder weniger kontrolliert."

„Ja, von solchen Rollenspielen hab ich auch schon gehört. Das boomt sogar im Untergrund. Und das Suchtpotenzial ist um so stärker, je realistischer und je essenzieller der Charakter, der das Defizit kompensiert", sagte Nataraj.

„Und je stärker die Unfähigkeit erlebt wird, diese Schwäche im wirklichen Leben zu kompensieren."

„Das ist das Motiv: Kompensation von Schwächen im realen Leben, Erfüllen von Bedürfnissen. Neugier, weil das wirkliche Leben so langweilig ist. Alles ist hier möglich zwischen Placebo, wenn's das reale Leben zunächst wirklich erleichtert, und offensichtlicher Ersatzbefriedigung für Anerkennung und Zuwendung, Erfolg, geheime Wünsche. Auf Dauer ist das sehr antrengend, beide oder alle Realitäten aufrecht zu erhalten."

„Ist es nicht wirklich essenzieller, all dies in der 'Realität', in 'dieser' Wirklichkeit erreichen zu wollen?"

„Das wäre es sicher. Ist aber weitaus schwieriger. Außerdem: Andere Menschen wollen eben nicht so einfach nach unserer Pfeife tanzen. Die Frage ist, ob die Erfüllung dieser Wünsche dich auf deinem spirituellen Weg weiterbringt. In deinem Streben, Satchidananada zu erleben."

„Was macht den Unterschied für die spirituelle Entwicklung? Wenn die Gefühle echt sind?"

Das war jetzt für Nataraj keine Frage: „Woher sie kommen, das macht den Unterschied! Und wie sie sich auswirken. Und vor allem die Heldentaten, die 'guten' Taten, die sind sonst nur virtuell!! Nur im TV oder PC!! Die ändern nichts im wirklichen Leben, helfen keiner wirklichen Person. Die helfen nicht, die Welt zu einem Ort zu machen, an dem wir leben wollen."

Sitzen und Sinnen.

„Pausen von der Wirklichkeit", griff Nataraj resummierend nochmal auf, „erholsame Pausen, Pausen, die den Horizont erweitern, Pausen, in denen du gefahrlos Abenteuer erleben kannst – du wählst es selbst. Alles erlaubt, so kleine Fluchten. Aber wohin du flüchtest, liegt in deiner Verantwortung. Medien machen reale Wirklichkeit über die Steuerung der Vorstellungswelten aller Konsumenten. Und da alles mit allem verbunden ist, bist du auch selbst dann der kollektiven Wirklichkeitserschaffung ausgesetzt, wenn du dich nicht oder nur wenig dieser Manipulation, dieser Konsensustrance aussetzt. Und so hast du mal wieder einen Teil Mitverantwortung für deine Mitmenschen hinsichtlich der Schaffung der gemeinsamen Wirklichkeit. Ganz banale Sozialpsychologie mit spiritueller Erklärung. Und in deinen Träumen badest du dann aus, was du alles in deinem Bewusstsein und vor allem im Unterbewusstsein hast. Zum Glück auch gefahrlos, und dabei sehr wirksam, heilsam. In der Meditation machst du dich ganz leer davon – Raum für etwas jenseits dieser Illusionen."

Harry atmete tief durch. Verwirrung hoch zehn.

„O.k. Lass gut sein für heute. Gute Nacht, Harry."

„Nacht, Nataraj."

35 Die Natur des Geistes

„Der Mensch versteht und erkennt so viel von der Welt, als der Mensch von sich selbst erkannt hat. Die ganze Welt ist ein Rätsel, und der Mensch ist die Lösung." (Rudolf Steiner)

Seit längerem die erste Nacht im Trockenen, wunderbar geschlafen. Im Auto – ein Stück Heimat. Vertrautes wiederzuerkennen ist ein Zeichen von aufgewacht sein. Ohne Wiedererkennen durch Erinnerung schaust du nach dem Schlaf in den Spiegel und fragst dich, wer dieser Mann oder diese Frau ist. Und selbst wenn du das Gesicht erkennst, ist dies eine Konstruktion des Geistes in diesem Augenblick. Was für ein Segen, was für ein Fluch, was für ein Potenzial! Aufwachen, ein Zurück aus einer anderen Dimension. Wer sagt, das hinter einer jeden gerade erlebten Dimension nicht eine weitere, nicht viele weitere stecken? Aufwachen zu neuen Dimensionen, ein Progress ohne Ende? Bis zu Samadhi? Und jetzt zu erkennen, was immer schon da und wahr war: Die allumfassende, eine Substanz: Reines Bewusstsein – Brahman. Dies ist wohl gemeint, wenn man davon spricht, dass die Menschen 'eigentlich', bewusstseinsmäßig, schlafen, und dann aufwachen in die spirituelle Realität, in das Wiedererkennen des eigentlichen Wesens, Satchidananada, und des Urgrunds des Seins, Brahman.

Auch heute wirkte die entspannt wache Stimmung des Satsangs sehr angenehm nach, als Nataraj alle mit Namasté begrüßte und seinen Vortrag mit einem Mantra einleitete.

„Heut geht um die Natur des Geistes, darum, wie er die Wirklichkeit erschafft, die wir erleben. Das dies so ist, hat auch Buddha schon erkannt, was ihn zu der Aussage führte: *'Alles, was wir sind, ist das Resultat dessen, was wir gedacht haben. Unsere Existenz gründet auf Gedanken.'*

Bewusstsein ist nicht Geist, und Geist ist nicht Körper. Der Geist ist weder bewusst noch intelligent noch lichtvoll. Er ist lediglich eine Hülle für die Reflektionen des Bewusstseins, des geistigen Lichts. Das Bewusstsein repräsentiert den unendlichen Raum der Existenz, von wo aus das Individualbewusstsein die Position eines Beobachters einnehmen kann, der den Geist beobachtet und ihn als Instrument der spirituellen Entwicklung in der materiellen Welt benutzt. Der Geist benutzt den Körper, um die Erfahrungen der materiellen Welt machen zu können, beschäftigt sich mit Äußerlichkeiten: Sensorischen Eindrücken. Diese interpretiert er aufgrund seiner erworbenen und gespeicherten Erfahrungen, der Samskaras, und Konzepten, woraus er die jeweils subjektive Wirklichkeit konstruiert. Das ist auch der Grund, warum der eine in der selben Situation Riesenangst bekommt und flüchten will, und ein anderer kaum erwarten kann, diese Herausforderung anzunehmen. Der materielle Körper ist also lediglich der substanzielle Träger des Geistes. Der Geist, Manas und ein Teil von Buddhi, lässt sich noch am ehesten im Gehirn lokalisieren, oder besser gesagt, bei der Arbeit beobachten. Bewusstsein dagegen ist weder im Körper noch sonstwo an einer bestimmten Stelle lokalisierbar, da Aufmerksamkeit, Bewusstheit, überall hingehen kann. Das psychische Herz wird oft als Sitz des Bewusstseins angesehen, da das Herz symbolisiert, was die Grundqualität der Existenz ist: Frieden und Liebe. Letztlich ist Bewusstsein aber nicht lokalisierbar bzw. eingrenzbar. Der Geist ist der Mittler zwischen dem Bewusstsein und der materiellen Welt. Metaphorisch gesprochen: Der Geist ist wie Wolken am Himmel, das Bewusstsein das unendliche Blau, der Himmel selbst. Oder: Der Geist ist der Fluss, das Bewusstsein die ganze Welt. Ich will euch dieses Beispiel mal aufzeichnen, das macht's noch mal deutlicher.

Während er zeichnete, erinnerte Nataraj an die Zeichnung aus dem Meditationsvortrag. „Da hatten wir das Bild von dieser Seeoberfläche und der Oszillation des Bewusstseins. Das könnte auch ein Flussbett sein statt eines Sees, von der Seite gesehen. Also lassen sich diese zwei Bilder gut zusammenfügen."

Dann begann Nataraj, die Grafik zu erläutern. „Der Fluss ist der Geist, an dessen Oberfläche

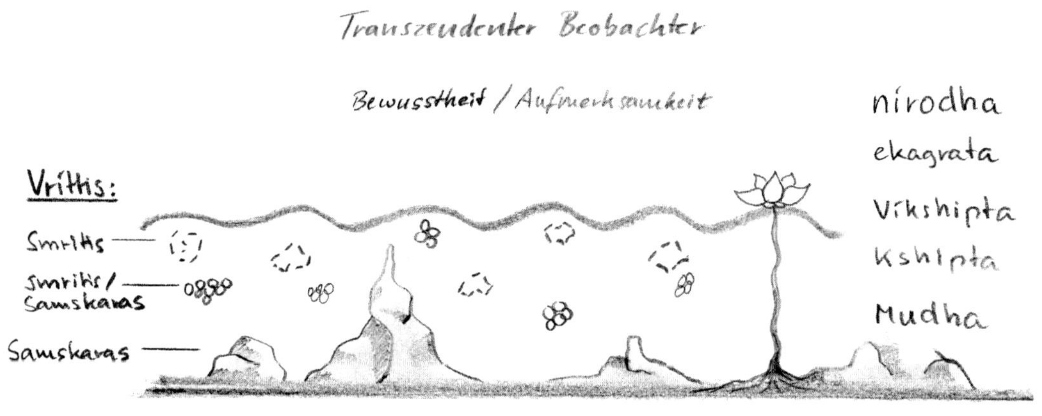

Der Fluss der Gedanken

und in der Tiefe Gebilde des Geistes, also die Wahrnehmungen, alte Erfahrungen, geistige Konzepte, dahintreiben. Der Akt der Beobachtung ist die Bewusstheit, die beobachtende Instanz, ist das Bewusstsein selbst. Die Tiefenströmungen graben das Flussbett, in dem die Samskaras ruhen, die die Rahmenbedingungen und Grundlagen unseres Lebens bilden. Also müssen wir bis auf den Grund des Flusses hinabschauen, um zu erkennen, was in der Tiefe ist, um es dann anzunehmen oder zu verändern, wo es geht.

Durch Meditationstechniken lernen wir, die Oberfläche des Wassers von den Wellen der Gedanken zu befreien, sie zu glätten, so dass es uns dann im Zustand der Meditation möglich ist, friedvollen Geistes mit entspannter Wachheit drei Bereiche zu erkennen: 1. da unsere Aufmerksamkeit nicht mehr von den Geistesinhalten gefesselt ist, sehen wir über die Ufer des Flusses hinaus die ganze Landschaft, das ganze Spektrum unseres Bewusstseins, 2. ist es durch die Klarheit des Wassers möglich, auf den Grund des Flusses zu schauen und die Tiefe unseres irdischen Seins zu erkennen, und 3. über die Spiegelung der Wasseroberfläche nach oben im tiefen Blau des Himmels unsere Unbegrenztheit, unser All-Eins-Sein zu erkennen.

Eine zweite Metapher ist auch sehr gebräuchlich, weshalb sie noch kurz erwähnen möchte, nämlich die vom Projektor und der Leinwand. Die Leinwand ist die materielle Welt, die wir erleben, die Bilder darauf die Projektionen unseres Geistes. Die Geistesinhalte, unsere Gedankenwellen, zeigen die Ereignisse und Protagonisten. Formen, abhängig von dem Film. Der Film trägt die Geistesinhalte mit seinen Erfahrungen und Konzepten. Bewusstheit ist das Licht, das durch den Film geschickt wird. Das Bewusstsein ist der Autor des Drehbuchs. Ist der Film gereinigt von diesen Bildern, den Erfahrungen und Konzepten, fällt das reine, weiße Licht auf die Leinwand, so dass wir es selbst erst jetzt unverfälscht wahrnehmen können.

Ein Lichtpunkt auf der Leinwand ist digital: Er ist da oder nicht da. Somit repräsentiert er die Dualität, z.B. auch von Mögen und Nicht-Mögen, Raga und Dvesha, die Komplementarität von Yin und Yang, Shiva und Shakti in der Schöpfung. Bewusstheit eröffnet dir die Wahlmöglichkeit, dein Bewusstsein auszurichten auf Plus oder Minus, Gut oder Böse etc. Das Licht selbst ist holografisch, es braucht keine Leinwand. Licht ist Energie, Bewusstsein, Brahman.

Wenn wir uns selbst nicht kennen, die Inhalte und die Funktionsweise unseres Geistes, können wir die Struktur des Geistes und wie wir ihn benutzen, die Wirklichkeit hinter den Konzepten und Vorstellungen, nicht erfahren, unser Leben nicht selbstbestimmt leben. Insofern, wissenschaftlich formuliert, bestimmt die Erkenntnistheorie die Wissenschaftstheorie. Was besonders einige naturwissenschaftliche Vertreter gern vergessen.
Der Verstand, der profane Geist, 'entscheidet', reagiert vielmehr, aus begrenzenden Konzepten und Erfahrungen heraus, das erweiterte Bewusstsein hingegen aus der Identität mit dem unerschöpflichen Potenzial der gesamten Existenz, Brahman. Das Erkennen der Geistesinhalte und der Funktionsweise unseres Geistes, sein Umgang mit den Inhalten, aus der Beobachterposition heraus, gibt uns Aufschluss, was geändert werden kann, und die Möglichkeit, notwendige Kompetenzen einzusetzen oder zu entwickeln. So haben wir um so mehr Freiheitsgrade, mehr Wahlmöglichkeiten, unser Leben selbst zu gestalten, je bewusster wir sind.
Um nun die Gedanken, den Geist zu kontrollieren, müssen wir ihn also zunächst beobachten. Dazu identifizieren wir uns mit einer Beobachterposition des Bewusstseins, also am Rande des Flusses, von der aus wir den Geist und seine Inhalte beobachten, wie das von Wellen, also Gedanken, bewegte Wasser eines Stromes, nämlich des Gedankenstromes, und wahrnehmen, was an der Oberfläche vorübertreibt oder in der Tiefe verborgen sein mag. Schon dass dies überhaupt möglich ist, zeigt, dass wir nicht identisch mit dem Geist sind. Diese Beobachtungen vollziehen wir möglichst unvoreingenommen und ohne verstandesmäßige Bewertung, ohne emotional anzuhaften. Möglichst neutral, wie ein Forscher, mit Anfängergeist.
Die Geistesinhalte erscheinen punktuell und sehr schnell aufeinanderfolgend, so dass der Geist immer nur einen ganz kleinen Ausschnitt des Erlebens im Bewusstseinsfocus haben kann,

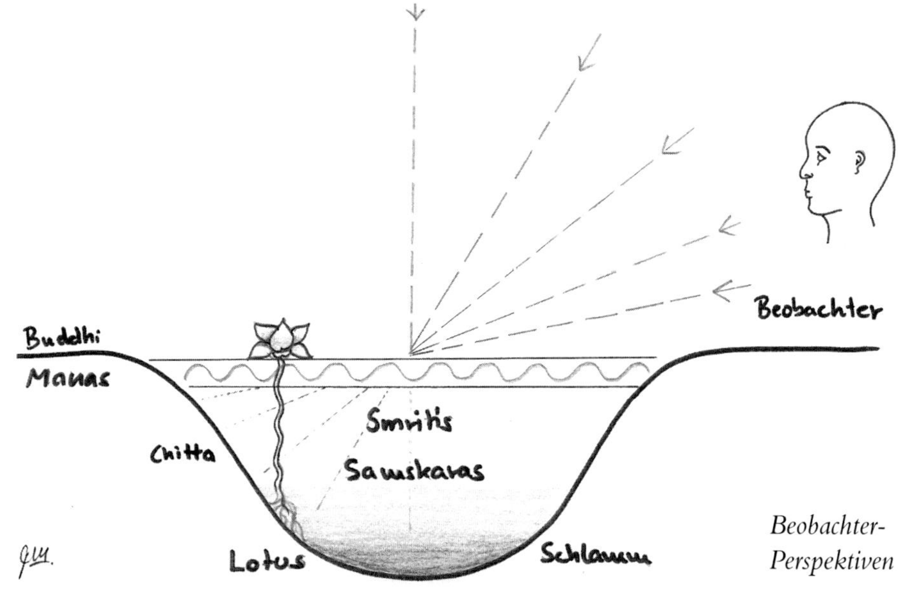

Beobachter-Perspektiven

sequenziell und punktuell. Daher sind Zeit und Raum Konstruktionen des Geistes. Er setzt diese Erfahrung dann zusammen, so wie ein pointilistischer Maler ein komplexes Bild aus einzelnen Punkten konstruiert. Welche Punkte, also welche Inhalte des Geistes er dazu heranzieht, und nach welchen psychologischen und biologischen Regeln er das tut, ist eine Frage der Bewusstheit und der Flexibilität: Automatisierte, alte Erfahrungsmuster und Konzepte, oder auch der aktuellen Situation angemessene Eindrücke und vielleicht auch transpersonale Elemente. Festgelegtsein auf die gespeicherten Erfahrungen, Unbewusstheit, Egozentrik, bilden allerdings ein großes Fehlerpotenzial für die Erfahrung und Konstruktion der aktuellen Wirklichkeit und erschweren, um nicht zu sagen verhindern die Erfahrung der Wahrheit der Existenz, die eben hinter diesen konstruierten Erscheinungsformen liegt. Erkenntnis der wahren Natur des Geistes und des Universums, jenseits der Konzepte und Erfahrungen, kann niemals durch intellektuelles Wissen kommen, nur durch die Erfahrung der Meditation, nämlich 'direktes' Wissen, Inspiration. Wir leben in der Wirklichkeit, unserer selbstgemachten Welt, und in der Wahrheit, dem absoluten, vollkommenen Potenzial, zugleich.

'Yogas citta vritti nirodhana', wie es bei Patanjali heißt, lässt sich auch so übersetzen: Yoga ist das Beenden der unwillkürlichen Gedanken im Geist, also der Automatismen. Zunächst, und dann kommen sie zur Ruhe. Und in einer fortgeschrittenen Stufe, der eigentlichen Meditation, dann verschwinden auch sie. Wenn es nun heißt, wir sollen die Gedanken im Geist zur Ruhe bringen, dann deshalb, weil diese Gedanken uns ein falsches Bild der Wirklichkeit erzeugen lassen, das uns mehr oder weniger leiden lässt, letztlich aber auch bei einem angenehmen Leben im weltlichen Sinne den Zugang zu Satchidananada verhindert. Ich möchte euch deshalb im Folgenden einige Fehlerquellen in der Wahrnehmung, einige Begrenzungen in der Konstruktion der Wirklichkeit aufzeigen, so dass sofort klar wird, dass das, was wir für Wirklichkeit halten, eben sehr subjektiv ist und nichts zu tun hat mit einer allumfassenden Wirklichkeit im Sinne einer Wahrheit, wie sie in den spirtuellen Traditionen als real und wirklich angesehen wird.

Da ist zunächst mal die Begrenztheit und Spezifität der Sinnesorgane durch biophysikalische Beschaffenheit: Begrenzung auf bestimmte Frequenzspektren biophysikalischer und feinstofflicher Phänomene: Licht, Schall, Wärme, Druck, usw., jeweils nur ein kleines Frequenzspektrum kann überhaupt erfasst werden.

Dann die Sensibilität der Sinnesorgane. Die ist häufig durch Abstumpfung, Krankheit, Gewohnheit oder fehlendes Training eingeschränkt, aber eben auch durch Übung erweiterbar. Zum Glück!

Drittens die grundsätzliche Bewusstheit, unser Grad an Aufmerksamkeit: Nur ein Bruchteil dessen, was die Sinnesorgane aufnehmen, was von außen wie auch von innen an Informationen zur Verfügung steht, wird uns gewahr! Nur ein Bruchteil des Gehirns wird benutzt. Man spricht da oft von 90 – 95 %, die unbewusst sind, liegen brach, funktionieren automatisch, unwillkürlich, oder gar nicht. Deshalb ist auch oft vom 'Schlaf' des normalen Wachbewusstseins die Rede, von kollektiver Hypnose oder Konsensus-Trance.

Bei der Aufmerksamkeit spielt auch die aktuelle, psychische Befindlichkeit noch eine Rolle: Hunger oder Durst, Stress oder Entspannung, Schmerz oder Wohlbefinden, Reizüberflutung,

Gedankeninhalte aller Art beeinflussen, welchen Ausschnitt wir mitkriegen.
Und natürlich Gefühle: Positive wie Ruhe, Sicherheit, Freude und Gelassenheit, andererseits eben auch Zweifel, Misstrauen, Angst, Schuld, Ärger. Das führt dann oft zu Projektion auf andere, Leugnung vor uns selbst und anderen. Also ganz massive Verzerrungen, Maya in vivo sozusagen, ganz direkte Illusionen, durch kognitive und emotionale Automatismen in Konstruktion und Kommunikation.
Dann, in einer noch tieferen psychischen Schicht, unsere Glaubenssätze und Überzeugungen über Identität, Selbstwert, Beziehungen, Berufung, Fähigkeiten, Erfüllung, Ethik, Gesundheit, Tod und Jenseits, Schöpfung, Sinn, etc. Und da will noch jemand behaupten, er nehme 'DIE Welt', wie sie 'IST', wahr?"
Damit ist wohl jegliche sogenannte Objektivität zu Grabe getragen, dämmerte es Harry endgültig. Dass man überhaupt was für 'wirklich', geschweige denn 'wahr' halten kann, dass diese eigene Wirklichkeit einen Anspruch auf allgemeingültige Wirklichkeit erheben kann – was für eine Illusion!
„Die Funktionsweise des Geistes ist also die: Unsere Konstruktion der Wirklichkeit gründet wesentlich auf vergangenen Erfahrungen, automatisierten Reaktionen, einem Bruchteil der vorhandenen Information und aktuellem Befinden. Und dem zu Grunde bzw. übergestülpt ist Grundfunktion des Geistes, nämlich die Identifikation mit diesen Konstruktionen, besonders denen, die wir als Identität, als Ich, als Ego, als Selbstbild bezeichnen. In dem Zusammenhang taucht dann unweigerlich eine zentrale Frage des Lebens auf: Wer bin ich? Was ist mein wahres Selbst?
Nun, dieses Fehlerpotenzial führt uns also zu einer subjektiv konstruierten Wirklichkeit, die meist wenig mit der essenziellen Wirklichkeit des Universums, der Schöpfung, zu tun hat. Objektivität ist also letztlich eine Illusion. Oder, positiv formuliert, nur graduell möglich. Objektivität ist letztlich eine Übereinkunft, wiederum basierend auf sensorischen, biologischen, kulturellen, sozialen und psychologischen Gemeinsamkeiten und Regeln. Aber das brauchen wir jetzt nicht zu vertiefen.
Diese Illusion jedenfalls hält unser Leiden, spirituell gesehen, aufrecht, hält uns durch Unwissenheit und Unfähigkeit in Maya und Samsara gefangen. All dies zeigt deutlich, warum wir die 'Wahrheit', die essenzielle Wirklichkeit, mit unserem Alltagsbewusstsein, unserem Geist, nicht erkennen können und daher viel Leid für uns und andere produzieren können – dies oft unbewusst und un-frei-willig. Alle Arten von Leiden, Dukha, entstehen aus diesen Fehlern."
So komplex die Sache auch war, diese Ausführungen von Nataraj brachten ein wenig mehr Klarheit im trüben, unruhigen Wasser von Harrys Gedankenstrom.
„Im Yoga werden drei Arten von Leiden unterschieden: Adhyatmika, Adhibhautika und Adhidhaivika.
Adhyatmika, das sind die von uns selbst zugefügten Leiden. Und ihr ahnt es schon: Das ist der größte Teil des Leidens. Wir selbst. Das kann man auch subjektives Leiden nennen. Das sind Leiden, die entstehen aus unserem eigenen Denken über uns, über die Welt und das Zusammenleben mit anderen Menschen. Im normalen Leben eine Frage, wie wir das

Verhalten der anderen aufnehmen und damit umgehen, so dass wir leiden und denken, es sei durch die anderen entstanden. Letztlich aber durch unsere eigenen Konzepte. Ist es wirklich notwendig, darunter zu leiden? Ist es in den meisten Fällen nicht. Wenn wir eben lernen, unsere Konzepte, unser Überzeugungen und Einstellungen zu ändern, können wir unser Leiden ganz erheblich verringern.
Aber es gibt auch von anderen auf der äußeren Ebene zugefügte Leiden, Adhibhautika. Leiden durch andere in Extremsituationen, wie Krieg, Gefängnis, Überfall, Betrug, direkte Gewaltausübung. Gerade auch solche intensiven Erlebnisse sind aber zweifelsohne karmisch bedingt.
Und schließlich Adhidhaivika, das ist von höherer Gewalt zugefügten Leiden, nicht zuletzt vom Karma, auch von Gruppenkarma. Aber zum Karma kommen wir später. Höhere Gewalt ist z.B. auch Krieg, Natur- und andere Katastrophen, in die wir verwickelt sind. Wenn z.B. ein Fluss über die Ufer tritt, wie vor ein paar Jahren auch hier in Deutschland. Das fällt alles unter Adhidaivika, sozusagen 'objektives' Leiden.
Gut, es gibt auch noch eine andere Kategorisierung. Es gibt Leiden des physischen Körpers, Schmerzen, dann gibt es Leiden des Astralkörpers, also geistiges und emotionelles Leiden, und es gibt spirituelle Leiden. Körperliches Leiden sind alle Arten vom Krankheiten. Emotionell-geistiges Leiden, das wäre z.B. Liebeskummer und Eifersucht, auch Ärger und so weiter, ich glaube, das kann sich jeder gut vorstellen. Nichterfüllung von Wünschen, Frustration, Depression, alles so emotionelle Leiden. Und dann gibt's spirituelle Leiden. Was ist ein spirituelles Leiden? Nicht befreit zu sein. Sich bewusst zu sein: Ich bin gebunden. Das Leben beutelt mich, und ich kann nicht weg. Ich muss Lila, das kosmische Spiel spielen, ob ich will oder nicht. Auch Selbstmord ist keine Lösung, wir müssen auf jeden Fall zurück. Aber das nur nebenbei. Und wo wir es wirklich als großes Leiden empfinden, dass wir nicht selbstverwirklicht sind. Um so mehr vielleicht, wenn du schon mal Samadhi erlebt hast, die Gegenwart Gottes gespürt hast, und dann ist es wieder weg. Kann aber auch besonders motivieren oder dir Kraft geben, weil du weißt: Es gibt wirklich diese Zustände, du hast diese Erfahrung in dir. Das ist so'n gutes Beispiel, wie diese Bewertung unser Erleben beeinflusst."
Harry war echt frustriert. 'Ich nicht!' So eine richtige Samadhi-Erfahrung war ihm bislang nicht vergönnt gewesen.
„Und es gibt ja jetzt auch Hilfsmittel im Raja-Yoga, die diese Bewertungen, wenn auch nicht ganz verhindern, das wäre eben erst im Zustand der Meditation möglich, aber auf dem Weg dahin sehr hilfreich sein können. Denn der Verstand arbeitet nun mal mit Unterscheidungen und Bewertungen, die ja auch zum Überleben ein Stück weit notwendig sind. Raja-Yoga in der Praxis besteht auch aus Asthanga-Pfad, den habt ihr ja ganz zu Anfang schon kennengelernt, insbesondere Hatha-Yoga und Kundalini-Yoga. Aber klar, nicht umsonst gibt es eben auch die andern Yoga-Wege: Bhakti-, Nyana- und Karma-Yoga. Im Wesentlichen ist Raja-Yoga aber bewusste Arbeit mit den Gedanken, also Meditation, Positives Denken mit Affirmationen, und ganz konkret mit bestimmten geistigen Einstellungen. In diesem Vortrag hier sind ja auch schon einige von ihnen genannt worden, ihr habt sie ja, denk ich, auch mitgeschrieben: Nicht-Identifikation, Unterscheidungskraft, Nicht-Anhaften, Ausdauer beim

Üben, Nicht-Bewerten, das Beste aus allem machen, in allem das Spirituelle sehen.
Und hier überblicksartig sieben 'weltliche' Aspekte oder Disziplinen:

1. Fröhlich sein: Zuversichtlich! Focus auf's Positive, Achtsamkeit, Hier-und-Jetzt-Bewusstsein.
2. Aktiv sein! Auch geistig: Meditation über Willen, Selbstvertrauen, Vitalität, Gesundheit.
3. Klarheit über die Ziele. Ausrichtung des Geistes und der Handlung durch Willenskraft, Disziplin.
4. Gedanken manifestieren: Tiefenentspannung, Energiefocus, gezieltes Aussenden der Gedanken.
5. Kommunikation: Praktiziere Wertschätzung und Toleranz, Integrität; kommuniziere deine Ziele.
6. Schaffe erfüllende Beziehungen, die dich und andere wachsen lassen.
7. Erstrebe und finde deine wahre Natur und deine Berufung.

Heilkraft ist letztlich Seelenkraft: Ausdehnung von Sattva, Bewusstheit, Kontrolle der Sinne, Kontrolle des Geistes, Inspiration. Prajnaparadha, der falsche Gebrauch der Intelligenz, führt zu falschem Wissen, falscher Identifikation, und verstrickt euch tiefer in Maya, ins Ego, in die Kleshas, in Krankheit und Leid. Aber wie wir gesehen haben: Schon innerhalb der Grenzen unseres aktuellen Bewusstseins, also nicht erst wenn wir tatsächlich die Meditation erreicht haben, mit unserem Geist, so wie er jetzt gerade ist, haben wir viele Möglichkeiten und damit auch relative Wahlfreiheit, wie wir unsere Wirklichkeit konstruieren. Sofern wir diese Konstruktionsparameter erkennen und ändern können. Das Thema Wahlfreiheit wird im Zusammenhang mit Karma und Reinkarnation noch ausführlicher behandelt. Wir beschäftigen uns jetzt damit, wie Unzufriedenheit und Leiden zustandekommen, und wie wir damit umgehen bzw. dem abhelfen können. Gestern morgen habt ihr von den Kleshas gehört. Dabei sind Raga und Dvesha, Anziehung und Ablehnung, die vielleicht immanentesten, also diejenigen, mit denen wir am offensichtlichsten und ständig zu tun haben. Deshalb wollen wir uns damit mal näher beschäftigen, und zwar im nächsten Vortrag, heut nachmittag.
Aber jetzt wünsch ich euch erst mal viel Spaß bei euren Yoginatics. Und sagt dem Yoginator, er soll euch nicht so trietzen. Nicht, dass ihr am Ende noch 'n Yoginfarkt bekommt."

36 Wünsche

„Wer keinen Wunsch hat, ist dem Glück bereits ziemlich nahe.“ (Rabindranâth Tagore)

„So, jetzt wollen wir mal den Faden von heut morgen wieder aufgreifen, und hoffen, dass es der von Ariadne ist, so dass wir uns nicht völlig im Labyrinth unserer Gedankenfäden, den neuronalen Netzen unseres Hirns, verheddern.
Leiden entsteht aus Wünschen. Aus nicht erfüllten Wünschen. Oder auch aus den erfüllten? Wie das? Woher kommen Wünsche? Soll man nicht alle Wünsche loslassen?, heißt es im Yoga. Den Wunsch nach Befreiung trotzdem kultivieren? Verzichten, Askese üben? Da hat man ja gar keinen Spaß mehr am Leben! Immer nur Gleichmut, ist das nicht auf die Dauer langweilig? ... Zwei der großen Dichotomien im Leben stehen im direkten Zusammenhang damit, besonders auf dem spirituellen Weg: Nichts wünschen und doch zielen. Nichts tun und doch handeln. 'Ja, wie denn', wird sich so Mancher fragen, 'geht denn das beides?'
Ohne jegliches Verlangen gäbe es doch keine Entwicklung. Wünsche und Begierden, Vasanas, sind Motivationen! Aus Wünschen werden Ziele formuliert. Das Problem dabei, liebe Leute, besteht in der Anhaftung ans Verlangen, nicht im Verlangen selbst, in der Anhaftung am Ziel, nicht im Ziel selbst.
Was ist ein Wunsch? Ein Wunsch ist die Vorstellung, dass eine Handlung oder ein Ereignis, das mit angenehmen Gefühlen verbunden ist, in der Zukunft wirklich werden möge. Dies entsteht aus der Bewertung eines geistigen Konstruktes, gebildet aus früheren Erfahrungen, Überzeugungen und Einstellungen: Ist es angenehm oder unangenehm? Anziehung oder Abneigung? Leiden entsteht, wenn das Eintreffen dieses antizipierten Zustandes, dieser Wunschvorstellung, für unmöglich oder unwahrscheinlich gehalten wird bzw. dieser Zustand, dieses Ereignis, tatsächlich nicht eintritt. Dann sind wir sind unglücklich, mehr oder weniger. Schauen wir uns doch mal diese Suche nach Glück an. Die meisten wollen nur ein bisschen erleuchtet sein. Sie wollen auch Weltliches, das 'Angenehme', Vergnügen, Lust. Bhoga statt Yoga. Diese Art der Befriedigung ist in gewissem Umfang legitim, befriedigt jedoch nicht das gesamte Wesen. Die Menschen wollen Erfolg in der Welt: Macht, Reichtum, Ruhm oder einfach nur bequem auskommen, was jedoch meist von der spirituellen Entwicklung ablenkt und unstillbar ist. Es ist das kosmische Spiel Lila in Maya, der Illusion.“
Ja, ja! Harry erinnerte sich an das Gespräch mit Nataraj vom letzten Abend. Alles nur ein Spiel. Er merkte, dass er immer noch ganz schön verwirrt war.
„Und es könnte ja noch besser werden. Aber auch schlechter! Das 'Glück', das wir normalerweise suchen, hat etwas Unwirkliches. Es beginnt mit Zweifel am Positiven dessen, was wir gerade haben, und geht weiter mit negativen Zukunftserwartungen. Mit Ängsten, das zu verfehlen, was vermeintlich gebraucht wird. Ein erfüllter äußerer Wunsch zieht oft weitere nach sich. Wenn du's dann hast, ist's dir vielleicht nicht genug, oder nicht das, was du dir vorgestellt hast. Oder du hast Angst, dass es dir wieder genommen wird, usw. Das liegt daran, dass die Essenz, die die Befriedigung bzw. Selbstverwirklichung ermöglicht, nicht enthalten ist, nicht im Äußeren gefunden werden kann.

Unser Wünschen ist meist auf möglichst viel Annehmlichkeit gerichtet, auf das Beenden der als leidvoll erlebten Erfahrungen, auf 'Glück'. Letztlich auf inneren Frieden. Den finden wir dauerhaft und tiefgründig allerdings nur im Einklang mit unserer wahren Natur, Satchidananada. Im Inneren, nie im Äußeren. Da gibt's doch diese Geschichte vom Mullah Nasruddin, der vor seinem Haus am Boden herumkriecht. Und da wird er gefragt, was er denn da mache, und er antwortet: 'Ich suche meinen Schlüssel.' 'Ja, hast du ihn denn hier draußen verloren?' 'Nein, ich hab ihn drinnen verloren,' antwortet er, 'aber hier draußen ist mehr Licht.'

Also, die Wunscherfüllung durch das Objekt ist nicht das, was uns befriedigt, den Geist zumindest kurzzeitig in Ruhe versetzt. Was uns befriedigt, in Ruhe versetzt, entspannt, ist, dass im Moment der Wunscherfüllung ein Zustand der Wunschlosigkeit eintritt! Und Yoga bedeutet auch, wunschlos glücklich zu sein. Deshalb sind die Objekte unwichtig, und eines wird durch das nächste ersetzt. Der Wunsch nach Befreiung entsteht durch die Überzeugung, dass sie überhaupt möglich ist. Aber dem Wunsch nach Befreiung liegt kein Objekt zugrunde, sondern entspricht dem intuitiven Streben nach Wiedervereinigung mit unserem wahren Selbst. So sind z.B. Machthunger und Geldgier Kompensationen des Wunsches nach Befreiung. Dies zeigt, dass das Wünschen an sich in der menschlichen Natur liegt, denn ohne Samskaras und Karma wären wir nicht hier. Wünsche sind auch ein Grund für Reinkarnation, durch die Möglichkeit, sie bzw. das Karma dann zu erfüllen. Wünsche loszulassen ist also auch ein Weg, neues Karma zu vermeiden. Es sei denn, du willst reinkarnieren. Es geht also weniger darum, das Wünschen zu unterdrücken, und sei es durch strenges Tapas, Askese, sondern den Prozess von tamasigen und rajasigen zu sattvigen Wünschen bewusst zu steuern. Tamasige Gedanken sind eiserne Ketten, rajasige sind eisern oder silbern, selbst sattvige, die sind golden, doch es bleiben Ketten. So werden letztlich auch sattvige Wünsche losgelassen werden müssen. Satchidananda-Realisierung kann nicht erzeugt, sondern nur vorbereitet und dann zugelassen werden, weshalb auch der Wunsch nach Befreiung irgendwann losgelassen werden muss.

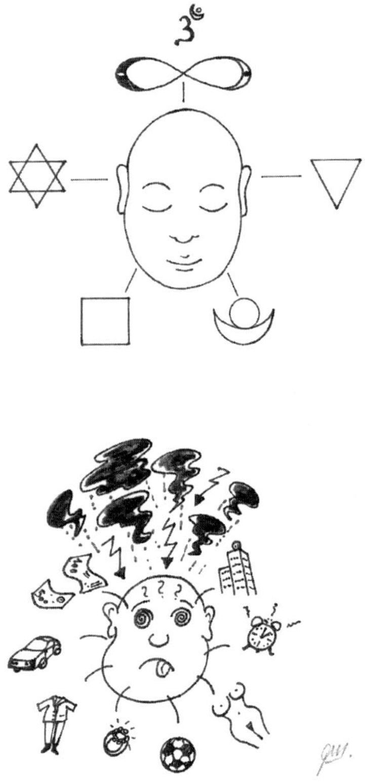

Spirit Mind / Matter Mind

Raga, Anziehung, und Dvesha, Abneigung, sind zwei der Kleshas, und bilden eine Hauptkategorie unser Motivationen. Raga/Dvesha ist immer da, solange wir hier inkarniert sind. Es gibt keine perfekte Welt, kaum mal eine perfekte Situation, und keine bessere Welt, außer in unserem Geist. So entsteht der Wunsch, die Welt, eventuell sich selbst ändern zu wollen aus dem Nicht-vollständig-annehmen, aus der Anziehung und Ablehnung dessen, was hier und jetzt ist. *'Aus dem Mangel an Übereinstimmung 'unserer' Wirklichkeit mit der Wirklichkeit an sich, dem Potenzial von Wirklichkeit, entstehen alle Probleme, entsteht alles Leid, individuell und kollektiv'*, hat einmal ein weiser Mensch festgestellt. Jeder Wunsch ist solch ein Mangel an Übereinstimmung, ein Nicht-Annehmen eines aktuellen Wirklichkeitsaspekts! So findet aber letztlich auch Entwicklung statt, so wird die Welt in jedem Moment neu geschaffen, aber perfekter wird die Welt dadurch nicht. Du kannst immer was tun oder lassen, was für dich gut erscheint – irgendjemand anderen wird irgendwas daran stören, oder er wird es ganz anders erleben. Des einen Raga ist des anderen Dvesha: Beim Wetter, beim Essen und Trinken, bei Kleidung, aber natürlich auch bei wichtigeren Themen wie anderen Menschen, beim Verhalten, bei unseren Wünschen und Zielen etc.

Was kannst du also tun, oder sogar: Was bleibt dir anderes übrig, als Folgendes: Raga/Dvesha sind zwei verschiedene Anhaftungen – finde heraus, worauf sie bei dir gerichtet sind und wie du sie loslassen kannst. Je weniger Kontrolle des Geistes, desto stärker Raga/Dvesha. Indem du dein Leben nach deinen Raga/Dvesha gestalten möchtest, denkst du nur über dich selbst nach und bewegst dich in materiellen Bahnen. Freiheit von Raga/Dvesha erlangen wir durch die bewusste Reduzierung auf essenzielle Wünsche. Frage dich: Brauche ich das wirklich? Welchen vorder- und hintergründigen Zweck erfüllt es? Wofür ist es Ersatz? Viele auf's Äußere bezogene Wünsche verbergen die psychischen Bedürfnisse, die dahinter liegen. Frage dich daher immer nach dem eigentlichen Bedürfnis, das du vermeintlich durch die Erfüllung des Äußeren suchst, vor allem emotional, mental und spirituell: Was ist die Essenz dieses Wunsches? Z.B. Beziehungen: Verstandenwerden, Geliebtwerden, Geborgensein – warum? Was ist die Schattenseite: Was fehlt deiner eigenen Psyche, dies zu erleben ohne eine BeziehungspartnerIn? Mache dir deine Werte bewusst. Bitte also immer um die Essenz deiner Wünsche, sonst zahlst du eventuell einen hohen Preis und/oder große Enttäuschung für eine Wunscherfüllung bzw. den Weg des Strebens dortin. Um die Essenz bitten heißt letztlich, um Moksha bitten, um Realisierung von Satchidananada.

Der Wunsch nach Befreiung kann alle anderen auslöschen, wenn er der stärkste bzw. einzige ist, schreibt Patanjali. Und überhaupt: *'Nicht zu bekommen, was man sich im Moment wünscht, ist manchmal ein großer Glücksfall.'* Dies meint zumindest der Dalai Lama. Ganz zu schweigen von Erwartungen! Und Ayya Khema, eine buddhistische Nonne, meinte einmal ganz richtig: *'Die Welt ist nicht dazu eingerichtet, deine Wünsche zu befriedigen. Jeder glaubt, das Leben schulde einem was. Nur weil wir das sind? Jeder Moment ist unser ganzes Leben. Was immer geschieht, es ist vergänglich. Leiden, Dukha, ist unser bester Lehrer'*. Jedenfalls ohne dabei gleich in diesem Hiobschen Masochismus zu verfallen. Ohne Bewusstheit lernst du nämlich gar nichts. Denn Leiden ist letztlich Unbewusstheit, Unwissenheit. Ohne Bewusstheit wiederholen sich nur dieselben Fehler, ad infinitum. Bis du aufwachst.

Mit der Wunscherfüllung ist das so: Je mehr du praktizierst, desto mehr Prana steckt in deinen Gedanken, desto schneller und präziser manifestieren sie sich. Und das ist eine große Verantwortung. Wir können heilfroh sein, dass nicht jeder seine Gedanken so einfach manifestieren kann. Denk mal an die eigenen unkontrollierten, unsattvigen Gedanken! Wie oft hast du schon jemand die Pest an den Hals gewünscht? Oder dir Horrorszenarien ausgemalt, in

denen du elend zugrunde gehst? Da fällt mir gerade ein schöner Spruch ein von Mark Twain, oder von Henri David Thoreau: *'Ich habe viele schlimme Dinge erlebt. Einige davon sind tatsächlich eingetreten'*. Also du erlebst es schon im Vorhinein, in der Vorstellung, aber zum Glück wird nur weniges davon wirklich. Gut, aber auch mit weniger Praxis, mit weniger Kraft in den Gedanken wird sich Vieles ändern in deinem Leben.
Damit sich ein Gedanke manifestiert, muss er schon recht intensiv gedacht werden, und/oder aus einer tiefen Schicht des Unterbewussten, einer festen Überzeugung, entstehen, und/oder quantitativ und intensiv im Kollektiv, ab einer kritischen Menge, gedacht werden. Wie es z.B. bei einigen dieser 'Wunder' der Fall ist, ne Art 'Massenhypnose'. Manifestation von Wünschen hängt ab von dem Erfolg der eigenen Praxis, von Bewusstheit als deren Ergebnis, von der emotionalen Intensität des Wunsches, von Konzentrationsfähigkeit auf das Ziel, sowie der daraus resultierenden Handlungen. Und vom Karma. Was nicht in deinem Karma ist, potenziell für diese Inkarnation, kannst du auch nicht verwirklichen. Aber keine Angst, es ist unglaublich viel mehr drin, als du denkst.
Da geistige Konstrukte und deren Bewertung nicht von Dauer sind, lerne lieber, dich jeglicher Bewertung zu enthalten und in jeder Situation gleichmütig zu bleiben. So heißt es in der Bhagavad Gita II, Vers 48, oder auch bei Patanjali. Gib die Bewertung von etwas als Erfolg oder Misserfolg auf, ebenso Perfektionismus und dieses 'Alle müssen mich mögen'. All dies sind im spirituellen Sinn Illusionen, die durch Bewertung anhand materialistischer Kriterien und sinnesorientierter Emotionen entstehen. Bewertungen sind es, die Emotionen entstehen lassen, und zwar aufgrund ihres illusionären Charakters letztlich immer leidvolle. 'Seelig sind die geistig Armen' kann auch bedeuten, dass jene, die arm bzw. ohne Wünsche und Begierden, ohne Bewertungen und Verhaltensweisen der normalen Gesellschaft sind, frei im Geiste sind. So ist wahrer Reichtum nicht von Äußerlichkeiten abhängig, sondern eine innere Einstellung.

Beteiligter Beobachter

Mache zur Gewohnheit, dich nie zu beklagen, schon gar nicht über andere, auch wenn es 'Gründe' gibt. Solche Bewertungen zeigen die Begrenzungen deines Verstandes, dass du nicht verstehst, warum du gerade das erlebst. Wenn du viel Widerstand erzeugst, wird es schwieriger. Allein die Tatsache, dass Widerstand kommt, zeigt, dass du an dem Thema zu arbeiten hast. In dem Moment, wo du aufhörst, dich zu beklagen, ist dein Befinden sofort besser. Nimm dein Leben als Karma-Yoga, lass alles und jeden dein Lehrer sein.
Zusammenfassend möchte ich euch noch diese 4 Aussagen mit auf den Weg geben:
1. Bewusstsein ist der Wille, Erfahrungen zu machen. Die erste Ursache, die zur Schöpfung des Universums führte, quasi der erste Wunsch. Und da wir Bewusstsein sind, ist das Streben nach schöpferischem Ausdruck der ureigenste Wunsch aller schöpfungsfähigen Wesen.

2. Konditioniertes Bewusstsein erzeugt persönlichen Willen, persönliche Probleme, persönliche Wünsche. Ein Wunsch ist der Wille, der durch durch Anhaftung und Ich-Identifikation entsteht, außenorientiert, automatisiert, sinnesgetrieben, biologisch, hypnotisch-materialistisch.
3. Unkonditioniertes Bewusstsein erzeugt einen transpersonalen Willen, erzeugt Hingabe und Ergebenheit, Annehmen, Loslassen. Sattvige Willenskraft bedeutet entspanntes Qualitätsstreben im spirituellen Sinne.
4. Freier Wille ist das Ausüben einer bewussten Intention. Das setzt Bewusstheit und Erkenntnis, Auflösung begrenzender Samskaras voraus, im Bestfall Satchidananda-Identifikation. Dieser Prozess führt vom Wunsch zum Willen, vom Getriebensein, Bedürfnissen und Zwängen zu Wahlmöglichkeiten.
So, da habt ihr wieder einiges zum Nachdenken und zum Diskutieren. Viel Spaß! Hari OM tat sat!“

37 Drashtr

„Warum bist du unglücklich? Weil 99,9 % von allem, was du denkst, und von allem, was du tust, für dich selbst ist. Und es gibt kein Selbst!“ (Wei Wu Wei)

Anne: „Weißt du, diese Phase, wo es um das Ausleben des Selbst ging, besser gesagt des Ego, die sollte doch wohl vorbei sein.“
Conny: „Schon, aber wenn du dir die Leute anguckst, und nicht mal nur diese Ellbogen-Mentalitäts-Typen ...“
Anne: „Nee, die mein ich ja auch nicht. Ich meine diese Human-Growth-Bewegung aus der Humanistischen Psychologie und alles, was damit und daraus entstanden ist. Auch die ganze Flowerpower der 60er, und Leute, die an persönlicher und spiritueller Entwicklung interessiert sind.“
Harry: „Ja, bei Ken Wilber gibt's ja diese Typologie, nach der jetzt ein zunehmender Teil der gebildeten Bevölkerung den Entwicklungssprung macht von der ethnozentrischen über die weltzentrische zur theozentrischen, also spirituellen Sicht. Da sind die sogenannten Postkonventionellen, Kulturell-Kreativen, die der Herdenmentalität immerhin entkommen sind, dabei aber einen technisch-systemischen, ethisch neutral und unverbindlichen Lebensstil praktizieren. Die Entwicklung geht dann weiter zu denen, die das ganzheitliche Denken und globale Handeln tatsächlich in ihre alltägliche Lebenspraxis einfließen lassen, also think global

act local, sich dabei konsequent und verbindlich zu einer spirituellen Ethik bekennen, und sich auch durch persönliche Transformation, also konkrete praktische Übungen, aktiv dorthin entwickeln. Zu letzteren gehören auch all diejenigen, die Meditation und ganzheitlichen Yoga praktizieren, und vor allem, die Yoga als praktische und theoretische Maxime ihres Handelns hernehmen. Die also wirklich den integralen Yoga in zeitgemäßer Weise zu leben versuchen, mit allen sich ergebenden ethischen und praktischen Ansprüchen und Konsequenzen."

„Hmm", meinte Conny, „von Wilber hab ich auch schon mal ner Weile gehört."

„Tja, Ken Wilber ist ein Phänomen. Wie wohl kein anderer hat er die relevanten Fachbereiche von Geisteswissenschaft, Naturwissenschaft und Philosophie in Theorie und Praxis vereint in dem Versuch, eine philosophia perennis, eine ewig gültige, spirituelle Philosophie zu formulieren, die allen Kulturen und ihren spirituellen Systemen gerecht wird. Selbstverständlich inklusive Yoga und Buddhismus. Man könnte ihn mit Fug und Recht als den zeitgenössischen Einstein der spirituellen Geisteswissenschaften bezeichnen."

„Das klingt ja nach einem enorm hohen Anspruch."

„Ja, schon. Aber wenn ihn einer erfüllen kann, dann Wilber. Ist natürlich am Anfang ziemlich schwer zu lesen. Aber da gibt's andere, die viel schwerer sind und dabei viel weniger sagen. Für den Einstieg lies mal 'Ganzheitliches Handeln' oder auch: 'Einfach DAS', in Form eines Tagebuches geschrieben. Alles Wesentliche seiner Arbeit kommt drin vor, und man kriegt nebenbei ein Bild von Wilber als Mensch. An Wilber kommt heute niemand vorbei. Kann ich nur empfehlen."

„Na, jedenfalls von denen rede ich", nahm Anne ihren Faden wieder auf. „Das sind ja eben viele, die jetzt mit Yoga einen wirklich ganzheitlichen und auch praktikablen Weg eingeschlagen haben. Bei denen geht's eben nicht mehr nur darum, seine animalische 'Natur' auszuleben, so aus'm Bauch heraus jemand anzubrüllen, nur weil's ihnen grad danach ist. Es geht schon darum, die Gefühle anzuerkennen und dann aber zu transzendieren. Im Sinn einer Evolution hin zur Transzendenz. Zu unterscheiden, welche Anteile dieser 'Natur' der Entwicklung deiner selbst oder anderer schaden oder nutzen. Welche Persönlichkeitsanteile gegeben, d.h. mehr oder weniger unveränderbar sind, wie z.B. Temperament oder karmabedingte Charakterzüge, und welche veränderbar sind, was verlernt oder deprogrammiert werden kann. Nicht mal die DNS programmiert uns so sehr, wie bisher angenommen. Natur an sich ist nicht etwas per se Positives. Sie ist zwar etwas natürliches, was jedoch nicht der höchste Wert, das höchste Ziel ist, denn es beschreibt lediglich die grobstoffliche Ebene des Menschen. Je grobstofflicher dieser 'Natur', desto mehr muss sie von der feinstofflichen kanalisiert, transzendiert werden, statt sie zu unterdrücken oder eben unkontrolliert auszuleben. Das 'wahre', höchste Selbst ist feinstofflich, denn so ist das Universum, bis sich das Selbst ganz auflöst im All-Eins-Bewusstsein."

Conny: „Es ist eine Frage der Sensibilität, welche Art, welche Ebene der Bedürfnisbefriedigung am tiefsten geht bzw. einen am meisten erhebt, z.B. Eros, Philia oder Agape. Tiefe des Herzens, Höhe des Seins – verschiedene Perspektiven; beide vereinen sich in der Auflösung, der Verlöschung des Ich, Samadhi."

„Na eben. Mal grundsätzlich: Wenn alles Konstruktion ist, was ist denn dann mit der

Konstruktion, die 'mich' als ein 'Ich' erleben lässt? 'Ich' denke, also bin ich. Ich denke nicht, also bin ich nicht, oder wie?“ Harry war seiner Verwirrung noch nicht wirklich entronnen.
Anne: „Das ist Yoga! Der Yogi will ja letztlich nicht sein, zumindest kein 'Ich' sein, da leidvoll. Also höre er auf zu denken, d.h. meditiere. Zuerst die Gedanken fokussieren, sortieren, bereinigen, ausdünnen.“
„Und wenn's einer schafft, dass die Gedanken aufhören, ein 'Ich' zu konstruieren, was ist dann? Friede, Freude, Satchidananada? So, wie es im Yoga heißt? Oder Leere, Weite, Nichts, wie im Buddhismus?“
Anne: „Na, das sind letztlich die zwei Seiten derselben Medaille. Willst du etwas sein oder nichts sein? In beiden Fällen ist da 'niemand' mehr, der 'etwas' ist. Ich denke dies, also bin ich noch. Etwas. Und was? Was ist es, das denkt? Denkt der Beobachter, dass er beobachtet, oder kann er beobachten, ohne zu denken? Muss er denken, dass er beobachtet, um wahrzunehmen, dass er beobachtet? Ist das Beobachten ein Gedanke? Benötigt Beobachten Begriffe, um sich des Beobachtens bewusst zu sein? Ist 'er' 'etwas', das beobachtet? Oder ist 'er' 'das Beobachten'? Ist das Wort, das der Mensch gebraucht, der Mensch, das 'Ich' selbst? Und was macht's überhaupt?“
Mann, Mann, jetzt wird immer komplizierter. Da schmelzen einem ja die Synapsen weg. So wie Christopher Lambert in 'Nirwana', dachte Harry. „Das Ego ist vielleicht wie ein Computer-Avatar, ein virtuelles Wesen, eine fiktive Identität im virtuellen Raum der Wahrscheinlichkeiten, ohne Bewusstsein des 'wahren', allumfassenden Selbst, eines Selbst auf einer 'höheren' Stufe, eben das ICH BIN – Brahman.“
„Ist es nicht absurd?“, wunderte sich Conny, „Jeder schaut durch seine Augen nach 'draußen' auf 'die anderen', die äußeren Hüllen, in denen ebensolche Ich-Bewusstseins sich für das Zentrum des Universums halten – die Selbstverständlichkeit des Subjektiven. Ein Universum Namens 'Ich', in dessen Gewahrsein alles andere 'da draußen' ist, getrennt vom Ich, sich unbewusst, dass es selbst nur eine Konstruktion des Geistes ist, wes Geistes? Wo endet das 'Ich', wo beginnt 'das draußen', der 'andere'? Bestimmt nicht jenseits der Haut! Unsere Energiekörper gehen ja viel weiter. Ab welcher Entfernung, ab welchem Grad von Interferenz mit den Energiekörpern anderer können wir noch oder nicht mehr von 'Ich' sprechen? Dieses Ich, das sich als Ich konstruiert, ist ohnehin viel weiter, als die Grenze des materiellen, die Grenzen der Energiekörper. Ganz zu schweigen vom Selbst, vom erweiterten Bewusstsein.“
Anne: „Was uns die Wirklichkeit einer Individualität, einer Person, eines Jivatman, vorgaukelt, sind die Körperlichkeit, Empfindungen, Wahrnehmung, Unterscheidungen, Ich-Bewusstsein – die Funktion des Ahamkara. Aufrecht erhalten wird diese Illusion durch Wünsche und Bedürfnisse. So heißt es im Buddhismus.“
Harry: „Wie im Yoga. Darauf sind aber auch schon westliche Philosophen gekommen. Jede Biografie, also jedes Selbst und Ego, ist eine Erfindung. *‘Sie ist eine Nachdichtung eines in das Dunkel der Vergangenheit gesunkenen Lebenslaufes. Sie ist immer ein künstlicher Akt, der einzelne Punkte zu Linien verbindet’*, meint z.B. Kehlmann etwas poetisch. Das Selbst ist insofern ein narratives Selbst, die Geschichte, die du dir über dich erzählst. Und Biografie ist die Grundlage der Identität, des Hier-und-Jetzt-Konstruktionsprozesses. Ohne Erinnerung keine Identität.“

Conny: „Na, immerhin ist es doch schön, eine Dichtung zu sein und keine Inhaltsangabe. Also ein Kunstwerk. Ist doch wunderbar."
Harry: „Dieser Prozess ist eine Konstruktion, der die selben Fehlerquellen zugrunde liegen, wie bei der Konstruktion unserer allgemeinen Wirklichkeit, siehe Vortrag von heut nachmittag."
Anne: „Ein Selbst wird also erlebt durch die Konstruktion einer Identität. Jegliche Art von Konstruktion ist Illusion, da geistgeschaffen, d.h. von Glaubenssätzen, Überzeuggn, Emotionen etc. getrübt. Identität bzw. Selbst scheint aber eine notwendige Konstruktion zu sein, um sich in Raum und Zeit bewegen zu können. Ein Selbst ist eine zwar eine Illusion, die aber notwendig scheint, sich in der materiellen Raumzeit zu bewegen, Erfahrungen zu machen. Ein Erfahrungssammler, besser Erfahrungsgenerator, denn dazu sind wir geschaffen."
Harry: „Klingt zwar ziemlich technisch, aber so in der Art ist es wohl. Verhängnisvoll ist dann nur die Verabsolutierung dieser Identität, die Verwechslung dieser Illusion mit der Wahrheit. Nur Transzendenz dieser Illusion macht das Selbst frei bzw. löst es auf. Frei von etwas zu etwas, das bereits ebenfalls transzendiert ist. Es gibt kein freies Ich, nicht mal ein freies Selbst, denn in dem Moment, wo es frei wäre, hört es auf zu existieren. Das Erleben eines Selbst ist daher immer unfrei."
Conny: „Und das heißt dann im Yoga Avidya, Unwissenheit."
Harry: „Für mich ist die übliche Erklärung von Avidya als Unwissenheit nach wie vor schwierig. Denn dem gegenüber wird als Wissen angesehen, dass die 'Wahrheit' Satchidananda sei. Und das ist allerdings für mich nach wie vor eine Behauptung."
Anne: „Gut, auf den Wahrheits- oder Realitätsgehalt von Satchidananada kommen wir sicher nochmal zurück. Aber fest steht wohl, dass die Verwechslung unseres konstruierten Selbst- und Weltbildes mit einer wie auch immer gearteten Wahrheit der Kern unseres Leidens ist. Die Überzeugung der Unveränderlichkeit verschiedener Aspekte des Lebens, speziell bestimmter Aspekte des Selbst, die uns unzufrieden machen und das Gefühl von Leid entstehen lassen. Das Erleben von Ungerechtigkeit, die Ungewissheit über den Sinn der Existenz, insbesondere eben, wenn wir das Gefühl haben, zu leiden."
Harry: „Ja, sicher, das haben wir ja schon lang und breit diskutiert."
Anne: „Aber noch nicht zuende, glaub ich. Die nächste Frage ist jetzt wohl, wie man zu einer solchen Transzendierung des Selbst kommt. Zu dieser Sicht jenseits dieses Selbst."
„Oder zumindest erstmal ein Selbst zu konstruieren, mit dem es sich leichter leben lässt. Weil die vollständige Transzendierung des Selbst, das ist wieder son Ziel, das erscheint mir so weit weg, so hypothetisch, da bin ich schon gefrustet, wenn ich nur dran denke. Da hab ich nach wie vor meine Zweifel."
„Du alter Ketzer." Conny stubste ihn mit der Hand an seiner Schulter. „Leiden macht man jedenfalls nicht freiwillig."
„Ha, na da hast du wohl Recht. Die Masochisten mal ausgenommen. Aber o.k., das wollen wir jetzt nicht vertiefen."
Anne: „Nichts desto weniger trotz scheint das Leiden eine 'natürliche' Funktion des Geistes zu sein, der Natur des Menschseins innewohnend. Das sagt z.B. auch der Dalai Lama."

Conny: „Wieso eigentlich? 'Natürlich' doch höchstens im Sinne des unerleuchteten Geistes als natürlichem Zustand."
Anne: „Genau, insofern dann natürlich, als dass die Natur eben auch materiell ist. Und materiell ist eben illusorisch. Dazu gibt's von Ram Das da auch ne schöne Anmerkung: '*Leiden gewährt uns einen Blick auf unsere Anhaftungen, und damit die Möglichkeit, uns von ihnen zu befreien.*'
Harry: „Na schön. Ist die Frage, ob das Leiden damit schon aufhört. Warum es überhaupt erst angefangen hat, das hat ja mit dem ganzen Lila-Spiel zu tun, mit der Unwissenheit, mit unserer falschen Sicht des Lebens und unseren mangelhaften Fähigkeiten."
Conny: „Zumindest wird das Leiden schon mal geringer, allein weil du schon einen Sinn darin siehst. Und dann zu handeln beginnst."
Anne: „Genau. Leiden im engeren Sinne geschieht nur, wenn wir uns passiv der Eigendynamik ergeben. Leiden entsteht dadurch, wie wir die Welt erleben. Nicht dadurch, wie die Welt 'ist'. Insofern gibt es nicht 'die' Welt in unserem Erleben. Es gibt eine gewisse Welt da draußen, die ist zwar relativ real, aber die ist auf unserer Bewusstseinsstufe nicht essenziell. Essenziell aus der uns normalerweise möglichen Sicht ist, wie wir diese Welt erleben, wie sie mit unserer Innenwelt interagiert und mit der geistigen Welt. Und diese Interaktion ist nun mal unsere eigene Konstruktion, jeden Moment neu! Erst das ist unser Erleben. Unser Erleben ist die für uns immanente, maßgebliche Welt. Diese Welt, die wir dann erleben, ist also von uns aus gesehen sehr real, keineswegs illusionär. Dieser absolute Standpunkt, dass sie eigentlich Illusion sei, nützt uns aber wenig. Auch Patanjali stellt keine absolute einer relativen Wirklichkeit gegenüber. Avidya heißt bei ihm lediglich und primär, dass ich meine Nicht-Drasthr-Wirklichkeit verabsolutiere."
„Drashtr?" Der Begriff war Conny fremd.
„Das ist nur 'n anderes Wort für Durchblick", erklärte Harry. „Voll den Durchblick haben. Durch die verknäuelten Gedanken, das Netzwerk der Axone, direkt hinter die Strippen von Indras Netz. Wenn du das Strickmuster erkennst und weißt, dass du auch selber am Stricken bist."
„Ah ja. Klar!?"
Anne: „Avidya, also Unwissen, wird aufrecht erhalten durch falsche Sicht der Dinge, durch fehlenden Durchblick. Durch Identifikation mit dem Ich und durch Angst vor dem Tod."
„Na, da sind wir uns ja einig, der Patanjali und Ich."
„Und wer?"
„Und meine eingebildete Biografie", grinste Harry.
„O.k. Also Dukha entsteht in unserem Geist. Konstruktion. Geist ist veränderbar, also auch unsere Identifikationen und Überzeugungen, und damit ist auch unser Leiden veränderbar. So die konsequente Schlussfolgerung."
„Klingt ja wirklich beruhigend." Conny atmete durch. „Und interessanterweise, so eine Schlussfolgerung ist eine Funktion des Geistes. Des Geistes, der gleichzeitig das Hindernis ist?! Ja, was denn nun?"
„Hm. Allerdings. Faszinierend", bemerkte Harry, und zog die rechte Augenbraue hoch. Und

sogar seine Ohren wurden ganz spitz. „Die Eigendynamik des Geistes auflösen, Re-Aktion in Aktion verwandeln. Verhalten und Erleben wählbar machen."
Anne: „Und dazu braucht es die Fähigkeit, sich dem Hier und Jetzt zuzuwenden, nicht vom Fluss der Automatismen und des flüchtigen, oberflächlichen Alltagsbewusstsein mitgerissen zu werden. Der Mechanismus dabei ist einfach: Es kann immer nur eines im Bewusstsein sein, quasi ein Binärcode, entweder/oder. Daher auch die Gegensätze in der materiellen wie psychischen Welt: Wärme oder Kälte, hell oder dunkel, friedvoll oder aggressiv, glücklich oder traurig. Ohne Gegensätze keine Veränderung. Erst jenseits davon in Samadhi gibt es keine Gegensätze mehr. Es kann nicht gleichzeitig Anziehung und Aversion sein, ebensowenig falsche Sicht und korrekte Sicht. Daher kultiviere und übe die positive, zuversichtliche, korrekte Sicht, und das Negative wird weniger. Das ist der Anfang. Eine einfache Technik, aber sie funktioniert. Selbst ohne Analyse, die ist darüber hinaus hilfreich. Lass dieses Eine in deinem Bewusstsein etwas Positives sein, dann ist für das Negative einfach kein Platz mehr, keine Bewusstseinskapazität mehr vorhanden."
Conny: „Schon wieder sowas, was zu einfach klingt, um wahr zu sein."
Harry: „Tja, der deus ex machina, der inspirative Impuls, steckt wohl wieder im Detail, oder in der praktischen Umsetzung, oder er kommt als Gnadenakt aus dem Jenseits."
Anne: „Um das umzusetzen, bedarf es zuerst der Bewusstheit. Was läuft überhaupt ab hier? Also eine Frage der Achtsamkeit und dann der Stopp-Technik. Sobald dir ein negativer Gedanke auffällt, der Leiden egal welcher Art verursacht, und sei dir im Klaren: Auch Ärger ist Leiden, nimm diesen Gedanken wahr und halte ihn an. Dann konzentriere dich auf etwas Positives, das ihn ersetzt: Ekagrata: Einpünktigkeit. Und dann kannst du immer noch ergründen, woher der begrenzende Gedanke kam, die ganze Systematik dahinter. Aber eben mit Upeksha: wohlwollendes, zugewandtes Sich-neutral-fühlen, sozusagen eine mitfühlende Beobachter-Position. Mitfühlen mit dir selbst und allen Beteiligten. Wenn du in aufrührenden Gefühlen bist, kannst du in diesem Moment noch weniger klar sehen, also lass erst diese Gefühle zur Ruhe kommen, und gehe in die Beobachter-Position.
Falsche Gewissheiten und Assoziationen prägen die oberflächlichen Wahrnehmungen, festgefügte Erwartungen verhindern Offenheit und wirkliches Interesse an dem, was uns begegnet. So erleben wir nicht die Situation in ihrem Potenzial der Gegenwart, sondern wir erleben sie in der Vergangenheit gemäß der Eigendynamik unseres Geistes. Dies verhindert Drashtr, die 'reine Schau'. Aber nur Drashtr ermöglicht das Erkennen der aktuellen, relativen 'Wahrheit', dessen, was aktuell wirkt und wie das die dahinter liegende Wahrheit verschleiert. Drashtr erkennt, und schaut gleichzeitig dahinter. Ein verstehendes Erleben, nicht bloß denkendes und fühlendes Erleben."
Die Gespräche mit Anne fand Harry immer wieder inspirierend. Was die so alles drauf hatte! „Also, Leiden ist, wie jede Konstruktion, selbstgemacht", folgerte Harry. „Selbst körperlicher Schmerz. Ohne jetzt auf die ganze Psychosomatik einzugehen, und auch nicht auf diese oft missverstandene Behauptung, dass ein Kranker selbst 'Schuld' sei an seinen Schmerzen – hier möchte ich nur kurz anmerken: Letztlich ist auch das karmisch. Aber da warten wir mal den Vortrag ab. Jedenfalls, Yoga bedeutet auch den Abschied vom Schuldkonzept. Schuld ist

schließlich auch nur eine Konstruktion innerhalb einer moralischen Kategorie, um andere zu manipulieren und zu unterdrücken, sich selbst zu exkulpieren. Fest steht: Du lebst, das Leben fragt dich, und du musst antworten. Man könnte also sagen: Yoga ist die Rhetorik des spirituellen Antwortens auf das Leben."

„Von wem ist das denn?" wollte Conny wissen.

„Na von mir. Fiel mir grad so ein."

„Na, das hast du ja fein formuliert. Aber ist natürlich völlig richtig."

„Wieso 'aber'?"

„O.k., o.k., du bist ein Genie!"

Anne: „Aktiv sein, handeln muss man, um diese Eigendynamik des unbewussten automatisierten Geistes zu transformieren. Die aktuelle Dynamik liegt in der Interpretation vergangener Erfahrungen, und die geschieht im Hier und Jetzt unseres Geistes. Deshalb: Anwesend sein im Hier und Jetzt! Achtsam, bewusst."

Conny: „Andererseits sollte Leiden anderer, als eigene Interpretation definiert, kein Freibrief, sich beliebig zu verhalten. So nach dem Motto: Wenn einer unter meinem Verhalten leidet, ist es halt seine Interpretation!"

Harry: „Natürlich nicht! Also ganz selbstverständlich: Handeln immer im Rahmen der spirituellen Ethik, des Dharma. Oder sattvig, um es mal yogisch auszudrücken. Sich zuwenden können, Upeksha, heißt, die Wirklichkeit auf glasklare, angenehme Art, d.h. mit Drashtr, erleben, was Verbundenheit erzeugt, was teilnehmendes Mitgefühl erzeugt, und inneren Frieden. Sozusagen die weltliche Vorstufe zu Ananda."

Anne: „Du musst ja auch nicht gleich mit jedem Beobachten zum Heiligen werden oder die Erleuchtung erwarten. Allein schon die psychologische Wirklichkeit in einer Situation zu erkennen, wäre ein segensreicher Fortschritt. Also nicht den anderen direkt mit deinen Projektionen zu blenden, oder ihm 'ganz spontan', 'ganz natürlich', deinen 'berechtigten' Zorn um die Ohren zu hauen. Es muss nicht immer gleich Samadhi sein. Sich verstanden machen, deine Absicht vermitteln bzw. die des anderen zu erkennen – das ist schon viel! Man kann auch sagen, im Sinne der Definition von Yoga als Harmonie und Verbindung: Yoga ist reine, bereinigte Kommunikation, der höchste Ausdruck von Kommunikation."

Harry: „Der Witz an der Sache ist wohl: Du kannst den ersten Schritt nicht vor dem letzten machen. D.h. im Alltag musst du erst ne klare Wahrnehmung herstellen, Drashtr, bevor du dich als in Samadhi befindlich erkennst. Du kannst nötige Entwicklungsschritte nicht überspringen. Du kannst nicht ins Kloster flüchten, und auch nicht ins jahrelange 'Sitzen', in Meditation – kein Fortschritt. Spirituelle Praxis ist eine Hilfe, aber kein Ersatz für deine Lebensaufgaben."

Anne: „So lange wir leben, gibt es gibt keinen Zustand ohne Aktivität des Geistes. Ziel ist daher eher eine bestimmte Art der Aktivität des Geistes, nämlich eine, die Drahstr ermöglicht. Lerne also, statt mit begrenztem Geist besser mit geklärtem Geist zu arbeiten. Das Potenzial für Drashtr ist immer da, die Umsetzung abhängig vom aktuellen Zustand deines Geistes."

Conny: „Meditation und Yoga überhaupt hilft, günstige Umstände zu schaffen. Du kannst dich nicht zwingen, zu verstehen, zu 'sehen', aber du kannst die Wahrscheinlichkeit dafür erhöhen."

Anne: „Exakt. Yoga ist Arbeit am GEIST, mit dem Geist, mit dem Körper und Atem. Upeksha,

oder Drashtr, ist eine Art, in der Welt zu sein, ein Bewusstseinszustand, die Fähigkeit, ganz geöffnet mit geklärtem Geist im Hier und Jetzt zu sein. Der Geist ist nicht ohne Gedanken, sondern in einem ruhigen Fluss gerichteter, mitfühlender Aufmerksamkeit. Yogas citta vritti nirodhana!"
„Wisst ihr, was? Conny holte einen Zettel aus ihrem Heft, in das sie Ihre Aufzeichnungen während der Ausbildung eintrug, auch Zeichnungen, Gedanken. Es war im Lauf der Zeit eher so ne Art Tagebuch geworden. „Ich hab wieder ein Gedicht geschrieben, gestern abend, das passt sehr schön jetzt. Deshalb les ich's euch jetzt vor.

MAYA

All, was geschah, und all, was geschieht,
von dem wird nichts bleiben, und von dem nichts blieb,
geschah und geschieht nur für Geld und Trieb.
All das ist Maya, all das ist Schein,
alles Suchen und Streben wird vergebens sein,
auch das ist nur Schein, es bleibt uns nichts.
Erst wenn wir alles lassen, das Suchen und das Mein,
Wird unverhofft es geschehen, und wir werden nur noch sein.
Und wenn wir fragen, sorgen uns und klagen über Schmerz und Leid,
so gehen wir hindurch, wie auch durch Freud'
mit dem Wissen um Schein und Sein.
Jeder Schmerz und jede Freude trägt uns weiter hinein
ins ewige, begierdelose Sein.

Nach einer guten Weile brach Harry das Schweigen. „Wirklich ganz große Klasse!"
„Find ich auch", stimmte Anne zu, und nickte anerkennend. „Absolut."
„Vielen Dank. Mir gefällt's auch ganz toll. Hier, Harry, ich schenk's dir", sagte Conny ganz spontan, und hielt ihm den Zettel hin.
„Was? Nee, Conny, das kannst du doch nicht machen. Son Super-Gedicht, das ist doch ..."
„Ach, hör auf. Pass auf, ich schreib's mir nochmal ab, und du kriegst dann das Original hier. O.k.?"
Harry wurde doch etwas verlegen und schaute Conny in die Augen. „Na gut. Vielen Dank. Ich werd's gut aufheben."
„Noch besser, du würdest es beherzigen.", sagte Conny, und stand recht unerwartet auf. „Ich geh jetzt schlafen. Gute Nacht", und weg war sie.
„Na dann gute Nacht, Harry." Auch Anne stand langsam auf. „Bis morgen."
„Ja, du auch ...?? Ähhh, bis morgen, mein ich. Schlaf gut."
Anne verzog sich mit einem gewissen Lächeln und ließ Harry allein im Raum zurück. Die anderen waren schon längst gegangen. Ist ja auch schon fast dreiviertel elf, stellte Harry fest. Was'n eigentlich los hier?, dachte er. Diesmal war seine Verwirrung eindeutig weniger intellektueller Art, wenn sie sich auch auf dieser Ebene bemerkbar machte. Er löschte die

Kerzenflamme mit dem Luftzug seiner Hand und schlich nach draußen in Richtung Zeltwiese. Auf halbem Weg fiel ihm ein, dass er ja nicht mehr im Zelt, sondern auf dem Parkplatz residierte. Mann, Mann, Mann, dachte er, ist es jetzt schon so weit? Bin ich jetzt schon noch durchanandarer als mein Swami?

38 Wohl bekomm's

"Diese Nacht habe ich von der Realität geträumt.
Es war eine große Erleichterung, aufzuwachen." (unbek.)

Und wieder einmal wachte Harry in DER Realität auf, die er für DIE Wirklichkeit hielt. Vielleicht einfach nur deshalb, weil er hier die größte Gewöhnung, den größten Wiedererkennungseffekt feststellte. Ließ sich daraus eine höhere Wahrscheinlichkeit für 'diese' Wirklichkeit ableiten als für eine mögliche andere? In einem sogenannten Traum spürte er diesen Wiedererkennungseffekt nicht. Der Traum kam ihm 'echt' vor, 'wirklich', aber dieses Gefühl fehlte. Dieser Gedanke, diese Wirklichkeit zu hinterfragen, fehlte im Traum! Jeder Traum ein neues Universum, aber 'diese' Wirklichkeit schien eine gewisse Kontinuität aufzuweisen. Er konnte ungefähr da weitermachen, wo er vor dem Einschlafen aufgehört hatte, denn er glaubte, 'sich selbst' und einiges andere wiederzuerkennen. Und wohl deshalb nannte er 'diese' Wirklichkeit nicht Traum. In 'dieser' Wirklichkeit wurde über 'diese' Wirklichkeit nachgedacht und diskutiert, statt sie für selbstverständlich zu halten, so wie die Wirklichkeit im Traum. Und das Fehlen dieser Selbstverständlichkeit des Nichthinterfragens ließ ihn vermuten, dass 'diese' Wirklichkeit auch nur relativ wirklich war. Wieso sollte er überhaupt auf den Gedanken kommen, es könne jenseits 'dieser' Wirklichkeit eine weitere, andere geben, die den Anspruch der 'einzigen', 'wahren' Wirklichkeit erhob, so, wie 'diese' Wirklichkeit hinter dem Traum? Oder war diese bzw. eine dieser Wirklichkeiten hinter 'dieser' Wirklichkeit etwa jene 'absolute' Wirklichkeit, von der im Yoga und anderen spirituellen Traditionen als der 'Wahrheit' gesprochen wurde? Von all denen, die eine solche Erfahrung der Glückseeligkeit gemacht hatten, Satchidananda, voller Frieden und Getragensein im All-Eins? Oder konnte der Wunsch nach Frieden und Glückseeligkeit so stark sein, dass er ein Erleben erzeugte, das der Betreffende dann als 'absolute, eigenständige, gar 'wirklichere' Wirklichkeit, eben 'Wahrheit' bezeichnen konnte? Und andere als Psychose? Wäre diese Wahrheit wirklich absolut, im Sinne des Wortes losgelöst von allen gedanklichen Konzepten, allen Aktivitäten des Geistes? So

wurde es in den alten Schriften beschrieben als das Tor zu Samadhi, zu Satchidananda. Und es gab eine neuzeitliche Untersuchung, die einen Effekt beschrieb, bei dem durch Reizdeprivation bestimmte Hirnareale vom Input freigehalten wurden. Dabei entstanden bei den Probanden genau solche Gefühle vollkommener Ruhe und Friedens! War dies somit 'nur' ein Effekt des Gehirns? Sollte die Konsequenz daraus sein, dass vollkommenes Pratyahara direkt zu Satchidananda führen kann? Kein Input = Samadhi? War vollkommenes Pratyahara überhaupt möglich? Schließlich gab es ja auch Inputs von innen: Samskaras, innere sensorische Eindrücke – o.k., die kamen immerhin von außerhalb des Gehirns – automatische, biochemo-elektrische Engramme? Konnte man auch diese durch vollkommene Einpünktigkeit des Geistes ausblenden? Und war dann aber dieser Zustand ein Zustand in 'dieser' Wirklichkeit oder ein Nicht-Zustand, eine andere Wirklichkeit, eben die 'Wahrheit', die jenseits von 'dieser' Wirklichkeit war oder 'diese' Wirklichkeit durchdringend? Wo war der Unterschied? War dieser Zustand somit letztlich nicht auch an das materielle Gehirn gebunden? Braucht somit ein eigentlich gehirnunabhängiges Bewusstsein doch das Gehirn, um 'jemanden' diesen Satchidananda-Zustand erleben lassen zu können? Also: Brahman braucht ein materielles Individuum, um 'sich' zu erfahren? So heißt es doch in den alten Schriften.
Harry atmete tief durch. Faszinierend. Ein Quantensprung seiner Erkenntnis? Nur in eine neue Illusion? Oder the next step to heaven? Das würde sich dann schon zeigen. Gestern abend erst dieses Gespräch über Satchidananda, und jetzt so schwere Kost schon am frühen Morgen auf leeren Magen! Diese Selbst- und Drahstr-Diskussion hatte dazu beigetragen, dass sein Traumbewusstsein diese Pfade eingeschlagen hatte. Harry kurbelte das Fenster runter und ließ den frischen Morgenduft herein, der jedenfalls eine gewisse zumindest sensorisch gefühlte Realität zu haben schien, in 'dieser' Wirklichkeit. O.k., wenn ich schon hauptsächlich hier bin, sollte ich es mir hier so angenehm wie möglich machen. Da war es wieder: Raga/Dvesha. Na und? Harry nahm einen ganz tiefen Atemzug und genoss die Frische, den Duft von Gras und Wald, sah den Tau auf den Gräsern. Mildes Licht bahnte sich einen Weg durch die sanften Schleier des Morgennebels, und ließ die Vorfreude auf einen sonnigen, warmen Spätsommertag aufkommen. Neben der ruhevollen Präsenz der Erkenntnis, die er in seinem Unterbewussten mit hinüber nahm zum Satsangraum, trugen die Stille und der Kerzenschein, die ihn empfingen, dazu bei, in der heutigen Meditation tatsächlich einen Hauch von Ewigkeit zu spüren, in dem Raum und Zeit transzendiert schienen, ohne besonderes Gefühl, einfach nur Sein.
Nach dieser schweren Kost kam der heutige Vortrag von Chamundi über Ernährung vielleicht gerade recht. Harry kannte sich zwar schon recht gut aus mit diesem Thema, aber eigentlich war er ganz dankbar, dass es diesmal nicht wieder so ein intellektuelles Thema war, und das waren Themen wie die Konstruktion von Wirklichkeit, die Wahrheit von Satchidananda und sonstigen Zuständen nach wie vor. Ernährung war was Handfestes, was Reales, was Greif- und Essbares.

„Vorausschicken möchte ich kurz einige grundlegende Dinge“, begann Chamundi: „1. Yogische Ernährung ist im Prinzip eine biologisch angebaute Vollwert-Ernährung. Die mei-

sten von Euch werden sich schon recht gut damit auskennen.
2. Du bist, was du isst! Wohl kaum einer Lebensregel wird so wenig Beachtung geschenkt, obwohl sie so immanent wichtig ist für unser Leben, selbst bei denen, wo spirituelle Entwicklung überhaupt kein bewusstes Thema ist. Macht euch bitte mal eines klar: Unser Körper ist der Träger unseres Geistes. Ganz ausdrücklich: Anamaya-Kosha, heißt: die Hülle aus Nahrung! gemacht. Die materielle wie die energetische. Jeder, der auch nur ein bisschen bewusst ist, merkt, wie das Essen ganz unmittelbar den Energielevel beeinflusst. Wie oft seid ihr müde nach dem Essen? Da braucht der Körper mehr Energie zum Verdauen, als dass es Energie bringt. Liegt auch oft an der Menge. Wir essen einfach zuviel. Es gibt son Spruch im Yoga hinsichtlich der Magenfülle: 'Ein Drittel fest, ein Drittel flüssig und ein Drittel Platz für Shiva lassen.' Oder 2:1:1 – ihr wisst, was ich meine.
Aber gut. Nicht nur die offensichtlichen Körperteile wie Muskeln, Gelenke, Organe, Haut usw., gerade auch unser Nervensystem, das Gehirn, alles besteht aus körperlichen Zellen. Es laufen ständig vielfältige biologische und chemische Prozesse ab, komplizierte Steuerungssysteme von Neurotransmittern, Hormonen, flüssigkeitsbasierende Systeme – all das hat eine materielle Grundlage, die wir durch NAHRUNG! aufbauen. Durch alles, was wir unserem Körper an Festem und Flüssigem zuführen. Selbst, wenn unsere geistige Einstellung einiges bewirkt, auch die wird von biochemischen Prozessen getragen, auch die entsteht unter anderem auf Basis dessen, was wir auf der materiellen Ebene hineingegeben haben.
Und diese Prozesse bestimmen ganz nachhaltig unser Denken, unser Fühlen und unser Handeln. Ihr braucht doch bloß mal an die Psychopharmaka denken. Ein kleines bisschen Chemie kann aus einem Menschen einen Roboter machen. Oder illegale Drogen. Auch die legalen natürlich: Alkohol, Nikotin, Zucker, alles mit dem bekannten Suchtpotenzial. Und dann gibt's ja auch all die trendigen Bücher über brainfood, all die Nahrungsergänzungen, usw. Ist natürlich gerade bei letzterem oft stark vereinfacht, aber im Prinzip funktioniert es so. Ernährung beeinflusst ganz stark Wahrnehmung, Stimmungen und körperliche Leistungsfähigkeit in unserem Leben. Vielfach werden ca. 80% der Zivilisationskrankheiten, neben Bewegungsmangel, auf falsche Ernährungsgewohnheiten zurückgeführt.
Ernährung ist eigentlich dazu gedacht, Lebensenergie bringen. Und oft passiert genau das Gegenteil. Was passiert energetisch? Körperlich, materiell, grobstofflich laufen bio-chemo-elektrische Prozesse im Körper ab, Spannungspotenziale zwischen den Zellen. Das vergisst man oft: Im Körper fließt Strom. Energie. Und genau so in der Nahrung, auf der molekularen Ebene. Und darüber hinaus, feinstofflich gesehen, enthält Nahrung, wie alles, eine energetische Information. Diese Information bringen wir in unsere Energiekörper ein. Welche Information enthält Fleisch? Ausbeutung, Gewalt, Schmerz, Leiden, Tod! Welche Information enthält chemisch behandeltes Obst und Gemüse, aus toter, künstlicher Erde, bestrahlt mit künstlichem Licht, unreif geerntet, gelagert, vielleicht verwelkt oder ganz angeschimmelt? Verwesung, Tod!
Und darüber hinaus: Mit welcher geistigen Einstellung, mit welchem Bewusstsein essen wir? Meistens ohne Bewusstsein. Der Körper ist der Tempel der Seele, heißt es so pathetisch. Lasst diesen Tempel keine Leichenhalle sein, kein Krematorium! Gut, jedem bleibt selbst überlassen,

wie er seine Ernährung gestaltet. Ich wollt's nur mal gesagt haben. Jetzt wollen wir uns mal ansehen, wie das im Detail aussieht.
Zunächst ein paar grundlegende Voraussetzungen: a) Aus ethischen, ökologischen und ökonomischen Gründen verbietet sich Fleisch- und Fischverzehr. Darauf komm ich nachher noch zurück.
b) Es gibt verschiedene Konstitutions-Typologien, nach der chinesischen oder ayurvedischen Lehre z.B. Wer sich näher mit Gesundheit und Ernährung beschäftigen will, der kommt um Ayurveda nicht herum. Also schaut ihr erstmal, wie eure Konstitution beschaffen ist. Es gibt kaum Ernährungsregeln, außer den Vorbemerkungen, die ich gerade gemacht habe, die für alle gelten. Also, Konstitution ist sehr wichtig. Dazu gehört auch, dass ihr ein Gefühl dafür entwickelt, welche Ernährungsweise, welche Nahrungsmittel euch im Einzelnen gut tun, und welche nicht. Das verlangt natürlich wieder mal neben der Sensibilität eine gewisse Ehrlichkeit und Disziplin. Ihr wisst schon: Süßigkeiten, Lieblingsessen, ist manchmal nicht so leicht.
Punkt c): Entgiftung und, wenn nötig, eine therapeutische Darmsanierung. Grundsätzlich sollte das jeder mal gemacht haben, am besten regelmäßig. Was nützt die beste Ernährung, wenn der Körper die lebenswichtigen Substanzen gar nicht aufnehmen und verarbeiten kann. Landet alles ungenutzt im Klo. Yogische Reinigungstechniken sind die sogenannten Shatkriyas. Von denen habt ihr bereits gehört, und einige auch ausprobiert. Dazu kommen Shank Prakshalama und das ayurvedische Panchakarma-Programm. Dann gibt's natürlich das klassische Fasten. Das ist ja auch bei uns im Westen recht bekannt, wobei ich jetzt das Heilfasten nach Buchinger empfehlen würde. Statt einer ganzen Fastenkur, die man ja vielleicht zwei Mal im Jahr macht, kann man als normalen Bestandteil der Ernährung auch einen Entlastungstag pro Woche einlegen: Teefasten, einen Obst- oder Kartoffel-Tag, z.B. im wöchentlichen Wechsel. Dann systematisch entsäuern bzw. dauerhaft basenüberschüssige Ernährung. Ganz, ganz wichtig. Und, wenn nötig, das systematische Ausleiten von Giften, unter anderem Quecksilber, besonders im Zahn-Amalgam und anderen Restmüll.
Und schließlich, d), die allgemeine Lebensweise, ist natürlich wichtig, um die Ernährung zu unterstützen. Euer Lifestyle. Vorzugsweise macht ihr Integrales Yoga, zumindest mal Hatha-Yoga. Ihr erinnert auch an meinen Vortrag. Hoff ich doch! Wehe, wenn nicht!" meinte Chamundi lachend. „Auch davon kommt ja einiges in der Prüfung dran. Und die ist nicht mehr lange hin! Aber zurück zum Thema. Jetzt gehen wir mal in einige Details."
Bei den weiteren Ausführungen schaltete Harry mehr und mehr ab. Chamundi zählte die Nahrunsgmittelgruppen auf, die Unterteilung nach den Gunas in rajasige, tamasige und sattvige Nahrung. Basenüberschüssig, frisch, bio, am besten fair gehandelt, Low carb, low fat ist in der Regel zumindest günstig. Verzicht auf Fleisch und Fisch, auf Nikotin, Alkohol, Drogen – klar. Bei Weißmehlprodukten, Industriezucker, Kaffee, schwarzem Tee – na ja, na gut. Aber bei grünem Tee, Eiern, Knoblauch, Zwiebeln, Pilzen – da gingen dann die Meinungen etwas auseinander und es kamen kleine, geflüstere Diskussionen auf, so in die Richtung: 'Da kann man ja gar nichts mehr essen'. Pilze? Nicht mal Champignons? Oder meint sie etwa Fliegenpilze? Mätschig Maschrumms? Oder den breitgefächerten Haubenschäußling? Aber der miesepetrige Vierrad-Schäubling, der ist ganz bestimmt ungenießbar. 'Harry, jetzt werd nicht zynisch'.

Swami Durchananda meinte es gut mit ihm.
Eine Weile, nachdem Chamundi diese Diskussionen unterbrochen hatte, um ihren Vortrag weiter halten zu können, kam sie auf das Thema Vegetarismus zu sprechen, und Harry kam langsam wieder ins Hier und Jetzt zurück. Chamundi hatte primär die ethischen Gründe ausgeführt, auf Fleisch zu verzichten.
„Die Massentierhaltung, monate- und jahrelang, die Tiertransporte durch ganz Europa, das ist nicht nur der Tiere, sondern vielmehr eines Menschen unwürdig. Dass Menschen derart skrupellos und brutal mit fühlenden Wesen umgehen. Aber das tun sie ja unter gewissen Umständen, manche sogar tagtäglich, auch mit ihren eigenen Artgenossen – das nur nebenbei. Wer will denn ernsthaft behaupten, Rinder und Schweine würden nichts fühlen? Selbst die Fische, aber die hätten ja ein anderes Nervenssystem. Was wissen wir denn schon wirklich? Klassisches Beispiel: Was macht den Unterschied zwischen Haustier und Zuchttier zur Fleischproduktion. Welches Herrchen oder Frauchen würde denn seinem lieben Hundilein die Gefühle absprechen? Und das liebe Kaninchen? Eines Tages hängt der liebgewonnene Spielkamerad der Kinder kopfüber am Pfahl und sieht ohne Fell plötzlich so schlank und nackt aus. 'Haha,', beruhigt dann der Opa, „Naa, der friert neeet. Der is ja toot!'. Und wenn es dann, kaum wiederzuerkennen, auf dem Teller liegt, das müssen die kleinen Kinder erst mal verdauen."
Da war sie wieder, diese leicht sarkastische Ader.
„Problem ist, all das kriegt ja kaum einer in Vivo mit. Ich empfehle allen Fleischkosumenten mal einen Besuch auf der Hühner- oder Schweinefarm und dann im Schlachthaus: So bis zu den Knien in Blut und Gedärm stehen, oder dem Vieh mal persönlich den Stromstoß zu verpassen. Vielen ist das gar nicht so bewusst, und sie würden zumindest weniger oder kein oder vom Biohof Fleisch essen. Armseelig sind wohl die, denen das alles egal ist. Ganz zu schweigen von dieser Tierquälerei bei den Stopfgänsen z.B., nur damit einige dekadente Ignoranten ihre Delikatesse haben. Und was da beim normalen Schlachtvieh schon an Angsthormonen im Fleisch steckt! Und das Tierfutter! BSE und Gammelfleisch! Das brauch ich gar nicht weiter zu vertiefen. Das frisst du alles mit. Wohl bekomms."
Chamundi hatte sich doch etwas in Rage geredet, und es herrschte betroffenes Schweigen.
„Gut", fuhr sie fort, nachdem sie ein paar Atemzüge tief Luft geholt hatte, „neben diesen ethischen Gründen gibt's noch ne Reihe anderer Gründe. Ich möcht euch zu den ökologischen und ökonomischen Gründen mal ein paar Zahlen nennen.
Auf derselben Landfläche, auf der man 1 Kg Fleisch produzieren kann, kann man 200 Kg Tomaten oder 160 Kg Kartoffeln produzieren. Statt 50 Kg Rindfleisch 1000 kg Kirschen, 4000 kg Äpfel, oder 6000 kg Möhren. Der Landbedarf für 1 Kg Fleisch beträgt beim Rind, mit Kraftfutter, 323 qm; 1 kg Fisch 207 qm, 1 kg Schwein 55, Masthuhn 53, Eier 44; dagegen für 1 Kg Reis nur 17, Teigwaren 17, Brot 16, Gemüse 6 qm.
Der Wasserbedarf für 1 Kg Fleisch beträgt beim Rind 15000 L! 15000! Lamm 10000, Huhn 6000. Beim Getreide aber nur 400-3000, Palmöl 2000, Zitrusfrüchte 2000.
Der Wasserverbrauch einer Familie beträgt ca. 100-500 L pro Tag. Der Fleischbedarf einer Familie erfordert sage und schreibe 2000-5000 Liter. Pro Tag!

Um 1 Kg Fleisch zu produzieren verbraucht man 7-16 Kg Getreide bzw. Soja. Dabei gehen 90% Eiweiß, 95% Kohlenhydrate, 100% Ballaststoffe verloren. Und das dazu noch, obwohl der verwertbare Fleischanteil beim Rind nur 35, beim Kalb nur 30% beträgt.

Durch Vegetarismus ließe sich die Hälfte der verbrauchten Wassermenge einsparen bzw. besser verteilen. Die Verunreinigung durch Fäkalien aus der Tierzucht ist 130 Mal so hoch wie die durch Menschen! In Indien sind 95% der natürlichen Brunnen durch Landwirtschaft für Tierzucht versiegt. Ein Drittel der Landfläche der Erde wird für Tierzucht verwendet. In den USA werden 230000 qkm für die von Tieren verzehrten Pflanzen verwendet, aber nur 16000 qkm für die von Menschen. In den USA fressen die Zuchttiere 80% der Getreideproduktion. Würden die Menschen in den USA nur 10% weniger Fleisch essen, würde das 1 Milliarde Menschen vor dem Hungern retten können.

In Zentral-Amerika wurden in 40 Jahren 40% des Regenwaldes für Weiden und Futtermittelproduktion vernichtet. Auf den Philippinen wurden 93% des Mangrovenwaldes für Krabbenzucht vernichtet. Die ökologischen Folgen sind verheerend. Noch ein paar Beispiele für Folgeschäden:

Die Folgeschäden der Fäkalverunreinigung und Grundwasserverseuchung gehen in die Milliarden, ruinieren die Gesundheit vieler Menschen, und die Gewässer müssen teilweise künstlich beatmet werden. Saurer Regen: Im Kreislauf der Verseuchung regnet es auch auf Bioanbaufläche und Gewässer. Folgeschäden Treibhauseffekt: 12% aller Methangase entstehen im Zusammenhang mit der Tierzucht. 1 Methan-Molekül richtet den 25-fachen Schaden eines CO_2-Moleküls an! Folgeschäden durch Antibiotika und Hormone: Durch die Verseuchung von Böden und Grundwasser gelangen diese Gifte auch in pflanzliche Produkte, und auch in den Bioanbau.

Der Fleischpreis wäre 3 Mal so hoch, würde man die Umweltfolgeschäden mit einrechnen, das X-fache bei Berücksichtigung der Gesundheitsschäden. Die Fleischproduktion stieg seit 1950 auf das ca. 6-fache und ist heute schon nur mit massiven Subventionen, also mit Steuergeldern, rentabel, und das ausschließlich für monopolistische Produzenten. So, ich glaube, diese Zahlen sprechen für sich."

Harry war beeindruckt. Er hatte seinen Fleischkonsum in den letzten Jahren ohnehin schon mehr und mehr reduziert. Der Vortrag jetzt und die Zahlen hatten ihn bestärkt, ab sofort konsequent auf Fleisch zu verzichten. Aber eine Frage wollte er noch loswerden.

„Chamundi, wir haben jetzt soviele Regeln gehört, dass ich denke, ich sollte mich erst mal auf das Wichtigste konzentrieren. Kannst du vielleicht jetzt noch mal ganz kurz so eine Art Rangfolge der Wichtigkeit angeben? Also was im Hinblick auf die spirituelle Entwicklung das wichtigste bei der Ernährung ist? Sozusagen eine Rangliste der aufzugebenden Ernährungslaster."

„Ja, kann ich. Also was jetzt nur die Ernährung betrifft, würde ich so sagen: Vegetarismus ganz klar an erster Stelle, eben aus ethischen und energetischen, aber auch aus ökologischen und okönomischen Gründen. Auch vegane Ernährung, wenn man's genau nimmt, weil ja auch die Milchprodukte stark überwiegend auf unethische Weise gewonnen werden. Prima Ersatz: Soja-Produkte. Dann Alkohol, Drogen, weil sie mittelbar und unmittelbar die Klarheit unse-

res Bewusstseins trüben und, im Übermaß auch schon kurz- und mittelfristig den Körper zerstören. Danach, auf der rein körperlichen Ebene, Nikotin. Jeder kennt die üblen Langzeitfolgen. Dann Zucker, Weißmehl, und ähnliches, industriell stark verarbeitetes Zeug. Und zuletzt erst so Sachen wie Kaffee, Schwarztee, Knoblauch, Zwiebeln, Pilze – wenn, dann in Maßen. Und immer gilt: Bewusst essen! Nicht reinstopfen - Genießen!
Aber macht's euch nicht allzu schwer. Seid so diszipliniert, wie möglich, aber macht euch nicht runter, wenn ihr's mal nicht schafft. Ausnahmen bestätigen die Regel. Für euren spirituellen Fortschritt ist die geistige Ebene wichtiger. Was ihr durch Meditation und Asanas erreicht, und vor allem wie sich das in eurem Alltag zeigt, in eurem Handeln und Erleben. Also lieber mal ne Tafel Schokolade am Stück oder 'n Glas Wein, als jemanden ein Arschloch schimpfen oder klauen oder so. O.k.?
Kurz gefasst: Richtige Ernährung bedeutet für dich: Leicht, klar, gesund, energievoll. Richtige Ernährung bedeutet für die Umwelt: Überleben, wachsen, nähren, Frieden. Im ökologischen Fluss Gleichgesinnter – Lebensqualität.
Da sind wir hier bei Yoga-Satya also auch, was die Ernährung betrifft, wahrlich gesegnet. Ich wünsch euch jedenfalls ein leckeres Frühstück nachher. Guten Appetit. Ja, und dann war's das für heute, und auch von mir als Yogalehrerin in eurer Ausbildung. Wir sehen uns aber auf jeden Fall noch mal bei der Abschlusspuja. Vielen Dank für eure Aufmerksamkeit, und noch eine schöne Yogastunde."
Mit anhaltendem Beifall wurde Chamundi verabschiedet. Nach der Yogastunde standen sie in der Schlange am Frühstücksbuffet.
„Du, riech mal hier", meinte Kalle zu Harry
„Wo?"
„Na hier, an dem Jens."
Der war, neben der Reihe stehend, ganz auf ein Buch konzentriert.
„Der riecht irgendwie nach Jägerschnitzel mit Pommes und Ketschapp."
„Quatsch! Wie denn?"
„War wohl heimlich inner Frittenbude, jede Wette," grinste Kalle. „Schnauze voll von vegetarisch, mal wieder wat anständiget essen, ne?"
„Ganz bestimmt!"
Nach dem sie ihren hochbeladenen Teller zu dem Tisch balanciert hatten, wo neben Gunnar und Beate noch Platz war, kam das Gespräch noch mal auf den Vortrag zurück.
„Was mir gefehlt hat", meinte Harry, „war noch das Thema Wasser. Wenn wir täglich 2,5 – 3 Liter trinken sollen, dann ist doch auch enorm wichtig, welche Qualität das Wasser hat."
„Auf jeden Fall", stimmte Kalle zu. „Ich hab mich mal etwas ausführlicher damit beschäftigt. Ergebnis: Reines Quellwasser mit nicht zu vielen Mineralien. Das ist aber kaum zu bekommen. Am besten bei einem vertretbaren Preis-Leistungsverhältnis ist gefiltertes Wasser, mit einem Carbonit-Block. Eventuell noch mit nem Verwirbler für die Rechtsdrehung. Wasser levitieren, da sind die Geräte noch sehr teuer, so für den Privatgebrauch. Und die anderen Verfahren haben auch so ihre Nachteile."
Gunnar schaltete sich ein: „Was das Wasser betrifft, da sind die Untersuchungsergebnisse von

dem Emoto total beeindruckend. Der hat Zettel auf das Wassergefäß geklebt, da standen positive Wörter drauf, so wie Liebe, Frieden, Mitgefühl usw. Und er hat vorher und nachher die Struktur der Wassermoleküle sichtbar gemacht mit so einem speziellen Verfahren. Nach einer Weile mit dem Zettel drauf hatte das Wasser mit den positiven Wörtern eine astreine, sehr geordnete, harmonische Struktur!"

„Echt? Wahnsinn. Aber wie soll denn das gehen?"

Harry: „Wahrscheinlich so, dass derjenige, der das Wort geschrieben hat, in diesem Moment auch das Gefühl dazu, diese geistige Einstellung, ganz intensiv wachgerufen hat."

„Wassermoleküle", setzte Gunnar fort, „bilden durch Wasserstoffbrücken Molekülketten, Cluster, und speichern Informationen durch die jeweils spezifische Art und Weise der Clusterung auf der Molekülebene. Je höher der Ordnungsgrad, desto lebendiger das Wasser. In chemisch und mechanisch gereinigtem Wasser sind nach wie vor die negativen Informationen der Giftstoffe enthalten, trotz Reinigung in der Kläranlage. Aber manchmal auch positiven Informationen. Teilweise sind daher Heilwässer, oder auch das gern zitierte Ganges-Wasser, positiv wirksam trotz relativer chemischer Verunreinigungen. Die Physik ist also wohl maßgeblicher als die Chemie, denn sie geht ja bis in den subatomaren und den feinstofflichen Bereich, der die Information trägt. Durch mechanische Verwirbelung werden die negativen Molekülstrukturen auf Photonenebene aufgebrochen und neu strukturiert, hab ich zumindest in so nem Infoartikel über diese Wasserfilter und Verwirbler, die man ja kaufen kann, gelesen. Ist wohl son ähnliches Prinzip, wie beim Verschütteln in der Homöopathie."

„Also deshalb ist eine Rechtsdrehung wünschenswert", erkundigte sich Kalle.

„Genau. Die Information wird aufgenommen von allem, was mit dem Wasser in Berührung kommt und beeinflusst von der Art und Weise, wie das Wasser behandelt wird. So lassen sich auch gezielt Informationen in Wasser einspeisen, die im 'Gedächtnis' des Wassers erhalten bleiben. All diese Infos werden vom Körper aufgenommen, feinstofflich, d.h. körperlich, emotional und geistig.

Je mehr Wasser in einem Lebensmittel enthalten ist, desto mehr bzw. intensiver nimmt man Information bzw. Lebensenergie auf, aus jeder solcherart lebendigen Nahrung – umgekehrt wirkt tote, also mehr oder weniger denaturierte Nahrung, insbesondere Leichenteile."

„Leichenteile?" Beate machte große Augen.

„Na sicher", erklärte Gunnar. „Genau genommen sind doch die Fleischstücke, die auf dem Teller landen, Teile von Tierleichen, oder etwa nicht?"

„Das erinnert mich an diese sommerlichen Grillorgien, sogar in den öffentlichen Parks. Die ganze Luft meilenweit geschwängert vom Geruch, genauer gesagt vom Gestank angebrannter Kadaverteile. Stücke halb verkohlter Tierleichen auf Plastiktellern, zwischen grell bunt gefärbten obskuren Flüssigkeiten in diesen Zweieinhalbliter-Bomben, in denen lustige Chemiecocktails nebst pfundweise Industriezucker aufgelöst sind – wohl bekomms!"

„Iiiiiih! Baaah, hör auf, Harry, wir sind hier beim Essen!" Beate musste sich schütteln und auch den anderen sträubten sich die Haare. Gänsehaut! „Die Leute sollten viel besser informiert und aufgeklärt werden darüber, was gesundes Essen ist."

Harry grinste und wurde wieder sachlicher: „Natürlich. Aber das ist ja auch mal wieder eine

Geldfrage. Einerseits steckt ja ein immenses finanzielles Potenzial in diesem Ernährungsmarkt, und dazu noch sind ja die gesunden und Bioprodukte immer noch so teuer, dass es sich viele einfach nicht leisten können. Wer das leugnet, hat wirklich keine Ahnung."

„Stimmt", pflichtete Gunnar bei. „Diese Argumentation, bzw. die drastische Schilderung, was es eigentlich bedeutet, wenn man Fleisch essen will, was da alles dran hängt, das fand ich schon beeindruckend genug. Das sollte, abgesehen von den Zahlen dann noch, eigentlich ausreichen, um Vegetarier zu werden. Vor allem in spirituellen Kreisen."

Kalle: „Ja, das wundert mich manchmal, was ich da schon bei den z.B. Buddhisten gehört habe. Die sind ja oft nicht ganz so streng, wie die Yogis. Wenn's da heißt, der Lama Soundso, der gerade zu Besuch ist, der esse auch schon mal Fleisch, weil in Tibet, da sind sie's so gewöhnt! In Tibet mag es mancherorts nichts anderes zu essen geben. Wir sind aber hier nicht in Tibet. Hier ist andere Nahrung verfügbar."

„Na eben. Und auch der Dalai Lama esse schon mal Fleisch."

„Na, ich glaub's kaum. Aber wenn das Viech sowieso schon tot ist, dann ist es wenigstens nicht umsonst gestorben. Und man will die Gastfreundschaft nicht verletzen."

„Na komm, du. Wirklich, hier im Westen! Als Gastgeber vom Dalai Lama, da weiß ich doch wohl, dass der kein Fleisch ist."

„Wenn sich einer Yogi nennt, oder spirituell, und kann noch nicht mal auf Fleisch verzichten – das ist einfach lächerlich!", fand Harry.

Kalle pflichtete ihm bei: „Da hast du sicher Recht. Allerdings. Und ich finde, wer nur aus gesundheitlichen Gründen auf Fleisch verzichtet, ist im Grunde noch ein Egoist. Da können die Tiere noch so glücklich gelebt haben und friedlich gestorben sein – es besteht in unserem geografischen und sozialen Lebensraum keine Notwendigkeit, Fleisch zu essen."

„Stimmt", erklärte Gunnar. „Es wird ja oft angeführt, Fleischverzehr sei notwendig, um Vitamin B 12 zu erhalten. Da gehen die fachlichen Meinungen aber auseinander. Vitamin B 12 wird allerdings von Bakterien verschiedener Art in ihrem Stoffwechsel gebildet. Diese Bakterien kommen überall vor, jedenfalls bei frischem Obst und Gemüse, die lassen sich gar nicht verhindern. Für B 12 sei also gesorgt, auch ohne Fleisch. Ansonsten ist die Aufnahme immer noch z.B. durch Ei, Camembert und andere Milchprodukte möglich. Oder durch entsprechende Nahrungsmittelergänzungen."

„Na bitte!"

„Was die Leute im Supermarkt sich in ihre Wagen packen, all das Junkfood – es ist eigentlich unglaublich. Diese Selbstverständlichkeit, mit der Leute Fleisch kaufen, Zigaretten, Alkohol, Dosenfraß, kilo- und literweise! Da kann man kaum noch von Lebensmitteln sprechen. Das meiste in Plastik verpackt. Und dann noch Plastiktüten kaufen! Das ist tot, und es wird durch Töten von Lebewesen hergestellt, und es macht tot. Eigentlich ein Wunder, dass der Körper das alles verdaut. Dass man nicht früher krank wird."

„Bei einem hier nicht namentlich genannten 'Markendiscounter' hab ich gesehen, da gibt's nen sogenannten 'Yoga-Life-Joghurt.'"

„Echt?"

„Und nicht nur bei den Klamotten diese Function-Ware immer, auch bei Lebensmitteln gibt

Functional Food, frisch aus der Giftküche. 'Funktions'-dingsbums überall."
„Und Wellness-Food. Alles ist wellness-dies, wellness-das, die reine Profitgier, alles gequirlte Kacke, ein komplettes Wellness-Leben."
Kalle drückte sich gerne drastisch aus. Ist doch wahr! dachte Harry. Klar. Und für die Masochisten Wellness-Leiden und für Sadisten Wellness-Quälerei. Viel Spaß auf der Mobbing-Party. Was für ne kranke Welt! 'Hey, hey, hey, Harry, is ja gut jetzt,' kam ihm Swami Durchananda dazwischen. 'Halt an dich und gehe in dich'. 'Da war ich, schon. Ist auch nix los.' 'Haaa, haaa. Sooon Bart'.
„Wellness, genau!", rief Conny: „Wir wissen nicht, was dieser freundliche Yogalehrer empfiehlt! Wir empfehlen: Yogawell Forte! Erspart jahrelanges Meditieren und Asanas. Wirkstoff Yogalin! Zu Risiken und Nebenwirkungen fragen Sie ihren Swami oder Meister."
Sie mussten herzlich lachen. Diese Selbstverständlichkeit beim Fleisch erinnerte Harry an eine kleine Anekdote aus dem wirklichen Leben. „Diese Selbstverständlichkeit, das erinnert mich an so ne Szene, da war ich mal irgendwo in der tiefsten Oberpfalz in nem Restaurant. Ich guck so – nichts Vegetarisches auf der Karte. O.k., denk ich, bestellste 'n Salat. Sicherheitshalber frag ich noch: 'Ist da Fleisch drin?' 'Naaaa, do is ka Fleisch net drin'. Was glaubste wohl, als der Salat kommt? Jede Menge gewürfelte Fleischwurst oben drauf! Da konnt ich mich nur halbwegs beherrschen und meinte zu der Bedienung: 'Sie haben doch gesagt, da ist kein Fleisch drin!' 'Jo is jo a net. Des is doch bloß a Wurscht!' 'Ach so', sagte ich, 'sollte etwa kein Fleisch in der Wurst sein? Dachte ich schon lange, dass das alles nur Chemie ist.' Na, die Bedienung verfiel in sone Art katatonen Stupor, Kinnlade nach unten, man sah richtig, wie es in ihr arbeitete und doch nicht arbeitete. Verlorene Kreise im Vakuum, keinerlei Anhaltspunkte, frei von jeglicher Assoziation, vollkommener stuck state. Oder ne ganz, ganz untere Vorstufe von Samadhi vielleicht. Na, ich hab sie dann irgendwann erlöst: 'O.k., schon gut, ich tu mir die fleischlose Wurscht runter vom Salat. Danke.'"
„Echt krass."
„Ja-a. Mancherorts kann man sich ein fleischloses Leben anscheinend gar nicht vorstellen."
„Und an anderen Orten nicht, dass es Menschen gibt, die Fleisch essen, die nicht meditieren und keine Übungen machen, die vollkommen normaaal sind."

39 Das Ende des Verstandes

Die Befreiung ist das Sich-Erschöpfen des Irrtums. (Schmuck der Sutras)

Mehr oder weniger grübelnd verbrachte Harry den nächsten Morgen und Vormittag, war froh, dass es den Satsang gab und die Asana-Stunde, nicht zu vergessen das immer wieder kulinarisch ergreifende Buffet. Das waren so die Orientierungspunkte des Tages, die ihn davor bewahrten, sich in den Netzwerken seiner Gedanken zu verheddern. Handeln bringt dich in die Gegenwart. Am Nachmittag lief ihm die Anne über den Weg, vielleicht, bestimmt sogar, genau zur rechten Zeit, gerade als die Diskussionen der letzten Tage ihn wieder einholten.
„Hey, Anne!"
„Hi!"
„Du kennst dich doch ganz gut aus mit diesen Universumsentstehungsgeschichten."
„Na ja, ich bezweifle, dass man sich da jemals gut auskennen kann. Aber was meinst du denn?"
„Das mit der Entstehung des Universums, mit dem Urknall, das will mir einfach nicht einleuchten. Der Urknall, wohl immer noch die zur Zeit gängigste Theorie, kann ja nicht aus dem Nichts entstanden sein. Also muss 'vorher' etwas da gewesen sein, was dann 'geknallt' hat. Wenn Zeit und Raum aber erst mit dem Urknall entstanden sind, so die Theorie, dann kann man auch nicht von 'vorher' sprechen. Allenfalls von raum- und zeitlos. Und da sind wir wieder bei Brahman."
„Na weißt du, ich denke, ob das Universum nun zyklisch entsteht und vergeht, oder nur einmal, sich ewig ausdehnend, ist das nicht sekundär? Wie überhaupt diese Frage nach dem Warum?"
„Warum? Wieso denn sekundär?"
„Nun, es ist das alte, große Thema. Es entspricht dem Intellekt, der Natur des Geistes, zu erwarten, dass er für alles eine endgültige Erklärung finden könne, selbst für die Existenz der Schöpfung. Er kann nicht ertragen, keine zu finden. Das ist der Grund für ganz existenziellen Stress – eine Kopfgeburt."
„Allerdings andererseits die Triebfeder, die Welt und den Geist selbst zu erkunden, also eine wichtige Grundlage jeder Entwicklung: Neugier, Interesse, Motivation."
„Richtig. Das ist die positive Seite. Die muss ja auch der Verstand haben. Weißt du, kein seriöser Wissenschaftler wird behaupten, er habe sowas wie die Weltformel entdeckt, die die endgültige Antwort auf die Frage nach dem Urgrund des Seins gibt, geschweige denn, warum die Welt überhaupt existiert. Du wirst immer hören: 'Wir können die Welt nur beschreiben, wie wir sie verstehen, aber nicht, wie sie IST'. Genau das sagen auch spirituelle Menschen. Die selbstverwirklichten Yoga-Meister und Meisterinnen gehen noch darüber hinaus, in dem sie sagen, dass du jenseits des Verstandes gelangen kannst, und dass dort Satchidananda herrscht. Und dass dies die Essenz, die Wahrheit, das Absolute, sei. Und sie sagen auch: Glaube mir nicht einfach, sondern praktiziere selbst.
Sie haben diese Grenzen des Verstehens hinter sich gelassen, in dem sie Yoga, insbesondere Meditation praktiziert haben, auch unabhängig von Yoga, und irgendwann ist ihnen die Gnade

der Erkenntnis, der intuitiven wohlgemerkt, nicht der intellektuellen Erkenntnis, zuteil geworden. Etwas, das viele westliche, materialistische Wissenschaftler immer noch nicht glauben können. Sie haben Verstand und im Normalfall sicher auch Herz, aber es fehlt ihnen der Verstand des Herzens. 'Dafür hab ich kein Gen, zumindest kein aktives', sagen sie. Vielleicht einfach deshalb, weil sie nicht aktiv an ihrem Geist arbeiten. Weil ein transzendentes, absolutes Bewusstsein für sie nicht denkbar ist, nicht verstehbar ist."

„Für mich ja auch nicht wirklich", meinte Harry leicht resigniert.

„Kann es ja auch nicht. Dieser verstandesmäßige Ansatz ist ja ungeeignet. Schon mal was von Gödel gehört?"

„Ja, ich hab vor Jahren mal was gelesen von ihm. Letztens tauchte der Name noch in irgendeinem Gespräch auf. Das war doch dieser österreichische Mathematiker; und ein Freund von Albert Einstein, oder?"

„Nun, kann man vielleicht so sagen. Jedenfalls, Gödel sagte mal: *'Die Wahrheit ist größer als das Beweisbare. Keine Theorie kann alle Wahrheiten umfassen'*. D.h., dass die Existenz unendlich ist. Das hat er sinngemäß in seinem sogenannten Unvollständigkeitssatz gelehrt, dass man die Schlüssigkeit eines Systems nicht beweisen kann, wenn man innerhalb dieses Systems bleibt. Man müsste also das System verlassen. Der Verstand kann aber nicht sich selbst verlassen, denn das wäre gleichbedeutend mit dem Ende seiner Existenz. Nicht zuletzt, weil er raumzeitlich arbeitet, und weil er an ein raumzeitliches, grobstoffliches System, nämlich das Gehirn, gebunden ist. Der Verstand ist Teil des Systems. Aber nicht das vollständige Spektrum des Bewusstseins. Ergo: Erst, wenn du das System transzendierst, also wenn der Verstand still steht, die Gedanken im Geist zur Ruhe kommen, wie es bei Patanjali heißt, erst dann kannst du erkennen, ob oder was jenseits davon ist. Und genau das scheint zu passieren, wenn einige von Samadhi sprechen: Sie erfahren Satchidananda. Jenseits des Verstandes herrscht Satchidananda."

Mann!, dachte Harry, und atmete ganz lange aus. Das klingt irgendwie logisch. Sollte das die Antwort sein? An der Grenze dessen, was der Verstand noch bewältigen kann? The edge of knowledge? Now know the edge? Und dann? Was besonders Osho und auch andere immer sagten: 'Dann musst du springen!'? Mit Mut, mit Urvertrauen? Woher nehmen? „Also," fragte er zweifelnd, verunsichert, „was ist dann die Konsequenz?"

„Zuerst akzeptieren und entspannen. Dass das Universum existiert, daran kannst du nichts ändern. Und vor allem: Was würde es denn in deinem Leben verändern, wenn du wüsstest, warum das Universum existiert, und wie es dazu kam usw.? Würde damit dein Gefühl von Leiden aufhören? Wärst du dann glücklicher? Ganz pragmatisch?"

Harry war echt erstaunt, um nicht zu sagen sprachlos. Auf diese Frage war er noch gar nicht gekommen. Das gibt's doch nicht, dachte er, eine Vakuumblase in meinem Geist?

„*'Zu leiden ist ein Reflex des ungeübten Geistes auf das Leben, wie es ist'*, hat mal Silvia Boorstein gesagt, eine buddhistisch orientierte Pionierin der transpersonalen Psychologie. Überleg doch mal, woher deine Unzufriedenheit, dein Leiden, dein Frust kommen? Das ist doch nicht abhängig von der Beantwortung dieser Frage! Du würdest dich doch nicht zwangsläufig besser fühlen, oder gar aufhören, manchmal zu leiden, wenn du wüsstest, WARUM das Universum existiert. Also lass es doch einfach auf sich beruhen! Viel wichtiger, als das

Universum zu verstehen, ist es, dich selbst zu verstehen!“

Harry stierte ziemlich irritiert vor sich hin. Das war so eine ganz seltene Mischung aus Enttäuschung und Erleichterung. Enttäuschung für den Verstand, ein unlösbares Rätsel, und Erleichterung, dass die Aussicht bestand, dieses Thema vielleicht endlich abhaken zu können. Intellektuell eine unüberwindbare Grenze für den Verstand, eine Niederlage des Ego. Aber genau betrachtet war der eigentliche Punkt vielleicht weniger das Nicht-Verstehen, warum, sondern mehr sein Ärger darüber, dass sein Leben überhaupt so war, wie es war. Seine ganz reale Unzufriedenheit. „Und das zweite ist nämlich das, worum es wirklich geht: Nicht die Erklärung, sondern die Erfahrung! Deine Erfahrung, wie du dein Leben erlebst. Das kommt eben dieser vielzitierten Erweiterung des Bewusstseins gleich, dem Transzendieren des Verstandes! Verstandesbewusstsein, die Identifikation mit dem Verstand, ist Teil des Systems. Aber erweitertes Bewusstsein eben nicht, das existiert auch außerhalb des Systems, meinetwegen als Teil eines anderen, qualitativ anderen Systems. Und hier gibt es ja nun die vielfältigsten Erfahrungsberichte von Leuten, die Samadhi erlebt haben. Eben das unbeschreibbare, das vom Verstand nicht erklärbare, nicht verstehbare Satchidananda.“

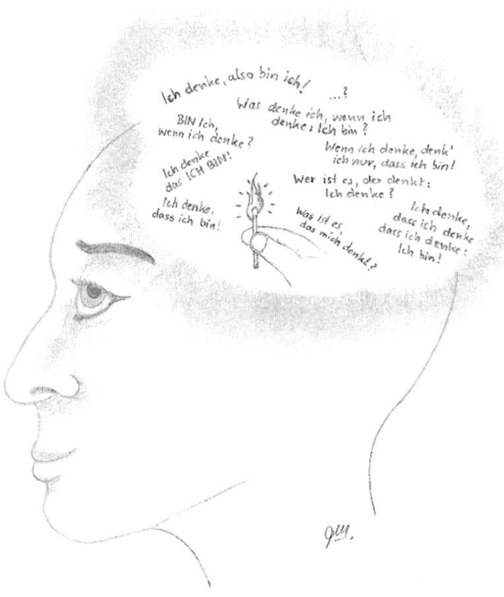

Selbstreflektion

„Hm.“ machte Harry, etwas geknickt angesichts dieser für ihn so diffusen Satchidananda-Geschichte.

„Und es muss ja nicht gleich Samadhi sein. Einfach sich tief entspannt fühlen, sich erfüllt fühlen, so ein ganz essenzielles 'Gut-draufsein', mein ich. Also nicht materiell, da ist ja bis zu nem gewissen Grad auch nichts gegen einzuwenden, sondern mit spirituellem Bewusstsein! Statt Spaß-Gesellschaft lieber Ananda-Gemeinschaft, oder so. Ein spirituell qualitatives Maß der Lebensfreude und Erfüllung – und das ist machbar! Zumal mit Yoga! Da hast du alle Mittel und Wege, dein Leben konstruktiv zu gestalten und glücklich zu werden. O.k., es wird dir nicht in den Schoß gelegt, es liegt an Dir. Du musst es schon selber tun. Und du kannst es!“ Anne klopfte ihm auf die Schulter. „Na, jetzt mach dir mal nicht wieder son Kopf, den du grad erst etwas gelichtet hast. Bis später!“

Puuuuuuuuh! Da sind wir wieder bei meinem Phlegma, dachte Harry, schon wieder leicht deprimiert. Was fehlt mir denn an der Motivation? Tue ich nicht genug? Oder mach ich mir Erleuchtungsstress? Was ist mit meiner Disziplin? 'Lieber Harry, Jetzt bleib mal locker hier', schaltete Swami Durchananda sich ein. 'Jeder tut sein Bestes. Du auch! Also: Was heißt denn überhaupt Disziplin? Disziplin ist gewählte Selbstverpflichtung. Bei Disziplin, im positiven Sinne definiert, ist die äußere Kontrolle durch die innere Kontrolle ersetzt. Disziplin ist dann die größte Erfüllung, denn dabei bist du authentisch. Du tust, was du als Wesentlich erkannt hast, was du für dich gewählt hast. Also lerne zu unterscheiden in der Hierarchie der Wichtigkeit. Tue das Wenige, was wirklich wichtig ist, mit ganzem Herzen und all deiner Kompetenz, dann kannst du dir im weniger Wichtigen etwas Disziplinlosigkeit leisten. Disziplinlosigkeit heißt: Es regiert die Diktatur der neuronalen Engramme, der sensorischen Lust, der Hormone, die Macht der Gewohnheit, geistig und körperlich. Oder auf gut Deutsch: Der Geist ist willig, das Fleisch ist schwach. 'Wenn ich's schon nicht schaffe, meine Ziele im Größeren zu erfüllen, es mir daher schon nicht so gut geht, leiste ich mir wenigstens die kleinen Sünden', sagt das Ego – und das ist gefährlich, das kann schnell ausarten. Wenn du aber die wenigen wirklich wichtigen Dinge einhältst, deine selbstgewählten Werte erfüllst, dann kannst du dir die kleinen Sünden leisten, und zwar mit Genuss. Und so manches Sündenbedürfnis verschwindet dann von selbst. Also, Mann – bleib locker!'

Der Swami!, dachte Harry. So ne lange Ansprache hat er selten gehalten. Scheint auch nicht mehr so durcheinander zu sein, wie noch vor einigen Wochen. Tja, so ne Yogalehrer-Ausbildung geht auch an nem Swami nicht spurlos vorüber.

Auf dem Weg zum Wagen, wo er sich seine Sachen für die Nachmittagsasanastunde holen wollte, setzte Harry seinen ultra-coolen Robert-Mitchum-Blick auf. Ein Blick, der seinem Gegenüber völlig unmissverständlich klarmachte: 'Mich erstaunt deine Naivität oder dein Mut angesichts der Tatsache, dass du nicht die Spur einer Chance hast.' Diese einzigartige Verbindung von heiterer Neugier, entspannter Gelassenheit und unerschütterlicher Selbstgewissheit. Zu wissen: Alles ist gut so, wie es ist. Alles ist genau so, wie es sein MUSS – wie konnte man Ruhen in Yoga besser zum Ausdruck bringen? Auf diese Art und Weise sollte er vielleicht seinem zweifelnden Verstand begegnen. Ich glaub, ich sollte ich öfter mal nur diesen Blick üben, dachte Harry, am besten vor dem Spiegel. Physiognomie und Erleben stehen ja in direktem Wirkungszusammenhang.

40 1001 Frage

„The answer, my friend, is blowin in the wind, ...“ (Bob Dylan)

Als Harry sich nach seinem heutigen Karma-Yoga im Büro – Adressen neuer Interessenten in die Datenbank eingeben – etwas die Beine vertreten ging, traf er an der Weggabelung, wo es nach oben zur Hochebene ging, auf Gunnar, der es sich auf der Bank dort gemütlich gemacht hatte.

„Ich hoffe, ich störe deine Kreise nicht?"
„Nö, eigentlich nicht. Ich hab grad mein Unterbewusstes beauftragt, die Kreise meiner Gedanken in Spiralen zu verwandeln und mich erst wieder zu wecken, wenn's gelungen ist. Derweil wollt ich einfach nur mal 'n bisschen ins Grüne schauen, einfach nur Sonne genießen."
„Hm. Klingt gut." Harry setze sich neben Gunnar und versuchte, ein Gleiches zu tun, bzw. zuzulassen. Nach einigen Minuten tauchte unweigerlich ein Gedanke auf, den Harry nicht für sich behalten konnte.
„Gunnaaaaar?"
„Ja, Harryyyyy?"
„Gibt es etwas Wahres, das nicht konstruiert ist? Per definitionem ist doch das wahr, was nicht konstruiert ist, oder? Wahrheit ist etwas, das unabhängig von einer subjektiven Wahrnehmung und Interpretation, jenseits aller Konstruktionen Gültigkeit hat für alle Menschen, alle Lebewesen, für die gesamte Schöpfung. Dass Satchidananda die Essenz ist, z.B. Kann es sowas geben?"
„Ja, hinter dem letzten Horizont."
„Ich seh aber nix!"
„Kein Wunder."
„Gibt es Bewusstsein ohne Konstruktion, also ohne Schöpfung, oder ist beides identisch? Das Wesen von Bewusstsein ist Schöpfung? Schöpfung ist Bewusstsein?"
„Ist es nicht absurd und naiv, zu glauben, dass die Eindrücke, die wir durch unsere grobstofflichen Sinnesorgane aufnehmen und dann von unserem kaum bewusst kontrollierten Gehirn zu einer 'Wahr-'nehmung zu einer Erfahrung zusammengesetzt, konstruiert werden, eine wie auch immer geartete 'Wahrheit' wiedergeben? So dass wir glauben: Aha, so ist die Wirklichkeit? So ist das Universum? Das ist die Wahrheit?"
Harry: „Lächerlich! Ich frage mich, wovon die 'Realisten', die Materialisten, da ausgehen. Die schlafen fest und träumen doch!"
„Fakt ist: Minimale Gehirnbenutzung, minimaler Ausschnitt des Bewusstseinsspektrums, also kann keine Rede sein von: DIE, wohlmöglich noch 'objektive', d.h. 'allgemeingültige' 'Wahrheit'. Allenfalls eine subjektive 'Wirk'-lichkeit, die wirkt. Für uns, in unserem Realitätstunnel."
„Und wenn alles Subjektive Konstruktion ist, wieso erscheint uns dann im Wesentlichen die gleiche Welt? Rot ist Rot, Schmerz ist Schmerz, Stein ist hart, usw.?"
„Eine relativ gemeinsame Wirklichkeit als Minimalkonsens zur Minimalverständigung entsteht aufgrund der relativ gleichen Wahrnehmungsorgane, bio-chemo-physikalisch, und der relativ gleichen Sozialisation!
„Und dann noch die Sprache, die Begriffe! Manche schlagen sich sogar wegen begrifflicher Definitionen die Köpfe ein. Völliger Irrsinn!"
„Und je weniger dies gleich ist, desto schwieriger die Verständigung, desto geringer der Bereich gemeinsamer Wirklichkeit. 'Ich versteh nur Bahnhof'. 'Der tickt ja völlig anders'. 'Die ist ja auf ner ganz anderen Wellenlänge'. Erinnere dich mal an unser Gespräch über die paral-

lelen Universen, die ganz direkt in unserer Lebensumwelt existieren."
„Tjaaa", Harry schüttelte den Kopf, „so Dokumente vielseitiger Hirnzermarterungen zum Wahrheitsbegriff seit Jahrtausenden, da brauchst du bloß mal bei z.B. Wikipedia nachschauen. All die Philosophie – kann einen echt wahnsinnig machen!"
„Entweder es gibt nicht 'die Wahrheit', oder alles was ist, ist die Wahrheit. Also auch die Illusionen, die alles Leid entstehen lassen, sind dann ein Aspekt von Wahrheit. Inwieweit sind es dann Illusionen?" „Na, es beginnt mit der Unterscheidung in relative und absolute Wahrheit und damit beginnen die Schwierigkeiten. Wieso sollte Satchidananda Wahrheit sein und das Leiden Unwahrheit? Allverbundenheit Wahrheit und Getrenntsein Unwahrheit? So komme ich wieder dahin, zu sagen: Wahrheit ist das individuell in einem Moment bewusst Erlebte eines wahrnehmenden, erlebenden Bewusstseins, z.B. eines Menschen. D.h. Es mag ein Absolutes geben, universell und transsubjektiv, aber warum sollte nur dies die Wahrheit sein? Ist also Wahrheit am Ende ein redundanter, ein überflüssiger Begriff, auch ein Konstrukt des menschlichen Geistes? Vielleicht kommen wir auch ohne ihn aus. Also meinetwegen suche nach Frieden, suche nach Glück, aber beende die Suche nach Wahrheit. Das ist sehr entspannend."
„Wenn da nicht der unstillbare Geist wäre! Ich denke, entscheidend ist, begrifflich erst mal die subjektiv konstruierte Wirklichkeit von einer als absolut, jenseits jeglicher Konstruktion existierenden Wahrheit zu unterscheiden. So, wie du es gerade gemacht hast. Und dann beiden den ihnen gebührenden Stellenwert zuzuweisen, nämlich: Beide sind real! Und wir können beide wählen. Um noch mal das Zitat von Ramana Maharshi zu erwähnen: '*Die Welt ist Illusion, so wie wir sie sehen*', - wir als Normalsterbliche - '*Sie ist real, wenn du sie als absolutes Brahman erkennst*'. Und das kannst du eben erst in Samadhi."
Harry kam wieder mit seiner Pragmatik-Erkenntnis: „Was nützt das ganze: 'In Wirklichkeit oder Wahrheit existieren Raum, Zeit, Materie etc., existiert das 'Böse', und dem zu Folge auch das 'Gute' nicht? In welcher Wirklichkeit leben wir denn? Welche Wahrheit gilt für uns? Die Wahrheit unserer aktuell erlebten Wirklichkeit ist immanent, das andere ist Theorie."
„Es mag sein, dass Raum und Zeit Illusion sind, aber nur wenn wir uns bewusstseinsmäßig auch jenseits dieser Illusion begeben können. Solange wir das nicht können, ist 'unsere Wirklichkeit' unsere 'Wahrheit'."
„Eben. Diese Behauptung, alles Materielle und Konstruierte sei Illusion, bringt uns nicht weiter, denn wir erleben es nicht als Illusion. Du brauchst bloß mal die Hand in kochendes Wasser halten, dann weißt du, auf welcher Ebene du bist! Wir sind viel wirklicher Körper, als wir wahr haben wollen. Im Erleben dieser Ebene ist die Wahrheit nicht immanent, nicht so sehr vordergründig, wenn auch inhärent, d.h. im alltäglichen Erleben enthalten. Das ist eine Spielregel in Lila! Die materielle Ebene zu akzeptieren!"
„Richtiiiiiig. Körper. In gewisser Weise bist du der Körper! Du bist, was du isst, was du fühlst und vor allem was du denkst. Ein Ergebnis deiner Konditionierungen und deiner biophysikalischen Parameter wie Hormone, Neurotransmitter, Nährstoffe etc. Die zwar mental veränderbar sind, aber als bewuster Akt eines durchschnittlichen Sapiens Sapiens geht das anscheinend meist in viel geringerem Ausmaß, als angenommen. Zumindest in dem Entwicklungsstadium,

indem die meisten von uns sind. Was nützt es dir, wenn du 'eigentlich' Satchidananda bist usw.? Zunächst mal bist du mehr oder weniger der Körper, die Sinneswahrnehmungen, die Gedanken und Gefühle. Sich damit nicht identifizieren – leicht gesagt! Da braucht's schon ne Menge Gehirnakrobatik. Und Yogakrobatik!"
„Ja, ja, meine Freundin hat früher auch mal gebatikt!"
„Denk doch mal an diese Parameter bei Konstruktion von Wirklichkeit. Die Kontrolle all dessen, die Nichtidentifikation etc., mag ein Ziel sein, aber zweifelsohne ein schwer, wenn überhaupt erreichbares Ziel. Fakt ist aber erstmal die Immanenz des Materiellen."
„Klingt ja nicht gerade sehr ermutigend im Hinblick auf die geistige Entwicklung."
„Tja, mag sein", entgegnete Gunnar. „Aber die positive Konsequenz: Nutze Körper, Gefühle und Geist als Zugang, als Brücke. Als den Weg, auf dem du sie mit Geduld und Disziplin und den verschiedensten Techniken transformierst. Und dazu hast du mit Yoga ein ideales Übungssystem! Diese Entwicklung deines Bewusstseins ist ein Weg, der nicht umgangen werden kann. Lila, ein Spiel, das du spielen musst. Unterliege nicht der Illusion, dem Selbstbetrug, eine Abkürzung nehmen zu können, indem du die materiellen Aspekte deines Seins abwertest oder verdrängst. Ebensowenig kannst du deinen 'Schatten' verdrängen durch 'positives Denken'. Der Weg ist, die energetischen Aspekte mehr und mehr wahrzunehmen, die Nadis zu reinigen, Prana zu lenken und zu verstärken bzw. zu verfeinern, so dass materieller und Energiekörper sich wechselwirkend unterstützen, als Instrumente auf deinem spirituellen Entwicklungsweg."
„Hm. Klingt schon besser. Aber das mit der Konstruktion, dass die materielle Welt nur Konstruktion eines Geistes, bewusst oder unbewusst sei, das beschäftigt mich noch immer". Harry konnte ziemlich hartnäckig sein. „Überleg doch mal: Wenn nur existiert, was gerade in unserem Geist ist – existiert der Mond nur dann, wenn ich an ihn denke? Beeinflusst er nicht den Wasserhaushalt meines Körpers, auch wenn ich gerade nicht an ihn denke? Tut er doch!? Existiert er auch in meinem Universum, wenn nicht ich, aber andere gerade an ihn denken und ihm so zu einer Wirklichkeit verhelfen? Inwieweit überschneiden sich wirklichkeitsgeschaffene Universen von denkenden Wesen, so dass deren Schöpfungen auch für die Universen derjenigen relevant werden, die gerade nicht den gleichen Gedanken denken, z.B. an den Mond? Reicht ein einziger, der an den Mond denkt, um den Wasserhaushalt von 6 Milliarden Menschen zu beeinflussen? Und wenn grad keiner dran denkt, tut das der Mond dann nicht? Weil er ja grad in keiner Wirklichkeit konstruiert wird? Würden dann alle plötzlich sterben oder zumindest ihre Biochemie ändern? Müssen wir hoffen, dass immer wenigstens Irgendeiner an den Mond denkt? Oder reicht es, wenn der Mond in meinem Unterbewussten existiert, um eine Wirklichkeit zu erschaffen, in der der Mond meinen Wasserhaushalt beeinflusst? Also das Unterbewusste erschafft mit? Und das tut es ja bekanntermaßen, und zwar ganz erheblich!"
„Und Voodoo funktioniert nur bei dem, der bewusst und vor allem unterbewusst daran glaubt!?"
„Und wenn ich noch nie von etwas gehört habe, und es daher auch nicht in meinem Unterbewussten ist, kann es dann meine Wirklichkeit beeinflussen? Wenn ja, via Archetypen, durch das kollektive Unbewusste, durch morphogenetischer Felder!?"

„Und was noch nie gedacht wurde, zumindest nicht in ausreichender Feldstärke, kann meine Wirklichkeit nicht beeinflussen? Bevor man wusste, dass der Mond den Wasserhaushalt beeinflusste, tat er es doch!?“
„Vielleicht weil dies in einem vorbewussten archetypischen Unterbewussten aller Lebewesen verankert ist? Und schließlich beeinflusste der Mond die Erde, lange bevor es Leben, und bevor es bewusstes Leben gab!?“
„Woher weißt du denn das?“ Gunnar war auch nicht gerade oberflächlich beim Gedankenschürfen.
„??????????? Na ja, das ist doch naturwissenschaftlich, also archäologisch und astronomisch ...“
„Wie entstand die Welt, bevor ein Mensch sie dachte? Sie existierte gar nicht, behaupten ja einige. Wie entstanden die materiellen Formen, die Körper, Gehirne, die die denkenden Bewusstseine aufnehmen? Wurden sie im Moment geschaffen, als ein Aspekt des universellen Bewusstseins sich entschied, sich in einer separaten materiellen Form zu manifestieren, also ohne Zeit, letztlich ohne Evolution geschaffen? Wäre das nicht die Konsequenz aus den alten Schriften, wie aus so vielen Schöpfungsmythen? Es heißt doch, die Veden seien am 'Anfang' der Schöpfung von Rishis empfangen worden? Waren also die Rishis schon da, fertige kleine Rishis? So ne Art Adam-als-Rishi-Geschichte? Was ist mit Evolution des menschlichen Körpers, den hatten die schon einfach so? Wann war der Anfang? Definiere doch mal 'Anfang'.“
Booa, jetzt geht's aber ab hier, dachte Harry.
„Der Urknall, oder ein Atemzug Brahmans, ohne Anfang und Ende? War 'damals' ihr Bewusstsein schon so allumfassend, dass sie diese Botschaften empfangen konnten? Von wem? Außerirdischen Raumfahrern? Höheren Wesenheiten? Brahman himself? The Noone and only? War dies das Paradies, das vollkommene Wissen, statt naiver Unschuld im Garten Eden der Unwissenheit, allverbunden, aber unbewusst? Und wenn du nichts merkst von der Allverbundenheit, was hast du dann davon? Also: Begehe den Sündenfall, sondere dich ab, und mach dich auf den Weg zur Bewusstwerdung? Oder gilt hier mal wieder: 'Ja, man darf das alles nicht so wörtlich nehmen!' Und ein anderes Mal oder eine andere Stelle dann wieder doch? Oder alles Märchen aus 1001-Nacht? “
„Ja, bei diesen alten Schriften, da bin ich sicher auch einer von den Ketzern, den Häretikern“, gab Harry zu. „Und wenn diese Fragen 'eigentlich' nebensächlich sind, warum werden sie dann seit Jahrtausenden überall auf der Welt gestellt? Weil der menschliche Geist eine masochistische Veranlagung hat, und/oder einfach neugierig ist? Oder wenn diese Fragen metaphorisch dargestellt, wenn nicht gar beantwortet sind, wo findet man die direkte Antwort? Ne klare Ansage?“
Gunnar bohrte weiter: „Wenn die materielle Welt, so wie wir sie sehen, ein Produkt unseres schöpferischen Geistes ist, wer erschuf dann die Welt, die materiellen Formen, bevor es den individuellen schöpferischen Geist gab? Wer schuf den Körper, der dem schöpferischen Geist als Form diente? Wann war diese Form im Rahmen einer Evolution materieller Hüllen evolutionär reif, einen bewussten Geist aufzunehmen, eine Seele? Wo war die Grenze zwischen Brahman als Schöpfer und/oder Initiator der Evolution und dem Individuum als Schöpfer?

Dem Individuum, das den Trennungsgedanken erschuf? Gab es einen Bewusstseinssprung vom nicht-schöpfenden zum schöpfenden Individualgeist? Wodurch wurde dieser Bewusstseinssprung ausgelöst? Gab es, wenn ja, welche, andere Formen schöpferischen Geistes ohne materielle Form, oder nicht-menschlichen, nicht-irdischen Formen? Welche als Tier bezeichneten oder andere Lebensformen auf der Erde haben mehr oder weniger bewussten, zielgerichteten Schöpfergeist? Welche Lebensformen schöpfen mit? Wie hoch ist der Anteil an nicht-bewusster Schöpfung bei menschlichen und anderen Lebensformen?“
„Gut, was du da formulierst, ist ja eine Kritik an der Aussage über die Veden, Mahabharata, Ramayana usw. Ist ja letztlich sekundär. Denk mal an den Vortrag über Nyana, vom Umgang mit den Schriften. Was zählt ist, was funktioniert. Ich denke, das muss man ganz pragmatisch sehen. Was funktioniert ist ja nicht zuletzt eine Frage, an was du glaubst. Paradebeispiel Placebos! Sofern eben deine Überzeugungen, dein Geist, deine Wirklichkeit erschafft.“
„Schon, aber sind das nur interessante Fragen für den Geist, der immer nach neuer Nahrung sucht? Nicht wirklich relevant für die spirituelle Entwicklung oder den banalen Alltag? Eigentlich nebensächlich, wie du gesagt hast?“

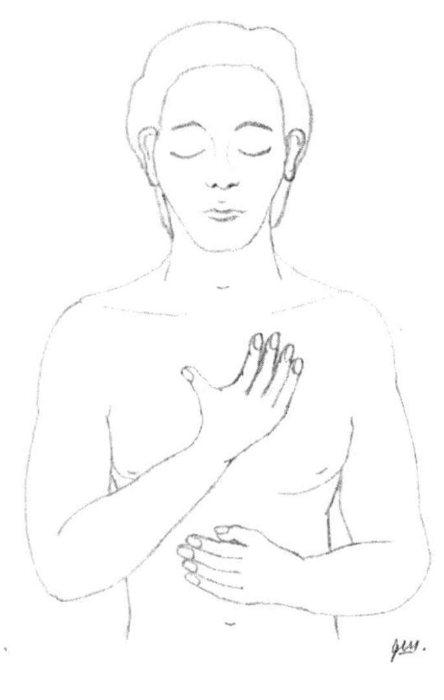

Innehalten

„Mag ja alles sein, aber andererseits, wenn man schon Theorien aufstellt bzw. von empfangenen Botschaften spricht, von gechannelten Übermittlungen aus was für Welten auch immer an die Rishis übermittelt, dann mögen diese Erklärungen oder Darlegungen doch bitte schlüssig sein, oder man lässt es gleich. Das scheint aber nicht möglich oder nicht gewünscht zu sein. Das mag als Zugeständnis an den menschlichen Geist gelten. Sollte man aber nicht den Geist dahingehend verändern, dass er ohne diese Zugeständnisse auskommt? Ist dies nicht eine Flucht vor möglichen Erkenntnissen oder Überzeugungen, welche die überlieferten Inhalte in Frage stellen? Machen es sich viele nicht sehr leicht, indem sie am Ende einräumen: 'Ja, so ganz exakt und historisch weiß man's eben auch nicht. Und wenn du die Erkenntnis hast, dann fragst du nicht mehr'?“
„So recht du auch haben magst, oder sie vielleicht – mach einfach deine Übungen und fertig! Oder?“
... „Sicher, sicher“, seufzte Harry resignierend, „irgendwie hast du ja Recht. The brain, the brain, is fucking again“ ... Da war doch was, gestern, irgendwas mit dem Ende des Verstandes ...
Schweigend saßen sie noch eine Weile auf der Bank. Zum Glück dehnte sich ihr Bewusstsein schon bald wieder in die Wirklichkeit der Natur hinaus, die sie umgab. Da war es selbst Vegetariern Wurscht, ob das nun konstruiert war, oder nicht. Es fühlte sich einfach gut an. Und das war genug für den Moment. Es lag wohl einfach daran, dass kein abstrakter Gedanke da war. Spontan-Meditation.
„Komm, Alter“, meinte Harry ein paar Minuten später. „Die Pflicht ruft.“

„Ich hör nix."
„Ich glaub, wir müssen jetzt zurück. Nachmittagsvortrag."
„O.k., Harry, dann hol schon mal den Wagen!"
„Klar, Chef, sofort."

41 Zwischen Leid und Satchidananda

„Es gibt keinen Weg zum Glück. Glück ist der Weg." (Buddha)

Nach dem Abendessen kam Kalle auf Harry zu. „So, so, du hast mich also verlassen und residierst jetzt also statt auf'm Campingski im Variant. Klingt so pappfassaden-pseudo-edel: 'Komfort-Hotel Variant'."
„Na, du hast doch hier beim Zelten immer noch Frank-Rüdiger an deiner grünen Seite."
„Puuuh! Hey, Alter, is doch kein Ersatz für Dich!"
„Danke, danke. Aber Frank-Rüdiger, der ist doch auch schon ganz schön aufgetaut."
„Na ja, stimmt eigentlich. Den hab ich letztens zufällig belauscht ..."
„Zufällig!"
„Ja, hier hört man doch alles, und wo der doch sein Zelt direkt nebenan hat, geht ja gar nicht anders, da kriegt man einiges mit. Na, jedenfalls hab ich mitbekommen, wie der mit Inge ..."
„Inge Wahrsam, unsere Polizeihauptmeisterin? Die hier täglich zwischen Morgenasana und Frühstück noch ne halbe Stunde rumgejoggt ist?!"
„Ja, genau die. Jedenfalls haben sie gerade die zwei Minuten Sonne genutzt, lagen da so rum, und sagt Inge: 'Warum sind das in diesen Witzen eigentlich Blondinen, die so doof sind, und nicht Brunette?' 'Is doch klar', meinte Frank-Rüdiger, 'Weil die blonden Haare das Stroh sind, das aus dem Kopf wächst.' 'Ach, so, klar, warum bin ich nicht selbst drauf gekommen?' 'Und mir,' Frank-Rüdiger zeigte auf seine Brust, 'guck mal, mir wächst ein Haar aus der Brust. Ich bin ein Bär!'"
Harry musste fast losprusten. Frank-Rüdiger, der große, wilde Bär. „Da kriegt man ja richtig Angst!"
Kalle erzählte weiter: „'Ach, wirklich?,' sagt die Inge, 'Und guck mal hier, aus deinem Bauchnabel kommt ein Fussel. Ich glaub eher, du bist ein Teddybär!'
Jetzt konnte Harry nicht mehr an sich halten und lachte los. „Was so ne Yogalehrer-Ausbildung aus Menschen machen kann ... zerstört den letzten Rest zwanghafter

Konformität. Ganz gefährlich! Da werden die beiden noch ganz locker, schau an!"
"Und vielleicht noch ganz inteam, sozusagen!"
„Ja, ja, der Frank-Rüdiger. Den hab ich doch letztens tatsächlich gehört, wie er dieses Volkslied, so 'n bisschen abgeändert, vor sich hin gesungen hat: 'Schlunz zu sein bedarf es wenig, und wer Schlunz ist, ist ein König!'. Ich dacht, ich hör nicht richtig. Weiß du noch, am Anfang? Zwanghaft bis zum Gehtnichtmehr."
„Na komm, jetzt lass mich mal dein neues Domizil gucken. Wie et aussieht." Harry und Kalle schlenderten hinüber zum Parkplatz.
„Da hinten", meinte Harry, „unterm Baum."
„Aaaaaah ja! Kalle setzte einen völlig schrägen Blick auf, klappte seine Kinnlade runter und begann, breitbeinig um den Wagen herumzutanzen, als ob ihm die Hose zu eng wäre im Schritt. „Dat issa jetzt also, dat issa. Issa dat jetzt?"
Harry machte große Augen. „Ja, sicher, hab ich doch gesagt!"
„Schöner Wagen! Schöner Wagen is dat jetzt! Ü-ü-ü-ü-ü-o-o-o-o-o!" Kalle zog die Augenbrauen hoch und die Mundwinkel runter. 'Sicher wieder eine von seinen Nummern', dachte Harry.
Gerade, als Kalle richtig loslegen wollte, sahen sie Conny und Anne nahen, und Kalle kam lieber schnell zum Ende.
„Ass klaaa, Mann. Weiß ich Bescheid. Aber hier, hömma, nix mit tiefer, breiter, Doppelrohr? Schalensitze un Hosenträgergurte? Un wo is der Kenwood-Aufkleber? Mann, Mann, du muss ja noch ne Menge leanen, dooo, ..." grinste Kalle.
„Na, ihr Komiker?," meinte Conny, „Männergespräche? Und du Kalle, geht's noch gut? Kannste bald wieder gerade laufen? Wir wollten euch nämlich fragen, ob ihr nicht mitkommen wollt Spatzen frisieren."
„Spatzen frisieren?"
„SPAZIEREN gehen!"
„Ach, so, öhhh, ..."
„Manche Leute haben ja ne extrem lange Leitung!"
„Ja, schon", konterte Kalle, „aber das stört sie nicht. Die sagen sich eben auch: 'Der Weg ist das Ziel'."
„Mann, du, pass mal auf, dass deine Mätzchen dir nicht aufs Hirn schlagen!"
„Ne, ne, keine Angst, das wäre bei mir sowieso 'n Schlag ins Leere!" grinste Kalle. Bei so was blieb er ganz locker.
„Das hab ich mir fast gedacht. Na los, denn".
„Klar, wir kommen ja schon."
„Der Weg is das Ziel. Der Weg is das Ziel. Der Weg is das Ziel. Der Weg is das Ziel", brabbelte Kalle vor sich hin. „Neues Mantra: Der Weg is das Ziel. Klar. Cool."
„Das sagt sich auch so leicht: 'Der Weg ist das Ziel'. Wenn ich wenigstens wüsste, wo der Weg ist!"
„Alter! Immer der Nase nach!"
Von den heftigen Regenfällen der letzten Tage war der Waldboden aufgeweicht, alle erdenk-

lichen Grün-, Gelb- und Brauntöne kündeten von Frische und Energie, die Natur atmete Lebendigkeit aus. „Na, was ziehste denn die Stirn so in Falten“, erkundigte sich Conny, als Harry so gesenkten Hauptes neben ihr entlang trottete.
„Ich muss immer noch darüber nachdenken, wie wir einerseits nicht wünschen sollen, aber Wünsche als Motivationen brauchen, und nicht handeln sollen, um kein neues Karma zu erzeugen, aber dennoch unsere Entwicklungsaufgaben hier lösen sollen.“
„Es ist wohl so, dass wir wünschen können und handeln sollen, aber mit der richtigen Einstellung oder mit so ner gelassenen Bhakti-Herangehensweise. Und nicht an den Ergebnissen anhaften sollen, eben Karma-Yoga-Einstellung.“
„Genau“, schaltete Anne sich ein. „Z.B. können Wünsche auf jeder Ebene tamasig, rajasig oder sattvig ausslebbar sein, d.h. mit positiver Absicht, ethisch rein. Der Wunsch nach Moksha z.B. ist tamasig, phlegmatisch, wenn ich nur dasitze und auf Erleuchtung warte. Wenn ich dafür angemessen praktiziere, ist er sattvig. Wenn ich mich dabei zu sehr zwinge und überarbeite, oder wenn Arroganz und Selbstgefälligkeit aufkommen, ist er rajasig. Jede Stufe bedeutet einen gewissen Verzicht auf Befriedigung einer darunter liegenden Stufe. Dies ist jedoch, wenn aus Überzeugung kommend, kein Verzicht mehr. Beispiel Vegetarismus. Kurzzeitige Wünsche einer höheren Stufe stärken die Motivation, sich gänzlich auf diese Stufe zu erheben“.
„Und wie schnell werden Wünsche zu 'Bedürfnissen'“, überlegte Kalle. „Dieses 'Ich brauche das einfach, weil ...' Und manchmal werden Wünsche auch zu Erwartungen: 'Das steht mir zu, ich habe ein Recht darauf'“.
Conny: „Im Extremfall zu Begierden. 'Ich will, ich brauche das unbedingt, um jeden Preis ...', bis hin zur Sucht, zur Abhängigkeit“.
„Gut, das ist ein Extrem“, meinte Anne, „aber auch im Normalfall ist die ins Äußere gehende Art der Wunscherfüllung sehr kurzlebig und mangelhaft aufgrund der Relativität dieser Wunschobjekte. Wie wir ja gehört haben: Kaum ist es da, kommt der nächste Wunsch. Der Weg zum 'Glück', zu dem wir geboren sind, ist letztlich die bewusste Verwirklichung des Atman, Paratman. Wie auch immer der Weg aussieht, das ist ja individuell. Und das ist selbst mit Yoga oder einer anderen spirituellen Praxis nicht immer so angenehm, wie wir es uns vorstellen. Yoga ist eben kein Wohlfühlweg, wie Madhura schon gesagt hat. Dem wahren Glück liegt Erkenntnis des Selbst zugrunde, heißt es im Yoga. Genauer gesagt, in der Transzendierung, also auch das Selbst noch loslassen. Und das erlebst du dann als Satchidananda, das Große Glück. Wenn dir bewusst ist, dass das Kleine Glück vergänglich ist, und du hast das Vertrauen, dass du noch viele Male das Kleine Glück erleben kannst, auch wenn das jetzige verschwindet, dann kannst du auch das Kleine Glück genießen und entspannen, so dass der Weg zum Großen Glück, Satchidananda, leichter wird. Die kleinen Freuden des Alltags sind ganz wichtig. Annehmen, was ist und Fokus auf's Positive.“
Conny: „Und das Große Glück wird erreicht durch Erfüllen des Svadharma, des individuellen Gesetzes. Das sind deine karmischen Entwicklungsaufgaben im Rahmen des universellen Gesetzes, Dharma. Dazu bedarf es der Bewusstheit über die aktuelle Psyche in Beziehung zum Universellen. Dies zu erkennen und damit umzugehen, die Psyche zu transformieren, kostet wahrscheinlich die meiste Disziplin beim Lernen. Es ist ein kontinuierlicher Prozess, in den

du – bewusst und unbewusst – kontinuierlich Energie reingibst und der kontinuierlich Ergebnisse erzeugt. Bewusstheit und Kontrolle der Gedanken bringen Kontrolle der Emotionen und der Energie, psychisch und materiell. So läuft das!"
Kalle: „Und einige Raga/Dvesha-Bereiche kannst du nicht alleine lösen. Du brauchst ganz pragmatisch im Alltag fast immer auch Leute, die dich in welcher Form auch immer unterstützen, dein soziales Netzwerk. Und im weiteren Sinne die Erfahrung all jener, die Teile des Weges für dich gegangen sind, von denen du lernen kannst. Im besten Fall die Energie eines Meisters, der Sangha, die Gnade des Ishvaras – zumindest wird es leichter sein und schneller gehen".
Harry: „Tja, das klingt immer so, so, ... Na, viele Ziele auf dem spirituellen Weg, die Erleuchtung, sind mir viel zu abgehoben, so wahr sie auch sein mögen. Zu weit entfernt von dem, was ich tatsächlich erlebe. So abstrakt, dass sie für ich nicht wirklich erfahrbar scheinen, nicht wirklich vorstellbar sind".
Conny: „Ja, zu hohe Ziele können frustrieren, das stimmt. Also lass sie los, auch Mumukshutva. Aber behalte sie einfach im Hinterkopf, sozusagen, und konzentriere dich auf das, was der Tag dir gerade bringt, auf die sattvigen Ziele, die dir erreichbar erscheinen, auf das Kleine Glück. Das reicht völlig. Damit hast du genug zu tun"!
Harry: „Allerdings".
Anne: „Möglicherweise ist es ja leichter, wenn du schaffst, dir klar zu machen, dass diese Ziele ja auch Illusionen sind, die neue Wünsche und daraus neues Leiden entstehen lassen. Das Problem ist die Verwechslung der persönlichen, egozentrisch konstruierenden Sichtweise deines Geistes mit der Wahrheit, dem Urgrund des Seins, Satchidananda. Da brauchst du Viveka, die Unterscheidungskraft. Basic competence, you know?"
Kalle setze noch Eins drauf: „Wünsche zu erfüllen, Dinge und Ereignisse in deinem Leben in Erscheinung treten zu lassen, das vergrößert letztlich sogar die Illusion, sofern diese Dinge und Ereignisse im materiellen Leben als Illusion angesehen werden, wie im Yoga und Buddhismus".
Harry: „Wozu dann wünschen, das Leben selbst zu gestalten, nach eigenen Vorstellungen? Erleben zu müssen, wie wenig davon klappt? Sich zu ärgern oder frustriert zu sein. Nur Mumukshutva scheint angemessen, und auch das loslassen! Was bleibt? Fatalismus? ... Quatsch". Harry schüttelte den Kopf, „wir hatten ja schon diese Diskussion um's Handeln im Alltag, aktiv sein im Dharma. Und Bhakti entwickeln."
„Ja, was für ein Trick:", meinte Anne bewundernd, „Vollständiges Annehmen im Hier und Jetzt! Alles ist gut so, wie es ist. Frieden entsteht durch vollständige Akzeptanz dessen, was gerade ist. Und Sinnerkenntnis führt über Zufriedenheit weit hinaus. Einen Sinn zu finden lässt die Menschen Unglaubliches leisten und überstehen".
Conny: „Die innere und äußere Wahrheit annehmen und dann ändern, was zu ändern ist. Ihr kennt doch sicher diesen wunderbaren Spruch, ich weiß nicht, von wo der ist. Ursprünglich ne afrikanische Weisheit, glaub ich, der geht so: *'Gott gebe mir die Kraft, zu ändern, was ich ändern kann, die Gelassenheit, das anzunehmen, was ich nicht ändern kann, und die Weisheit, das Eine vom Anderen zu unterscheiden'*. Tja, so ganz pragmatisch brauchst du nicht mehr als das, oder"?

Anne: „Alles, was du brauchst, tritt zwangsläufig in Erscheinung. Du musst es allerdings erkennen und im Sinne einer spirituellen Lernaufgabe damit umgehen. Du baust dadurch Karma ab, und dann erst kannst du diesen Wunsch, der damit im Zusammenhang steht, erfüllen. Wenn du dann noch willst"!
„Ich muss also durch diesen Prozess hindurchgehen", seufzte Harry, „da komm ich wohl nicht drumherum"?
„Sicher nicht! Du lernst, die Wichtigkeit deiner Wünsche zu relativieren, und dabei aber nichts zu unterdrücken. So als Abkürzung auf dem Weg: 'Kein Alk, kein Sex, und jeden Tag 12 Stunden Sadhana, dann bin ich schneller erleuchtet'. Nützt alles nichts! Hilft zwar bis zu einem gewissen Grad, aber das Thema kannst du damit nicht vermeiden. Selbst ohne dass das jetzt in Selbstkasteiung ausarten muss, aber bei unangemessenem Tapas, also Hardcore-Yoga, da kommt's woanders wieder raus. Nee, du musst schon ausleben, was deine Psyche, dein Karma verlangt, was eben deine Entwicklungsaufgabe erfordert, aber so sattvig, wie möglich".
Conny: „Genau. Und was das Selbst betrifft, auf der Identitätsebene, könnte man sagen: 'Du musst erst jemand sein, bevor du niemand werden kannst'".
Anne: „Allegorisch ausgedrückt: Wir stecken fest im Schwitzkasten der Illusionen, der Geister, die wir selber riefen! Also jeder muss sich fragen: 'Von welchem Trip muss ich runter? Von dem, was ich mir so vorgestellt und zurechtkonstruiert habe, was ich vom Leben erwarte, von meinem Ideal-Selbstbild, vom idealen Leben: Aussehen, Beruf, Familie, Partnerschaft, Kinder, Wohlstand – alles! Aber auch runter von negativen Selbstbildern, Selbstbestrafung, Selbstwertmangel, Opferrolle usw.! Allerdings, ehrlich sein mit sich selbst ist sehr schwer, das Ego schützt sich da sehr trickreich".
Conny setzte noch Eins drauf: „'Fest im Schwitzkasten der Illusionen' – auch das ist eine Illusion! Wir sind doch eigentlich frei!"
„Ach, komm, dieses 'eigentlich' schon wieder!," motzte Harry, „Da sind wir wieder bei diesem 'Du brauchst doch 'nur' bla, bla, bla'. Das funktioniert aber nicht. Bei mir jedenfalls nicht! Bei Euch etwa?"
Anne: „Gut, für jetzt muss es wohl reichen zu wissen, zu glauben, dass es im Prinzip funktioniert. Leiden entsteht ja nicht nur aus unerfüllten Wünschen. Leiden wird erzeugt durch Anhänglichkeiten, durch alle Kleshas, Ragas und Dveshas, die in Bezug zur Welt der Erscheinungen stehen. Was ist Leid? Schmerz aller Art, psychisch und physisch. Ist Schmerz Illusion? Nein, so lange du Schmerz empfindest, erlebst, ist es keine Illusion. Oder 'nur' eine unangenehme, so wie 'kein Schmerz' eine angenehme Illusion ist? Was nützt es, dass auch Schmerz eine angenehme Illusion ist, wenn es schmerzt: Frag mal einen, der auf der Folterbank liegt! Jedenfalls, auch ohne Ethik-Regel von außen: Wenn ich Schmerz erfahre, Leid aus eigener Erfahrung kenne, bin ich dann dennoch Willens, und wenn ja, warum, anderen Leid zuzufügen? Das geht doch nur, wenn ich sehr unsensibel bin, und wenn ich einen gewissen Grad von Selbstzerstörung erreicht habe, der mich anscheinend zwingt, den Schmerz anderer als unvermeidlich für mein eigenes Überleben oder Wohlbefinden in Kauf zunehmen. Von sadistischen Trieben hier mal abgesehen, das ist dann wieder das Extrem. Gibt's natürlich, aber das is wieder ne andere Frage. Jedenfalls, beim 'normal gestörten' Zeitgenossen ist die Erkenntnis

des Schmerzes, den er anderen zugefügt hat, der Grund für ein 'schlechtes Gewissen'. Das ist Reue, die durch Einsicht entsteht. Wenn nicht, dann fehlt diese Einsicht. Jeweils unter der Voraussetzung, dass du bestimmte ethische Richtlinien akzeptiert hast."

Das musste erst mal sacken. Nach einer kurzen Weile kam Kalle zu der Überlegung: „Verantwortliches Verhalten kann man aber auch abwehren, wenn man sagt: 'Erzeugt nicht der Empfänger sein Leid selbst durch die Art und Weise, wie er das Gesagte oder Getane interpretiert? Dass er überhaupt und wie er konstruiert, was ihm gesendet wurde, was er empfangen hat?"

Anne: „Sicher trägt er auch seinen Teil dazu bei. Solange der Sender nicht absichtlich Leid erzeugt. D.h. du 'darfst' nicht einfach senden, also tun und machen, was immer du gerade willst, und dabei möglicherweise entstehendes Leid in Kauf nehmen: 'Wieso? Was kann ich dafür, wenn es der Empfänger so interpretiert, dass er darunter leidet!' "

„Sicher nicht, denk ich auch", stimmte Conny zu. „Jedenfalls wird das Gefühl, zu leiden, geringer durch die Überzeugung, durch Lernen und Akzeptieren dieser Situation Karma abzubauen."

Harry: „Kann man denn nicht auch ohne Leiden lernen, sich weiterentwickeln? Warum muss es überhaupt Leiden geben?"

„Wohl weil Unwissenheit, Unfähigkeit und Dummheit eben in der menschlichen Natur liegen, und sie sich selbst und anderen dadurch Leiden zufügen."

„Ja, das kannst du wohl laut sagen. Es wundert mich immer wieder, dass die Menschheit angesichts so viel Dummheit und Unfähigkeit noch nicht ausgestorben ist."

„Wohl wahr! Aber das liegt vielleicht, zumindest zum Teil auch ganz banal daran, dass der Fortpflanzungstrieb mit Lustgefühlen verbunden ist ... Na ja ...!"

„Da hat sich wohl einer was dabei gedacht!? Der große Pontifex maximus brahmanis."

„Und ein Wunder, dass es nicht viel mehr Verrückte und Kranke gibt angesichts dessen, was manche Kinder mitmachen müssen!"

„Und oft trotzdem aus Ihrem Leben was machen!"

Anne führte zum Thema zurück: „Es gibt Leiden vielleicht auch deshalb, weil es einfach ein Phänomen der polaren Welt ist. Die ganze Schöpfung ist polar und zyklisch aufgebaut. Yin und Yang, Shiva und Shakti ..."

„Du meinst," fragte Harry, „wenn es Freude geben soll, dann muss es zwangsläufig auch Leiden geben?"

„Genau. Und zwangsläufig entsteht durch das Fließgleichgewicht immer wieder ein Ausgleich, ein dynamischer Wechsel von Leiden und Freuden – 'the achterbahn of life', meinte mal Art Reade, einer meiner spirituellen Lehrer," und Anne lächelte so in sich hinein bei dieser Erinnerung, „aber letztlich immer ausbalanciert. Auch wenn wir das oft nicht überblicken und uns Manches ungerecht erscheint. Oder weil dein Focus dir was anderes zeigt."

„Hm!" Harry wurde noch nachdenklicher.

„Vielleicht ist der Focus ja zu einseitig und zu starr. Zu sehr auf Leiden und Ungerechtigkeit ausgerichtet!"

„Hm! Aber selbst wenn Leiden natürlicherweise zu unserer Psyche gehören sollte, und Leiden in 'dieser' Wirklichkeit unvermeidlich oder gar konstituierender Bestandteil der materiellen Welt sein sollte, wer sagt denn dann, dass es im Jenseits, in Samadhi, und vor allem den höheren Stufen von Samadhi, wirklich nur noch Satchidananda gibt? Und nicht einfach Nichts oder was Negatives?"
„Nun ja," meinte Kalle, „wäre es nicht logisch, Folgendes zu sagen: Die Welt der Erscheinungen ist nicht in dem Sinne illusionär, dass sie nicht existiere oder keine Wirkung habe, sondern in dem Sinne, dass sie nicht der Urgrund des Seins ist. Da Leiden ausschließlich in Verbindung mit der Welt der Erscheinungen entstehen, ist die Welt jenseits der Erscheinungen ohne Leid."
„Satchidananda?"
„Satchidananda!"
„Aber ist das nicht ein falscher Umkehrschluss? Dass es in der Welt der Erscheinungen Leid geben muss, mag jetzt logisch klingen. Aber es ist doch nach wie vor eine Behauptung, dass Leiden ausschließlich in der Welt der Erscheinungen existiere, dass es jenseits der konstruierten Wirklichkeit, auch im Urgrund des Seins, kein Leiden gebe."
„Satchidananda ist aber eine reale Erfahrung, zumindest laut Insider-Berichten." warf Conny ein.
„Wie meinst'n das?"
„Na, wenn die Satchidananda-Erfahrung nicht möglich wäre, was erfahren dann die selbstverwirklichten, erleuchteten Meister? Sagen sie die Unwahrheit? Warum sollten sie? Nur Geltungsbedürfnis? Sind sie in einer Psychose oder Regression gefangen? Wer will das bestimmen? Ist nicht die Authentizität dieser Erfahrung spürbar und sichtbar in ihrem Leben? Sind wir in der Interpretation von unserer Sehnsucht nach Liebe und Frieden geblendet oder nicht? Von unserem begrenzten Verstand, tief verwurzelter Angst und Mangelbewusstsein begrenzt oder nicht? Wenn die Satchidananda-Erfahrung für Einen möglich ist, kann sie im Prinzip jeder machen. Jeder kann Satchidananda realisieren. Muss es letztlich sogar, evolutionär gesehen. So steht es in den ältesten Schriften. Sind die echt?, fragst du dann wieder. Und so weiter und so fort. Ewige Fragen des rationalen Verstandes. Kann die Wirkung, der Mensch, jemals die Ursache, Brahman, verstehen? So wie Affen die Menschen nur ansatzweise verstehen können, können die Menschen nur ansatzweise die Engel und die geistige Welt verstehen."
Die fragenden Blicke von Harry ließen Anne fortfahren:
„Ich denke, ich verstehe, was Conny meint. Wenn man also von den alten Schriften, vor allem aber von den Erfahrungen selbstverwirklichter Menschen ausgeht, dann ist Satchidananda so wirklich wie Licht wirklich ist und Dunkelheit unwirklich ist. Dunkelheit jedoch ist nur die Abwesenheit von Licht. Dunkelheit ist ohne eigene Existenz. Dunkelheit kann nicht Licht vertreiben, aber Licht vertreibt immer Dunkelheit. Es 'scheint' nur dunkel zu sein, wenn du kein Licht hast. Yoga macht Licht, führt zum Licht. Erfahre dies, in dem du Yoga praktizierst."
„Hm. Da bleibt mir wohl kaum was anderes übrig."
„Richtig. Praktizieren. Lass es mich mal so erklären: Da du eine Erfahrung von Wirklichkeit,

Essenz, Satchidananda machen willst, kannst du auch nur deine Erfahrung als Kriterium heranziehen. D.h. du musst Yoga selber und konsequent praktizieren, da behauptet wird, dass Yoga, wie andere Wege, letztlich ein Weg zu Satchidananda ist. Es gibt schon viele Millionen von Menschen, die Yoga praktizieren und dadurch vielfältige Verbesserungen in allen Lebensbereichen, auf den vier Wirkebenen des Yoga erreicht haben: Körperlich, mental, emotional, spirituell. Manche auch Samadhi, und ganz wenige das, was wir uns als Satchidananda vorstellen. Diese positiven Entwicklungen sind Ergebnisse von körperlichen und energetischen Reinigungsprozessen durch Yoga. Diese sind notwendig, weil Körper und Geist durch die vielfältigen Erfahrungen im Materiellen quasi verunreinigt sind, das Nervensystem im Stress ist, der Körper mit Giften belastet, der Verstand mit Unsinn gefüllt ist und die Emotionen von schlechten Erfahrungen getrübt sind. All das geht mit einem niedrigen Energieschwingungsniveau einher. Dem gegenüber wird die essenzielle Energie des Universums als rein im Sinne von harmonisch und hochfrequent angesehen. Einige haben sehr viel und erfolgreich praktiziert, so dass ihr Nervensystem sehr rein geworden ist, ihre Energiefrequenzen sich erhöht haben und subtilere Bereiche der Existenz für sie erfahrbar wurden. Diese Menschen berichten ausnahmslos von einer grundlegend veränderten Lebenserfahrung in Richtung mehr Zufriedenheit, Erfülltsein, mehr Entspannung und Gesundheit, teilweise unbeschreibbaren Erfahrungen von Glück, Harmonie und Frieden – Satchidananda."

„Wobei dieser Glückszustand differenzialdiagnostisch abzugrenzen ist von Religionspsychosen und Regressionserfahrungen," warf Harry ein. „Um diese, wie Wilber es nennt, Prä-/trans-Verwechslung zu vermeiden."

Anne: „O.k., die Unterscheidung lässt sich ja auch treffen. Aber wenn du Samadhi oder Satchidananda nicht erlebt hast, weil dein Nervensystem diese Frequenzen nicht aufnehmen kann, wie willst du das dann verstehen? Wie soll man's dir beschreiben?"

Conny: „So weit, so gut. Also, wir haben eigentlich keinen Grund, an der Realität dieser berichteten Erfahrungen zu zweifeln."

„Ja, das denke ich auch. Aber weiter: Alle, die Sehnsucht nach einem körperlosen Zustand, nach innerem Frieden verspüren, das ist so eine Art von Heimweh – können sie dies nicht nur deswegen haben, da sie das Gefühl von irgendwoher kennen? Woher kann das sein? Nur aus der universellen Quelle, aus der wir alle stammen! Die IN uns lebt! Heim kommen."

Die anderen waren ziemlich beeindruckt.

„Und zur Frage nach der Grundlage der spirituellen Ethik," fuhr Anne fort, „Ist die spirituelle Ethik 'wahr' und hat existenzielle Berechtigung, weil sie dem Menschen im Hier und Jetzt Frieden schenkt? Und Satchidananda ermöglicht? JA! Das allein reicht aus. Das bedarf keiner Autorität, die diese Ethik verkündet. Und auch nicht, weil Satchidananda in einem 'Jenseits' 'wahr' sei. Wenn nicht, würden wir denn anders handeln? Wäre es leichter, angenehmer, glückbringender, unethisch zu handeln? In der Regel nicht. Und so stellt sich nicht die Frage, ob diese Ethik 'absolut' und 'wahr' ist, denn unser Hier und Jetzt ist unsere erlebte 'Wahrheit'. So können wir die spirituelle Ethik nehmen als Grundlage unseres Handelns und Wählens, wann immer wir in der Lage sind, wählen und handeln zu können, und dies mit Karma-Yoga-

Einstellung! Wirkliches Glück setzt die Einstellung, die Erfahrung voraus, dass alles mit allem verbunden ist und ständig in Veränderung begriffen. So ist die Welt, und ohne dies zu beachten, kannst du niemals glücklich werden. Alles ist ein Teil von dir und du von allem – das soll die ganze Grundlage deines Lebens sein. Hierauf gründet die spirituelle Ethik, wie sie in vielen spirituellen Traditionen formuliert wurde, und, wen wundert's, im Prinzip immer gleich. Die Religionen mögen verschieden aussehen, der Kern, die Ethik, ist gleich. In keiner authentischen Schrift steht, du sollst morden, rauben, plündern und brandschatzen. Und schon gar nicht im Namen Gottes! Im Yoga praktiziere die Yamas und Niyamas als Grundlage des Asthanga-Pfades, auf Grundlage der Allverbundenheit. Und noch mal der 'Kurs in Wundern': Erlösung findet nur gemeinsam statt!"

Inzwischen waren sie an den oberen Rand des Tals gekommen und traten hinaus auf die Wiesen und Felder der Hochebene, ließen den Blick in die Ferne schweifen. Nach ein paar weiteren Minuten schweigenden Wanderns zeigte Conny nach Westen: „Schaut mal." Am Horizont lichtete sich die dichte Wolkendecke und gab einen Streifen tiefblauen Himmels frei, der gerade begann, sich in kraftvolles Gold zu verwandeln, als die Sonne langsam hinter den Wolken in Richtung der sanft gewellten, bewaldeten Hügel hinuntersank.

„Endlich! Der Silberstreif am Horizont!"

„Sogar noch besser: Ein goldener Streif am Horizont!"

„Wie wunderbar das passt. Wenn das kein Zeichen ist!"

Eng beieinander stehend genossen sie den ersten Sonnenuntergang nach gut einer Woche des Regens und des Grau. Harry schielte zu Conny hinüber, die allerdings ganz vertieft in diesen wunderbaren Anblick in die Ferne schaute. Harry fühlte eine ihm durchaus bekannte Mischung aus verzagter Enttäuschung und Hoffnung, mit der er auf einen unmöglich zu missachtenden Anschubser des Schicksals wartete. Der kam aber nicht. Oder Harry bemerkte ihn nicht. Als die Sonne blutrot hinter den Horizont getaucht war, traten sie schweigend den Rückweg an.

42 Alles Karma

„Der Gedanke ist das wahre Karma. Denken ist das wahre Handeln." (Swami Sivananda)

Harry war durch ein ätherisches Wurmloch aus der Traumzeit wieder in die Raumzeit zurückgekehrt – diffundierend durch die lichten Schwaden ätherischen Nebels, sanft gelöst in den spektralen Schlieren regenbogener Nässe, schwingend mit den äolsharfenen Harmonien feinstofflicher Frequenzen, virtuell zwischen Teilchen und Welle schlummernd, bereit für ein ihn manifestierendes Bewusstsein, tanzend auf den Perlen in Indras Netz, glitzernd wie Tautropfen auf den feinen Fäden eines unendlichen, vieldimensionalen Netzes einer kosmischen Spinne, und Brahman ist diese Spinne, die ihre Kinder frisst, und wieder ausspuckt, ... Brahman, den niemand schuf, nie geschaffen, schon immer war und ewig sein wird, IST. Tat twam asi – DAS bist DU. Zurückgekehrt in die Raumzeit, die sein Wachbewusstsein für die selbstverständliche Wirklichkeit hielt: Ich bin Harry, kosmischer Harry bin ich. Wo ist Kosmische Wonne, Wonne bin ich? Too strange? So far? Das Diesseits ist immer da, wo das Bewusstsein ist. Aufzubrechen in die Zeit des Erwachens zu vollem Bewusstsein, aus der Konsensustrance zur spirituellen Matrix, ins reine Potenzial, dazwischen jedoch vielschichtige Zeiten und Räume der karmischen Verpflichtungen, der Transformationen seelenhafter Existenzen, zeitweise Aspekte der allumfassenden Wesenheit, Satchidananda. Leben – ein Traum in einem Traum in einem Traum in einem Traum ...?

Nun, heute stand Karma und Reinkarnation auf dem Programm. Nicht nur beim Vortrag – es war ja genau das, was ständig und jeden Tag passiert. Karma und Reinkarnation. Das fiel ihm jetzt erst richtig auf. Es passiert tatsächlich jeden Moment. Jeder Moment Schicksal, jeder Moment eine neue Chance! Da ist es nicht einfach, wirklich zu entspannen. Es sei denn, du hast genügend Bhakti entwickelt. Nur kein Erleuchtungsstress! Lila-Pausen! Karma-Yoga-Einstellung!

Was für eine Flut am frühen Morgen – Gedanken. Bewusstes und unbewusstes Schwimmen im Ozean der Zendenz und Transzendenz. Da muss ich gut schwimmen lernen, dachte Harry, Frei-Schwimmer sozusagen, mich frei schwimmen im Strom des Lebens, mich tragen lassen. Das tägliche Üben, das Selbst- und Gottvertrauen. Na zumindest kann ich mich halbwegs über Wasser halten. Ob man das Schwimmen nennen kann? Außerdem sollte ich tauchen üben! Eintauchen in den Strom, und wieder auftauchen. Bevor mich jemand anders taucht, oder ein Strudel mich hinunterzieht. Was war noch der Trick? Nicht dagegen ankämpfen, sondern sich ganz bis zum Grund ziehen lassen und dann unten seitlich raustauchen, wieder hoch zum Licht! Na, wie das wieder passt. Was für eine schöne Metapfer! Denn tapfer sein muss man dabei auch ...

So ging's weiter und weiter, im subliminalen Rausch durch Harrys axonale Labyrinthe, vornehmlich im präfrontalen Cortex, bis er sich tatsächlich irgendwann im Hier und Jetzt des Satsangs wiederfand. Den Morgenvortrag hielt Mahadevi.

„In Kurzform," begann sie, „kann man den Begriff Karma z.B. auch so komprimieren: Karma bedeutet: Säe den Gedanken – ernte die Tat, säe die Tat – ernte die Gewohnheit, säe die Gewohnheit – ernte den Charakter, säe den Charakter – ernte das Schicksal. Karma und Reinkarnation gehören ganz eng zusammen. Heute morgen werden wir uns schwerpunktäßig mit Karma beschäftigen und den Gesetzen, nach denen es funktioniert. Heute nachmittag geht's dann mehr um Reinkarnation, um Sterben und was zwischen den Leben passiert.

Der Tod gehört unweigerlich zum Leben. Da jeder weiß, dass er sterben muss, hat auch jeder eine Vorstellung und Werte davon, die das Leben beeinflussen, und sei es, indem er das Thema

verdrängt. Leichter ist es aber, sich eine konstruktive Vorstellung davon zu machen, solange du das Gegenteil nicht beweisen kannst.
Wenn eine Intelligenz den Kosmos geschaffen hat, und davon gehen wir im Yoga aus, nämlich Brahman, dann macht Zufall keinen Sinn, ebenso wenig wie Ziellosigkeit. So mag auch Einstein seine berühmte Äußerung verstanden haben „Gott würfelt nicht“. Ich verwende in den Vorträgen den Aspekt des Karma als das, was uns an Lebensumständen passiert, annähernd synonym mit Schicksal. Also ist Schicksal, quasi das Geschickte, sinnvoll, und Karma kommt somit unweigerlich. Die Frage ist: Was fange ich damit an? Karma ist nicht nur das, was mir geschieht, das ist nur die äußere Form, sondern Karma ist auch, wie ich mit dem Geschickten umgehe. Möglichst geschickt!“ lächelte Maha. „Also es geht um das Lernen auf der psychischen, geistigen Ebene, um die psychospirituelle Entwicklung, nicht primär um das, was in der materiellen Welt geschieht. Die können wir ohnehin nicht direkt erfahren, sondern nur unsere Wahrnehmung dessen, die Konstruktionen in unserem Geist. Weshalb wir den Geist transformieren müssen, in dem wir ihn mit bestimmten Übungen erweitern und gleichzeitig aktiv in der materiellen Welt handeln. Es heißt ja nicht umsonst Erfahrungen 'machen'.
Was dabei unsere Entscheidungsfreiheit betrifft, können wir nicht sagen, sie wäre durch andere oder äußere Umstände begrenzt – die wären 'Schuld'! Wir haben ja eben dieses Karma, was wir jetzt mitbringen, in früheren Leben selbst geschaffen. Insofern ist nichts durch eine äußere Kraft determiniert. So haben wir im Prinzip freie Wahl und alles Potenzial zur Verfügung. O.k., ich weiß, das klingt sehr abgehoben von unserem Alltagserleben aus gesehen. Dadurch wird's aber nicht unwahr. Und das ist eben die universelle Lebensaufgabe, die Kompetenzen zu erwerben, das Bewusstsein zu erweitern, Satchidananda zu realisieren. Wir gehen also davon aus, dass es sowas wie eine spirituelle Evolution gibt. Und so lange die läuft, so lange wird es Karma geben, so lange existiert die Welt. Wenn alle fühlenden Wesen erleuchtet sind, hört diese materielle Welt auf, zu existieren, denn ihr Zweck ist damit erfüllt.
Die Entscheidungsfreiheit, die wir haben, ist also zumindest das jeweils aktuelle Leben betreffend, wenn auch sehr weit gesteckt, letztlich durch Karma begrenzt. Daher können wir uns für bzw. gegen nichts entscheiden, was nicht in unserem Karma ist. Und die gute Nachricht, die darin steckt: Wir können uns nicht 'falsch' entscheiden, nur für den einen oder den anderen Weg. Was ich brauche, tritt zwangsläufig in Erscheinung, je nach dem, was ich gewählt habe. Und dann muss ich es aber erkennen im Sinne einer spirituellen Lernaufgabe. Deshalb ist die Vergrößerung der Bewusstheit das primäre Ziel. Wir bauen Karma ab, indem wir handeln im Dharma, den spirituellen Gesetzen folgend. Dann können wir aus allem, was geschieht, jeweils das lernen, was für uns zu lernen ist.
Eine Entscheidung für die Ausführung einer unethischen Handlung ist nur insofern 'falsch', als dass sie unser Karma vermehrt und damit unseren Weg zur Befreiung verlängert. Wir sind dann Erfüllungsgehilfen für das Karma anderer, die Leid erfahren müssen. Und umgekehrt können daher auch andere uns nichts tun, was nicht in unserem Karma ist. Wozu also die Schuldzuweisungen, die Ressentiments, der Hass? Der uns letztlich auch selbst zerstört.
Wir können anderen nichts tun, was nicht in deren Karma ist. Wir haben aber die Wahl, dies durch uns geschehen zu lassen oder diese Aufgabe anderen zu überlassen. Das kommt auch

sehr gut in dem Spruch von Mephisto zum Ausdruck: „Es muss ja Übles kommen, aber wehe dem, durch den es geschieht". Also, so lange es Karma gibt, das jemand abzutragen hat, findet sich einer, der den 'Schwarzen Peter' übernimmt und sich damit selber neues Karma schafft – ein ausgezeichnetes Beispiel dafür, wie alles mit allem zusammenhängt, und vor allem, dass Erlösung nur gemeinsam stattfindet.

Determiniert ist, dass du inkarnieren musst bis zur Erleuchtung, und das Ernten des Karma zu Lebzeiten. Wie du das löst, ist dir freigestellt. *'Wenn dein Leben wie eine Zitrone ist, mach eine Limonade draus'*, heißt ein beliebter Spruch. Du kannst jedenfalls nicht aus dem Spiel aussteigen, du musst spielen."

Oh ja, dachte Harry, das hatten wir schon ganz ausführlich.

„Den Spruch: 'Das Leben, oder Gott, ist ungerecht', können wir immer wieder hören. Klar, aus einer begrenzten Sicht, nur auf dieses Leben beschränkt, erscheint es oft ungerecht und unverständlich, was uns oder auch anderen so passiert. Und da kriegen wir ja auch von der Kirche kaum ne befriedigende Antwort. 'Gottes Wege sind unerforschlich', heißt es da am Ende des Lateins. All diese 'Ungerechtigkeiten' kann man wirklich nur in größerem Zusammenhang verstehen, so wie er durch die Karma-Lehre aufzeigt wird. In der spirituellen Welt gibt's keine Ungerechtigkeit, nur Ursache und Wirkung – Karma.

Oder, wenn man sich all das Leiden auf der Welt anschaut, 'Warum lässt Gott 'das alles' zu'?, das ist auch so ne beliebte Frage. Gott lässt es bis zu einem gewissen Punkt zu, weil er dem Menschen bis dahin Entscheidungsfreiheit gegeben hat. Aber wenn's zu heftig wird, schickt er einen Avatar, z.B. Krishna oder Jesus."

Wieso eigentlich?, fragte sich Harry. Wieso lässt er's nicht laufen? Gott liebt seine Kinder?!

„Nicht alles 'Schlechte' ist von Menschen gemacht. Zerstörung und Wiedererschaffung gibt es im ganzen Universum, auch ohne den Menschen, z.B. durch astrale Kräfte, kosmische und materielle, irdische Naturgesetze, durch Shiva und Kali.

Gut. Ich möchte euch jetzt die verschiedenen Arten von Karma vorstellen und die karmischen Gesetze, nach denen es funktioniert.

Es werden drei Arten von Karma unterschieden: Ursache, Handlung, Wirkung. Sanchita-Karma, das ist der Ursachen-Speicher. Noch nicht geerntetes, nicht manifestiertes Karma, das latent zwischen den Inkarnationen ruht. Aus diesem Speicher bringen wir Veranlagungen, Temperament, Talente, Schwächen, Stärken, psychische Zustände, geistige und emotionale Charakteristika mit. All diese Samskaras bringen wir mit, je nach dem, was für die aktuelle Inkarnation als Lernaufgaben gewählt wurde. Wir kommen also weder psychisch noch materiell als tabula rasa auf die Welt. Diese Umstände für die nächste Inkarnation werden nicht rational und bewusst katalogmäßig ausgewählt, sondern durch Resonanzen und Anziehungen unseres Astralkörpers manifestiert. Materiell kommen wir mit Nichts und wir gehen mit Nichts. Psychisch, astral, kommen und gehen wir mit unserer persönlichen Entwicklung und unserem Karma. Spirituell gesehen kommen und gehen wir mit Satchidananada.

Gut. Dann gibt's, als Zweites, Prarapdha-Karma. Das ist das, was wir jetzt erleben, was also begonnen hat, Früchte zu tragen, was aus dem Speicher kommt und jetzt in unserem Leben Gestalt annimmt. Das, womit wir jetzt umgehen müssen: Kultur, Zeit, Ort, Eltern, Gesundheit,

usw.
Als Drittes, als Wirkung dessen, wie wir damit umgehen, Agami-Karma. Durch unser Handeln setzen wir neue Impulse, erschaffen neue Ursachen für weiteres Karma. Das ist also das, was in den Speicher hinein kommt, für's nächste, zum Teil auch schon für dieses Mal. Bezüglich des Umgangs mit dem selbstgewählten Karma sind wir voll verantwortlich, da wir diesbezüglich Wahlfreiheit haben. Ab dem 14. Lebensjahr, heißt es. Ab dem 7. teilweise, davor, als kleine Kinder, haben wir diese Verantwortung noch nicht.
Nun werden drei Arten von karmischer Handlung unterschieden: Karma, das Handeln entsprechend der spirituellen Ethik, dem Dharma, in unseren Beziehungen. Das erzeugt positive Umstände für spätere Leben, die uns dann hilfreich sind. Also eigene Kompetenzen und Wissen, aber auch hilfreiche Beziehungen und materielle Bedingungen. Vikarma dagegen, das Handeln entgegen der spirituellen Ethik, erzeugt weiteres, negatives Karma, das wir dann auszubaden haben. Für beides gilt natürlich: Wenn wir uns ethisch korrekt bzw. unethisch verhalten, haben wir oft die Auswirkungen schon in diesem Leben. Und Akarma als drittes, das sind direkte, spirituelle Handlungen wie Sadhana aller Art, Pujas, Rituale. Die beschleunigen den Abbau von bestehendem Karma, erzeugen kein neues."

Selbstbetrachtung im Karma

Die zentralen Begriffe schrieb Maha auf die Flipchart – wichtige kleine Pausen, und um das doch abstrakt klingende und neue Material etwas zu sortieren.
„Es gibt nun 5 Wirkungsgesetze des Karma, die das Ganze etwas plastischer machen:
a) ganz direkte, physikalische Gesetze: Beispiel Ernährung: Zuviel Fett macht dick; Alkohol macht betrunken. Also physikalische Naturgesetze und psychologische Kommunikationsgesetze, die unsere Anstrengungen im Alltag und den Lebensstil betreffen. Für grobe Fahrlässigkeit gegenuber diesen wie auch den folgenden Gesetzen, und Gleichgültigkeit, z.B. wenn ich Leute anmache und entsprechendes feedback bekomme, kann ich nicht Gott verantwortlich machen oder naiv bhaktimäßig sagen: 'Du wirst schon alles richten, wirst schon auf mich aufpassen'. Erwarte nicht, dass Gott sich um das kümmert, wofür du selber verantwortlich bist.
b) Gesetze der Gedankenkraft, oder der Anziehung. Die Focussierung der geistigen Energie auf ganz bestimmte Ziele bewirkt, dass sich diese Ziele manifestieren in deinem Leben. Was immer in deinem Geist ist, und gefühlsmäßig geladen, egal ob bewusst oder unbewusst – es zieht Gleiches an.

Also das, was ihr im Raja-Yoga lernt und in vielen Zielfindungs-Seminaren, mehr oder weniger spirituell. Das funktioniert, da Gedanken, wie alles im Universum, Schwingungen sind, und da alles mit allem verbunden ist. Ihr habt ja beim Raja-Yoga schon das Wesentliche mitbekommen. Gedankenkraft wird auch durch Pranayama und Meditation stärker, es kommt zu schnellerer und öfterer Realisierung im Materiellen. In direktem Bezug auf andere Menschen geht das nicht so schnell, da sie einen eigenen Willen haben. Auch Schwarze Magie beruht immer überwiegend auf Resonanz. Und ganz so schnell manifestieren sich Gedanken nicht, sonst wäre die Erde wohl schon längst vernichtet. Vom Prinzip her jedoch muss das Universum jeden Gedanken, ob bewusst und unbewusst, muss uns jeden intensiven Wunsch erfüllen – wir sind Schöpfer! Nach Gottes Ebenbild! Das kann je nach mentaler Ausrichtung und Intensität auch Jahre dauern, unter Umständen auch mehrere Leben, wenn z.B. die Wunscherfüllung jetzt aus karmischen Gründen nicht möglich ist. Ob wir das dann noch wollen und ob das 'gut' für uns ist, ist eine ganz andere Frage. Achte also sehr darauf, was du denkst, womit du dein Bewusstes und Unbewusstes anfüllst, und bei negativen Gedanken sende bewusst den Willen zur Transformation, zur Nichtmanifestation aus. Schwache oder seltene Wünsche können sich auch im Traum ausleben oder astral zwischen den Inkarnationen.
C) das Gesetz der Kompensation, des Ausgleichs. Aktion und Reaktion, dieses dynamische Fließgleichgewicht, führt zur Balance im Universum. Dabei wird nicht exakt Gleiches mit Gleichem beglichen, '*Auge um Auge, Zahn um Zahn*', wie es an bekannter Stelle heißt, aber meist ganz anders interpretiert. Da vergessen dann Manche gern die folgende Stelle, wo es heißt: '*Die Rache ist mein, spricht der Herr*' – Karma im Alten Testament?
Häufig wird eher Ähnliches mit Ähnlichem ausgeglichen, auch nicht unbedingt durch 'dieselbe' Seele aus früherem bzw. Menschen aus diesem Leben. Und grundsätzlich nicht als Strafe, sondern als Lernaufgabe. Die Erde, wie wohl auch andere Welten, ist eine Art Schulklasse, wo alle im Prinzip den gleichen Lernstoff zu bewältigen haben. Karma, die individuelle Umsetzung im Leben, ist zu kompliziert, als dass ein Mensch sich als Richter aufspielen sollte. Ganz zu schweigen von der Illusion, dass er das überhaupt könne. Das ist einer der Gründe, warum man sich jeglicher Verurteilung anderer, und auch seiner SELBST, enthalten sollte.
Bei diesem Ausgleich kann man auch vom Gesetz der Resonanz sprechen: 'Wie du in den Wald hineinrufst, so schallt es heraus'. So könnte man auch sagen: 'Wenn dir was gestohlen wird, ist das eine 'erzwungene Spende', der 'spirituelle Gerichtsvollzieher'. Oder: 'Was du willst, das man dir tu', das füge erst den anderen zu', so könnte man ein bekanntes Sprichwort positiv formulieren. Das bezieht sich auf Tun UND Lassen. Helfen kann ja letztlich auch heißen, jemand zu hindern oder jemand zurückzuweisen. 'Gewalt' ist eine Frage der Definition, des individuellen Ermessens, wohlgemerkt: auf Grundlage des Dharmas, der spirituellen Ethik. Entscheidend ist die Einstellung, die möglichst positive Absicht bei jeder Handlung. Das Bedauern negativer Handlungen kann durch Anerkennung der Karmagesetze von Schuldgefühlen entlasten durch das Bewusstsein, ein Instrument des Karmas des anderen gewesen zu sein. Andere können uns und wir anderen nur das tun, was karmisch vorgesehen ist. Bei negativen, gewalttätigen Handlungen kann man das vermeiden, wenn's geht, durch eine andere Art von Handlung, jedenfalls immer das kleinste Übel wählen, wenn's nicht anders

geht; oder es muss ein anderer sich finden, der das Karma auf sich nimmt.
D) das Gesetz der Evolution, beschreibt die Notwendigkeit materieller Erfahrungen für das spirituelle Wachstum. Hier geht es um die Frage: Was ist zu lernen? Das Höhere Selbst erkennt, ob dies oder jenes Ereignis jetzt optimal für die Entwicklung ist. Ein guter Draht zum 'lieben Gott', zur Inspiration, ist da sehr hilfreich. Wo spirituelle Entwicklung schwer wird, handelt es sich um relativ neue Bereiche oder schwere Belastungen von früher. Wo es leicht ist, bestehen schon Verdienste oder Fähigkeiten von früher. Wie ein Instrument, das man nach langer Pause schneller lernt, als ein neues zu lernen.
Nächste Frage dabei: Was ist ein Hindernis zum Lernen und was ist ein Zeichen, aufzuhören, Energieverschwendung? Z.B. wenn das Hindernis nach intensivem Bemühen noch weiterbesteht, das ist ein Zeichen, loszulassen. Das Resultat soll später sein, nicht sein, oder ereignet sich erst durch Loslassen. Dennoch oder deswegen ist jede Zeit des Bemühens wertvoll für andere Ziele und Aufgaben. Keine bewusste Tat ist vergeblich, keine ist ohne Konsequenzen.
Und noch eine Frage: Was ist, wenn das Tun keine Antwort bringt? a) die Lernaufgabe besteht darin, trotz Unsicherheit zu handeln, und/oder, b), Unsicherheit in Offenheit verwandeln und so ein höheres Lernpotenzial realisieren. Letztlich frage Dich: Wie kann ich glücklich sein? Glücklich im essenziellen Sinn! Tue, was Dir leicht fällt und von deinem Herzen unterstützt wird.
Und schließlich, es gibt noch das Gesetz der Gnade zur Beschleunigung der Entwicklung und/oder als karmische Belohnung. Es bedeutet das Gewähren von Hilfe seitens Brahman bei ehrlicher Hingabe und positiver Absicht und nach eigenem, vergeblichen, Bemühen. 'Hilf dir selbst, dann hilft dir Gott'. Das ist genau das. Wir bemühen uns nicht, geschäftsmäßig aufrechnend gutes Karma zu erwirken, sondern darum, die spirituellen Werte zu realisieren. Gutes Karma und persönlichen Erfolg erzeugen wir dann nebenbei.
Ist doch gut zu wissen, oder? Na, jetzt will ich euch erstmal in die Asana-Stunde entlassen. Ihr habt noch einmal das Vergnügen mit Gotthilf. Möge sein Name sich auch in eurer Yogapraxis erfüllen und die Kundalini in euch zum Leben erwecken. Hari OM tat sat!“

43 Karma und Reinkarnation

Jemandem, der geboren wurde, ist der Tod gewiss, und jemandem, der gestorben ist, ist die Geburt gewiss. (Bhagavad Gita 2, 29)

Dir Frische des Morgens blies angenehm durch die Gedanken und Herzen. Beim Frühstück auf der Terrasse schwante unweigerlich die nächste Diskussion ins Bewussteinsfeld, welches sich am Tisch von Harry, Kalle, Gunnar und noch drei anderen aufbaute.
„Diese ganze Karmatheorie," eröffnete Gunnar, „vielleicht nur ne absurde, neurotisch-psychotische Ursachenzuschreibung, um mit den Ungerechtigkeiten des Lebens besser fertig zu werden? Sinngebend konstruiert als psychologischer Rettungsanker? Als Trost, dass auch die 'Bösen' irgendwie ihre gerechte Strafe erhalten? Angesichts der eigenen Ohnmacht. Für die Hoffnung, das eigene Leben werde irgendwann mal schöner und leichter, wenn man das 'negative' Karma abgebaut hat."
„Na und?", meinte Harry. „Wenn's doch hilft? Dann ist das alles, diese ganze Theorie, eben nur ein intellektuelles Konstrukt, ne Art spirituelles Placebo."
„Gut, o.k., das würd ja schon reichen. Aber diese ganz materielle Sicht auf der anderen Seite, 'once upon a lifetime and never again', ist ja extrem verkürzt und ignorant. Das ist nun wirklich ne sehr oberflächliche Abfuhr von Leuten, die kein wirkliches Interesse an einer Horizonterweiterung haben."
„Schon irgendwie. Das andere Extrem ist ja, wenn manche sich die ganze Nacht von Mücken zerstechen lassen, bloß weil son Vieh im letzten Leben die Mutter gewesen sein könnte ..."
„Krass".
„ ...und, jetzt kommt's," fuhr Harry fort, „dann können sie sich beim nächsten Mittagessen nicht mal so weit beherrschen, auf's Fleisch zu verzichtet. Das ist so was von bescheuert! Diese völlige Unverhältnismäßigkeit!"
„Tja, jeder hat so seine Unzulänglichkeiten."
„Ach, weißte, dann war die Mücke eben in nem früheren Leben meine Mutter. Aber jetzt ist es ne Mücke, die nervt. Und wenn sie nicht auf meine mentale Aufforderung reagiert – Patsch!"
„Und wenn sie im nächsten Leben deine Mutter ist? Patsch – und DU fängst dir eine!" Allgemeine Erheiterung. „So einfach ist Karma. Wer weiß."
Jetzt brachte Kalle sich mit seinem typisch klingendem No-level-Tonfall ins Spiel: „Apropos Insekten, ...", und alle bekamen große Ohren.
„Habt ihr eigentlich gewusst, dass Insekten nicht nur stechen und beißen? Die spucken und treten auch, und zwar ganz gemein!" Und ein erwartungsvolles Grinsen breitete sich auf den Gesichtern aus.
„Was? Quatsch! Du willst mich doch ..."
„Nein, wirklich! Heupferdchen zum Beispiel. Kennst du die? Das sind so große, Langbeinige mit nem ganz kleinen Körper, die surren mehr als dass sie brummen, so wie ein fliegender Weberknecht ungefähr."

„Ach die, die heißen auch Schuster", nickte Gunnar. „Ja, und? „
„Na eigentlich scheinen die ja ganz harmlos, aber dann spucken sie dir erst in das eine Auge, so ganz locker im Vorbeifliegen aus dem Mundwinkel, und während du versuchst, wieder klar zu sehen, treten sie dir dann voll ins andere Auge!"
Harry und die anderen mussten schon mächtig an sich halten, um nicht das Müsli bzw. die nahezu vorschriftsmäßig eingespeichelte Rohkost über den Tisch zu prusten.
„Aber nicht nur mal eben so. Nein, mit all ihren sechs Füßchen in atemberaubendem Stakkato, trrrrrrrrrrrrrrrrrrrt, tackatackatackatacka, wie in so'm Comic. Dass du dir vorkommst wie 'n Punchingball. Jaaaa!" Jetzt kam Kalle richtig in Fahrt. „Und sie haben dabei an jedem Füßchen noch so richtig dicke, stahlkappenverstärkte Treter an! Tackatackatackatacka, patschpatschpatschpatsch...."
Und sie konnten gerade noch runterschlucken, bevor sie sich abrollten vor Lachen. Die angrenzenden Tische bekamen schon lange Ohren, um vielleicht an der explosiven, morgenlichen Heiterkeit teilhaben zu können.
„Ja, stell dir vor im Satsang, alles ganz entspannt, und dann kommt so ne Horde wild gewordener Heupferde angalloppiert. Steht dann am nächsten Morgen in der BZ: Massaker in Yoga-Ashram! Killer-Insekten richten Blutbad an! Ist das Ozonloch daran schuld? ..."
Als die folgende Lachwelle so ganz langsam wieder abflaute, fiel Beate ein: „Ich hab gehört, gegen Insekten sollen Heidelbeeren helfen."
Staunende Gesichter. „Echt?"
„Ja, wirklich."
„Also da sitzen dann alle im Satsang und haben das ganze Gesicht voll Heidelbeermarmelade, oder was?", fragte Kalle ganz unschuldig.
Allgemeines Gegröhle. „Innerlich natürlich, du Heinz!" gab Beate lachend zurück.
„Na, ja," meinte Harry, „sähe aber zumindest interessant aus, oder?"
„Die Heidelbeeren produzieren so einen Stoff, der die Insekten abwehrt", erklärte Beate weiter.
„Jaaa, ich glaub's dir ja", meinte Kalle beschwichtigend. „Dann iss mal tüchtig. Ich hab hier in der Küche auch schon Heidelbeermarmelade gesehen. Bio natürlich. Ist besser für die Haut!"
„Aaaaaaaahhh!"
Zwei Minuten später hatten sie sich wieder weitgehend eingekriegt und auch das Dessert, Mandarinenquark mit Mandeln, hatten sie aufgekriegt. Harry und Gunnar blieben noch sitzen und genossen die Morgensonne, deren wärmende Strahlen erst so ab 11 Uhr bis auf die Terrasse hinunterreichten.
„Tjaaa", sinnierte Gunnar, „Aussteigen aus Samsara, dem Rad der Wiedergeburt, dem Rad von Leben und Tod. Mir würd schon reichen, wenn ich aus diesem Hamsterrad im normalen Alltag aussteigen könnte."
„Dann werd doch hier Mitarbeiter, bei Yoga-Satya", meinte Harry ironisch.
„Du, das find ich jetzt gar nicht so abwegig. Wenigstens mal ne Zeitlang. Da dreht sich das Hamsterrad wenigstens im Dienst der spirituellen Entwicklung. Und auch die eine oder andere kulinarische Rafinesse, so ne leicht dekadente Verfeinerung des schwerpunktmäßig gesun-

den Essens könnte ich durchaus noch einbringen."
„Das war wieder son Vortrag vorhin," seufzte Harry, „da sind wieder mehr Fragen aufgeworfen worden, als beantwortet. Vor allem die: Warum erinnern wir uns nicht an die früheren Leben? Wo wir doch so viel gelernt haben, könnten wir doch dann in diesem Leben viel schneller vorankommen. Ohne dieses Gefühl jetzt, mehr oder weniger von vorne anfangen zu müssen."
„Ich denke, der Erinnerungsverlust ist ein Selbstschutz gegen Reizüberflutung, Erinnerung aus diesem wie auch anderen Leben, denn die Bewusstseinskapazität ist begrenzt. Aber vor allem mag Vergessen ein Schutz sein vor eventuell übermächtigen Schuldgefühlen und Ängsten im Zusammenhang mit früher begangenen Taten und Ereignissen. Das Wer und Was beschreibt ohnehin nur die äußere Ebene. Entscheidend ist das Wozu!"
„Und das liegt ja vielleicht nach wie vor im Dunklen. Wenn wir in dem oder den früheren Leben gar keine bewussten Lernerfahrungen gemacht haben, einfach nur gelebt, unbewusst, vielleicht sehr unethisch, und schlimme Dinge getan haben."
„Und frühere 'edle' Leben – nichts als eine Aufblähung des narzisstischen Ego. Viele würden doch am liebsten hören, wie weit sie nicht schon entwickelt waren, und dass dies hier ihre letzte Inkarnation sei, da sie nächsten Mittwoch um 21.35 die Erleuchtung erfahren, und tschüss. Oder ganz selbstlos als Bodhisatva gleich hier bleiben."
„Oder du findest eine Entschuldigung für jetzige Schwächen und Missetaten, für Passivität oder Überheblichkeit, so nach dem Motto: 'Ich hatte es ja so schwer im früheren Leben, was erwartest du denn jetzt?'"
„Genau. Und immer dieses Gerede, 'Ja, und die Frau hat mir auch noch verraten, dass ich schon eine ganz alte Seele bin!', und so die Überzeugung, oder den Wunsch stärken, dass du ja eigentlich schon 'viel weiter' bist. Das zeigt doch, dass die überhaupt keine Ahnung haben."
„Natürlich. Weil eben alles zusammenhängt. Jenseits von Zeit und Raum gibt es keine 'alten' Seelen, und ab einer bestimmten feinstofflichen Ebene auch keine 'Einzelseelen', nur auf den niederen. Reinkarnationen müssen auch nicht zeitlich sequenziell sein. Die Überseele kann in mehrere Einzelseelen geteilt sein und in mehreren Körpern gleichzeitig inkarnieren. Das kannst du schon bei Jane Roberts nachlesen, in so nem Roman. Hochinteressant."
„O.k., bei diesen Beispielen hier, da läuft dann aber diese Reinkarnations-'Therapie' nicht richtig, dann ist diese Beratung unseriös oder inkompetent."
„Sicher. Das Ergründen anderer Leben kann schon, aber eben wenn's therapeutisch fundiert ist, sehr hilfreich sein. Wobei keine Rolle spielt, ob es 'wirkliche' Erfahrungen aus 'anderen' Leben sind oder 'nur' eingebildete – Konstruktionen des Geistes sinds allemal. Dann steht es aber in einem bewussten, selbst gewählten Lernprozess. Das ist der entscheidende Unterschied zu der Situation, wo du einfach von Geburt an all das Wissen und all die Erfahrungen in deinem Kopf hättest, vielleicht völlig überfordert wärst und wahnsinnig würdest."
„Und worauf es ankommt, ist nicht das Erinnern der äußeren Ereignisse, sondern das Erlebthaben und daraus resultierende Gewordensein, das jetzt, ob erinnert oder nicht, in unserem Bewusstseinsfeld steckt und wirkt. Die Lernsituation mag vergessen sein, der Effekt ist geblieben, bewusst oder unbewussst. Und das wird sicher aktiviert, wenn es Zeit ist, wenn es

karmisch reif ist, sozusagen. Nämlich dann, wenn du alle Kompetenzen hast, mit der Situation umzugehen. So gesehen sind auch die Situationen, die du als sehr belastend erlebst, schwere Schicksalschläge welcher Art auch immer, für dich lösbar. Du kriegst kein Karma serviert, das du nicht auch bewältigen könntest!"
„Denk ich auch. Und von daher ist eben auch Selbstmord keine Lösung. Das ist ja nur der Versuch der Verweigerung von Themen, die du dir ja nicht zufällig selber für dieses Leben ausgesucht hast. Also hast du auch die Kraft, da durchzugehen. Selbstmord bringt daher unweigerlich die gleiche Thematik in einem späteren Leben wieder, ist also kein Ausweg, sondern ein Umweg. Suizid im Bewusstsein eines erfüllten Lebens und Karmas ist kaum weniger nachteilig. Z.B. wenn ein erfülltes Leben mit Siechtum und Leiden endet oder eben nicht so bald endet, in dieser Situation lebenserhaltende Medikamente abzusetzen ist vielleicht nicht so von Nachteil. Aber aktive Sterbehilfe zu verlangen oder für andere zu leisten. Das ist karmisch gesehen nicht so gut. In diesen Fällen sollten z.B. Schmerzmittel etc. beibehalten werden – seelische Zuwendung sowieso."
„Also diesen Prozess mit dem Betroffenen aus spiritueller Sicht durchzustehen, ihn zu begleiten, woraus ja beide viel lernen können Und nicht einfach, aus Mitleid vielleicht, den Stecker zu ziehen. Die Grenze ist da nicht immer leicht zu finden."
„Das sind aber doch Fragen, die erst in unserer modernen Welt aufkommen, wo Sterbehilfe oder lebenserhaltende Maßnahmen erst möglich sind. Wie will da eine tausende Jahre alte Schrift spezifisch Auskunft geben?"
„Tja, wohl nur indirekt, indem du auf die Suche gehst nach einem Sinn der Situation. Irgendwas muss draus zu lernen sein, sonst gäbe es diese Situation nicht."
„Hm. Wahrscheinlich."
„Oder was ist mit ner Multiplen Persönlichkeit: Viele Seelen in einem Körper, ach, in meiner Brust!? Was für Karma? Gemeinsames?"
„Da gibt's übrigens nen tollen, ich glaub halbdokumentarischen Roman drüber von Matt Ruff: 'Das Ich und die anderen'. Unter diesem Aspekt betrachtet hast du in diesem Falle die Möglichkeit, besonders viel Karma, eben von verschiedenen Seelen, gleichzeitig in einem Körper abzutragen. Oder dass gerade diese Seelen zusammen in einem Körper wohnen, ne spirituelle, innerpsychische WG sozusagen, das ist ja auch kein Zufall."
„Klingt interessant. Aber auch unheimlich, da möcht ich nicht tauschen."
„Ist ja auch im Alltag sehr schwierig. Gar nicht lustig. Selbst wenn's heutzutage Therapien gibt, die eine relativ gute Prognose zulassen."
„Wo liegt der Sinn einer Psychose? Die Fremden in mir. Ein besetztes Bewusstsein, ob nun von erdgebundenen Geistern von Selbstmördern, oder wer oder was auch immer da sein mag. Wo ist der Sinn von Alzheimer – der langsame Abschied vom Bewusstsein? Zerstörte Individualität, Ende des freien Willens, Ende der persönlichen Entwicklung? Passiv Karma abtragen? Das kann's doch auch nicht sein!"
„Hm."
„Oder Thema Abtreibung. Laut Veden geschieht die Beseelung im Moment der Empfängnis. Abtreibung wäre demnach Mord. Obwohl das sicher weniger moralisch gesehen wird, so wie

in der katholischen Kirche. Morden kann man ohnehin nur den materiellen Körper. Die Seele würde sich andere Umstände suchen, die die Aufarbeitung der gewählten Themen ermöglichen könnte, oder eventuell andere Aufgaben wählen. Ob das aber für die abtreibende Mutter bzw. Eltern schlechtes Karma bringt, vom gemeinsamen Karmavertrag zurückzutreten? Wer weiß?“

„Vielleicht hast du da ja auch ne gesetztlich gesicherte Rücktrittsfrist? Na ja, im Ernst, wieso nicht?“

“Na ja, komm, ...”

„Und Klonen? Ein künstlich erzeugter Körper?“

„Na, ein künstlich gezeugter Körper ist kein künstlicher Körper. Der ist doch genauso gut, genau so Fleisch und Blut, wie ein natürlich gezeugter. Außer diesem Anfangsimpuls, dieser Initiation, ist doch alles gleich. Der Körper funktioniert und bestimmte Lebensumstände hat er auch. Warum sollte eine Seele nicht darin wohnen können? Klonen betrifft nur den Körper. Entscheidend ist, zu welchem Zweck. Jeder Klon kann sein eigenes Jivatman haben, seine individuelle Seele. So wie eineiige Zwillinge, oder wie Leute verschieden sind, auch wenn sie das gleiche Auto fahren. Karmische Erfahrungen und persönliche Transformation sind genauso möglich, wie auch z.B. bei 'gleichzeitiger' Existenz in einem parallelen Universum.“

„Da wäre die Frage viel interessanter, ob ein Android eine Seele haben kann. Die Zeit wird kommen, wo Androiden von Menschen nicht zu unterscheiden sind, zumindest nur äußerst schwer. Und wenn wir heute schon wissen oder der Überzeugung sind, dass auch unbelebte Materie ein Bewusstsein hat, welcher Form auch immer, dann kann eine Seele doch auch in einem Androiden Erfahrungen sammeln.“

„Die Grenze zwischen künstlichen, nicht-organischen und natürlichen Körpern beginnt heute schon zu zerfließen. Die Anzahl und Variabilität der Implantate, die Komplexität künstlicher Eingriffe, denk nur mal an die beginnende Stammzellenforschung, wächst exponenziell. Interaktive Support-Implantate, Informationen und Fähigkeiten direkt ins Gehirn gespeist, das ist nicht mehr so lang hin. Ich denke, der Seele ist es letzlich egal.“

„Und wenn dann noch andere Seelen mitzureden haben!“

„Wie meinst'n das?“

„Ich meine, dass die sogenannte Individualseele nur ein Teil einer übergeordneten Seele oder Seelenfamilie ist. Dass diese sich in mehreren Körpern und zu mehreren Zeiten oder in parallelen Universen entwickelt. Also nicht nur eine Individualseele zeitlich mit 'früheren', vielleicht sogar 'zukünftigen' Inkarnationen verbunden ist, sondern auch quasi horizontal, zeitgleich, aber in verschiedenen Universen. So wie du grad schon gesagt hast.“

„Nun, ich hab gehört, in den Veden steht, dass Brahman sich in beliebig viele Atmans aufspalten kann, eine unbegrenzte Anzahl von Seelen, so wie die Wellen im See tausendfach die eine Sonne reflektieren. Und als Engel, als astrale Inkarnation, ist keine Weiterentwicklung möglich, nur in der materiellen Welt mit einer gewissen Willensfreiheit, die ja die Engel als Boten Gottes nicht haben.“

„Ach, wer kann denn das wirklich wissen. Mags auch hier oder da geschrieben stehen.“

„Jedenfalls steht angeblich irgendwo geschrieben, dass in schwierigen Zeiten der menschli-

chen Entwicklung mehr Seelen nötig sein können. Auch werden dann viele aus früheren Hochkulturen, wie z.B. die der Atlanter ...“
„oder extraterrestrisch...“
„... wiedergeboren. Auch kann die Frequenz der Inkarnationen zunehmen; heute oft nur eine Generation, früher z.T. Jahrhunderte dazwischen.“
„Und ne Inkarnation als Tier? Es gibt ja einige Lehren, nach denen man, auch wenn man schon mal Mensch war, als Tier reinkarnieren kann. Oder muss.“
„Eine Reinkarnation als Tier bzw. ohne reflexionsfähiges Bewusstsein, ohne Buddhi, halte ich für unwahrscheinlich bzw. selten, z.B. im Falle schwer hirngeschädigt geborener Menschen, da hier nur passiv Karma abgetragen werden kann. Reinkarnation als Tier ist naheliegend, quasi als evolutionärer Rückschritt, wenn das Leben sehr sinnesorientiert, unbewusst und tamasig geführt wurde und auch im Sterbemoment solche Gedanken und Emotionen vorherrschen.“
„Also das passive Abtragen von Karma klingt eher nach Strafe. Und das ist ja wohl kaum der Sinn. Wie willst du denn lernen, dich weiterentwickeln, wenn du gar nicht über dein Erleben und Verhalten reflektieren kannst? Und keine Wahl hast, wie du dich verhalten willst? Rein instinktgesteuert.“
„Immerhin, von uns Menschen aus gesehen, die Beseelung des Tierkörpers als selbstverständlich anzunehmen zwingt auch zum Respekt und zur Gewaltlosigkeit gegenüber Tieren. Auf ca. 8,4 Mio Inkarnationen als Tier folgen einige tausend als Mensch bis zur Erleuchtung, heißt es.“
„Ach, diese Zahlen immer. Ich hab mal mitgekriegt, wie einer den Sri Kartikeyan gefragt hat, woran er erkennen könnte, ob er noch Karma zu erfüllen hat: 'Hab ich noch Karma zu erfüllen?“ Und da antwortet Sri Kartikeyan: 'Wenn du noch am Leben bist, ja!' So einfach ist das! Wie oft? Ist doch egal.“
“Jedenfalls ist es eigentlich eine schwer vorstellbare Idee, dass sich manche Tiere oder auch ganze Gattungen an der Schwelle zum reflexionsfähigen Bewusstsein befinden sollen – ob das nun die Schwelle zum Menschen sein muss, sei mal dahingestellt – die aber trotzdem noch ihren Tierkörper haben.“
„Menschsein – das ist auch so egozentrisch, sich für die Krone der Schöpfung zu halten. Was wissen wir denn wirklich vom Bewusstsein anderer Lebensformen? So gut wie nichts.“
„Tjaa, allerdings. Und der Blick eines Menschenaffen im Zoo hinter Gittern lässt mir das manchmal gar nicht sooo abwegig erscheinen.“
„Die ham's dir wohl angetan, die Menschenaffen...“
„Na ja, und? Und wenn du manchen Menschen ins Gesicht blickst, da fragst du dich, was oder ob überhaupt was hinter deren Stirn abgeht.“
„Strohfeuer? Träge, graue Masse, Urschleim, Sand? Brausepulver, Marshmellows, was weiß ich?“
„Und anorganisch?“
„Bytes und Bits, die sich lethargisch durch die Axone schieben ..., oder reines Vakuum?“
„Oder, wenn's komplexer ist, psychosozial zum Beispiel? Vielleicht GuteZeitenSchlechteZeiten? Komödienstadl? Oder die Waltons?“

„Na, jedenfalls bin ich sehr gespannt, wie's heut nachmittag weitergeht."
„Ich auch. Aber jetzt geh ich erst mal zum Verdauen. Nach dem Essen sollst du ruhen, oder Karma-Yoga-Seva tun. Bis später, Alter."

44 Transzendenz

Aus dem warmen, behütenden Schoß der Mutter,
sie Seele noch im All sich lösend
fallen wir in die tobende, reißende Welt voller Kampf und Schmerz,
wie ein Regentropfen aus dem weiten, freien Himmel
in die stürmische Gischt der Meereswogen.

Meine Seele ist ein Tropfen im Ozean der Welt,
hin und her geworfen, auf und ab stürzend,
geschleudert durch die Naturgewalten
tanzen mein Körper, Geist und Seele als Tropfen auf der Brandung;
hoch hinausgeschleudert in die Einsamkeit, die leere Weite des Raums,
herabstürzend ins tosende Tropfenmeer mit Schmerz,
zischend und pulsierend mit tausend anderen in der Freude,
in perlender Lust, im extatischen Brausen,
hinuntergesogen in die schwebend treibende Tiefe der Wellentäler.
Momente des ruhigen, befriedigt erschöpften Gleitens,
um im nächsten Augenblick erneut hinausgeschleudert zu werden.

So kämpfe ich im stürmenden Inferno der Welt
mit Milliarden meinesgleichen,
ständig auf und ab auf brausenden Wogen,
vom Lebenssturm unaufhörlich getrieben.
So sind die Leben des Weltlichen und so werden sie sein;
und er wird wieder und wieder sich auflösen,
wieder aufsteigen in die Höhen zwischen den Geburten,
wieder hinabfallen in die Brandung des Lebens,

unaufhörlich, unzählige Leben lang;
solange er nicht weiß von der Geborgenheit
durch das Gefühl der Einheit mit der Natur, dem Leben, der Welt,
das er empfinden kann, wenn er wach ist
in dem Moment, da er am tiefsten Punkt des Wellentales gleitet,
mit dem Wissen um die Möglichkeiten seiner Seinsweisen,
und sich fallen lässt, nichts tut, wartet, was geschieht,
und er sinkt, sinkt immer tiefer,
unaufhaltsam seinem Ziel, dem Meeresgrund, entgegen.
Und je tiefer er sinkt, desto mehr wird er die Einheit spüren
mit der unschätzbaren Menge der Seelentropfen, die den Ozean bilden.
Wenn er wach ist, wird er die Einheit spüren,
wird zum Ozean selbst werden,
seine Seele wird untrennbar mit dem All sich vereinen;
keine Strömungen mehr können ihn an die Oberfläche zurückwerfen
und der Sog der weltlichen Verführungen kann ihn nicht ziehen.

So lasse ich mich denn sinken,
ohne etwas zu tun
überlasse ich mich der Tiefe der Seelentropfen
und sie nimmt mich sanft auf
ich ruhe fest in ihr
sie mit Liebe betrachtend.

45 Noch ein kleiner Absturz

„Begreifen wir unsere Seele als Heimat, dann ist der Tod nur der Abschluss eines Kapitels in einem Buch." (Ram Das)

Am Nachmittag setzte Mahadevi ihren Vortrag fort. „Beginnen möchte ich wieder mit einem Zitat. Diesmal gar nicht aus der yogischen Fraktion, sondern von Willigis Jäger, einem recht bekannten Geistlichen aus dem westlichen Kulturkreis. *'Der Tod ist nach der Geburt das wichtig-*

ste Ereignis unseres Lebens. Er ist die Vollendung unserer Geburt. Wir fügen uns in den Fortgang eines Lebens, das kein Verweilen kennt. Wir verlieren nicht etwas im Sterben, wir gewinnen das ganze Universum zurück. Sterben bedeutet die Entgrenzung in die eigene Wirklichkeit.'

Also keine Angst vor dem Tod! Sterben ist eine Bewusstseinserweiterung! Gut. Es gab ja, wie immer, schon eine Reihe von Diskussionen, ob Karma und Reinkarnation wirklich seien oder nicht. Dazu möchte ich nur noch kurz zu heute morgen ergänzen: Der eine Punkt: Wenn nach dem Tod wirklich 'Nichts' ist, dann ist auch 'Niemand' da, der das überhaupt bemerken könnte! Dann spielt's eh keine Rolle. Der andere Punkt: Es gibt keine Einigkeit darüber, ob 'individuelle' Seelen einzeln von Körper zu Körper wandern, um 'ihr' Karma zu transformieren, oder ob es Karma und Reinkarnation unabhängig von Individuen gibt, das 'gemeinsam', allverbunden, geschieht, so wie es im Buddhismus und im 'Kurs in Wundern' oder der Chandogya-Upanishad dargestellt wird. 'Erlösung findet nur gemeinsam statt' – wir hatten das Thema bereits mehrfach.

Also ohne diese Frage jetzt endgültig mit Absolutheitsanspruch beantworten zu wollen: Ein Modell von Karma und Reinkarnation erleichtert das Hinnehmen von Schicksalsschlägen und die Ungewissheit bezüglich des Todes und was danach kommt. Die Überzeugung, nicht allein von der Gnade eines – übrigens ebenso unbewiesenen – patriarchalischen, belohnenden und strafenden Gottes abhängig zu sein, nicht auf ewig in der Hölle oder dem Himmel verweilen zu müssen, kann das Leben erleichtern, finde ich zumindest. Sinnhaftigkeit, Einsicht ist möglich, und reduziert den Stress der Unsicherheit und scheinbaren Sinnlosigkeit von Lebensumständen, Ereignissen und 'Ungerechtigkeiten', der Unverhältnismäßigkeit weltlicher 'Verfehlungen' in Bezug auf die Ewigkeit der Verdammnis. Da es menschlich und selbstverständlich ist, dass du im Laufe deines Lebens eine ganze Reihe von 'Verfehlungen' produzierst, weißt du letztlich nach dieser kirchlichen Position nie, ob du 'gut genug' bist für die Gnade des Himmels. Das kannst du nur glauben.

Abgesehen davon ist die Reinkarnationslehre im Christentum nie offiziell verboten worden. In Deutschland glauben etwa 20-30% der Menschen an Reinkarnation, weltweit etwa eine Milliarde. Es wäre mal wieder äußerst arrogant, all diese Menschen der Dummheit oder Naivität zu bezichtigen. Außerdem gibt es mehr und mehr Untersuchungen über Reinkarnationserlebnisse und Nahtod-Erfahrungen, die durchaus ernst genommen werden müssen und sollten. Viele Diskussionen um Wahrheit oder Illusion sind völlig müßig. Wenn's dir hilft, glaube was du willst. Patanjali übrigens, dessen Sutras zu den wesentlichsten Grundlagen des Yoga zählen, kommt ohne Gottesvorstellung und Reinkarnation aus!

Nahtod-Erfahrungen, die auf ein Leben in einem Jenseits, auf Bewusstsein nach dem Tod verweisen, sind mittlerweile vielfach dokumentiert, um nur mal Stevenson, Zürrer, Moody und Kübler-Ross zu nennen. Etwa 20% der klinisch Toten, teilweise auch der narkotisierten Patienten, berichten von sogenannten autoskopischen Erfahrungen, also wo man sich selbst, meist von oben gesehen, betrachtet. Ist übrigens auch in meditativen Zuständen möglich. Die Mehrheit der bereits für tot Gehaltenen wollte nicht zurück, weil sie es als so schön, so friedvoll empfunden haben. Und das war für sie ein sehr reales Erlebnis. Die Rückkehr hatte dann meist auch gravierende Veränderungen der Einstellungen und Lebensweise zur Folge in

Richtung auf spirituelle Werte und Handlungen.

Es wurden etwa 25 verschiedene Nach- und Nah-Toderfahrungen unterschieden, von denen ein einzelner Mensch bei einem solchem Erlebnis etwa 2-8 hat, die er jeweils nach seinem Glauben interpretiert. Einer sieht in Lichtwesen Engel, ein anderer sieht darin Ishvaras, die fragen: 'Willst du weitergehen in die geistige Welt, oder zurück in dein materielles Leben und noch an dir arbeiten?' In letzterem Fall 'schafft es der Arzt' dann, dich zurückzuholen. Das kann man auch so sehen: Wie bringt man Gott zum Lachen? Wenn der Doktor sagt: 'Ich habe ihn zurückgeholt'. Diese Erfahrungen haben übrigens nichts mit Samadhi zu tun, das ist noch ne ganz andere Frequenz, und auch unabhängig von Nahtod-Erlebnissen.

O.k., Leute, jetzt geht's ans Sterben! Jeder Mensch weiß, dass er sterben muss und kann sich im Hinblick auf den Tod drei Fragen stellen: Wie bereite ich mich darauf vor? Wie werde ich den Augenblick des Todes empfinden? Und was folgt danach? Spirituell gesehen ist das so: Sterben ist die Rückverwandlung in das All-Seiende. Alles ändert sich, aber nichts verschwindet im Universum. Wenn wir sterben, verschwinden wir nicht, wir verändern uns bloß. Wenn wir also von einem Weiterleben nach dem Tod ausgehen, können wir sagen: '*Der Tod steht der Geburt entgegen, nicht dem Leben.*' Und was die spirituelle Entwicklung hin zur Erleuchtung, dem Aussteigen aus Samasara, betrifft, wird dann auch ganz klar, was Swami Vishnu Devananda meint, wenn er sagt: '*Nicht der Tod ist zu vermeiden, sondern die Wiedergeburt.*' Also keine Angst vor dem Tod. Das geradezu fanatische Streben in der westlichen Kultur nach Verlängerung des Lebens zeigt unsere maßlose Angst vor dem Tod. Was wir hinsichtlich des Todes mit am meisten fürchten, ist der Kontrollverlust, und die damit zusammenhängende Ungewissheit. Und Kontrolle ist doch ohnehin eine Illusion, und Ungewissheit ist doch sowieso allgegenwärtig. Wenn du die Angst vor dem Tod verlierst, ändert sich dein Leben auf dramatische Weise! Wie, das überlegt mal selbst!

Eine richtige Vorbereitung auf das Sterben und was danach kommt, erleichtert den Sterbeprozess und begünstigt die folgende Inkarnation. Wie das im Yoga abläuft, werde ich im Folgenden darstellen. Die ideale Kurzform: Meditieren auf's 3. Chakra, dann Prana im 4. Chakra zusammenziehen, ins 6. Chakra leiten, dabei OM Tryambhakam 108 Mal rezitieren, Energie ins 7. Chakra lenken, den Körper verlassen. Gut, das läuft wohl selten so reibungslos. Wer's noch genauer wissen will, oder aus der buddhistischen Perspektive, der lese z.B. Sogyal Rinpoche: 'Das Buch vom Leben und Sterben'.

Das bewusste geistige Lösen aller Beziehungen, materiell, geistig und emotional, sollte in Frieden geschehen, ein Lebewohl sein. Um Abschied zu nehmen, ist es für die Hinterbliebenen wichtig, noch drei Tage physisch anwesend zu sein, sich bewusst mental und emotional zu verabschieden. Wenn möglich vor dem Sterben Wichtiges noch zu sagen, OM Tryambhakam zu rezitieren. Vor allem ist wichtig, nicht Festhalten, Verzweifeltsein, Jammern und Klagen, sondern den Toten gehen lassen, wenn möglich mit ritualisierten, nicht sinnentleerten Trauerritualen; psychologische Trauerarbeit ist wichtig. Was mit dem leiblichen Körper geschieht, spielt keine Rolle mehr.

Der letzte Gedanke hat entscheidenden Einfluss auf den Aufenthalt in der Astralwelt und die Umstände für den Beginn und die Themen der nächsten Inkarnation. Auch starke Emotionen haben großen Einfluss, also starke Anhaftungen an bestimmte Personen oder Dinge. Der letzte Gedanke ist allerdings nicht völlig beliebig und rational wählbar, besonders wenn man das bewusste Denken nicht geübt hat. Oft entspricht er in etwa dem bisherigen Denken im Leben. Bewusstheit im Moment des Todes ermöglicht, zumindest die letzten Gedanken relativ frei zu wählen, das Bewusstsein auf Satchidananda auszurichten. Eine 'Bekehrung' kurz vor Ende muss natürlich von Herzen kommen, um zu wirken. Das löscht zwar kein zuvor im Leben geschaffenes Karma, erleichtert aber die Bedingungen des nächsten Lebens. Analog dem Schlaf: Wenn ich abends aufbauende Bewusstseinsinhalte pflege, habe ich wohl einen guten Schlaf, eventuell die eine oder andere Idee oder Problemlösung vollzogen, aber die Tagesgeschäfte und Lebensumstände sind am nächsten Morgen immer noch da.

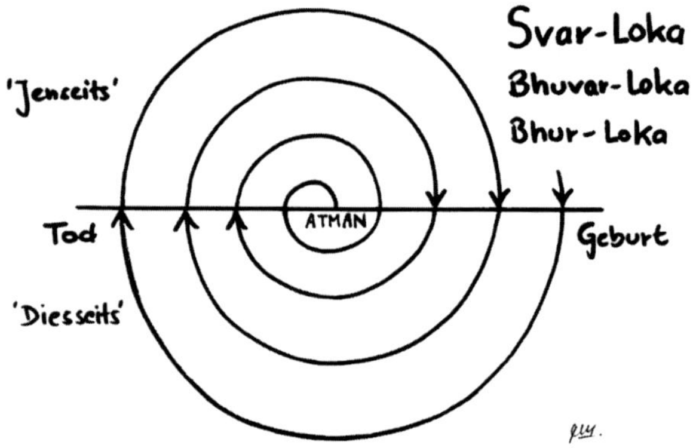

Samsara - Kreislauf von Tod und Wiedergeburt

Was geschieht nun energetisch, wenn die Energiekörper sich vom materiellen Körper lösen? Im Augenblick des Todes erfolgt eine Revision der bisherigen Leben. Durch den Lichttunnel geht es mit dem Astral-Körper zur erdgebundenen Ebene, Bhur-Loka, für eine Zeit von drei Tagen bis drei Wochen, heißt es. Diese Angaben über die mögliche Aufenthaltsdauer ist im Grunde unangemessen, da hier keine Zeit im eigentlichen Sinne existiert, und das Zeiterleben, sofern noch vorhanden, ohnehin ganz anders ist, als in der materiellen Welt. Hier ist die Seele noch dem materiellen Menschen, der sie war, sehr verbunden, d.h. mit Gedanken und Gefühlen, physischen Wahrnehmungen, nur ohne materiellen Körper. Kontakt mit Menschen, Tieren, Astralwesen ist möglich, mit Geistern ehemaliger Menschen, Pretas, oder auch Naturgeistern, Devatas. Auch das Lesen der Gedanken der Hinterbliebenen ist möglich. Sie können geistig getröstet werden, so dass der Abschied erleichtert wird.

Dann geht es weiter zu Bhuvar-Loka, einer höheren Astralwelt. Hier manifestieren sich Gedanken sofort und man kann sich Himmels- oder Höllenwelten schaffen, je nach Vorstellung, oder in bereits bestehende Welten eintreten. Hier kann mit höheren Geistwesen kommuniziert und spirituell gelernt werden, geistige Sadhana praktiziert werden. Die Hüter des Karma sind Engelwesen, die das Karma prüfen für die nächste Inkarnation und einen darauf vorbereiten. Man kann also nicht einfach wie aus'm Katalog bestellen, in welche Umstände hinein man gern wieder inkarnieren möchte.

In Pitri-Loka, einer Unterebene von Bhuvar-Loka, besteht Kontakt zu einer Art Gruppenseele, deren 'Mitglieder' sich auch während der Inkarnationen in verschiedenen Konstellationen immer wieder begegnen. Familienmitglieder, Vorfahren und Bekannte aus einer Vielzahl von Inkarnationen werden wiedergetroffen. Auch auf dieser Ebene kann man sich gegenseitig helfen.

Die höchste Ebene ist Svar-Loka, die Ebene der Meister, der Avatare, die nur erlangt wird, wenn das Leben in Samadhi beendet wurde. Hier entscheiden die Verwirklichten, weiter aufzusteigen oder als Bodhisatva freiwillig zu reinkarnieren, als Siddha auf Astralebenen anderen zu helfen, als Deva oder als Jivamukta ohne Inkarnation zu existieren. Danach gibt es nur noch die transzendente Ebene bzw. Existenz jenseits von Ebenen, All-Einheit, Purusha, Brahman.
Zur Erklärung: Lokas sind eine Art 'psychischer Ort', eine Schwingungsebene, jedenfalls kein materiell lokalisierbarer Ort irgendwo im Weltraum – eigentlich klar. Je niedriger, von der Schwingung her, desto eher der menschlichen Individual-Psyche vergleichbar. Sie korrespondieren direkt, d.h. überlagern und durchdringen sich mit den geistigen Ebenen außerhalb der Individual-Psyche, wodurch die Verbindungen möglich werden. Diese Shifts werden durch Sadhana erleichtert, sind aber auch als Unterstützung, im negativen Fall als Übergriffe von der anderen Seite möglich. Diese Übergriffe wären z.B. auch eine Erklärungsmöglichkeit für das, was wir hier als Schizophrenie oder Multiple Persönlichkeit bezeichnen, oder eher noch im Fall von Besessenheit. Das sind dann die sogenannten Pretas, erdgebundene Geister.
Der Rückweg, also hin zu einer neuen Inkarnation, geschieht durch Rückkehr zu Bhur-Loka, die Annäherung an die Welt. Mit der Empfängnis erfolgt der Eintritt in den Mutterleib, jedoch noch nicht verbindlich. Durch die pränatalen Erfahrungen kann bereits Karma abgetragen werden, auch soweit, dass eine Geburt nicht mehr notwendig ist. Das kann ein karmischer Grund sein für Abtreibung oder natürlich Abortus, Exitus. Bei der Geburt geht alle Erinnerung verloren – vielleicht schreit das Baby auch deshalb. Die Seele ist zwar bei der Befruchtung anwesend. Im Falle einer Abtreibung entsteht aber kein größerer Schaden, heißt es, die Seele sucht sich einen anderen Körper.“
Siehste, dachte Harry, da lagen wir ja bei unserer Diskussion ziemlich richtig. Harry spürte, wie er etwas müde und unaufmerksam wurde. Der Vortrag war kurz darauf zu Ende, aber auch in der Asanastunde dämmerte er immer wieder weg. Insgesamt blieben für Harry einige Fragen offen bzw. machte sich der Skeptiker ganz deutlich bemerkbar. Welche Bewusstseinsentität entscheidet nun definitiv, wie und wozu Wiedergeburt erfolgen muss? Wenn 'ich' oder gar 'keiner' mehr inkarnieren will, wird bestehendes Karma dann von 'Freiwilligen' abgebaut? Wird der Wunsch nach Wiedergeburt, nach sinnlichen Erlebnissen und/oder anderen zu helfen so groß, dass doch letztlich 'jeder' wieder inkarniert? Inwieweit gibt es ein 'Jeder' bzw. 'Einen', der inkarniert? Gibt es nun Individualkarma oder nicht?
Und wenn diese Satsang-Typen sagen: 'Du kannst jeden Moment erleuchtet sein, Hier und Jetzt, du hast alles in dir', was ist dann mit deinem Karma? Das würde doch nur gehen, wenn du kein Karma mehr abzugtragen, wenn du nichts mehr zu lernen hättest? Wenn die letztendliche Lernerfahrung darin besteht, zu erkennen, das du Alles bist, dann ist jede weitere oder andere Lernerfahrung überflüssig. Ist damit all das andere Karma, sind damit all die andere Lernerfahrung nicht mehr notwendig, so dass du sie quasi überspringen kannst, direkt ins Hier-und-Jetzt-Samadhi hinein? Und dass dir das anscheinend nicht gelingt, zumindest nicht so ohne Weiteres, ist wohl ein Zeichen, dass du diese anderen Lernerfahrungen doch brauchst, um zu dieser letztendlichen Lernerfahrung zu gelangen, also doch nichts auslassen oder überspringen kannst, also doch nicht einfach so im Hier und Jetzt Samadhi erfahren kannst!!?? Also

was denn nun???? Es war zum Verrücktwerden!Oder du hast trotz Samadhi-Erfahrung noch Karma abzutragen, d.h. du bleibst inkarniert, wechselst vielleicht ab und zu in Samadhi und wieder zurück, aber es geht eben alles leichter und evtl. auch schneller, da dir diese gelegentliche Samadhi-Erfahrung hilft, deine restlichen Aufgaben leichter zu nehmen, klarer zusehen??? Trotzdem: Wozu das GANZE?
Harrys Stimmung verschlechterte sich zunehmend, und er fühlte sich ziemlich machtlos dagegen. Was war jetzt das nun wieder für'n Einbruch? Beim Essen zog er sich zurück ans hinterste Ende der Terrasse. Es wurde nicht besser. Ok, dachte er, geh ich mal ne Runde.
Die vorläufige Quintessenz: Wieder Mysterium Evolution, kosmischer Atem. Gut, Karma ist mehr als das Abtragen von Schuld. Karma ist die Möglichkeit, wenn nicht gar Verpflichtung, Unvermeidlichkeit sowieso, der aktiven Teilnahme an der Schöpfung, am sich selbst ausdrückenden Göttlichen. Konsequenz: Wenn alles Karma abgetragen ist, findet dann keine Entwicklung mehr statt? Braucht es keine Entwicklung mehr, weil alle im Nirguna-Samadhi sind? Findet somit kein Ausdruck des Göttlichen mehr statt? Ist dann 'Gott tot'? In 'Wahrheit' sozusagen, nicht im Nietzschen Sinne in der Psyche der Menschen? Beginnt ein neuer Zyklus, ein neues Äon von Rück-, von 'Sünden'-Fall in die Materie? Wenn ja, wozu diese Zyklen? Also: Karma endet nie, weil immer eine Form von Entwicklung bzw. schöpferischem Ausdruck besteht? Wenn ja, wiederum die Frage: Angesichts so viel grausamen Leidens auf der Welt – ist das nicht reiner Zynismus?
Und dann heißt es: In Wirklichkeit passiert nichts! Wozu existiert dann Karma überhaupt? In einer Art Unwirklichkeit? Wozu ist dann Aufbau und Abbau von Karma nötig, wenn's doch nicht wirklich ist, in 'Wahrheit'? Wieder dieses mysteriöse, zynische Spiel Lila? Und wieder diese Fragen: Warum die ganze Existenz? Weil Brahman sich 'erfahren' wollte? War Brahman also nicht vollkommen? Wenn doch, woher der Wunsch, noch Erfahrungen machen zu wollen? Hat Brahman sich etwa gelangweilt, so dass Neugier, Interesse und Aktivität, Schöpfung entstehen konnte, 'Freude am Experimentieren'? Ist Brahman, kann Brahman nicht-existent sein, ohne Ausdrucksform im Materiellen? Konnte 'er' wohl vor der Schöpfung, hatte aber irgendwann keine Lust mehr, wollte sich ausdrücken.
Und dafür all das unglaubliche Leid, seelisch und körperlich, das daraus erfahren wurde von den 'Individualseelen' in Milliarden und Abermilliarden Inkarnationen. Und wenn du dich noch so sehr auf das Freud- und Friedvolle konzentrierst: Schaue neutral und überall hin – das Leid, und sei es noch so subjektiv, so ist es um so mehr 'real', ist doch weit überwiegend! Ist das wirklich nur mein Focus? Ist nicht das 'objektiv' messbare, faktische Leid, jeder körperliche Schmerz, groß genug? In ALLEM das Göttliche sehen? Wie grausam und zynisch ist das? Wie konnte das 'Böse' in die Existenz kommen, so dass 'negatives Karma' geschaffen wurde, das es wieder 'abzutragen' gilt durch Leiderfahrung, um daraus zu 'lernen'? Die Zahl der 'Opfer' beträgt das Zigtausendfache der Zahl der 'Täter'. Von wegen Ausgleich: Wann in früheren Inkarnationen waren so viele Opfer die Täter? Wenn sie es nicht waren, warum sollten sie dann jetzt Opfer sein? Kann es eine Zeit gegeben haben, in der die Zahl der Täter das Zigtausendfache der Zahl der Opfer war? Wenn ein Mensch Tausende und Millionen fühlender Wesen geschädigt und direkt oder indirekt in Armut, Angst, Tod und Schmerz gebracht

hat, und nicht jedes dieser 'Opfer' hatte die Wahl oder Möglichkeit, sich dem zu entziehen, wie kann diese 'Individual-Seele' das jemals 'wieder gut machen', durch welche Art von Leid zur Erkenntnis eigener 'Schuld' kommen und sich läutern? Das Konzept von Individual-Seelen scheint nicht aufzugehen, eher das einer 'Universal'-Seele, die sich je nach Karmaabtragungsbedarf in beliebig viele 'Individual-Seelen' teilen kann. Welche Taten rechtfertigen das Dahinvegetieren und Verrecken von Millionen inkarnierten Wesen bis hin zu grausamem Leiden einiger Hunderttausend, um 'Karma abzutragen', eventuell sogar 'daraus zu lernen'? Wo geistige Dumpfheit, Unbewusstheit und Unwissen herrscht, ist keine Möglichkeit zu lernen, so dass diese Existenz nichts weiter als stumpfsinniges 'Abtragen und Schaffen von Karma' wäre?

Und das in all den Äonen der Existenz, der kosmischen Atemzüge Brahmans. Wann begann das Atmen, wann endet es? Wenn es ohne Anfang und ohne Ende ist, wie kann dann spirituelle Evolution erfolgen? Von woher und nach wohin? Von welchem Höhepunkt zu welcher Tiefe und wieder hinauf? Welche Stufen reifen zur 'alten Seele', zur feinstofflichen Existenz 'hinauf', während 'andere' wiederum 'von unten' als neue Seele im Grobstofflichsten beginnen? Wo doch Zeit und Raum und Getrenntheit 'eigentlich' nicht existieren? Weshalb so viel Leid und etwas Freude, alle 'Entwicklungsstufen'? Wenn sich Evolution mit Devolution abwechselt, also die 4 Yugas, die kosmischen Zeitalter sich endlos wiederholen – wozu überhaupt? Wenn du nach der 'Heimkehr' als 'Erleuchteter' gleich wieder als Sandkorn in die unterste Stufe der materiellen Schöpfung hinausgeschleudert wirst? Hier und Jetzt und Eins, seit ewig und für ewig sind, ein Woher und Wohin Illusion, jede 'Entwicklung' Illusion ist? Was ent-wickelt sich wo-raus, was kommt zum Vorschein, was wächst daraus? Involution und Evolution, kosmischer Atem – das dreht sich im Kreis, nicht als Spirale. Wenn Brahman alles ist, so beinhält Brahman auch alle 'Erfahrung' jedweder Bewustseinsstufe, jedweder Frequenz des All-Eins. Welchen Sinn kann da überhaupt irgendetwas machen? Es kann keine Entwicklung geben, wenn alles schon ist. So kann Brahman weder vollkommen gewesen sein, noch jemals werden. Was bleibt? Ein Geisterschiff im endlosen Ozean des Allein-, des All-Eins-Seins! Ein einziges, unerklärliches Mysterium!

Harry war mittlerweile oben auf der Hochebene angekommen. Wieder bahnte sich ein wunderbarer Sonnenuntergang an. Harry setzte sich ins Gras, versuchte, sich so vollständig wie möglich auf das Naturschauspiel zu konzentrieren, und zum Glück gelang es ihm so halbwegs. Er atmete tief den Duft der Bäume und Gräser ein, blinzelte in die Sonne so gut es ging, und spürte die Wiese unter seinen Händen, die Wärme der letzten Sonnenstrahlen auf der Haut. Als der letzte Schimmer verschwunden war und Karmesin sich ins ozeandunkle Blau wandelte, machte er sich auf den Rückweg und hoffte auf einen erfüllenden Satsang, so dass er all seine Gedanken und Gefühle den Abgründen seiner nächtlichen Reise in den Äther anvertrauen konnte.

Und diese Reise hatte es in sich. Harrys Unterbewusstsein griff das Thema des Vortrags direkt auf und zauberte ihm ein ganzheitliches Erlebnis der besonderen Art:

Harry fand sich zu Besuch in einem kleinen, mit allerhand Möbeln, Nippes und Erinnerungen aus wohl 100 Jahren vollgestellten Wohnzimmer wie zu Ur-Uromas Zeiten, Harry als 5- oder

6-jähriges Kind, wo die alte, vor gut 30 Jahren verstorbene Tante Adelheid saß, wie eine vertrocknete Rosine, aber aufrecht und strahlend. Die noch die Original-Mottenkugeln im Schrank hatte, den sie jetzt öffnete und zwischen der noch nach Jahrzehnten frisch gestärkt und akkurat gefalteten Bettwäsche und den Spitzendeckchen, selbst geklöppelt, kramte! Harry drängte sich diese so unverwechselbar naftaline Geruchsmischung aus gutbürgerlichem Reinlichkeitsideal und Leiche auf, gemischt mit dem schwachen Duft der ebenfalls dort seit ca. 39 Jahren gut behüteten Zartbitterschokolade, die sie ihm jetzt überreichte, was ihm einen leichten Vorgeschmack des Todes vermittelte. Ein Geruch, der ihn wissen ließ, warum ihn fröstelt, wenn der Sensenmann an seine Tür klopft und die Klinge schärft, um den Faden seines Lebens abzuschneiden, die Silberschnur an seinem Herzchakra zu durchtrennen, so dass sein Prana sich zurückzieht aus dem materiellen Körper, sein Ätherkörper sich auflöst und seine individuelle Seele aufsteigt in den universellen Vortex.
Dieses war der erste Traum, und der zweite folgte, wenig später kaum. Und der war noch weitaus überraschender, als der erste.

46 Karma und Freiheit

„Freedom 's just another word for nothing left to loose." (Janis Joplin)

So aufgewühlt, wie der letzte Tag endete und die Nacht begonnen hatte, so begann auch der nächste Tag, allerdings mit positiven Vorzeichen. Oft schon hatte Harry sich gefragt: Wozu nützt denn so ne Samadhi-Erfahrung im Alltag? Ist es denn wert, dafür soviel Zeit und Energie aufzuwenden, wo die Wahrscheinlichkeit, dass es passiert, doch relativ gering erscheint? Gut, das war in Phasen von Phlegma und Frust, wenn die Unzufriedenheit mit seinem Leben besonders deutlich zum Vorschein kam. Denn dass diese Erfahrung absolut erstrebenswert war, daran bestand kein Zweifel. Und unvermeidlich war sie ja, zumindest der Lehre nach, sowieso. Nur schien sie so ewig weit weg. Aber er wusste: Wer einmal diese Erfahrung gemacht hat, dass alles Leben Eins ist, dass die Existenz seines Selbst, seiner Wesensessenz unabhängig ist von materieller Erscheinungsform, Zeit und Raum, der kann auch in der alltäglichen Wirklichkeit bewusster und von vorgegebenen Mustern unabhängiger leben. Und einen Vorgeschmack auf Satchidananda bekommen! Vorgeschmack – warum rührte ihn dieses Wort so seltsam an im Moment? Vorgeschmack auf Satchidananda: Der 'Eine Geschmack', so nannte es auch Wilber.

Gleich nach dem Satsang materialisierte sich Harry neben Conny am Fenster, wo sie mit einer Tasse heiß dampfendem Tee stand und nach draußen blickte.
„Du, Conny, ich muss dir was erzählen!"
„O.k. Gestehe!"
„Nee, nicht was du denkst!"
„Was denk ich denn?"
„Ja, ich weiß, ich bin son alter ....
„Ach, was du wieder denkst, was ich wohl über dich denke. Was weißt du denn schon mit deinem männlichen Systemhirn", meinte Conny mit so einem leicht freundlich-mitleidigen Unterton, „Was weißt du denn von dem, was sich zwischen meinen Spiegelneuronen abspielt? Was ich wirklich denke, du Mann. Oder was ich fühle!"
Was'n jetzt los?, fragte sich Harry. Hab ich was verpasst? „Jedenfalls ist es nichts Geheimes oder Peinliches oder so."
„Schade. Na los, dann erzähl mal!"
„Ich hatte letzte Nacht einen Traum. Ich habe geträumt, ich hätte Samadhi erreicht!!!"
Conny staunte nicht schlecht und zog die Augenbrauen hoch. „DU hast von Samadhi geträumt?!"
„Ja. Und ich hab genau gespürt, wie sich das angefühlt hat!!! Das, das war, ja, ich kann's wirklich kaum beschreiben. In dem Traum gab's irgendein Problem, mit dem ich zu tun hatte, aber es war ganz leicht für mich, den Stress oder die Belastung zu ertragen. Ich war völlig entspannt und leicht und ausgeglichen, wo ich mich sonst völlig reingestresst hätte, oder jeden Glauben verloren hätte. Es war so eine ganz wirkliche 'Leichtigkeit des Seins', unabhängig von dem Geschehen auf der materiellen Ebene! Und in dem Traum habe ich mich selbst beobachtet, nach innen gespürt und dachte: In Wirklichkeit ist ja alles gut! Ich fühlte mich so ruhig, so entspannt, so eine gewisse latente Freude, so als Grundstimmung, weißt du? Ein ganz, ganz tiefes In-mir-Ruhen, in der Welt sein. Das Gefühl: Ich bin froh, dass ich das so erleben kann!"
Harry war ziemlich aufgedreht. „Und ich war noch nicht wirklich wach, da hab ich gedacht: Das kann doch nicht sein! Ich hab mich immer beklagt, dass ich keinerlei Gefühl dafür hab, keine Ahnung irgendwelcher Art, wie sich Samadhi anfühlen könnte, trotz des mittlerweile jahrelangen Yoga, trotz ewig viel Meditation und allem. Und dann so ein Traum! Es war total irre!"
„Und jetzt?"
„Na ja, im Moment ist das Gefühl natürlich wieder weg. Aber ich hab jetzt wenigstens ne Ahnung davon! Und gestern abend, da war ich mal wieder ganz mies drauf, wieder mal diese unbefriedigende Sinnsuche, und das ist jetzt völlig weg."
„Mhm. Und weißt du, was das Erstaunliche ist? Du hattest dieses Gefühl von Samadhi vielleicht schon lange, oder eigentlich immer schon in dir. Oder dieser Trauminhalt ist von außen quasi, also nicht aus deiner individuellen Psyche gekommen, sondern aus dem kollektiven Bewusstsein, und du bist offen gewesen für diese Inspiration. Und jetzt hast du es nicht nur als Potenzial, sondern als Erfahrung in dir. Was für ein Geschenk!"
„Hm-m". Harry blickte versonnen in seinen Tee.

„Na komm, lass uns mal in die Yogastunde gehen", meinte Conny. „Ist ja fast die letzte. Noch drei Tage mit heute, dann ist alles vorbei! Die ganze Ausbildung die vier Wochen, ist so schnell gegangen."

Den Tag verbrachten sie mit Kundalini-Yoga bei Gotthilf, und es war anstrengend und energiespendend zugleich. In Samadhi war Harry nicht gekommen, aber selten hatte er sich so energievoll gefühlt. Na ja, aber an drei Tagen hintereinander drei Stunden Kundalini, das machste auch nicht jeden Tag. Der gestrige Tag mit dem Thema Karma und Reinkarnation ging einigen Leuten noch sehr im Kopf herum. Und so kam das Thema nach dem Abendessen, quasi als geistiges Dessert, auf den Tisch.

Harry begann, zu probieren: „Erinnere dich mal an diese Diskussion über das Selbst, und die Wirklichkeit und Wahrheit. Hier gehen wir jetzt mal davon aus, dass das Selbst eine gewisse Realität besitzt, sonst brauchen wir gar nicht über Karma reden. Und zweitens, dass es auf einem gewissen Level der Existenz eine Individual-Seele gibt, sonst macht's auch keinen Sinn."

„Dass es Drittens eine Art Überseele gibt", ergänzte Kalle, „deren Anteile zusammenarbeiten, meinetwegen auch in parallelen Inkarnationen. Und Viertens: Es gibt eine spirituelle Evolution".

„Na, das merkst du doch schon im persönlichen Bereich", meinte Conny, „rein psychomäßig, ganz ohne Eso: Du entwickelst dich weiter, das heißt, du entwickelst positive Eigenschaften und Einsichten, die dir das Leben leichter machen und vor allem, die dich Sinn erkennen lassen. Also warum nicht auch übergeordnet, transzendierend, eben ins Spirituelle?"

Harry: „Die Frage ist auch weniger, ob's wahr ist oder nicht, ob's Karma und Reinkarnation wirklich gibt, sondern ob's ein Modell ist, das funktioniert. Also: Lässt es sich dadurch besser, sinnerfüllter leben oder nicht!"

„Da spricht mal wieder der Pragmatiker."

„Na klar! Das Karma-Gesetz macht das Leben nicht besser, aber leichter. Leichter zu ertragen jedenfalls."

Conny: „O.k., worum es grundsätzlich geht, scheint ja zu sein, diese spirituellen Entwicklungsaufgaben zu lösen. Selbst gewählt, auch wenn wir's nicht mehr bewusst erinnern oder nicht wahrhaben wollen. An einen transzendenten Drehbuchschreiber glaub ich jedenfalls nicht. Das, was du als Karma mitkriegst, ist ja das, was du selbst bewirkt hast, in anderen Inkarnationen oder jetzt. Also hast du dein Drehbuch selbst geschrieben, und schreibst gerade dran, in direkter Wechselwirkung mit deinem jetzigen Handeln, interaktiv sozusagen."

„Genau. Ich hab schon öfter gedacht: 'Was? Diesen Wahnsinn hier soll ich selbst gewählt haben? Das KANN nicht sein! Und dann: Muss wohl doch! Oh Gott!"

Kalle: „Na ja, o.k., akzeptieren wir auch das, dann bleibt aber immer noch die Frage, wie es mit der Freiheit bestellt ist innerhalb dieser selbstgesteckten Rahmen und Ziele."

Harry wurde langsam schon wieder unruhig ob der Kreise, in die seine Gedanken wieder zu geraten drohten: „Und dabei geht es letztlich doch darum, aufzuhören, irgendwas zu wollen – nur SEIN im Hier und Jetzt, also diese ganze Crux der Satsang-Lehrer. Sich zum Kanal machen. Vollständige Wunschlosigkeit – sicher die schwerste menschliche Entwicklungsaufgabe, mag noch so oft behauptet werden, du bräuchtest es ja 'bloß' zuzulassen! Was nützt das Prinzip: 'Jeder kann Hier und Jetzt sofort erleuchtet sein', wenn es pragmatisch nicht geht, da 'Entwicklungsaufgaben' nötig und zu lösen sind, die diesen Ad-hoc-Erleuchtungssprung zu 'Ich bin Brahman' verhindern? Wirklich ALLES loszulassen, zumindest, was nicht sattvig ist, und was nicht Brahman ist? Brahman ist doch Alles, also auch das, was losgelassen werden muss. Also Brahman in Allem sehen und realisieren ist Einheit-All-Eins-Bewusstsein, also brauchst du wieder nichts loslassen, nur Alles anders sehen? Dann mach das mal, Brahman in Allem sehen als Erfahrung, nicht nur als Wunsch oder intellektuelle Strategie, womöglich als unerkanntes Täuschungsmanöver des Ego."

Harry dachte an seine gestrigen Anwandlungen: „So gesehen sind doch Entwicklungsaufgaben letztlich sinnlos, so wie ein Jogger nicht läuft, um irgendwo hinzukommen, sondern um des Laufens Willen. Analog: Welcher Sinn liegt in der Evolution, wenn darauf wieder Devolution erfolgt, Ablauf der Yugas ohne Ende? Sinnlos im Hinblick auf das Gesamtergebnis, da es wohl keine Spirale, sondern eben 'nur' ein Kreislauf ist? Nur sinnvoll im Hinblick auf das materielle Leben, die Inkarnation, da diese gelösten Aufgaben eigenes Leid wie das der anderen lindern oder verhindern.

Wäre das nicht genug? Im realen Erleben der subjektiven Wirklichkeiten der fühlenden Wesen deren Leiden zu lindern oder zu verhindern?

„Harry", erklärte Anne ganz trocken, „Pass mal auf: Der Jogger joggt nicht, um irgendwo hin zu kommen. Er joggt, um seinen Körper zu trainieren, seine Emotionen auszubalancieren, und seinen Geist zu klären. Das erreicht er auch, wenn er es regelmäßig und richtig macht. Und der Yogi yogt, um seinen Körper zu trainieren, seine Emotionen auszubalancieren, seinen Geist zu befreien, und um sein wahres Wesen zu realisieren. Das erreicht er auch, wenn er es regelmäßig und richtig macht. Undzwar für's Hier und Jetzt. Nicht für irgendwann und irgendwo. Nicht mehr und nicht weniger."

Harry schwieg.

Kalle versuchte, den Faden aufzugreifen. „Na sicher, eigentlich reicht es schon, zu leben und zu handeln, um die Leiden zu verringern. Egal wer 'Ich' bin. 'Ich bin DIES nicht und DAS nicht, Neti, Neti' ist nur richtig im Sinne von nicht 'nur' sondern: Ich bin 'auch' DIES und DAS, da ich ALLES bin in meinem wahren Wesen. Ich bin 'Positives' und 'Negatives', aber ich sehe, ich erlebe es anders? Und dadurch wird's leichter? Irgendwie?" Kalle machte auch nicht grad den Eindruck, als ob er kurz vor Drashtr stehe.

„Wenn ich alles in mir habe und alles weiß, und auch alles bin, und es nur realisieren muss, warum ist dann meine Fähigkeit, dies zu realisieren, dies wahr zu machen und zu nutzen so gering, dass ich nicht über Wasser gehen kann? So gering, dass ich nicht die Dinge in meinem Leben verwirklichen kann, die ich möchte? Soll ich dies nicht haben, nicht sein, um durch das Nichthaben zu lernen und durch den Versuch, es zu bekommen? Dann ist es Unwissenheit und Naivität derer, die behaupten: 'Du kannst alles haben, brauchst es nur beim Universum bestellen? Alles ist möglich durch den Geist!?"

„Genau. Und wer z.B. macht denn dann die Drecksarbeit?"

„Drecksarbeit?"

„Na, wenn jeder manifestieren könnte, was er grad will, da würden sich doch die meisten erstmal nen Superjob manifestieren oder gleich den Luxus und Reichtum ganz ohne Arbeit. Und wer macht dann den Müllkutscher, den Kanalarbeiter, absolut gesundheitsschadende, lebensgefährliche Jobs? Wo soll die ganze Kohle herkommen, die die meisten dann haben wollen, und die Produkte, die sie kaufen wollen?“
„Was heißt kaufen? Einfach mit dem Finger schnipsen!“
„Wer soll sich alles in diese Traumpartner verwandeln, und vor allem wie, mit denen dann jeder seine 'absolut wunderbare Beziehung' führen will? Wer soll sich unterdrücken und ausbeuten lassen von denen, die ihre Machtgeilheit manifestieren wollen? Also ich denke, diese Beim-Universum-bestellen-kann-jeder-Fraktion ist da sehr naiv. So klingt es jedenfalls bei Manchen. Wir sollten echt heilfroh sein, dass nicht jeder einfach beim Universum bestellen kann, wonach ihm gerade ist.“
„Also die Fähigkeit zu entwickeln, so direkt mit Gedankenkraft zu manifestieren, wäre eine karmische und evolutionäre Lernaufgabe, und die, die noch nicht so weit sind, haben eben das Karma, die Mitspieler derer zu sein, denen es besser gelingt?“
„Nun, wenn du es so sarkastisch formulieren willst – Ja! Problematisch wäre eben, wenn mit dieser Fähigkeit nicht auch eine gewisse ethische Reife einherginge, so dass die eigenen Kreationen nicht allzusehr die anderen, weniger geschickten Zeitgenossen benutzen oder an deren eigener Entwicklung hindern.“
„Schon, sicher. Das ist die gleiche Verantwortung, wie sie besteht bei denen, die Intelligenz, Macht, Geld oder Information kontrollieren: Wie gehe ich damit um? Wofür setze ich sie ein?“
Jetzt wurde Conny pragmatisch: „Ach, das wird mir jetzt wieder zu spekulativ. Wir haben doch gestern oder vorgestern erst über die Relativität des Glücks gesprochen, wenn man sich einfach alle Wünsche erfüllen könnte. Schaun wir doch mal, wie es mit der Wahlfreiheit ganz konkret bestellt ist. Erinnert euch doch mal an diese Fehlerquellen bei der Konstruktion von Wirklichkeit. Allein schon, was die Wahrnehmung und das Denken betrifft. Begrenztheit und Spezifität der Sinnesorgane, die Sensibilität der Sinnesorgane, die grundsätzliche Bewusstheit, unser Grad an Aufmerksamkeit. Wir sind doch alle noch zumindest im Halbschlaf, was die feinstoffliche Wirklichkeit, die geistigen Dimensionen betrifft. Dann die aktuelle, psychische Befindlichkeit in der Situation, die Gedankeninhalte, die uns gerade durch den Kopf schwirren, alle Arten von Gefühlen, unsere Glaubenssätze und Überzeugungen, Samskaras – all das zum großen Teil unbewusst. Und alles wirkt mit an all unseren Entscheidungen! Also, vielleicht sollten wir uns besser erst mal entspannen und staunen, wie unser Leben funktioniert, trotz dieser immensen Einschränkungen unserer Wahrnehmung und Konstruktionsfähigkeit. Insofern irgendwie lächerlich, anzunehmen, wir hätten auch nur einen annähernd freien Willen. Aber wir leben trotzdem noch, und das nicht mal so schlecht, oder?“
Allgemeines, nachdenkliches Eigentlich-hat-sie-ja-gar-nicht-so-Unrecht-„Hm“.
Kalle: „Gut, diese Umstände müssen wir ja nicht als Fehlerquellen bezeichnen, sie erschaffen eben mit, mit dem Quäntchen an Bewusstheit, über das wir verfügen, aber es sind definitiv Einschränkungen der Freiheit des Willens. Streng genommen.“
Harry: „Menschliche Wesen sind also verpuppte Roboter, die von einem genetischen

Schaltplan, von neuronalen Prägungen und sozialer Konditionierung gesteuert werden."
Conny: „Und von Samskaras und pastlifes."
„Unsinn!" Anne schüttelte den Kopf. „Das spielt ja mit, aber das sind doch die Bedingungen, die den Spieler erst zu diesem unverwechselbaren Spieler machen. Das sind genau die Bedingungen, deretwegen er überhaupt ins Spiel gekommen ist."
„Schon", gab Kalle zu, „Aber von was will denn einer, der nach Freiheit, womöglich absoluter Willensfreiheit ruft, denn überhaupt frei sein? Frei von diesen Einschränkungen seines Geistes? Frei von äußeren Einflüssen, ob karmisch oder nicht? Frei von den Regeln des Dharma?"
„Da wäre er schön blöd, oder anders gesagt, sehr naiv, wenn einer das wollte. So dumm ist doch keiner, dass er erwarten würde, sich an keinerlei Gesetze, weder physikalsiche noch karmische halten zu müssen."
„Na, dann wäre Freiheit ja auch gleich völlige Unbedingtheit. Und das kann es auch nicht sein", stellte Anne klar. „Aber Freiheit, Unbedingtheit von der Diktatur der neuronalen Engramme, der sensorischen Lust, der Hormone, befreit von der Macht der Gewohnheit, geistig und körperlich, gelöst von den Grenzen des Alltagsbewusstseins, das sollte doch DAS Ziel schlechthin sein, oder nicht? Selbst und zwangsläufig vor dem Hintergrund, dass es eine absolute Freiheit gar nicht geben kann in einem Universum, wo alles mit allem verbunden ist. So dass diese Frage nach absoluter Willensfreiheit bei einem spirituellen Weltbild tatsächlich völlig müßig ist. Statt dessen zu erkennen, dass die Anerkennung der Dharma-Gesetze keine Einschränkung bedeutet, sondern die schöpferische Freiheit sogar erweitert, allerdings, und das ist der Haken – und die Herausforderung – unter der Voraussetzung, dass du sie beherrschst!"

Wenn ihr Schiss habt vor der Freiheit, dann geht zurück in euren Saustall und last euch verwursten!

Boooooaa, stöhnte Harry, das sind jetzt schon wieder so Hammer-Überlegungen, ... „Tja, ist das nun erschreckend, oder ist es so selbstverständlich, dass es uns wieder nicht erschreckt?"
„Und ist es denn wirklich so", fuhr Anne fort, „dass wir einen derart freien Willen haben wollen? Alles verwirklichen, was uns gerade gefällt? Wieviel Freiheit wollen wir denn wirklich? Wir spüren doch insgeheim, welch große Verantwortung damit verbunden ist! Wir können doch gar nicht alle Folgen absehen, die sich aus erfüllten Wünschen ergeben! Und wir können niemand anderen verantwortlich machen, wenn uns die Folgen nicht gefallen!"

„Hm!"
„Hm!"
„Hm!"
Conny: „Ach, vielleicht ist ja Freiheit einfach nur, wenn du den großen, inneren Frieden spürst."
Einen Moment war es still. Man glaubte fast, die Flamme der Kerze sich sanft um den Docht schmiegen hören zu können. In diese Stille hinein manifestierte sich der Gedanke: Konnte das so einfach sein? Innerer Frieden ist Freiheit? Der Gedanke schien so einfach und war so neu, das musste sich erst mal setzen ... Die Frage nach der Willensfreiheit blieb dennoch im Raum stehen, aufrecht und erschreckend, groß, unheimlich wie Belphegor, der Dämon der Trägheit. Kalle holte die anderen an den Tisch zurück: „Und überhaupt: 'Was will ich eigentlich', das ist doch ne Frage, die allein vielen Leuten schon große Probleme bereitet. Unklarheit von Zielen ist doch einer der Hauptgründe dafür, dass dein Leben 'irgendwie' verläuft und du 'irgendwas' bekommst. Da kannst du eigentlich nicht mal sagen, es laufe anders, als du willst, wenn du gar nicht weißt, was du willst. Dann musst du eben akzeptieren, was du vorgesetzt bekommst."
Das kam Harry nur zu bekannt vor. „Eben. Das Umsetzen dieses Willens in Freiheit ist doch erst der zweite Schritt. Was nützt dir die Willensfreiheit, auf die du so bedacht bist, wenn du gar nicht genau weißt, was du willst? Oder ob du's 'wirklich' willst? Und eigentlich nichts wollen sollst, aber dann auf ne andere Art doch wohin zielen sollst? Das hatten wir doch schon. Jetzt drehen wir uns im Kreis."
Kalle: „Aktuelle naturwissenschaftliche Hypothesen mit entsprechenden Untersuchungsergebnissen 'belegen', angeblich, dass das GEHIRN! VORBEWUSST entscheidet, aus 'uns' unbewussten Motiven, besser gesagt chemischen Reaktionen, Neurotransmittertätigkeiten, heraus. Und zwar BEVOR uns so etwas wie ein Wille, eine Intention zu einer Entscheidung veranlasst."
Anne: „Und woher kommen diese chemischen Reaktionen? Von früheren, anderen chemischen Reaktionen? Und immer so weiter? Der Mensch, das ganze Universum ne tote Maschine, die irgendwann sapiens sapiens geworden ist? Und diesen deterministischen Reaktionismus niemals kreativ und unvorhersehbar durchbrechen kann? Absurd! Außerdem müsste für jeden der Milliarden denkbaren Gedanken und jedes der Milliarden vorstellbarer Bilder ein exaktes, eindeutiges, biochemisches Korrelat zu identifzieren sein. Ist es aber nicht! Man sieht nur: Da und dort, in diesem und jenem Hirnareal tut sich was, biochemisch, neuroelektrisch, aber was das ist, inhaltlich, das ist eine vage, wenn nicht unmögliche Schlussfolgerung! Also diese Diskussion fang ich jetzt nicht an hier. Ich denke, wir haben einen Einfluss auf den Ablauf dieser Biochemie und daraus folgende Entscheidungen Z.B. allein schon Nahrung, mal abgesehen von direkt psychoaktiven Substanzen ..."
„Genau. Von wegen keine Pilze in der Yoga-Ernährung ..."
„ ... Schon jede normale Ernährung beeinflusst die Biochemie. Ist Erfahrung dann ebenso ein biochemisches Produkt? Ist der interpretative Anteil an Erlebnissen, der Erfahrung im engeren Sinne ausmacht, ebenso biochemisch determiniert? Die Wechselwirkung von dem, was wir uns zuführen und der Wahrnehmung, die daraus entsteht, ist doch offensichtlich."

Harry: „Und auch Gedanken beeinflussen die Biochemie. Mir hat mal ne Frau erzählt, sie habe so intensiv an Sex gedacht, dass sie tatsächlich einen Orgasmus erlebt hätte!"
Kalle: „Geil. Wo kann ich das lernen?"
Conny: „Du? Du gar nicht. Du bist doch 'n Mann."
Anne: „Mind over matter jedenfalls, keine Frage. Spirituell gesehen ist die Materie Träger des Geistes, und Bewusstsein ist nochmal was ganz anderes als die diversen Hirntätigkeiten. Also diese Forschung in allen Ehren, was ihr Bemühen betrifft, aber sie geht in gewisser Hinsicht am Thema vorbei."
Conny: „Aber vielleicht brauchen wir einfach die Illusion eines freien Willens zur Aufrechterhaltung unseres Selbstbildes als Individuum. Keine Marionette, kein Sklave der Hormone, äußerer Umstände oder anderer Menschen zu sein. Zur Selbstbehauptung in der sozialen Umgebung."
Anne: „Sicher ist das auch ein Grund, Willensfreiheit anzustreben. Und ob du nun gleich ein Sklave der Hormone bist, zumindest merkst du den graduellen Einfluss der Hormone, besonders als Frau. Aber ob oder wie weit du dich von diesem Einfluss befreien kannst, ist immer noch eine Frage der geistigen Schulung, der Willenskraft."
Anne: „Und am Ende, ist nicht die Frage, was zuerst da war: Gehirn und Biochemie oder Bewusstseinsenergie, eventuell müßig? Ist es nicht letztlich egal, ob ein 'totes, unbeseeltes' Gehirn entscheidet oder eine bewusste Instanz? Relativ begrenzt oder transpersonal? Ausschlaggebend ist doch letztlich, was dabei an Handlung, an Verhalten herauskommt, denn DAS schafft bzw. löst Karma. Um so wichtiger ist, womit wir unser Unbewusstes füllen. Das Gehirn ist die Hardware, der Verstand/Geist die Software, das Ich oder das Höhere Selbst der Programmierer. Also heißt das Ziel: Den Programmierer vom Ich zum Höheren Selbst zu transformieren, und dann den Programmierer in der Alleinheit aufzulösen. Das Gehirn, der Verstand, der Programmierer kommt und geht – Bewusstsein bleibt. So ist das Setting, das Ambiente für den Programmierer die universelle Matrix: Das universelle, allumfassendes Bewusstsein, die höchste Intelligenz, oder Brahman, wie auch immer."
Harry: „Was so allgemein 'Denken' genannt wird, ist oft bzw. bei Manchen ein kaum kontrollierter Strom willkürlicher Assoziationen, durch Engramme und/oder emotional-hormonell determiniert. Weit davon entfernt, ein bewusster, kontrollierter, erfolgreich zielgerichteter Prozess zu sein. Die oft zitierten 90% unbewusster Anteile an Entscheidungsfindungen mögen schwer wiegen – die Wahlfreiheit zu einer 'guten' oder 'bösen' Tat etc. besteht immerhin dennoch. Mehr oder weniger in Abhägigkeit von den 90%, die ja nicht willkürlich in unseren Geist gelangt sind. Da waren wir ja zumindest teilweise auch beteiligt. Ich sag nur: Pratyahara und Bewusstheit!"
„Scheint wirklich so zu sein, ein 'Rest' von Willensfreiheit, zum Glück. Und das ist ja, wie man gemeinhin so sagt, das, was den Menschen ausmacht." Anne war konsequent yogisch: „Aber ist es nicht auch so: Wo ein Wille ist, ist keine Freiheit mehr. Universell gesehen: Ein Wille konzentriert das universelle Feld, schränkt für den Moment das Potenzial ein, und gebiert sofort neue Potenziale. Faszinierend! Und individualpsychologisch gesehen: Wille entsteht aus Anhaftungen und Bedürfnissen, aus Vergangenheitsängsten und Zukunftshoffnungen, aus

Nicht-Annehmen dessen, was ist. Es entstehen, es bestehen körperliche und emotionale Bedürfnisse, durch die die Willensfreiheit eingeschränkt wird. 'Ich' will diese Bedürfnisse befriedigen, seinen Motivationen nachgehen. 'Ich' will 'frei' bestimmen! Alles bekommen, was 'Ich' will! 'Frei' wählen! Alles Unsinn! Alles nur Durchgangsstadien der spirituellen Entwicklung. Außerdem ist es anstrengend, die Befriedigung oft schal und/oder kurzzeitig. Glück, Satchidananda, ist nicht anstrengend, die Konzepte darüber sind es!"

Conny: „Da sind wir wieder beim Inneren Frieden. Aufhören, irgendwas sein zu wollen, was wir nicht wirklich sind."

Anne: „Der 'freie Wille' ist ein gedankliches Konzept, das der Wirklichkeit aufgestülpt wird, weil das Ego gerne selbst bestimmen will. Alles Wollen ist im Sinne der spirituellen Evolution nur funktionalisiert für das 'eine' Ziel: Das Trennungsbewusstsein zu transzendieren, Erleuchtetsein, Jetzt. Lies mal Eckhart Tolle. Und wenn die Biochemiker sagen: 'Es gibt kein Ich – das Gehirn entscheidet', so ist dies ein Rückschritt in die Materie. Wenn Buddhisten oder Yogis sagen: 'Es gibt kein Ich', so ist deren Schritt einer, der Materie transzendiert, ein Schritt ins allumfassende Bewusstsein. Das 'Ich' ist illusionär, und doch das Mittel zum Zweck, spirituelle Entwicklung 'einer' Seele, aller beseelten Wesen, zu ermöglichen. Scheint ein unlösbarer Widerspruch zu sein: Das Selbst zu transzendieren und es dennoch auf dem Weg dahin zu brauchen. Mumukshutva erlangen zu wollen, oder zu sollen, und dies gleichzeitig nicht als Ziel zu haben!"

Harry: „Gibt es jedoch kein Bewusstsein, weder personal gebunden noch transpersonal, gibt es auch keine Evolution geistiger Art. Karma und Reinkarnation werden sinnlos – werden nicht alle Handlungen, und daher auch daran hängende Gefühle, wird nicht auch jegliche Ethik sinnlos angesichts eines biologischen Determinismus?"

„Nein, wird es selbst dann nicht." Das war auch sowas: Anne fand immer was Positives. Darin war sie echt unschlagbar. „Fakt ist, dass Menschen nun mal Gefühle erleben, und zwar wenn möglich angenehmer Art. Gefühle sind körpergebunden. Gefühle sind Kennzeichen unseres animalischen Teils, Relikte unserer evolutionären Vergangenheit. Sie sind sinnes- und wahrnehmungsgebunden und entspringen der Anhaftung am Körper und am Materiellen, der Identifikation damit. Unser wahres Wesen, heißt es im Yoga, ist geistig, Satchidananda. In diesem Sinne ist Ananda kein Gefühl. Ananda ist eine vollkommene Art zu sein. Vorhandene Gefühle anzuerkennen und zu transformieren ist ein Ziel, Intuition und Inspiration nutzen zu lernen. Wenn Menschen, ob nun biochemisch oder geistig motiviert, sich an die Yamas und Niyamas halten, ist das Leben zweifelsohne friedlicher und angenehmer. Auch die physiologischen und psychischen Wirkungen des Yoga bleiben unabhängig von Willensfreiheit versus Determinismus erlebbar, und zwar sehr positiv."

Kalle: „Und schließlich, was spricht denn gegen ein transpersonales 'Über'-Bewusstsein? Dessen Nichtexistenz ist unbewiesen, da wollen wir doch mal, im Zweifelsfall für den Angeklagten gesprochen, das Falsifikationsprinzip gelten lassen. Wie werden transmaterielle Erfahrungen, transpersonale Fähigkeiten erklärt? Alles nur außergewöhnliche Schläfenlappenfunktionen?"

Anne: „Desikachar sagt, dass im Yoga, nach der Sankhya-Philosophie, alles, was wir denken und

wahrnehmen, real und wirklich ist. Im Advaita-Vedanta ist alles nur ein Traum, Illusion. Es gibt keine reale Welt.“
Kalle: „Na, die gehen sogar so weit, zu sagen: In Wirklichkeit geschieht nichts.“
„Dafür, das nichts geschieht, tut's aber verdammt weh!“, stellte Harry fest. „Ach, Leute, mir reicht's für heute.“ Ganz unvermittelt stand Harry auf. „Mir raucht der Kopf. Bevors jetzt wieder so völlig spekulativ wird, schau ich mir noch den ganz realen Sternenhimmel an. 'Nabend zusammen!“

Endlich wieder eine klare, sommerlich milde Nacht, mit diesem wunderbaren Duft ... Harry legte sich ins Gras und ließ den Blick ins Unendliche hinausdriften. Das Licht der Sterne, teilweise Jahrtausende alt. Wie weit sehe ich eigentlich? Sehe ich die Quelle des Lichts, oder sehe ich das unterwegs befindliche Licht ab einem Punkt, wo es hell genug ist, um vom Auge erst wahrgenommen zu werden? Obwohl die Quelle vielleicht längst erloschen ist? Was es wohl da draußen alles geben mochte? Faszinierend. Und hier? In seinem Bewusstsein? Mindestens genau so faszinierend. Gestern noch der Zweifel, der Frust, über diese unbeantwortete Sinn-und-Existenz-von-Karma-Frage, dann dieser Samadhi-Traum! Diese Erkenntnis von vor einigen Tagen, dass Verstehenwollen zum Scheitern veurteilt ist, dass wichtiger als Verstehen, als die Erklärung, ist, was du erlebst. Die Frage nach dem Wozu eigentlich, ist wichtiger als die nach dem Warum überhaupt. 'Eigentlich' und 'überhaupt', das sind so zwei Wörter, ich weiß nicht, die sind so 'irgendwie' ... wie eineiige Zwillinge, die Geschwister Kannschonsein, die zwei Schneiden des Schwertes der Unentschlossenheit. Oder wie Estragon und Wladimir, die auf Godot warten. Godot ist in dem Fall die Erleuchtung.
Harry konnte, musste in diesem Moment sogar etwas schmunzeln, fühlte sich wieder etwas versöhnt mit sich selbst und dem Universum. Eine ganze Weile später ließ ihn das sich langsam durchdringende Frösteln dann doch aufstehen und sich in seine fahrbare Koje verkriechen. Ab morgen noch zwei Tage. Und dann? Who knows!

47 Sadhana

OM ist der Bogen, die Seele der Pfeil, Brahman ist des Pfeiles Ziel (Upanishaden)

Brahmamuhurta, das war für Harry nicht nur die Zeit von Sonnenauf- und -untergang, sondern auch die Dämmerung seines Bewusstseins zwischen den verschiedenen Sphären des Schlafes und diesem relativ wirklichen Wachzustand. Und gerade morgens war es eine Zeit der

Inspiration. Wie viele gute Einfälle und Ideen hatte er zu diesen Zeiten schon gehabt, wo er noch Zugang zum universellen Bewusstsein hatte, zum allumfassenden schöpferischen Potenzial, während er die Inhalte, die ihm dort zugänglich waren, bereits verstandesmäßig wahrnehmen konnte. So hatte er sich angewöhnt, diese, seine oft wertvollsten Ideen, sofort aufzuschreiben. Dieses Gespräch gestern abend mag sein Unterbewustes angeregt haben, während des Schlafes noch einmal alles zu beleuchten, zu vernetzen und zu integrieren, so dass er aufwachte mit einer vielleicht etwas poetischen, versöhnlichen Form der Frage nach der Realität von Leiden und Satchidananda. Noch ohne sich vollständig aus den sanften Hügeln und Tälern seines halbschlafenen Auenlandes gelöst zu haben, brachte Harry folgendes zu Papier:

Eine Frage der Betrachtungsweise

'Wenn das Leben wunderbar scheint, fragen wir nicht, warum es wunderbar scheint. Wenn das Leben schrecklich erscheint, fragen wir: Warum ist es bloß so schrecklich? Es scheint keine wirklich befriedigende Antwort zu geben, die uns sicher überzeugt. Oder diese: Es ist, was es ist!? Warum fragen wir nicht, wenn es wunderbar ist? Es scheint nur eine sinnvolle, naheliegende und vielleicht daher wahrscheinliche Antwort zu geben: Weil das Wunderbare unsere wahre Natur ist. Dann sind wir aufgelöst in unserem Element, und es gibt keinen Grund zu fragen, weil es selbstverständlich ist. Wir fragen, wenn es schrecklich erscheint, weil das Schreckliche eine Diskrepanz darstellt zu unserer wahren Natur. Dann empfinden wir Schmerz und fragen. Und finden keine Wahrheit, solange wir unseren Verstand gebrauchen, um klären zu wollen, was aber außerhalb seiner Natur liegt. Das geht nicht. Also können wir diese Art, unseren Verstand zu gebrauchen, loslassen und ihn für weltliche Angelegenheiten nutzen. Unsere wahre Natur ist in diesem Raumzeit-Kontinuum, auf das wir uns als Realität geeinigt haben bzw. zu dem wir überredet werden sollen, nicht erfassbar. In dem Moment, wo wir die transzendente Wirklichkeit erfahren würden, wäre dieses Raumzeit-Kontinuum für uns nicht mehr existent. Erst wenn alle erlöst sind, hört die Welt auf zu existieren, denn dann hat sie ihren Zweck erfüllt. Vielleicht fühlen wir uns auch deswegen hier so fremd, weil wir ganz tief in uns wissen, dass es nicht unsere wahre Natur ist, was wir hier leben. Solange wir uns aber nicht befreien können von der Vorherrschaft unseres Verstandes, können wir nur eines tun: Wenn 'Es ist, was es ist', dann müssen wir selbst unser Leben wunderbar machen. Von alleine passiert das nicht. Manchmal dürfen wir Geschenke annehmen, die wir in anderen Leben verdient haben. Und jetzt sind wir hier, um noch mehr Wunderbares zu schaffen. Und die Frage nach der Wahrheit wird irrelevant, wenn wir Hier und Jetzt Wunderbares schaffen, und dann ist DAS 'Das, was es ist'.
Und nicht zufällig tauchte ein Ausspruch des Dalai Lama in seinem Bewusstsein auf: *„Wir können die Welt als fehlerhaft oder als wunderbar betrachten. Alles liegt in unserem Denken“.*

Was für ein schöner Start in den Tag, dachte Harry. Dann wollen wir doch mal sehen, was wir heute Wunderbares schaffen können. Schließlich ist heute Prüfung.

Den Satsang empfand er heute als sehr harmonisch und friedenspendend. Nach einer Pause von ca. 15 Minuten trudelten die Leute so langsam wieder ein, um sich für die schriftliche Prüfung einen Platz zu suchen. An der Tür wurde tatsächlich eine Kontrolle durchgeführt, so dass auch jeder tatsächlich nur sein Schreibzeug und vielleicht sein Wasser oder Tee mit rein nehmen konnte. Ach, Leute, dachte Harry, ich würde meinen Spickzettel an der Innenseite meiner Thermoskanne anbringen, mit wasserfestem Stift geschrieben, dann den Tee gleich am Anfang austrinken, und dann könnte ich mit einem winzigen Teleskopspiegel, dessen Einzelteile ich vorher irgendwo in der Kleidung verborgen eingeschmuggelt hätte, alles ablesen. Zur Not würd's auch so ein Zahnarzt-Spiegel tun. Würde auch gar nicht auffallen, wenn ich da so Stielaugen in die Thermoskanne hinein machen würde! Das war lustig. Er erinnerte sich an die Schulzeiten, die Dummheit der Lehrer in dieser Hinsicht. Oder haben sie's durchgehen lassen? Das war ja eines der wenigen Vergnügen, die man hatte. Lehrer verarschen, das konnte gefährlich werden. Aber Spickzettel und pfuschen, das war ein Gefühl, so eine diebische Freude, die er auf ähnliche Weise heutzutage noch empfand, wenn er rechtzeitig eine Radarfalle entdeckte und ausbremsen konnte. Im Studium dann, in der Statistik-Probe, da hatte er abgeschrieben wie sonst was, und dem WiMi, der die Aufsicht hatte, war's wahrscheinlich eh völlig egal gewesen. Jedenfalls hatte Harry sich in seiner Lernkarriere so viel Erfahrung angeeignet, dass er die Prüfungsvorbereitungen, gewissenhaft und systematisch wie immer, ziemlich entspannt hinter sich gebracht hatte. Spickzettel? Lächerlich! Und unsattvig. Das war aber wohl nicht allen so gegangen. Einige Male hatte er gehört, wie manche sich anscheinend ernsthaft Sorgen machten hinsichtlich der ungeheuren Menge an Prüfungsmaterial.
„Ob das wohl in der Prüfung drankommt? Oh, ich glaub, das schaff ich nicht ..."
Meine Güte, dachte Harry, wo sind wir denn hier? Wieder in der 4. Klasse? Da war er manchmal schon versucht, sich einzuschalten. „Hauptsache, du hast deine Yogkabeln gut gelernt, all das Sanskrit." Aber Einige konnte er auch beruhigen, denn er wusste, dass der ganze Prüfungsinhalt noch einmal detailliert und mit ausreichend Zeit für Fragen am Tag zuvor gemeinsam wiederholt und durchgesprochen werden würde. Und so war's dann auch. Allerdings stimmte es: Es war sehr wenig Zeit, explizit für die Prüfung zu lernen, da das Tagesprogramm kaum Zeit dafür ließ. Dann hieß es immer: Du lernst hier vor allem auf ne ganz andere Art. Ganzheitlich. Durch diese Intensität und Vielseitigkeit der Ausbildung lernst du eben nicht nur mit dem Kopf. Also lass dich ganz drauf ein und hab Vertrauen. Und da ist ja auch wirklich was dran. Wenn das bloß mal endlich die Pädagogen und Politiker kapieren würden, dachte Harry mit Bedauern, was seine beiden Kinder betraf. Ja, mit dem Vertrauen, da hatten's einige auch hier in der Yogalehrer-Ausbildung recht schwer. Ihm selber langte es, auf seinen Intellekt zu vertrauen, der würde in diesem Fall ausreichen.
Also entspannte Harry sich jetzt in der Prüfung und schrieb weitgehend zügig seinen Text runter. So hatte er genügend Zeit, sein vorletztes Frühstück hier in aller Ruhe in der Sonne zu genießen. Es gab noch eine nach den ganzen Fortschritten im Lauf der 4 Wochen zumin-

dest lockere, aber intensive Yogastunde, die Harry voll genießen konnte. Noch vor dem Abendessen waren alle Prüfungsblätter korrigiert. Es wurden jedoch keine Einzelergebnisse offiziell verkündet. Nur diejenigen, die durchgefallen waren, und das waren nur 2 von 51, wurden von einem der Ausbildungsleiter zur Seite genommen, und man besprach, wie es weitergehen konnte.
Abends gab es ein besonders ausgiebiges Festessen, diesmal komplett indisch: Pakoras und Samosas, Gemüsecurry in Kokos, mit Reis gefüllte, original panirkäseüberbackene Auberginen, ein ganz feines Kitcheri, Papadams, Chapatis, und zum Trinken Lassi süß und Lassi mit Kräutern. Und, na klar, Yogitee.
Madhuras Abschlussvortrag zu Beginn des Abendsatsangs fasste noch einmal das Wesentliche zusammen, was für die kommende Zeit nach der Ausbildung besonders brauchbar bzw. unabdingbar war.
„Sadhana", begann Madhura, „bezeichnet jede Form spiritueller Praxis. Im engeren Sinne das, was wir als 'Übungen' bezeichnen. *'Die Zeit, die wir brauchen, um uns vorzubereiten, ist nicht verschwendete Zeit.'* hat Gandhi einmal gesagt. Sadhana bedeutet, sich bewusst auf den Weg der Selbsterkenntnis zu machen, den Weg, das 'Höhere Selbst', den wahren Wesenskern im Inneren als Bewusstseinsfeld, Hier und Jetzt auf dieser materiellen Ebene zu realisieren. Yoga ist allein DEINE Erfahrung dessen, was die Konzepte nur beschreiben können, also musst du Yoga praktizieren, um Yoga zu erfahren.
Auf was sollen wir uns denn vorbereiten? Auf's Leben selbst!. Denn das vielleicht Allerwichtigste: Übungen sind nicht Übungen um ihrer selbst Willen. Übungen sind für die Praxis. Für den Alltag. Für das 'wirkliche' Leben! Karma und spirituelle Entwicklung findet in euren Beziehungen statt. Zu euch selbst und zu euren Mitmenschen. Nicht zuletzt deshalb sind die Yamas und Niyamas das Fundament des Yoga! Was ihr durch Übungen lernt, dient nur dazu, diesen spirituellen Entwicklungsweg möglichst erfolgreich zu gehen. Ihr müsst das Gelernte anwenden, mit Leben füllen!
Also: Zu Sadhana im engeren Sinne gehören in der Yoga-Praxis die 8 Glieder, die 8 Disziplinen des Asthanga-Pfades, unabhängig von den speziellen Schwerpunkten. Diese 8 Glieder wiederhole ich jetzt nicht, die solltet ihr kennen. Punkt 1 und 2 bilden das ethische Fundament, 1-6 beschreiben die simultan praktizierte, synergetische Praxis, 7 und 8 kommen dann von allein.
Hinweise, die die Notwendigkeit bewusster Entwicklung, der Arbeit an sich selbst im Hinblick auf Erkenntnis und Realisierung des Selbst anzeigen, sind die aktuellen Befindlichkeiten, die durch das Gleichgewicht bzw. Ungleichgewicht der Doshas zum Ausdruck kommen.
Woran erkennst du ein Ungleichgewicht? Du erlebst 1. jedwede Form von Schmerz – körperlich, emotional, geistig. 2. Gefühle von Sinnlosigkeit, Unerfülltsein. 3. Energielosigkeit, Apathie, Gleichgültigkeit, 4. falscher, flacher, unsteter Atemrhythmus.
Woran erkennst du Gleichgewicht? Oder gar Wahrheit, Erleuchtung? Zustände von innerem Frieden und Erfülltsein, Sinnhaftigkeit, Stimmigkeit! Sanfte, kraftvolle Freude, Aufgehobensein und Allverbundenheit, Satchidananda. Geistige Haltung und aktives Leben voller Liebe, Mitgefühl und Wertschätzung. Gesundheit, Vitalität, Lebensenergie.

Auf dem richtigen Weg bist du, wenn du, über einen längeren Zeitraum betrachtet, weniger Ungleichgewicht und mehr Gleichgewicht in deinem Leben spürst, innerlich. Unabhängig, von dem, wie sich die Konzepte deines Geistes und das, was du karmisch aktivierst, im äußeren manifestieren.
O.k. Wie kommt ihr nun zu einer authentischen Praxis? Sadhana sollte nicht zur unbewussten Gewohnheit werden oder zum trendy Lifestyle-Yoga, sondern immer bewusst praktiziert werden. Wissen, warum ich dies und jenes jetzt und auf diese Weise tue. Sich nicht darauf ausruhen und auch nicht plakativ nach außen tragen. Wirksame Sadhana ist mit Enthusiasmus und Ausdauer verbunden. Mit ernsthaftem, aufrichtigem Willen und empfangsbereitem Praktizieren. Die Verbindung und Hingabe an die yogische Tradition, an Meister und Gott, kann sehr helfen, Trägheit, Zweifel, Rückschläge und andere Hindernisse zu überwinden.
Denn spirituelle Suche ist meist anders als die Vorstellung, die wir davon haben. Die persönliche Entwicklung, die sie begleitenden Ereignisse, sind nonlinear. Es gibt Höhen und Tiefen. Um anzunehmen, was kommt, statt an bestimmten Erwartungen zu haften: 'Jetzt, wo ich doch praktiziere, muss das Leben doch endlich nur noch schön sein, alles besser werden, nie mehr Probleme und Streit, immer fröhlich und gesund sein, alles ist einfach und leicht; ich liebe alle Menschen und alle lieben mich'. Wenn das nicht so ist, warum dann trotzden Sadhana, Verzicht, Anstrengung?
Der spirituelle Weg ist, wie ich am Beginn der Ausbildung schon mal gesagt habe, kein Wohlfühlweg. Seine Wohlfühltechniken dienen eher dazu, die Schwierigkeiten des Lebens auszuhalten, die Disziplin zu bewahren. Also suche nicht nach Erleichterung – suche nach der Wahrheit!
Und wenn ihr genau hinschaut: Es wird doch immer irgendwo irgendwie ein Stück leichter, schöner, reichhaltiger, als ohne Sadhana, ohne Yoga. Und andererseits ist da noch soviel unvermeidliches Karma von früher, das besser jetzt aufgearbeitet wird, wo spirituelles Wissen und Praxis es erleichtern, als in einem späteren oder parallelen Leben, wo dies eventuell fehlt.
Und so gibt es auch keine Abkürzungen auf dem spirituellen Weg. Du kannst nicht zwanghaft die Transformation beschleunigen, nicht gegen bestimmte emotionale und geistige Widerstände praktizieren, Unliebsames vermeiden oder dir vermeintlich Notwendiges auferlegen. Das ist rajasige Sadhana. Es nützt nichts, eine Pflanze zu überdüngen und zu viel zu wässern, an ihr zu ziehen, damit sie schneller wächst.
Und wenn du vielleicht denkst, du hättest keine oder nicht genügend Zeit für Sadhana? Denk lieber: 'Ich habe immer Zeit für Sadhana.' Das ganze Leben ist Sadhana! Sei nachsichtig mit Dir selbst und anderen. Motivationstiefs und Enttäuschungen, mangelnde Achtsamkeit und Konzentration, Zweifel, Ungeduld, Perfektionismus sind normal. Auch negative, begrenzende Gefühle wollen gelebt werden. Alte Muster werden durch Sadhana aktiv und dadurch jetzt sublimierbar, um sie endgültig zu transformieren, neue Engramme zu schaffen. Da Yoga ein Entwicklungsweg, ein Weg der persönlichen Transformation ist, beginnt authentische Praxis dort, wo die Fassade Risse bekommt und das narzisstische Selbstbild anfängt, abzubröckeln. Durch die Reinigung des Geistes, durch die Freisetzung von gebundener Energie und deren Ausrichtung auf sattvige Inhalte. Es bedeutet, empfänglich zu werden für den immerwähren-

den Prozess der Veränderung, und mit diesem Fließgleichgewicht zu gehen – lebendig sein. Deshalb möchte ich an dieser Stelle nochmal wiederholen, was ich zu Anfang der Ausbildung gesagt habe: Ein wesentliches Ziel der Yoga-Praxis ist, die Fähigkeit zu entwickeln, dieses Fließgleichgewicht von gleichmütigem Annehmen und engagierter Handlung in jeder Situation erzeugen zu können. Die Sicherheit, mit Unsicherheit und Veränderung umgehen zu können.

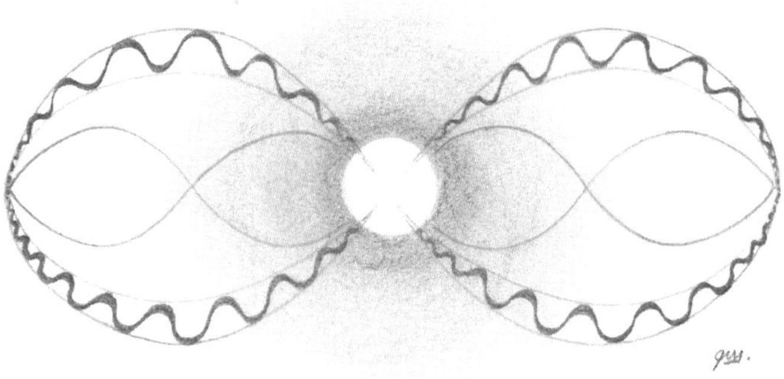

Fließgleichgewicht - Homöostase

Abschließend möchte ich euch noch die wichtigsten eher 'technischen' Sachen zusammenfassen. Die schreib ich auch jetzt noch hier ans Flip:
Die 4 Haupteigenschaften des Yogi sind Achtsamkeit, Hingabe, Entschlossenheit, Gleichmut. Um diese zu realisieren, braucht es Erstens: Des-Identifikation von den manifesten, materiebezogenen Formen, also den tamasigen, rajasigen Gedanken, Gefühlen und Wünschen. Seid euch immer wieder der karmischen Gesetze bewusst. Ganz besonders hinsichtlich des ganz direkt wirkenden Gesetzes der Gedankenkraft, der Anziehung. Die Focussierung der geistigen Energie auf ganz bestimmte Ziele bewirkt, dass sich diese Ziele manifestieren in eurem Leben. Was immer in eurem Geist ist, und gefühlsmäßig geladen, egal ob bewusst oder unbewusst – es zieht Gleiches an. Also klärt euer Unterbewusstes und richtet euer Bewusstes immer wieder auf Positives, Konstruktives, Erhabenes. Macht euch immer wieder klar: 'Ich bin nicht diese materiellen Formen. Ich bin nicht das Ego, das Ich. Mein wahres Wesen ist Satchitananda – Sein, Wissen, Glückseligkeit. Und dabei gemäß Dharma in der materiellen Welt handeln.
Zweitens: Übungungspraxis. Vor allem Meditation. Dann Pranayama, Asanas, Tiefenentspannung, Ernährung, spirituelles Denken.
Drittens: Immer in positiver Absicht handeln. Annehmen, was kommt, mit Selbstvertrauen und Gottvertrauen. Das heißt: Vertrauen, dass das Universum genau die richtige Erfahrungsmöglichkeit bringt. Denkt dran: Letztlich können wir uns nicht falsch entscheiden! Habt den Mut, Erfahrungen anzuschauen und über euch hinauszugehen. Swami Vishnu Devananda sagte oft zu uns: *'Sobald alles unter Kontrolle ist, lernt man nichts Neues mehr'* Also, habt den Mut!
Und dies tut mit der Karma-Yoga-Einstellung, vierter Punkt:

* Mache es so gut, wie Du kannst. Mach es von Herzen. Den Rest überlasse Gott.
* Tue, was hier und jetzt nötig ist und denk nicht an die möglichen Resultate.
* Hafte nicht an den Ergebnissen. Praktizieren ist Selbstzweck im Hier und Jetzt.
* Guru-Bewusstsein: Alles kann mich lehren. Ich selbst kann mein spiritueller Meister sein.

Und dann kannst du dich, fünfter Punkt, in allem, besonders in unangenehmen Situationen, bei Ergebnissen, die Du nicht willst, fragen:

* Was ist meine Aufgabe, meine Pflicht hier und jetzt? Wodurch habe ich dies karmisch erzeugt?
* Was will, was soll ich hier und jetzt, gegebenenfalls mit diesem Menschen?
* Was habe ich hieraus zu lernen? Wozu ist es gut?
* Was kann ich jetzt tun, um wieder glücklich zu werden?

Yoga - der Weg des Helden

Zum Schluss möchte ich noch einmal ganz ausdrücklich die spirituellen Aspekte des Yoga und dieser Ausbildung betonen. Es geht hier darum, den Menschen, und zwar allen Menschen, denen ihr begegnet und offen sind dafür, spirituelles, jahrtausendealtes Wissen zu vermitteln! Seid euch bitte im Klaren darüber, welch wunderbare Aufgabe das ist. Hier geht es um nicht mehr und nicht weniger als den Sinn, warum wir überhaupt hier als Menschen auf der Erde sind. So könnt ihr dazu beitragen, das Wesentlichste und Wertvollste zu verwirklichen, was Menschen überhaupt möglich ist. Und bitte vergegenwärtigt euch diese wundervolle Möglichkeit, die ihr jetzt erlangt habt, wieder und wieder. Egal, ob, wann oder wieviel ihr unterrichtet. Ihr alle seid SATCHIDANANDA. Hari OM Tat Sat!“

Danach wurde besonders ausgiebig und hingebungsvoll gesungen, so dass eine großartige Stimmung herrschte, und diesmal sogar fast eine ganze Stunde überzogen wurde.

48 Schokolade

„Ein Yogi ist sich zweier Tatsachen immer bewusst: Dass er sicher sterben wird, und dass er allumfassendes Bewusstsein, Satchidananda, ist. Und damit ist er glücklich.“ (unbekannt)

Unweigerlich kam der Tag des Abschieds. Harry war eigentlich noch im Tiefschlaf, als der Weckdienst seines Schlafzentrums sich bemerkbar machte: „Hey, Harry! Harry!“ „Ja, ja doch, was gibt's denn?“ „Moin, Chef. Hömma, da tanzt einer schon ne ganze Weile auf meinen Dendriten rum und lässt mir keine Ruhe. Ich glaub, es ist der Swami!“ „Der Swami? O.k., dann stell mal durch.“
„Harry, komm, wach endlich auf!“ Der Swami war ein Frühaufsteher. „Du, ich hab hier was für dich, sozusagen ein ganz persönliches Geschenk von mir zur bestandenen Prüfung“. „Na ist ja wirklich nett von dir. Aber muss das denn schon um diese Zeit sein?“ „Jaa, komm! Also, ich hab hier ein kleines Gedicht für dich, oder eher eine Art Gleichnis, egal. Pass auf, es heißt: 'Das Tun', und es geht so:

DAS TUN

Einst kam ein Lernender zum Meister, und bat um Anhörung.
Der Meister widmete ihm seine Aufmerksamkeit und hieß ihn sprechen.
Ehrwürdiger Meister, sprach der Lernende, mein Leben ist leer.
Ich sehe keinen Sinn in dem, was ich tue, in dem, was ich bin.
Ich sitze den ganzen Tag und überlege, was ich tun kann.
Und fällt mir etwas ein, so sagt eine Stimme in mir:
Das ist sinnlos, das führt zu nichts, das ist zu anstrengend,
das verstehst Du nicht, das bereitet keine Freude, das ist wertlos.
So sitze ich da, und werde von Tag zu Tag unglücklicher.
Da lächelte der Meister milde und wissend:
Darin liegt Dein Fehler, dass Du sitzen bleibst.
Erhebe Dich und gehe ein paar Schritte in die Welt,
so hast Du Dich und die Welt verändert.
Der Sinn des Tuns liegt im Tun selbst,
die Freude erwächst aus dem Tun selbst,
die Übung des Tuns macht aus Anstrengung Leichtigkeit.
Jedes Tun ist wertvoll, denn Du bist wertvoll.
Aus jedem Tun erwächst Interesse, aus Interesse erwächst Verstehen,
aus Verstehen erwächst Freude, aus Freude erwächst Gelingen,
aus Gelingen erwächst Erkenntnis, aus Erkenntnis erwächst Liebe; Liebe macht frei.
So bist Du erwachsen nur aus eigenem Tun. Erhebe Dich und beginne zu tun.
Der Lernende tat, wie ihm geheißen, und mit der Zeit wurde er weise,
denn er nährte sein Tun, und auch er wurde ein geliebter und geehrter Meister.

Harry war echt gerührt. Der Swami hatte seine poetische Ader entdeckt und gleich so eine Perle der Weisheit hervorgebracht. „Großartig! Na vielen Dank, mein Lieber. Das ist dir wirklich gelungen. Meisterlich sozusagen." Der Swami setzte ein sehr zufriedenes, genüssliches Lächeln auf. „Freut mich, dass es dir gefällt. Dann wünsch ich dir schon mal nen schönen Tag, und bis später."

Nach dem Morgensatsang folgte das offizielle Abschluss-Ritual und die Übergabe der Zertifikate. Durch die Puja, die sehr schön und feierlich verlief, mit vielen Blumen, Kerzen, Räucherstäbchen und Mantrasingen, waren viele Teilnehmer sichtlich gerührt, einige gar in Tränen aufgelöst. Und auch Harry spürte während der Zeremonie mehr und mehr ein seltsam, ungewohnt anmutendes Verbundensein, Aufgehobensein, so dass er sich in der Tat wunderte, wie sehr er doch ergriffen war von der allgemeinen Feierlichkeit, um nicht zu sagen Heiligkeit der Situation. Und so richtig erklären konnte er sich das, trotz allem, was er gehört hatte, nicht. Na ja, ist eben so, dachte er, und es ist ja eigentlich ein sehr schönes Gefühl. Von einigen verabschiedet er sich mit ein paar freundlichen Worten. Von Anne, Kalle und Gunnar sehr herzlich. Und es war klar, man würde sich früher oder später, hier oder woanders, wieder über den Weg laufen. Und natürlich suchte er Conny, die im Moment allerdings schwer beschäftigt damit war, sich von ihren Leuten zu verabschieden. Schließlich erwischte er sie noch.

„Komm, wir gehen 'n bisschen raus, ja?"

„O.k."

Als sie draußen langsam Richtung Wald schlenderten, fühlte Harry sich doch ziemlich unbehaglich. Er hatte nicht das Gefühl, sich was vorwerfen zu müssen. Aber er spürte doch einen deutlichen Frust, dass er den 'richtigen Zeitpunkt' wohl verpasst hatte, die Möglichkeiten, die Conny ihm geboten hatte, den entscheidenden Schritt in ihre Richtung zu tun. Und diese entschuldigend fatalistisch-lapidare Pseudo-Erklärung 'Na, dann soll es wohl nicht sein', das schien im doch zu platt, das war äußerst unbefriedigend.

„Du, ich weiß nicht, wie ich ..."

„Schon gut, Harry, schon gut." unterbrach ihn Conny mit leiser Stimme. „Es ist o.k. Es ist so, wie es ist. Komm, lass uns einfach ein Stück gehen."

Sie nahm seine Hand, und so schlenderten sie schweigend die ca. zehn, fünfzehn Minuten bis zu der Weggabelung, an der sie so oft, allein und machmal gemeinsam, weiter aus dem Tal hinaus hinaufgewandert waren. Hier blieb Conny stehen.

„So, mein Lieber. Hier trennen sich unsere Wege. Vorläufig jedenfalls. Ich möchte nämlich noch ein wenig für mich sein und werd noch mal da hoch gehen. Du hast meine mailadresse, und ich hab deine. Ich würd mich jedenfalls freuen, wenn du dich irgendwann mal meldest."

Harry schluckte. Sag jetzt am besten nichts, riet Swami Durchananda.

Harry und Conny schauten sich tief in die Augen. Und die wurden langsam feucht. Dann umarmten sie sich, lange und innig. Als sie sich wieder lösten, setzten beide ein freundliches Lächeln auf, so gut es ging. Dann drehte sich Conny um und ging mit langsamen, bestimmten Schritten den Weg hinauf. Der Weg machte zum Glück nach wenigen Metern eine scharfe Biegung, so dass Harry ihr nur wenige Sekunden nachblicken konnte. Als er Conny langsam hinter den Bäumen verschwinden sah, gab ihm das im Moment einen mehr als flauen Nachgeschmack, und er spürte einen dicken Kloß im Hals. 'War's das jetzt?' Langsam macht er sich auf den Rückweg. Viel zu durcheinander, um seine Gedanken und Gefühle irgendwie ordnen zu können.

Als das Haus wieder in Sicht kam, und er einige Leute dort abreisend herumwieseln sah, kamen ihm einige, mit denen er näher zu tun gehabt hatte, in den Sinn. Mit so vielen Leuten war tatsächlich, soweit Harry es überhaupt hatte wahrnehmen können, einiges an Veränderung vor sich gegangen. Harry dachte an Jens z.B., diesen Gothic- oder Gruftie-Typen, der ihm beim Einchecken aufgefallen war, der hat seinen schwarzen Umhang schon länger nicht mehr getragen. Oder nur heimlich nachts. Oder vielleicht nur dann, wenn er zum Schlafen von der Decke hing. Seinen Inhalator gegen seine Asthmaanfälle hat er wohl auch kaum noch gebraucht.

Und Frank-Rüdiger erst: Anfangs immer frisch rasiert im gestärkten Trainingsanzug, sekundengenau auf alles eingetaktet, der hatte sich zwar nicht um 180, aber vielleicht immerhin um 120 Grad gedreht, schließlich ist das Trigon ein Entspannungs- und Unterstützungsaspekt. War jedenfalls deutlich lockerer geworden, äußerlich und im Gespräch.

Bei Inge hatte er mitbekommen, dass sie noch mal ganz intensiv darüber nachdenken wollte, wie sie was verändern, was bewegen will. Studiert ihr Polizei-Psychologie-Studium noch zu Ende, und dann wird man wohl sehen, auf welcher Seite des Zauns sie steht.

Und Beate hat die Schönheit, die von innen kommt, für sich entdeckt, und will ihr Kosmetik-Studio vielleicht doch in ein Yoga-Studio umwandeln – oder, noch besser, beides in Einem!

Justin hatte verlauten lassen, dass er jetzt nur noch in Öko- und Ethik-Fonds investieren wolle. Schließlich sind die Renditen akzeptabel hoch, und langfristig gesehen ist die ganze Branche im Aufschwung.

Und seine neuen Freunde, so konnte man wirklich sagen, Anne, Conny, Kalle, Gunnar – all diese lieben, wunderbaren Leute, strahlten noch mehr!

Tja, und er selbst? Diese unvermeidliche Frage: 'Was hat das Ganze nun gebracht?', stand noch im Raum. Oder lag sie nicht vielleicht entspannt im Gras? Wahrscheinlich mussten sich all die Erfahrungen der letzten vier Wochen erst mal setzen, bevor er ein brauchbares Resummée ziehen konnte. Im Moment war alles noch zu frisch. Überlagert von einer zwar gelassenen, aber dennoch spürbar aufregenden Aufbruchstimmung. Und natürlich von dieser Geschichte mit Conny. Seine Pläne waren immer noch unklar, auch die gewohnte Skepsis war da. Trotz einer großen, inneren Ruhe. Trotz des gewaltigen Energieschubs, den er aufgebaut hatte. Was würde sich wirklich ändern in seinem Leben? Na, das würde sich unweigerlich zeigen.

So als kurze Quintessenz kamen ihm ein paar elementare Einsichten in den Sinn, die ihm in den letzten Wochen aufgegangen waren, und die er sich nicht nur hinter die Ohren schreiben wollte – wie sollte er sie denn da auch lesen können – sondern auf ein großes Plakat, das er gegenüber seinem Schreibtisch an der Wand befestigen wollte:

Alles ist mit allem verbunden!

Erlösung findet nur gemeinsam statt!

Gib alles – Erwarte nichts!
Du kannst nicht verlorengehen!
Du hast nichts zu verlieren!
Mein wahres Wesen ist Sein-Wissen-Glückseligkeit!

„Klingt ja wirklich super", meldete sich Swami Durchananda. „Das musst du jetzt nur noch mit Leben füllen."

„Tja, mein Alter, das will ich fürwahr beherzigen. Und du, du bist hoffentlich auch ein bisschen entspannter geworden in deiner Sorge um mein Seelenheil, hm?"

„Och, weißt du, jetzt, wo wir fast Kollegen sind sozusagen, da kann ich's wohl wirklich etwas gemächlicher angehen lassen."

„Na, dann lass uns mal ganz gemächlich in die Gänge kommen." Harry schaute sich noch einmal kurz zum Haus um, bevor er in seinen Wagen stieg. War wirklich ne schöne Zeit hier. Und sicher nicht die letzte.

So, dachte Harry, als er langsam den Waldweg hinaufkurvte, jetzt beginnt also tatsächlich eine neue Runde im samsarischen Hamsterrad, oder auf der Achterbahn des Lebens, auf den Brettern und Wogen, die die Welt bedeuten. Diese Gratwanderung, dieser Eiertanz zwischen Sinn und Unsinn, Frust und Freude, Askese und Dolce Vita. Apropros dolce vita: Harry erinnerte sich an die Schokolade, die er gekauft hatte, die er eigentlich mit Conny hatte teilen wollen. Dazu war es jetzt nicht mehr gekommen. Schade. Wieder mal. Harry seufzte unmutig und begann, sich wieder über sich selbst zu ärgern. Gut, dann ess ich sie eben jetzt alleine. Wo hab ich sie hingesteckt? Die hab ich doch grad noch gesehen. Aber erst mal fahr ich hoch bis auf die Landstraße. Oben angekommen, fiel es ihm wieder ein: In der Vordertasche des Tagesrucksacks. Den hatte er im Fußraum vor dem Beifahrersitz verstaut.

Aber wozu mach ich denn Yoga, dachte Harry. Er ging etwas von Gas, und während er mit dem linken Auge auf die Straße schielte, beugte er sich weit nach rechts unten. Reicht noch nicht. Er zog seinen Arm weit aus der Schulter raus, asanatechnisch, und ließ die Finger länger und länger werden, bis er den Reißverschluss zu fassen bekam. Ging nicht auf! Harry zupfte und zerrte daran herum. Mist! Er schaute hinunter, woran es wohl lag. Kaum eineinhalb Sekunden später hörte er ein anhaltendes Tuten, so laut und gewaltig wie das Signalhorn eines Ozeanriesen. Er lugte über das Armaturenbrett wieder raus auf die Straße. In diesem Moment schlug sein Herz einen einzigen Schlag mit einer solchen Gewalt, dass er dachte, es zersprengte ihm die Brust. Alles, was er sah, war eine riesige, rotweiße Wand aus Blech, Glas und Kunststoff, die sich wahnsinnig schnell und gleichzeitig, wie in einzelnen Standbildern, unausweichlich auf ihn zu bewegte. Das letzte, was er sah, war der Film seines Lebens, der vor seinem inneren Auge ablief. Das letzte, was er wusste, war: Wenn dieser Film abläuft, ist es Zeit, zu sterben. Den ohrenbetäubenden Knall hörte er schon nicht mehr. Er hatte nicht mal mehr Zeit, ein OM Tryambhakam in seinem Bewusstsein auftauchen zu lassen. Schwarz. Nichts.

So, dachte Harry, als er langsam den Waldweg hinaufkurvte, jetzt beginnt also tatsächlich eine neue Runde im samsarischen Hamsterrad, oder auf der Achterbahn des Lebens, auf den Brettern und Wogen, die die Welt bedeuten. Diese Gratwanderung, dieser Eiertanz zwischen Sinn und Unsinn, Frust und Freude, Askese und Dolce Vita. Apropros dolce vita: Harry erinnerte sich an die Schokolade, die er gekauft hatte, die er eigentlich mit Conny hatte teilen wollen. Dazu war es jetzt nicht mehr gekommen. Schade. Wieder mal. Harry seufzte unmutig und begann, sich wieder über sich selbst zu ärgern. Gut, dann ess ich sie eben jetzt alleine. Wo hab ich sie hingesteckt? Die hab ich doch grad noch gesehen. Aber erst mal fahr ich hoch bis auf die Landstraße. Oben angekommen, fiel es ihm wieder ein: In der Vordertasche des Tagesrucksacks. Den hatte er im Fußraum vor dem Beifahrersitz verstaut.
Hm, etwas weit weg. Na gut, dann eben nachher vielleicht. Als er kurze Zeit später auf der Autobahn Richtung Heimat fuhr, ließ ihn die Monotonie in die Zukunftspläne abschweifen, die er in den letzten Tagen immer wieder schon mal begonnen hatte. Bei der ersten Pinkelpause kramte er die Schokolade hervor und aß sie genüsslich in einem Mal auf.
Zuhause angekommen ließ Harry es langsam angehen. Zu langsam vielleicht. Nach kaum einem halben Jahr war Harry wieder in den alten Trott geraten. Langweile und Nerverei im Job, die eigenen Kinder entfremdeten sich ihm mehr und mehr – sie wohnten fast 500 km weit weg – und immer noch solo. Und Yogapraxis? Null. So geht's nicht weiter. Schluss! Ich bin jetzt fast 40, hab vielleicht noch 75 Jahre vor mir, da sind die Fortschritte in der lebensverlängernden Medizin schon eingerechnet, und kein tieferer Sinn in Sicht. So raffte er sich auf, endlich mal wieder ins Center zu einer Yogastunde zu gehen. Und es gab ja keine Zufälle. Nach der Stunde, in der Umkleide, bekam er so am Rande eine Unterhaltung mit. Es ging um Yogambala, das sagenumwobene, gelobte Land im Himalaya. Hinter den sieben heiligen Bergen, so hieß es, da liegt ein Ashram, in dem ein Yogi lebt, der ist 1000 Mal weiter als alle anderen hier. Am nächsten Tag kaufte Harry sich ein Ticket nach Delhi. Vier Wochen später saß er im Zug nach Rishikesh. Von dort ging es im Jeep zwei Tage nach Norden, dann noch einige Tage zu Fuß und mit Yaks bis in ein abgelegenes Tal zu Füßen der majestätischen Achttausender. Sieben Jahre und einige Tausend Stunden Yogapraxis später saß er in der Maschine nach München. Er lieh sich von einem Bekannten eine mittelgroße Summe. Die kriegte er, weil dieser Bekannte sich auskannte in Sachen Promotion und ne Menge guter Beziehungen hatte. Aus der Yogaschule, die er von dem Geld aufbaute, wurde bald ein kleiner Ashram, und Harry wurde mit den Jahren immer spleeniger und seltsamer. Das mochten die Leute. Der Laden war edel und fein gestyled, und durch die astronomische Höhe der Seminarkosten fand sich auch nur ein ganz bestimmtes Publikum ein. Harry selbst hatte inzwischen lange, deutlich angegraute Haare, trug einen ebensolchen, langen Bart, und erschien nur noch ganz in Weiß auf der Bildfläche. Die Gruppe nannte sich 'Die Haribohlisten', und Harry war ihr Yogifex maximus. Menschen aller couleur suchten ihr Seelenheil in seinen Lehren, Damen jeden Alters lechzten danach, sich mit seiner Gegenwart zu schmücken, usw., usf., – das volle Programm. Irgendwann begann ein Gefühl in Harry aufzusteigen, als ob seine Axone Feuer fingen, gleißendes Licht, das die Synapsen schmelzen ließ. Und das kam nicht mal vom Koks, aber auch nicht von der Kundalini. Harry hatte keine Erklärung, er wurde mit

der Zeit leerer und leerer, burned out. Es sollten allerdings noch einige Jahre vergehen, bis Harry eines morgens aufwachte, einen kleinen Koffer packte, und in den Himalaya-Ashram zurückkehrte. Und wenn er nicht gestorben ist, dann lebt er dort noch heute.

So, dachte Harry, als er langsam den Waldweg hinaufkurvte, jetzt beginnt also tatsächlich eine neue Runde im samsarischen Hamsterrad, oder auf der Achterbahn des Lebens, auf den Brettern und Wogen, die die Welt bedeuten. Diese Gratwanderung, dieser Eiertanz zwischen Sinn und Unsinn, Frust und Freude, Askese und Dolce Vita. Apropros dolce vita: Harry erinnerte sich an die Schokolade, die er gekauft hatte, die er eigentlich mit Conny hatte teilen wollen. Dazu war es jetzt nicht mehr gekommen. Schade. Wieder mal. Harry seufzte unmutig und begann, sich wieder über sich selbst zu ärgern. Gut, dann ess ich sie eben jetzt alleine. Wo hab ich sie hingesteckt? Die hab ich doch grad noch gesehen. Aber erst mal fahr ich hoch bis auf die Landstraße. Oben angekommen, fiel es ihm wieder ein: In der Vordertasche des Tagesrucksacks. Den hatte er im Fußraum vor dem Beifahrersitz verstaut.
Hm, etwas weit weg. Na gut, dann eben nachher vielleicht. Als er kurze Zeit später auf der Autobahn Richtung Heimat fuhr, ließ ihn die Monotonie in die Zukunftspläne abschweifen, die er in den letzten Tagen immer wieder schon mal begonnen hatte.
Doch Harrys Zukunftspläne kamen nie zur Konkretisierung. Chronische Entscheidungsschwäche. Daran hatte anscheinend, bislang zumindest, auch die Yogalehrer-Ausbildung nichts geändert. In den nächsten Wochen und Monaten zeigte sich, dass sich tatsächlich nicht viel änderte. Harry blieb weiter bei seinem Job mit den Jugendlichen. Diesen sicheren Job so aufzugeben, war ihm zu riskant. Er praktizierte anfangs Yoga nur für sich selbst, aber immerhin fast täglich. Ein Jahr später konnte er sich aufraffen, eine Gruppe zu organisieren, die er unterrichtete. Zwar etwas halbherzig, aber den Leuten gefiel es. Und er fühlte sich eigentlich ziemlich gut während des Unterrichtens. Zwei Mal hatte er Conny ne mail geschrieben. Bei der ersten waren schon 4 Monate vergangen – 'Ja, ich bin irgendwie nicht früher dazu gekommen' –, die zweite ein paar Wochen darauf, aber er hatte beide Male keine Antwort bekommen. Eigentlich nicht wirklich verwunderlich, denn die mails waren so unentschlossen und kleinlaut, dass sie den Eindruck erwecken konnten, sie seien nur aus so einem lauen Verpflichtungsgefühl heraus geschrieben worden. Waren sie aber nicht wirklich. Nur äußerlich. Das Problem war eher wieder das alte: Harry wollte nichts riskieren. Und so verlief auch diese Beziehung im Ungewissen.
Etwa zwei Jahre später besuchte Harry eine Fortbildung, die in dem Yoga-Satya-Stadtzentrum stattfand, das nur wenige Kilometer von seinem Wohnort entfernt lag. Als er am ersten Tag reinkam, haute es ihn fast um. Conny war da!
„Gaaanz ruhig!“, mahnte ihn Swami Durchananda. Harry atmete tief durch und ging auf Conny zu, die sich grad in dem Moment in seine Richtung umdrehte und sichtlich völlig überrascht war, natürlich. Sie standen sich einige lange Sekunden einander gegenüber und strahlten über's ganze Gesicht. Dann die obligatorische Umarmung, kurz, etwas steif und unverbindlich, aber von Herzen. Die nächsten Minuten waren zum Glück viel entspannter, als Harry im ersten Moment befürchtet hatte, und in den nächsten drei Tagen verbrachten sie zwischen den Übungseinheiten viel Zeit miteinander.
Das Seminar dauerte 4 Tage. Am letzten Abend lud Harry Conny zu sich nach Hause ein. Es war sehr gemütlich. Leider fehlte der offene Kamin mit dem sanft lodernden Holzfeuer, und an Stelle des Tigerfells, wie es Shiva eigentlich gebührte, musste ein Schafsfell genügen, das

Harry noch aus den Babytagen seiner Tochter hatte. So saßen sie eine Weile auf den Kissen, 'plauderten' relativ belanglos, bis Harry es nicht mehr aushielt, aufstand, und zum Schrank ging. Er zog ein kleines Päckchen aus einer der Schubladen.
„Guck mal hier“. Es war etwa 12 mal 18 cm groß und sehr flach, hellgrünes Geschenkpapier mit einem goldenen Band. „Weißt du, was ich hier habe?“
Conny überlegte und überlegte, und drehte dabei das Päckchen hin und her. „Könnt ne Tafel Schokolade drin sein.“ Dann stutzte sie ziemlich ungläubig. „Neee! Harry! DIE Schokolade?“
„Ja. DIE Schokolade.“
Und dann schmolz nicht nur die Schokolade dahin. Gut zwei Jahre später hatten sie ihr gemeinsames Yoga-Center. Nach den üblichen Startschwierigkeiten lief es zusehends besser und besser. Gut vierzig Jahre später waren sie immer noch glücklich miteinander. Sehr sogar.

49 Aszendenz

Er sah seinen alten, doch strahlenden Körper friedvoll dort unten liegen in den Armen seiner geliebten, lieben Frau. Sie schaute nach oben, denn sie wusste, wohin sein Geist sich begab. So trafen sich ihre Blicke ein letztes Mal, Liebe und Schmerz in Einem. Er sah ihr liebevolles, wissendes Lächeln, spürte ihren Schmerz und auch ihre Wärme, ihr Mitgefühl. Und ihr OM Tryambhakam verklang leise in der Weite des Raumes, der sich zwischen ihren Körpern mehr und mehr auftat. Doch ihre Seelen blieben verbunden, verbunden wie sie es schon immer waren und immer sein würden, und das spürten beide ganz innig.
Und dennoch stimmte es ihn traurig in diesem Moment, doch das Licht wurde immanent, und mit kristallener Klarheit berührten ihn die Strahlen der Liebe. Und er wusste mit dem Herzen, dass jetzt die Zeit reif war, zu gehen. Er spürte den Sog, er gab sich dem sanften, aber bestimmten Ziehen, dem Sehnen hin, und glitt dem Licht entgegen, leichter und leichter werdend, weiter und freier. Wie hatte er sich in seinem Körper gesehnt nach dieser Weite und dem Aufgehobensein, welch Erlösung jetzt, und der letzte, der silberne Faden löste sich aus Anamaya-Kosha, der Hülle der körperlichen Energie, sein Bewusstsein zog sich in die lichte Weite seines Astralkörpers zurück, und so war er unaufhaltsam auf dem Weg heim, heim in den allumfassenden Frieden.
>..........................<
'Na, wieder zurück?'
'Ja-a. Aber lass mich erstmal ankommen im Hier und Jetzt. Loslassen ...'
'Wie ich sehe, hast du deinen Humor über deine Inkarnation hinaus gerettet. Also immer noch ganz der Alte?'
'Ja, ja, ist ja gut, ich weiß. Ist so schön, wieder hier zu sein. O.k., also erstmal ankommen im Nirgendwo und Nirgendwann, auf dieser Ebene. Das Nichts und Niemand, Alles-All-Eins, kommt wohl etwas später, ein paar Frequenzen höher.'
'Ja, das seh ich auch so. Du hast noch einige Aufgaben und Inkarnationen vor dir. Und zum Glück bist du ohne Zweifel doch nicht 'ganz der Alte'. Denn du hast schon Vieles geleistet, Einiges an Karma abgetragen, nicht allzuviel neues aufgebaut. Es freut uns sehr. Gut. Ich gebe dir jetzt Gelegenheit, Rückschau zu halten. Sei aufmerksam, genieße das vollständige Annehmen und Verstehen ...'
Und es war mehr als der Film des Lebens. Es war durch und durch ein Mitfühlen, ein Erleben im 'Positiven' wie im 'Negativen', angenehm und unangenehm. So nahe war 'Er' immerhin noch dem Materiellen, Grobstofflichen, dass sein emotionales Erleben so deutlich war, als lebte er noch im Körper, doch auf eine seltsame Weise zeitlos, raumlos, intensiv.
Denn das war der Weg des Lernens hier: Mitzufühlen, was er an anderen und an sich selbst zu Lebzeiten getan hatte. Den Schmerz, das Leid, die Verzweiflung, die Angst, die Schuld – all dies Ergebnisse von Unwissenheit und Bewusstlosigkeit. Doch auch die Unterstützung, die Freude, den Mut, die Liebe, das ehrliche Bemühen wurden noch einmal lebendig, mit all der daraus hervorgegangenen Bewusstwerdung und dem Frieden.
Und all das hatte so sein müssen. Genau so, wie es gekommen war, war es gut und wertvoll

gewesen. Auch das erlebte er jetzt. Genau diese friedvolle Gewissheit. Dieses Wiedererleben war gerade intensiv genug, dass sich dieses Erleben tief einprägte in seine feinstoffliche Seelenmatrix, als Grundlage und Vorbereitung für die nächsten Inkarnationen. Und er ging hinein, und er ging hindurch, und er entstieg dem Feuer, war gelöst, war erlöst auf eine Weile in der Ewigkeit.
Und dann erlebte er sie alle wieder, seine Seelenfamilie, die Aspekte seiner Großen Seele. Brüder und Schwestern im Geiste und im Herzen, ganz unabhängig von weltlichen Formen und Beziehungen, in denen sie sich immer wieder begegnet waren, reines Licht, reine Energie. Und er genoss so sehr die geistige, direkte Kommunikation, die tiefe Verbundenheit, absolutes Verständnis, aufgelöst in der seelischen Heimat, glückseliges Sein.

Ich bin das Meer,
weit und frei,
sanft und wiegend,
hier und jetzt und überall,
ohne Anfang, ohne Ende.
Ich bin die Stille,
Ich bin die Leere,
Ich bin das Leben,
Zeit und Raum.
Niemand kann mich engen,
niemand kann mich halten,
ich bin unablässig im Fluß,
endlos wechselt meine Gestalt,
doch als ich selbst bleibe ich das Meer.
Ich bin magisch,
Ich bin bezaubernd,
ich bin weise und geduldig,
unablässig gebend und nehmend.
Ich bin aus unzähligen Seelentropfen,
und ich bin doch Eins,
hier und jetzt und überall,
ohne Anfang, ohne Ende,
sanft und wiegend,
weit und frei.

Anhang

Kurzes Glossar einiger Sanskritbegriffe

Diese und andere öfters verwendete Begriffe sind auch im Text erklärt. Ein umfangreiches Glossar findest du auf www.BlosskeinErleuchtungsstress.de

Asana	Körperstellung in der Yogapraxis
Ashram	Kloster, Yogaschule
Asthanga-Pfad	Der 8-gliedrige Pfad des klassischen Yoga
Brahman	Das absolute, universelle Bewusstsein; 'Gott'
Dharma	Die universellen, geistigen Gesetze für die Schöpfung
Drashtr	Die 'reine Schau', ungetrübt von Gedanken; intuitive Erkenntnis; Darshana
Guru	Lichtbringer. Spiritueller Lehrer
Hari OM Tat Sat	DAS ist Gott. Gott ist das SEIN. So ist ES.
Karma	Handlung. Schicksal, Bestimmung
Kundalini	Schlangenkraft, Lebensenergie
Mantra	Heilige, machtvolle Silbe, Wort oder Satz
Maya	Illusion
Meditation	Zustand des wachen Im-wahren-Selbst-Ruhens, der Verbundenheit mit Brahman
Namasté	Gruß, Respekt: „Ich grüße das Göttliche in dir."
Nirvana	Das Verlöschen des 'Ich', Ende der Illusion
OM	Der Urklang der Schöpfung, universelles Mantra, AUM
Prana	Lebensenergie
Pranayama	Lenkung der Lebensenergie mit dem Atem
Raga / Dvesha	Anziehung / Abneigung
Rajas	Die Qualität der Veränderung, Aktivität, Übertreibung
Sadhana	Die Praxis spiritueller Übungen
Samadhi	Zustand der Allverbundenheit, jenseits eines Selbst, auch: der Weg dorthin
Sanskrit	Heilige Sprache für spirituelle Zwecke
Sat-chid-ananda	Sein-Wissen-Glückseligkeit; höchster Bewusstseinszustand in Samadhi
Sattva	Die Qualität der Reinheit, Transzendenz
Swami	Yogischer Mönch
Tamas	Die Qualität der Bewahrung, Statik, Trägheit
Yoga	Anbindung, Harmonie

Empfehlungen für Literatur

Bei der Vielzahl ausgezeichneter Bücher kann dies nur eine kleine, subjektive Auswahl darstellen. Mehr Infos zu den angegebenen Titeln findest du u.a. bei den amazon-Beschreibungen.

Literatur zu Yoga und Meditation:

Einstiegs-Literatur, Grundlagen:
Yoga für alle Lebensstufen, mit vielen Übungen und Erklärungen (Bassermann-Vlg.)
Sivananda: Yoga für Körper und Seele, mit vielen Übungen und Erklärungen
Sivananda: Meditation
E.Jenny & D.Keshava: Yoga – Grundkurs für Anfänger
101 nützliche Tips (Bassermann-Vlg.)
Anna Elisabeth Röcker: Übungseinheiten Yoga

Vertiefende Literatur:
David Frawley: Vom Geist des Ayurveda, u.a.
Anna Trökes: Yoga-Meditationen, u.a.
Jack Kornfield: Frag den Buddha und geh den Weg des Herzens (Meditation)
Carsten Unger & Katrin Hofmann-Unger: Yoga und Psychologie
Geshe Michael Roach: Tibetisches Yoga des Herzens
Sukadev V. Bretz: Die Yogaweisheit des Patanjali für Menschen von heute
Sukadev V. Bretz: Das große Yoga-Vidya-Asana-Buch
Swami Sivananda: Göttliche Erkenntnis
Keith Sherwood: Kraftzentren des Lebens (Chakras)
Shalila Sharamon & Bodo Baginski: Das Chakra-Handbuch
Sunyata Saraswati & Bodhi Avinasha: Juwel im Lotos (Tantrischer Kriya-Yoga)
Reinhold Zürrer: Reinkarnation
Peter Michel: Karma und Gnade
Christine Stecher: Mantras
Swami Vishnu Devananda: Meditation und Mantras
Reinhard Kowalski: Yoga der Gefühle
Eckard Wolz-Gottwald: Der Yoga-Philosophie-Atlas

Weitere spirituell ausgerichtete Literatur:

Ein Kurs in Wundern; Begleitliteratur (sehr zu empehlen) von Kenneth Wapnick: (diverse)
Ken Wilber (Einstieg): Einfach DAS; Ganzheitlich Denken.
Ken Wilber (Vertiefung): Integrale Psychologie; Spirituelle Psychologie; u.a.
Matthieu Ricard / Trinh Xuan Thuan: Quantum und Lotos
Fritjof Capra: Das Tao der Physik
Rupert Sheldrake: Das schöpferische Universum
Hans-Peter Dürr: Physik und Transzendenz
Bhagwan Shree Rajneesh (Osho): Sprengt den Fels der Unbewusstheit, u.a.
Jane Roberts: Die Seth-Bücher, (diverse)
Eckhart Tolle: Jetzt
Rüdiger Dahlke: (diverse)
Volker Becker: Gottes geheime Gedanken
Danah Zohar / Ian Marshall: SQ – Spirituelle Intelligenz
Walter Lübeck: Spirituelles NLP
Christian Brehmer: Vom Urknall zur Erleuchtung

Belletristik: (nicht yoga-spezifisch)

Hermann Hesse: Siddharta
Elisabeth Haich: Einweihung
Carlos Castaneda: (diverse)
Dion Fortune: (diverse)
Heinz Körner: Johannes
Jane Roberts: Überseele sieben
Pascal Mercier: Nachtzug nach Lissabon
Matt Ruff: Das Ich und die anderen

Weitere Informationen:

findest du auf der Website zum Buch: www.BlosskeinErleuchtungsstress.de:
Musik-Empfehlungen
Interessante Links
Umfangreiches Sanskrit-Glossar
Quellennachweise für zitierte wissenschaftliche Untersuchungen
Gästebuch für Kommentare und Anfragen

Kontakt:

E-Mail: info@BlosskeinErleuchtungsstress.de